안나
카레니나

등장인물

안나(안나 아르카디예브나 카레니나) 주인공.
카레닌(알렉세이 알렉산드로비치) 그녀의 남편. 공직자.
세료자(세르게이, 쿠티크) 그녀의 아들.

스티바(오블론스키, 스테판 아르카디치) 안나의 오빠. 공직자.
타냐(탄추로치카), **그리샤, 릴리, 니콜라이, 마샤** 그의 자식들.
돌리(다리야 알렉산드로브나, 돌린카) 그의 아내. 셰르바츠키가의 첫째 딸.

셰르바츠키 공작(알렉산드르 드미트리예비치) 돌리의 아버지. 노공작.
셰르바츠카야 공작 부인 그의 아내.
나탈리(나탈리야 알렉산드로브나) 그의 둘째 딸.
키티(예카테리나 알렉산드로브나, 카테리나, 카텐카, 카탸, 카티카) 그의 막내딸.
리보프(아르세니) 나탈리의 남편. 외교관.

브론스키(알렉세이 키릴로비치, 알료샤) 청년 장교. 귀족 지주.
브론스카야 백작 부인 그의 어머니.
알렉산드르 그의 형. 장교.
바랴(바르바라) 그의 형수. 알렉산드르의 아내.
페트리츠키 그의 친구. 장교.
야시빈 그의 친구. 장교.
벳시(엘리자베타 표도로브나 트베르스카야) 그의 사촌. 안나의 친구.

레빈(콘스탄틴 드미트리치, 코스탸) 귀족 지주.
니콜라이(니콜라이 레빈, 니콜렌카) 그의 친형.
세르게이 이바노비치(코즈니셰프) 그의 아버지 다른 형. 작가.
스비야시스키(니콜라이 이바노비치) 그의 친구. 군(郡) 귀족단장.

마담 슈탈 귀부인.
바렌카(바르바라) 그녀의 양녀. 키티의 친구.
리디야 이바노브나 백작 부인. 카레닌의 친구.

제6부

1

다리야 알렉산드로브나는 포크롭스코예 영지에 있는 여동생 키티 레비나의 집에서 아이들과 함께 여름을 보내고 있었다. 그녀의 영지에 있던 집은 완전히 폐허가 되다시피 하여, 레빈과 키티가 자기네 집에서 여름을 보내라고 설득했던 것이다. 스테판 아르카디치도 그 제안에 전적으로 찬성했다. 그는 가족과 함께 시골에서 여름을 나는 것이 자기로서는 엄청난 행복이겠지만 직장 일이 허락해 주지 않아 매우 안타깝다고 말하며 모스크바에 남았고, 가끔씩 하루나 이틀 일정으로 시골에 오곤 했다. 아이들과 가정 교사를 동반한 오블론스키 부부 외에도, **그러한 상태**에 놓인 미숙한 딸아이의 뒷수발을 하는 게 자신의 의무라고 여긴 늙은 공작 부인이 그해 여름 레빈 부부의 집에 머물렀다. 뿐만 아니라 외국에 사는 키티의 친구 바렌카 또한 키티가 결혼을 하면 찾아오기로 한 약속을 지키느라 와 있었다. 모두가 레빈 아내의 친척이거나 친구들이었다. 비록 레빈은 그들 모두를 좋아했지만, 그의 혼잣말을

11

빌리자면 저 밀려드는 〈세르바츠키적인 요소〉가 자신의 세계와 질서를 눌러 버리는 것이 조금은 아쉬웠다. 올여름 그의 친척들 중에는 유일하게 세르게이 이바노비치가 그의 집을 방문했다. 그러나 그는 레빈적인 기질보다는 코즈니셰프적인 기질의 사람이었다. 그러므로 레빈다운 분위기는 완전히 사라지고 만 셈이었다.

황량하던 레빈의 집에 이제는 사람들이 너무 많아져 방이란 방은 다 찼고, 늙은 공작 부인은 거의 매일 사람들의 머릿수를 세어 열세 번째 손자 혹은 손녀를 별도의 식탁에 따로 앉혀야만 했다. 열심히 가사를 돌보는 키티로서는 손님들과 아이들의 왕성한 여름철 입맛으로 인해 엄청나게 소비되는 닭이며 칠면조며 오리를 구하러 다니느라 여간 분주한 게 아니었다.

온 가족이 둘러앉아 식사를 하는 참이었다. 돌리의 아이들은 가정 교사와 바렌카와 함께 어디로 버섯을 따러 갈지 계획을 짜고 있었다. 지성과 학식으로 모든 방문객들로부터 숭배에 가까운 존경을 받는 세르게이 이바노비치가 버섯에 관한 대화에 끼어들자 모두들 깜짝 놀랐다.

「나도 데려가 주세요. 버섯 따는 걸 무척 좋아한답니다.」 그가 바렌카를 보며 말했다. 「아주 즐거운 취미라고 생각해요.」

「어머, 그러시군요. 저희야 기쁠 따름이죠.」 바렌카가 얼굴을 붉혔다. 키티는 돌리와 의미심장한 눈길을 주고받았다. 바렌카와 함께 버섯을 따러 가겠다는, 학식 있고 명석한 세르게이 이바노비치의 제안이 최근 들어 내내 키티를 사로잡아 온 어떤 추측을 확인시켜 준 터였다. 그녀는 사람들이 자신의 눈빛을 알아챌까 봐 재빨리 어머니에게 말을 걸었다. 식사 후에 세르게이 이바노비치는 커피 잔을 들고 응접실 창가에 앉아, 버섯을 따러 갈 채비 중인 아이들이 나올 문가를 힐끗거리며 동생과 나누던 대화를 이어 갔다. 레빈은 형 곁의 창문턱에 걸터앉았다.

키티는 남편에게 무언가 할 말이 있는 듯, 그의 곁에 선 채 재미없는 대화가 끝나기를 기다리는 기색이었다.

「결혼한 뒤로 너는 여러 면에서 변한 것 같구나, 좋은 쪽으로 말이다.」 세르게이 이바노비치가 말하며 키티에게 미소를 지어 보였다. 동생과의 대화에는 별 관심이 없는 게 분명했다. 「하지만 가장 역설적인 주제들을 옹호하는 특유의 열정만은 여전해.」

「카탸, 서 있는 건 안 좋아요.」 남편은 의미심장한 눈빛으로 그녀를 바라보며 의자를 건넸다.

「그래, 그런데 이러고 있을 시간이 없지…….」 아이들이 뛰어나가는 것을 본 세르게이 이바노비치가 말했다.

맨 앞에서 양말을 바짝 당겨 신은 채 모로 깡충깡충 뛰던 타냐가 바구니와 세르게이 이바노비치의 모자를 흔들면서 곧장 그에게로 달려왔다.

아버지를 쏙 빼닮은 아름다운 눈을 빛내며 씩씩하게 다가온 아이는 모자를 건네며 자기가 씌워 주고 싶다는 표정을 짓더니, 이어 수줍고도 온화한 미소로 자신의 방자함을 누그러뜨렸다.

「바렌카 언니가 기다리고 있어요.」 세르게이 이바노비치의 웃는 모습을 보고 그래도 되겠다 싶었는지, 타냐가 그에게 조심스레 모자를 씌워 주면서 말했다.

바렌카는 노란색 무명 드레스로 갈아입고서 하얀 손뜨개

머릿수건을 쓴 채 문가에 서 있었다.

「갑니다, 가요, 바르바라¹ 안드레예브나.」세르게이 이바노비치는 찻잔의 커피를 마저 마시고 주머니에 손수건과 담뱃갑을 챙겨 넣었다

「어머, 우리 바렌카가 너무 매력적이네요! 그쵸?」세르게이 이바노비치가 일어나자마자 키티가 남편에게 말했다. 세르게이 이바노비치더러 들으라는 듯한 투였고, 그러기를 바라는 게 분명했다. 「참으로 아름다워요, 기품 있게 아름답네요! 바렌카!」키티가 소리쳤다. 「제분소가 있는 숲으로 갈 거죠? 우리도 그리로 갈게요.」

「너는 정말이지 네 몸 상태를 잊고 있구나, 키티······.」늙은 공작 부인이 황급히 문밖으로 나오며 말했다. 「소리 지르면 안 된다니까.」

키티의 외침과 그녀의 어머니가 꾸짖는 소리를 듣고서 바렌카가 재빨리 경쾌한 걸음으로 키티에게 다가왔다. 민첩한 동작과 생기 넘치는 얼굴에 핀 홍조, 그 모든 것들이 그녀에게서 무언가 심상치 않은 일이 일어나고 있음을 드러냈다. 그 심상치 않은 일이 무엇인지 알았기에, 키티는 그녀를 주의 깊게 관찰했다. 그녀가 지금 바렌카를 부른 건 다만 중요한 일을 앞둔 그녀를 마음속으로 축복하기 위해서였다. 키티가 예측한바, 중요한 일은 오늘 식사 후에 숲에서 이루어질 게 틀림없었다.

「바렌카, 나는 아주 행복해요. 하지만 한 가지 일이 일어난다면 더 행복해질 수 있을 거예요.」그녀가 바렌카에게 입을 맞추며 귓엣말로 속삭였다.

1 바렌카의 정식 이름. 이하 모든 주는 옮긴이의 주이다.

「우리랑 함께 가시겠어요?」 당황한 바렌카가 키티의 말을 못 들은 척 레빈에게 물었다.

「예, 탈곡장까지만요. 거기 가 있으려고요.」

「무슨 일로요?」 키티가 물었다.

「새로 들인 짐수레를 좀 들여다보고 계산도 해야 해서.」 레빈이 대답했다. 「당신은 어디에 있을 거죠?」

「테라스에요.」

2

테라스에는 여자들이 죄다 모여 있었다. 식사 후에 거기 앉아 있는 것을 좋아하기도 했지만, 오늘은 그곳에서 다른 일이 있기도 했다. 모두가 달려들어 배내옷을 짓고 기저귀 끈을 짜는 일 말고도 지금 거기서는 물을 섞지 않는 방식으로 잼을 달이고 있었으니, 이는 아가피야 미하일로브나에겐 듣도 보도 못 한 광경이었다. 키티가 친정에서 하던 이 새로운 방식을 도입했던 것이다. 그 전까지 잼 만드는 일을 담당했던 아가피야 미하일로브나는 레빈가(家)에서 해오던 방식이 나쁠 수는 없으며 달리 하는 건 불가능하다고 확신하여 기어이 딸기와 산딸기에 물을 부어 버린 터였다. 하지만 그녀가 한 짓을 들키는 바람에 이제는 모두가 보는 데서 나무딸기 잼을 달이는 중이었고, 결국에는 아가피야 미하일로브나도 물 없이 잼을 잘 달일 수 있다는 걸 인정할 수밖에 없었다.

아가피야 미하일로브나는 화끈 달아오르고 슬픔에 잠긴 얼굴에 헝클어진 머리를 하고서 팔꿈치까지 걷어 올린 앙상한 팔로 화로 위의 양푼을 휘휘 저었다. 그러고는 나무딸기를 시무룩하게 바라보면서 그것이 달여지지 않고 굳어 버리기를 간절히 바랐다. 늙은 공작 부인은 나무딸기 잼의 조리법을 조언해 준 자신에게 그녀의 노여움이 쏟아질 것만 같아서, 다른 일로 분주한 척하며 나무딸기에는 관심 없는 듯 보이려고 딴 얘기를 하곤 했다. 그러면서도 화로 쪽을 힐끔힐끔 건너보고 있었다.

「나는 항상 싼 가게에서 하녀들 옷을 직접 사 입힌단다.」 이렇게 나누던 대화를 이어 가던 공작 부인이 아가피야 미하 일로브나를 향해 말했다. 「이제 거품을 걷어 내야 하지 않나, 할멈?」 그러면서 그녀는 키티를 제지했다. 「네가 직접 할 필요는 없다. 뜨겁단 말이야.」

「내가 할게요.」 돌리가 자리에서 일어나 숟가락으로 설탕 거품을 조심스럽게 저어 올리기 시작했다. 붙은 것을 떼어 내기 위해 간간이 숟가락을 접시에 대고 두드리기도 했다. 접시는 이미 색색으로, 노르스름한 분홍빛이 도는 가운데 선홍빛 시럽이 살짝 흐르는 거품으로 덮여 있었다. 〈애들이 차랑 같이 핥아 먹겠지!〉 제일 맛있는 이 거품을 어른들은 먹지 않는다는 사실에 놀랐던 어릴 적 기억을 떠올리며 그녀는 아이들 생각을 했다.

「스티바가 그러는데 돈을 주는 게 훨씬 낫대요…….」 일을 하면서 돌리가 조금 전에 시작된 흥미로운 대화를 이어 갔다. 사람들에게 어떤 선물을 하는 것이 좋은가에 관한 얘기였다. 「하지만…….」

「어떻게 돈을 줄 수가 있어!」 공작 부인과 키티가 한목소리로 외쳤다. 「사람들은 선물을 소중하게 생각한단 말이야.」

「가령 나는 작년에 우리 마트료나 세묘노브나에게 포플린은 아니고 그 비슷한 걸 사줬지.」공작 부인이 말했다.

「기억나요. 어머니의 영명 축일에 그걸로 지은 옷을 입었었죠.」

「무늬가 정말 고왔단다. 아주 소박하면서도 우아했어. 그녀가 그 옷을 해 입지 않았더라면, 내 것을 해 입고 싶을 정도였지. 바렌카가 입은 것과 비슷한 것이었어. 얼마나 예쁘고 저렴했는지.」

「자, 이제 다 된 것 같아요.」돌리가 숟가락에서 시럽을 따라 내며 말했다.

「끈적끈적해져야 다 된 거야. 좀 더 달이게, 아가피야 미하일로브나.」

「이놈의 파리들!」아가피야 미하일로브나가 신경질적으로 투덜대고는 대답했다.「그래 봤자 똑같을 거예요.」

「어머나, 너무 귀여워요. 놀라게 하지 마세요!」계단 난간에 내려앉은 참새를 본 키티가 갑자기 소리쳤다. 참새는 나무딸기 속을 파헤치더니 쪼아 먹기 시작했다.

「그래, 그런데 화로에서 좀 더 멀리 떨어지렴.」어머니가 말했다.

「À propos de Varenka(바렌카 얘기가 나와서 말인데)…….」아가피야 미하일로브나가 못 알아들었으면 싶을 때 늘 그러듯이, 키티가 프랑스어로 말했다.「있잖아요, maman(엄마), 오늘 왠지 결정이 날 것 같아요. 무슨 얘긴지 아시죠? 그렇게 되면 얼마나 좋을까요!」

「요 중매쟁이가 얼마나 노련한지 몰라요!」돌리가 말했다.「두 사람을 어쩌나 조심스럽고도 교묘하게 이어 주던지…….」

「아니, 말씀 좀 해보세요, maman(엄마). 어떻게 생각하세요?」

「어떻게 생각하긴? 그분은(이는 세르게이 이바노비치를 염두에 둔 말이었다) 언제나 러시아에서 제일가는 배필을 만날 수 있었어. 지금은 그다지 젊지 않지만, 그래도 내 생각엔 여러 여자들이 쫓아다닐 만하지……. 바렌카가 참 착하긴 해도, 그분은 어쩌면…….」

「아니에요, 엄마, 그분에게 바렌카보다 더 나은 배필은 생각할 수 없어요. 첫째, 그녀는 정말 매력적이잖아요!」키티가 손가락 하나를 꼽으면서 말했다.

「그녀가 그분 마음에 쏙 든 거예요, 그건 분명해요.」돌리도 거들었다.

「그다음 둘째는요, 그분은 세상에서 확고한 지위를 차지하고 계시니 아내의 재산이나 지위 같은 건 전혀 필요 없다고요. 그분에게 필요한 건 딱 한 가지, 착하고 사랑스럽고 차분한 아내예요.」

「그래, 그녀랑은 정말 편안하게 지낼 수 있을 거야.」돌리가 이번에도 맞장구를 쳤다.

「셋째, 그녀가 그분을 사랑해야 하는데, 그건 말이죠……. 그러니까 그렇게 되면 참 좋을 텐데요……! 둘이 숲에서 나오기를, 모든 게 결판나기를 고대하고 있어요. 눈을 보면 바로 알아차릴 수 있을 거예요. 그러면 얼마나 기쁠까! 언니, 어떻게 생각해?」

「흥분하지 마라, 절대 흥분해서는 안 돼.」어머니가 말했다.

「흥분한 게 아니에요, 엄마. 제 생각엔 그분이 오늘 청혼할 것 같단 말이에요.」

「아아, 그건 참 신기해. 남자가 언제 어떻게 청혼을 하는지 말이야……. 어떤 장벽이 있는데, 그게 갑자기 무너진단 말이지.」돌리가 스테판 아르카디치와의 옛일을 떠올리며 생각에 잠긴 채 미소를 지었다.

「엄마, 아빠는 어떻게 청혼하셨어요?」키티가 느닷없이 물었다.

「특별한 건 전혀 없었다. 아주 간단했지.」공작 부인이 대답했다. 그러나 그때의 기억을 떠올린 그녀의 얼굴은 온통 환하게 빛났다.

「아이, 그래도 어땠는데요? 교제를 허락받기 전에도 아빠를 사랑하셨나요?」

그와 같이 여자의 일생에서 가장 중요한 문제들을 이제 엄마와 동등한 입장에서 이야기할 수 있다는 사실에 키티는 특별한 황홀감을 맛보곤 했다.

「물론이지, 사랑했단다. 그이가 우리 시골 영지로 찾아오곤 했어.」

「그래서, 어떻게 해서 결정이 난 거예요?」

「너희들이 뭔가 새로운 걸 고안해 냈다고 생각하지? 다 똑같단다. 눈빛이랑 미소로 결정 나는 거지…….」

「너무 멋진 말씀이에요, 엄마! 바로 그 눈빛이랑 미소가 결정하는 거죠.」돌리가 맞장구를 쳤다.

「그런데 아빠가 뭐라고 말씀하셨나요?」

「코스탸는 너한테 무슨 말을 하던?」

「그이는 분필로 적었어요. 너무 근사했죠……. 참 오래전 일 같네!」그녀가 말했다.

이윽고 세 모녀는 똑같은 생각에 잠겼다. 키티가 먼저 침묵을 깼다. 결혼 전 마지막 겨울과 브론스키에게 매료되었던 일이 떠올랐던 것이다.

「한 가지…… 바렌카의 옛 애인 말인데요…….」 생각이 자연스레 연결되는 바람에 그 일을 기억하게 된 키티가 얘길 꺼냈다. 「세르게이 이바노비치가 마음의 준비를 할 수 있도록 어떻게든 얘기를 해보려고 했어요. 남자들은 하나같이 우리들의 과거지사에 엄청나게 열을 내니까요.」 그녀가 덧붙였다.

「다 그렇지는 않아.」 돌리가 말했다. 「네 남편을 두고 그렇게 판단하는 모양이구나. 그는 지금까지도 브론스키에 대한 기억 때문에 괴로워하는 거지?」

「맞아.」 키티가 그윽하게 눈웃음을 지으며 대답했다.

「알다가도 모르겠구나.」 공작 부인이 딸을 보살피는 어머니로서 역성을 들었다. 「너의 어떤 과거가 그를 괴롭힌단 말이냐? 브론스키가 널 쫓아다닌 것 말이냐? 그건 모든 처녀들한테 다 있는 일이다.」

「저, 지금은 그런 얘기를 하는 게 아니에요.」 키티가 얼굴을 붉히면서 대꾸했다.

「아니, 잠시만…….」 어머니가 하던 말을 계속했다. 「나중에 너는 나한테까지도 브론스키와 말도 섞지 못하게 했잖니. 기억하지?」

「아이, 엄마!」 키티가 괴롭다는 투로 말했다.

「요즘이야 너희 같은 젊은 사람들을 누가 말리겠냐만……. 너희들 관계는 주어진 선을 넘을 수 없었어. 만약 그랬다면 내가 나서서 그를 불러다가 혼냈을 거다. 어쨌거나 애야, 흥분하는 건 좋지 않다. 제발 좀 명심하고, 진정하려무나.」

「난 아주 편안해요, maman(엄마).」

「안나가 온 게 키티한테는 정말이지 잘된 일이었죠.」돌리가 말했다. 「그리고 안나한테는 얼마나 불행한 일이었냐고요. 그야말로 정반대 상황이 된 셈이죠.」스스로에게 떠오른 생각에 놀라 그녀가 덧붙였다. 「안나는 그때 너무나 행복했고 키티는 자신이 불행하다고 여겼는데, 이젠 완전히 반대로 됐잖아요! 종종 그녀 생각이 나요.」

「생각날 사람도 참 많구나! 어디서 그런 추잡하고 망측하고 인정머리 없는 여자를……」어머니가 말했다. 그녀는 키티가 브론스키 아닌 레빈에게 시집갔다는 사실을 잊을 수가 없었던 것이다.

「뭐하러 그 얘기를 하세요.」키티가 화를 냈다. 「저는 그 일은 생각나지도 않고, 생각하고 싶지도 않아요……. 생각하고 싶지 않다고요.」테라스의 계단에서 들려오는 익숙한 남편의 발소리에 귀를 기울이며 그녀는 거듭 말했다.

「그게 무슨 얘기예요, 생각하고 싶지 않다니?」레빈이 테라스로 들어서며 물었다.

그러나 아무도 그에게 대꾸하지 않았고, 그 역시 다시 묻지 않았다.

「여러분, 여성의 왕국에 물의를 일으켜 유감입니다.」시무룩하게 모두를 바라보던 레빈은 세 사람이 자기가 있는 데서는 말 못 할 어떤 얘기를 하고 있었음을 눈치챘다.

순간 그는, 물을 섞지 않고 나무딸기를 달이는 것과 낯선 셰르바츠키 가문이 행사하는 전반적인 영향력에 대하여 느꼈던 아가피야 미하일로브나의 불만을 자신 또한 공감하고 있음을 깨달았다. 그러나 그저 씩 웃어 보인 뒤 키티에게 다가갔다.

「좀 어때요?」요 근래 모든 이들이 그녀를 대할 때 짓는 바로 그 표정으로 레빈은 그녀를 바라보며 물었다.

「괜찮아요, 아주 좋아요.」키티가 웃으면서 대답했다. 「당신 일은 어떻게 되었나요?」

「달구지보다 세 배는 더 나르더군. 자 그럼, 아이들을 데리러 가볼까요? 마차에 말을 매두라고 일렀어요.」

「무슨 소린가, 키티를 사륜마차에 태우고 가려고?」장모가 책망하는 투로 말했다.

「거의 걸어가듯 천천히 갈 겁니다, 공작 부인.」

레빈은 다른 사위들이 하듯이 공작 부인을 maman(어머님)이라고 부르는 일이 결코 없었는데, 그것이 공작 부인은 불쾌했다. 그러나 레빈으로서는, 공작 부인을 무척 좋아하고 존경함에도 불구하고 그녀를 그렇게 부름으로써 돌아가신 자신의 어머니에 대한 감정을 모독할 수 없었다.

「저희랑 같이 가요, maman(엄마).」

「그런 무분별한 행동은 보고 싶지 않구나.」

「그럼 걸어서 갈게요. 그게 저한테 정말 좋은 일 아니겠어요?」키티가 일어나 남편에게 다가가서 그의 손을 잡았다.

「그래, 좋겠지. 하지만 뭐든지 적당히 해야 해.」공작 부인이 말했다.

「그건 그렇고, 아가피야 미하일로브나, 잼은 다 되었어?」레빈이 물으며 아가피야 미하일로브나에게 미소를 지어 보였다. 그녀의 기분을 풀어 줄 요량이었다. 「새로운 방식으로 하니까 잘되던가?」

「잘될 수밖에요. 우리 식대로 보자면 너무 달여졌지만요.」

「그게 더 낫다니까요, 아가피야 미하일로브나. 상하지 않을 테니 말이에요. 집에 있는 얼음이 이제 다 녹아 버려서 도통 보관할 데가 없거든요.」 남편의 의도를 바로 눈치챈 키티도 그와 똑같은 마음으로 할멈을 대했다. 「대신 할멈이 담근 채소 절임은, 엄마 말씀대로 한 번도 먹어 본 적 없는 맛이야.」 그녀가 웃으면서 할멈의 삼각 모양 숄을 바로잡아 주었다.

아가피야 미하일로브나는 뾰로통한 표정으로 키티를 바라보았다.

「위로하려 들지 마세요, 마님. 전 마님이 이 양반과 함께 계시는 모습만 봐도 기분이 좋아지니까요.」 그녀가 말했다. **주인 나리**가 아니라 **이 양반**이라는 투박한 표현에 키티는 감동을 느꼈다.

「우리랑 같이 버섯 따러 가요. 할멈이 버섯 있는 곳을 알려 줘요.」

하지만 아가피야 미하일로브나는 슬며시 웃으며 고개를 내저었다. 마치 〈마님께 화를 내면 좋겠지만, 그럴 수가 없네요〉라고 말하는 듯했다.

「내가 말한 대로 하게.」 노공작 부인이 그녀에게 일렀다. 「위에 종이를 덮고 럼주로 적셔 두게. 그러면 얼음이 없어도 절대 곰팡이가 피지 않을 테니.」

3

키티는 남편과 서로 눈을 마주하게 되어 유달리 기뻤다. 왜냐하면 그가 테라스로 들어와 무슨 얘기 중이냐고 물었을 때 아무도 대답하지 않았던 그 순간, 모든 걸 너무나 생생하게 반영하는 그의 얼굴에 덮친 실망의 그림자를 눈치챘기 때문이었다.

다른 이들보다 먼저 나선 그들이 집 근처를 벗어나 호밀 이삭과 알곡이 뿌려진 평평하고 먼지 이는 길로 들어섰을 때, 그녀는 남편의 팔에 더 바짝 기대어 자기 몸을 밀착시켰다. 그 역시 순간적인 불쾌한 인상은 이미 싹 잊은 채, 아내의 임신에 대한 생각이 한시도 떠나지 않는 지금 사랑하는 여인과 가까이 있다는, 육감적인 것으로부터는 완전히 정화된 새롭고 행복한 쾌감을 그녀와 단둘이서 맛보고 있었다. 딱히 할 말은 없었지만 그녀의 목소리가 듣고 싶었다. 임신한 뒤로 그녀의 눈길과 마찬가지로 그녀의 목소리는 달라져 있었으며, 그 속에는 좋아하는 일 하나에 내내 몰두하는 사람한테서 보이는 것과 유사한 온유함과 진지함이 서려 있었다.

「지치지 않겠어요? 더 기대요.」 그가 말했다.

「아니요, 당신과 단둘이 있게 돼서 너무 좋아요. 사람들과 같이 있는 게 아무리 좋다고 해도, 솔직히 우리 둘이서만 보낸 겨울 저녁들이 그리운걸요.」

「그것도 좋았지만 이게 더 좋지. 뭐, 난 둘 다 좋아요.」 그가 그녀의 팔을 꼭 잡았다.

「당신이 들어왔을 때 우리가 무슨 얘길 하고 있었는지 알아요?」

「잼 얘기였나?」

「그래요, 잼에 관해서도 얘기했죠. 그런 다음에 남자들이 어떻게 청혼을 하는지에 대해서 얘기했어요.」

「오호!」 레빈은 그녀가 하는 말보다 그 목소리에 더 귀를 기울이며 대꾸했다. 그는 이제 숲으로 들어선 길을 줄곧 염두에 두면서 그녀가 헛디딜 만한 곳을 피해 가고 있었다.

「그리고 세르게이 이바노비치와 바렌카에 대한 얘기도요. 당신 혹시 눈치챘나요……? 나는 정말이지 그렇게 되길 바란답니다.」 그녀가 말을 이었다. 「당신은 어떻게 생각해요?」 그녀가 그의 얼굴을 쳐다봤다.

「어떻게 생각해야 할지 모르겠는데.」 레빈이 웃으면서 대답했다. 「내가 보기에 세르게이 형은 그 점에 있어서 참 희한하단 말이야. 내가 얘기했잖아요…….」

「그래요, 세상을 떠났다는 그 아가씨를 사랑했다고…….」

「내가 어린아이였을 때 일이죠. 귀동냥으로 그 일을 알게 됐어요. 당시 형의 모습이 기억나요. 너무나 다정했지. 하지만 그때부터 형이 여자들과 있는 걸 지켜보면, 형은 여자들에게 친절하게 대하고 몇몇 여자들을 마음에 들어 하기도 했지만, 당신도 느낄지 모르겠는데 그들은 형에게 그저 사람일 뿐이지 여자가 아니었어요.」

「그렇지만, 지금 바렌카와의 사이에는…… 뭔가 있는 것 같아요…….」

「어쩌면 그럴지도 모르죠……. 하지만 형을 잘 알아야 해요……. 형은 특별하고 신기한 사람이거든. 오로지 정신적인 삶을 살 뿐이지. 너무나 깨끗하고 고결한 영혼의 소유자란 말이에요.」

「무슨 소리예요? 그 일이 아주버님을 깎아내리기라도 한단 말인가요?」

「아니, 형은 오로지 정신적인 생활을 하는 데만 너무 익숙해졌기 때문에 현실과 화해하지 못한다는 얘기예요. 어쨌든 간에 바렌카는 현실이니까.」

레빈은 이제 정확한 표현을 부여하고자 애쓰는 일 없이 거침없이 자신의 생각을 말하는 데 익숙했다. 지금처럼 애틋한 순간이면 작은 뉘앙스만으로도 아내가 자신이 하려는 말을 이해하리라는 걸 그는 알고 있었다. 그리고, 그녀는 그의 말을 이해했다.

「그래요, 하지만 그녀에겐 나와 같은 그런 현실적인 면이 없잖아요. 아주버님이 나를 결코 좋아하시지 않으리라는 건 잘 알아요. 바렌카는 전적으로 정신적인 여자죠…….」

「무슨 소리, 그렇지 않아요. 형이 당신을 얼마나 좋아하는데. 내 피붙이들이 당신을 좋아하는 게 나는 늘 흐뭇한걸요…….」

「맞아요, 아주버님은 저에게 친절하게 대해 주시죠. 하지만…….」

「하지만 돌아가신 니콜라이 형 같진 않지……. 당신과 형은 서로를 좋아했으니…….」 레빈이 그녀의 말을 대신 맺고는 이렇게 덧붙였다. 「말 못 할 이유가 뭐가 있겠어요? 가끔은 스스로를 책망해요. 결국엔 다 잊을 거라는 생각에. 아, 얼마나 무시무시하고 매력적인 사람이었는지……. 그건 그렇고, 무슨 얘기를 하던 중이었지?」 잠시 침묵을 지키던 레빈이 물었다.

「당신은 형님이 사랑에 빠지지 못할 거라 생각하는군요.」 키티가 자기 식으로 바꿔 말했다.

「사랑에 빠지지 못한다는 게 아니에요.」 레빈이 웃으면서 말을 이었다. 「형에게는 약점이 없다는 거죠. 그게 필요한데 말이야……. 나는 항상 형이 부러웠어요. 심지어 지금, 이렇게 행복한데도, 그럼에도 불구하고 형이 부럽단 말이지.」

「사랑에 빠지지 못하는 게 부럽나요?」

「나보다 훌륭하다는 게 부럽죠.」레빈이 미소를 지었다. 「형은 자기 자신을 위해 살지 않거든. 형의 인생은 통째로 의무에 바쳐졌어요. 그렇기 때문에 안정과 만족을 누릴 수 있는 거고.」

「그럼 당신은?」놀리는 듯 정겨운 미소를 지으며 키티가 물었다.

자신을 미소 짓게 만든 생각의 흐름을 그녀는 도저히 표현할 수 없을 터였다. 하지만 결론은 이러했다. 형에게 감탄하고 형 앞에서 자신을 낮추는 남편이 솔직하지 못하다는 것. 키티는 그러한 거짓이 형에 대한 사랑과 스스로의 커다란 행복에 대한 미안함, 그리고 특히 훌륭한 사람이 되고자 하는, 그를 놓아주지 않는 바람에서 비롯한 것임을 알고 있었다. 남편의 바로 그런 점을 좋아했기에 그녀는 미소 지었던 것이다.

「그런데 당신은요? 대체 뭐가 불만인데요?」그녀가 여전히 미소를 띤 채 되풀이해 물었다.

자신이 스스로를 불만스럽게 여긴다는 사실을 아내가 믿지 않자 그는 내심 흐뭇했다. 무의식중에 그는 왜 그녀가 그것을 믿지 않는지, 그 이유를 실토하도록 부추겼다.

「행복하지만, 나 자신에 대해서는 불만이죠.」그가 말했다.

「그러니까, 행복한데 어떻게 불만스러울 수가 있냐고요?」

「글쎄, 뭐라 말하면 좋을까……? 마음속으로 바라는 건 아무것도 없어요. 당신이 걸려 넘어지지 않는 거 말고는. 엇, 그렇게 뛰면 안 된다니까!」오솔길에 놓여 있는 굵은 나뭇가지를 뛰어넘으려고 그녀가 너무 빨리 몸을 움직이자, 그걸 꾸짖느라 대화가 잠시 중단되고 말았다. 「하지만 내가 나 자신에 대해 곰곰이 생각해 보고 나 자신을 남들, 특히 형이랑 비교해 볼 때면 내가 못났다는 생각이 든단 말이죠.」

「아니, 그러니까 어떤 점에서요?」 여전히 같은 미소를 보내며 키티가 말을 이었다. 「당신도 남들을 위해서 일하지 않나요? 농가도 그렇고 농사일이며, 당신이 쓰는 책도 그렇잖아요.」

「그렇지 않아요. 특히 지금은 아닌 것 같아. 바로 당신 탓이지.」 그가 아내의 팔을 꼭 잡으며 말했다. 「제대로 되질 않으니 말이에요. 나는 지금 그 일들을 아주 대충 하고 있거든. 내가 당신을 사랑하는 것처럼 그 모든 일을 사랑할 수 있다면……. 요새는 마치 숙제하듯 하고 있다니까.」

「그러면 우리 아빠에 대해서는 뭐라 말할 텐가요?」 키티가 물었다. 「어때요, 아빠는 공공을 위한 일은 아무것도 안 하시니 못난 사람인가요?」

「장인어른이? 전혀. 당신 아버지처럼 그런 소박함과 명료함, 선량함을 지녀야 할 텐데, 나한테 그런 게 있을까? 나는 일은 안 하면서 괴로워한단 말이지요. 그 모든 게 당신 때문이라니까. 당신이 없었을 때는, 그리고 **요 녀석**이 없었을 때는…….」 그가 키티의 배에 눈길을 주며 말했다. 그녀는 그 뜻을 이해했다. 「온 힘을 일에 쏟았었는데, 지금은 그럴 수가 없단 말이야. 그래서 부끄러워요. 꼭 숙제하듯 하고 있으니, 하는 척만 하고…….」

「그럼 지금 자신이 세르게이 이바노비치로 바뀌었으면 싶겠네요?」 키티가 말했다. 「아주버님처럼 공공을 위한 일을 하고, 주어진 숙제를 하는 걸 좋아했으면 싶은 건가요?」

「물론 아니에요.」 그러고서 레빈은 잠시 잠잠하더니 이렇게 덧붙였다. 「아무튼, 너무나 행복해서 뭐가 뭔지 하나도 모를 지경이라니까. 그런데 정말 형이 오늘 청혼을 할 거라고 생각하는 거예요?」

「그렇기도 하고 아니기도 해요. 그저 제발 그렇게 되길 바랄 뿐이죠. 잠시만요.」그녀가 몸을 숙여 길가에 핀 수레국화를 꺾었다. 「자, 세어 봐요. 청혼을 한다, 안 한다……」 그녀가 레빈에게 꽃을 건네며 말했다.

「한다, 안 한다……」 레빈이 가느다랗고 홈이 파인 꽃잎들을 하나씩 떼어 내며 중얼거렸다.

「아니, 아니에요!」 키티가 그의 손가락을 불안하게 주시하더니 손을 덥석 움켜쥐고는 셈을 중단시켰다. 「두 장을 한꺼번에 뗐잖아요.」

「대신 이 작은 건 안 세면 되지.」 레빈이 덜 자라 짤막한 꽃잎을 떼어 내며 말했다. 「저기, 마차가 우리를 따라잡았군.」

「힘들지 않니, 키티?」 공작 부인이 소리쳤다.

「전혀요.」

「말들이 얌전해지면 타려무나. 천천히 가면 되니까.」

그러나 마차에 탈 필요는 없었다. 이미 거의 다 왔기에 모두가 걸어서 갔다.

4

흑발에 흰 머릿수건을 쓴 바렌카는 아이들에게 둘러싸인 채 상냥하고 쾌활하게 그들을 챙기고 있었다. 마음에 드는 남자로부터 고백을 받을지 모른다는 생각에 설레는 기색이 역력한 모습이 대단히 매력적이었다. 세르게이 이바노비치는 그녀 곁에서 나란히 걸으면서 줄곧 넋을 잃었다. 그녀를 바라보며 그녀에게서 들은 정겨운 말들과 그녀에 대해 알고 있는 좋은 것들을 죄다 되새겨 보았고, 그러면서 그녀에 대해서 느끼는 감정이 아주 오래전 새파랗게 젊었던 시절에 단 한 번 느꼈던 모종의 특별한 감정임을 그는 점점 더 뚜렷하게 인식했다. 그녀가 가까이 있기에 품게 된 수줍음이 점점 더 심해져 갔다. 그리하여 마침내 기둥이 가늘고 가장자리가 동그랗게 말린 커다란 자작나무 버섯을 발견하여 그녀가 든 바구니에 건네며 그녀의 눈을 바라보다가, 그녀의 얼굴에 기쁨과 놀라움의 홍조가 번지는 걸 알아챘을 때는 그 자신이 당황하여, 그저 말없이, 아주 많은 것을 말하는 듯한 미소를 짓는 지경에 이르렀다.

〈그렇다면······.〉 그가 생각했다. 〈심사숙고한 다음 결정을 내려야 한다. 어린애처럼 순간적인 매혹에 정신이 팔려서는 안 돼.〉

「이제 혼자서 버섯을 모으러 가봐야겠습니다. 내가 딴 건 도무지 티도 안 나는군요.」 그는 이렇게 말하고는 간간이 솟은 늙은 자작나무 사이로 나지막하게 자란 비단처럼 매끄러운 풀들을 따라 다들 함께 걷고 있던 숲의 가장자리를 벗어나, 하얀 자작나무 사이로 사시나무 줄기가 잿빛을 띠고 호두나무 수풀이 거무스름하게 보이는 숲 한가운데를 향해 혼자서 걸어 들어갔다. 마흔 걸음 정도 물러나 버들강아지 같은 자홍색 꽃송이들을 매단 채 한창 물이 오른 화살나무 숲 뒤로 건너간 세르게이 이바노비치는 이제 사람들의 시야에서 벗어나 있겠다 싶자 걸음을 멈추었다. 그의 곁에 솟은 자작나무 위로 파리들이 벌 떼처럼 쉼 없이 윙윙대고 간간이 아이들의 목소리가 들려올 뿐 주변은 고요했다. 불현듯 숲 가장자리로부터 멀지않은 곳에서 그리샤를 부르는 바렌카의 낮은 목소리가 울리자, 세르게이 이바노비치의 얼굴에 기쁨의 미소가 번졌다. 미소를 의식한 세르게이 이바노비치는 자신의 상태를 나무라듯이 고개를 내젓고는 시가를 꺼내 물었다. 자작나무 줄기에 성냥을 그었으나 한참 동안이나 불을 붙일 수가 없었다. 하얀 나무껍질의 부드럽고 얇은 막이 성냥의 인에 달라붙어 불이 꺼져 버리곤 했다. 마침내 성냥 하나에 불이 붙었고, 늘어진 자작나무 가지 아래 덤불숲 위로 향긋한 담배 연기가 마치 펄럭이는 넓은 식탁보처럼 위로 앞으로 퍼져 갔다. 가느다란 연기 띠를 주시하던 세르게이 이바노비치는 자신의 상태에 대해 곰곰이 생각하면서 조용히 걸었다.

〈대체 왜 안 된단 말인가?〉 그가 생각했다. 〈만약 이것이 순간적인 격정이나 열정이라면, 만약 그저 내가 이런 애착, 상호적인 애착을(**상호적**이라고 나는 말할 수 있다) 느끼는 것에 불과하다면, 하지만 그것이 나의 모든 생활 양식에 어긋난다고 느낀다면, 내가 이 애착에 몰두하느라 소명과 의무를 배반하고 있는 것 같다면 안 되겠지…… 하지만 그런 느낌은 없다. 단 한 가지 부정적으로 말할 수 있는 근거는 마리를 잃고 나서 그녀에 대한 추억에 충실하기로 스스로에게 맹세했다는 거야. 오직 이 한 가지만이 내가 말할 수 있는 내 감정에 거스르는 점인데…… 이건 중요하다.〉 세르게이 이바노비치가 속으로 말했다. 동시에 그는 이런 생각이 자신에게 개인적으로 그 어떤 중요성도 없으며, 남들이 보는 그의 시(詩)적인 역할만 망쳐 놓을 뿐이 아닌지 생각하고 있었다. 〈그것 말고는 아무리 찾아본들 내 감정에 반하는 것은 무엇도 발견할

수 없을 거야. 오로지 이성으로만 선택한다고 해도, 더 좋은 사람은 찾지 못할 것이다.〉

자신이 알고 지내던 여자들과 처녀들을 아무리 꼽아 봐도, 냉정하게 판단하여 자기 아내에게서 보았으면 싶은 바로 그런 자질들을 그토록 속속들이 갖추고 있는 처녀는 떠오르질 않았다. 그녀는 젊은이다운 매력과 생기를 갖추고 있었지만 어린애가 아니었고, 만일 그를 사랑한다면, 여자라면 마땅히 그래야 하듯이 스스로 자각하며 사랑하고 있을 터였다. 둘째로, 그녀는 사교계의 습성과 거리가 멀 뿐 아니라 사교계에 혐오감을 품고 있는 게 분명했지만 더불어 사교계를 잘 알고 있었으며, 세르게이 이바노비치로서는 자신의 반려자에게 없어서는 안 된다고 생각하는, 상류층 여자로서의 각종 행실을 갖추고 있었다. 세 번째로, 그녀는 종교적이되, 가령 키티가 그렇듯이 어린애처럼 아무 생각 없이 종교적이거나 선량한 것이 아니었다. 그녀의 삶 자체가 종교적인 신조에 기반하고 있었다. 심지어 아주 자잘한 부분에 이르기까지, 세르게이 이바노비치는 그녀에게서 아내에게 바라는 모든 것을 발견하였다. 가난하고 고아인 처지라, 키티의 경우에서 보듯이 친척들과 그들의 입김을 남편의 집안에 잔뜩 들이지도 않을 것이며 전적으로 남편에게만 의지할 터였다. 이 점 역시 그가 미래의 가정생활에서 늘 바라던 사항이었다. 게다가 그 모든 자질을 갖추고 있는 그 처녀가 그를 사랑하고 있었다. 그는 겸손한 사람이었지만 그걸 못 알아챌 리는 없었다. 그리고 그 역시 그녀를 사랑하고 있었다. 딱 한 가지 걸리는 문제는 그의 나이였다. 그러나 그는 장수하는 가문 출신에다 새치라고는 한 올도 없었다. 아무도 그를 마흔으로 보지 않았다. 게다가 그는 러시아에서나 쉰 살 먹은 사람들이 스스로를 노인이라고 여기지, 프랑스에서는 쉰 살이면 dans la force de l'âge(한창때)이고, 마흔 살이면 un jeune homme(청년)으로 여긴다고 바렌카가 말했던 걸 기억하고 있었다. 스스로를 20년 전 그대로의 젊은 영혼이라고 느낀다면, 나이가 뭐 그리 대수인가? 젊음이란 그런 것 아니던가. 다른 쪽을 통해 다시 숲의 가장자리로 나가 기우는 해의 찬란한 빛줄기 속에 노란 드레스를 입고 바구니를 든 채 가벼운 걸음으로 오래된 자작나무 옆을 지나가는 바렌카의 우아한 모습을 보고 있는 지금, 그리고 비스듬한 빛에 노랗게 물들어 가는 귀리밭이나 그 너머 푸르른 먼 곳으로 녹아들며 노랗게 얼룩지는 오래된 먼 숲의 놀라울 만치 아름다운 모습과 바렌카의 모습이 주는 인상이 하나로 융합될 때 느끼는 감정 말이다. 그의 심장이 기쁨으로 죄어들었다. 그는 감동에 사로잡혔다. 결심이 선 느낌이었다. 버섯을 따려고 이제 막 주저앉은 바렌카가 탄력 있게 몸을 일으키고는 주위를 돌아보았다. 세르게이 이바노비치는 시가를 던지고서 단호한 걸음으로 그녀에게로 향했다.

5

〈바르바라 안드레예브나, 제가 아직 새파랗게 젊었을 때, 저는 제가 사랑하게 될, 그리고 운 좋게도 내 아내라고 부르게 될 이상형을 그려 보았습니다. 저는 꽤 긴 인생을 살았지만, 이제야 처음으로 당신한테서 제가 찾던 것을 발견하였습니다. 저는 당신을 사랑하고 있으며, 당신에게 청혼하는 바입

니다.〉

바렌카와의 거리가 열 발자국쯤으로 좁혀졌을 때 세르게
이 이바노비치는 이렇게 속으로 중얼거리고 있었다. 그녀는
무릎을 꿇고서 그리샤가 만지지 못하도록 두 손으로 버섯을
가리고서 어린 꼬마 마샤를 불렀다.

「이리 와, 이리! 꼬마야! 여기 많단다!」 가슴에서 울려 나
오는 특유의 다정한 목소리로 그녀가 말했다.

세르게이 이바노비치가 다가오는 걸 보며 몸을 일으키지
도, 자세를 바꾸지도 않았지만, 그럼에도 모든 것이 그가 가
까이 다가오는 것을 그녀가 느끼고 반기고 있음을 말해 주고
있었다.

「그래, 뭣 좀 찾으셨나요?」 그녀가 흰 머릿수건 아래 미소
띤 아름다운 얼굴을 돌리며 물었다.

「하나도 못 찾았습니다.」 세르게이 이바노비치가 말했다.
「당신은요?」

그녀는 에워싼 아이들을 챙기느라 대답할 수 없었다.

「자, 여기도 있어. 나뭇가지 옆에 말이야.」 그녀가 어린 꼬
마 마샤에게 자그마한 무당버섯을 가리켰다. 탄력 있는 분홍
빛 갓이 마른 풀 줄기에 가로로 찢겨 있고, 버섯은 그 풀 줄기
밑에서 간신히 삐져나와 있었다. 마샤가 무당버섯을 반으로
쪼갠 다음 들어 올리자, 바렌카는 비로소 일어섰다. 「이러고
있으니 어린 시절이 떠오르네요.」 그녀가 아이들에게서 물러
나 세르게이 이바노비치 곁에 나란히 서며 말했다.

그들은 말없이 몇 발자국 걸었다. 바렌카는 그가 뭔가 말
하고 싶어 한다는 걸 눈치챘다. 뭘 말하려는지를 짐작하자 그
녀는 요동치는 기쁨과 두려움으로 숨이 넘어갈 것만 같았다.

아무도 그들의 이야기를 듣지 못할 정도로 멀리 걸어왔지만 그들은 여전히 말문을 열지 못하고 있었다. 바렌카로서는 침묵하는 편이 나았다. 버섯에 관한 얘기를 나눈 뒤보다는, 침묵 뒤에 하고 싶은 말들을 하기가 더 쉬울 터였다. 그러나 의지에 반하여, 본의가 아닌 듯 바렌카의 입에서 이런 말이 튀어나왔다.

「그러니까 아무것도 못 찾으셨다고요? 하기야 숲 한가운데에는 늘 얼마 없더라고요.」

세르게이 이바노비치는 한숨만 내쉴 뿐 아무 대꾸도 하지 않았다. 그녀가 버섯 얘기를 꺼낸 것이 그는 유감스러웠다. 어린 시절에 관하여 이야기한 순간으로 그녀를 돌려놓고 싶었다. 하지만 스스로의 의지를 거스르려는 듯, 그는 잠시 침묵하더니 그녀의 마지막 말에 대꾸를 하고 말았다.

「제가 듣기로는 그물버섯은 주로 숲 가장자리에 있다더군요. 저야 그물버섯을 구별해 낼 줄도 모르지만요.」

몇 분이 더 흘렀고, 그들은 아이들로부터 더 멀리 떨어져 완전히 둘만 있게 되었다. 바렌카는 심장이 마구 뛰어 박동 소리가 들리는 것만 같았다. 자기 얼굴이 붉어졌다 창백해지고 다시 붉어지는 것이 느껴질 정도였다.

마담 슈탈의 집에서 그러한 처지에 놓이게 된 그녀로서는 코즈니셰프 같은 남자의 아내가 되는 것이 최고의 행복으로 여겨졌다. 뿐만 아니라 그녀는 자신이 사랑에 빠졌음을 거의 확신하고 있었다. 그리고 이제 그것은 매듭지어질 것이었다. 그녀는 두려웠다. 그가 말을 할까 봐 두려웠고, 말을 하지 않을까 봐서도 두려웠다.

지금이 아니면 다시는 서로의 마음을 고백할 수 없을 터였다. 그건 세르게이 이바노비치 역시 느끼는 바였다. 바렌카의 시선과 홍조, 내리깐 눈동자에 담긴 모든 것이 초조한 기다림을 드러내고 있었다. 그것을 본 세르게이 이바노비치는 그녀가 가엾게 느껴졌다. 심지어 지금 아무 말도 하지 않는 건 그녀를 모욕하는 짓이라는 생각까지 들었다. 그는 재빨리 머릿속으로 자신의 결정이 이롭다는 근거들을 일일이 되짚어 보았다. 청혼하기 위해 하려던 말들도 속으로 되풀이해 보았다. 그러나 그 말 대신, 예기치 않게 떠오른 생각에 이끌려 느닷없이 이렇게 묻고 말았다.

「그물버섯과 차가버섯은 어떤 차이가 있나요?」

대답하는 바렌카의 입술은 흥분으로 바르르 떨렸다.

「갓에는 차이가 없지만 기둥이 다르죠.」

이 말이 나오는 순간 그도 그녀도 다 끝났음을, 말해야만 했던 것을 이제는 말하지 못할 것임을 깨달았다. 이윽고 조금 전까지 최고조에 달했던 그들의 설렘은 잦아들기 시작했다.

「차가버섯 말이죠, 그 기둥을 보면 이틀 동안 면도하지 않은 갈색 머리 남자의 턱수염이 떠올라요.」이내 침착한 어조로 세르게이 이바노비치가 말했다.

「네, 정말 그래요.」바렌카가 미소를 지으며 대꾸했다. 그리고 무심결에 그들의 산책 길 방향이 틀어졌다. 그들은 아이들 쪽으로 다가가고 있었다. 바렌카는 마음이 아프고 창피했다. 그러나 더불어 안도감을 느꼈다.

집으로 돌아오는 길에 모든 근거들을 하나씩 되짚어 보던 세르게이 이바노비치는 자신이 잘못 판단했음을 깨달았다. 그는 마리의 추억을 배신할 수 없었던 것이다.

「조용히 해, 애들아, 조용히!」 맞은편에서 아이들이 환호성을 지르며 마구 달려오자 레빈이 키티를 보호하기 위해 그녀 앞에 서서, 심지어 화를 내면서 소리쳤다.

뒤이어 세르게이 이바노비치와 바렌카가 숲에서 나왔다. 키티로서는 바렌카에게 물어볼 필요도 없었다. 두 사람의 얼굴에 드리운 침착하면서도 약간 무안해하는 표정으로 미루어 자신의 계획이 실현되지 않았음을 그녀는 알아챘다.

「그래, 어찌 됐죠?」 그들이 다시 집으로 돌아올 때 남편이 그녀에게 물었다.

「낚이지를 않네요.」

「낚이지를 않는다니?」

「이렇게요.」 그녀가 남편의 손을 잡고 자기 입 쪽으로 들어올리더니 꼭 다문 입술을 살짝 갖다 댔다. 「주교님 손에 입 맞추듯이 말이에요.」

「대체 누가 낚이지 않는 건데요?」 그가 웃으면서 물었다.

「둘 다요. 이렇게 했어야 하는데…….」

「농부들 마차가 지나가는군.」

「괜찮아요, 저들 쪽에서는 우리가 안 보여요.」

6

아이들이 차를 마시는 시간에 어른들은 발코니에 앉아 아무 일도 없었다는 듯 대화를 나누었다. 그럼에도 불구하고 모두들, 특히 세르게이 이바노비치와 바렌카는, 좋지 않은 일이긴 하지만 대단히 중요한 일이 벌어졌음을 여실히 깨닫고 있었다. 그들 두 사람은 동일한 감정을 느꼈으니, 그것은 낙제한 학생이 유급되거나 아니면 학교에서 영영 제적되었을 때 겪는 심정과 유사했다. 함께 자리한 사람들 역시 모두 무슨 일이 벌어졌음을 똑같이 느끼면서도, 열심히 딴 얘기를 했다. 레빈과 키티는 그날 저녁 유난히 행복해하며 정다운 모습을 보였다. 자신들의 사랑으로 인하여 행복한 그들의 모습은 그러고 싶지만 그럴 수 없는 이들에게 불쾌한 암시를 내포하고 있었고, 그래서 그들은 죄스러운 마음이 들었다.

「두고 봐라, 알렉산드르는 오지 않을 거다.」 늙은 공작 부인이 말했다.

그날 저녁 스테판 아르카디치가 기차를 타고 오기로 해서 다들 기다리고 있었는데, 노공작 또한 어쩌면 자기도 올지 모른다고 편지를 보냈던 것이다.

「그 이유를 나는 알지.」 공작 부인이 말을 계속했다. 「신혼 때는 젊은 부부를 둘만 있게 내버려 둬야 한다고 늘 그러더라고.」

「그래서 아빠는 우리를 그렇게 버려 두셨군요. 아빠를 통 못 뵈었어요. 게다가 우리가 뭐가 젊어요? 우리도 꽤 나이가 들었다고요.」

「아무튼 너희 아버지가 안 오면 나도 너희들과 안녕이다, 애들아.」 공작 부인이 애석하다는 듯 한숨을 내쉬었다.

「무슨 말씀이세요, 엄마!」 두 딸이 그녀에게 따지듯 대꾸했다.

「생각 좀 해봐라, 네 아빠가 어떻겠니? 요즘은 정말…….」

갑자기, 전혀 예기치 않게도 늙은 공작 부인의 목소리가 떨리기 시작했다. 두 딸은 입을 다물고서 눈길을 주고받았다.

〈Maman(엄마)은 늘 뭔가 슬픈 걸 떠올린단 말이야.〉 그들의 눈빛은 이렇게 말하고 있었다. 공작 부인이 딸의 집에서 아무리 잘 지내도, 자신이 그곳에서 필요한 존재라는 걸 아무리 절감해도, 사랑하는 막내딸이 결혼하고 집안이 휑해진 뒤로 자기 자신과 남편의 처지를 생각하며 너무도 서글퍼 한다는 사실을 그들은 몰랐다.

「무슨 일이죠, 아가피야 미하일로브나?」 의미심장한 표정으로 묘한 기색을 풍기며 서 있는 아가피야 미하일로브나를 보고 키티가 물었다.

「저녁 식사 때문에요.」

「그래, 잘됐네.」 돌리가 말했다. 「너는 가서 일을 보렴. 나는 그리샤랑 복습하러 가야겠어. 걘 오늘 아무것도 한 게 없지 뭐야.」

「제가 가르치겠습니다! 돌리, 제가 갑니다.」 레빈이 벌떡 일어서며 말했다.

벌써 중학교에 입학한 그리샤는 여름 동안 학과 공부를 복습해야만 했다. 이미 모스크바에서 아들과 함께 라틴어를 배웠던 다리야 알렉산드로브나는 레빈 부부 집에 온 뒤로 하루에 한 번이라도 산수와 라틴어의 가장 어려운 부분을 아들과 같이 복습하는 걸 생활 규범으로 정했다. 레빈이 그녀 대신 하겠다고 자진해서 나섰지만, 언젠가 한번 레빈이 가르치는 걸 듣고서 모스크바의 선생이 지도하던 방식과 다르다는 걸 알아챈 그녀는 당황했다. 레빈의 기분을 상하게 하지 않으려고 애쓰면서도 그녀는 선생이 하듯이 책에 나온 대로 지도해야 하며, 다시 자기가 맡는 게 나을 거라고 단언하였다. 레빈은 우선 스테판 아르카디치 때문에 화가 났는데, 그의 무심함으로 인하여 아빠가 아니라 엄마가, 그녀로서는 전혀 알지도 못하는 교수법에 대해 문제 삼는 게 어이없었다. 또한 아이들을 형편없이 가르친다는 점에서 교사들한테도 짜증이 났다. 그러나 그는 처형에게 그녀가 원하는 방식대로 지도하겠노라고 약속했다. 그러고는 그리샤를 데리고 학과 복습을 계속했는데, 그건 이미 자신의 방식이 아니라 책에 근거한 것이었다. 따라서 그는 썩 내키지 않았고, 종종 공부 시간을 잊곤 했다. 지금도 마찬가지였다.

「아닙니다, 제가 가죠, 돌리. 앉아 계십시오.」그가 말했다. 「규정대로, 교과서대로 할 겁니다. 다만, 저…… 스티바가 오면 함께 사냥을 갈 거라서, 그때는 건너뛰게 될 것 같지만요.」

그러고서 레빈은 그리샤에게 갔다.

바렌카도 키티에게 같은 말을 했다. 그녀 역시 행복하고 잘 꾸려진 레빈 부부의 집에서 자기 몫을 할 줄 알았다.

「내가 저녁 식사를 준비할 테니 앉아 있어요.」그녀는 이렇게 말하고 자리에서 일어나 아가피야 미하일로브나 곁으로 갔다.

「참, 맞아요, 맞아, 닭을 못 구했죠. 그러면 집에 있는…….」키티가 입을 열었다.

「나랑 아가피야 미하일로브나가 알아서 할게요.」그런 뒤 바렌카는 아가피야 미하일로브나와 함께 자리를 떴다.

「참으로 상냥한 처녀로구나!」공작 부인이 말했다.

「상냥한 게 아니라, maman(엄마), 보기 드문 매력덩어리라니까요.」

「그러니까 지금 스테판 아르카디치를 기다리고 계신 겁니까?」바렌카에 관한 얘기를 이어 가는 것이 몹시 불편한 기색으로 세르게이 이바노비치가 말했다. 「두 분의 남편들처럼 서로 닮은 점이 없는 동서 간도 없을 겁니다.」 그가 엷은 미소를 지으며 말을 이었다. 「한 사람은 물 만난 고기처럼 사교계에만 가면 기민하게 움직이고 활기를 띠는 반면, 다른 한 사람인 우리 코스탸는 모든 일에 민첩하고 예민하면서도 사교계에만 가면 뭍에 오른 물고기처럼 얼어붙거나 미련스럽게 아등바등하니 말입니다.」

「네, 저 사람은 신중하질 못하죠.」 늙은 공작 부인이 세르게이 이바노비치를 향해 말했다. 「안 그래도 저 사람한테 얘기 좀 해주십사 부탁드릴 참이었습니다. 애 말이에요, 키티요, 여기 있을 수만은 없어요. 모스크바에 꼭 와야 합니다. 저 사람은 의사를 모셔 오겠다고 하지만…….」

「maman(엄마), 그이가 알아서 할 거예요. 그이도 다 동의했어요.」 키티가 엄마에게 짜증을 냈다. 그 일에 세르게이 이바노비치를 판관인 양 끌어들이는 게 못마땅했던 것이다.

한창 이야기가 오가는 중 정원의 가로수 길에서 말들의 콧바람 소리와 바퀴가 자갈에 부딪치는 소리가 들려왔다.

돌리가 미처 남편을 마중 나가기도 전에, 아래층에서 레빈이 그리샤의 공부방 창문으로 뛰어나가서는 그리샤를 번쩍 안아 내려 주었다.

「스티바가 왔어요!」 발코니에서 레빈이 소리쳤다. 「수업은 다 마쳤습니다, 돌리, 걱정 말아요.」 그는 이렇게 덧붙이더니 어린애처럼 마차 쪽으로 뛰어 내려갔다.

「Is(그), ea(그녀), id(그것), ejus(그의), ejus(그녀의), ejus(그것의)!」[2] 그리샤가 가로수 길을 따라 껑충껑충 뛰면서

2 라틴어의 3인칭 단수 대명사의 격 변화를 나열하고 있다.

외쳤다.

「누가 또 왔군요. 틀림없이 아버님일 겁니다!」레빈이 가로수 길 입구에 멈춰 선 채 외쳤다. 「키티, 가파른 계단으로 내려오지 말고 돌아서 와요!」

그러나 오블론스키와 함께 있는 사람이 노공작이리라 생각한 레빈의 예상은 빗나갔다. 마차에 가까이 가서 보니, 스테판 아르카디치의 옆자리에는 공작이 아닌, 기다란 리본이 뒤에 달린 스코틀랜드식 고깔모자를 쓴 살집 있고 잘생긴 젊은 사내가 타고 있었다. 그는 셰르바츠키 자매들의 육촌 형제인 바센카 베슬롭스키였다. 그는 페테르부르크와 모스크바에서 이름을 날리는 청년으로서, 스테판 아르카디치가 소개한 바에 의하면 〈대단히 특출한 친구이자 열정적인 사냥꾼〉이었다.

노공작 대신 와서 사람들을 실망시켰다는 사실에는 전혀 아랑곳없이, 베슬롭스키는 예전의 만남을 상기하면서 레빈과 쾌활하게 인사를 나누었다. 그런 다음 그리샤를 사륜마차로 안아 올려 스테판 아르카디치가 데려온 포인터 사냥개 건너편에 앉혔다.

레빈은 마차에 타지 않고 뒤에서 걸었다. 알면 알수록 더 좋아지는 노공작은 안 오고, 전혀 낯선 데다 아무짝에도 쓸모없는 바센카 베슬롭스키가 나타난 것이 그는 못마땅했다. 현관으로 다가가자 그는 더욱더 낯선 불청객으로 보였다. 현관에 어른 아이 할 것 없이 모두가 활기를 띠며 떼를 지어 모여 있었는데, 바센카 베슬롭스키가 키티의 손에 유독 다정하고 정중하게 입을 맞추는 것이었다.

「저와 당신의 아내는 cousins(친척)입니다. 오래전부터 알고 지낸 사이죠.」 레빈의 손을 또다시 힘주어 잡으며 바센카 베슬롭스키가 말했다.

「그래 어때, 들새들은 좀 있나?」 모두에게 일일이 인사를 건네고서 곧장 스테판 아르카디치가 레빈에게 물었다. 「내가 이 친구랑 아주 험난한 계획을 세웠다네. 이런 법이 어딨습니까, maman(어머님). 이 두 사람이 여태 모스크바에 다녀가질 않았다니요. 자, 타냐, 네게 줄 게 있단다! 가져오렴. 마차 뒷자리에 있어.」 그가 사방으로 말을 걸었다. 「당신 아주 혈색이 좋아졌구먼, 돌렌카.」 스테판은 아내의 손에 다시 한번 입을 맞춘 뒤 한 손으로 그녀의 손을 잡은 채 다른 한 손으로 토닥거리며 말했다.

1분 전만 해도 기분이 아주 좋았던 레빈은 이제 모두를 시무룩하게 쳐다보고 있었고, 모두가 마음에 들지 않았다.

〈어제는 저 입술로 누구에게 입을 맞추었을까?〉 아내에게 다정하게 구는 스테판 아르카디치를 바라보며 그가 생각했다. 돌리를 쳐다보니, 그녀 역시 맘에 들지 않았다.

〈남편의 사랑을 믿지도 않으면서 대체 뭐가 저렇게 반가운 거야? 꼴사납군!〉 레빈은 생각했다.

그는 1분 전만 해도 참으로 다정해 보였던 공작 부인 쪽을 바라보았다. 예의 리본을 달고 있는 바센카를 마치 자기 집에 온 손님인 양 반갑게 맞이하는 그녀의 품새 또한 마음에 거슬렸다.

역시나 현관에 나와 있는 세르게이 이바노비치마저 못마땅했다. 형이 오블론스키를 좋아하지도 존경하지도 않는다는 걸 알고 있는 레빈으로서는 스테판 아르카디치를 반가운 척 맞이하는 그의 모습이 역겨워 보였다.

어떻게 하면 시집을 갈까, 그것만 생각하고 있으면서 sainte nitouche(독실한 신자)인 양 이 신사와 인사를 나누는 바렌카 역시 마찬가지였다.

가장 불쾌한 건, 자신이 시골에 온 것이 스스로에게는 물론 다른 모두에게도 마치 축제라도 되는 것처럼 행세하는 이 신사의 쾌활한 어조에 넘어가 버린 키티였다. 특히 그녀가 그의 미소에 특별한 미소로 답하는 게 불쾌했다.

시끌벅적하게 이야기를 나누며 다들 안으로 들어갔다. 모두가 자리를 잡고 앉자 레빈은 몸을 돌려 밖으로 나갔다.

키티는 남편에게 무슨 일이 생겼음을 눈치챘다. 잠시 짬을 내어 남편과 단둘이 얘기를 나누고 싶었지만, 그는 사무소에 가봐야 한다면서 황급히 그녀 곁을 떠나 버렸다. 농사일이 그에게 오늘처럼 중요하게 여겨진 적은 정말 오랜만이었다. 〈다들 축일이라도 맞이한 모양이군.〉 그는 생각했다. 〈여기에는 아무도 기다리지 않는, 즐겁지 못한 일이 있단 말이다. 그것 없이는 누구도 살 수가 없는 일 말이야.〉

7

저녁 식사를 하러 오라고 사람을 보냈을 때에야 레빈은 집으로 돌아왔다. 키티와 아가피야 미하일로브나가 계단 위에 선 채 식사에 곁들일 포도주에 관해 의논하고 있었다.

「뭘 그리 fuss(수선)예요? 그냥 평범한 걸로 하면 되지.」

「안 돼요, 스티바는 안 마실 거예요⋯⋯. 코스탸, 잠깐만요, 당신 왜 그래요?」 키티가 서둘러 그의 뒤를 쫓으며 말을 꺼냈지만, 그는 그녀를 기다려 주지도 않고 가차없이 성큼성큼 걸어서 식당으로 들어가서는 곧바로 바센카 베슬롭스키와 스테판 아르카디치가 나누던 대화에 끼어들었다.

「자, 그러면 내일 사냥을 나가는 건가?」스테판 아르카디치가 물었다.

「그래요, 갑시다.」베슬롭스키가 다른 의자에 비스듬히 옮겨 앉아 살찐 다리를 꼬면서 대꾸했다.

「좋소, 가지요. 그런데 당신은 올해 벌써 사냥을 다녀오셨다고요?」레빈은 그의 다리를 주의 깊게 살피면서, 유쾌한 척 가식을 떨었다. 그에게 너무도 어울리지 않는 그 표정을 키티는 익히 알고 있었다. 「호사도요가 있을지는 모르겠지만, 메추라기도요는 많습니다. 다만 일찍 가야 해요. 피곤하지 않으시겠어요? 피곤하지 않은가, 스티바?」

「피곤하냐고? 아직은 전혀 아니네. 밤을 새우자고! 산책하러 나가세.」

「정말, 밤을 새웁시다! 멋진 생각이네요!」베슬롭스키가 맞장구쳤다.

「오, 정말이지 우리가 장담해요. 당신은 밤을 새울 수 있고, 다른 사람까지 잠 못 자게 할 테죠.」돌리가 살짝 비꼬는 투로 남편에게 말했다. 요즘 그녀가 남편을 대할 때는 거의 항상 그런 식이었다. 「벌써 시간이 된 것 같네요……. 저는 가봐야겠어요. 저녁 식사는 관두죠.」

「그러면 쓰나. 더 앉아 있어요, 돌렌카.」그는 사람들이 식사를 하고 있는 커다란 식탁 너머 돌리의 자리로 건너갔다. 「당신한테 할 얘기가 아주 많다니까.」

「틀림없이 별 얘기 아닐 거면서요.」

「저, 있잖소, 베슬롭스키가 안나한테 갔었다는군. 그리고 다시 그녀 집으로 갈 거라고 합디다. 그들은 당신 영지에서 70베르스타 떨어진 곳에 있단 말이오. 그러니 나도 꼭 가볼 작정이오. 베슬롭스키, 이쪽으로 와보게!」

바센카가 부인들 자리로 오더니 키티 옆에 나란히 앉았다.

「어디, 얘기 좀 해보세요, 안나한테 다녀오셨다고요? 그녀는 어떻게 지내나요?」 다리야 알렉산드로브나가 그에게 물었다.

식탁의 다른 쪽 끝에 남아 있던 레빈은 공작 부인과 바렌카와 이야기를 이어 가면서 돌리와 키티 그리고 베슬롭스키 사이에 활기 넘치면서도 은밀한 대화가 오가는 모습을 지켜보았다. 그뿐만 아니라, 무언가를 신나게 이야기하는 바센카의 잘생긴 얼굴에서 눈을 뗄 줄 모르는 아내의 얼굴에 드리운 진지한 표정 또한 그는 보았다.

「아주 잘 지내고 있어요.」 바센카가 브론스키와 안나에 관해 이야기했다. 「물론, 제가 감히 판단은 못 내리겠지만, 그분들 집에 지내면서 한 가정 안에 머물러 있다는 느낌을 받았습니다.」

「뭘 할 계획이래요?」

「겨울에 모스크바로 가려는 것 같더군요.」

「우리가 다 같이 그 집에 찾아가면 얼마나 좋겠어! 자네는 언제 갈 건가?」 스테판 아르카디치가 바센카에게 물었다.

「저는 7월을 그분들 집에서 보낼 겁니다.」

「당신도 갈 거요?」 스테판 아르카디치가 아내에게 물었다.

「오래전부터 가보고 싶었어요. 꼭 갈 거예요.」 돌리가 말했다. 「나는 그녀가 가여워요. 그녀를 잘 알거든요. 훌륭한 여자예요. 당신이 떠나거든 혼자 가겠어요. 이 일로 아무에게도 부담 주지 않을 거예요. 그리고 당신이 없는 게 더 나아요.」

「그것도 좋지.」 스테판 아르카디치가 말했다. 「키티, 처제는?」

「저요? 제가 뭐하러 가요?」 키티가 얼굴을 온통 붉혔다. 그러고는 남편 쪽을 돌아보았다.

「안나 아르카디예브나와 아는 사이예요?」 베슬롭스키가 물었다. 「아주 매력적인 여인이죠.」

「네.」 그녀가 한층 더 얼굴을 붉히며 대답하고는 자리에서 일어나 남편 곁으로 갔다.

「그럼, 당신은 내일 사냥하러 가는 건가요?」 그녀가 레빈에게 물었다.

그 몇 분 사이, 특히 베슬롭스키와 얘기를 나눌 때 그녀의 두 뺨에 번졌던 홍조로 인해서 그의 질투심은 너무 멀리까지 나아가 버리고 말았다. 이제 그는 그녀가 하는 말을 들으며 아예 자기 식대로 해석하고 있었다. 나중에 이 일을 회상했을 때는 정말로 이상하게 여겨졌으나, 지금 이 순간만큼은 사냥을 갈 거냐고 묻는 그녀의 질문이 오로지 바센카 베슬롭스키에게 사냥하는 즐거움을 누리게 해줄 것인지 알아내고자 하려는 것일 뿐이라고 그는 확신했다. 그가 보기에 키티는 이미 베슬롭스키에게 흠뻑 빠져 있었다.

「그래, 갈 거예요.」 그가 부자연스러운, 자기가 듣기에도 혐오스러운 목소리로 대답했다.

「그러지 말고, 내일 하루는 집에 있어요. 안 그러면 돌리 언니가 형부와 시간을 보낼 겨를이 전혀 없어요. 모레 가면 되잖아요.」 키티가 말했다.

키티가 한 말의 의미는 이제 레빈에 의해서 이렇게 해석되었다. 〈나와 **그이**를 갈라놓지 마세요. 당신이 떠나는 건 상관없지만, 나를 저 매력적인 청년과 마음껏 사귀게 해주세요.〉

「오, 당신이 원한다면 내일은 집에 있지.」 레빈이 유난히 쾌활하게 대답했다.

그 와중에 바센카는 자신의 존재가 그런 속앓이를 초래했으리라고는 전혀 짐작하지 못한 채 키티를 따라 식탁에서 일어나더니, 미소 어린 다정한 눈빛으로 주시하며 그녀를 뒤따라갔다.

그 눈빛을 본 레빈은 새파랗게 질려서 한순간 숨도 쉬지 못했다. 〈내 아내를 어떻게 저렇게 쳐다볼 수가 있담!〉 그의 속이 부글부글 끓었다.

「내일요? 그러지 말고 갑시다.」 바센카가 의자에 앉아 또다시 버릇대로 다리를 꼬면서 말했다.

질투심은 한층 더 멀리 나아갔다. 그는 이미 스스로를 배신당한 남편으로 여기고 있었다. 아내와 정부는 그를 단지 자기들의 생활의 편의와 쾌락을 위해서만 필요로 하는 것이다……. 하지만 그럼에도 불구하고, 그는 바센카에게 사냥이라든가 총, 장화 등에 대해 상냥하고 친절하게 물어보고는 내일 떠나자는 의견에 동의했다.

레빈으로서는 다행히도, 늙은 공작 부인이 자리에서 일어나 키티에게 이제 가서 자라고 재촉함으로써 속앓이를 중단시켜 주었지만 새로운 속앓이를 비켜 갈 수는 없었으니, 안주인과 밤 인사를 하면서 바센카가 또다시 그녀의 손에 입 맞추려 했던 것이다. 그러나 키티는 얼굴을 붉히며, 나중에 어머니의 지적에 따르면 어린애처럼 무례하게 손을 확 뿌리치고는 이렇게 말했다.

「저희 집에서는 이렇게 하지 않아요.」

레빈이 보기에는 그런 행태를 허용한 그녀에게 잘못이 있었다. 그리고 그런 행태가 싫다는 걸 그렇게 서투르게 표명하는 것은 더더욱 큰 잘못이었다.

「자는 게 뭐 그리 대수라고!」 저녁 식사 중에 포도주를 몇 잔 들이켠 뒤 예의 시적이고 그윽한 기분에 잠긴 스테판 아르카디치가 말했다. 「저것 좀 봐요, 처제, 저거.」 보리수 너머로 솟아오르는 달을 가리키며 그가 말을 이었다. 「얼마나 멋져! 베슬롭스키, 자, 세레나데를 부를 차례네. 있잖아, 저 친구 목소리가 아주 근사해. 오는 길에 같이 화음을 맞춰서 노래를 불렀다니까. 저 친구가 멋진 로망스 신곡 두 개를 들고 왔어. 바르바라 안드레예브나랑 같이 부르면 좋겠더군.」

모두들 제각기 흩어진 뒤 스테판 아르카디치는 한참 동안 베슬롭스키와 가로수 길을 거닐었고, 둘이서 화음을 맞춰 새로운 로망스를 부르는 소리가 들려왔다.

그 소리를 들으며 레빈은 이맛살을 찌푸린 채 침실의 안락의자에 앉아 있었다. 대체 무슨 일이냐는 아내의 질문에 그는 고집스레 침묵을 지켰다. 그러나 마침내 그녀가 먼저 나서서 주눅 든 미소를 지으며 〈베슬롭스키한테 뭔가 맘에 안 드는 점이 있는 거 아녜요?〉라고 물었을 때, 갑자기 폭발하여 모든 걸 쏟아 내고 말았다. 자신이 털어놓는 말이 자존심을 상하게 했기에 그는 더욱더 화가 났다.

레빈은 스스로를 제어하기 위해 온 힘을 짜내는 듯, 억센 두 주먹으로 가슴팍을 꽉 누른 채 찌푸린 눈썹 아래 두 눈을 무섭게 번쩍이며 그녀 앞에 서 있었다. 레빈의 표정에 키티의 심금을 울리는 고통이 드러나지 않았더라면, 그 모습은 준엄하고 심지어 잔혹해 보이기까지 했을 것이다. 그의 광대뼈에서 경련이 일었고, 목소리는 갈라졌다.

「내가 질투하는 게 아니라는 걸 알아주길 바라요. 그건 역겨운 말이니까. 나는 질투할 수도 없고, 그걸 믿을 수도 없어요……. 내가 느낀 바를 표현하지 못하겠지만, 그건 아주 끔찍한……. 나는 질투하는 게 아니라, 누군가가 감히 그런 눈으로 당신을 쳐다보고 생각할 수 있다는 데 모욕감을, 치욕을 느끼는 거예요…….」

「아니, 어떤 눈이었는데요?」 그날 저녁에 오고 갔던 모든 말과 행동거지, 그리고 그 속에 담긴 모든 뉘앙스를 최대한 양심껏 기억해 내려고 애쓰면서 그녀가 물었다.

마음 깊은 곳에서 그녀는 레빈이 식탁의 다른 편 끝으로 건너갔던 바로 그 순간 무언가 있었음을 알아챘지만, 스스로에게조차 감히 그 사실을 인정할 수 없었다. 하물며 그걸 남편에게 말해서 그의 고통을 더 가중시킬 엄두도 나질 않았다.

「아니, 게다가 나한테 도대체 무슨 매력적인 구석이 있겠어요. 내가 어떻다고요?」

「아!」 그가 머리를 부여잡고 소리쳤다. 「차라리 말을 말아야지……! 그러니까 당신 얘기는, 만일 매력적이라면…….」

「그게 아녜요, 코스탸, 잠깐만요, 내 얘길 좀 들어 봐요!」 그녀가 괴로움과 연민이 뒤섞인 표정으로 그를 바라보았다. 「당신 도대체 무슨 생각을 하는 거예요? 나한테는 남자라곤 없어요. 없다고요, 없어요! 그러면 당신은 내가 아무도 안 만났으면 좋겠어요?」

처음에는 그의 질투가 그녀에게 모욕적으로 여겨졌다. 악의라곤 전혀 없는 아주 작은 기분 전환조차 자신에게는 금지되어 있다는 것에 화가 났다. 하지만 지금은 남편의 안정을 위해서, 그가 겪었을 고통에서 해방시켜 주기 위해서 그런 하찮은 것은 물론 무엇이든 기꺼이 희생할 기세였다.

「내 입장이 참담하고 우스꽝스럽다는 것을 알아주길 바라요.」 그가 침울한 목소리로 속삭이듯 말을 이었다. 「그 친구가 우리 집에서 특별히 무례한 짓을 저지른 건 정말이지 아니에요. 그 방자함과 다리 꼬는 것 빼고는. 그는 그걸 아주 멋진 행동거지라 여기고 있고, 그러므로 나 또한 그에게 친절하게 대해야만 하지.」

「하지만 코스탸, 당신 너무 과장하고 있어요.」 키티가 말했다. 레빈의 질투로써 표현되는 자신에 대한 사랑의 강렬함에 그녀는 마음속 깊이 희열을 느꼈다.

「가장 끔찍한 건, 당신이, 늘 그래 왔지만 당신이 나에게 너무나 소중한 지금, 우리가 이토록 행복하고, 유달리 행복한데, 갑자기 저런 허접스러운 인간이…… 허접스러운 건 아니지. 내가 왜 그를 욕하는 거지? 그 친구와는 아무 관계도 아닌데. 하지만 대체 왜 나랑 당신의 행복이…….」

「있잖아요, 왜 이렇게 됐는지 알겠어요.」 키티가 얘기를 꺼냈다.

「왜? 왜?」

「우리가 저녁 식사 자리에서 이야기할 때 당신이 쳐다보는 걸 봤어요.」

「그래, 그랬지!」 그가 흠칫 놀라며 대꾸했다.

그녀는 그때 무슨 얘길 나눴는지 그에게 들려주었다. 이야기하는 동안 흥분하여 숨을 헐떡이기까지 했다. 한동안 말이 없던 레빈은 그녀의 창백하고 겁먹은 얼굴을 들여다보고는 갑자기 머리를 움켜쥐었다.

「카탸, 내가 당신을 너무 괴롭혔군요! 여보, 나를 용서해요. 미쳤나 보군! 카탸, 내가 다 잘못했어요. 그런 말도 안 되는 일 때문에 그토록 괴로워하다니.」

「아니에요, 나는 당신이 가엾어요.」

「내가? 나 말이에요? 내가 뭔데? 난 미친놈이에요……! 난 대체 왜 당신을 괴롭히는 거지? 생각만 해도 끔찍해요. 낯선 사람들이 우리의 행복을 망쳐 놓을 수 있다는 거 말이에요.」

「물론, 그런 건 참 화가 나죠.」

「아니, 자, 난 이제 일부러라도 그 친구를 여름 내내 우리 집에 머물게 할 거예요. 그리고 온갖 친절을 베풀면서 아첨을 떨어야지.」 레빈이 그녀의 손에 입을 맞추었다. 「두고 봐요, 내일…… 그래, 참, 내일 우리는 사냥하러 갈 거예요.」

8

이튿날, 부인들은 아직 일어나지도 않은 시각에 사냥용 마차 두 대가, 즉 승용 마차와 짐수레가 현관 앞에 대기하고 있었다. 아침 일찍부터 사냥을 나간다는 걸 알아챈 라스카는 컹컹거리며 실컷 펄쩍펄쩍 뛰어다니다가 마부 옆자리에 앉아서 지체되는 게 못마땅하다는 듯 여태 사냥꾼들이 모습을 드러내지 않는 문을 초조하게 바라보았다. 맨 먼저 나온 이는 바센카 베슬롭스키였다. 그는 허벅지 중간까지 올라오는 커다란 새 장화를 신고 가죽 냄새가 나는 새 탄띠를 두른 초록색 점퍼에다 예의 리본 달린 고깔모자 차림으로 고리와 어깨띠가 없는 영국산 신식 총을 들고 나왔다. 라스카가 달려가 펄쩍펄쩍 뛰면서 그를 맞이하고는, 다들 곧 나오는 것인지 자기 식으로 물었다. 그러나 대답을 얻지 못하자 제자리로 돌아가 고개를 갸우뚱 기울이고 한쪽 귀를 쫑긋 세운 채 또다시 꼼짝도 하지 않았다. 마침내 요란한 소리를 내며 문이 열리더니 스테판 아르카디치가 데려온 겨자색 얼룩무늬 포인터 크라크가 공중을 선회하며 날듯이 뛰쳐나왔고, 이어서 스테판 아르카디치가 두 손으로 총을 든 채 입에 시가를 물고서 그 뒤를 따랐다. 「가만, 가만히 있어, 크라크!」 스테판 아르카디치가 자신의 배와 가슴에 앞발을 올리고는 사냥감 자루에 매달리려 드는 개에게 다정하게 소리쳤다. 아르카디치는 가죽신에 각반을 차고 해진 바지와 짧은 외투를 입었다. 머리에는 찌그러진 모자를 쓰고 있었지만 신식 총은 장난감처럼 세련되었고, 사냥감 자루와 탄띠 역시 낡은 것이긴 했으나 품질만은 최고였다.

바센카 베슬롭스키는 그때까지 그런 진정한 사냥꾼의 멋내기, 즉 누더기 같은 옷을 입되 가장 질 좋은 사냥 도구를 지니는 것을 이해하지 못했다. 그러나 지금 해진 누더기 차림으로 예의 우아하고 살이 오르고 쾌활한 지주의 외양을 환히 빛내고 있는 스테판 아르카디치를 보고서야 그것을 이해할 수 있었다. 그는 다음번 사냥 때는 자신도 반드시 저런 차림을 하리라 마음먹었다.

「근데, 우리 주인장은 어찌 된 거죠?」 그가 물었다.

「젊은 아내가 있잖나.」 스테판 아르카디치가 씩 웃으며 대꾸했다.

「맞아요, 게다가 그렇게 매력적인 분이니.」

「옷은 벌써 다 입었네. 틀림없이 다시 아내한테 달려갔을 거야.」

스테판 아르카디치의 추측대로였다. 레빈은 어제 자신이 아내에게 저지른 어리석은 짓을 정말 용서해 준 것인지 한 번 더 물어보고 제발 좀 몸조심하라고 당부하기 위해 그녀에게 또다시 달려갔다. 무엇보다 아이들로부터 멀리 떨어져 있는 게 중요했다. 아이들은 항상 그녀를 밀칠 수 있었으니까. 그다음으로는 자신이 이틀 동안 집을 떠나 있다 해도 화내지 않을 거라는 확언도 다시 한번 받아 내야 했으며, 그녀가 잘 있다는 걸 알 수 있도록 내일 파발꾼을 통해 반드시 한두 마디라도 전갈을 보내 달라고 재차 당부해야만 했다.

언제나처럼 키티는 이틀씩이나 남편과 떨어져 있는 게 가슴 아팠다. 그러나 사냥용 장화에 흰 점퍼를 걸친, 유난히 건장하고 굳세 보이는 남편의 활기찬 모습과 그녀로서는 이해할 수 없는 사냥꾼 특유의 환하게 상기된 낯빛을 보고는, 남편의 기쁨으로 자신의 슬픔을 잊은 채 즐겁게 작별 인사를 나누었다.

「미안합니다, 여러분!」 마침내 그가 현관으로 뛰어나오며 말했다. 「아침 식사는 실었나? 밤색 말을 왜 오른편에 맸지? 그래, 뭐 상관없네. 라스카, 그만 가서 앉아 있어!」

「거세한 수소 우리에 넣게.」 거세한 양들을 어찌할지 물어보려고 현관 옆에서 기다리고 있던 가축지기에게 그가 말했다. 「미안하네. 저기 또 고약한 놈이 와서 말이야.」

그리고 마차에 올라타려던 레빈은 다시 뛰어내리더니, 자를 들고 현관 쪽으로 걸어오고 있는 목수 겸 청부업자에게로 달려갔다.

「어제 사무소로 오지 않고서 지금 이렇게 나를 지체하게 만드는군. 그래, 무슨 일인가?」

「모퉁이 하나만 더 만들게 해주십시오. 계단 세 개만 덧붙이면 됩니다. 딱 들어맞게 하겠습니다. 그러면 훨씬 더 완만해질 겁니다.」

「그러니까 내 말을 들었어야지.」 레빈이 성을 내며 대꾸했다. 「내가 말했었잖나, 계단 옆판을 세워 놓은 다음 판을 박아 넣으라고. 이제는 바로잡을 수가 없잖아. 내가 이른 대로 하게. 새로 판을 만들어.」

문제는 이러했다. 지금 짓고 있는 곁채에다 세울 계단을 청부업자가 망쳐 놓은 것이다. 계단 높이를 계산하지 않고 따로 디딤판을 만드는 바람에 그것들을 제자리에 박아 놓자 계단들이 하나같이 기우뚱거렸다. 그래 놓고는 지금 와서 이미 만든 계단은 그대로 두고 거기에 계단 세 개를 덧붙이겠다니.

「그게 훨씬 나을 겁니다.」

「아니, 계단 세 개를 덧붙이면 대체 뭐가 되겠는가?」

「그렇지 않습니다······.」 경멸스럽다는 듯한 웃음을 띤 채 목수가 대답했다. 「꼭 제대로 될 겁니다. 그러니까, 밑에서부터 올리는 거죠.」 그가 확신에 찬 몸짓을 했다. 「올리고 올리면 위에 닿을 겁니다.」

「계단 세 개면 길이도 늘어날 텐데······. 그럼 대체 어디에 닿는다는 거지?」

「그러니까, 밑에서부터 올리기만 하면 위에 꼭 닿을 겁니다.」 청부업자는 확신에 차서 완강하게 되풀이했다.

「천장 밑의 벽에 닿을 테지.」

「아닙니다요. 밑에서부터 한 층 한 층 맞춰 올라가면, 다 잘될 겁니다.」

레빈은 총 꽂는 자루를 집어 들고서 흙 위에 계단 그림을 그려 보였다.

「자, 알겠는가?」

「분부하신 대로…….」 마침내 사태를 이해한 목수가 문득 두 눈을 환히 빛냈다. 「새로 만들어야겠네요.」

「그럼 일러 준 대로 하게!」 레빈이 마차에 올라타면서 외쳤다. 「출발하자고! 필리프, 개들을 잘 붙잡게나!」

집안일과 농사일을 뒤로하고 떠나는 지금 레빈은 삶의 기쁨과 기대감이 얼마나 강렬하게 느껴지는지 말조차 아끼고 싶은 심정이었다. 게다가 사냥터에 가까워지고 있을 때는 모든 사냥꾼들이 체감하곤 하는 긴장된 설렘까지 더해졌다. 이 순간 무언가 그를 사로잡고 있다면, 그것은 오로지 콜페노 늪지에서 괜찮은 사냥감을 발견할 수 있을지, 크라크와 비교할 때 라스카는 과연 어떤 활약을 보일지, 그리고 오늘 총 쏘기에 운이 좀 트일지에 관한 생각뿐이었다. 〈새 친구 앞에서 망신을 당하면 어쩌지?〉 혹은 〈오블론스키가 나보다 더 잘 쏘면 어쩐담?〉 따위의 생각도 그의 머릿속에 떠올랐다.

오블론스키 역시 비슷한 심정이었기에, 그 또한 말수가 없었다. 오로지 바셴카 베슬롭스키만 쉴 새 없이 신나게 떠들어 댔다. 지금 그의 이야기를 듣고 있는 레빈은 그를 오해한 어제의 일을 떠올리기조차 부끄러웠다. 바셴카는 정말로 멋진 청년으로, 소박하고 선량하며 아주 쾌활했다. 레빈이 총각 이었을 때 그와 만났더라면 친하게 지냈을 터였다. 삶에 대한 홍겨운 태도와 어쩐지 방자해 보이는 우아함이 약간 거슬리긴 했지만 말이다. 마치 그는 자신의 기다란 손톱과 고깔모자, 그리고 그에 상응하는 나머지 것들에 대해 확고하고도 고차원적인 의미를 두고 있는 듯했다. 그러나 그의 선량함과 매너를 고려하면 그런 점은 용서할 만했다. 풍부한 교양에 탁월한 프랑스어와 영어 구사력, 자신과 같은 세계의 사람이라는 점에서 레빈은 그가 마음에 들었다.

바센카는 왼편에 매인 돈강 유역 초원 지대 태생의 말을 너무나 마음에 들어 했다. 그는 줄곧 그 말에 탄복했다.

「초원에서 자란 말을 타고 초원을 달리면 얼마나 좋을까요. 어떻습니까? 그렇지 않습니까?」 그가 말했다.

초원에서 자란 말을 타는 것에 대해 그는 뜬구름이나 다름없는, 야성적이면서 시적인 무언가를 상상하고 있었다. 그러나 그런 순진함은 그의 미모와 사랑스러운 미소, 동작의 우아함과 결합하여 대단한 매력을 발산했다. 그의 성정이 호감을 자아냈기 때문인지, 아니면 어제의 일을 속죄하고자 그에게서 장점이란 장점은 죄다 찾아내려고 애를 쓴 탓인지, 레빈은 그와 함께 있는 것이 참 좋았다.

3베르스타쯤 갔을 때, 베슬롭스키는 문득 시가와 지갑이 없다는 것을 깨달았다. 그것들을 잃어버린 것인지 아니면 탁자에 두고 온 것인지 알 수가 없었다. 지갑에 370루블이나 들어 있었기에 그대로 둘 수는 없었다.

「있잖아요, 레빈, 저 돈강 태생의 곁마를 타고 집에 다녀오려고요. 아주 끝내줄 겁니다. 그렇죠?」 당장이라도 말 위로 기어오를 태세였다.

「아니, 뭣하러 그럽니까?」 바센카의 몸무게가 6푸드는 족히 나가리라 짐작하고는 레빈이 대답했다. 「마부를 보내면 되죠.」

마부가 곁마를 타고 갔고, 레빈이 직접 말 한 쌍을 몰기 시작했다.

9

「그런데 우리 행로가 어떻게 되는 건가? 잘 좀 설명해 보게.」 스테판 아르카디치가 말했다.

「계획은 이렇다네. 지금 우리 그보즈데보까지 갈 걸세. 그 보즈데보 한쪽으로는 호사도요 늪이 펼쳐져 있고, 그보즈데 보 너머로는 근사한 메추라기도요 늪이 펼쳐진다네.[3] 호사도 요도 간간이 보이고. 지금은 날이 더운데, 저녁 무렵 (20베르 스타를 가서) 도착하면 저녁 들판을 보게 되겠지. 거기서 숙영을 하고, 내일은 넓은 늪으로 가보자고.」

「가는 도중에는 아무것도 없나?」

「있지. 하지만 그러면 너무 지체하게 될 걸세. 게다가 날도 덥고. 멋진 터가 두 군데 있긴 하지. 근데 아마 거기엔 괜찮은 게 없을 거야.」

레빈 자신이 그곳에 들르고 싶긴 했지만, 집에서 가까운 곳이라 언제든지 갈 수 있는 곳인 데다 터가 좁아 셋이서는

3 여기 묘사되는 그보즈데보 주변 지형은 톨스토이의 영지인 야스나야 폴라나와 세세한 면에 이르기까지 매우 유사하다. 그보즈데보 늪은 솔로바강을 따라 펼쳐져 있는 메추라기도요 사냥터로 야스나야 폴라나에서 20베르스타 거리에 있는 카라미셰보 마을 근처에 있었다. 늪은 철로에 의해서 두 부분으로 나뉘어 있었기에, 레빈이 〈한쪽으로는〉이라고 말하는 것이다.

총을 쏠 공간이 턱없이 모자랐다. 아마도 사냥감이 없을 거라고 양심에 걸리는 소리를 한 것도 그 때문이었다. 작은 늪에 당도했을 때 레빈은 그냥 지나치고 싶었다. 그러나 곧바로 스테판 아르카디치가 길가에서 내다보이는 늪지를 노련한 사냥꾼의 눈으로 살폈다.

「들렀다 가면 안 될까?」그가 작은 늪을 가리키며 말했다.

「레빈, 우리 그럽시다! 아주 근사한데요!」바센카 베슬롭스키까지 조르기 시작하자 레빈으로서는 동의하지 않을 수가 없었다.

마차를 멈추자마자 개들이 앞서거니 뒤서거니 하면서 늪을 향해 날듯이 뛰어갔다.

「크라크! 라스카……!」

개들이 돌아왔다.

「셋이서는 비좁을 거야. 나는 여기 남아 있겠네.」그들이 댕기물떼새 말고는 아무것도 찾아내지 못하길 바라며 레빈이 말했다. 댕기물떼새들은 개들을 피해서 파닥거리며 비스듬히 날아올라 늪 위에서 구슬프게 울고 있었다.

「안 돼요! 같이 가요, 레빈, 같이 가자고요!」베슬롭스키가 보챘다.

「정말이지 자리가 비좁을 거요. 라스카, 제자리로 와! 라스카! 두 분한테 개가 더 필요하진 않겠지?」

레빈은 마차에 남아 부러운 눈초리로 사냥꾼들을 바라보았다. 그들은 작은 늪지를 가로질렀지만, 늪에는 검둥오리, 그리고 바센카가 겨우 한 마리 잡은 댕기물떼새 말고는 아무것도 없었다.

「자, 이제 아시겠구먼, 내가 왜 저 늪을 별로 아까워하지 않았는지.」레빈이 말했다. 「시간만 버렸잖아.」

「아닙니다, 그래도 즐거웠어요. 보셨어요?」바셴카 베슬롭스키가 두 손에 총이랑 댕기물떼새를 든 채 마차에 엉거주춤 올라타며 말했다. 「제가 이걸 얼마나 멋지게 잡았는데요! 그렇잖아요? 그럼, 이제 곧 진짜 사냥터에 도착하는 거죠?」

그때 갑자기 말들이 내달리기 시작하더니 레빈은 누군가의 총신에 머리를 부딪쳤고, 이어 총성이 울려 퍼졌다. 사실은 총성이 먼저 울렸지만, 레빈에겐 그렇게 느껴졌다. 일인즉 슨, 바셴카 베슬롭스키가 총이 발사되지 않도록 공이치기를 내려놓으며 방아쇠 하나를 눌렀는데, 한쪽 공이치기가 고정된 상태였던 것이다. 총알은 땅에 박혔고, 아무도 다치지 않았다. 스테판 아르카디치는 고개를 내저으며 베슬롭스키를 향해 질책하듯이 웃어 보였다. 그러나 레빈은 바셴카를 질책할 마음이 없었다. 먼저, 뭐라고 핀잔을 주든 자신이 아슬아슬하게 스쳐 간 위험과 이마에 솟은 혹 때문에 그러는 것처럼 보일 터였고, 둘째로는, 베슬롭스키가 처음에는 너무나 천진난만하게 괴로워하더니 나중에는 그 소동을 두고 사람을 홀릴 듯 너무나 선량하게 껄껄 웃는 바람에 레빈 자신도 웃지 않을 수가 없었던 것이다.

두 번째 늪에 가까이 이르자, 규모가 꽤 되는 탓에 시간이 많이 지체될 수밖에 없으니 가지 말자는 레빈의 설득에도 불구하고 베슬롭스키가 또다시 그에게 간청하여 동의를 얻어냈다. 늪이 좁았으므로 레빈은 손님을 후하게 대접하는 주인답게 이번에도 마차 옆에 남아 있었다.

도착하자마자 크라크가 늪의 둔덕으로 뛰어 올라갔고, 바셴카 베슬롭스키가 맨 먼저 개를 쫓아 달려갔다. 스테판 아르카디치가 미처 다가가기도 전에 호사도요 한 마리가 날아올랐다. 베슬롭스키가 쏜 총알이 헛나갔고, 호사도요는 아직 베지 않은 풀밭에 옮겨 앉았다. 그 새는 베슬롭스키 차지였다. 다시 그것을 찾아낸 크라크가 몸을 곧추세우자 그는 총으로 새를 잡아서 마차로 돌아왔다.

「이제 당신이 다녀오세요, 제가 말들을 지키고 있을 테니.」 그가 말했다.

레빈이 사냥꾼 특유의 질투에 막 사로잡히려던 참이었다. 그는 베슬롭스키에게 말고삐를 건네고는 늪으로 향했다.

이미 한참 전부터 불공평함을 못마땅해하며 낑낑대던 라스카가 앞장을 서더니 레빈에게 익숙한, 사냥하기 좋은 둔덕으로 곧장 내달렸다. 크라크가 아직 못 가 본 곳이었다.

「왜 라스카를 멈춰 세우지 않는 건가?」 스테판 아르카디치가 소리쳤다.

「라스카는 새들을 놀래서 쫓아 버리지 않거든.」 개를 보며 흐뭇해하던 레빈이 서둘러 그 뒤를 쫓으며 대답했다.

라스카의 탐색은 낯익은 둔덕에 가까워질수록 점점 더 신중해졌다. 늪지에 서식하는 조그만 새 한 마리에 한순간 정신이 흐트러졌을 뿐이었다. 녀석은 둔덕 앞에서 한 바퀴 돌고서 다시 한 바퀴 돌기 시작하더니 갑자기 흠칫 몸을 떨고는 꼼짝하지 않았다.

「이리 오게, 이리로, 스티바!」 심장이 마구 고동치는 걸 느끼며 레빈이 외쳤다. 마치 긴장한 청각의 빗장이 열린 듯 모든 소리들이 간극도 제멋대로 무질서하게, 그러나 또렷하게 그를 자극하기 시작했다. 스테판 아르카디치의 발소리가 저 멀리서 들려오는 말발굽 소리 같았고, 그가 발을 내디뎌 풀뿌리와 함께 둔덕의 한구석이 무너져 내리는 소리는 호사도요가 날아오르는 기척인 것만 같았다. 또한 그리 멀지 않은 뒤편 어딘가에서 영문을 알 수 없는, 물이 철썩대는 소리도 들려왔다.

그는 발 디딜 자리를 고르며 개에게로 다가갔다.

「가서 잡아!」

호사도요가 아니라 메추라기도요가 개 밑에서 날아올랐다. 총을 겨누었으나 조준하는 찰나, 예의 물 첨벙대는 소리가 요란해졌고, 기이할 정도로 커다랗게 무언가를 외치는 베슬롭스키의 목소리가 점점 가까워지면서 그 소리와 합쳐졌다. 레빈은 그가 도요새 뒤편에서 총을 겨누는 걸 보았지만, 그럼에도 불구하고 총을 쏘았다.

총알이 빗나갔음을 확실히 느끼고는 뒤를 돌아보니, 마차의 말들이 길이 아니라 늪에 들어서 있었다.

사냥하는 걸 보고 싶었던 베슬롭스키가 늪으로 건너오는 바람에 말들을 진창에 빠뜨린 것이다.

「누가 저 인간 좀 안 잡아가나!」 진창에 빠진 마차로 돌아가면서 레빈이 혼잣말을 했다. 「아니, 왜 건너온 겁니까?」 레빈이 그에게 매몰차게 말하고는, 소리쳐 마부를 부른 다음 말들을 꺼내기 시작했다.

사격을 방해한 것도, 말들을 진창에 빠뜨린 것도 화가 났으며, 특히 말들을 꺼내려고 자신과 마부가 마구를 풀고 있는데, 스테판 아르카디치도 베슬롭스키도 그 일을 돕지 않은 것이 레빈은 언짢았다. 두 사람 모두 마구가 대체 어떻게 생겨먹은 것인지, 전혀 개념이 없었던 것이다. 거기는 완전히 마른땅이었다고 우기는 바센카에게 레빈은 아무런 대꾸도 않은 채, 마부와 함께 조용히 말들을 진창에서 꺼내는 데 전념했다. 그러나 한창 일을 하던 중 베슬롭스키가 흙받기를 잡고서 혼신을 다해 마차를 끄느라 심지어 그것을 부러뜨리기까지 하는 모습을 본 레빈은, 어제저녁에 들었던 감정 때문에 베슬롭스키에게 너무 냉정하게 굴고 있는 자신을 꾸짖고는 매정했던 태도를 친절함으로 무마하려 애썼다. 상황이 다 정리되고 마차가 길 위에 놓인 뒤, 그는 아침 식사를 꺼내 오라고 일렀다.

「Bon appétit — bonne conscience! Ce poulet va tomber jusqu'au fond de mes bottes(입맛이 좋다는 건 양심이 깨끗하다는 걸 뜻하죠! 이 닭 요리는 제 영혼 깊은 곳까지 스며드는군요).」다시 쾌활해진 베슬롭스키가 닭을 두 마리째 먹어 치우며 프랑스식 우스갯소리를 지껄였다. 「자, 이제 우리의 재앙은 끝났습니다. 이제 모든 게 순조로울 거라고요. 다만 저는 잘못을 저질렀으니 마부석에 앉아야 합니다. 안 그렇습니까? 아니, 아닙니다, 저는 아우토메돈⁴입니다. 제가 어떻게 마차를 몰고 가는지 한번 보시지요!」레빈이 마부를 앉히자고 청해도 고삐를 내놓지 않으며 그가 대꾸했다. 「아닙니다. 잘못을 속죄해야죠. 게다가 저는 마부석에 앉는 걸 아주 좋아하거든요.」이윽고 그는 마차를 몰기 시작했다.

그가 말들을 지치게 할까 봐, 특히 그가 다룰 줄 모르는 왼편의 밤색 말을 괴롭힐까 봐 레빈은 다소 염려가 되었다. 그러나 자기도 모르게 베슬롭스키의 쾌활함에 홀린 채, 그가 마부석에 앉아서 가는 길 내내 부르는 로망스나 영국식으로

---

4 그리스 신화에 등장하는 인물로 트로이 전쟁 때 그리스군으로 참전하였다. 호메로스의 『일리아스』에는 아킬레우스의 전차를 모는 마부로 나온다.

four in hand(사두마차)를 모는 방법을 직접 선보이며 설명하는 것을 들었다. 그렇게 아침 식사를 마친 그들은 아주 즐거운 기분으로 그보즈데보 늪까지 갔다.

10

바센카가 말들을 엄청나게 빨리 모는 바람에 늪에 너무 이르게 도착했고, 날은 아직 무더웠다.

주요 목적지인 큰 늪에 가까워 오자 레빈은 무심결에 어떻게 하면 바센카로부터 벗어나 방해받지 않고 다닐 수 있을지 궁리하기 시작했다. 스테판 아르카디치도 같은 바람인 게 분명했다. 레빈은 그의 얼굴에서 사냥을 막 시작하기 전 진짜 사냥꾼들이 으레 드러내곤 하는 근심 어린 표정과 특유의 호인다운 교활함을 보았다.

「어떻게 가면 좋겠나? 늪이 끝내주는군. 매도 있는걸.」스테판 아르카디치가 갈대숲 위에서 빙빙 돌고 있는 커다란 새 두 마리를 가리키며 말했다. 「매가 있는 곳에는 필시 사냥감이 있기 마련이지.」

「자, 여러분…….」레빈이 약간 음울한 표정으로 장화를 당겨 올린 뒤 총의 뇌관을 살피면서 말했다. 「저 갈대숲 보이죠?」그는 강 오른편의 절반쯤 베인 축축한 초원 속 거무스름하게 보이는 진녹색 섬을 가리켰다. 「늪은 저기서, 우리 앞에 있는 바로 저곳에서 시작됩니다. 보세요, 저기 초록이 짙은 곳입니다. 저기서부터 말들이 다니는 오른쪽으로 뻗어 있지요. 저기 둔덕들이 있고, 호사도요들이 종종 있습니다. 저 갈대숲 주변이랑 저기 오리나무 숲까지, 방앗간 있는 데까지 말이죠. 저기 좀 보세요, 만이 있는 곳이요. 저기가 제일 좋은 터예요. 저기서 메추라기도요 열일곱 마리를 잡기도 했죠. 개 두 마리를 데리고 다른 방향으로 흩어졌다가 방앗간 앞에서 만나기로 합시다.」

「그럼, 누가 오른쪽으로 가고, 누가 왼쪽으로 가지?」 스테판 아르카디치가 물었다. 「오른쪽이 넓으니 둘이서 같이 가시게. 나는 왼쪽으로 가지.」 그가 태연한 척 덧붙여 말했다.

「좋습니다, 우리가 다 잡을 겁니다. 자, 갑시다, 가요!」 바센카가 맞장구를 쳤다.

레빈은 동의하지 않을 수 없었고, 그렇게 그들은 갈라졌다.

그들이 늪으로 들어서자마자 개 두 마리가 함께 탐색을 시작하더니 녹빛 진창 쪽으로 달려갔다. 레빈은 신중하면서도 일정치 않은 라스카의 탐색 방식을 잘 알고 있었다. 또한 그 터 역시 잘 알고 있었기에 메추라기도요를 기다렸다.

「베슬롭스키, 옆에서 나란히 걸어요!」 그가 뒤에서 흙탕물을 첨벙거리는 동료에게 숨 넘어가는 목소리로 일렀다. 콜페노 늪에서 있었던 예기치 않은 발포 이후로 그가 지닌 총신의 향방은 무의식중에 레빈의 주의를 끌었다.

「아닙니다, 당신을 방해하지 않겠어요. 저는 신경 쓰지 마십시오.」

그러나 레빈은 무심결에 키티가 배웅하면서 〈조심하세요, 서로를 쏘지 않도록 말이에요〉라고 말했던 것을 떠올렸다. 개들이 서로 앞서거니 뒤서거니 하며 각자의 동선을 유지하면서 목적지에 점점 더 가까이 다가갔다. 메추라기도요가 나타나리라는 기대가 너무나 강렬하여 레빈의 귀에는 흙탕물에서 철썩대는 자신의 장화 뒤축 소리가 도요새의 울음으로 들릴 지경이었다. 그럴 때마다 그는 총의 개머리판을 덥석 움켜쥐고서 꽉 잡았다.

탕! 탕! 귀 위쪽에서 소리가 울렸다. 늪 위를 빙빙 돌다가 바로 그 순간 사냥꾼들을 향해 날아들던 오리 떼를 바센카가 쏘았던 것이다. 그러나 턱도 없는 거리였다. 레빈이 미처 돌아보기도 전에 메추라기도요 한 마리가 철썩대며 날아올랐고, 뒤이어 두 마리, 세 마리, 그리고 또 여덟 마리가량이 줄지어 위로 솟았다.

새가 지그재그로 날기 시작하는 순간 스테판 아르카디치가 한 마리를 쏘았고, 그러자 메추라도요가 몸을 옹송그린 채 진창으로 떨어졌다. 오블론스키는 서두르지 않고서 갈대숲 쪽으로 아직은 낮게 날아가던 다른 한 마리를 조준했다. 총소리와 함께 그 새도 떨어졌다. 그러자 베어 낸 갈대숲에서 아랫부분이 하얀, 총에 맞지 않은 날개를 파닥거리면서 펄쩍 뛰쳐나오는 도요새의 모습이 보였다.

레빈은 운이 그리 좋지 못했다. 첫 번째 메추라기도요는 너무 가까이서 쏘는 바람에 총알이 헛나가고 말았다. 그래서 새가 날아오르기 시작할 때 다시 겨누었으나, 그때 다른 한 마리가 그의 발밑에서 튀어나오며 주의력을 흩뜨리는 바람에 총알은 또다시 빗나갔다.

장전을 하는 동안 다시 한번 메추라기도요가 날아올랐다. 때맞춰 두 번째 장전을 마친 베슬롭스키가 재차 흙탕물을 향해 두 발의 산탄을 쏘았다. 스테판 아르카디치가 자신이 쏜 도요새들을 주워 올리고는 환히 빛나는 눈으로 레빈을 쳐다보았다.

「이제 흩어짐세.」스테판 아르카디치는 이렇게 말하더니 언제든 사격할 태세로 총을 쥐고서 개에게 휘파람을 불고는 왼쪽 다리를 절뚝거리며 한쪽으로 걸어갔다. 레빈과 베슬롭스키는 다른 쪽으로 향했다.

레빈의 경우, 처음 몇 발이 실패하면 늘 흥분되고 화가 나서 하루 종일 제대로 못 맞히기 십상이었다. 그날도 그랬다. 메추라기도요는 아주 많았다. 개들 밑에서, 사냥꾼들의 발밑에서 끊임없이 튀어나왔고, 따라서 레빈은 부진을 면할 수도 있었다. 그러나 총을 쏘면 쏠수록 베슬롭스키 앞에서 망신만 당할 뿐이었다. 베슬롭스키는 신이 나서 거리가 적당하든 그렇지 않든 간에 총을 쏘아 댔고, 아무것도 잡지 못했어도 전혀 당황하는 기색이 없었다. 레빈은 급한 마음에 자제력을 잃고서 점점 더 흥분했으며, 총을 쏘면서도 맞히리라는 기대는 거의 하지 않는 지경에 이르렀다. 라스카도 그걸 알아챈 모양이었다. 라스카는 한층 굼뜨게 돌아다니며 의아스럽고 원망스럽다는 듯 사냥꾼들을 돌아보았다. 사격이 줄줄이 이어졌다. 사냥꾼들 주위로 화약 연기가 자욱했지만, 사냥감 자루의 큼직하고 널따란 망 속에는 몸집이 작고 가벼운 메추라기도요 세 마리만 들어 있을 뿐이었다. 게다가 그중 한 마리는 베슬롭스키가 잡은 것이고, 다른 한 마리는 함께 잡은 것이었다. 그러는 사이, 늪의 다른 쪽에선 잦지는 않지만 레빈이 느끼기에는 의미심장한 스테판 아르카디치의 총소리가 들려오곤 했다. 게다가 〈크라크, 크라크, 집어 와!〉라는 소리가 매번 뒤를 따랐다.

그런 소리들이 레빈을 더욱더 초조하게 만들었다. 도요새들은 갈대숲 위의 허공에서 쉴 새 없이 날갯짓을 하고 있었다. 땅에서 철썩대는 소리와 공중에서 까옥거리는 소리가 잦아들 줄 모르고 사방에 울렸다. 조금 전에 날아올라 허공을 질주하던 도요새들이 사냥꾼들 앞에 내려앉았다. 이제는 매두 마리가 아니라 수십 마리가 깍깍거리며 늪 위를 선회하고 있었다.

늪의 널찍한 절반을 가로지른 레빈과 베슬롭스키는 갈대숲에 가로막힌 기다란 띠 모양으로 농부들의 풀베기 구역이 나뉘어 있는 곳에 당도하였다. 어떤 곳은 풀이 줄지어 밟혀있고, 어떤 곳은 풀이 줄지어 베어진 채로 구분되어 있었다. 한쪽은 이미 풀베기가 완료된 상태였다.

풀을 베지 않은 곳에서는 풀베기를 한 곳에서만큼 많은 사냥감을 기대할 수 없음에도 불구하고, 레빈은 스테판 아르카디치와 조우하기로 약속하고서 자신의 길동무와 함께 풀이 다 베어진 구역과 덜 베어진 구역을 두루 걸어 나아갔다.

「어이, 사냥꾼 양반들!」 말을 떼어 놓은 짐마차 옆에 앉아 있던 농부들 중 하나가 그들에게 소리쳤다. 「이리 와서 우리랑 같이 새참 들어요! 한잔합시다!」

레빈이 뒤를 돌아보았다.

「어서 오시오. 괜찮다니깐!」 얼굴이 불그레하고 턱수염 덥수룩한 쾌활한 농부가 소리쳤다. 그가 하얀 이를 드러내며 햇볕을 받아 빛나는 녹색 술병을 들어 보였다.

「Qu'est ce qu'ils disent(뭐라는 겁니까)?」 베슬롭스키가 물었다.

「보드카를 마시자고 부르네요. 풀베기 구역을 나눈 모양입니다. 가서 한잔했으면 좋겠구먼.」 레빈은 교묘한 술수를 썼다. 베슬롭스키가 보드카에 현혹되어 저들한테 가버리기를 바랐던 것이다.

「대체 왜 대접을 하려는 거죠?」

「기분이 좋은 거겠죠. 그러지 말고 가보시죠. 재미있을 겁니다.」

「Allons, c'est curieux(가봅시다, 재미있겠네요).」

「어서 가보세요. 방앗간으로 가는 길은 찾을 수 있을 겁니다!」 레빈이 소리쳤다. 그러고서 뒤를 돌아 구부정하게 몸을 숙이고, 축 늘어진 손에는 총을 든 채 지친 다리를 질질 끌며 늪을 빠져나가는 베슬롭스키의 모습을 흡족하게 바라보았다.

「당신도 이리 오시오!」 농부가 레빈을 향해 외쳤다. 「사양하지 마시구려! 피로조크 좀 들라니까! 어서!」

레빈도 보드카를 들이켜고 빵 한 조각 먹고 싶었다. 기운이 빠져 비틀거리는 두 다리를 진창에서 간신히 들어 올리는 느낌이었기에, 그는 일순 망설였다. 그러나 개가 일어섰다. 그러자 즉시 모든 피로가 싹 가셨고, 그는 가벼운 걸음으로 개에게로 갔다. 발밑에서 메추라기도요가 날아올라 총을 쏘아 잡았다. 그런데도 개는 계속해서 서 있었다. 「집어 와!」 개의 발밑에서 또 한 마리가 날아올랐다. 레빈은 총을 쐈다. 하지만 운수 나쁜 날이었다. 총알은 빗나갔고, 잡은 새를 찾으러 가도 도무지 찾을 수가 없었다. 그는 갈대숲을 사방으로 뒤졌다. 하지만 주인이 명중시켰다는 사실을 믿지 않는 라스카는 새를 찾으라고 보내도 찾는 시늉만 할 뿐이었다.

일이 잘 풀리지 않는 게 바센카 탓이라 생각했는데 그가 없어도 상황은 나아지지 않았다. 그곳에도 메추라기도요가 많았건만 레빈은 연이어 헛총질만 해댔다.

비스듬히 기운 해는 아직 뜨거웠다. 땀으로 흠뻑 젖은 옷이 몸에 들러붙었다. 왼쪽 장화는 물로 가득 차 무겁고 질퍽거렸다. 화약 찌꺼기로 더러워진 얼굴에서 땀이 방울져 흘러내렸다. 입안은 씁쓸했고, 코에서 화약과 진창 냄새가 진동했으며, 귓전에서는 쉴 새 없이 도요새가 철썩대는 소리가 들렸다. 총신은 손을 댈 수가 없을 정도로 뜨겁게 달궈져 있었다. 심장이 빠르게 단속적으로 뛰었고, 손은 흥분으로 떨리는 데다가, 지친 다리는 둔덕과 진창을 따라 질질 끌리며 서로 엉키었다. 그럼에도 불구하고 그는 걸었고, 총을 쏘았다. 마침내 창피하기 짝이 없는 헛총질을 해버린 그는 총과 모자를 땅바닥에 내던지고 말았다.

〈아니야, 정신을 차려야 해!〉 그는 속으로 중얼거린 뒤 총과 모자를 집어 들고 라스카를 발치로 부른 다음 늪을 빠져나갔다. 마른 곳으로 나와서는 둔덕에 앉아 장화를 벗고 거기 담긴 물을 쏟아 버렸다. 그러고서 늪으로 다가가 녹 맛이 나는 물을 실컷 들이켠 뒤, 뜨겁게 달궈진 총신에 물을 적시고 얼굴과 손을 씻었다. 기운을 회복한 그는 흥분하지 않기로 굳게 마음먹으며 메추라기도요가 옮겨 앉았던 자리로 다시 이동했다.

침착함을 유지하려 했으나, 잘 되지 않았다. 새를 조준하기도 전에 손가락이 방아쇠를 누르곤 했다. 상태는 점점 나빠졌다.

스테판 아르카디치와 만나기로 한 오리나무 숲으로 왔을 때, 그의 사냥감 자루에는 다섯 마리밖에 없었다.

스테판 아르카디치를 발견하기 전에 그의 개가 먼저 눈에 들어왔다. 고약한 냄새가 진동하는 진흙이 묻어 시커멓게 된

크라크가 뒤틀린 오리나무 뿌리에서 펄쩍 뛰어나와서는 승자의 풍모로 라스카와 킁킁대며 서로의 냄새를 맡았다. 크라크 뒤편으로 오리나무 그늘 아래 스테판 아르카디치의 다부진 형상이 나타났다. 붉게 상기된 채, 온통 땀에 젖은 그가 옷깃을 풀어 헤치고 여전히 다리를 절며 맞은편에서 걸어왔다.

「그래, 어찌 됐나? 무던히도 쏘던걸!」 그가 유쾌한 미소를 지었다.

「그러는 자네는?」 레빈은 되물었지만 물어볼 필요도 없었다. 자루가 가득 차 있는 걸 벌써 보았던 것이다.

「그럭저럭.」

그의 자루에는 열네 마리가 들어 있었다.

「멋진 늪이야! 자네야 필시 베슬롭스키 때문에 방해를 받았겠지. 둘이서 개 한 마리는 불편하다니까.」 스테판 아르카디치가 승자의 겸손을 떨었다.

11

레빈이 늘 머물다 가곤 하는 농부의 오두막에 스테판 아르카디치와 함께 도착했을 때 베슬롭스키는 이미 와 있었다. 그는 오두막 한가운데서 의자를 양손으로 붙든 채 앉아 있었고, 안주인의 남동생인 병사가 그의 진흙투성이 장화를 끌어당겨 벗기는 중이었다. 베슬롭스키는 특유의 전염성 있는 쾌활한 웃음을 지어 보였다.

「저도 방금 왔어요. Ils ont été charmants(정말 멋진 사람들이던데요). 정말이지 잔뜩 부어 주고 실컷 먹이더군요. 빵이 어찌나 맛있던지, 굉장했어요! Délicieux(꿀맛이었답니다)! 보드카는 또 어떻고요, 그보다 맛있는 건 생전 먹어 본 적이 없어요! 게다가 돈은 절대로 안 받으려 하더라니까요. 줄곧 〈개의치 마세요〉라는 겁니다.」

「아니, 뭣하러 돈을 받겠습니까? 나리를, 말하자면 대접한 건데요. 그들이 보드카를 팔기라도 한단 말입니까?」 마침내 시커메진 양말과 함께 젖은 장화를 벗겨 낸 병사가 말했다.

사냥꾼들의 지저분한 장화와 제 몸을 핥는 진흙투성이 개들 때문에 오두막이 더러웠음에도 불구하고, 오두막을 가득 채운 늪과 화약 냄새에도 불구하고, 게다가 나이프와 포크조차 없음에도 불구하고, 사냥꾼들은 차를 실컷 마시고 사냥할 때 솟구치는 왕성한 식욕으로 맛있게 저녁을 먹었다. 세수를 하고서 깨끗해진 그들은 마부들이 나리들을 위해 잠자리를 마련한, 깨끗하게 쓸어 놓은 건초 창고로 갔다.

날은 이미 저물었지만 아무도 잘 생각이 없었다.

총 쏘기와 개들, 예전의 사냥에 대한 추억과 일화 사이를 오가던 대화는 모두의 관심을 사로잡는 주제로 넘어갔다. 바센카가 잠자리와 건초 향기, 망가진 짐수레(앞부분이 떨어져 나갔기에 그에게는 망가진 것처럼 보였던 것이다)의 멋스러움에 관하여, 그리고 자신한테 보드카를 잔뜩 먹인 농부들의 친절함과 각자 주인의 발치에 엎드려 있는 개들에 관하여 몇 차례에 걸쳐서 거듭 감탄의 말을 이어 가자, 오블론스키 역시 작년 말투스의 영지에서 사냥했던 일이 얼마나 근사했었는지 들려주었다. 말투스는 저명한 철도 부호였는데, 스테판 아르카디치는 그 말투스가 트베리현에서 매입한 늪지가 어떠한지, 그것이 어떻게 보존되고 있는지, 사냥꾼들을 태우고 간

마차와 개들을 나르는 마차는 어떠했으며 늪지에 펼쳐진 아침 식사용 천막은 또 어떠했는지를 늘어놓았다.

「자네를 이해할 수가 없군.」 레빈이 건초 위에서 몸을 일으키며 말했다. 「그런 사람이 어떻게 싫지 않을 수가 있는지. 라피트[5]를 곁들인 아침 식사가 아주 근사하다는 건 나도 인정하네만, 바로 그런 호사가 자네한테는 싫지 않았단 말인가? 우리식 세리 같은 그런 사람들은 죄다 사람들의 경멸을 받을 만한 비양심적인 방식으로 돈을 모으고, 경멸은 무시해 버린단 말일세. 그러고는 비양심적으로 축적한 돈으로 예전에 받은 경멸을 면제받는 거지.」

「전적으로 옳은 말씀입니다!」 바센카 베슬롭스키가 맞장구를 쳤다. 「전적으로 옳아요! 물론 오블론스키는 bonhomie(너그러운 마음)에서 그러는 거지만 남들은 이렇게 말하겠죠. 〈오블론스키가 거기에 들락거리면서…….〉」

「전혀.」 오블론스키가 이렇게 말하며 미소 짓는 것을 레빈은 느꼈다. 「난 그가 다른 상인들이나 귀족들보다 더 비양심적이라고는 전혀 생각하지 않네. 그들이나 저들이나 다 똑같이 노동과 지혜로 돈을 모았으니까.」

「아니, 무슨 노동 말인가? 이권을 얻어 내고 되파는 게 과연 노동이란 말인가?」

「물론 노동이지. 그것 혹은 그 비슷한 게 없었다면 철도는 없었으리라는 의미에서 노동이란 말일세.」

「하지만 농부나 학자의 노동 같은 그런 건 아니잖나.」

「말하자면 그의 활동이 철도라는 결과를 가져온다는 의미에서 노동이라는 거지. 자네 설마 철도가 무용하다고 생각하

5 프랑스산 포도주의 일종.

는 건 아니겠지.」

「아니, 그건 다른 문제야. 철도가 유익하다는 건 인정할 자세가 되어 있네. 그러나 투여된 노동에 부합하지 않는 모든 이득은 비양심적이란 말일세.」

「부합하는지의 여부를 도대체 누가 결정하나?」

「비양심적인 방법으로, 교묘한 술수로 이익을 취하는 것은…….」 양심적인 것과 비양심적인 것 간의 경계를 명확하게 규정할 능력이 스스로에게 없다는 것을 느끼며 레빈이 말했다. 「말하자면, 은행 지점들이 이익을 얻는 방식처럼 말이네.」 그가 설명을 이어 갔다. 「그건 죄악이야. 노동하지 않고 어마어마한 재산을 획득하는 거지. 징세 청부인 제도[6]가 그랬던 것처럼 말이야. 단지 형태만 바꿨을 뿐이라고. Le roi est mort, vive le roi(국왕께서 돌아가셨다, 국왕 폐하 만세)![7] 징세 청부인 제도가 폐지되자마자 철도와 은행이 출현했네. 그 또한 노동 없는 부의 축적이지.」

「그래, 그 모든 것이 어쩌면 옳고 예리한 지적일지도 모르지……. 엎드려 있어, 크라크!」 스테판 아르카디치가 제 몸을 긁느라 짚을 몽땅 헤집어 놓은 개에게 소리쳤다. 그는 자신의 견해가 옳다고 확신하고 있는 게 분명했고, 그랬기에 침착했고 느긋했다. 「한데 자네는 양심적인 노동과 비양심적인 노

6 프랑스에서 1546년부터 1790년까지 존속되었던 세금 관리인 제도. 국민들 사이에서 〈징세 청부인〉이라 불렸던 그들은 국가로부터 간접세 징수의 독점적 권한을 부여받고 세금 관리 조합을 조직하여 징세를 도맡았다. 그들은 국가에서 정한 액수의 몇 배에 달하는 세금을 거두어 남은 몫을 수수료 명목으로 횡령함으로써 막대한 부를 챙겼다. 징세 청부인들에 대한 프랑스 국민의 적대감은 혁명기 때 절정에 달했고, 혁명 직후 해당 제도는 폐지되었다.

7 선왕이 죽고 새 왕이 등극했음을 알리는 표현.

동의 차이를 명확하게 설명하지 않았네. 우리 부서장이 나보다 업무를 더 잘 파악하고 있음에도 불구하고 그 사람보다 내가 봉급을 더 많이 받는데, 그건 비양심적인 건가?」

「모르겠군.」

「내 얘기 좀 들어 보게. 자네가 영지를 경영하면서 노동의 대가로 가령 5천 루블의 이득을 보았다고 치자고. 그런데 농부인 이 집의 주인장은 아무리 일을 해도 50루블 이상을 받을 수가 없는 거야. 그건 내가 부서장보다 더 많이 받고 말투스가 철도 기사보다 더 받는 거랑 매한가지로 비양심적인 거지. 오히려 나는 사회가 그런 사람들에 대해 아무런 근거 없는 그 어떤 적대적인 태도를 보이는 것 같단 말이야. 내 생각에 거기에는 질투심이······.」

「아니, 그건 옳지 않아요.」 베슬롭스키가 말했다. 「질투라니 말도 안 됩니다. 이 사안에는 뭔가 불순한 게 내재하고 있다고요.」

「잠깐, 내가 얘기 좀 하겠소.」 레빈이 입을 열었다. 「내가 5천 루블을 받는 반면 농부는 50루블을 받는 게 부당하다고 했지. 맞아. 그건 불공정하고 나도 그 점을 느끼고 있네. 하지만······.」

「사실 정말 그래요. 우리는 먹고 마시고 사냥이나 할 뿐 아무 일도 하지 않는데, 왜 주인장은 한도 끝도 없이 일을 해야 하나요?」 바센카가 말했다. 필시 이런 문제에 대해 생전 처음으로 분명하게 생각해 봤을 터이고, 따라서 그의 얘기는 전적으로 진심이었다.

「그래, 자네가 그렇게 느낀다고 해도 그에게 자신의 영지를 내주지는 않을 테지.」 스테판 아르카디치가 짐짓 레빈에게 시비를 거는 투로 말했다.

최근 들어 두 동서 사이에는 어쩐지 은밀한 적대 관계가 형성된 것만 같았다. 그들이 자매와 결혼을 한 뒤로 누가 더 삶을 잘 꾸려 가고 있는가를 두고 경쟁이 벌어지는 듯한 분위기였다. 그리고 지금 그러한 적대감은 개인적인 뉘앙스를 띠기 시작한 대화를 통해 드러나고 있었다.

「내가 내주지 않는 이유는 아무도 내게 그걸 요구하지 않기 때문이야. 그리고 내가 주고 싶어도 내줄 수가 없네.」레빈이 대꾸했다. 「게다가 줄 사람도 없고.」

「저 농부에게 주지그래. 사양하지 않을 걸세.」

「그래, 하지만 어떻게 그에게 내준단 말인가? 농부랑 같이 가서 부동산 등기 증권을 꾸밀까?」

「잘 모르겠네. 하지만 자네에게 권리가 없다고 확신한다면……」

「전혀 확신하지 않네. 그 반대로 나한테는 넘겨줄 권한이 없다고, 나한텐 땅과 가족에 대한 책임이 있다고 생각하네.」

「아니 이보게, 그런 불평등이 부당하다고 생각한다면서 왜 그렇게 행동하지 않는 건가?」

「행동하고 있네. 다만 소극적으로 행동할 뿐이지. 나와 농부 간 신분의 격차를 더 넓히려고 애쓰지 않는다는 의미에서 말이야.」

「무슨 소린가. 미안하지만 그건 궤변일세.」

「맞아요, 그건 어쩐지 소피스트적인 논변입니다.」베슬롭스키가 맞장구를 쳤다. 「엇! 주인장.」그가 삐걱대는 소리를 내며 문을 열고서 헛간으로 들어선 농부를 향해 말했다. 「아직 안 자는가?」

「잠이 다 웬 말입니까! 나리들께서 주무실 거라 생각했는데 두런두런 말씀 나누시는 소리가 들리더군요. 갈고리를 가지러 왔습니다. 개가 물지는 않겠죠?」 그가 조심스레 맨발을 내디디며 물었다.

「자네는 어디서 자나?」

「저희는 야간 방목을 나갑니다!」

「아아, 참으로 멋진 밤이로세!」 커다란 액자 속 풍경인 양 방금 활짝 열린 출입문으로 내다보이는, 옅은 노을빛에 물든 오두막과 말을 풀어 놓은 수레의 한귀퉁이를 보며 베슬롭스키가 말했다. 「자, 들어 보세요. 여자들이 노래를 부르는군요. 나쁘지 않은데요. 누가 부르는 건가, 주인장?」

「노복의 처자들이 부르는 겁니다. 바로 근처에서요.」

「갑시다, 산책하자고요! 분명히 잠은 안 올 거예요. 오블론스키, 갑시다!」

「이렇게 누워서 갈 수 있다면 좋겠네만.」 기지개를 켜면서 오블론스키가 말했다. 「누워 있기에 안성맞춤이야.」

「그럼 저 혼자 가지요.」 활기차게 일어나 신발을 신으면서 베슬롭스키가 말했다. 「편히 쉬십시오, 여러분. 재미있으면 부르겠습니다. 여러분이 나에게 들새를 대접해 주었으니, 여러분을 잊지 못할 겁니다.」

「정말이지 매력적인 청년 아닌가?」 베슬롭스키가 나가고 농부가 뒤따라 나서서 문을 닫자 오블론스키가 말했다.

「그래, 멋진 친구일세.」 레빈이 방금 전에 나누던 대화의 주제를 계속해서 생각하면서 대답했다. 그는 자신이 능력껏 자기 생각과 감정을 표명했다고 생각했다. 그런데 머리도 나쁘지 않고 진실한 저 두 사람은 자신이 궤변으로 자기 위안을 삼고 있다고 한목소리로 말한 것이다. 그게 그를 당황하게 했다.

「그러니까 이런 거라네, 친구. 둘 중 하나를 택해야 하는 거지. 현재의 사회 체제가 공정하다고 인정하고 자신의 권리를 고수하든지, 아니면 내가 하듯이 부당한 특권을 누리고 있음을 고백하고서 그 특권들을 기꺼이 누리는 걸세.」

「그렇지 않네. 만일 부당하다고 여긴다면, 자네는 그 복지를 기꺼이 누릴 수가 없을 걸세. 적어도 나는 그럴 수 없네. 중요한 건 내가 잘못하지 않았다는 걸 스스로 느껴야 한다는 것이지.」

「그래, 어쩔 건가, 정말로 안 갈 건가?」 생각에 골몰하느라 지친 기색이 역력한 스테판 아르카디치가 말을 이었다. 「정말이지 잠이 올 것 같지가 않군. 자, 나가세!」

레빈은 대답이 없었다. 아까의 대화 중에 나왔던, 소극적인 의미에서만 정의롭게 행동한다는 자신의 말이 마음에 걸렸던 것이다. 〈과연 소극적인 방식만으로 정의로울 수 있을까?〉 그는 속으로 자문했다.

「신선한 건초 냄새가 아주 진동을 하는구먼!」 스테판 아르카디치가 몸을 일으키며 말했다. 「도저히 잠이 오지 않을 것 같네. 바센카가 뭔가 수작을 부리는 모양이군. 웃음소리랑 그의 목소리가 들리지? 안 갈 텐가? 그러지 말고 가자고!」

「아니, 난 안 가.」 레빈이 대답했다.

「그것도 원칙에서 비롯된 건가?」 스테판 아르카디치가 히죽 웃고는 어둠 속에서 차양 모자를 더듬어 찾으며 말했다.

「원칙 때문이 아니라, 내가 거기 가서 뭐하겠나?」

「그거 아나? 자네는 불행을 자초하고 있어.」 차양 모자를 찾아낸 그가 일어서면서 말했다.

「어째서?」

「자네가 아내랑 어떻게 지내는지 내가 모를 것 같나? 듣기로는 자네 부부에겐 이틀에 걸쳐 사냥을 하러 갈지 말지 따위가 가장 중요한 문제라더군. 그런 게 다 참 목가적이고 좋긴 하지만, 평생을 그러고만 살 수는 없는 노릇이네. 남자는 독립적이어야 하네. 남자한테는 남자만의 관심사가 있는 법이거든. 남자는 남자다워야 해.」 오블론스키가 문을 열면서 말했다.

「그러니까 어쩌라는 건가? 가서 여자들한테 아양이라도 떨란 말인가?」 레빈이 물었다.

「즐거울 것이라면 못 갈 이유가 뭐 있겠나. Ça ne tire pas à conséquence(아무런 뒤탈도 없을 거라고). 그런다고 해서 아내한테 나쁠 것도 없고, 나는 즐거울 텐데 말이야. 집안에 아무 탈이 없도록 가정의 신성함을 지키는 것은 중요하지. 그렇지만 자기 자신을 얽매지는 말게.」

「그럴지도 모르지.」 레빈이 무뚝뚝하게 말하고는 몸을 옆으로 돌렸다. 「내일 일찍 나서야겠네. 아무도 안 깨우고 동틀 무렵 가려네.」

「Messieurs, venez vite(여러분, 어서들 오세요)!」 되돌아온 베슬롭스키의 음성이 들렸다. 「Charmante(매력이 넘쳐요)! 제가 발견했단 말입니다. Charmante(매력적이에요), 그레트헨[8]이 따로 없어요. 저는 그녀와 벌써 통성명을 했어요. 엄청난 미인이라니까요!」 마치 자기를 위해 그녀가 그토록 아름답게 빚어졌으며, 누군가 자신에게 이런 기회를 마련해

8 괴테의 작품 『파우스트』에서 파우스트가 사랑에 빠지는 순수한 여자.

준 게 흡족하다는 듯한 감탄조였다.

레빈은 잠든 척했고, 오블론스키는 신발을 신고 시가에 불을 붙이더니 헛간을 나갔다. 이내 그들의 음성이 잦아들었다.

한참 동안 레빈은 잠들지 못했다. 말들이 건초를 씹는 소리, 집주인이 맏아들과 함께 야간 방목 나갈 채비를 차리고 길을 나서는 소리가 들렸다. 그다음에는 병사가 집주인의 어린 아들인 조카를 데리고서 헛간의 다른 쪽에 잠자리를 마련하는 소리가 이어졌다. 무섭고 덩치가 어마어마하게 커 보이는 개들에 대한 인상을 삼촌에게 얘기하는 아이의 여린 목소리가 들려왔다. 아이가 저 개들이 뭘 잡을 것인지 물어보는 소리와, 병사가 잠에 취한 쉰 목소리로 사냥꾼들이 내일 늦으로 가서 사냥을 할 거라고 대답하고는 조카의 질문 공세에서 벗어나려고 〈자거라, 바시카, 어서 자. 안 그러면 혼난다〉라고 말하는 소리도 들렸다. 그러고서 곧장 그가 코 고는 소리가 울리더니 사위가 잠잠해졌다. 오로지 말 울음소리와 도요새가 까옥거리는 소리뿐이었다. 〈정말이지 소극적으로 하는 길밖에 없는 걸까?〉 레빈이 속으로 되뇌었다. 〈그게 뭐 어떻단 말인가? 나는 잘못한 게 없는데.〉 그러고서 그는 내일 할 일을 생각하기 시작했다.

〈내일 아침 일찍 나가야지. 그리고 절대로 흥분하지 말자. 메추라기도요는 수두룩하니까. 호사도요도 있고. 숙소로 돌아오면 키티한테서 전갈이 와 있겠지. 그래, 스티바가 옳을지도 몰라. 그녀 앞에서 나는 남자답지 못하고 여자처럼 굴 뿐이니....... 하지만 어쩌겠어! 이런, 또다시 소극적이군!〉

잠결에 베슬롭스키와 스테판 아르카디치의 웃음소리와 활기 띤 말소리가 들려왔다. 그는 순간적으로 눈을 떴다. 달이 떠 있었고, 열린 문으로 그들 두 사람이 환한 달빛을 받으며 서서 이야기를 나누는 모습이 보였다. 스테판 아르카디치가 어느 젊은 여자를 막 까놓은 신선한 호두에 비유하면서 그녀의 생기발랄한 모습에 대해 이런저런 얘기를 늘어놓고 있었다. 베슬롭스키는 예의 그 전염성 있는 웃음을 한껏 지어 보이면서 농부가 들려준 것이 틀림없는, 〈맘에 드는 처자한테 끈덕지게 구애하시게〉라는 말을 되풀이했다.

레빈은 잠결에 이렇게 중얼거렸다. 〈이 친구들아, 내일 꼭 두새벽에 봄세!〉 그러고서 그는 잠들었다.

12

먼동이 틀 때 일어난 레빈은 동료들을 깨우러 갔다. 엎드린 채 양말을 신은 발 한 짝을 쭉 내밀고 잠든 바센카는 너무 곤히 잠에 빠져 있어서 대답을 아예 들을 수가 없었다. 오블론스키는 잠결에 그렇게 일찍 나서지는 않겠다고 했다. 동그랗게 몸을 웅크리고 잠들어 있던 라스카조차 건초 더미 한구석에서 내키지 않는다는 듯 미적거리며 일어나더니 뒷다리를 하나씩 쭉 폈다가 바로 세웠다. 레빈은 신발을 신고 총을 집은 다음 삐걱거리는 헛간 문을 조심스레 열고서 밖으로 나섰다. 마부들은 마차 옆에서 자고 있고 말들도 졸고 있었다. 한 마리만 구유에 담긴 귀리를 콧김으로 사방에 헤쳐 놓으며 느릿느릿 여물을 씹었다. 마당은 아직 어둑했다.

「왜 이리 일찍 기침하셨습니까, 젊은 나리?」 오두막에서 나온 안주인 노파가 오래 알고 지낸 사람 좋은 지인을 대하듯 다정하게 말을 걸었다.

「사냥을 가려 하오, 어멈. 이 길로 가면 늪이오?」

「뒤쪽으로 똑바로 가시면 됩니다. 우리 집 탈곡장 너머로 요로, 젊은 나리. 대마밭 뒤편으로 말이죠. 거기 오솔길이 있 답니다.」

노파는 그을린 맨발로 조심스레 걸음을 내디디며 레빈을 데려가더니 탈곡장 옆의 바자울을 열어 주었다.

「이 길로 곧장 가면 늪이 나올 겁니다. 저희 집 애들도 어 젯밤에 저리로 말을 몰았답니다.」

라스카가 앞장서서 오솔길을 신나게 내달렸다. 레빈은 연 신 하늘을 올려다보며 가벼운 속보로 개 뒤를 따라 걸었다. 늪에 당도하기 전까지 해가 뜨지 않았으면 싶었다. 그러나 해 는 꾸물대지 않았다. 그가 길을 나섰을 때 아직 떠 있던 달은 이제 수은 방울처럼 반짝이고 있었다. 안 보려야 안 볼 수 없 었던 아침 샛별이 이제는 잘 찾아야지만 눈에 띄었다. 좀 전 까지 어른거리던 먼 들판의 반점도 이미 뚜렷했다. 그건 호밀 낟가리들이었다. 햇빛이 없을 때는 보이지 않던 이슬이, 이미 몇 그루 추려 낸 향기롭고 키 큰 대마에 맺혀 있다가 떨어져 레빈의 발과 허리 위 점퍼까지 적셨다. 투명한 아침 정적 속 에서 작은 소리들이 들려왔다. 벌이 윙윙대며 귓전을 쏜살같 이 스쳐 날아갔다. 가만히 살펴보니 두 마리, 세 마리째도 나 타났다. 그것들은 모두 양봉장의 바자울을 넘어와서는 대마 밭 위를 날아 늪 쪽으로 사라졌다. 오솔길은 곧장 늪으로 이 어졌다. 그게 늪이라는 건 수증기로 알아볼 수 있었다. 어딘 가에서는 자욱하게, 어딘가에서는 옅게 솟아 올라온 수증기 속에서 갈대숲과 버드나무 관목 숲이 마치 섬처럼 흔들리고 있었다. 늪과 길의 가장자리에 야간 방목을 나갔던 소년들과 농부들이 동트기 전 웃옷을 덮은 채 모두 잠들어 있었다. 그들로부터 멀지 않은 곳에서 다리가 묶인 말 세 마리가 거닐었다. 그중 한 마리는 족쇄를 요란하게 울리고 있었다. 라스카는 앞장서게 해달라는 기색으로 주변을 둘러보며 주인과 나란히 걸었다. 잠들어 있는 농부들을 지나 첫 번째 소택지에 당도하자 레빈은 뇌관을 점검한 뒤 개를 들여보냈다. 살찐 세 살배기 갈색 말 하나가 개를 보고 놀라 펄쩍 내달리더니 꼬리를 치켜세우고는 힝힝 콧김을 내뿜었다. 나머지 말들 역시 깜짝 놀라서 묶인 다리로 진창을 첨벙거리고 걸쭉한 진흙에서 끄집어 올린 발굽으로 박수 비슷한 소리를 내면서 늪 밖으로 내달리기 시작했다. 라스카가 멈춰 서서는 비웃듯이 말들을 바라보다가 묻는 듯한 눈초리로 다시 레빈을 향해 고개를 돌렸다. 레빈은 라스카를 쓰다듬고는 이제 시작해도 된다는 신호로 휘파람을 불었다.

라스카는 신나게, 그러면서도 신중하게, 발아래서 너울거리는 진창을 따라 내달렸다.

늪으로 들어서자 라스카는 곧바로 나무뿌리와 늪의 풀, 진흙 웅덩이의 낯익은 냄새와 낯선 말똥 냄새 속에서 그곳에 온통 퍼져 있는 새의 냄새를 맡았다. 무엇보다도 라스카를 설레게 하는, 가장 향기로운 새의 냄새였다. 이끼와 우엉 덤불 언저리에서 그 냄새는 아주 진하게 풍겼지만, 어느 쪽으로 냄새가 짙어지고 어느 쪽으로 옅어지는지는 확신할 수 없었다. 방향을 찾으려면 바람 따라 더 멀리 물러나야 했다. 자기 발의 움직임조차 느끼지 못한 채, 라스카는 필요한 경우 매 도약마다 멈춰 설 수 있도록 잔뜩 긴장한 구보로 동쪽에서 불어오는 새벽 바람으로부터 멀리 오른편으로 달려갔다가 다시 바람이 불어오는 쪽으로 되돌아왔다. 부푼 콧구멍 가득 공기를 들이쉰 라스카는 **그들**의 흔적뿐만 아니라 **그들**이 이미 거기, 바로 자기 앞에 있음을, 그것도 한 마리가 아닌 여러 마리임을 즉시 감지했다. 라스카는 달리는 속도를 줄였다. 새들이 있긴 하지만 정확히 어디에 있는지는 아직 확신할 수 없었다. 바로 그 장소를 찾기 위해 그는 한 바퀴 돌기 시작했다. 그때 갑자기 주인의 목소리가 그의 주의를 딴 데로 돌려놓았다. 「라스카! 여기!」 주인은 다른 방향을 가리켰다. 라스카는 멈춰 서서 자기가 시작한 대로 하는 게 더 낫지 않겠냐고 주인에게 물었다. 그러나 주인은 물이 흥건한 작은 둔덕들 쪽을 가리키며 성난 목소리로 다시 명령했다. 뭔가 있을 리 만무한 곳이었다. 라스카는 주인의 말을 따랐다. 그는 주인을 만족시켜 주려고 탐색하는 척 둔덕을 샅샅이 뒤지고는 아까의 자리로 되돌아와 곧바로 또다시 새들의 기척을 느꼈다. 이제 주인이 방해하지 않으니 뭘 해야 하는지는 분명했다. 그는 발밑을 보지 않은 채 높은 둔덕에 걸려 넘어져 화를 내기도 하고 물속에 빠지기도 하면서, 그러나 유연하고 억센 다리로 재차 자세를 바로잡으며 한 바퀴 돌기 시작했다. 그러면 틀림없이 모든 걸 알게 될 터였다. **그들**의 냄새가 점점 더 짙게 풍겼고, 점점 더 뚜렷하게 그를 자극했다. 그러다가 불현듯 그중 한 마리가 바로 저기, 저 둔덕 너머에, 자기 앞 다섯 걸음 떨어진 곳에 있다는 사실이 너무나 분명해졌다. 그는 그대로 멈춰 선 채 꼼짝도 하지 않았다. 짤막한 다리로 서 있는 탓에 눈앞에 아무것도 보이지 않았지만, 다섯 걸음도 채 안 되는 곳에 새가 앉아 있다는 걸 냄새로 알 수 있었다. 자리에 선 라스카는 점점 더 강렬하게 새의 존재를 느끼며 기다림의 기쁨을 만끽했다. 탄력 있는 꼬리는 쭉 뻗은 채 끝부분만 움찔거렸다. 입은 살짝 벌어지고 귀는 약간 들려 있었다. 한쪽 귀는 아직도 달릴 때처럼 뒤집힌 채였다. 라스카는 무겁게, 그러나 조심스레 숨을 내쉬면서 한층 더 신중하게, 고개보다는 눈을 돌려 주인을 돌아보았다. 라스카에게 익숙한 표정과 언제나와 같이 무시무시한 눈을 한 주인은 둔덕을 따라 비틀거리면서 유달리 차분하게 걸어왔다. 라스카의 눈에는 차분하게 걷는 듯 보였지만, 사실 주인은 달려오고 있었다.

온몸을 땅에 바짝 붙인 채 보폭이 큰 걸음으로 뒷다리를 헤엄치듯이 휘저으며 입을 살짝 벌린 라스카의 모습을 보고 특유의 방식으로 탐색 중임을 눈치챈 레빈은 개가 호사도요를 노리고 있음을 깨닫고서 제발 성공하기를, 특히 첫 번째 새를 맞힐 수 있기를 하느님께 빌면서 그쪽으로 달려갔다. 개에게 바짝 다가가 자신의 키 높이에서 앞을 살피기 시작하던 그는 개가 코로 발견한 것을 눈으로 확인했다. 둔덕들 사이로 난 좁다란 길 위에 호사도요가 보였다. 고개를 돌린 채 귀를 기울이던 새는 날개를 약간 폈다가 다시 접고는 어색하게 꽁무니를 흔들며 모퉁이 뒤로 사라졌다.

「가서 잡아!」 레빈이 개의 엉덩이를 치면서 소리쳤다.

〈그런다고 내가 갈 수는 없지.〉 라스카는 생각했다. 〈어디로 간단 말이야? 이쪽에서부터 새들의 기척이 느껴지는데, 내가 앞으로 움직이면 어떤 새들이 어디에 있는지 아무것도 알 수가 없을걸.〉 그러나 레빈은 무릎으로 그를 밀치며 흥분한 목소리로 속삭였다. 「가서 잡아, 라소치카,[9] 가서 잡으라

9 라스카의 애칭.

니까!」

〈주인이 저렇게 원하니 해야겠네. 하지만 이러는 게 내 책임은 아니야.〉 라스카는 이렇게 생각하고 둔덕 사이로 네발을 뻗어 달려들었다. 이제는 이미 아무것도 감지하지 못했고, 아무것도 파악하지 못한 채 그저 보고 듣기만 할 뿐이었다.

조금 전에 있던 자리로부터 열 걸음 떨어진 곳에서 굵은 새 울음소리, 그리고 호사도요 특유의 선명한 날갯짓 소리와 더불어 새 한 마리가 날아올랐다. 이어 총성과 함께 녀석은 축축한 진창에 흰 가슴을 들이받으며 철썩하고 떨어졌다. 다른 한 마리는 미처 기다리지 않고 레빈 뒤에서, 개도 없는데 혼자 날아올랐다.

레빈이 몸을 돌렸을 때 새는 이미 멀어져 있었다. 그러나 총알은 적중했다. 스무 발짝가량 떨어진 곳에서 날아가던 두 번째 도요새는 몸을 곧추세우고서 팽이처럼 위로 솟구치더니, 마치 내던져진 공처럼 마른땅에 툭 떨어지고 말았다.

〈자, 이렇게만 되면 꽤 괜찮겠는걸!〉 따뜻하고 살찐 도요새들을 사냥감 자루에 집어넣으며 레빈이 생각했다. 「라소치카, 쏠쏠할 것 같지?」

레빈이 장전을 하고서 다시 나아가기 시작했을 때, 먹구름에 가려 아직 보이지는 않았지만 해가 이미 떠올라 있었다. 빛이 다 가신 달이 구름처럼 희끄무레하게 빛났다. 별은 하나도 보이지 않았다. 이슬로 은빛을 띠던 소택지도 어느새 이제 금빛으로 빛나고 있었다. 녹빛 물웅덩이는 온통 호박색으로 빛났고, 풀들의 푸른색은 노르스름한 초록빛으로 바뀌었다. 늪의 새들은 이슬을 반짝이며 긴 그늘을 드리운 시냇가의 관목 숲에서 꿈틀대고 있었다. 잠에서 깨어난 매 한 마리가 건초 더미 위에 앉아 양옆으로 고개를 돌려 가며 불만스러운 표정으로 늪을 바라보았다. 갈까마귀들이 들판으로 날아갔다. 맨발의 소년이 덮고 자던 웃옷을 걷고 일어나 몸을 긁적이는 노인 쪽으로 말을 몰고 있었다. 총에서 뿜어져 나온 화약 연기가 풀의 초록빛 위로 우유처럼 하얗게 어른거렸다.

사내아이 하나가 레빈에게 달려왔다.

「아저씨, 어제 여기 오리들이 있었어요!」 소년이 레빈에게 소리치고는 멀찍이서 그의 뒤를 쫓았다.

자신의 솜씨를 인정해 주는 이 소년 덕택에 레빈은 메추라기도요를 그 자리에서 세 마리 연달아 쏘아 맞춘 것이 두 배로 흐뭇했다.

13

첫 번째 짐승이나 첫 번째 새를 놓치지 않으면 사냥 운이 트인다는 사냥꾼들의 미신은 사실이었다.

약 30베르스타를 돌아다니느라 지치고 배고프고 행복한 레빈은 아침 9시 조금 넘은 시각에 붉은 들새 열아홉 마리와 자루에 들어가질 않아 허리춤에 매단 오리 한 마리를 지니고서 숙소로 돌아왔다. 동료들은 한참 전에 일어나서 배를 곯다가 아침 식사까지 다 마친 뒤였다.

「잠깐, 잠깐만, 내가 알기론 열아홉 마리야.」 날아오를 때의 그 위엄 있는 모습은 온데간데없이 말라붙은 피를 뒤집어쓴 대가리를 옆으로 젖힌 채 곱아들고 오그라든 호사도요와 메추라기도요를 재차 헤아리면서 레빈이 말했다.

셈은 맞았고 스테판 아르카디치가 부러워하는 모습에 레빈은 기분이 좋았다. 게다가 숙소로 돌아오니 키티가 보낸 전갈이 도착해 있어서 그는 더욱 기뻤다.

나는 아주 건강하고 기분도 좋아요. 내 걱정을 하고 있다면, 이젠 안심해도 돼요. 마리야 블라시예브나라는 새로운 수행원이 있으니까요(그녀는 산파로서, 레빈의 가정생활에 새롭게 출현한 중요 인물이었다). 그녀가 내 상태를 알아보러 왔어요. 난 아주 건강하대요. 당신이 올 때까지 그녀를 집에 머물게 했어요. 모두가 즐겁고 건강해요. 그러니 당신도 서두르지 말고, 사냥이 잘되면 하루 더 계세요.

운 좋은 사냥과 아내에게서 온 전갈이라는 두 가지 기쁨이 너무나 커서, 레빈은 뒤이어 일어난 두 가지 자잘한 불쾌한 일들은 가볍게 흘려보냈다. 하나는 어제 과로한 게 분명한 밤색 곁말이 여물을 먹지도 않고 울적해한다는 점이었다. 마부는 녀석이 과로로 기운이 빠졌다고 했다.

「어제 너무 심했습니다, 콘스탄틴 드미트리치.」그가 말했다. 「10베르스타를 마구잡이로 몰아 대다뇨!」

또 다른 불쾌한 일, 처음에는 그의 기분을 망쳐 놓았다가 나중에는 그 역시 엄청 웃게 된 일은 다름이 아니라 키티가 챙겨 준, 일주일을 있어도 다 못 먹을 만큼 풍족한 식량이 하나도 남지 않았다는 사실이었다. 지치고 허기진 몸으로 사냥터에서 돌아오던 레빈은 피로조크 생각이 얼마나 간절했는지, 숙소에 당도했을 때는 라스카가 들새의 냄새를 맡을 때처럼 입안에 이미 피로조크의 향과 맛이 감돌 지경이었다. 그래서 그는 곧바로 필리프에게 피로조크를 내오라고 일렀는데, 알고 보니 피로조크는 고사하고 닭고기마저도 이미 다 먹어 치우고 없었던 것이다.

「먹성이 대단하다니까!」 스테판 아르카디치가 웃으며 바센카 베슬롭스키를 가리켰다. 「나도 입맛이 없어서 고생하는 편은 아니지만, 이건 좀 놀랍군…….」

「Mais c'était délicieux(그것 참 맛있더군요).」 베슬롭스키가 이미 먹어 치운 소고기 요리를 예찬했다.

「뭐, 어쩌겠나!」 레빈은 시무룩한 표정으로 베슬롭스키를 바라보았다. 「필리프, 그러면 소고기를 내오게.」

「소고기도 다 드셨는데요. 뼈다귀는 개들한테 줬습니다.」 필리프가 대답했다.

레빈은 너무나 분해서 화를 내고 말았다.

「내가 먹을 걸 뭐라도 남겨 뒀어야 할 거 아냐!」 그는 울고 싶은 심정이었다.

「들새의 내장을 꺼내고 억새풀을 채워 넣게.」 그가 바센카를 보지 않으려 애쓰면서 떨리는 목소리로 필리프에게 말했다. 「그리고 가서 우유라도 좀 얻어다 달라고.」

우유를 실컷 마시고 나자 그는 남에게 성질을 부린 게 부끄러워졌으며, 배가 고파서 격분한 것도 우습기 짝이 없는 일로 여겨졌다.

저녁에 다시 사냥을 나갔을 땐 베슬롭스키가 몇 마리를 잡았다. 밤이 되어서야 그들은 숙소로 돌아왔다.

돌아오는 길 역시 갈 때처럼 흥겨웠다. 베슬롭스키는 노래를 부르거나, 자신에게 보드카를 대접해 주고 〈개의치 말라〉고 말해 준 그 농부들과 어울렸던 일이라든가 한밤중에 호두

같은 하녀와 농부와 함께 노닥거렸던 일들을 흡족한 마음으로 떠올리곤 했다. 그때 농부는 베슬롭스키에게 결혼은 했느냐고 묻더니, 그가 총각이란 걸 알고는 이렇게 말했었다. 〈남의 아내는 탐내지 말고, 더 열심히 끈질기게 구애해서 제 여자를 만드는 게 낫죠.〉베슬롭스키는 이 말을 특히 재미있어 했다.

「저는 우리 여행에 너무도 만족합니다. 당신은 어떤가요, 레빈?」

「저도 아주 만족스럽습니다.」레빈이 진심으로 대답했다. 집에서 품었던 바센카 베슬롭스키에 대한 적대감이 사라졌을 뿐 아니라, 오히려 깊은 우정과 호감을 가지게 된 것이 그는 특히 기뻤다.

14

이튿날 10시에 레빈은 일찌감치 농사일을 둘러본 뒤 바센카가 묵고 있는 방의 문을 두드렸다.

「Entrez(들어오세요).」베슬롭스키가 소리쳤다. 「죄송합니다, 이제 막 ablutions(목욕)을 했거든요.」그가 속옷 차림으로 미소를 지어 보였다.

「편하게 계세요.」레빈이 창가 쪽에 앉았다. 「잠은 잘 잤습니까?」

「죽은 듯이 잤죠. 오늘도 사냥하기에 참 좋은 날이네요!」

「그러게요. 뭘 드시겠습니까, 차 아니면 커피?」

「둘 다 사양하겠습니다. 아침밥이나 먹으렵니다. 정말이지 부끄럽군요. 부인들께서는 이미 기침하셨겠죠? 지금 잠시 거닐면 딱 좋을 것 같습니다. 말들을 좀 구경시켜 주시지요.」

정원을 잠시 거닐면서 마구간에 들르고 심지어 함께 평행봉 위에서 체조까지 한 다음 레빈은 손님을 데리고 집으로 돌아와 응접실로 향했다.

「아주 끝내주는 사냥을 했답니다. 그 황홀한 기분이란!」 베슬롭스키가 사모바르 앞에 앉아 있는 키티에게 다가가며 말했다. 「부인들은 그런 즐거움을 누릴 수 없다니, 참으로 안타깝습니다!」

〈뭐, 별거 있겠어, 안주인이랑 뭔가 할 얘기가 있나 보지.〉 레빈은 생각했다. 손님이 키티를 향해 짓는 미소와 그의 얼굴에 드리운 예의 의기양양한 표정에서 또다시 뭔가가 느껴지던 터였다.

마리야 블라시예브나와 스테판 아르카디치와 함께 탁자의 다른 편에 앉아 있던 공작 부인이 레빈을 자기 쪽으로 부르더니 키티의 출산을 위해 모스크바로 이사하고 집을 구하는 문제에 관하여 이야기를 꺼냈다. 결혼식 때 그랬듯이 레빈으로서는 성사되어 가는 일의 존엄함을 온갖 하찮은 치다꺼리들로 욕되게 하는 게 불쾌했으며, 모두가 그때를 손꼽아 계산하면서 다가올 출산을 준비하는 것은 더더욱 불쾌하게 여겨졌다. 그는 태어날 아이에게 기저귀를 채우는 방법에 관해 이러쿵저러쿵 떠드는 소리를 듣지 않기 위해 시종 안간힘을 썼고, 돌리가 특히 의미를 부여하는 그 무슨 신비하고도 끝도 없이 이어지는 뜨개질 끈이라든가 아마포로 만든 삼각건 등등을 보지 않으려 애써 고개를 돌렸다. 다들 확언해 준 아들의 탄생이(그는 아들이리라 확신하고 있었다) 그에게는 도무지 믿을 수 없을 만큼 상서로운 일로 여겨졌던 것이다. 한편으로 너무나 어마어마한 일이라 실현 불가능한 행복 같기만 했고, 다른 한편으로는 너무나 신비한 사건이었기에, 미래의 일을 상상으로 예단하고 그 결과 사람의 손으로 만들어 내는 평범한 무엇을 준비하듯이 그것을 준비하는 게 그로서는 불쾌하고 치욕스러웠다.

그러나 그런 심정을 이해하지 못하는 공작 부인은 사위가 경박하고 무심하여 그 문제에 대해 고민하거나 얘기하기를 꺼린다며 그를 가만히 두질 않았다. 그녀는 집 알아보는 일을 스테판 아르카디치에게 일임한 뒤 레빈을 부른 터였다.

「저는 아무것도 모릅니다, 공작 부인. 원하시는 대로 하십시오.」 그가 말했다.

「언제 옮겨 갈지 정해야 할 것 아닌가.」

「정말이지 저는 모르겠습니다. 제가 아는 건 수백만의 아이들이 모스크바나 의사 없이도 태어난다는 겁니다……. 그런데 대체 왜…….」

「정 그렇다면…….」

「그게 아니라, 키티가 원하는 대로 하겠습니다.」

「키티랑은 이 얘기를 해서는 안 돼! 아니, 자네는 내가 그 아이를 깜짝 놀라게 만들길 바라는 건가? 안 그래도 올봄에 나탈리 골리치나가 형편없는 조산원 때문에 죽었단 말일세.」

「일러 주시는 대로 하지요.」 그가 침울한 어조로 대꾸했다.

공작 부인이 타이르기 시작했으나 그는 그녀의 얘기를 듣고 있지 않았다. 공작 부인과의 대화로 인해 기분이 상하긴 했어도 사실 그가 침울한 건 그 때문이 아니었다. 문제는 사모바르 옆에서 벌어지는 광경이었다.

〈아니야, 그럴 리가 없잖아.〉 그는 이렇게 생각하면서도 키티 쪽으로 몸을 숙인 채 특유의 아름다운 미소를 머금고 무언가를 이야기하는 바셴카와, 얼굴을 붉히고 불안해하는 키티를 이따금씩 힐끗거렸다.

바셴카의 자세와 눈초리와 미소에는 무언가 불순한 구석이 있었다. 심지어 레빈의 눈에는 키티의 몸가짐과 눈길에서도 불순한 것이 엿보였다. 그리하여 그의 두 눈은 또다시 어둠에 잠겼고, 또다시 엊그제처럼 행복과 평안과 자존감의 절정에서 어떤 중간 과정도 없이 별안간에 절망과 악의와 모욕의 나락으로 내동댕이쳐진 기분이었다. 또다시 모든 이들과 모든 것들이 역겨워졌다.

「그러니까 원하시는 대로 하시지요, 공작 부인.」 그가 다시 뒤를 돌아보며 말했다.

「왕관은 무거운 법이지!」[10] 스테판 아르카디치가 그에게 농담조로 말했다. 공작 부인과의 대화뿐 아니라 이미 내심 눈치챈, 레빈이 초조해하는 이유를 염두에 둔 말이었다. 「당신 오늘 많이 늦었구려, 돌리!」

모두가 다리야 알렉산드로브나를 맞이하느라 자리에서 일어섰다. 바셴카는 잠시 몸을 일으켜 부인들을 방자하게 대하는 신세대 젊은이 특유의 태도로 살짝 목례만 하더니, 뭔가에 웃음을 터뜨리며 대화를 계속 이어 갔다.

「마샤가 속을 썩여서요. 잠을 잘 못 잤는지 오늘따라 심하게 응석을 부리지 뭐예요.」 돌리가 말했다.

바셴카가 물꼬를 튼 대화는 또다시 어제의 일과 안나에 관한 이야기, 그리고 사랑이 세속의 규범들을 초월할 수 있는지

10 푸시킨의 희곡 「보리스 고두노프」에 나오는 대사.

에 관한 내용으로 흘러갔다. 키티는 그 대화가 거슬렸다. 내용 자체도 그렇고, 도취된 듯한 베슬롭스키의 어조도 그녀의 심기를 어지럽혔다. 특히 그것이 남편에게 어떤 영향을 미칠지를 잘 알고 있기에 그랬다. 그러나 그녀는 그 대화를 중단시키기에는, 나아가 이 청년이 보내는 노골적인 시선이 안겨주는 외적인 만족감을 숨기기에는 너무나 순진무구했다. 대화를 중단하고 싶었지만 어찌해야 할지 알 수가 없었다. 둘이서 뭘 하든 남편은 모든 것을 알아챌 것이며, 그것들이 전부 엉뚱한 쪽으로 곡해되리라는 점을 그녀는 짐작하고 있었다. 그리고 실제로 그녀가 돌리를 향해 마샤한테 무슨 일이 있었는지 묻고, 바센카 또한 자기로서는 지루한 그 대화가 끝나기를 기다리며 무심하게 돌리를 쳐다봤을 때, 레빈은 그녀의 질문조차 부자연스럽고 추잡한 술수인 양 여기고 말았다.

「어때, 오늘 버섯 따러 가지 않을래?」 돌리가 물었다.

「그래, 같이 가. 나도 갈래.」 키티는 이렇게 대답한 뒤 얼굴을 붉혔다. 예의상 바센카에게 당신도 갈 거냐고 묻고 싶었지만, 묻지 않았다. 「당신 어디 가요, 코스탸?」 레빈이 키티 곁을 단호한 걸음으로 지나가자, 그녀가 미안해하는 표정으로 남편에게 물었다. 바로 그 면구스러워하는 표정이 그가 품고 있던 모든 의혹을 확인시켜 주었다.

「내가 없는 사이 기계공이 왔는데, 아직 그를 만나 보지 못했거든.」 그는 키티를 쳐다보지도 않은 채 대꾸했다.

아래층으로 내려가 서재 밖으로 나서기도 전에, 조심성 없이 황급히 다가오는 아내의 익숙한 발소리가 레빈에게 들려왔다.

「무슨 일이죠?」 그가 무뚝뚝하게 물었다. 「지금 우린 대화

중인데.」

「죄송해요.」그녀가 독일인 기계공을 향해 말했다. 「남편한테 할 얘기가 좀 있어서요.」

독일인은 방을 나가려 했으나, 레빈이 그에게 말했다.

「신경 쓰지 마시오.」

「기차가 3시에 있다고 하셨죠?」독일인이 물었다. 「늦지 않도록 해주세요.」

레빈은 아무 대꾸도 없이 아내와 함께 밖으로 나갔다.

「무슨 할 얘기가 있다는 거죠?」그가 프랑스어로 물었다.

그는 아내의 얼굴을 쳐다보지 않았다. 그런 몸 상태로, 온 얼굴을 부르르 떨면서 안쓰럽고 비참한 표정을 짓고 있는 아내의 모습을 보고 싶지 않았던 것이다.

「나는…… 내가 하려는 말은, 이렇게는 살 수 없다는 거예요. 이건 그저 고통일 뿐이에요…….」그녀가 뇌까렸다.

「식료품 저장실에 하인들이 있어요.」그가 성난 어투로 말했다. 「소란 피우지 말아요.」

「그럼 저쪽으로 가요!」

그들이 있던 곳은 통로를 겸하는 방이었다. 그녀는 옆방으로 들어가려 했으나, 거기서는 영국인 가정 교사가 타냐를 가르치고 있었다.

「정원으로 가죠!」

정원에서 그들은 길을 청소하고 있는 농부와 마주쳤다. 이미 눈물 자국이 선연한 키티의 얼굴이나 레빈의 흥분한 표정을 농부가 보든 말든, 자기네들이 그 어떤 불행에서 도망치는 이들처럼 보이든 말든 두 사람은 개의치 않았으며, 속을 다 털어놓고 서로의 마음을 풀어 주고 잠시 단둘이 시간을 보내며 양쪽 모두가 겪고 있는 그 고통에서 벗어나야 한다는 생각에 총총걸음으로 앞으로 나아갔다.

「이렇게는 살 수 없어요. 이건 순전히 고통이라고요! 나도 고통스럽고, 당신도 고통스러워요. 그런데 왜 그래야 하는 거죠?」 마침내 보리수가 줄지어 서 있는 가로수 길 모퉁이의 고즈넉한 벤치에 다다랐을 때 그녀가 말했다.

「한 가지만 말해 줘요. 그 사람의 어투에 무례하고 불순하고 모욕적이고 끔찍한 무언가가 있진 않았는지.」 그가 그날 밤처럼, 다시금 가슴 위에 두 주먹을 불끈 쥐어 올린 자세로 그녀 앞에 서서 물었다.

「있었어요.」 그녀가 떨리는 목소리로 대답했다. 「하지만 코스탸, 내 잘못이 아니라는 걸 못 믿겠어요? 아침부터 나는 조신하게 굴려고 했어요. 하지만 그런 사람들은⋯⋯. 대체 그 사람은 왜 온 걸까요? 우리가 얼마나 행복했는데!」 그녀는 흐느끼느라 숨을 헐떡였다. 그녀의 불어난 몸이 오열로 인해 들썩거렸다.

정원사는 놀라운 광경을 보았다. 그들을 쫓아오는 것도 없었고, 도망칠 일도 없었으며, 그 벤치에서 특별히 기쁜 일이 생길 리 없었음에도 불구하고, 그들이 평온한 얼굴을 환히 빛내며 자신의 곁을 지나쳐 집으로 돌아가는 모습을 그는 목격했다.

15

레빈은 아내를 위층에 데려다주고서 돌리의 방으로 갔다.

다리야 알렉산드로브나는 나름의 큰 슬픔에 잠겨 있었다. 그녀는 방 안을 서성이며 구석에 선 채 엉엉 울고 있는 딸아이에게 성난 목소리로 야단을 치고 있었다.

「하루 종일 구석에 서 있을 줄 알아. 밥도 혼자 먹게 될 거고, 인형 갖고 노는 건 어림도 없어. 새 옷도 안 만들어 줄 거야.」그녀가 딸아이를 벌줄 온갖 방법들을 주워섬겼다.

「세상에, 얘가 얼마나 못된 아이인지 좀 보세요!」그녀가 레빈을 향해 말했다. 「이 나쁜 버릇이 어디서 생겼나 몰라.」

「대체 무슨 짓을 저질렀는데요?」레빈은 꽤나 무심하게 물었다. 자기 문제로 조언을 구하고자 했던 그로서는 때를 잘못 맞춰 온 것이 유감스러웠다.

「쟤가 그리샤랑 같이 나무딸기 숲에 갔는데, 거기서 말이에요…… 무슨 짓을 했는지 차마 입에 담지도 못하겠네요. 어쩌면 그런 못된 짓을 저지를 수가 있을까요. 엘리엇 양이 없는 게 백번 천번 아쉬워요. 새 가정 교사는 애를 전혀 살필 줄 모르거든요, 마치 기계처럼…… Figurez vous, qu'elle(생각 좀 해보세요, 쟤가 말이죠)…….」

이윽고 다리야 알렉산드로브나는 마샤가 저지른 일을 이야기했다.

「그런 건 아무 일도 아닙니다. 나쁜 버릇이 아니라, 그저 장난일 뿐이에요.」레빈이 그녀를 안심시켰다.

「그런데 뭐 안 좋은 일이라도 있었나요? 왜 오신 거죠?」돌리가 물었다. 「저쪽에서 무슨 일이 있었던 건가요?」이 질문의 어조에 레빈은 자신이 하려던 말을 쉽게 꺼낼 수 있겠다는 생각이 들었다.

「저는 저 자리에 없었습니다. 키티와 단둘이 정원에 있었거든요. 우리는 두 번째로 다퉜어요. 그러니까…… 스티바가 온 뒤로 말이죠.」

돌리가 이해심이 담긴 총명한 눈빛으로 그를 바라보았다.

「가슴에 손을 얹고 말씀해 주시겠어요? 키티가 아니라 그 작자한테 그런 불쾌한, 아니 불쾌하다기보다 남편으로서 끔찍하고 모욕을 느낄 만한 면이 있었는지 말입니다…….」

「글쎄, 뭐라고 말해야 할지……. 거기 구석에 서 있어!」 어머니의 얼굴에 살짝 번지는 미소를 보고는 몸을 돌린 마샤를 향해 돌리가 말했다. 「사교계의 견해에 따르면, 그 사람은 다른 모든 젊은이들과 마찬가지로 처신하고 있는 거예요. Il fait la cour à une jeune et jolie femme(그는 젊고 아름다운 여자의 비위를 맞추는 거고), 남편으로서는 그저 흐뭇해하면 그만이죠.」

「그렇군요.」 레빈이 음울한 어조로 말했다. 「그런데 처형도 눈치채셨나요?」

「나뿐 아니라 스티바도 눈치챘어요. 차를 마신 뒤에 곧바로 그러더군요. Je crois que Veslovsky fait un petit brin de cour à Kitty(베슬롭스키가 키티에게 약간 치근덕거리는 것 같다)라고 말이에요.」

「그렇다면 다행이네요. 이제 안심이 됩니다. 그 작자를 쫓아내야겠어요.」 레빈이 말했다.

「그게 무슨 소리예요, 정신 나갔어요?」 돌리가 경악하여 소리를 질렀다. 「이봐요, 코스탸, 정신 차려요!」 그녀는 웃으며 말을 이었다. 「이제 파니에게 가도 돼.」 그녀가 마샤에게 말했다. 「정 그러고 싶다면, 내가 스티바에게 얘기할게요. 그이가 그 사람을 데리고 떠날 거예요. 손님들이 올 거라고 하면 되겠죠. 전반적으로 그 사람은 우리 집안이랑 맞지 않는 것 같아요.」

「아닙니다, 아니에요. 제가 할 겁니다.」

「그러다 싸우기라도 하려고요……?」

「전혀 아닙니다. 저로서는 아주 즐거울 것 같은데요.」실제로 두 눈을 쾌활하게 빛내며 레빈이 말했다.「아이를 용서해주세요, 돌리! 이제 안 그럴 겁니다.」그는 죄지은 꼬마 아이를 가리켰다. 아이가 파니에게 가지 않고 어머니의 맞은편에서 눈을 치켜뜬 채 머뭇머뭇 어머니의 눈길을 애타게 기다리고 있었던 것이다.

어머니가 딸아이를 쳐다보자 아이는 대성통곡을 하면서 어머니의 무릎에 얼굴을 묻었다. 돌리는 아이의 머리에 부드럽고 여윈 손을 얹었다.

〈우리와 그 작자 사이에 무슨 공통점이 있겠어?〉레빈은 잠시 이런 생각을 한 뒤 베슬롭스키를 찾으러 갔다.

문간방을 지나면서는 역으로 갈 쌍두마차를 대기시켜 놓으라고 일렀다.

「어제 용수철이 망가졌는뎁쇼.」하인이 대답했다.

「그럼 여행용 마차를 대놓게, 속히. 손님은 어디 계시나?」

「방으로 가셨습니다.」

레빈이 바셴카를 발견했을 때, 그는 짐 가방에서 물건들을 꺼내 늘어놓고 새 로망스 악보도 펼쳐 놓고는 승마용 가죽 각반을 착용하던 중이었다.

레빈의 얼굴 표정에서 특별한 무엇이 비쳤는지, 아니면 바셴카 자신이 저지른 ce petit brin de cour(저 소소한 사랑 놀음)이 이 가정에서는 부적절했음을 스스로 감지한 것인지,

그는 레빈이 찾아온 것에 약간(사교계의 사내가 그럴 만큼) 당황스러워했다.

「가죽 각반을 신고 말을 타려고요?」

「네, 그게 훨씬 더 깨끗하거든요.」 바센카가 살찐 다리를 의자 위에 올려놓은 채 아래쪽 고리를 채우며 선량한 미소를 지어 보였다.

바센카는 의심할 바 없이 마음씨 좋은 청년이었다. 그 눈길에서 겁먹은 기색을 눈치챈 레빈은 그가 안쓰러운 한편 집주인으로서 부끄러운 생각이 들었다.

탁자 위에는 그들이 그날 아침 체조를 하던 중 물에 분 평행봉을 들어 올리려다 둘이서 같이 부러뜨린 봉 조각이 놓여 있었다. 레빈은 어떻게 얘길 꺼내면 좋을지 몰라 그 조각을 손에 쥐고는 잘게 쪼개진 끄트머리를 뜯어내기 시작했다.

「내가 온 건…….」 그는 그대로 입을 다물려다가, 불현듯 키티와 더불어 겪었던 그 모든 일을 떠올리고는 단호하게 그의 눈을 똑바로 쳐다보며 이렇게 말했다. 「당신을 위해 마차에 말을 매놓으라고 일렀습니다.」

「아니, 왜죠?」 바센카가 깜짝 놀라서 대꾸했다. 「어딜 가야 합니까?」

「기차역으로 가셔야 합니다.」 레빈은 부러진 봉의 끄트머리를 잡아 뜯으며 음울한 어조로 말했다.

「어디 가시는 겁니까? 아니면 무슨 일이 생겼나요?」

「손님들이 찾아올 일이 생겼습니다만.」 레빈이 부러진 봉의 쪼개진 끄트머리를 억센 손가락으로 더 잽싸게 잡아 뜯으며 말을 이었다. 「아니, 손님들은 오지 않을 겁니다. 그리고 아무 일도 없고요. 하지만 여길 떠나 주시길 부탁드립니다.

저의 결례를 마음대로 해석하셔도 좋습니다.」

바센카가 몸을 곧추세웠다.

「이러시는 이유를 **당신**께서 설명해 주시면 좋겠습니다만…….」마침내 사태를 파악한 그가 위엄 있는 자세로 말했다.

「설명드릴 수 없습니다.」광대뼈에 경련이 이는 것을 애써 감추며 레빈이 천천히 조용하게 말했다. 「그리고 물어보시지 않는 게 좋을 겁니다.」

몽둥이의 쪼개진 끄트머리를 이미 다 뜯어낸 레빈은 두툼한 끄트머리를 손가락으로 잡아 힘껏 쪼개고는 떨어지는 부스러기를 열심히 낚아챘다.

신경질적으로 긴장된 저 손과 아침에 체조를 하면서 만져보았던 근육, 빛나는 눈동자와 조용한 목소리, 경련이 이는 광대뼈가 바센카에게 말보다도 더 확실하게 사태를 이해시킨 게 틀림없었다. 그는 어깨를 으쓱하더니 경멸 어린 미소를 지으며 목례를 했다.

「오블론스키를 좀 보고 가도 되겠습니까?」

어깨를 으쓱거리는 행동이나 그런 미소를 짓는 것이 레빈의 기분을 상하게 하지는 않았다. 〈더 이상 뭘 할 수 있겠어?〉 그는 그렇게 생각했다.

「지금 당장 이리로 보내지요.」

「이 무슨 얼토당토않은 짓인가!」친구로부터 이 집에서 쫓겨나게 됐다는 얘기를 들은 스테판 아르카디치가 손님이 출발하기를 기다리며 정원을 거닐던 레빈을 발견하고 달려와 말했다.「Mais c'est ridicule(정말 우습군)! 얼마나 대단한 모기에 물렸다고 이 난린가? Mais c'est du dernier ridicule(이건 정말 너무나 우스꽝스러운 일이네)! 아니, 대체 젊은 사내가 좀 그러는 게 어떻게 보였기에…….」

그러나 레빈이 모기한테 물린 곳은 여전히 욱신거리는 모양이었다. 스테판 아르카디치가 해명하려 들자 그가 다시금 창백해진 얼굴로 황급히 그의 말을 가로막았으니 말이다.

「제발 해명하려 들지 말게! 달리 처신할 수는 없었네! 자네와 그 친구에게는 너무 부끄럽네. 그럼에도, 내 생각에 여길 떠나는 것이 그 친구한테 그리 괴로운 일은 아니겠지만, 나와 내 아내한테는 그가 있는 것이 불쾌하단 말일세.」

「하지만 그로서는 모욕적인 처사가 아닌가! Et puis c'est ridicule(게다가 우습기도 하고).」

「나 역시 치욕스럽고 괴롭다니까! 게다가 나에게는 아무런 잘못도 없어. 내가 왜 괴로워해야 하나!」

「자네가 이럴 줄은 몰랐네! On peut être jaloux, mais à ce point, c'est du dernier ridicule(질투를 할 수는 있지만, 이 정도라면 정말 웃기는 일이야)!」

레빈은 재빨리 몸을 돌려서 가로수 길 깊숙이 들어가서는 혼자서 앞뒤로 서성댔다. 곧 여행용 마차가 덜컹거리는 소리가 들리더니 바센카가 예의 스코틀랜드식 모자를 쓴 채 건초 위에 앉아(불행히도 마차에는 좌석이 없었다), 마차가 덜컹거릴 때마다 펄쩍 뛰어오르며 가로수 길을 지나가고 있는 모습이 나무들 사이로 보였다.

〈저건 또 뭐지?〉 집에서 달려 나온 하인이 마차를 세우는 걸 보고서 레빈이 생각했다. 그가 까맣게 잊고 있던 기계공이었다. 기계공은 베슬롭스키에게 허리를 굽혀 인사한 뒤 무언가 이야기를 건네고는 마차에 올라탔다. 그러고서 그들은 함께 길을 떠났다.

스테판 아르카디치와 공작 부인은 레빈의 행동에 격분했다. 그리고 레빈 자신도 스스로가 너무나도 우스꽝스러웠으며 모두에게 죄스럽고 창피한 기분이었다. 그러나 자신과 아내가 겪은 어마어마한 고통을 상기할 때마다 그는 또 이런 일이 벌어지면 어떻게 할 것인지 스스로에게 물었고, 똑같이 할 거라고 대답하곤 했다.

그 난리법석에도 불구하고 날이 저물 무렵이 되자, 레빈이 한 짓을 용서하지 못하는 공작 부인을 제외한 모두가 마치 벌을 받고 난 아이들이나 부담스러운 공식적인 접견을 마친 어른들처럼 유달리 활기차고 명랑해졌다. 저녁에는 공작 부인이 없는 자리에서 바셴카를 내쫓은 일을 이미 오래전 일처럼 이야기하기까지 했다. 게다가 아버지로부터 재담꾼의 재능을 물려받은 돌리가 새로운 익살맞은 표현들을 덧붙여 가며 서너 번 연거푸 그 얘기를 들려줌으로써 바렌카를 포복절도하게 만들었다. 얘기하기를, 손님 접대용으로 새 나비 리본을 달고서 응접실로 가는데 갑자기 마차가 덜컹거리는 소리가 요란하게 들리더라는 것이었다. 마차에 대체 누가 타고 있는지 보니, 바로 그 스코틀랜드식 모자를 쓰고 가죽 각반을 찬 바셴카가 로망스 악보를 들고서 건초 위에 앉아 있었다고 했다.

「아무리 그래도 쌍두마차라도 내주지 그랬어요! 근데, 또 〈잠깐만요!〉 하는 소리가 들리지 뭐예요. 그래, 불쌍히 여겨서 다시 부르는구나 생각했죠. 한데 가만 보니, 그 사람 옆에 뚱뚱한 독일인을 태워서는 가더라고요……. 그러니 내 나비 리본은 쓸모가 없어진 거죠.」

16

다리야 알렉산드로브나는 계획했던 대로 안나를 만나러 갔다. 동생을 실망시키고 제부의 기분을 상하게 하는 것은 무척 안타까웠다. 브론스키와 그 어떤 인연도 맺지 않으려 하는 레빈 부부의 입장이 정당하다는 걸 그녀는 잘 알고 있었다. 그러나 돌리는 안나의 처지가 바뀌었다 해도 자신의 마음은 변함이 없음을 그녀에게 찾아가 보여 주는 것이 도리라고 여겼다.

이 여행과 관련하여 레빈 부부에게 신세 지지 않기 위해, 다리야 알렉산드로브나는 말들을 빌리러 마을에 사람을 보냈다. 그러나 그 사실을 알게 된 레빈이 그녀에게 와서는 강하게 책망했다.

「대체 왜 처형이 거기 가는 걸 제가 언짢아할 거라고 생각하는 겁니까? 그게 불쾌하다면, 처형이 내 말을 쓰지 않는 것은 더더욱 불쾌합니다.」그가 말했다.「그곳에 가겠다고 저에게 단 한 번도 확실하게 말씀하신 적이 없었잖습니까. 마을에서 말을 빌리는 건, 우선 저로서는 기분 나쁜 일인 데다가, 중요한 건 설사 말을 빌린다 해도 거기까지 태워다 주지는 않을 거란 말입니다. 저에게도 말이 있어요. 그러니 제 맘을 상하게 하고 싶지 않으시다면, 제 말을 타고 가시지요.」

다리야 알렉산드로브나는 수락할 수밖에 없었다. 예정된 날 레빈은 처형을 위해 노역용 말과 승마용 말 중 네 필을 고르고 교대할 말도 준비했다. 몰골이 아주 흉한 말들이었지만 다리야 알렉산드로브나를 하루 만에 데려다줄 터였다. 곧 떠나게 될 공작 부인과 조산원을 위해서 말이 필요한 시점에 그렇게 준비하는 것은 레빈으로서는 쉽지 않은 일이었다. 그럼에도, 손님을 잘 대접해야 할 의무를 지닌 주인으로서 자기 집에 있는 다리야 알렉산드로브나가 말을 빌리려는 걸 내버려 둘 수는 없었다. 뿐만 아니라 이 여행을 위해 지출해야 하는 20루블이 그녀에게는 상당히 큰 액수라는 걸 그는 잘 알고 있었다. 다리야 알렉산드로브나의 아주 어려운 금전적인 형편을 레빈 부부는 마치 제 일처럼 느끼던 터였다.

다리야 알렉산드로브나는 레빈이 조언해 준 대로 동이 트기 전에 출발했다. 길은 평탄했고, 마차는 편안했으며, 말들은 잘 달렸다. 마부석에는 마부 외에도 레빈이 안전을 위해 보낸 사무소 서기가 하인 대신 타고 있었다. 다리야 알렉산드로브나는 졸다가 말을 교체할 지점인 여인숙에 당도했을 때 깨어났다.

그녀는 레빈이 스비야시스키의 집으로 갈 때 머물렀던 바로 그 부유한 농부의 집에서 차를 마신 뒤 아낙네들과는 아이들에 관한 얘기를, 노인과는 그가 입이 닳도록 칭찬하는 브론스키에 관한 얘기를 나눈 뒤 10시에 다시 길을 나섰다. 집에 있을 땐 아이들을 돌보느라 그녀에게 생각할 시간이 전혀 없었다. 그런데 네 시간 동안 여행을 하는 지금은 억눌려 있던 생각들이 갑자기 죄다 머릿속에 모여들었고, 전에 없이 여러 각도에서 자신의 삶 전체를 되짚어 보게 되었다. 그녀 자신에게조차 기이하게 여겨지는 생각들이었다. 처음에는 아이들 생각을 했다. 공작 부인이, 그리고 무엇보다 키티가(돌리는 동생을 더 신뢰했다) 잘 돌보겠노라고 약속했음에도 불구하고 아이들이 걱정되었다. 〈마샤가 다시 장난치기 시작하면 안 되는데. 그리샤가 말한테 차이지 말아야 할 텐데. 릴리의 배탈도 더 심해지면 안 되고.〉 그러다가 현재의 문제들이 가까운 장래의 문제들로 교체되기 시작했다. 올겨울 모스크바에 새집을 구하고, 응접실의 가구들을 바꾸고, 맏딸에게 모피 외투를 지어 입힐 일들이었다. 그런 다음에는 좀 더 먼 미래의 문제들, 즉 아이들을 어떻게 세상에 내보낼지를 곰곰이 심사숙고하기 시작했다. 〈딸아이들은 아직 별문제 없어.〉 그녀가 생각했다. 〈하지만 아들 녀석들은 어쩐담?〉

〈지금은 내가 그리샤의 공부를 돌봐 주고 있어 괜찮지만, 그건 오로지 임신을 하지 않아 운신이 자유로운 덕분이야. 스티바한테는 물론 전혀 기대할 게 없고. 그러니 좋은 사람들의 도움을 얻어서 아이들을 세상에 내보내야겠지. 하지만 혹여 또 임신을 하게 되면…….〉 그러자 여자에게는 고통 속에서 아이를 낳아야 하는 저주가 내려졌다는 말이 너무나 부당하다는 생각이 들었다. 〈낳는 건 아무것도 아니야. 키우는 것, 그게 괴롭지.〉 그녀는 마지막으로 임신했던 일과 그때 태어난 막내가 죽은 일을 돌이켜 보았다. 문득 여인숙에서 젊은 색시와 나누었던 대화가 떠올랐다. 아이는 있느냐는 질문에, 어여쁜 색시는 쾌활하게 대답했었다.

「딸아이가 있었는데, 하느님이 자유롭게 해주셨지요. 재계 기간에 장례식을 치렀어요.」

「저런, 얼마나 안타까웠을까!」 다리야 알렉산드로브나가 말했다.

「안타까울 게 뭐가 있어요? 시아버님에게 손자들이 얼마나 많은데요. 일거리만 천지에 널렸죠. 도무지 무슨 일을 할 수가 없어요. 그저 짐일 뿐이죠.」

색시의 착하고 귀염성 있는 모습에도 불구하고, 그 대답은 다리야 알렉산드로브나에게 망측스럽게 여겨졌다. 그런데 지금 자기도 모르게 그 말을 떠올린 것이다. 이 냉소적인 말 속에는 일말의 진실이 담겨 있었다.

〈그래, 언제나 그랬어.〉 지난 15년의 결혼 생활을 되돌아보며 다리야 알렉산드로브나가 생각했다. 〈임신에다 입덧이 오고 머리가 아둔해지면서 모든 것에 무심해지는 거야. 중요한 건, 몰골이 추해지는 거지. 키티, 그 젊고 예쁘던 키티마저도 매력이 없어졌는걸. 하물며 나는 임신하면 아예 흉물이 된다니까. 출산과 산고, 그 끔찍한 산고, 그리고 최후의 순간…….그다음에는 젖 먹이는 일과 잠 못 이루는 밤, 그 끔찍한 아픔…….〉

그녀는 젖꼭지가 갈라져서 고통스러웠던 기억을 떠올리며 몸서리를 쳤다. 그런 아픔을 거의 매 아이 때마다 겪었다. 〈그다음은 아이들의 병치레야. 그거야말로 끝도 없이 겪는 두려움이지. 또 그다음은 애들 교육에다 그 망측한 버릇들(그녀는 어린 마샤가 나무딸기 숲에서 저지른 짓을 떠올렸다), 학과 공부, 라틴어…….그 모든 게 이해할 수 없고, 고달프단 말이야. 그런 데다가 아이의 죽음까지 겪어야 하다니.〉 엄마의 마음을 영원히 괴롭히는 잔혹한 기억이 그녀의 머릿속에 또다시 떠올랐다. 크루프[11]를 앓다 죽은 젖먹이 막내아들 생각이었다. 아이의 장례식과 그 조그만 장밋빛 관 앞에서 모두가 한결같이 내비치던 그 무심함, 금은 십자가가 달린 장밋빛 관 뚜껑을 덮는 순간 보였던 관자놀이 부근의 곱슬곱슬한 머리카락과 조그맣고 창백한 이마, 놀란 듯 벌어진 조그만 입, 그

11 영유아에게서 흔히 발병하는 급성 폐쇄성 후두염. 후두가 부어서 기도가 막히는 탓에 호흡 곤란 증세가 나타나곤 한다.

앞에서 홀로 느꼈던 가슴 찢어지는 아픔.

〈대체 왜 그 모든 걸 겪어야 하지? 그 모든 것에서 얻어질 결과가 대체 뭐냐고. 한시도 편안할 틈 없이, 임신하거나 아니면 젖을 먹이고, 끊임없이 화를 내거나 잔소리하고, 나 자신이 고달플 뿐만 아니라 남들도 괴롭히면서, 남편한테는 혐오스러운 여자로 한평생을 살겠지. 그리고 아이들은 불행하고, 교육도 제대로 못 받은, 재능 없는 아이들로 자라나겠지. 레빈 부부의 집에서 여름을 나지 않았다면, 지금 우리가 어떻게 지냈을지 모를 일이야. 물론 코스탸와 키티가 너무나 신중하니 거의 티가 안 나지만, 계속해서 이런 식으로 신세를 질 수는 없어. 두 사람에게도 곧 아이가 생길 테고, 그러면 우리를 도와줄 수 없게 될 테니까. 지금도 경제적으로 빠듯할 거야. 그렇다면 당신 몫으로 남겨 둔 게 전혀 없는 아버지께서 도와주실까? 아이를 키우는 건 나 혼자서 할 수 없는 일이니, 굴욕적이지만 남들의 도움을 받을 수밖에. 최선의 경우는 아이들이 더 이상은 죽지 않고, 내가 어떻게든 길러 내는 거야. 아이들은 기껏해야 몹쓸 인간만 면하게 되겠지. 내가 바랄 수 있는 건 그게 전부야. 그런데 그 모든 게 얼마나 많은 고통과 수고를 낳느냔 말이야…… 인생이 통째로 망가지는 거라고!〉 그녀는 또다시 그 색시가 한 말을 떠올렸다. 그것을 떠올리자 다시 망측하게 느껴졌음에도, 그 말 속에 있는 그대로의 진실이 담겨 있음을 부정할 수는 없었다.

「아직 멀었나요, 미하일?」 두려운 생각들을 떨쳐 내고자 다리야 알렉산드로브나가 사무소 서기에게 물었다.

「이 마을에서 7베르스타를 더 가야 한다고 합니다.」

마차는 마을 길을 따라 작은 다리 쪽으로 내려갔다. 짚을

꼬아 만든 새끼줄을 어깨에 걸친 한 무리의 쾌활한 아낙들이 낭랑한 목소리로 흥겹게 이야기를 주고받으며 지나갔다. 그들은 다리에서 멈춰 서더니 호기심 어린 눈길로 마차를 살펴보았다. 일제히 다리야 알렉산드로브나를 향하고 있는 그 얼굴들은 모두 다 건강하고 명랑했으며, 넘치는 삶의 기쁨으로 그녀의 약을 올리고 있었다. 〈모두 살아가고 있구나. 삶을 즐기고 있어.〉 마차가 아낙네들을 지나쳐 언덕으로 들어선 다음 다시금 빠른 속도로 달리자 다리야 알렉산드로브나는 부드러운 용수철 위에서 기분 좋게 흔들리며 계속해서 생각을 이어 나갔다. 〈그런데 나는, 마치 감옥을 빠져나오듯이, 나를 온갖 걱정거리로 짓누르는 세계로부터 벗어난 지금에야 잠시나마 정신을 차린 거야. 모두가 살아가고 있어. 저 아낙들도, 동생 나탈리도, 바렌카도, 그리고 내가 찾아가고 있는 안나도. 그런데 오로지 나만 아니야.〉

〈사람들은 안나를 비난하지. 왜들 그럴까? 과연 내가 더 낫다고 할 수 있을까? 나에게는 적어도 사랑하는 남편이 있긴 하지. 내가 원하는 방식으로는 아니지만, 어쨌든 나는 그이를 사랑해. 반면에 안나는 자기 남편을 사랑하지 않아. 그런데 도대체 그녀가 뭘 잘못했다는 거지? 그녀는 살고 싶은 거야. 하느님께서 그런 마음을 우리의 영혼 속에 심어 놓으셨잖아. 나 역시 똑같이 처신했을 가능성이 커. 그리고 안나가 모스크바로 찾아왔던 그 끔찍했던 시절에 그녀의 말을 들은 게 잘한 짓인지 지금까지도 잘 모르겠단 말이야. 그때 남편을 버리고 내 인생을 처음부터 다시 시작했어야 했어. 그랬더라면 진정으로 사랑하고 사랑받을 수 있었을 텐데. 과연 지금이 더나을까? 나는 그이를 존경하지 않아. 나에게 필요하니까(그녀는 남편을 떠올렸다) 그이를 견디고 있는 거라고. 그런데 이게 더 낫다고? 그때만 해도 사랑받을 만했지. 나 나름의 예쁜 구석이 남아 있었으니까.〉 다리야 알렉산드로브나의 상념은 계속해서 이어졌고, 그녀는 거울을 들여다보고 싶어졌다. 가방 속에 여행용 거울이 들어 있었기에 그걸 꺼내려 했다. 그러나 마부와 흔들거리는 사무소 서기의 등을 본 순간, 둘 중 누군가 뒤를 돌아보면 창피할 것 같아 거울을 꺼내지 않았다.

비록 거울을 보지는 않았지만, 그녀는 지금도 늦지는 않았다고 생각하고는 자신에게 유독 친절하게 대해 주던 세르게이 이바노비치와 성홍열이 번지던 때 함께 아이들을 돌봐 주고 자신을 무척 좋아했던, 스티바의 친구인 마음씨 좋은 투롭친을 떠올렸다. 그리고 또 한 사람, 아주 젊은 청년이 있었는데, 남편이 농담조로 전해 준 말에 의하면 그 청년이 보기에는 자매들 중에서 그녀가 제일 예쁘다는 것이었다. 너무나 열렬하고 실현 불가능한 로맨스들이 다리야 알렉산드로브나의 머릿속에 그려졌다. 〈안나는 아주 잘한 거야. 그리고 나는 절대로 그녀를 비난하지 않을 테야. 그녀는 행복하고, 남들을 행복하게 해주고, 나처럼 기죽지 않았어. 틀림없이 늘 그랬듯이 여전히 생기 넘치고 총명하고 모든 일에 솔직할 거야.〉 다리야 알렉산드로브나는 생각했다. 교활하고도 만족스러운 미소가 번지면서 그녀의 입술에 잔주름이 잔뜩 일었다. 안나의 로맨스를 생각하면서 그것과 거의 똑같은, 자신에게 반한 상상의 남자와 나누는 자신의 로맨스를 나란히 떠올린 것이다. 그녀는 안나가 했던 것과 똑같이 남편에게 모든 걸 고백했다. 그리고 그 소식을 듣고서 놀라 당황하는 스테판 아르카디치의 모습이 그녀로 하여금 웃음 짓게 했다.

그런 공상의 나래를 펼치면서 그녀는 큰길에서 벗어나 보즈드비젠스코예로 향하는 굽잇길에 다다랐다.

17

마부가 네 마리 말을 멈춰 세우고 오른편의 호밀밭을 돌아보았다. 그곳 달구지 곁에는 농부들이 앉아 있었다. 사무소 서기가 마차에서 뛰어내리려다가 생각을 고쳐먹고서 이리 오라는 손짓을 하며 명령조로 소리쳐 농부를 불렀다. 길을 달릴 때 불던 바람은 마차가 멈춰 서자 잠잠해졌다. 땀에 젖은 말들의 몸뚱이에 등에가 마구 들러붙어 말들은 신경질적으로 그것들을 몸에서 떼어 내려 했다. 달구지 쪽에서 들려오던 낫 두드리는 소리가 잦아들었다. 농부들 중 한 사람이 몸을 일으켜 마차 쪽으로 다가왔다.

「야, 이거 바짝 말라서 다 갈라졌구먼!」 사무소 서기가 마차가 드문드문 다니는 마른 길에 홈을 낸 바큇자국을 따라서 맨발로 천천히 걸음을 내딛는 농부를 향해 신경질적으로 소리쳤다. 「빨리 와. 뭐 하는 거야!」

머리카락을 나무껍질로 잡아맨 곱슬머리 노인이 굽은 등을 땀으로 거무튀튀하게 적신 채 걸음을 재촉하더니 마차로 다가와 그을린 손으로 바퀴의 흙받기를 붙잡았다.

「보즈드비젠스코예의 나리 댁으로 가시는 길이십니까? 백작님 댁으로요?」 그가 되풀이해서 물었다. 「언덕으로 올라가서 왼쪽으로 도십시오. 거기서 대로를 따라 똑바로 가시면 바로 나옵니다. 누굴 찾아오셨습니까? 나리를 찾아오셨나요?」

「저, 다들 댁에 계신가?」 다리야 알렉산드로브나가 안나에 대해 어떻게 물어야 할지 몰라서 애매하게 말했다.

「분명 댁에 계실 겁니다요.」 농부가 맨발을 번갈아 디뎌 먼지 위에 발가락 다섯 개까지 선명한 발자국을 남기면서 말했다. 「분명 계시겠지요.」 그가 되풀이했다. 보아하니 뭔가 얘기를 하고 싶어 하는 눈치였다. 「어제 또 손님들이 오셨거든요. 손님들이 아주 많이 오신답니다…… 왜, 무슨 일인데?」 그가 달구지 쪽에서 뭔가 외치는 사내를 향해 몸을 돌렸다. 「사람하고는……! 방금 전에 다들 말을 타고 여길 지나가셨습니다. 풀 베는 기계를 보러 가셨죠. 그런데 어디서 오신 분들인지……?」

「우리는 멀리서 왔네.」 마부가 마부석에 올라타며 말했다. 「그러니까, 멀지 않다 이거지?」

「말씀드렸잖습니까, 바로 저기라고요. 여기서 바로 나가시면…….」 농부는 흙받기를 연신 만지작거렸다.

젊고 건장하고 다부지게 생긴 사내 역시 마차 쪽으로 다가왔다.

「저, 혹시 추수할 일거리는 없으신지요?」 그가 물었다.

「나는 모르겠네, 젊은이.」

「그러니까, 왼쪽으로 가시면, 바로 나올 겁니다.」 농부가 말했다. 얘기를 좀 더 하고 싶은 건지, 그들을 보내기가 내키지 않는 기색이었다.

마부가 말을 몰았다. 그런데 마차의 방향을 돌리자마자 농부가 소리쳤다.

「잠깐만요! 어이, 이봐요! 거기 멈춰요!」 두 사람이 같이 소리치고 있었다.

마부가 마차를 세웠다.

「그분들이 오십니다! 저기요, 저기!」 농부가 외쳤다. 「보십시오, 저기들 오고 계시잖습니까!」 말을 탄 네 사람과, 이륜마차를 타고 가는 두 사람을 가리키며 농부가 말했다.

말을 탄 사람들은 브론스키와 경마 기수, 베슬롭스키, 안나였고, 마차에 탄 사람은 공작 영애 바르바라와 스비야시스키였다. 그들은 바람도 쐬고 새로 들여온 수확용 기계가 작동하는 것도 살펴볼 겸 다녀오는 길이었다.

마차가 멈춰 서자 말에 올라 있던 사람들이 천천히 말을 몰았다. 맨 앞에서 베슬롭스키와 나란히 가고 있던 안나는 갈기를 짧게 쳐내고 꼬리가 짧은, 작은 키에 몸집이 다부진 영국산 콥종(種)[12]을 타고서 차분히 다가왔다. 높은 모자 밑으로 흑발이 비어져 나온 그녀의 아름다운 머리채와 통통한 어깨, 검은 승마복을 입은 가느다란 허리, 차분하고 우아한 승마 자세에 돌리는 놀라고 말았다.

처음에는 안나가 말을 타고 가는 게 점잖지 못하다는 생각을 했다. 다리야 알렉산드로브나의 관념 속에서 말을 타는 귀부인은 안나의 처지와는 어울리지 않는, 경박하게 교태 부리는 젊은 여자를 연상시켰던 것이다. 그러나 안나를 가까이서 살펴본 그녀는 이내 말을 타는 것에 동의하게 되었다. 자세와 옷차림, 동작의 모든 면이 우아하면서도 너무나 소박하고 편안하고 당당할 뿐 아니라, 그렇게 자연스러울 수가 없었다.

안나의 곁에는 베슬롭스키가 화끈 달아오른 기병대 말을 타고서 스코틀랜드식 모자를 쓴 채 리본을 휘날리며 살찐 다

12 다리가 짧고 튼튼한 승마용 말 종자.

리를 앞으로 쭉 뻗어 말을 몰고 있었다. 십중팔구 자기도취에 빠져 있는 모습이었다. 그를 알아본 다리야 알렉산드로브나는 흥겨운 웃음을 억제할 수가 없었다. 그들 뒤에서는 브론스키가 달리고 있었는데, 그가 탄 밤색 순종 말 역시 달리느라 열이 화끈 오른 기색이었다. 브론스키는 고삐를 당겨 말을 제지했다.

그 뒤에서 기수 복장을 갖춘 몸집이 작은 사내가 말을 타고 다가왔다. 스비야시스키가 공작 영애와 함께 덩치가 큰 검은색 준마가 모는 이륜마차를 타고서 말을 탄 이들을 쫓아오고 있었다.

낡은 마차 한구석에 몸을 바짝 붙이고 앉아 있는 사람이 돌리임을 알아본 순간 안나의 얼굴이 기쁨의 미소로 환히 빛났다. 그녀는 환호성을 지르며 안장 위에서 흠칫 몸을 떨고는 빠르게 말을 몰더니, 마차로 다가가서는 아무의 도움도 받지 않고 말에서 뛰어내려 부인용 승마복 옷자락을 양손으로 부여잡은 채 돌리에게 달려왔다.

「그럴 거라 생각하면서도 설마 했어요. 이렇게 기쁜 일이! 내가 얼마나 기쁜지 모를 거예요!」 안나가 외쳤다. 그녀는 돌리에게 얼굴을 바짝 대고서 입을 맞추다가 비켜서서 미소를 지으며 그녀를 살펴보곤 했다.

「알렉세이, 반가운 손님이 오셨어요!」 말에서 내려 두 사람 쪽으로 다가오는 브론스키를 돌아보며 안나가 말했다.

브론스키는 회색 중절모를 벗고 돌리에게 다가섰다.

「이렇게 찾아 주셔서 저희가 얼마나 기쁜지 모르실 겁니다.」 브론스키가 자신의 말에 특별한 의미를 부여하며, 단단하고 하얀 이를 드러내 미소 지어 보였다.

바센카 베슬롭스키는 말에서 내리지 않은 채 예의 모자를 벗어 손님에게 인사하고는 머리 위로 리본을 반갑게 흔들었다.

「이분은 공작 영애 바르바라예요.」 이륜마차가 다가섰을 때 돌리가 궁금해하는 눈길을 보이자 안나가 일러 주었다.

「어머나!」 다리야 알렉산드로브나는 무심결에 못마땅한 표정을 지었다.

공작 영애 바르바라는 남편의 숙모로, 예전부터 돌리는 그녀를 알고 있었지만 존경하지는 않았다. 공작 영애 바르바라가 평생을 부유한 친척 집에 빌붙어 살았다는 것을 그녀는 알고 있었다. 그러나 지금은 아무 연고 없는 브론스키의 집에서 기식하는 모습을 보자 이 시댁 식구로 인해 자존심이 상했던 것이다. 돌리의 표정을 눈치챈 안나는 어쩔 줄 몰라 얼굴을 붉히더니, 붙들고 있던 승마복을 손에서 놓치는 바람에 옷자락에 발이 걸려 비틀거렸다.

다리야 알렉산드로브나는 멈춰 선 이륜마차로 다가가 공작 영애 바르바라와 차갑게 인사를 나누었다. 스비야시스키 역시 지인이었다. 그는 자신의 괴짜 친구가 젊은 아내와 어떻게 지내고 있는지 묻고는, 서로 어울리지 못하는 말들과 여기저기 덧댄 흙받기가 달린 마차를 훑어보더니 부인들에게 이륜마차를 타고 가라고 권했다.

「제가 이 짐마차를 타고 가지요.」 그가 말했다. 「저희 말은 순한 데다가 공작 영애께서 말을 아주 잘 다루시거든요.」

「아니에요, 그냥 계세요.」 안나가 다가와 말했다. 「저희가 이 마차를 타고 가겠어요.」 그러더니 돌리의 팔을 잡고서 그녀를 데리고 갔다.

다리야 알렉산드로브나는 사방으로 눈을 굴리며 그녀로서는 본 적 없는 멋진 마차와 말들, 그리고 자신을 에워싼 우아하고 광채 흐르는 얼굴들을 둘러보았다. 그러나 무엇보다도 그녀를 놀라게 한 것은, 그녀가 사랑하고 잘 알고 있던 안나에게 일어난 변화였다. 주의 깊지 못하거나 전에 안나를 몰랐던 사람이라면, 특히 다리야 알렉산드로브나가 길을 가는 도중에 떠올렸던 상념 같은 것은 생각해 본 적도 없는 다른 여자 같았으면, 안나에게서 그 어떤 특별한 점도 눈치채지 못했을 것이다. 그러나 돌리는 사랑을 하고 있는 순간에만 여자들에게 나타나는 일시적인 아름다움을 바로 지금 안나의 얼굴에서 발견하고는 적이 놀랐다. 그녀의 얼굴에 모든 것이 담겨 있었다. 두 뺨의 보조개와 선명한 턱선, 맵시 있는 입술, 얼굴 주위를 떠도는 듯한 미소, 두 눈의 광채, 우아하고 민첩한 동작, 충만한 목소리, 심지어 오른발부터 구보하는 법을 가르쳐 주려는데 말을 좀 타도 되겠느냐고 묻는 베슬롭스키에게 화를 내는 듯하면서도 온화하게 대답하는 말투까지, 모든 게 다 유별나게 매력적이었으며, 그녀 자신 또한 그 점을 알고서 기뻐하는 듯 보였다.

마차에 올라탄 두 여인은 갑자기 곤혹스러워졌다. 안나는 자신을 쳐다보는 돌리의 세심하고 호기심 어린 눈길로 인해 당혹스러웠고, 돌리는 짐마차라는 스비야시스키의 말을 들은 터라 안나와 함께 오른 더럽고 낡은 마차에 대해 자기도 모르게 창피한 마음이 들었던 것이다. 마부 필리프와 사무소 서기 역시 똑같은 심정이었다. 서기는 무안한 빛을 감추기 위해 부인들을 마차에 태운답시고 부산을 떨었다. 필리프는 시무룩해져서는 겉만 번드르르한 것에 기죽지 말자고 일찌감치 마음을 다잡았다. 그는 검은색 준마를 힐끗 쳐다보더니 저 이륜마차를 모는 검정말은 **산책용**으로나 적당하지 무더위에 쉬지 않고 40베르스타를 달리지는 못할 것이라 단정 짓고 비웃듯 히죽 웃었다.

농부들은 죄다 달구지 곁에서 몸을 일으켜 손님들이 대면하는 광경을 흥미롭고 즐겁게 바라보며 나름의 논평을 주워섬겼다.

「역시나 반가워하는구먼. 오랜만에 만난 게지.」 나무껍질로 머리를 동여맨 곱슬머리 노인이 말했다.

「게라심 아저씨, 저 밤색 수말은 곡식 단을 나르기에 안성맞춤이겠어요!」

「저것 좀 보게, 저 바지 입은 사람은 여잔가?」 농부들 중 한 사람이 부인용 안장에 올라탄 바센카 베슬롭스키를 가리키며 물었다.

「아니, 남자야. 저것 봐, 날렵하게 뛰어오르잖아.」

「이보게들, 낮잠은 안 자나?」

「지금 잠은 무슨 잠인가?」 노인이 몸을 숙여 해를 힐끗 보며 말했다. 「반나절이 지났네. 낫을 들게나, 어서 가자고!」

18

주름살 사이사이마다 먼지가 낀 돌리의 지치고 여윈 얼굴을 본 안나는 그녀가 여위었다는 생각에 그렇게 말을 건네려했다. 그러나 자기는 더 예뻐졌고, 돌리의 눈길 또한 그 점을 말해 주고 있음을 상기하고는 한숨을 내쉰 뒤 자신에 관한 얘기를 시작했다.

「나를 보면서 생각하겠죠.」그녀가 말했다.「이런 처지에 어떻게 행복할 수가 있냐고요. 하지만 웬걸요! 말하기 부끄럽지만, 용서받을 수 없을 만치 행복하답니다. 마술 같은 그 무엇이 나에게 일어났어요. 마치 꿈을 꿀 때처럼, 무시무시하고 끔찍한 게 벌어지려는 순간 문득 잠에서 깨어나 그 모든 무서운 것들이 존재하지 않는다는 걸 깨닫는 거예요. 나는 깨어났어요. 고통스럽고 끔찍한 것을 다 겪어 낸 거죠. 이제 이미 오래전부터, 특히 우리가 여기에 온 뒤로는 너무나 행복해요!」그녀가 궁금해하는 표정으로 수줍게 미소를 지으며 돌리를 바라보았다.

「참 다행이에요!」돌리는 웃었지만 의도와는 달리 무심결에 냉담한 어조로 말해 버렸다.「아가씨가 잘 지내서 정말 기뻐요. 왜 편지도 안 보내 줬어요?」

「왜냐고요? 엄두가 나질 않았어요……. 내 처지를 잊으셨나 본데…….」

「나한테 보내는 건데요? 엄두가 나질 않았다고요? 아가씨, 그거 모르시죠. 내가 얼마나……. 나는 말이에요…….」

다리야 알렉산드로브나는 오늘 아침에 떠올랐던 생각에 대해 얘기하려 했지만, 왠지 지금 그 얘길 꺼내는 건 적절치 못한 것 같았다.

「그 얘긴 나중에 하죠. 그런데 저 건물들을 뭐예요?」그녀가 화제를 바꾸려고 아카시아와 라일락 바자울의 푸른 초목 너머 보이는 붉고 푸른 지붕들을 가리키며 물었다.「마치 작은 마을 같네요.」

그러나 안나는 대답이 없었다.

「아니요, 그러지 말아요! 내 처지에 대해서 어떻게 생각해요? 무슨 생각이 드나요?」 그녀가 물었다.

「나는…….」 다리야 알렉산드로브나는 이야기를 시작하려했다. 그러나 바로 그때 바센카 베슬롭스키가 오른발부터 내딛도록 말을 다루면서 짧은 재킷 차림으로 부인용 안장의 부드러운 가죽 위에 철썩 내려앉으며 그들 곁을 지나가는 것이었다.

「갑니다, 안나 아르카디예브나!」 그가 소리쳤다.

그러나 안나는 그에게 눈길조차 주지 않았다. 다시금 다리야 알렉산드로브나는 마차 안에서 그런 긴 이야기를 꺼내기가 거북스럽게 여겨졌기에, 자신의 생각을 짧게 요약했다.

「나는 아무 생각도 안 해요.」 그녀가 말했다. 「하지만 항상 아가씨를 좋아했어요. 그리고 나는 누군가를 좋아하면, 내가 바라는 모습이 아니라 있는 그대로의 그 사람을 좋아한답니다.」

안나가 친구의 얼굴에서 눈길을 거두고는 실눈을 뜬 채(이건 돌리가 몰랐던 그녀의 새로운 버릇이었다) 그 말의 의미를 완전하게 이해하고자 생각에 잠겼다. 그러더니 바라던 대로 모두 이해했는지 돌리를 쳐다보았다.

「만일 언니에게 죄가 있다고 하더라도…….」 그녀가 말했다. 「이렇게 찾아와 준 것과 방금 전에 한 그 말로 다 용서받을 거예요.」

돌리는 그녀의 눈에 눈물이 맺히는 걸 보았다. 그녀는 말없이 안나의 손을 꼭 잡았다.

「저 건물들은 뭐예요? 엄청 많네요!」 몇 분간 침묵이 흐른 뒤 그녀가 다시 물었다.

「일꾼들이 사는 집이랑 종마 사육장이랑 마구간이에요.」
안나가 대답했다. 「그리고 여기서 공원이 시작되죠. 모든 게
손이 안 닿은 채 방치되어 있었는데 알렉세이가 전부 새로
정비했어요. 그이는 이 영지를 참 좋아해요. 나로서는 전혀
예기치 못한 일이죠. 영지 경영에 열심히 매진하더라고요. 그
런데 그이는 정말이지 재능이 풍부한 사람이에요! 뭘 시작하
더라도 멋지게 해내거든요. 그저 소일거리로 하는 게 아니라
열정적으로 일을 해요. 내가 아는 한, 그이는 용의주도하고
훌륭한 경영주가 되었어요. 심지어 영지 경영에 인색하게 굴
기까지 한다니까요. 하지만 그런 건 영지 경영에 있어서만이
에요. 몇 만 루블이 드는 일이면, 오히려 아예 계산을 하지 않
거든요.」 여자들이 자신만이 발견한 연인의 은밀한 기질에
대해서 얘기할 때면 얼굴에 내비치는, 예의 행복하고도 교활
한 미소를 지으며 안나가 말했다. 「저 큰 건물 보이죠? 새로
지은 병원이에요. 내 생각엔 10만 루블 이상 들었을 거예요.
저게 이제 그이의 dada(망아지)랍니다. 저게 어떻게 지어졌
는지 아세요? 농부들이 초원을 좀 더 싼 값에 넘겨 달라고 했
는데, 그이가 거절했나 봐요. 그래서 내가 인색하게 군다고
타박을 했죠. 물론 그 일 때문만이 아니라 모든 게 한꺼번에
작용했겠지만, 자기가 인색하지 않다는 걸 보여 주려고 저 병
원을 짓기 시작한 거예요. 어쩌면 c'est une petitesse(그쯤이
야 사소한 일이겠죠). 하지만 난 그 일로 그이를 더 사랑하게
됐어요. 이제 곧 저기 집이 보일 거예요. 조부 때부터 내려온
집인데, 외양은 하나도 변한 게 없어요.」
　「너무 멋져요!」 형형색색의 오래된 정원수들 사이로 모습
을 드러낸, 주랑이 늘어선 근사한 저택을 보고서 돌리는 저도

모르게 깜짝 놀라 말했다.

「참 멋지지 않아요? 게다가 집 안에서, 위층에서 내려다보이는 풍경도 근사해요.」

그들은 자갈이 깔리고 화단으로 꾸며진 마당으로 들어갔다. 일꾼 두 사람이 흙이 파헤쳐진 화단 주변으로 구멍이 숭숭 뚫리고 대강 손질된 돌들을 빙 둘러 얹어 놓고 있었다. 그리고 차양으로 덮인 현관 입구에 마차가 멈추었다.

「아, 다들 벌써 와 계시네요!」 승마용 말들을 현관에서 끌고 가는 모습을 본 안나가 말했다. 「이 말 참 예쁘지 않아요? 콥종이에요. 내가 제일 아끼는 말이죠…… 이쪽으로 데려가게. 설탕도 좀 내주고. 백작님은 어디 계시지?」 안나가 막 달려 나온 잘 차려입은 하인 둘에게 물었다. 「아, 저기 계시네!」 베슬롭스키와 함께 맞은편에서 걸어 나오던 브론스키를 보고 그녀가 말했다.

「공작 부인을 어디로 모실 건가요?」 브론스키가 안나를 향해 프랑스어로 묻고는 답을 기다리지 않고 다리야 알렉산드로브나와 다시 한번 인사를 나눈 다음 이제 그녀의 손에 입을 맞추었다. 「발코니가 있는 큰 방이 어떨까요?」

「어머, 안 돼요. 너무 멀어요! 구석방이 나을 것 같아요. 우리가 더 편히 볼 수 있게 말이에요. 자, 가요.」 안나는 하인이 내온 설탕을 자신의 애마에게 주었다.

「Et vous oubliez votre devoir(당신의 의무를 잊고 계시군요).」 역시 현관으로 나온 베슬롭스키에게 그녀가 덧붙였다.

「Pardon, j'en ai tout plein les poches(죄송합니다, 제 호주머니에 설탕이 가득 들어 있긴 합니다만).」 그가 손가락을 조끼 주머니에 찔러 넣으며 대답했다.

「Mais vous venez trop tard(너무 늦게 나타나셨어요).」말
에게 설탕을 먹이느라 축축하게 젖어 버린 손을 손수건으로
닦으며 그녀가 대꾸했다. 안나는 돌리를 향해 고개를 돌렸다.
「오래 머물 건가요? 하루만 있겠다고요? 그럴 순 없어요!」

「그러기로 약속했어요, 아이들도 그렇고…….」돌리가 말
했다. 마차에서 가방을 가져와야 하는 데다 자신의 얼굴이 먼
지투성이라는 걸 알고 있었기에 그녀는 난처했다.

「안 돼요, 돌리, 제발……. 아무튼, 상황을 좀 보자고요. 들
어갑시다. 자, 가요!」안나는 돌리를 그녀가 묵을 방으로 안
내했다.

브론스키가 권했던 의전용 방이 아니라, 안나의 말에 따르
면 돌리한테 양해를 구해야 할 방이었다. 그러나 양해를 구해
야 한다는 그 방은 돌리가 살면서 한 번도 본 적 없는 화려한
세간들로 가득했으며, 외국의 최고급 호텔들을 연상시켰다.

「언니, 난 너무 행복해요!」승마복 차림으로 돌리 곁에 잠
시 앉아 있던 안나가 말했다. 「아이들 얘기 좀 해봐요. 스티바
를 잠시 만나긴 했어요. 하지만 오빠는 아이들 얘기를 할 줄
모르잖아요. 내가 아끼는 타냐는 어떻게 지내나요? 아마도
이제 다 큰 소녀겠죠?」

「그래요, 아주 많이 컸어요.」다리야 알렉산드로브나는 짤
막하게 대답하며 아이들에 대해 그렇게 냉담하게 이야기하
는 스스로에게 놀랐다. 「우리는 레빈 부부의 집에서 아주 잘
지내고 있어요.」그녀가 덧붙였다.

「만일 내가 알았더라면…….」안나가 말했다. 「언니가 나를
경멸하지 않는다는 걸 말이에요……. 그러면 언니네 식구들
전부 우리 집에 왔을 텐데요. 스티바는 알렉세이와 오래되고

돈독한 친구 사이잖아요.」그녀는 이렇게 덧붙이더니 문득 얼굴을 붉혔다.

「그래요, 하지만 우리는 워낙 잘…….」돌리가 어쩔 줄 몰라 하며 대꾸했다.

「하긴, 내가 기쁨에 겨워 바보 같은 말을 하고 있네요. 한 마디만 할게요, 언니, 만나서 정말 반가워요!」안나가 다시 돌리에게 입을 맞추었다. 「나에 대해 어떻게 생각하고 무슨 생각을 하는지, 언니는 아직 얘기해 주지 않았죠. 나는 모든 걸 알고 싶어요. 어쨌든 언니가 있는 그대로의 나를 보게 될 테니 기뻐요. 중요한 건, 사람들이 내가 무언가를 증명하려 든다고 생각하지 말았으면 하는 거예요. 아무것도 증명할 생각이 없으니까요. 나는 그저 살고 싶을 뿐이에요. 나를 제외한 그 누구에게도 악한 짓을 저지르지 않으면서 말이에요. 나한테 그럴 권리는 있잖아요? 하지만 이건 긴 얘기니까, 온갖 것들에 관해 나중에 더 얘기 나누기로 해요. 이제 옷을 갈아입으러 가야겠어요. 시중들 하녀를 보내 드릴게요.」

19

혼자 남은 다리야 알렉산드로브나는 주부의 눈으로 방을 둘러보았다. 마차를 타고 저택에 다다랐을 때나 저택 안을 걸어 지나치면서, 그리고 이제 자신이 묵게 될 방 안에서 그녀가 본 모든 것이 영국 소설 속에서나 접했을 뿐, 러시아에서 하물며 시골에서는 결코 본 적이 없는 윤택하고 세련된 유럽의 신식 호화 풍조를 그녀의 인상 속에 불러일으켰다. 프랑스산 최신 벽지에서부터 방마다 깔려 있는 양탄자에 이르기까지 모든 게 새것이었다. 침대에는 매트리스와 스프링이 구비되어 있었고, 머리맡 장식이 독특했으며, 작은 베개들에는 두터운 비단 베갯잇이 씌워져 있었다. 대리석 세면대와 화장대, 침대 겸용 소파, 탁자, 벽난로 위의 청동 시계, 커튼과 휘장, 그 모든 게 값비싼 새것이었다.

시중을 들러 온 멋쟁이 하녀는 돌리보다 더 세련된 헤어스타일과 옷차림을 하고 있었고, 그녀 또한 방 전체와 마찬가지로 값비싼 새것 일색이었다. 다리야 알렉산드로브나는 그녀의 정중한 태도와 단정한 차림새, 친절한 보살핌이 마음에 들었으나, 그녀와 있는 것은 불편했다. 운수 사납게도 실수로 챙겨 넣은, 여기저기 덧대어 기운 윗도리를 그녀 앞에 보이기가 부끄러웠다. 집에서는 그토록 자랑스레 여겨지던 깁고 덧댄 자리들이 지금은 창피하게 느껴지는 것이었다. 윗도리 여섯 벌을 지으려면 1아르신당 65코페이카짜리 무명천 24아르신이 필요하고, 부속품이나 재단 값을 제외하고도 15루블 이상 들며, 따라서 그 15루블어치 이득을 본 게 집에서는 분명한 사실이었다. 그러나 여기 이 하녀 앞에서는, 그 사실이 창피하다기보다는 쑥스러웠다.

오래전부터 알고 지냈던 안누시카가 오자 훨씬 마음이 편해졌다. 멋쟁이 하녀는 주인마님에게 가봐야 했기에 안누시카가 다리야 알렉산드로브나와 같이 있게 된 것이었다.

부인이 온 게 무척이나 반가운 듯 안누시카는 쉴 새 없이 수다를 떨었다. 돌리는 그녀가 주인마님의 처지에 대해서, 특히 안나 아르카디예브나에 대한 백작의 애정과 충심에 대해서 얘기하고 싶어 한다는 걸 눈치챘다. 그러나 그녀가 그 애기를 꺼내자마자 돌리는 말을 끊곤 했다.

「저는 안나 아르카디예브나 마님과 함께 자랐어요. 마님은 저한테 그 누구보다도 소중한 분이세요. 그럼요, 저희는 그분을 심판할 수 없어요. 정말 그만큼 사랑한다는 건······.」

「자, 괜찮다면 이것 좀 빨아 달라고 해주게.」 다리야 알렉산드로브나가 그녀의 말을 가로막았다.

「네, 그러죠. 빨래만 담당하는 여자 둘을 따로 두고 있거든요. 침대보는 전부 세탁기로 돌려요. 백작님께서 손수 모든 걸 다 챙기신답니다. 그런 남편은 정말······.」

안나가 와서 안누시카의 수다가 중단되자 돌리는 마음이 놓였다.

안나는 아주 소박하고 반쯤 투명한 목면 드레스를 입고 있었다. 돌리는 그녀의 소박한 드레스를 주의 깊게 살폈다. 그 소박함이 무엇을 의미하며, 그걸 얻는 데 얼마만큼의 돈이 드는지 그녀는 잘 알고 있었다.

「오랫동안 알고 지낸 사람이죠.」 안나가 안누시카를 염두에 두고서 말했다.

안나는 더 이상 당황한 기색이 없었다. 전혀 거리낌이 없고 차분했다. 돌리는 자신의 방문이 불러일으켰던 안나의 흥분이 이제 완전히 가셨다는 걸 알아챘다. 마치 그렇게 하면 자신의 감정과 내밀한 생각이 담긴 칸의 문이 닫히기라도 하는 듯, 그녀는 짐짓 무심하고 피상적인 태도를 취하고 있었다.

「딸아이는 어때요, 안나?」 돌리가 물었다.

「아니(그녀는 자기 딸 안나를 그렇게 불렀다) 말인가요? 건강해요. 포동포동해졌어요. 아이를 보실래요? 가시죠, 아이를 보여 드릴게요. 유모 때문에 얼마나 애를 먹었는지 몰라요.」그녀가 이야기를 시작했다. 「이탈리아 여자를 유모로 뒀어요. 좋은 여자이긴 한데 얼마나 아둔한지! 고향으로 돌려보내려고 했는데, 아이가 그 여자한테 익숙해져서 아직도 데리고 있답니다.」

「어떻게 됐나요……?」돌리는 딸에게 어떤 이름을 붙여 주려는지 물어볼 요량이었다. 하지만 갑자기 안나가 인상을 찌푸리는 것을 알아채고는 질문의 의미를 슬쩍 바꾸었다. 「어떻게 됐어요? 벌써 젖을 뗐나요?」

하지만 안나는 눈치를 챘다.

「그걸 물어보려는 게 아니잖아요. 아이의 이름을 물어보려는 거 아닌가요? 맞죠? 그것 때문에 알렉세이가 고심하고 있어요. 걔는 이름이 없어요. 그러니까, 카레니나인 거죠.」안나가 포개진 속눈썹만 보일 정도로 실눈을 뜬 채 말했다. 「하지만…….」갑자기 그녀의 낯빛이 밝아졌다. 「그 애긴 나중에 하기로 해요. 가요, 아이를 보여 줄게요. Elle est très gentille(아주 귀여워요). 벌써 기어다닌답니다.」

아이 방의 호화로움은 다리야 알렉산드로브나에게 충격을 준 온 집 안의 화려함보다 가일층 놀라운 것이었다. 방에는 영국에서 주문 제작된 조그마한 수레와 보행기, 기어다니기 좋으라고 일부러 당구대처럼 만든 소파, 흔들리는 요람, 특수하게 만든 새 욕조 등이 구비되어 있었다. 모든 게 영국제에다 견고하고 고급이었으며, 아주 비싼 것들임이 분명해 보였다. 방은 널찍하고 천장이 아주 높고 환했다.

그들이 들어섰을 때 아이는 속옷 바람으로 탁자 앞의 작은 안락의자에 앉아 턱받침에 국물을 죄다 흘리면서 맑은 고기 수프를 먹고 있었다. 보아하니, 아이 방에서 시중을 드는 러시아 처녀가 아이와 함께 자기도 수프를 먹고 있는 것 같았다. 젖을 먹이는 유모나 또 다른 유모는 없었다. 그들은 옆방에 있었는데, 자기네들끼리만 통하는 기이한 프랑스어로 떠드는 소리가 이쪽 방까지 들려왔다.

안나의 목소리를 듣자, 키 크고 화려하게 차려입은 영국 여자가 말아 올린 금발 곱슬머리를 흔들면서 불쾌하고 수상한 표정으로 황급히 방 안으로 들어와서는, 안나가 전혀 질책하지 않았는데도 곧장 변명을 늘어놓기 시작했다. 안나가 한마디 할 때마다 영국 여자는 황급히 몇 차례씩 〈Yes, my lady(네, 마님)〉라고 대꾸하곤 했다.

눈썹과 머리카락이 검고, 장밋빛 볼에, 닭살이 돋은 피부가 팽팽하고, 살갗이 불그레한 아이는 새로운 얼굴을 쳐다보는 그 뚱한 표정에도 불구하고 다리야 알렉산드로브나의 마음에 들었다. 그녀는 심지어 아이의 건강한 모습이 부럽기까지 했다. 아이가 기어다니는 모습도 역시 마음에 쏙 들었다. 자기 아이들 중에서 그렇게 기어다닌 아이는 하나도 없었다. 양탄자 위에 앉히고 치맛자락을 걷어 뒤로 넣어 주자 아이는 놀라우리만치 귀여웠다. 마치 자그마한 짐승 새끼처럼 검은 눈망울로 어른들을 둘러보다가 홀린 듯 자기를 바라보는 것이 즐거운지 방긋 웃더니, 다리를 옆으로 벌리고서 두 팔로 있는 힘껏 몸을 지탱한 채 엉덩이를 재빨리 추켜올리고는 또다시 꼭 움켜쥔 두 손을 앞으로 내밀었다.

그러나 아이 방의 전반적인 분위기, 특히 영국 여자는 다리야 알렉산드로브나의 마음에 들지 않았다. 다리야 알렉산드로브나는 사람을 잘 아는 안나가 자기 딸아이를 돌볼 사람으로 저렇게 인상이 안 좋고 점잖지 못한 영국 여자를 들일 수밖에 없었던 건, 오로지 그녀의 경우처럼 정상적이지 못한 가정에 좋은 여자가 올 리 없기 때문이라고 해석했다. 그뿐 아니라 몇 마디 말을 듣자마자 다리야 알렉산드로브나는 안 나와 젖 먹이는 유모와 다른 유모, 그리고 아기가 서로 친숙 하지 않으며, 엄마가 아이 방을 찾는 것도 평소에는 흔치 않 은 일이라는 것을 곧바로 눈치챘다. 안나가 딸아이에게 장난 감을 쥐어 주려 했지만, 도무지 찾지를 못하는 것이었다.

무엇보다 놀라운 건 아이의 이가 몇 개냐는 물음에 안나가 틀리게 대답하고, 최근에 난 이 두 개에 대해서는 전혀 모르 고 있다는 사실이었다.

「가끔 내가 여기서 필요 없는 존재인 것 같아 괴로워요.」 아이 방을 나갈 때, 문 옆에 있는 장난감을 피하려고 치맛자 락을 올리며 안나가 말했다. 「첫아이와는 이러지 않았는데.」

「나는 그 반대일 거라고 생각했는데요.」 다리야 알렉산드 로브나가 조심스럽게 말했다.

「아뇨, 전혀요! 내가 세료자를 만난 거 모르시죠?」 안나가 마치 먼 데 있는 무언가를 응시하듯 눈을 가늘게 뜨고서 말 했다. 「믿지 못하겠지만 나는요, 갑자기 진수성찬이 눈앞에 차려지자 무엇부터 먹어야 할지 모르는 굶주린 사람이나 다 름없어요. 진수성찬은 바로 언니고, 언니와 함께 나눌 이야기 들이고요. 아무와도 나눌 수 없는 이야기들 말이에요. 어떤 얘기부터 해야 할지 모르겠네요. Mais je ne vous ferai grâce de rien(하나도 빼놓지 않을 거예요). 모든 걸 얘기해야겠어 요. 언니가 여기서 본 군상들에 대해서 낱낱이 설명할 거예 요.」 안나가 이야기를 시작했다. 「부인들부터 시작하죠. 공작 영애 바르바라 말이에요. 언니도 아는 분이고, 그분에 대해 언니와 스티바가 어떻게 생각하는지 잘 알고 있어요. 스티바가 그러더군요. 그분 평생의 목적은 카테리나 파블로브나 숙모보다 자기가 더 우월하다는 사실을 입증하는 거라고요. 다 맞는 말이에요. 하지만 그분은 선량한 사람이고, 나는 그분한테 감사해요. 페테르부르크에서 un chaperon(조력자)이 꼭 필요했던 순간이 있었어요. 그때 뜻밖에도 그분이 나타나셨죠. 어쨌든 정말 착한 분이에요. 내 처지 때문에 힘든 점들을 많이 덜어 주시거든요. 거기, 페테르부르크에서 내 입장이 얼마나 힘든지 언니는 모를 거예요…….」 그녀가 덧붙였다. 「여기서는 너무나 편안하고 행복하지만요. 하긴, 그 얘긴 나중에 하죠. 하나씩 차례대로 얘기해야 하니까요. 다음은 스비야시스키예요. 그 사람은 귀족단장으로 아주 점잖은 사람이죠. 그런데 알렉세이한테 뭔가 바라는 게 있어요. 있잖아요, 우리가 시골로 이사한 지금은요, 알렉세이가 자기 재산을 가지고 엄청난 영향력을 발휘할 수 있거든요. 다음은 투시케비치예요. 그 사람을 본 적이 있을 거예요. 벳시와 함께 있었죠. 이제 벳시는 그를 멀리해요. 그래서 우리한테 온 거고요. 알렉세이가 그러는데, 그는 본인이 보이고 싶어 하는 대로 봐줄 경우 아주 상냥해지는 그런 부류의 사람이라네요. Et puis, comme il faut(게다가 점잖기도 하고). 바르바라도 그랬어요. 그다음은 베슬롭스키인데…… 그 사람이야말로 언니가 잘 알잖아요. 아주 귀여운 청년이죠.」 이 말과 함께 그녀의 얼굴에 교활한 미소가 번지면서 입술 주위에 잔뜩 주름이 졌다. 「그런데 레빈이랑 있었던 그 망측한 일은 어떻게 된 거예요? 베슬롭스키가 알렉세이에게 얘기해 줬는데, 우리는 못 믿겠더라고요. Il est très gentil et naïf(참 귀엽고 순진한 사람이잖아요).」

그녀는 또다시 방금 전과 같은 미소를 지었다. 「남자들한테는 오락거리가 필요해요. 그리고 알렉세이에게는 청중이 필요하죠. 그래서 나는 이 일군의 사람들을 소중하게 여기고 있어요. 집안이 활기 넘치고 즐거워야만 하거든요. 그래야 알렉세이가 새로운 것을 바라지 않을 테니까요. 그다음은 독일인 관리인인데, 아주 좋은 사람이고 자기 일을 잘 파악하고 있어요. 알렉세이가 아주 높이 평가하죠. 그리고 의사가 있는데, 젊은 사람이에요. 그렇게 허무주의자는 아니지만, 글쎄 칼로 밥을 먹더라고요. 하지만 아주 훌륭한 의사예요. 다음 사람은 건축가고……. Une petite cour(마치 작은 궁정 같네요).」

20

「자, 여기 돌리가 왔어요, 공작 영애님. 무척 보고 싶어 하셨잖아요.」 안나가 다리야 알렉산드로브나와 함께 넓은 석조 테라스로 나서며 말했다. 테라스의 그늘 아래서 공작 영애 바르바라가 수틀을 앞에 두고 앉아 알렉세이 키릴로비치 백작을 위해 안락의자에 씌울 천에 수를 놓고 있었다. 「돌리는 저녁 식사 때까지 아무것도 들지 않겠다고 했지만, 공작 영애께서 아침 식사거리를 내오라고 일러 주세요. 저는 알렉세이를 찾으러 갔다가 다들 이리로 데리고 올게요.」

공작 영애 바르바라는 은근슬쩍 보호자인 척 돌리를 상냥하게 맞아 주었다. 그러고는 곧바로 자신이 안나의 집에 기거하는 이유를 설명하기 시작했는데, 자신은 늘 안나를 키운 자신의 친언니 카테리나 파블로브나보다 더 그녀를 사랑해 왔고, 모두가 안나를 버린 지금, 이 힘들기 짝이 없는 과도기적 시기에 그녀를 돕는 걸 자신의 의무로 여긴다는 얘기였다.

「안나의 남편이 이혼을 수락하면, 그때 다시 내 호젓한 생활로 돌아갈 거라네. 하지만 지금은 내가 쓸모가 있고, 아무리 힘들어도 다른 이들과는 다르게 내 의무를 다할 작정이야. 그건 그렇고 여길 오다니, 자네 참 장하군. 아주 잘한 일이야! 두 사람은 금슬 좋은 부부처럼 지내고 있지. 그들을 심판할 분은 하느님이지 우리가 아니란 말일세. 비류좁스키와 아베니예바는 안 그랬느냔 말이야…… 니칸드로프 그 사람도 그렇고, 바실리예프랑 마모노바는 안 그랬냐고. 리자 넵투노바는 또 어떤가……. 누구 한 사람도 뭐라 한 적 없었잖아? 결국에는 모두가 그들을 인정해 주는 것으로 마무리되었지. 게다가 c'est un intérieur si joli, si comme il faut. Tout-à-fait à l'anglaise. On se réunit le matin au breakfast et puis on se sépare (이 얼마나 아기자기하고 깔끔한 저택이냐고. 죄다 영국식이거든. 아침 식사 때 모였다가 다들 흩어진다네). 저녁 식사 때까지 각자 하고 싶은 일을 하지. 저녁 식사는 7시고. 자네를 이리로 보내다니, 스티바가 참 장한 일을 했어. 스티바도 그들과의 관계를 유지해야만 해. 자네도 알겠지만, 브론스키는 자기 엄마랑 형을 통해서 뭐든 다 할 수 있거든, 그런데다 두 사람은 선행도 많이 베풀고 있단 말일세. 그가 자네에게 자기 병원 얘길 해주던가? Ce sera admirable(아주 근사할 거야). 자재를 전부 파리에서 들여왔거든.」

한데 모여 당구를 치고 있는 남자들을 찾아낸 안나가 그들과 함께 테라스로 돌아오는 바람에 두 사람의 대화는 중단되었다. 저녁 식사 때까지는 아직 시간이 많이 남아 있었고 날

씨는 화창했기에, 남아 있는 두 시간을 보낼 몇 가지 방안들이 제시되었다. 보즈드비젠스코예에서 시간을 보낼 방법은 무궁무진했고, 그 모든 게 포크롭스코예에서 소일하는 방식과는 달랐다.

「Une partie de lawn tennis(테니스 시합을 한판 하죠).」베슬롭스키가 특유의 우아한 미소를 지으며 제안했다. 「저랑 또 한 팀으로 뛰시죠, 안나 아르카디예브나.」

「안 돼요, 날이 더워서요. 정원을 한 바퀴 돌고서 보트를 타는 게 나을 것 같네요. 다리야 알렉산드로브나에게 강변을 보여 드릴 겸 말이죠.」

「저는 다 좋습니다.」스비야시스키가 말했다.

「제 생각에 돌리에게는 산책이 제일 좋을 것 같은데, 그렇죠? 그런 다음 보트를 타기로 해요.」안나가 말했다.

그렇게 결론이 났다. 베슬롭스키와 투시케비치는 강가로 가서 보트를 마련해 놓고 기다리기로 했다.

둘씩 짝을 지어 길을 나섰다. 안나는 스비야시스키와, 돌리는 브론스키와 함께 걸었다. 자기로서는 생판 낯선 환경에 놓이게 된 돌리는 조금 당황스럽고 염려스러웠다. 그녀는 안나의 처신을 추상적이고 이론적인 차원에서 정당화한 것은 물론, 거기에 찬동하기까지 했었다. 도덕적으로 나무랄 데 없는 여자들이 도덕적인 삶의 단조로움에 지칠 때면 종종 그러듯이, 멀찍이서 불륜의 사랑을 보며 용서할 뿐만 아니라 심지어 부러워했던 것이다. 게다가 그녀는 안나를 진심으로 사랑했다. 하지만 그런 낯선 사람들한테 둘러싸인 채 자기로서는 전연 새로운 분위기를 풍기는 그녀를 실제로 보고 있자니 심기가 불편했다. 특히나 불쾌한 건 공작 영애 바르바라와 마주치는 일이었다. 안나는 자기가 누리는 편의의 대가로 그들을 전부 용서해 주었던 것이다.

추상적으로는 안나의 처신에 찬동하면서도, 그녀가 그렇게 처신하게 된 원인이라 할 수 있는 장본인을 직접 대면하는 것이 돌리는 불쾌했다. 더욱이 브론스키는 도무지 그녀의 마음에 들지가 않았다. 대단히 자긍심이 강한 사람 같았는데, 재산 말고는 그에게서 자랑할 만한 건 아무것도 찾아볼 수가 없었다. 하지만 그는 본의 아니게도 바로 여기, 자기 집에 있는지라 예전보다도 더 돌리에게 위압적으로 느껴졌고, 그녀는 그와 함께 있는 게 영 불편했다. 그와 있으면 시중드는 하녀 곁에서 윗도리 때문에 느꼈던 것과 유사한 감정이 생겨났다. 하녀 앞에서 기운 곳을 보이기가 창피하다기보다는 거북했던 것처럼, 브론스키와 함께 있을 때도 창피하다기보다는 거북스러운 느낌이 계속해서 들었다.

돌리는 곤혹스러워 얘깃거리를 찾았다. 자존심이 강한 사람이라 저택과 정원에 대한 찬사를 늘어놓는 건 못마땅하게 여길 것이라는 생각이 들었지만, 다른 화젯거리가 없기에 하는 수 없이 그의 집이 아주 마음에 든다고 말해 버렸다.

「네, 참 아름다운 건물이죠. 근사한 고풍 양식으로 지어졌고요.」그가 대답했다.

「현관 앞 마당이 정말 마음에 들더군요. 원래부터 그런 상태였나요?」

「아닙니다. 그럴 리가요!」그가 이렇게 대꾸하고는 만면에 흐뭇한 미소를 지었다. 「그 마당을 올봄에 보셨더라면 좋았을 텐데요!」

그는 처음에는 조심스럽게, 나중에는 점점 더 몰입해서,

저택과 정원의 아름다운 면면들로 그녀의 주의를 돌리기 시작했다. 자기 집을 개조하고 장식하는 데 많은 공을 들인 브론스키는 새로 온 손님 앞에서 그것들을 꼭 자랑해야 될 것만 같았고, 다리야 알렉산드로브나의 찬사를 듣자 진심으로 기뻐했다.

「병원을 보실 마음이 있다면, 그리고 지치지 않으셨다면, 그리 멀지 않습니다. 같이 가시죠.」돌리가 정말로 지루해하지 않는지 확인하기 위해 그녀의 얼굴을 슬쩍 쳐다보며 그가 제안했다.

「당신도 갈 거죠, 안나?」그가 안나 쪽을 돌아보며 말했다.

「우리도 갈 거예요. 그렇지 않나요?」그녀가 스비야시스키에게 물었다. 「Mais il ne faut pas laisser le pauvre Veselovsky et Tushkevich se morfondre là dans le bateau(하지만 가엾은 베슬롭스키와 투시케비치가 보트에서 전전긍긍하게 돼서는 안 돼죠). 그들에게 얘기를 전해 줄 사람을 보내야겠어요. 정말이지, 그건 이이가 이곳에 남기게 될 기념비라니까요.」그녀가 아까 병원 얘기를 할 때와 똑같이 예의 교활한 웃음을 지으며 돌리를 향해 말했다.

「오, 대규모 사업이군요!」이렇게 말했지만 스비야시스키는 브론스키에게 동조하는 것처럼 보이지 않으려고 곧바로 비판적인 소견을 덧붙였다. 「하지만 나로서는 의아스럽소, 백작. 주민들의 건강 위생과 관련해서는 그토록 많은 일을 하면서, 학교에 관해서는 그리도 무심하다니 말이오.」

「C'est devenu tellement commun, les écoles(학교는 너무 평범한 사업이 되어 버렸거든요).」브론스키가 대답했다. 「아시겠지만, 사실 그런 건 아니고 그냥 제가 이 일에 워낙 매료돼서요. 자, 병원은 이쪽입니다.」 그가 가로수 길 옆에 난 출입구를 가리키며 다리야 알렉산드로브나에게 말했다.

부인들은 양산을 펴 들고 샛길로 나섰다. 모퉁이를 몇 차례 돌아서 바잣문을 통과하자 높은 지대 위에 솟은, 거대하고도 정교한 붉은 형상이 다리야 알렉산드로브나의 눈앞에 나타났다. 거의 다 지어진 건물이었다. 아직 칠을 하지 않은 철제 지붕이 햇빛을 받아 눈부시게 빛났다. 준공된 건물 옆에서는 건설용 발판으로 에워싸인 다른 건물이 올라가는 중이었는데, 앞치마를 걸친 일꾼들이 널판 위에 벽돌을 얹은 다음 통에서 회반죽을 따라 붓고는 흙손으로 고르게 다지곤 했다.

「작업이 참으로 빠르게 진행되는군!」 스비야시스키가 말했다. 「지난번에 왔을 때는 아직 지붕도 올리지 않았는데 말이오.」

「가을쯤이면 완공될 거예요. 내부는 거의 다 마무리되었고요.」 안나가 말했다.

「저기, 새로 짓는 건물은 뭐죠?」

「의사들의 거처와 약국이 들어설 건물입니다.」 브론스키가 대답했다. 그는 자기 쪽으로 다가오는 짧은 외투 차림의 건축 기사를 보더니 부인들에게 양해를 구하고서 그를 맞으러 갔다.

일꾼들이 석회를 덜어 내고 있는 갱 주변을 우회한 그는 건축 기사 앞에 멈춰 서서 뭔가 열을 내며 말했다.

「박공이 여전히 낮아서 그래요.」 무슨 일이냐고 묻는 안나에게 그가 대답했다.

「토대를 높게 올렸어야 했다고 내가 그랬잖아요.」 안나가 말했다.

「네, 물론 그랬더라면 좋았겠지요, 안나 아르카디예브나.」건축 기사가 끼어들었다. 「이미 때를 놓치고 말았습니다.」

「그래요, 저는 이 일이 무척 흥미로워요.」안나가 자신의 건축 지식에 놀라움을 표하는 스비야시스키에게 대꾸했다. 「새 건물이 병원과 어울리도록 해야만 해요. 그건 나중에 구상된 데다, 설계도도 없이 착공된 거라서요.」

건축 기사와 얘기를 마친 브론스키는 부인들 곁으로 와 그들을 병원 안으로 안내했다.

아직 바깥 창문 위에 가로목이 놓이고 아래층에서는 칠을 하는 중이었지만, 위층은 거의 완공된 상태였다. 널찍한 강철 계단을 올라 층계참에 다다른 그들은 첫 번째 커다란 방으로 들어갔다. 대리석처럼 보이도록 미장된 벽에 거대한 통유리가 벌써 끼워져 있었다. 마룻바닥 작업만 마무리되지 않았는데, 세워진 사각 목재에 대패질을 하던 목수들이 일손을 멈추고서 동여맨 머리의 끈을 풀고는 나리들에게 인사를 했다.

「여기는 대기실입니다.」브론스키가 말했다. 「접수대랑 탁자, 벽장 말고는 아무것도 들여놓지 않을 거예요.」

「이쪽으로, 이리로 오세요. 창문 쪽으로는 가지 마시고요.」안나가 이렇게 말하며 칠이 다 말랐는지 만져 보고는 덧붙였다. 「알렉세이, 칠이 벌써 말랐어요.」

그들은 대기실에서 복도로 나왔다. 거기서 브론스키는 신식 환기 장치를 보여 주었다. 이어 대리석 욕조와 특수 용수철이 장착된 침상들을, 그다음에는 병실과 창고, 세탁실을 차례로 보여 준 뒤, 신식 난로와 복도를 따라 필요한 용품들을 나를 때 쓸 무소음 카트, 그리고 다른 여러 설비들도 소개했다. 스비야시스키는 개량된 신식 설비들을 훤히 꿰뚫고 있는 사람으로서 모든 걸 높이 평가했다. 여태까지 본 적이 없는 것들을 처음으로 접한 돌리는 그저 어안이 벙벙해 뭐든 다 알고 싶은 마음으로 하나하나 자세히 물어보았고, 그녀의 그런 모습에 브론스키는 흐뭇한 기색이 역력했다.

「내 생각에, 이건 러시아에서 유일하게 제대로 설비를 갖춘 병원이 될 겁니다.」스비야시스키가 말했다.

「분만실은 없나요?」돌리가 물었다. 「시골에 그건 꼭 필요하거든요. 저는 종종⋯⋯.」

결례를 무릅쓰고 브론스키가 그녀의 말을 도중에 끊었다. 「여긴 산원(産院)이 아니고, 병원입니다. 전염병을 제외한 모든 병을 치료하는 곳이지요. 이것 좀 보시죠.」그러면서 그가 새로 주문 제작한, 회복기 환자들을 위한 휠체어를 다리야 알렉산드로브나 쪽으로 밀고 왔다. 「자, 보십시오.」브론스키는 휠체어에 앉아서 움직이기 시작했다. 「몸이 쇠약하거나 다리에 병이 나 걷지 못해도 바람은 쐬어야 하니까요. 이걸 타고 다니면 되는 거죠⋯⋯.」

다리야 알렉산드로브나에게는 모든 게 흥미롭고 전부 다 마음에 들었지만, 무엇보다 그녀의 마음에 들었던 건 너무나 자연스럽고 순진무구한 브론스키의 모습, 그의 열중한 모습이었다. 〈그래, 참 친절하고 좋은 사람이야.〉이따금씩 그녀는 브론스키의 얘기는 한 귀로 흘리며 그 얼굴 표정을 곰곰이 살피면서, 그리고 머릿속으로 안나의 입장에 서보면서 그런 생각을 했다. 생기 넘치는 그의 모습이 마음에 쏙 들었고, 안나가 그를 사랑하게 된 연유를 이해할 수 있을 것 같았다.

21

「아니, 내 생각엔 공작 부인은 지치셨고, 말에는 관심 없으신 것 같아요.」 말 사육장으로 가자고 제안한 안나에게 브론스키가 말했다. 스비야시스키가 새로 들인 종마를 보고 싶어 했던 것이다. 「다들 그리로 가시죠. 나는 공작 부인을 모셔다 드리고 얘기도 좀 나눌까 합니다.」 그가 말하고는 돌리를 돌아보았다. 「부인께서 괜찮으시다면요.」

「말이라면 저는 아무것도 몰라요. 그렇게 해주신다면 저야 너무 좋죠.」 다리야 알렉산드로브나가 약간 놀라며 대답했다.

그녀는 브론스키의 표정을 보고 그가 자신에게 무언가 할 말이 있음을 눈치챘다. 직감은 틀리지 않았다. 바깥문을 지나 다시 정원으로 들어서자마자 그는 안나가 가는 쪽을 쳐다보고는 그녀에게 두 사람이 보이지도, 그들의 말이 들리지도 않을 거라는 확신이 들자 얘기를 시작했다.

「제가 부인과 얘기하고 싶어 하는 걸 눈치채셨는지요?」 그가 웃음 띤 눈으로 그녀를 쳐다보며 물었다. 「부인만큼은 안나의 친구이리라 짐작했는데 제 생각이 틀리지 않았습니다.」 그가 모자를 벗어 들고 탈모가 시작된 머리를 손수건으로 닦았다.

다리야 알렉산드로브나는 겁을 먹어 아무 대꾸도 없이 그를 바라보기만 했다. 그와 단둘이 남게 되자 갑자기 두려워진 것이다. 그의 웃음 띤 눈과 엄한 표정에 그녀는 지레 겁을 먹었다.

도대체 무슨 말을 하려는 건지, 온갖 추측들이 그녀의 머릿속에서 난무했다. 〈아이들을 데리고 자기네 집에 와서 지내라고 하면 거절할 수밖에 없어. 아니면 모스크바에서 안나를 위한 사교 모임을 꾸려 달라는 건가……. 그것도 아니면, 바센카 베슬롭스키에 관한 걸까? 그가 안나에게 집적거려서? 혹시 키티에 관한 얘기인가? 죄책감 때문에?〉 온갖 부정적인 생각만 떠오를 뿐, 정작 그가 하려는 얘기는 짐작조차 할 수가 없었다.

「부인께서는 안나에게 큰 영향력을 발휘하시고, 안나도 부인을 무척 좋아하고 있으니…….」 그가 입을 열었다. 「저를 좀 도와주십시오.」

다리야 알렉산드로브나는 두려움과 의아함이 뒤섞인 눈길로, 그의 단호한 표정을 바라보았다. 보리수 그늘 아래서 그의 얼굴은 때로는 전부, 때로는 군데군데 빛을 받다가 다시 그늘져 어둑해지곤 했다. 그녀는 브론스키가 이야기를 이어 가기를 기다리고 있었지만, 그는 손에 쥔 지팡이로 자갈을 짚어 가며 묵묵히 그녀 옆에서 걷기만 했다.

「안나의 예전 친구들 중에서 우리를 찾아와 준 분은 부인이 유일합니다. 공작 영애 바르바라는 제외하고요. 그리고 부인이 이렇게 와주신 건 우리의 처지가 괜찮아서가 아니라, 이런 처지가 얼마나 고통스러운지를 알기 때문이라고 생각합니다. 그녀를 여전히 좋아하시고 도와주고 싶으신 거겠죠. 제가 제대로 이해한 건가요?」 그가 돌리를 돌아보며 물었다.

「네, 맞아요.」 다리야 알렉산드로브나가 양산을 접으며 대답했다. 「하지만…….」

「아니요…….」 상대방을 무안하게 하리라는 것을 잊고서 그가 무심결에 그녀의 말을 가로채더니, 그 자리에 우뚝 섰다. 그래서 그녀 역시 멈춰 설 수밖에 없었다. 「그 누구도 안나가 겪는 고통을 저만큼 절절하게 느끼지는 못할 겁니다. 저도 감정이 있는 사람이라는 걸 알아주신다면 그 점은 이해하시겠죠. 제가 바로 이런 상황을 만든 원인이기에 그걸 느낄 수 있는 거죠.」

「이해해요.」 그의 단호하고 진심 어린 언사에 다리야 알렉산드로브나는 자기도 모르게 감탄하여 말했다. 「하지만 자신이 사태의 원인이라고 느끼기 때문에 혹시라도 과민하게 생각하실까 봐 염려되는군요.」 그녀가 말을 이었다. 「사교계에서 그녀의 처지가 난처하다는 건 저도 잘 알고 있어요.」

「사교계는 지옥입니다!」 그가 음울하게 얼굴을 찌푸린 채 재빨리 뇌까렸다. 「페테르부르크에서 지낸 2주간 그녀가 겪었던 것보다 더 끔찍한 심적 고통은 상상할 수도 없을 겁니다…… 그 점을 믿어 주시기 바랍니다.」

「그래요. 하지만 여기서는, 안나도 당신도 사교계에 아쉬움을 느끼지 않는 한…….」

「사교계요!」 그가 경멸스럽다는 듯이 말했다. 「대체 사교계에 아쉬울 게 뭐가 있겠습니까?」

「그렇게 생각하시는 한, 어쩌면 계속해서 그럴지도 모르고요. 그러면 두 분은 행복하고 편안할 거예요. 안나를 보고서 그녀가 행복해한다는 걸, 정말로 행복해한다는 걸 알 수 있었어요. 그녀가 그새 얘기해 주더군요.」 다리야 알렉산드로브나가 미소를 지었다. 그런데 무심결에 이 말을 입 밖에 내자, 안나가 실제로 행복한 걸까, 하는 의구심이 드는 것이었다.

그러나 브론스키는 그 점을 의심하지 않는 것 같았다.

「네, 그래요.」 그가 말했다. 「그녀가 온갖 고통을 겪은 뒤 생기를 되찾았다는 건 잘 알고 있습니다. 그녀는 행복합니다. 진정으로 행복하죠. 하지만 저는요……? 저는 우리에게 닥쳐 올 일이 두렵습니다……. 죄송합니다. 걷고 싶으시죠?」

「아니에요, 상관없어요.」

「그럼 여기 좀 앉으시지요.」

다리야 알렉산드로브나는 가로수 길 모퉁이에 있는 벤치에 앉았다. 브론스키가 그녀 앞에 섰다.

「그녀가 행복하다는 건 저도 알고 있습니다.」 그가 되풀이 했다. 그러자 안나가 정말 행복할까 하는 의구심이 다리야 알렉산드로브나를 한층 더 강하게 사로잡았다. 「하지만 그게 과연 오래 지속될까요? 저희가 처신을 어떻게 하느냐는 다른 문제입니다. 주사위는 이미 던져졌으니까요.」 러시아어로 나오던 그의 말이 프랑스어로 바뀌었다. 「그리고 저희는 평생의 연을 맺었죠. 가장 신성한 사랑의 사슬로 묶인 겁니다. 저희에겐 아이가 있고, 아이가 더 생길 수도 있습니다. 하지만 법이라든가 우리가 처한 조건들은 복잡하기 짝이 없는데, 그녀는 그 모든 고통과 시련을 겪은 뒤로 정신적인 휴식을 취하느라 그것들을 보지 못할 뿐 아니라 보려고 하지도 않아요. 그러는 건 이해가 됩니다. 하지만, 저는 그걸 보지 않을 수가 없어요. 제 딸은 법적으로 제가 아닌 카레닌의 딸이란 말입니다. 저는 이런 거짓이 싫습니다!」 그가 열정적인 몸짓으로 싫다는 뜻을 표하고는 상대방의 의사를 묻는 듯한 침울한 눈길로 다리야 알렉산드로브나를 바라보았다.

그녀는 아무런 대꾸도 없이 그를 쳐다보기만 했다. 그가 말을 이었다.

「장차 아들이 태어나게 되면, 내 아들까지 법적으로는 카레닌의 자식인 겁니다. 그 아이는 저의 성도 재산도 물려받을 수가 없습니다. 우리가 가정 안에서 아무리 행복하다 한들, 자식들이 아무리 많이 태어난다 한들, 저와 자식들 사이에는 아무런 관계도 없는 겁니다. 그 아이들은 카레닌가의 자식들이니까요. 이런 처지가 얼마나 괴롭고 참혹한지 헤아려 주시길 바랍니다! 안나와도 이 문제에 대해 얘기해 보려 했습니다. 그런데 짜증을 내더군요. 이해를 못 하니, **그녀**에게 모든 걸 터놓고 얘기할 수가 없습니다. 이제 다른 측면에서 살펴봐 주세요. 저는 안나의 사랑 덕분에 행복합니다. 하지만 저에게는 일이 있어야 해요. 저는 그 일을 찾았고, 자랑스럽게 여기고 있습니다. 그리고 그 일이 궁정이나 공직에 있는 저의 옛 동료들이 종사하는 일보다 더 고결하다고 생각합니다. 그들의 일과 맞바꿀 생각은 추호도 없어요. 저는 여기서 자리를 잡아 일하고 있고, 행복하고, 만족스럽습니다. 행복을 위해서 저희에게 필요한 건 더 이상 없습니다. 저는 이 일을 사랑해요. Cela n'est pas un pis-aller(더 좋은 게 없어서가 아닙니다). 오히려 반대로……」

자기 얘기를 하는 이 대목에서 브론스키가 실마리를 놓친 채 우왕좌왕하고 있음을 다리야 알렉산드로브나는 눈치챘다. 어쩌다가 얘기가 주제에서 벗어나게 되었는지 그녀로서는 알 도리가 없었다. 그러나 안나와는 나눌 수 없는 마음속 얘기를 일단 꺼낸 이상 이제 그는 무엇이든 털어놓을 것이며, 시골에서 그가 벌이는 사업에 관한 문제가 안나와의 관계에 대한 문제와 나란히 그의 마음속에 자리하고 있다는 사실만은 감지할 수 있었다.

「자, 그럼, 얘길 계속해 보지요.」 그가 정신을 차리고서 말했다. 「중요한 건, 내가 하는 일이 나와 더불어 죽지 않을 거라는 확신이, 또 나에게 상속자가 생길 거라는 확신이 있어야만 한다는 겁니다. 그런데 그런 확신이 저에게는 없습니다. 상상을 좀 해보십시오. 자신과 자신이 사랑하는 여자 사이에서 태어난 아이들이 자신의 것이 아니라, 그들을 증오하며 알려고 들지도 않는 다른 자의 것이 된다는 사실을 이미 알고 있는 사람의 처지를 말입니다. 정말 끔찍하지 않습니까!」

그가 입을 다물었다. 몹시 흥분한 것이 분명했다.

「그래요, 물론 그런 점은 이해해요. 하지만 안나가 뭘 할 수 있겠어요?」다리야 알렉산드로브나가 말했다.

「네, 바로 그 점이 제 이야기의 최종 목적지입니다.」그가 간신히 마음을 가라앉히고서 말을 이었다. 「안나는 할 수 있고, 그건 그녀에게 달려 있습니다. 심지어 황제 폐하께 아들의 입양을 허락해 주십사 청원하기 위해서라도 이혼은 필수 불가결합니다. 그런데 그건 그녀에게 달려 있지요. 그녀의 남편은 이혼에 동의했었습니다. 전적으로 부인의 남편이 그 일을 성사시켰죠. 그리고 지금도, 제가 알기로는 이혼을 거부하지 않을 겁니다. 안나는 편지를 쓰기만 하면 됩니다. 그녀가 이혼을 원한다면 거절하지 않겠다고 그가 분명하게 말했거든요. 물론⋯⋯.」그가 음울하게 말했다. 「그건 감정이라고는 없는 바리새인 같은 인간들이나 할 수 있는 잔혹한 처사겠죠. 자신을 떠올리는 게 그녀에게 얼마나 큰 고통인지 그는 잘 알고 있습니다. 알고 있으면서도 그녀에게 편지 쓸 것을 요구하고 있는 겁니다. 하지만 너무나 중요한 문제이기에, passer par dessus toutes ces finesses de sentiment. Il y va du bonheur et de l'existence d'Anne et de ses enfants(그러한 미묘한 감정들은 극복해야 합니다. 문제는 안나와 그녀의 아이들의 행복과 운명이니까요). 제 얘기는 하지 않겠습니다. 저도 무척 힘들지만 말입니다.」그가 자신을 힘들게 만드는 누군가에게 으름장을 놓는 투로 말했다. 「그래서 말입니다, 공작 부인, 제가 이렇게 염치없이 부인이 생명 줄인 양 매달리는 바입니다. 저를 좀 도와주십시오. 안나가 남편에게 이혼을 요구하는 편지를 쓰도록 설득해 주세요!」

「네, 물론이죠.」 다리야 알렉산드로브나는 알렉세이 알렉산드로비치와의 마지막 만남을 생생하게 떠올리고는 상념에 잠겼다. 「그렇게 할게요.」 그녀가 이번에는 안나를 떠올리며 결연하게 대답했다.

「부인의 영향력을 십분 발휘하셔서, 그녀가 반드시 편지를 쓰도록 설득해 주셔야 합니다. 저는 이 문제에 관해서는 그녀와 얘기하고 싶지도 않고, 할 수도 없습니다.」

「알겠어요, 제가 얘기해 보죠. 그런데 안나 자신이 그 생각을 안 할 리가 있을까요?」 다리야 알렉산드로브나가 말했다. 그 순간, 왠지 모르게 실눈을 뜨는 안나의 새로운 기이한 버릇이 생각났다. 삶의 내밀한 부분들을 건드릴 때마다 안나가 실눈을 뜬다는 생각이 퍼뜩 떠올랐다. 〈틀림없이 삶 전체를 향해 실눈을 뜨고 있는 거야. 다 보지 않으려고.〉 돌리는 생각했다. 「저 자신을 위해서, 그리고 그녀를 위해서 꼭 얘기하겠어요.」 고마움을 표하는 그에게 다리야 알렉산드로브나가 대답했다.

그들은 자리에서 일어나 집으로 향했다.

22

벌써 집에 와 있는 돌리를 보고 안나는 브론스키와 무슨 얘기를 나눴는지 묻는 듯 그녀의 눈을 유심히 살폈으나 궁금증을 입 밖에 내지는 않았다.

「저녁 식사 시간이 다 된 것 같네요.」그녀가 말했다.「아직 서로 얼굴도 제대로 못 봤는데 말이죠. 이따 밤에 따로 만났으면 해요. 지금은 옷을 갈아입으러 가야겠어요. 언니도 그래야 할 것 같은데요. 공사장에서 우리 모두 먼지를 뒤집어썼잖아요.」

자기 방으로 간 돌리는 피식 웃음이 나왔다. 이미 제일 좋은 드레스를 입은 터라 갈아입을 옷이 없었던 것이다. 하지만 저녁 식사에 신경 쓴 표를 내기 위해 하녀에게 드레스를 깨끗하게 털어 달라고 한 다음 소맷부리와 리본을 바꿔 달고 머리에는 레이스를 썼다.

「이게 내가 할 수 있는 전부예요.」방으로 온 안나에게 돌리가 말했다. 안나는 세 번째 소박한 드레스로 갈아입은 참이었다.

「정말이지, 여기서는 너무 격식을 차린다니까요.」그녀가 자신의 근사한 옷차림을 미안해하는 듯 말했다.「알렉세이는 언니가 와서 전에 없이 기뻐하고 있어요. 언니가 아주 맘에 들었나 봐요.」그녀가 덧붙였다.「피곤하지 않아요?」

저녁 식사 때까지는 무언가에 대해 얘기할 만한 시간이 없었다. 응접실에 들어서니 공작 영애 바르바라와 검은색 프록코트 차림의 남자들이 눈에 들어왔다. 건축 기사는 연미복을 입고 있었다. 브론스키는 다리야 알렉산드로브나에게 의사와 관리인을 소개했다. 건축 기사와는 병원에서 이미 인사를 나눈 터였다.

뚱뚱한 집사가 깨끗이 면도한 둥그스름한 얼굴과 풀 먹인 흰 넥타이를 반짝반짝 빛내며 식사가 준비되었음을 아뢰자 부인들이 몸을 일으켰다. 브론스키는 스비야시스키에게 안나의 팔을 잡아 달라고 청한 뒤, 자신은 돌리 곁으로 갔다. 베슬롭스키가 투시케비치보다 앞서서 공작 영애 바르바라에게 손을 내미는 바람에, 투시케비치와 관리인과 의사는 각각 혼자서 갔다.

만찬, 식당, 식기, 하인, 포도주와 요리는 저택 전체의 호화로운 신식 양식과 잘 어울렸을 뿐 아니라, 그중에서 가장 호화롭고 새로워 보이기까지했다. 다리야 알렉산드로브나는 집안 살림을 도맡는 주부로서 그러한 호화로운 신식 만찬을 자세히 살폈으나, 눈에 보이는 것들 가운데 집에서 응용해 봤으면 싶은 건 하나도 없었다. 모든 게 너무나 사치스러워서 그녀의 생활 양식과는 거리가 멀어도 한참 멀었던 것이다. 그녀는 세세한 부분까지 유심히 살피며 그 모든 걸 누가 어떻게 만들었을까 자문했다. 바센카 베슬롭스키도, 그녀의 남편도, 심지어 스비야시스키는 물론 그녀가 알고 있는 수많은 사람들도 그 점에 대해서는 전혀 생각해 본 적이 없었으며, 점잖은 집주인들이 하나같이 손님들에게 느끼게끔 하려는 것을 모두 액면 그대로 받아들였다. 즉 잘 차려져 있는 모든 것이 주인장의 어떠한 수고도 없이 저절로 이루어진 것이라 믿었던 것이다. 반면에 다리야 알렉산드로브나는 아이들에게 아침밥으로 먹이는 죽조차도 저절로 만들어지는 법은 없으며, 따라서 그토록 정교하고 훌륭한 상차림에는 누군가의 세심한 공이 들어갈 수밖에 없다는 사실을 알고 있었다. 식탁을 유심히 살피고, 집사에게 고갯짓을 하기도 하고, 그녀에게 찬 수프와 더운 수프 중 뭘 들겠는지 묻는 알렉세이 키릴로비치의 모습을 보고서, 그녀는 그 모든 게 집주인이 신경을 쓴 덕분에 이루어지고 유지되는 것임을 알아챘다. 보아하니 안나는 베슬롭스키만큼이나 그 모든 차림과는 무관한 게 분명했다. 그녀와 스비야시스키, 공작 영애와 베슬롭스키는 그들을 위해 마련된 것을 신나게 즐길 뿐이라는 점에서 똑같은 손님이었다.

안나는 대화를 이끌어 간다는 점에 있어서만 안주인이었다. 관리인이나 건축 기사 같은 사람들이 동석한 좁은 식탁에서 집안의 안주인으로서 대화를 이끈다는 것은 쉽지 않았다. 전혀 다른 세계의 사람들인 그들은 익숙지 않은 호사스러움 앞에서 주눅 들지 않으려 애쓰고 있었고, 공통의 대화에 한참 동안 참여할 수 없는 입장이었기 때문이다. 그러한 어려운 대화를 안나는 특유의 수완과 자연스러움을 발휘하여 잘 이끌어 갔으며, 다리야 알렉산드로브나가 눈치챈 바로는 그 일을 즐기기까지 했다.

대화는 투시케비치와 베슬롭스키가 둘이서만 보트를 탔던 이야기로 접어들었다. 투시케비치가 최근 페테르부르크의 요트 클럽에서 열렸던 경주 이야기를 꺼내자, 안나는 이야기가 끊길 때를 기다렸다가 곧바로 건축 기사에게 말을 걸었다. 침묵을 지키고 있던 그의 말문을 터주려는 것이었다.

「니콜라이 이바니치는 깜짝 놀라시더군요.」 그녀가 스비야시스키에 대해 언급했다. 「지난번에 여기 오셨을 때에 비해서 새 건물이 많이 올라간 걸 보시고 말이에요. 저 자신도 매일 가보면서도, 일이 어찌나 빨리 진행되는지 날마다 깜짝 놀란답니다.」

「백작님과는 일하기가 참으로 수월합니다.」건축 기사가 웃으면서 말했다(그는 자긍심을 지녔으되 공손하고 차분한 사내였다).「현청 관리들을 대할 때랑은 전혀 달라요. 거기 같으면 서류를 산더미처럼 작성했겠지만, 백작님의 경우 제가 보고를 드리면 의논한 뒤 단 세 마디면 족합니다.」

「미국식이군요.」스비야시스키가 웃으면서 말했다.

「네, 그런 셈이죠. 그곳에선 건설이 합리적으로 이루어지니까…….」

대화는 미합중국에서 권력이 남용되고 있다는 얘기로 옮아갔다. 그러나 안나가 곧바로 다른 화제로 말머리를 돌렸다. 이번에는 관리인의 말문을 터줄 요량이었다.

「수확용 기계를 본 적 있나요?」그녀가 다리야 알렉산드로브나에게 말했다.「언니와 마주쳤을 때 그걸 보러 다녀오는 길이었어요. 저도 처음 봤어요.」

「어떻게 작동되는 건데요?」돌리가 물었다.

「가위랑 똑같아요. 판이 있고 작은 가위들이 여러 개 붙어 있는 거죠. 이런 식으로 말이에요.」

안나는 반지를 잔뜩 낀 희고 아름다운 손으로 나이프와 포크를 쥐고서 모양을 설명하기 시작했다. 그렇게 설명해서는 아무것도 이해할 수 없다는 걸 그녀 자신이 잘 알고 있는 게 분명했다. 그러나 자신의 얘기가 듣기 좋으며, 자신의 손이 아름답다는 걸 잘 알기에 안나는 설명을 계속했다.

「차라리 주머니칼이 더 비슷하겠네요.」베슬롭스키가 그녀에게서 눈을 떼지 않은 채 장난치듯 말했다.

안나는 보일 듯 말 듯 미소를 지었으나 아무 대꾸도 하지 않았다.

「그렇지 않나요, 카를 표도리치? 가위 같잖아요.」그녀가 관리인에게 말을 걸었다.

「O, ja(아, 네)…….」독일인이 대답했다. 「Es ist ein ganz einfaches Ding(아주 단순한 겁니다).」그가 기계 장치에 대해 설명하기 시작했다.

「곡식 단을 묶지 못하는 건 아쉽더군요. 빈 박람회에서 철사로 곡식 단을 묶는 기계를 본 적이 있습니다. 그런 게 더 유용할 텐데요.」스비야시스키가 말했다.

「Es kommt drauf an…… Der Preis vom Draht muss ausgerechnet werden(모든 게 결국…… 철사 비용을 계산하는 문제거든요.」말문이 트인 독일인이 브론스키에게 말했다. 「Das lässt sich ausrechnen, Erlaucht(그건 계산해 볼 수 있답니다, 백작님).」독일인은 그가 늘 수식을 끼적이곤 하는, 연필이 끼워진 수첩을 주머니에서 꺼내려고 했다. 그러나 식사 중이라는 걸 상기한 데다 브론스키의 냉랭한 시선을 느끼고는 그만두었다. 「Zu kompliziert, macht zu viel Klopot(너무나 복잡하고, 일이 많아질 겁니다).」그가 결론을 맺었다.

「Wünscht man Dochots, so hat man auch Klopots(소득을 얻으려는 사람한테는 일이 많기 마련이죠).」바센카 베슬롭스키가 독일인을 조롱하듯 내뱉고는 다시금 예의 미소를 띠며 안나를 돌아보았다. 「J'adore l'allemand(제가 독일어를 아주 좋아하거든요).」

「Cessez(그만하세요).」안나는 베슬롭스키에게 농담조로 엄하게 대꾸했다.

「들에서 당신과 마주칠 거라 생각했었어요, 바실리 세묘니치.」 그녀가 이번에는 병약한 사내인 의사를 향해 말했다. 「거기 계셨나요?」

「있긴 있었는데, 금세 증발해 버렸습니다.」 의사가 음울한 어조로 농담을 했다.

「그렇다면 산책을 꽤 하신 거로군요.」

「대단한 산책이었죠!」

「노파의 건강은 좀 어떤가요? 설마 티푸스는 아니겠죠?」

「그건 아니지만 상태가 좋지는 않네요.」

「저런, 어쩜 좋아!」 안나가 말했다. 그런 식으로 그녀는 식솔들에게 예를 표한 다음 손님들을 향해 고개를 돌렸다.

「어쨌든 간에, 말씀하신 대로라면 기계를 설비하기는 힘들 것 같군요, 안나 아르카디예브나.」 스비야시스키가 농담을 던졌다.

「아니, 왜요?」 그녀가 미소를 지으며 물었다. 기계에 대한 자신의 설명에서 스비야시스키가 어떤 귀여운 면을 감지했음을 스스로도 잘 아는 듯한 미소였다. 그러한 젊음과 교태의 새로운 징후들이 돌리에게는 불쾌한 인상을 주었다.

「하지만 건축에 대한 안나 아르카디예브나의 지식은 놀랍던데요.」 투시케비치가 말했다.

「아무렴요, 어제는 〈철문의 대류〉라는 둥 안나 아르카디예브나가 그러더군요.」 베슬롭스키가 맞장구를 쳤다. 「제 말이 맞죠?」

「놀라울 거 하나도 없어요. 보고 들은 게 얼만데요.」 안나가 말했다. 「당신은 분명 집을 무엇으로 짓는지조차 모르시겠지만요.」

안나가 베슬롭스키와의 사이에서 오가는 치근거리는 투를 꺼려하면서도 자기도 모르게 거기에 빠져들고 있다는 사실을 다리야 알렉산드로브나는 알아챘다.

그러나 브론스키의 반응은 레빈과는 전혀 달랐다. 그는 베슬롭스키의 수다에 아무런 의미도 부여하지 않았으며, 오히려 그러한 농지거리를 부추기는 것이었다.

「그럼, 어디 말씀해 보시죠, 베슬롭스키. 돌은 무엇으로 붙이나요?」

「물론 시멘트죠.」

「브라보! 그런데 시멘트란 대체 뭔가요?」

「그러니까, 멀건 죽…… 아니, 회반죽 같은 거죠.」베슬롭스키의 말에 좌중은 폭소를 터뜨렸다.

시무룩하니 침묵에 잠긴 의사와 건축 기사와 관리인을 제외하고, 만찬 참석자들 간의 대화는 좀처럼 잦아들 줄 몰랐다. 이야기는 때론 매끄럽게 이어졌고, 때론 집요하게 늘어졌으며, 때론 누군가를 자극하기도 했다. 한번은 다리야 알렉산드로브나가 얼굴이 붉어지도록 발끈하기까지 하여, 나중에 그녀는 자신이 쓸데없는 얘기나 불쾌한 소리를 한 건 아닌지 돌이켜 보기도 했다. 스비아시스키가 레빈 얘기를 꺼내며 러시아에서 기계는 농사에 해롭다는 그의 기이한 견해를 들먹였던 것이다.

「레빈이라는 분을 저는 모릅니다만…….」브론스키가 웃으면서 말했다.「그분은 분명, 자신이 부정적으로 평가하는 기계들을 한 번도 본 적이 없었을 겁니다. 만일 그분이 어떤 경위로 기계를 접하고 시험해 봤다 해도, 수입 제품이 아니라 러시아산이었겠죠. 그래서야 제대로 된 시각을 가질 수가 있겠습니까?」

「대체로 터키식 관점이라 할 수 있군요.」베슬롭스키가 안나를 향해 씩 웃으면서 말을 보탰다.

「제가 그의 견해를 변호할 수는 없지만…….」다리야 알렉산드로브나가 발끈해서 나선 것은 이때였다. 「제가 말할 수 있는 건, 그가 아주 유식한 사람이고, 만일 이 자리에 있었더라면 여러분에게 뭐라고 대꾸해야 할지 알았을 것이라는 점이에요, 저는 모르지만요.」

「저는 그 친구를 아주 좋아합니다. 저와 아주 돈독한 사이죠.」스비야시스키가 후덕한 미소를 지으며 말했다. 「Mais pardon, il est un petit peu toqué(그럼에도 미안한 말이지만, 그 친구는 약간 괴벽스러운 면이 있어요). 예를 들어, 지방 자치회라든가 치안 재판소 같은 건 모조리 필요 없다고 주장하면서 일체 관여하지 않는단 말입니다.」

「그건 우리 러시아인 특유의 무관심이죠.」목이 길고 갸름한 잔에 얼음물을 따르며 브론스키가 말했다. 「우리의 권리가 우리에게 지우는 의무를 느끼지 못하는 거고, 따라서 그러한 의무를 부정하는 겁니다.」

「그 사람보다 더 엄격하게 자신의 의무를 이행하는 사람을 저는 본 적이 없는걸요.」우월감에 젖은 브론스키의 말투에 짜증이 난 다리야 알렉산드로브나가 대꾸했다.

「저는 그분과는 반대로…….」이유는 알 수 없으나 이 대화로 인해 감정이 상한 게 분명한 브론스키가 말을 이었다. 「부인께서 보시다시피, 저를 명예 치안 판사로 선출해 주신 여기이 니콜라이 이바니치 덕분에(그가 스비야시스키를 가리켰다) 영예를 얻게 되어 감사할 따름입니다. 회의하러 가는 걸

저의 의무로 여기며, 말과 관련된 농부들의 송사를 심의하는 일 또한 제가 할 수 있는 다른 모든 일들과 마찬가지로 중요하다고 생각하죠. 그리고 저를 지방 자치회 의원으로 선출해 주신다면, 영광으로 여길 겁니다. 그래야만 지주로서 제가 누리는 이점들에 보답할 수 있으니까요. 불행하게도 우리 나라에서는 대지주들의 중요성이 제대로 인정받지 못하고 있는 것 같습니다.」

자기 집 식탁에서 느긋하게 자신의 정당성을 옹호하는 브론스키의 말이 다리야 알렉산드로브나에게는 이상하게 들렸다. 그와 상반된 입장의 레빈 또한 자기 집 식탁에서 자신의 견해를 똑같이 단호하게 표명하던 모습이 떠올랐지만, 그녀는 레빈을 좋아했기에 그의 편을 들었다.

「그렇다면 다음 회합 때 뵐 수 있으리라 기대해도 되겠지요, 백작?」 스비야시스키가 말했다. 「하지만 일찌감치 출발하셔야 할 겁니다. 8일에는 당도하도록요. 만일 저희 집에 방문해 주실 거라면 말이죠.」

「저는 언니의 beau-frère(제부) 의견에 조금은 동의하는 편이에요.」 안나가 말을 꺼냈다. 「그분처럼 주장하려는 건 아니지만요.」 그녀는 웃으면서 덧붙였다. 「최근 우리 나라에서는 사회적 의무가 지나치게 중시되는 것 같아요. 예전에는 관리들이 너무 많았고 무슨 일을 하든 관리들이 필요했는데, 지금은 아예 모두가 다 사회 활동가가 돼버렸단 말이죠. 알렉세이가 여기 온 지 6개월 됐는데, 사회 기관 대여섯 개의 위원직을 맡았지 뭐예요. 자선 단체 후견인에다가 치안 판사, 젬스트보 의원, 배심원 그리고 마사회라나 뭐라나, 거기 임원이기도 해요. Du train que cela va(그런 식으로 가다가는) 시간이 남아나질 않을 거예요. 그렇게 일이 많으면 그저 형식에 불과하다고 봐야 하지 않을까요? 당신은 위원직이 몇 개나 되죠, 니콜라이 이바니치?」 그녀가 스비야시스키에게 물었다. 「스무 개도 넘지 않나요?」

농담조로 얘기했지만 안나의 말투에서 분노가 느껴졌다. 안나와 브론스키를 유심히 관찰하던 다리야 알렉산드로브나는 그 점을 곧바로 알아차렸다. 그녀는 또한 지금의 대화가 시작되자 곧장 브론스키의 얼굴에 심각하고 완고한 표정이 드리우는 것을 감지했다. 동시에 공작 영애 바르바라가 화제를 바꾸려고 황급히 페테르부르크의 지인들에 관한 얘기를 꺼낸 순간 돌리는 정원에서 브론스키가 뜬금없이 꺼냈던 자신의 일에 대한 얘기를 상기하고는, 사회 활동과 관련하여 안나와 브론스키 사이에 내밀한 다툼이 벌어지고 있음을 깨달았다.

음식과 포도주, 식기 등 모든 게 훌륭했다. 하지만 그 모든 게 다리야 알렉산드로브나와는 이미 멀어진 대규모 접대용 만찬이나 무도회에서 볼 수 있는 것으로서, 하나같이 개성이 없고 부자연스러운 것들이었다. 따라서 평범한 날, 작은 모임에서 차려진 그런 유의 만찬은 그녀에게 불쾌한 인상을 안겨 줄 뿐이었다.

식사를 마친 뒤 일동은 테라스에 잠시 앉아 있다가 옥외 테니스를 치기 시작했다. 테니스를 치는 사람들은 두 팀으로 나뉘어 고르게 잘 다져진 **크로케 그라운드**의 금칠한 기둥에 매인 팽팽한 네트 양편에 포진했다. 다리야 알렉산드로브나도 테니스를 쳐보려고 했으나 한참 동안 경기 규칙을 이해할 수가 없었고, 마침내 이해했을 때는 너무 지쳐 버려서 공작 영애 바르바라와 함께 앉아서 구경만 했다. 그녀의 파트너인 투시케비치 역시 경기를 그만두었다. 그러나 남은 사람들은 오랫동안 경기를 이어 갔다. 스비야시스키와 브론스키 두 사람모두 아주 능숙하고 진지하게 경기에 임했다. 그들은 자기를 향해 날아오는 공을 예리하게 주시하고, 서두름이나 꾸물거림 없이 민첩하게 달려가서는 공이 튀어 오르기를 기다렸다가 라켓으로 정확하게 받아쳐 네트 너머로 보내곤 했다. 베슬롭스키의 실력은 다른 이들만 못했다. 그는 지나치게 열을 냈는데, 대신 특유의 쾌활함으로 다른 이들의 원기를 북돋워 주었고, 그래서 웃음소리와 고함이 잦아들 줄 몰랐다. 그는 부인들에게 양해를 구하고서 다른 남자들처럼 프록코트를 벗었다. 그리하여 루바시카의 흰 소매를 드러낸 그의 건장하고 아름다운 몸매와 땀에 젖은 장밋빛 얼굴, 그리고 격정적인 동작이 사람들의 의식 속에 각인되었다.

그날 밤 다리야 알렉산드로브나가 잠자리에 누웠을 때, 두 눈을 감자마자 눈앞에 **크로케 그라운드**를 이리저리 뛰어다니는 바센카 베슬롭스키의 모습이 떠올랐다.

테니스를 치는 동안 다리야 알렉산드로브나는 기분이 그리 좋지 않았다. 거기서도 계속되는 바센카 베슬롭스키와 안나의 장난스러운 행태와 아이들도 없이 자기들끼리 애들 놀이를 하는 어른들의 부자연스러움이 그녀로서는 못마땅했다. 하지만 다른 사람들의 기분을 상하게 하지 않으려고, 그리고 어떻게든 시간을 보내기 위해서, 잠시 휴식을 취한 다음 다시 경기에 합류하여 즐거운 척했다. 그날 하루 종일 그녀는 극장에서 자신보다 더 뛰어난 배우들과 함께 연기를 하는 것만 같았고, 자신의 형편없는 연기가 모든 걸 망쳐 놓는 듯한 기분이었다.

좀 더 있을 수만 있다면 이틀을 머물 생각으로 왔었지만, 그날 저녁 테니스를 치는 동안 돌리는 다음 날 떠나기로 마음먹었다. 오는 길에는 그토록 진저리가 나던 일들, 엄마로서 감당해야 하는 힘든 치다꺼리들이, 아이들 없이 하루를 보내고 나니 다른 의미로 다가와 그녀의 의식을 끌어당기는 것이었다.

저녁 차를 마신 뒤 밤 보트에 올라 바람을 쐬고 돌아온 다리야 알렉산드로브나는 혼자 방으로 와서 옷을 벗고 앉아 성긴 머리를 빗으며 잘 준비를 했다. 그러자 마음이 훨씬 편해졌다.

안나가 곧 찾아오리라는 생각조차 그녀는 싫었다. 자기만의 상념에 잠긴 채 홀로 있고 싶었다.

23

안나가 잠옷 차림으로 찾아왔을 때 돌리는 이미 잠자리에 들려던 참이었다.

그날 내내 안나는 몇 차례나 마음속에 간직해 둔 얘기를 시작해 보려 했으나, 매번 변죽만 몇 마디 울리다가 그만두었다. 〈나중에, 단둘이 있을 때 모든 걸 얘기하기로 해요. 언니한테 할 얘기가 얼마나 많은지 몰라요.〉 그녀는 이렇게 말하곤 했다.

마침내 그들은 단둘이 있게 되었다. 그런데 무슨 얘기를 해야 할지 안나는 알 수가 없었다. 그녀는 창가에 앉아 돌리를 바라보며 한도 끝도 없는 듯한 마음속 이야기들을 곰곰이 돌이켜 보았지만, 아무것도 찾아내지 못했다. 그 순간 모든 걸 이미 다 말해 버린 것만 같았다.

「키티는 좀 어때요?」그녀가 무거운 한숨을 내쉬고는 미안한 눈빛으로 돌리를 쳐다보며 물었다. 「사실대로 말해 줘요, 돌리. 키티가 나에게 화를 내고 있지 않나요?」

「화를 내고 있다고요? 아니에요.」다리야 알렉산드로브나가 미소 지었다.

「하지만 미워하고 경멸하겠죠?」

「천만에요, 그렇지 않아요! 하지만 아가씨도 알다시피, 그건 용서할 수 없는 일이에요.」

「네, 맞아요.」안나가 고개를 돌리고서 열린 창문을 바라보며 말했다. 「하지만, 내 잘못은 아니에요. 그렇다면 누가 잘못한 걸까요? 잘못이라는 게 대체 뭐죠? 과연 일이 다르게 될 수 있었을까요? 어떻게 생각해요? 언니는 스티바의 아내가 되지 않을 수 있었나요?」

「정말이지 나도 모르겠어요. 그건 그렇고, 아가씨 얘기를 좀 해봐요…….」

「그래요, 그래. 하지만 키티 얘기를 끝내지 않았는걸요. 그녀는 행복한가요? 사람들이 그러더군요, 그가 아주 훌륭한 사람이라고요.」

「훌륭하다는 말로는 부족해요. 나는 그보다 더 좋은 사람은 본 적이 없어요.」

「아아, 정말 다행이에요! 너무 기뻐요! 훌륭하다는 말로는 부족하다니.」그녀가 돌리의 말을 되풀이했다.

돌리는 미소를 지었다.

「이제 아가씨 얘기를 좀 해봐요. 긴 얘기가 될 것 같네요. 그분과 대화를 좀 해봤는데…….」돌리는 브론스키를 뭐라고 불러야 좋을지 몰랐다. 〈백작〉이나 〈알렉세이 키릴로비치〉라고 부르는 건 왠지 거북했다.

「알렉세이랑 말이죠?」안나가 말했다. 「둘이서 대화를 나눴다는 건 알고 있어요. 하지만 언니에게 단도직입적으로 묻고 싶어요. 나에 대해서, 내 생활에 대해서 어떻게 생각하는지 말이에요.」

「이렇게 느닷없이 무슨 얘기를 할 수 있겠어요? 나는 정말 모르겠어요.」

「아니요, 그래도 얘기해 줘요……. 내 생활을 봤잖아요. 하지만 언니가 찾아와서 우릴 본 게 여름이라는 것, 또 우리 둘만 있는 모습이 아니라는 점을 유념해 주세요……. 우리는 초봄에 이리로 왔고, 그땐 완전히 둘이서만 지냈어요. 앞으로도 둘이서만 지내게 될 거고요. 나는 그 이상은 바라지 않아요. 그이 없이 나 혼자 산다고 상상해 보세요. 그렇게 되면……. 여러 정황을 보건대 그런 상황이 자주 생길 것 같아요. 그이는 하루의 절반은 집 밖에서 보내게 될 거예요.」그녀가 일어나 돌리에게 가까이 다가앉으며 말했다.

「물론…….」안나는 돌리가 반박하려는 것을 가로채고 말을 이었다. 「물론 억지로 그이를 제지하지는 않을 거예요. 지금도 그이를 붙들지 않는걸요. 곧 경마가 열리거든요. 그이의 말이 경마에 나가고, 그이도 출전할 거예요. 그래서 무척 기뻐요. 하지만 내 생각을 좀 해보세요, 내 처지를 생각해 보라고요……. 하긴, 이 문제에 대해 무슨 말을 하겠어요!」그녀가 미소를 지어 보였다. 「그런데, 그이가 언니한테 무슨 얘길 하던가요?」

「내가 하고 싶었던 얘기를 하시더군요. 그래서 나로서는 그분을 변호하기가 수월하네요. 그러니까 말이죠, 그럴 가능성은 없는지, 당신이 그럴 수는 없는지 하는 것들이죠…….」 다리야 알렉산드로브나가 머뭇거렸다. 「아가씨의 처지를 바로잡고 개선할 수는 없는지……. 내가 어떻게 생각하는지 아가씨도 잘 알잖아요……. 그래도 여하튼 간에 가능하면 결혼을 해야 하니까요…….」

「그러니까, 이혼을 하라는 건가요?」 안나가 말했다. 「그거 아세요? 페테르부르크에 있을 때 나를 찾아온 유일한 사람이 벳시 트베르스카야라는 것 말이에요. 언니도 그 여자를 잘 알죠? Au fond c'est la femme la plus dépravée qui existe(사실 완전히 타락할 대로 타락한 여자죠). 그녀는 너무나 추악한 방식으로 남편을 속여 넘기면서 투시케비치와 내연 관계를 맺었었죠. 그래 놓고는 나한테 그러더군요. 내 처지가 비정상적인 한 나랑 알고 지내고 싶지 않다고요. 내가 비교하고 있다고 생각하지는 말아요……. 언니를 잘 알지만요. 문득 생각이 났을 뿐이에요……. 그건 그렇고, 그이가 언니에게 뭐라고 했는데요?」 그녀가 되풀이해 물었다.

「아가씨와 자기 자신에 관해서 고심하고 있다고 하더군요. 아가씨는 이기주의라고 할지도 모르지만, 그건 정당하고 고결한 이기주의예요! 그분은 무엇보다도 자신의 딸을 자기 호적에 올리고 싶어 하고, 아가씨의 남편이 되어 아가씨에 대한 권리를 갖고 싶은 거예요.」

「그 어떤 아내가, 그 어떤 노예가 나처럼, 나 같은 처지에 놓여 이토록 비참한 노예일 수 있겠어요?」 안나가 침통한 어조로 돌리의 말을 가로막았다.

「중요한 건, 그분이 원하는 게…… 그분은 아가씨가 고통받지 않기를 원한다는 점이에요.」

「그건 불가능해요! 그리고요?」

「그리고 지극히 당연하게도, 아가씨와의 사이에서 태어난 아이들이 자신의 성을 갖길 바라는 거죠.」

「아이들이라니 대체 무슨 아이들을 말하는 거죠?」 안나가 돌리를 외면한 채 실눈을 뜨고서 말했다.

「아니와 장차 태어날…….」

「그 문제라면 걱정 안 해도 돼요. 더 이상 아이는 생기지 않을 테니.」

「아이가 생기지 않을 거라니, 어떻게 그런 말을 할 수가 있어요?」

「생기지 않을 거예요. 왜냐하면 내가 원치 않으니까요.」

호기심과 놀라움, 두려움이 뒤섞인 돌리의 순진무구한 표정을 알아채자 안나는 격정에 사로잡힌 와중에도 미소를 지어 보였다.

「의사가 그랬어요, 그 병을 앓고 난 뒤에……………………
…….」

「그럴 리가 없어요!」 휘둥그레진 두 눈으로 돌리가 외쳤다. 그녀에게 그것은 하나의 계시였으며, 그 결과와 결론이 너무나 엄청나서 처음에는 온전하게 이해하는 것조차도 불가능하게 여겨질 정도였다. 그에 대해 많은 것을, 아주 많은 것을 생각해야만 했다.

전에는 이해할 수 없었던, 아이가 하나 혹은 둘밖에 없는 그 모든 가족들에 대한 의구심을 불시에 해소시키는 그 계시가 온갖 상념과 모순된 감정을 불러일으키는 바람에 그녀는 아무 말도 못 한 채 그저 두 눈만 휘둥그렇게 뜨고서 기가 막히다는 듯 안나를 쳐다볼 뿐이었다. 그건 바로 오늘 이곳으로 오는 도중에 그녀가 꿈꿨던 것이었다. 그러나 그게 가능하다는 걸 알고 난 지금, 그녀는 경악을 금치 못했다. 너무나 복잡한 문제에 주어진 너무나 간단한 해답인 것만 같았다.

「N'est ce pas immoral(그건 부도덕한 게 아닐까요)?」 침묵하고 있던 그녀가 겨우 이렇게 뇌까렸다.

「어째서요? 생각 좀 해보세요, 둘 중 하나를 선택해야 하는 거예요. 임신을 하든지, 즉 병들어 앓든지, 아니면 내 남편의 — 어쨌거나 남편은 남편이니까요 — 친구이자 동료로 지내든지.」안나가 일부러 무심하고 경박한 어조로 말했다.

「그래요, 그렇긴 하죠.」 다리야 알렉산드로브나가 대답했다. 그녀는 자신 역시 스스로에게 제시하곤 했던 바로 그 논거들에 귀를 기울였지만, 더 이상 그것들에 대해서 예전만큼의 확신이 들지 않았다.

「언니나 다른 사람들에게는……」 마치 돌리의 생각을 짐작한 듯이 안나가 말을 이었다. 「아직 의구심이 들겠지만, 나로서는……. 내가 아내가 아니라는 걸 이해해 줘요. 그이는 나에 대한 애정이 있는 동안에만 나를 사랑해 줄 거예요. 그렇다면, 내가 대체 무엇으로 그이의 사랑을 유지시킬 수 있겠어요? 이걸로요?」

그녀가 배 위로 흰 양손을 쑥 내밀었다.

격정에 휩싸일 때면 그렇듯이, 온갖 상념들과 추억들이 다리야 알렉산드로브나의 머릿속에 순식간에 밀려들었다. 〈나는 스티바의 마음을 끌지 못했어. 그래서 그이는 나를 떠나 다른 여자들에게 갔지. 그이가 날 배신하고 사귄 그 첫 번째 여자는 늘 아름답고 쾌활했지만 그걸로도 그를 붙잡아 두지는 못했어. 그이는 그 여자를 버리고 또 다른 여자를 만났잖아. 그런데 안나가 과연 그런 걸로 브론스키 백작의 마음을 사고 그를 붙잡아 둘 수 있을까? 만일 그가 그런 걸 찾는다면 안나보다 더 매력적이고 더 밝고 명랑한 외모나 자태를 발견할 수 있을 텐데. 안나의 팔이 아무리 희고 아름다워도, 그녀의 풍만한 몸매와 저 검은 머리 아래 발그레하게 달아오른 얼굴이 아무리 아름다워도, 그는 더 예쁜 여자들을 찾아낼 수 있을 거라고. 역겹고 안쓰러운, 그럼에도 불구하고 사랑스러운 내 남편이 그러는 것처럼 말이야.)

돌리는 아무런 대꾸도 없이 그저 한숨만 내쉬었다. 그 한숨이 자신의 생각에 대한 반대를 뜻한다는 걸 알아챈 안나는 얘기를 계속 이어 갔다. 그녀에게는 어떤 것으로도 반박할 수 없는 강력한 논거들이 남아 있었다.

「그게 나쁘단 얘기죠? 하지만 곰곰이 따져 보세요.」 그녀가 말했다. 「언니는 내 처지를 자꾸 잊나 본데, 내가 어떻게 아이를 바랄 수 있겠어요? 출산의 고통을 말하는 게 아니에요. 그건 두렵지 않아요. 생각 좀 해보세요, 내 아이들이 과연 어떤 사람이 될지 말이에요. 남의 성을 갖게 될 불행한 아이들이에요. 그 아이들은 태어나면서부터 어머니와 아버지, 자신의 출생까지 수치스럽게 여길 수밖에 없게 되어 있어요.」

「그러니까 그것 때문에라도 이혼을 해야 하는 거죠.」

그러나 안나는 그녀의 말을 듣지 않았다. 자기 자신을 수없이 설득하면서 스스로에게 들이댔던 논거들을 마저 제시하고 싶었던 것이다.

「나한테 이성이라는 게 왜 주어졌겠어요? 내가 불행한 아이들을 세상에 내놓지 않기 위해 그걸 써먹을 수 없다면 말이에요.」

그녀가 돌리를 쳐다보더니, 대답을 기다리지도 않고 하던 말을 이었다.

「그 불행한 아이들 앞에서 나는 항상 죄책감을 느끼게 될 거예요. 태어나지 않는다면 적어도 불행해지진 않잖아요. 하지만 아이들이 불행해지면 그건 오로지 내 탓이라고요.」

바로 다리야 알렉산드로브나가 자기 자신에게 제시했던 논거들이었지만, 지금 그런 말을 들으니 납득할 수가 없었다. 〈존재하지 않는 아이들 앞에서 어떻게 죄책감을 느낄 수 있을까?〉 그녀는 생각했다. 이어 문득 이런 생각이 들었다. 〈만일 내가 사랑하는 그리샤가 존재하지 않는다면, 경우에 따라서는 그 아이한테 더 좋을 수도 있단 말인가?〉 이 생각이 너무나 망측하고 기괴하게 느껴져, 그녀는 미친 듯 소용돌이치는 상념의 도가니를 떨쳐 버리려고 고개를 가로저었다.

「아니요, 나는 잘 모르겠지만, 그건 좋지 않아요.」 그녀는 꺼림칙한 표정을 지은 채 이렇게만 말했다.

「그래요. 하지만 언니가 누구고 내가 누구인지는 잊지 말아 줘요……. 그뿐 아니라…….」 안나가 덧붙였다. 자신의 논거는 풍부하고 돌리의 논거는 빈약하지만, 어쨌거나 그게 좋지 못한 생각이라는 건 인정한다는 듯한 투였다. 「중요한 사실을 기억해 줘요. 나는 언니와 처지가 달라요. 언니 앞에 놓인 문제는 〈더 이상 아이들을 갖지 않길 바라는가〉이지만, 내 앞에 놓인 문제는 〈아이를 갖길 바라는가〉예요. 그건 차이가 커요. 내 처지에서는 그런 걸 바랄 수 없어요.」

다리야 알렉산드로브나는 반박하지 않았다. 문득 자신이 안나로부터 너무나 멀어졌으며, 둘 사이에 결코 의견 일치를 볼 수 없는 문제가 놓여 있으므로 그에 관해서는 차라리 말하지 않는 편이 나을 거라는 느낌이 들었다.

24

「그러니까 더욱 입지를 확실히 다져야죠, 가능하다면 말이에요.」돌리가 말했다.

「그래요, 가능하다면요.」안나가 갑자기 전혀 다른, 조용하고 애달픈 목소리로 대꾸했다.

「정말 이혼은 불가능한가요? 남편분이 동의했다던데요.」

「돌리! 그 얘기는 하고 싶지 않아요.」

「그럼 하지 말기로 하죠.」안나의 얼굴이 고통으로 일그러지는 걸 보고서 다리야 알렉산드로브나는 황급히 말했다.「나는 그저, 아가씨가 사태를 지나치게 암울하게 바라보는 것 같아서요.」

「내가요? 전혀 그렇지 않아요. 저는 아주 즐겁고 만족스러워요. 보셨잖아요, je fais des passions(나는 연애도 한다니까요). 베슬롭스키 말이에요…….」

「그래요, 솔직히 말하자면, 나는 베슬롭스키의 행태가 못마땅해요.」다리야 알렉산드로브나는 화제를 돌리려고 이렇게 말했다.

「아이, 전혀 그렇지 않아요! 알렉세이를 약간 자극할 뿐이지 그 이상은 전혀 아니에요. 그는 어린 소년이에요. 내 손 안에 있다니까요. 언니도 알다시피 내 마음대로 좌지우지하는 걸요. 그는 내게 언니 아들 그리샤와 마찬가지예요…… 돌리!」 갑자기 그녀의 말투가 바뀌었다. 「내가 사태를 암울하게 바라본다고 했죠. 언니는 이해하지 못할 거예요. 이건 너무나 끔찍해요. 나는 아예 보지 않으려고 애쓰고 있어요.」

「하지만 봐야 하지 않겠어요? 할 수 있는 모든 걸 해야죠.」

「대체 뭘 할 수 있겠어요? 아무것도 할 수 없어요. 언니는 내게 알렉세이와 결혼하라고, 내가 그 생각을 하지 않는다고 했죠. 내가 그 생각을 안 한다니!」 같은 말을 거듭 내뱉는 안나의 얼굴이 붉게 달아올랐다. 그녀는 자리에서 일어나 가슴을 펴고 무겁게 한숨을 내쉬더니, 예의 그 경쾌한 발걸음으로 방 안을 앞뒤로 서성이다가 이따금씩 멈춰 서곤 했다. 「내가 생각을 안 한다고요? 단 하루도, 단 한 시도, 그 생각을 하지 않는 때가 없어요. 그리고 언제나 그런 생각을 한 것에 대해 자책하죠. 왜냐하면 그 생각은 나를 미치게 하거든요. 나를 미치게 한다고요.」 그녀가 되풀이했다. 「그 생각만 하면 모르핀 없이는 잠들 수가 없어요. 하지만 괜찮아요. 차분하게 얘기해 보죠. 다들 이혼하라고 그러는데, 첫째, **그이는** 이혼해 주지 않을 거예요. **그이는** 지금 리디야 이바노브나 백작 부인한테 꽉 잡혀 있거든요.」

다리야 알렉산드로브나는 의자에 앉아 상반신을 곧게 편채 고통과 연민이 깃든 얼굴로 고개를 돌리면서 이리저리 서성이는 안나를 주시했다.

「시도는 해봐야죠.」 그녀가 조용히 말했다.

「시도해 본다고 쳐요. 그게 뭘 뜻할까요?」 수천 번도 더 되뇌었기에 줄줄 외우다시피 한 생각을 말하고 있는 게 분명했

다.「그건 내가 그에게 편지를 쓰는 굴욕을 감수해야 한다는
걸 의미해요. 그이를 증오하지만, 그럼에도 불구하고 그이 앞
에서 스스로 죄인임을 인정하는(물론 나는 그이를 관대한 사
람이라고 생각해요) 내가 말이에요……. 애를 써서 그걸 해낸
다고 쳐요. 그러면 모욕적인 답장을 받거나, 아니면 동의하는
답신을 받겠죠. 그래, 좋아요, 동의를 얻어 냈다고 쳐요…….」
이 순간 안나는 저 멀리 방의 끄트머리에 멈춰 서서 커튼을
만지작거리고 있었다.「동의를 얻어 내면, 그럼 내 아들……
아들은요? 그들은 절대로 내 아들을 내주지 않을 거예요. 그
애는 내가 버린 제 아비 곁에서 나를 경멸하며 자라겠죠? 나
에게는 똑같이 사랑하는 두 사람이 있어요, 두 사람 모두를
나 자신보다 더 사랑하죠. 바로 세료자와 알렉세이예요.」

그녀가 방 한가운데로 와서 두 손으로 가슴을 꼭 누른 채
돌리 앞에 멈춰 섰다. 흰 숄을 걸친 그 모습이 유달리 비대하
고 풍만해 보였다. 그녀는 고개를 숙이더니 촉촉하게 빛나는
눈을 치켜떠, 작고 여윈 몸집에 해진 윗도리를 입고 나이트캡
을 쓴 채 흥분으로 온몸을 떨고 있는 돌리를 바라보았다.

「나는 오직 그 두 사람만 사랑해요. 하지만 한 사람은 다른
한 사람을 배제하죠. 둘을 결합시킬 수는 없어요. 한데 그게
나에게 필요한 유일한 것이라고요. 그게 없다면 아무래도 상
관없어요. 아무것도, 아무것도 상관없어요. 어떻게든 결판이
날 테죠. 어차피 나는 그 문제에 대해 말할 수도 없고 하고 싶
지도 않아요. 그러니까 나를 비난하지 말아요. 그걸 가지고
나를 질책하지 말아요. 언니는 너무나 순수해서 내 모든 고통
을 이해하지 못할 거예요.」

안나가 돌리 곁에 다가와 앉더니 미안한 눈초리로 바라보

며 그녀의 손을 잡았다.

「무슨 생각 해요? 나에 대해 무슨 생각을 하는 거죠? 나를 경멸하지 말아요. 나는 경멸받을 가치도 없어요. 나는 불운해요. 이 세상에서 누군가 불운한 사람이 있다면, 그건 바로 나예요.」 그녀는 이렇게 내뱉은 뒤 고개를 돌리고는 울음을 터뜨렸다.

혼자 남은 돌리는 하느님께 기도를 올린 다음 잠자리에 누웠다. 함께 이야기를 나누는 동안 그녀는 안나가 진심으로 가여웠다. 그러나 이제는 안나 생각을 할 수가 없었다. 집 생각, 특히 아이들 생각이 새로운 매력과 빛을 발하면서 머릿속에 새록새록 떠오르는 것이었다. 자신의 그 세계가 이제 너무나 소중하고 사랑스럽게 여겨지고 그 세계 밖에서 단 하루도 더 지내고 싶지 않았기에, 그녀는 내일 반드시 떠나겠노라고 결심했다.

그사이 자신의 서재로 돌아온 안나는 유리잔을 집어 들어 모르핀이 상당량 함유된 물약을 몇 방울 떨어뜨린 다음, 단숨에 들이켜고서 잠시 앉아 있다가 진정을 되찾고는 편안하고 즐거운 기분으로 침실로 갔다.

안나가 침실로 들어서자 브론스키가 그녀를 유심히 쳐다보았다. 돌리의 방에 그토록 오래 머무는 동안 틀림없이 그녀와 나누었을 그 얘기가 어떤 영향을 미쳤는지 기색을 살피는 중이었다. 그러나 상기된 듯하면서도 절제된, 무언가 숨기고 있는 것만 같은 그녀의 표정에서 그는 아무것도 발견할 수 없었다. 그가 본 것은 비록 익숙해지긴 했으나 여전히 그를 매혹시키는 아름다움과 그것에 대한 자의식, 그리고 그 아름다움이 그에게 작용하기를 바라는 마음뿐이었다. 둘이서 무슨 얘기를 했는지 묻고 싶지는 않았지만, 그녀 자신이 무언가를 얘기해 주기를 그는 바라고 있었다. 하지만 그녀는 이렇게만 말했다.

「돌리가 당신 마음에 들어서 다행이에요. 그렇죠?」

「그래요, 예전부터 그녀를 알고 있었지. 아주 착한데, mais excessivement terre-à-terre(지나치게 산문적인 것 같더군). 어쨌거나 그녀가 와서 아주 반가웠어요.」

그가 안나의 손을 잡고서 의문스러운 눈길로 바라보았다.

그녀는 그 눈길을 다르게 이해하고서, 미소를 지어 보였다.

이튿날 아침, 사람들의 만류에도 불구하고 다리야 알렉산드로브나는 떠날 채비를 했다. 낡은 외투 차림에 역마차 마부의 것과 비슷한 모자를 쓴 레빈의 마부는 음울하면서도 결연한 표정을 띤 채 각양각색의 말들이 끄는, 누덕누덕 기운 흙받기가 달린 사륜마차를 몰아 모래가 깔리고 지붕을 인 현관 입구로 왔다.

다리야 알렉산드로브나는 공작 영애 바르바라나 남자들과는 작별 인사를 나누기가 싫었다. 하루를 지내고 나서 그녀도 다른 이들도 분명하게 느낀 건, 그들이 서로 어울리지 않으며 만나지 않는 편이 더 낫다는 점이었다. 오직 안나만이 슬픔에 잠겨 있었다. 돌리가 가고 나면 이번 만남으로 북받쳐 올랐던 마음속 깊은 곳의 감정들을 이제 그 누구도 불러일으키지 못할 터였다. 그 감정들을 건드리는 건 고통스러웠지만, 그럼에도 불구하고 그것들이 자신의 영혼의 가장 훌륭한 부분이며, 영혼의 그 부분이 생활 속에서 빠르게 묻혀 가고 있음을 그녀는 알고 있었다.

들판에 나서자 다리야 알렉산드로브나는 마음이 한결 편안해지는 기분이었다. 마부와 사무소 서기에게 브론스키의 집에서 지내는 게 어땠는지 물어보려는 참에, 문득 마부 필리프가 먼저 나서서 이렇게 말했다.

「부자도 그런 부자가 없을 것 같은데, 귀리는 고작 3푸드밖에 안 주더군요. 닭이 울기도 전에 말들이 모조리 먹어 치웠죠. 3푸드라니, 말이 됩니까? 겨우겨우 요기나 한 거죠. 요즘은 여인숙에서도 45코페이카밖에 안 하는데요. 우리 나리 댁 같으면 손님들이 오면 먹는 대로 내줄 텐데요.」

「인색한 나리예요.」 사무소 서기도 맞장구를 쳤다.

「그 댁의 말들은 자네 마음에 들던가?」 돌리가 물었다.

「말들이야 나무랄 데가 있나요. 음식도 훌륭하더군요. 그런데도 저는 어쩐지 무지하게 갑갑한 느낌이 들었습니다. 다리야 알렉산드로브나 마님은 어떠셨는지 모르지만요.」 그가 선량해 보이는 잘생긴 얼굴을 돌리며 말했다.

「나도 마찬가지라네. 그래, 어떤가, 저녁때쯤이면 당도하겠나?」

「당도해야죠.」

집으로 돌아와 모든 이들의 무탈하고 유달리 사랑스러운 모습을 확인한 다리야 알렉산드로브나는 자신의 여행에 대해, 자신이 얼마나 융숭한 대접을 받았는지에 대해, 그리고 브론스키네의 호화로움과 훌륭한 생활 양식, 그들이 즐기는 놀이에 대해 신나게 얘기했고, 그 누구도 그들에 대해 부정적인 얘기를 꺼내지 못하도록 했다.

「안나와 브론스키를 잘 알아야 해요. 얼마나 친절하고 다정한 사람들인데요. 나는 이제 브론스키에 대해 더 많이 알게 됐어요.」거기서 느끼던 막연하나마 거북하고 불편한 감정은 이미 잊은 채, 돌리는 이제 완벽한 진심을 털어놓고 있었다.

25

　브론스키와 안나는 여전히 똑같은 여건 속에서, 이혼을 성사시키기 위한 그 어떤 조치도 취하지 않은 채 여름과 가을의 일부를 시골에서 보냈다. 그들은 어디로도 가지 않기로 작정한 터였다. 그러나 단둘이서 지내면 지낼수록, 특히 찾아오는 손님이 없이 지내던 가을에는, 더 이상 그런 생활을 견디지 못할 테고 생활 양식을 바꿔야 한다는 걸 양쪽 다 절감했다.

　겉보기에 삶은 더 바랄 나위가 없는 것 같았다. 넘치도록 풍족하고 건강한 데다 아이도 있고, 두 사람 모두 소일거리가 있었다. 안나는 손님이 없을 때도 여전히 열심히 자신을 가꾸었고, 독서에도 열중하여 유행하는 소설이나 진지한 내용의 책들도 읽었다. 구독하는 외국 신문이나 잡지에서 칭찬하는 책들은 모조리 주문했고, 고독 속에 침잠했을 때만 발현되는 집중력으로 주문한 책들을 정독했다. 뿐만 아니라 브론스키가 관여하는 모든 일들을 그녀는 책이나 전문 잡지를 통해서 연구했다. 그래서 브론스키는 종종 농학이나 건축, 간혹 가다 종마 사육이나 운동과 관련된 문제에 대해서까지 그녀에게 다짜고짜 묻곤 했다. 처음에는 그도 안나의 지식과 기억력에 놀라 반신반의하면서 확인해 보려 했지만, 그때마다 그녀는 그가 물어본 사항을 책에서 찾아 그에게 보여 주는 것이었다.

　병원의 설비 또한 그녀의 관심을 끌었다. 그녀는 단지 돕는 차원이 아니라 많은 것들을 직접 챙기고 구상했다. 그러나 그녀의 중요한 관심사는 여전히 자기 자신이었다. 자신이 브론스키에게 소중하고, 그가 포기한 모든 것을 자신이 대체할 수 있는 한, 그녀는 자기 자신이 가장 중요했다. 브론스키는 안나의 삶의 유일한 목적이 되어 버린 것, 단지 그의 마음에 드는 것을 넘어 그를 위해 헌신하고자 하는 그녀의 욕망을 소중하게 여겼다. 하지만 동시에 그는 자신을 휘감는 사랑의 그물에 압박감을 느꼈다. 시간이 흐르면서 자신이 그 그물에 감겨 있는 게 더 자주 느껴질수록, 그것에서 벗어나고 싶다기보다는 그 그물이 자신의 자유를 방해하는 건 아닌지 확인해 보고 싶다는 마음이 자꾸만 들었다. 자유를 향한 욕망이 점차 강렬해지지 않았다면, 총회나 경마 때문에 현청 소재지에 가야 할 때마다 매번 실랑이를 벌이지만 않았다면, 브론스키는 자신의 삶에 완전히 만족했을 것이다. 그가 선택한 역할, 러시아 귀족층의 핵을 이뤄야만 하는 부유한 지주의 역할은 그의 취향에 완전히 부합할 뿐만 아니라, 그렇게 반년을 지낸 지금은 점점 더 큰 만족을 안겨 주고 있었다. 게다가 그가 벌인 사업 또한 점점 더 그를 사로잡고 매료시키면서 아주 순조롭게 진척되어 갔다. 병원은 물론 기계며 스위스에서 주문한 암소며, 기타 여러 가지 것들에까지 엄청난 자금을 들였음에도, 그는 재산을 탕진하는 게 아니라 불리고 있다고 확신했다. 삼림이나 곡물, 양털의 매각이나 토지의 임대 같은 수입과 관련된 일에서 브론스키는 옹고집쟁이처럼 완고했고, 값을 깎아 주는 법이 없었다. 이곳 영지에서나 다른 영지에서나 대규모 농사를 벌일 때면 가장 간단하고 위험 부담이 적은 길을 고수했으며, 영지 경영의 자잘한 부분들에 대해 지극히

검소하고 깐깐하게 굴었다. 물건을 구매하도록 유도하고 따져 보면 똑같은 것을 더 싼 값에, 심지어 이득을 보며 구입할 수 있음에도 모든 비용을 애초에 훨씬 더 높게 책정하는 독일인 관리인의 교활함과 기민함에도 불구하고, 브론스키는 그에게 넘어가지 않았다. 그는 주문하거나 설비하는 것이 러시아에서는 아직 알려지지 않은 최신 제품으로 경탄을 불러일으킬 만한 것일 경우에만 관리인의 말을 경청하며 이것저것 캐묻고 그의 의견에 동의했다. 그뿐 아니라 여분의 자금이 있을 때에만 대규모 지출에 대해 용단을 내렸고, 그 비용을 지출하면서는 세세한 항목까지 점검하면서 자신의 돈으로 최상의 제품을 구입할 것을 고집했다. 그렇게 일하는 방식을 보면, 그는 재산을 탕진하고 있는 게 아니라 더 불리고 있는 게 분명했다.

10월에 카신현에서 귀족단장의 선거가 있었다. 브론스키와 스비야시스키, 코즈니셰프, 오블론스키의 영지와 레빈의 작은 영지가 있는 곳이었다.

여러 정황이나 출마하는 인물들의 면면으로 인해 이 선거는 세간의 주목을 받았다. 선거에 대해 이런저런 말이 오갔고 준비도 차곡차곡 이루어지고 있었다. 모스크바와 페테르부르크, 외국 거주자 등 선거에 한 번도 참여해 보지 못한 이들까지 모여들어 가담했다.

브론스키는 오래전부터 선거 때 오겠노라고 스비야시스키에게 약속한 터였다.

선거를 앞둔 어느 날, 보즈드비젠스코예를 자주 방문했던 스비야시스키가 브론스키를 데리고 가려고 그에게 들렀다.

바로 그 전날 브론스키와 안나 사이에는 예정되어 있던 그 여행으로 인해 언쟁이 벌어질 뻔했다. 시골에서 보내기 가장 지루하고 갑갑한 계절인 가을이었기에, 브론스키는 싸울 태세를 갖추고서 전에는 한 번도 보인 적이 없는 근엄하고 냉정한 표정을 지은 채, 여행을 떠나겠노라고 안나 앞에서 공표했다. 그러나 놀랍게도 안나는 그 소식을 아주 태연하게 받아들이며 언제 돌아올 것인지만 물을 뿐이었다. 그러한 태연함이 의아스러워 그는 그녀를 유심히 바라보았다. 그녀는 그의 눈길에 미소로 답했다. 그렇게 자기 안으로 도망치는 그녀의 습성을, 자신의 계획을 알리지 않고 혼자서만 무언가를 결심할 때만 보이는 그런 모습을 브론스키는 알고 있었다. 그는 그것이 두려웠다. 하지만 실랑이를 피하고 싶은 마음이 간절했기에 자신이 믿고 싶은 것, 즉 그녀의 사려 깊은 처사를 있는 그대로 믿는 척했고, 어느 정도는 진심으로 믿었다.

「심심하지 않겠어요?」

「괜찮을 거예요.」 안나가 말했다. 「어제 고티예[13]에서 책을 한 상자나 받았는걸요. 그래요, 심심하지 않을 거예요.」

〈저런 태도로 나오겠다는 거군. 하긴, 이게 낫지.〉 그가 생각했다. 〈안 그러면 또 똑같은 일이 벌어질 테니.〉

그리하여 그는 그녀의 솔직한 얘기를 듣지 못하고서 선거에 참여하러 떠났다. 서로의 속마음을 속속들이 털어놓지 않은 채로 둘이 떨어져 지내게 된 건 그들이 인연을 맺은 뒤로 처음 있는 일이었다. 한편으로 그는 불안했지만, 다른 한편으로는 그러는 편이 더 낫다는 생각이 들었다. 〈처음에는 지금처럼 무언가 알쏭달쏭하고 비밀스러운 게 있는 것처럼 느껴

13 모스크바 쿠즈네츠키 모스트 거리에 있던 서점. 고티예는 서점 주인의 성(姓)이다.

지겠지만, 나중에는 저 사람도 익숙해지겠지. 어떤 경우든 그녀에게 모든 걸 바칠 수 있지만, 남자로서의 독립된 생활만은 내줄 수 없어〉라고 그는 생각했다.

26

9월에 레빈은 키티의 출산을 위해서 모스크바로 거처를 옮겼다. 레빈이 모스크바에서 벌써 한 달이나 하는 일 없이 지내는 동안, 카신현에 영지를 소유하고 있으며 임박한 선거에 적극적으로 관여하고 있던 세르게이 이바노비치는 선거를 치르러 떠날 차비를 차렸다. 그는 셀레즈뇨프군(郡)의 투표권을 갖고 있는 동생에게 함께 가자고 권했다. 게다가 레빈에게는 해외에 살고 있는 누이를 위해 토지 대금[14]을 수금하는 일이나 후견인과 관련하여 카신현에서 긴요하게 처리해야 할 일이 있던 터였다.

레빈은 계속 망설였지만, 그가 모스크바에서 무료하게 지내는 걸 지켜본 키티는 카신현에 다녀오라고 권하며 말없이 80루블을 주고 그가 입을 귀족 제복을 맞췄다. 제복값으로 지불된 그 80루블이 레빈으로 히여금 떠나도록 부추긴 주된 동기였다. 그는 카신현으로 갔다.

카신현에 온 지 벌써 엿새째, 레빈은 매일같이 집회에 참석하고 여태 풀리지 않은 누이의 일을 처리하느라 분주하게 돌아다니고 있었다. 귀족단장들 모두가 선거에 온통 정신이 팔려서 후견인과 관련한 아주 간단한 일조차 처리할 수가 없

14 해방된 농노들이 불하받은 토지에 대해 지주에게 물어야 했던 대금.

었다. 또 다른 일, 즉 토지 대금의 수취 역시 똑같은 장애에 부딪쳤다. 수취 금지령을 철폐하기 위해 오랫동안 애쓴 끝에 대금이 막 지급될 참이었지만, 친절하기 짝이 없는 공증인이 지급 전표 발급을 못 해주는 것이었다. 왜냐하면 위원장의 서명이 필요한데, 그 위원장이라는 사람이 직무를 인계하지도 않은 채 정기 회의에 참석하러 가고 없었기 때문이다. 이러한 온갖 번거로움과 동분서주, 무척이나 선량하고 친절하며 민원인의 난처한 상황을 전적으로 이해하지만 도움을 주지는 못하는 사람들과의 면담 등등, 아무런 성과도 없는 그 모든 고군분투가 꿈에서 완력을 쓰고자 할 때 느끼는 애타는 무력감과 유사한 원통함을 불러일으켰다. 그러한 감정을 그는 호인 중의 호인인 자신의 법률 대리인과 면담할 때 자주 느꼈다. 보아하니 대리인은 레빈을 곤경에서 빼내 주기 위해 할 수 있는 모든 것을 다 하고 온갖 머리를 짜내는 것 같았다. 〈이렇게 한번 해보시죠.〉 그는 몇 번이나 이렇게 말했다. 〈여기도, 그리고 저기도 가보시고요.〉 그러면서 모든 일을 가로막을 치명적인 요인을 어떻게 피할 것인지에 대해 온갖 구상을 늘어놓고는, 곧바로 이렇게 덧붙이곤 했다. 〈어쨌거나 일은 지체될 겁니다. 그래도 한번 해보십시오.〉 그리하여 레빈은 걸어서, 혹은 마차를 타고 동분서주했다. 모두가 선량하고 친절했지만, 애써 피해 간 것이 결국에는 눈앞에 나타나 또다시 길을 가로막곤 했다. 특히 화가 치미는 건 자신이 누구와 싸우고 있는지, 자신의 일이 해결되지 않음으로써 누가 이익을 보는지를 도무지 알 수가 없다는 점이었다. 그건 누구도 모르는 것 같았다. 대리인 역시 모르고 있었다. 레빈이 생각하기에는, 기차역 매표소에 가려면 줄을 서야 하며 다른 방법은 없다는 점을 이해하듯이 그 이유를 납득할 수만 있다면 화가 나거나 억울하지 않을 터였다. 그러나 그가 일을 처리하면서 장애가 되는 요소들을 맞닥뜨릴 때는, 도대체 무엇을 위해서 그것들이 존재하는지 그 누구도 설명해 주지 못했다.

하지만 결혼한 이후로 레빈은 많이 변해 있었다. 참을성이 강해진 그는 일이 왜 그렇게 되었는지 이해가 안 되는 경우 제대로 알지도 못한 채 판단해서는 안 된다고, 필경 그럴 필요가 있었을 거라고 스스로를 타이르면서 화를 내지 않으려 애썼다.

선거에 참여하고 회의장에 출석하는 지금도 마찬가지로, 그는 자신이 존경하는 정직하고 훌륭한 사람들이 그토록 진지하게 몰두하고 있는 일들을 비판하거나 논박하지 않고 가능한 한 이해하고자 노력했다. 전에는 경솔하게 판단하여 하찮게 여겼던 수많은 것들이 결혼한 뒤로 레빈에게 새롭고 중요하게 다가왔다. 따라서 그는 선거에도 중요한 의미가 있으리라 짐작하면서 그러한 의미들을 찾고 있었다.

세르게이 이바노비치가 이번 선거에서 예상되는 개혁의 의미와 의의를 그에게 설명해 주었다. 현(縣) 귀족단장은 후견인 문제(레빈으로 하여금 생고생을 하게 만든 바로 그 문제)나 귀족단의 어마어마한 예산은 물론 남녀 중학교와 사관학교, 새로운 법령에 따른 국민 교육, 그리고 젬스트보 같은 수많은 중요한 공공사업을 법률상 좌지우지하게 되어 있었다. 카신현의 귀족단장 스넷코프는 낡은 귀족적 사고방식을 지닌 사람으로 엄청난 재산을 탕진하였으며, 선량하고 나름대로 청렴한 인물이었지만 새로운 시대의 요구들을 전혀 이해하지 못했다. 그는 모든 사안에서 항상 귀족층의 편을 들었고, 평민 교육의 확대에 정면으로 반대하는 한편 방대한 의의를 지녀야만 하는 젬스트보에 계층적인 성격을 부여하곤 했다. 그가 앉은 자리에 참신하고 현대적이며 수완 좋은, 완전히 새로운 인물을 세워야만 했다. 그리고 단순히 귀족으로서가 아니라 젬스트보의 구성 요소로서 귀족 집단에 주어진 천부의 권리들에서 자치제의 이득을 끌어낼 수 있도록 일을 진행시켜야만 했다. 그러한 이득은 오로지 추출해 낼 수 있을 뿐이었다. 모든 면에서 늘 다른 현들을 앞질렀던 부유한 카신현은 거기서 제대로 진행된 사업들이 다른 현들과 전(全) 러시아의 모범이 될 수 있을 만큼 저력을 갖추고 있었기에 현의 모든 사업이 커다란 의미를 지녔다. 스넷코프를 이을 후임 귀족단장으로는 스비아시스키와, 그보다 더 뛰어나다고 여겨지는 네베돕스키가 거론되었다. 전직 교수인 네베돕스키는 대단히 명석한 사람으로, 세르게이 이바노비치의 친한 친구이기도 했다.

현 지사가 총회의 개회를 선포했다. 그는 편견을 버리고 후보자의 공적과 국가의 안녕을 유념하여 공직자들을 뽑아 달라면서, 카신현의 고매한 귀족들은 예전의 선거 때와 마찬가지로 자신의 성스러운 의무를 이행할 것이며 황제의 드높은 신임에 부응할 것으로 기대한다며 귀족들 앞에서 일장 연설을 늘어놓았다.

연설을 마친 현 지사가 회의장을 빠져나가자 귀족들이 소란스럽고 활기차게, 심지어 몇몇은 열광을 감추지 못한 채 그의 뒤를 따라가서는, 모피 외투를 입으며 귀족단장과 정답게 얘기를 나누는 현 지사의 주위를 에워쌌다. 레빈은 모든 것을 꼼꼼히 파악하고 하나도 놓치지 않기 위해 사람들 무리에 섞여 현 지사가 하는 말을 들었다. 「마리야 이바노브나에게 전해 주게. 집사람이 고아원에 가봐야 한다며 매우 아쉬워하더라고 말일세.」 이 말을 뒤로하고 귀족들은 흥겹게 외투를 찾아 입고서 다들 마차를 타고 교회로 향했다.

교회에서 레빈은 다른 이들과 함께 한 손을 들고 사제장이 하는 말을 따라 하면서, 현 지사가 바라는 모든 것을 이행하겠노라는 무시무시한 맹세를 했다. 교회의 의식은 언제나 레빈에게 영향을 미쳤다. 그는 〈십자가에 입 맞추나이다〉라는 말을 읊조리고서 똑같은 말을 되풀이하는 젊은이와 노인의 무리를 둘러보며 감동을 느꼈다.

둘째 날과 셋째 날에는 귀족단의 예산 및 여자 중학교에 관한 논의가 이루어졌는데, 세르게이 이바노비치에 따르면 전혀 중요하지 않은 안건들이었고, 레빈은 자기 볼일을 보러 다니느라 그 논의들은 지켜보지 못했다. 나흘째 되는 날에는 현 재정에 대한 회계 감사가 진행되었다. 그때 처음으로 신구(新舊) 당파 간에 충돌이 벌어졌다. 회계 감사를 위임받은 위원회가 수입 지출 총계에 차질이 없노라고 의회에 보고하자 귀족단장이 자리에 일어나서 귀족들의 신임에 감사를 표하며 눈물을 찔끔거렸다. 귀족들은 큰 소리로 그에게 인사하며 그와 악수를 했다. 그러나 그때 세르게이 이바노비치 당파의 귀족 한 명이, 지금 조사를 수행하는 게 귀족단장에 대한 모욕이라 여긴 위원회가 실제로는 회계 감사를 시행하지 않았다는 얘기를 들었노라고 말했다. 위원회의 위원 중 한 사람이 경솔하게도 그러한 지적을 사실로 인정했다. 그러자 체구가 작고 외견상 새파랗게 젊은, 그러나 대단한 독설가로 보이는 신사가 발언을 했으니, 귀족단장께서는 흔쾌히 예산 집행에 관한 보고를 하실 텐데 위원회 위원들이 지나치게 사려 깊어서 귀족단장으로부터 그러한 정서적 만족을 누릴 기회를 박탈하고 있다는 게 그 요지였다. 그러자 위원들은 자신들의 공식 발언을 철회하였고, 세르게이 이바노비치는 그들이 회계감사를 시행했는지 아닌지부터 확실하게 밝혀야 한다고 논리적으로 지적하며 그 딜레마를 낱낱이 펼쳐 보였다. 반대파에 속한 어느 떠벌이가 세르게이 이바노비치에게 반박했고 그다음으로는 스비야시스키가, 그리고 예의 독설가가 다시 발언을 했다. 토론은 길게 이어졌으나 아무런 결론도 내지 못한 채 끝나 버렸다. 그 문제를 두고 그토록 오래 논의한다는 것이 레빈으로서는 놀라웠는데, 특히 세르게이 이바노비치에게 재원이 낭비되었다고 생각하느냐고 물었을 때 그가 다음과 같이 대답하는 걸 듣고서는 경탄을 금치 못했다.

「무슨 소리! 그는 청렴한 사람이야. 하지만 우리 나라 귀족 행정의 가족주의적이고 구태의연한 방식은 흔들어 놓아야만 하지.」

닷새째에는 군 귀족단장 선거가 이루어졌다. 그날 몇몇 군에서는 꽤나 요란하게 행사가 치러졌다. 셀레즈뇨프군에서는 스비야시스키가 표결 없이 만장일치로 선출되었으며, 그날 그의 집에서 연회가 벌어졌다.

27

엿새째 되는 날에는 현 귀족단장 선거가 예정되어 있었다. 크고 작은 홀들이 가지각색 제복을 입은 귀족들로 붐볐다. 많

은 사람들이 바로 그날만을 위해서 그리로 온 터였다. 크림이
나 페테르부르크, 혹은 해외에서 온 지인들이 오랜만에 얼굴
을 맞대고 회포를 풀었다. 황제의 초상화 아래 놓인 현 지사
의 탁자에서는 토론이 진행되고 있었다.

크고 작은 홀에서 귀족들은 진영별로 무리 지어 있었는데,
적대감과 불신이 깃든 눈길이며, 낯선 인물이 다가오면 잦아
드는 말소리 심지어 몇몇이 속닥거리면서 멀리 복도로 피하
는 모습으로 보아, 각각의 진영들이 상대에게 숨기려는 비밀
을 가진 게 분명했다. 외관상 귀족들은 신구 두 부류로 뚜렷
하게 양분되었다. 구세대 대다수는 앞섶이 단추로 채워진 구
식 귀족 제복에 긴 칼을 차고 모자를 쓴 모습 아니면 해병이
나 기병, 보병대의 군복 차림이었다. 그들의 제복은 구식으로
지어져 어깨가 불룩하게 솟아 있는 데다 눈에 띄게 품이 좁
고 허리춤이 짧아서 마치 사람이 옷을 입은 채 자라난 것만
같았다. 반면에 젊은 세대는 허리춤이 길게 내려오고 넉넉한
어깨 품에 앞섶이 열린 귀족 제복에 흰 조끼를 입거나, 검은
색 옷깃에 법무부 표장인 월계관이 수놓인 제복을 입고 있었
다. 군중 속에서 알록달록 빛나는 궁중 제복을 입은 이들도
그들 젊은 세대였다.

그러나 신구 세대의 분리는 당파의 구분과 일치하지 않았
다. 레빈이 관찰한 바에 따르면, 젊은 세대 중 몇몇은 구당파
에 속했으며, 반대로 연배가 아주 많은 구세대 귀족들 몇몇은
스비야시스키와 속닥거리는 모습으로 보아 신당파의 열렬한
지지자들임이 분명했다. 레빈은 사람들이 끼리끼리 모여 담
배를 피우거나 간식을 집어 먹는 작은 홀에 선 채 그들 사이
에 오가는 말에 귀를 기울이며 무슨 말인지를 이해하려고 부

질없이 머리를 굴렸다. 세르게이 이바노비치는 지금 또 다른 무리를 이룬 사람들 속에서 구심점이 되어, 스비야시스키의 얘기와 같은 당파에 속한 다른 군의 귀족단장인 흘류스토프의 얘기를 경청하고 있었다. 흘류스토프는 군 동료들과 함께 스넷코프에게 가서 출마해 달라고 청하자는 안에 동의하지 않았다. 스비야시스키는 그렇게 하라고 그를 설득하는 중이었고, 세르게이 이바노비치도 그 안에 찬성이었다. 레빈은 적대적인 당파이면서 자기들이 낙선시키고자 하는 귀족단장더러 왜 출마해 달라고 청하자는 건지 이해할 수가 없었다.

시종무관 제복을 입은 스테판 아르카디치가 막 간식을 먹고 음료를 마신 뒤 가느다란 테를 두른 향기로운 아마 손수건으로 입을 닦으며 그들 곁으로 다가왔다.

「진지를 구축하고 있군요, 세르게이 이바니치!」 그가 양쪽 구레나룻을 매만지면서 말했다.

그러고서 오가는 대화를 유심히 듣더니 스비야시스키의 의견에 동조했다.

「한 개 군으로 충분합니다. 스비야시스키는 이미 명백한 반대파니까요.」 그가 레빈을 제외한 모두에게 당연한 말을 했다.

「어떤가, 코스탸? 재미가 좀 붙었나?」 그가 레빈을 돌아보며 이렇게 덧붙이고는 그에게 팔짱을 꼈다. 재미가 붙었으면 좋으련만, 레빈으로서는 일이 어떻게 돌아가는 건지 도무지 알 수가 없었다. 그래서 대화 중인 사람들로부터 몇 발자국 물러나 스테판 아르카디치에게 왜 현 귀족단장에게 출마를 요청하는 건지 이해가 안 간다는 뜻을 비쳤다.

「O sancta simplicitas(오, 성스러운 순진함이여)!」 스테판

아르카디치는 이렇게 내뱉더니, 레빈에게 돌아가는 정황을 간단명료하게 설명해 주었다.

지난 선거 때처럼 모든 군이 현 귀족단장을 천거한다면 만장일치로 그가 당선될 터였다. 그래서는 안 될 일이었다. 현재 여덟 개 군이 그의 출마에 동의하고 있었다. 두 개 군이 반대한다면, 스넷코프는 출마를 고사할지도 몰랐다. 그렇게 되면 모든 계획이 수포로 돌아갈 터이니, 구당파는 자기편 사람들 중에서 다른 인물을 선택할 수가 있었다. 그러나 스비야시스키의 군 한 군데에서만 그의 출마를 반대할 경우 스넷코프는 출마하게 되어 있었다. 심지어 그를 뽑고 일부러 그에게 표를 몰아주면, 반대파는 이에 교란되어 우리 편에서 후보를 내세울 때 그에게 표를 몰아줄 터였다.

완전히는 아니지만 어느 정도 이해한 레빈이 몇 가지 질문을 더 던지려던 참이었다. 갑자기 모두가 수군거리며 웅성대기 시작하더니 큰 홀로 이동하기 시작했다.

「무슨 일이야? 뭐? 누구를?」「위임장이라고요? 누구한테요? 뭐라고요?」「논박하고 있다고?」「위임장이 아니랍니다.」「플레로프를 들여보내 주지 않는다는데.」「무슨 소린가, 재판 중이라서?」「그런 식이라면 아무도 들여보내질 말아야지. 비열하군.」「법이 그렇다니까요!」 사방에서 이런 얘기들이 레빈과 모든 사람들의 귀로 들려왔다. 사람들은 뭔가를 놓칠세라 어딘가로 서둘러 가고 있었다. 큰 홀로 들어선 레빈은 귀족들에게 떠밀려 현 지사의 탁자로 다가갔다. 거기서는 현 귀족단장과 스비야시스키, 그리고 또 다른 수장들이 무언가에 대해 열띤 논쟁을 벌이고 있었다.

28

레빈은 꽤 멀리 떨어져 있었다. 옆에서 쌕쌕거리며 무거운 숨을 내쉬는 어느 귀족과 두꺼운 구두창이 삐걱대는 소리를 내는 또 다른 귀족 때문에 무엇도 제대로 알아들을 수 없었다. 다만 귀족단장의 부드러운 목소리, 그다음으로는 독설가 귀족의 새된 목소리, 그리고 스비야시스키의 음성이 멀찌감치서 웅웅댈 뿐이었다. 레빈이 이해하기로는, 어느 법률 조항과 **예심을 받고 있는 자**라는 문구의 의미에 대한 논쟁이 벌어지는 중인 것 같았다.

세르게이 이바노비치가 탁자를 향해 다가가자 사람들이 물러서며 길을 터주었다. 세르게이 이바노비치는 독설가의 발언이 끝나기를 기다렸다가 법 조항을 확인해 보는 게 옳을 것 같다면서 서기에게 조항을 찾아 달라고 했다. 조항에는 이견이 있을 경우 표결에 부쳐야 한다고 적혀 있었다.

세르게이 이바노비치가 조항을 낭독한 뒤 그 의미를 설명하기 시작했다. 그러나 그때 키가 크고, 몸집이 비대하고, 등이 굽고, 콧수염을 물들이고, 뒤에 목을 받쳐 주는 깃이 달린 꽉 끼는 제복을 입은 어느 지주가 그의 말을 가로막았다. 그가 탁자로 다가가더니 보석 반지로 탁자를 내리치고는 고래고래 고함을 쳤다.

「표결에 부치자고! 투표해! 떠들 게 뭐 있어! 투표하자니까!」

갑자기 몇몇 사람이 입을 열자 보석 반지를 낀 키 큰 귀족은 점점 더 격분하며 점점 더 크게 소리쳤다. 그러나 뭐라고 하는 건지 알아들을 수가 없었다.

그가 하는 얘기는 세르게이 이바노비치가 제안하는 바로 그 내용이었다. 그러나 그는 세르게이 이바노비치와 그의 당파를 증오하고 있는 게 분명했으니, 그런 증오의 감정이 당파 전체에 전달되면서 보다 점잖긴 했으되 똑같은 분노를 상대편으로부터 불러일으켰다. 고함 소리가 난무하며 순식간에 아수라장이 벌어지는 바람에 현 귀족단장이 장내 질서를 유지할 것을 요구했다.

　「표결에 부칩시다, 표결에 부치자고요! 귀족이라면 알 겁니다. 우리는 피를 흘리고 있단 말입니다……. 황제의 신임이……. 귀족단장은 신경 쓸 필요가 없어요. 그는 집사가 아니라니까……. 그게 문제가 아니고……. 자, 투표하자고요! 이런 추잡한 꼴을 봤나……!」 광포한 분노의 외침이 사방에서 터져 나왔다. 말보다도 사람들의 시선이 더 광포하고 악에 받혀 있었다. 비타협적인 증오를 내뿜는 시선이었다. 무엇이 문제인지, 레빈은 도무지 이해할 수가 없었고 플레로프에 관한 의견을 표결에 부칠 것인지 말 것인지를 두고 그토록 격렬하게 논의하는 게 놀라울 따름이었다. 나중에 세르게이 이바노비치가 설명해 준 바에 따르면, 그는 다음과 같은 삼단 논법을 잊고 있었던 것이다. 즉 공공의 안녕을 위해서는 현 귀족단장을 자리에서 물러나게 해야 하며, 귀족단장을 물러나게 하려면 다수의 표가 필요하고, 다수의 표를 얻기 위해서는 플레로프에게 투표권을 줘야 했다. 그리고 플레로프에게 투표권이 있음을 인정하기 위해서는 법 조항을 어떻게 이해할 건지 설명을 해야만 했다.

　「한 표가 모든 것을 결정지을 수 있는 거지. 그러니까 공공의 일에 임하려면 신중하고 일관되어야 하는 법이야.」 세르게이 이바노비치는 그렇게 결론을 맺었다.

그러나 이를 생각하지 못했던 레빈은 자신이 존경하는 훌륭한 사람들이 그토록 악에 받쳐 격앙되어 있는 모습을 보기가 괴로웠다. 그 괴로운 심정에서 벗어나기 위해 그는 회의가 끝나기를 채 기다리지 못하고 다른 홀로 갔다. 거기에는 식탁 근처에서 일하는 급사들 외에는 아무도 없었다. 식기를 닦거나 접시와 술잔을 배열하고 있는 급사들의 분주한 모습과 그들의 평온하고 생기 있는 얼굴을 보자 마치 악취 나는 방에서 나와 신선한 공기를 쐰 듯 예기치 않게 마음이 가벼워지는 기분이었다. 그는 흡족한 마음으로 급사들을 바라보며 앞뒤로 서성이기 시작했다. 구레나룻이 희끗희끗한 어느 급사가 자신을 비웃는 젊은이들을 무시하면서 냅킨 접는 법을 가르치고 있는 모습이 무척이나 마음에 들었다. 레빈이 늙수레한 급사에게 말을 걸어 보려던 찰나, 현의 모든 귀족들의 이름과 부칭을 모조리 외우는 장기를 지닌 귀족 후견회의 서기가 그를 불렀다.

「저, 콘스탄틴 드미트리치…….」그가 레빈에게 말했다. 「형님께서 찾으십니다. 투표가 시작됐거든요.」

레빈은 홀로 가서 자그마한 흰색 구슬을 받고 형 세르게이 이바노비치의 뒤를 따라 탁자로 다가갔다. 탁자 옆에는 스비야시스키가 의미심장하면서도 빈정대는 듯한 표정으로 턱수염을 움켜쥔 채 냄새를 맡으며 서 있었다. 세르게이 이바노비치는 상자에 손을 넣고서 구슬을 어디엔가 놓은 다음, 레빈에게 자리를 비켜 주고서 그 자리에 섰다. 레빈은 다가섰으나 뭐가 어찌 되는 건지 까맣게 잊고서 당혹스러워하다가 세르게이 이바노비치에게 〈어느 쪽에 넣어야 해요?〉라고 물었다.

자신의 질문이 남들에게 들리지 않도록 주위 사람들이 얘길 나누고 있을 때 작은 소리로 물었건만, 사람들이 갑자기 입을 다무는 바람에 그가 던진 점잖지 못한 질문이 그들의 귀에 들리고 말았다. 세르게이 이바노비치는 인상을 찌푸렸다.

「그거야 각자의 신념에 달렸지.」그가 엄하게 말했다.

몇몇 사람들이 빙긋 웃었다. 레빈은 얼굴이 빨개져서는 황급히 휘장 밑으로 손을 넣고는, 구슬을 오른손에 쥐고 있었으므로 오른쪽에 놓았다. 공을 놓은 뒤에야 왼편에 놓아야 한다는 걸 퍼뜩 떠올리고는 왼손을 넣었으나 이미 늦고 말았다. 더더욱 당혹스러워진 그는 황급히 맨 뒷줄로 갔다.

「찬성 백스물여섯 표! 반대 아흔여덟 표!」〈r〉 발음이 새는 서기의 음성이 울려 퍼졌다. 뒤이어 웃음소리가 들렸다. 단추 하나와 호두 두 알이 투표함에서 나왔던 것이다. 그 귀족의 투표는 인정되어, 신당파가 승리했다.

그러나 구당파는 자신들이 졌다고 여기지 않았다. 레빈은 스넷코프에게 출마를 청하는 소리를 들었고, 무언가를 얘기하고 있는 현 귀족단장을 귀족들이 에워싸는 모습도 보았다. 귀족들에게 답변을 하면서 스넷코프는 자신이 그러한 애정과 신뢰를 받을 자격이 없다고 말했다. 자신의 공로라고 해봐야 12년간 귀족 계급을 위해 충직하게 봉사해 온 게 전부라는 것이었다. 〈전력을 다해, 성실하고 진실하게 봉사했습니다. 소중하고 감사하게 생각합니다〉라는 말을 수차례 되풀이하던 그는 갑자기 눈물에 목이 메어 하던 말을 멈추고서 홀밖으로 나갔다. 자신에 대한 부당한 평가를 의식했기 때문인지, 귀족 계급에 대한 애정 때문인지, 아니면 적들에게 포위되었다는 느낌에 긴장한 탓인지 알 수는 없었지만, 어쨌거나 그의 격정이 모두에게 옮아감으로써 대다수의 귀족들이 감동에 휩싸였다. 레빈 역시 스넷코프에게 애정을 느꼈다.

문가에서 레빈은 현 귀족단장과 부딪쳤다.

「실례했습니다, 죄송합니다.」그는 모르는 사람을 대하듯 말했다가 곧 레빈을 알아보고서 수줍게 미소를 지었다. 보아하니, 뭔가 얘기하고 싶으면서도 감정이 북받쳐 꺼내지 못하는 것 같았다. 그의 표정을 비롯하여 제복과 십자 훈장, 금줄이 달리 흰 바지 차림의 전체적인 외양은, 특히 그가 서둘러서 걸어갈 때, 레빈으로 하여금 독에 쏘여 상황이 절망적이라는 사실을 알고 있는 짐승을 연상케 했다. 귀족단장의 그 표정은 특히나 레빈에게 가슴 아프게 다가왔는데, 왜냐하면 바로 어제 후견에 관한 건으로 그의 집에 갔다가 선량하고 가정적인 사내로서의 그의 당당한 모습을 보았기 때문이었다. 가문의 유산인 낡은 가구가 놓인 커다란 저택, 세련되지도 않고 약간 구질구질하지만 예의 바른, 과거의 농노 출신으로 지금껏 주인을 바꾸지 않은 게 틀림없는 나이 지긋한 하인들과 레이스가 달린 머릿수건을 쓰고 터키 스타일 숄을 걸친 채 어여쁜 외손녀를 쓰다듬고 있는 살집 좋은 선량한 아내, 학교에서 돌아와 아버지에게 인사하며 그의 커다란 손에 입을 맞추는 중학교 6학년생 아들, 주인의 다정하고 인상적인 언행, 그 모든 것이 어제 부지불식간에 레빈의 마음속에 존경과 공감을 불러일으킨 터였다. 레빈은 지금 이 노인장이 애처롭고 짠하여 그에게 무언가 기분 좋은 얘기를 해주고 싶었다.

「그러니까, 어르신께서 또다시 우리의 귀족단장이 되시는 거죠.」그가 말했다.

「그럴 리가 있겠소.」귀족단장이 놀란 눈으로 돌아보았다.

「나는 지쳤소. 늙었지. 나보다 더 훌륭하고 젊은 사람들이 있으니 그들이 일하게 해야 되지 않겠소.」

그러고서 귀족단장은 옆문으로 사라졌다.

가장 엄숙한 순간이 다가왔다. 이제 곧 선거를 시작해야 했다. 양쪽 당파의 수장들이 손가락을 꼽으며 찬반 표를 헤아렸다.

플레로프에 관한 토론이 신당파에게 한 표만이 아니라 시간적인 이득 또한 가져다준 덕택에, 구당파의 간계에 의해 선거 참여의 기회를 박탈당했던 세 명의 귀족을 데려올 수 있었다. 스넷코프의 충복들이 술에 약한 두 명의 귀족들을 붙잡아 취하도록 술을 먹였고, 나머지 한 명의 제복을 갖고 달아났던 것이다.

그 사실을 알게 된 신당파는 플레로프에 대해서 논의하는 사이에 마차로 사람들을 보내서 한 귀족에게는 제복을 갖다주고, 술에 취한 두 사람 중 한 명을 투표장으로 데려올 수 있었다.

「한 사람은 데려왔습니다. 물을 끼얹었었죠.」그를 데리러 다녀온 지주가 스비야시스키에게 다가가며 말했다. 「괜찮아요, 도움이 될 겁니다.」

「많이 취한 건 아니겠지. 고꾸라지지는 않겠죠?」고개를 절레절레 저으며 스비야시스키가 물었다.

「아닙니다, 쌩쌩한걸요. 다만 그치들이 여기서까지 마시지는 말아야 할 텐데요……. 식당 급사한테 술이라면 일체 주지 말라고 일러두었습니다.」

29

    사람들이 담배를 피우거나 간식을 먹고 있는 좁다란 홀은 귀족들로 가득했다. 흥분이 점차 고조되었고, 모두의 얼굴에 불안한 기색이 역력했다. 세세한 사항들과 표의 수를 알고 있는 수장들이 특히 불안해했다. 임박한 전투의 지휘자들이었다. 나머지 귀족들은 전투를 앞둔 병사들처럼 싸울 태세를 갖추되, 잠시나마 즐길 오락거리를 찾고 있었다. 어떤 이들은 서거나 앉아서 간식을 먹었고, 다른 이들은 궐련을 피워 문 채 긴 홀을 따라 서성이면서 오랜만에 만난 지인들과 얘기를 나누었다.

    레빈은 뭘 먹고 싶은 생각도 없었고, 담배도 피우지 않았다. 지인들, 즉 세르게이 이바노비치나 스테판 아르카디치, 스비아시스키 등등과 얘기할 마음도 없었다. 왜냐하면 궁정말 관리자 제복을 입은 브론스키가 그들과 함께 활기를 띠며 담소를 나누고 있었기 때문이었다. 어제 이미 투표장에서 그를 보고 그와 마주치지 않으려고 열심히 피해 다니던 터였다. 그는 창가에 다가앉아 삼삼오오 모여 있는 사람들을 둘러보면서 주변에서 나누는 얘기들에 귀를 기울였다. 문득 서글픈 감정이 솟았으니, 무엇보다 그가 보기에는 모두 다 활기차고 뭔가에 신경을 쓰며 분주한데 오로지 자기만, 해군복 차림에 입술을 우물거리며 중얼대고 있는 이가 다 빠진 노인네와 함께 무료하게 할 일 없이 앉아 있었던 것이다.

    「저런 몹쓸 협잡꾼 같으니! 내가 그래서는 안 된다고 일렀는데 말이오. 그랬고말고요! 3년이 걸려도 모으질 못했잖소.」 포마드를 바른 머리카락이 수놓인 옷깃까지 내려와 있고 굽은 등에 키가 작은 지주가 선거에 맞춰 새로 장만한 게 분명한 새 장화의 뒤축을 세게 내리치면서 열띤 성토를 해댔다. 지주는 못마땅하다는 듯이 레빈을 힐끗 쳐다보더니 몸을 휙 돌렸다.

「그러게요, 추잡한 짓입니다. 말해 뭣하겠습니까.」몸집이 작은 지주가 가느다란 목소리로 말했다.

그들 뒤에서 한 무리의 지주들이 뚱뚱한 장군을 둘러싼 채 황급히 레빈 쪽으로 다가오고 있었다. 남들이 대화를 엿듣지 못할 만한 장소를 찾고 있는 게 분명했다.

「내가 그 사람의 바지를 훔치라고 했다니, 어떻게 감히 그런 말을 할 수가 있소! 내 생각엔 술을 마시려고 바지를 잡힌 거요. 그 작자가 공작이라는 사실에 침을 뱉고 싶군. 감히 그런 말을 하다니, 야비한 놈 같으니!」

「제가 한 말씀 드리겠습니다! 그것들은 조항에 근거하고 있어요.」또 다른 무리에서는 이런 말이 흘러나왔다. 「아내가 귀족으로 등록되어 있어야만 합니다.」

「조항 따위야 내가 알 게 뭐람! 진심으로 얘기하는 거네. 그게 고상한 귀족이 지향할 바라고, 상대를 믿으란 말일세.」

「각하, 가서서 fine champagne(고급 샴페인) 한잔하시죠.」

또 다른 무리는 뭔가를 고래고래 외치는 귀족을 뒤쫓았다. 그는 술에 잔뜩 취한 세 사람 중 한 명이었다.

「마리야 세묘노브나에게 내가 늘 조언을 해주었지, 임대를 내놓으라고 말이야. 그걸로 돈을 벌지를 못하니까.」옛 참모 본부 연대장의 제복을 입은 콧수염 희끗희끗한 지주가 듣기 좋은 목소리로 말했다. 레빈이 스비야시스키의 집에서 만났던 바로 그 지주였다. 레빈은 곧바로 그를 알아보았다. 지주

역시 레빈을 주시하던 참이라, 둘은 인사를 나누었다.

「이것 참 반갑소. 여부가 있겠소! 똑똑히 기억하고 있지. 작년에 귀족단장 니콜라이 이바노비치 댁에서 봤잖소.」

「농사는 어찌 되어 가십니까?」 레빈이 물었다.

「여전히 손해 보고 있지.」 옆에 멈춰 선 지주가 겸허한 미소와 더불어, 일이 그렇게 될 수밖에 없다는 듯 침착하고도 확신 어린 표정으로 대꾸했다. 「그런데 어떻게 우리 현에 오셨소?」 그가 물었다. 「우리의 coup d'état(쿠데타)에 가담하러 오셨나?」 그는 단호하게, 그러나 형편없는 발음으로 프랑스어를 구사하며 말했다. 「러시아 전체가 모였지 뭐요. 궁중 시종에다 장관들까지 왔지 싶소.」 그러면서 그는 흰 바지에 궁중 시종 제복 차림으로 장군과 함께 거닐고 있는 스테판 아르카디치의 위풍당당한 풍채를 가리켰다.

「솔직히 고백하자면, 사실 저는 귀족 선거의 의미를 잘 모르겠습니다.」 레빈이 말했다.

지주가 잠시 그를 쳐다보았다.

「아니, 알고 자시고 할 게 뭐 있겠소? 아무 의미도 없는데. 퇴락해 가는 제도가 단지 관성에 의해서 여전히 움직이는 것뿐이오. 제복들 좀 봐요. 저것들이 말해 주잖소. 이건 귀족들 총회가 아니라 치안 판사들과 비상임 위원, 기타 등등의 총회라는 걸 말이오.」

「그럼 어르신은 왜 오셨습니까?」 레빈이 물었다.

「오로지 습관 때문에 왔을 뿐이오. 그다음은 관계를 유지하기 위해서고. 일종의 도덕적인 의무라고 해두지. 그리고 솔직히 말하자면, 개인적인 관심도 있다오. 사위가 비상임 위원직에 출마하고 싶어 하거든. 그런데 형편이 그리 풍족하지가 않아요. 그러니까 밀어줘야지. 한데 저기 저 신사들은 왜 온 거지?」그가 현 지사의 탁자 앞에서 떠들고 있는 독설가 신사를 가리켰다.

「저 사람은 새로운 귀족 세대죠.」

「새롭긴 새롭지만, 귀족은 아니오. 저들은 토지 소유자고, 우리는 지주지. 저들도 귀족과 마찬가지로 제 무덤을 파고 있는 거요.」

「하지만 어르신께서는 이 제도가 이미 퇴락했다고 말씀하시지 않으셨습니까.」

「퇴락하긴 퇴락했어도 여전히 존경심을 갖고 대해야 하지 않겠소. 스녯코프만 해도…… 좋든 나쁘든 우리는 1천 년 동안이나 성장해 오지 않았소. 선생이 집 앞에 정원을 가꾸려고 하는데, 그 자리에 1백 년 된 나무가 자라고 있다고 치자고……. 그 나무가 울퉁불퉁하고 늙었다 해도, 화단을 만든다고 고목을 베어 내지는 않을 거잖소. 나무를 활용하는 쪽으로 화단을 꾸미겠지. 1년 만에 키울 수 있는 게 아니니.」그는 조심스럽게 말하고서 곧바로 화제를 돌렸다. 「그나저나, 농사는 어떻게 되어 가고 있소?」

「좋지 않습니다. 5퍼센트 정도죠.」

「그렇군. 한데 선생은 자기 자신을 계산에 넣지 않는군. 선생 또한 얼마든 가치가 있지 않겠소? 내 얘기를 해보지. 영지를 경영하기 전까지 나는 공직에 있으면서 연봉 3천 루블을 받았소. 지금 나는 공직에 있을 때보다 일을 더 많이 하고, 선생과 마찬가지로 5퍼센트의 수익만 얻고 있다오. 그것도 운이 좋을 때 말이오. 하지만 나 자신의 노역은 공짜란 말이지.」

「그렇다면 왜 그 일을 하시는 겁니까? 손해를 볼 게 뻔한데요.」

「그냥 하는 거지! 누가 시켜서 하겠소? 버릇이고, 그래야 한다고 생각하니까 하는 거지. 내 얘기를 좀 더 들어 보시오.」 지주는 창턱에 팔꿈치를 괴고 신이 나서 이야기를 이어 갔다. 「아들 녀석은 농사에 전혀 흥미가 없소. 보아하니 학자가 될 것 같더군. 그러니 뒤를 이을 사람이 아무도 없단 말이오. 그런데도 계속하고 있다오. 얼마 전엔 정원수를 심었지.」

「어르신 말씀이 맞습니다.」 레빈이 말했다. 「전적으로 옳으신 말씀이에요. 저도 영지를 경영하면서 늘 이해타산 같은 건 따지지 않는다고 생각하거든요. 그냥 하는 거죠……. 토지에 대해서 어떤 의무감을 느끼는 것 같습니다.」

「내 말이 바로 그 말이오.」 지주가 계속해서 말했다. 「우리 이웃 중에 상인이 있소. 한번은 그 친구와 함께 영지와 정원을 둘러보았는데, 그가 그러더군. 〈스테판 바실리치, 어르신의 영지는 다 제대로 굴러가는데 정원만 방치되어 있네요.〉 우리 집 정원은 멀쩡한데 말이오. 〈저 같으면, 저 보리수는 베어 버리겠습니다. 수액을 내는 데만 소용 있죠. 수천 그루가 있지 않습니까. 매 그루당 괜찮은 수피가 두 장씩은 나올걸요. 요즘 수피값이 꽤 나가거든요. 그러니 보리수를 잔뜩 베어 놓으면 좋을 텐데요.〉」

「그 돈으로 가축을 사든지, 아니면 헐값에 땅을 사서 농부들에게 임대하려 들겠죠.」 레빈이 웃으면서 마무리를 지었다. 그와 비슷한 셈을 하는 걸 여러 번 봐왔던 게 틀림없었다. 「그렇게 해서 그는 자기 재산을 불릴 겁니다. 하지만 어르신과 저는 하느님이 보우하사 자기 몫을 유지하고 아이들에게 물려줄 뿐이죠.」

「듣기로 결혼했다던데?」지주가 물었다.

「네.」레빈이 자랑스럽고 흐뭇한 어조로 대답하고 말을 이었다.「정말이지, 뭔가 좀 이상합니다. 우리는 이해타산 없이 살고 있고, 마치 고대 베스탈리스[15]처럼 어떤 불을 지키게끔 되어 있는 것 같단 말씀입니다.」

지주가 희끗한 콧수염 아래로 웃음을 지어 보였다.

「하긴 우리 중에도 그런 치들이 있지. 하다못해 우리 친구인 니콜라이 이바니치나 이제는 여기에 자리 잡은 브론스키 백작 같은 이들 말이오. 그들은 농사를 산업처럼 운영하려 하지. 지금까지는 자금을 축낼 뿐 아무런 성과도 못 내고 있지만 말이오.」

「그런데 대체 뭣 때문에 우리는 상인들처럼 하지 않는 걸까요? 왜 수피를 얻기 위해 정원수를 베어 내지 않는 걸까요?」레빈은 사뭇 충격적이었던 상념으로 되돌아가 말했다.

「선생이 말한 것처럼 불을 지켜야 하니까. 게다가 그건 귀족의 일이 아니잖소. 그리고 우리 귀족의 일은 여기 투표장에서가 아니라, 거기 집구석에서 이루어지는 법이오. 또 뭐는 해야 하고 뭐는 해서는 안 된다는 계급적 본능이란 게 있는 것 같소. 농부들도 마찬가지라오. 때로 그들을 유심히 살펴보면, 좋은 농부는 땅을 가능한 한 많이 빌린다는 걸 알 수 있지. 토질이 아무리 나빠도 경작을 한단 말이오. 그들 또한 계산 같은 건 않는 거지. 손해 볼 게 뻔한데도 말이오.」

「우리도 그렇지 않습니까.」레빈이 말했다.「만나 봬서 정말로 반가웠습니다.」스비야시스키가 다가오는 걸 보고서 그

---

15 로마 신화에 나오는 불과 화로의 신 베스타를 섬기는 사제. 베스타 신전의 신성한 불을 관리했다.

는 이렇게 덧붙였다.

「댁에서 본 뒤로 처음 만난 거라오.」지주가 스비야시스키를 향해 말했다. 「실컷 얘길 나눴다오.」

「그래, 새로운 제도에 대해 욕이라도 하셨나요?」스비야시스키가 씩 웃으면서 물었다.

「그런 점이 없진 않지.」

「속이야기를 실컷 털어놓으셨군요.」

30

스비야시스키가 레빈의 팔짱을 끼고서 자기 패거리 쪽으로 갔다.

이제는 브론스키를 피할 길이 없었다. 브론스키는 스테판 아르카디치와 세르게이 이바노비치와 나란히 서서 다가오는 레빈을 똑바로 쳐다보고 있었다.

「정말 반갑습니다. 셰르바츠카야 공작 영애 댁에서 뵈었었죠.」그가 레빈에게 악수를 청하며 말했다.

「네, 아주 또렷하게 기억합니다.」이렇게 대답한 레빈은 얼굴이 새빨개져서는 그 즉시 몸을 돌리고 형과 이야기를 나누기 시작했다.

브론스키는 미소를 살짝 짓더니 스비야시스키와의 대화를 이어 갔다. 레빈과 말을 섞을 마음이 전혀 없는 게 분명했다. 그러나 레빈은 형과 얘기를 나누면서도 끊임없이 브론스키를 돌아보았고, 그에게 무슨 얘기를 꺼내어 자신의 무례함을 만회할지 궁리하고 있었다.

「이제 문제가 뭔가?」 레빈이 스비야시스키와 브론스키 쪽을 돌아보며 물었다.

「스넷코프가 문제지. 사퇴하든가 수락하든가 해야 하는데 말이야.」 스비야시스키가 말했다.

「그래, 그분은 뭐라 하셨나? 수락하시던가, 고사하시던가?」

「이도 저도 아닌 게 문제죠.」 브론스키가 말했다.

「만일 그분이 고사한다면, 누가 출마하죠?」 레빈이 브론스키에게 눈길을 건네며 물었다.

「원하는 사람이 하는 거지.」 스비야시스키가 말했다.

「출마할 생각인가?」 레빈이 물었다.

「나는 아닐세.」 당황한 스비야시스키는 놀란 눈초리로 세르게이 이바노비치 옆에 서 있는 독설가 신사를 힐끗 쳐다보았다.

「그럼 누가 나가나? 네베돕스키?」 레빈은 이 말을 하면서도 뭔가 헛짚은 듯한 감이 들었다.

사실 그것은 더더욱 적절치 못한 질문이었다. 네베돕스키와 스비야시스키 둘 다 후보였던 것이다.

「저는 절대 아닙니다.」 독설가 신사가 대꾸했다.

그가 바로 네베돕스키였다. 스비야시스키가 그에게 레빈을 소개했다.

「어떤가, 흥이 좀 나나?」 스테판 아르카디치가 브론스키에게 윙크를 하며 물었다. 「경마와 비슷하다니까. 내기를 걸 수도 있고.」

「네, 아주 흥미진진하군요.」 브론스키가 대답했다. 「일단 시작하면 이기고 싶어지는 법이죠. 전쟁인 겁니다!」 그가 다부진 광대뼈에 힘을 주고 얼굴을 찌푸리면서 말했다.

「스비야시스키는 대단한 실무가야! 그는 모든 일에 명확하단 말일세.」

「아, 그럼요.」브론스키가 시큰둥하게 대꾸했다.

침묵이 감돌았다. 그사이 브론스키는 (뭔가를 쳐다봐야 했으므로) 레빈에게 시선을 던졌다. 그의 다리와 제복에 이어 그의 얼굴을 쳐다본 다음, 자신을 향하고 있는 음울한 눈길을 알아채고서 뭐든 얘기를 꺼내고자 이렇게 말했다.

「그런데 선생님은 시골에 거주하고 계신데, 치안 판사가 아니신가요? 치안 판사 제복 차림이 아니셔서 드리는 말씀입니다.」

「제가 치안 재판을 어리석은 제도라고 생각해서 그렇게 됐습니다.」처음 대면했을 때 무례하게 굴었던 걸 만회하고자 줄곧 브론스키와 얘기할 기회를 엿보고 있던 레빈이 시무룩한 어조로 대답했다.

「저는 그렇게 생각하지 않는데요.」내심 놀란 브론스키가 침착하게 말했다.「오히려 반대로……」

「그런 건 장난에 불과합니다.」레빈이 말을 가로챘다.「치안 재판은 불필요한 제도예요. 저는 8년 동안 단 한 건의 소송에도 휘말리지 않았습니다. 아, 한 건이 있긴 했는데, 어처구니없는 판결이 나왔죠. 치안 재판소는 저희 집에서 40베르스타 떨어진 곳에 있습니다. 2루블짜리 소송 때문에 15루블을 들여 대리인을 보내야 했어요.」

그는 한 농부가 제분소에서 밀가루를 훔친 얘기를 들려주었다. 제분소 주인이 그 내용을 그에게 전하자 농부는 자신을 비방했다며 소송을 걸었다는 것이다. 그 모든 게 상황에 어울리지 않으며 어리석기 짝이 없는 이야기였다. 레빈 역시 말을 이어 가며 그런 사실을 느끼고 있었다.

「오, 정말이지 특이한 얘기군!」 스테판 아르카디치가 특유의 상냥한 미소를 지으며 말했다. 「이제 그만 가자고. 투표가 진행 중인 것 같은데…….」

그러고서 그들은 흩어졌다.

「도무지 이해할 수가 없구나.」 동생의 서투르고 미련한 처신을 지켜본 세르게이 이바노비치가 말했다. 「그 정도로 정치적 수완이 없을 수가 있다니, 도무지 이해가 안 간다. 그게 바로 우리 러시아인들한테 결여된 점이긴 하지만. 현 귀족단장은 우리의 적인데, 너는 그와 ami cochon(허물없이 지내며), 출마하라고 권하질 않느냔 말이다. 브론스키 백작의 경우도……. 나도 그를 친구 삼을 생각은 없다. 식사 초대를 하던데 가지 않을 생각이야. 하지만 어쨌거나 그는 우리 편인데 왜 적으로 만들려는 거냐? 그리고 네베돕스키에 관해 네가 물었지, 출마할 거냐고. 그건 해서는 안 되는 질문이야.」

「아아, 나는 아무것도 모르겠어요! 그리고 그런 건 죄다 쓸데없는 것들이라고요.」 레빈이 시무룩하게 대꾸했다.

「너는 죄다 쓸데없다고 하지만, 막상 그런 일에 부딪치면 늘 갈피를 못 잡고 헤매잖니.」

레빈은 입을 다물었고, 둘은 함께 큰 홀로 갔다.

현 귀족단장은 자신을 겨냥한 계략이 꾸며지고 있다는 분위기를 감지했음에도, 그리고 모든 이들이 원한 것이 아님에도, 출마하기로 결심했다. 홀 전체가 잠잠해졌다. 서기가 우렁찬 목소리로 현 귀족단장직에 근위대 기병 대위 미하일 스테파노비치 스넷코프가 출마했음을 공표했다.

군 귀족단장들은 투표용 구슬이 담긴 접시를 들고서 자기네 탁자에서 일어나 현 귀족단장의 탁자로 다가갔다. 이윽고 투표가 시작되었다.

「오른쪽에 넣게.」 레빈이 형과 함께 귀족단장의 뒤를 따라 탁자로 다가서자 스테판 아르카디치가 그에게 속삭였다. 하지만 레빈은 설명해 준 계략을 까맣게 잊은 채, 스테판 아르카디치가 〈오른쪽〉이라고 한 게 틀린 게 아닐까 염려했다. 스넷코프는 적이 아니던가, 싶은 생각이 들었던 것이다. 그는 오른손에 구슬을 쥐고서 상자로 다가갔지만, 그가 틀렸을 거라는 생각에 상자 바로 앞에서 구슬을 왼손에 바꿔 쥐었다. 그러고서 십중팔구 왼쪽으로 넣어 버린 듯했다. 이 방면에 능통하여 팔꿈치의 동작만으로도 누가 어느 쪽에 넣었는지 알아채곤 하는 자가 상자 옆에 서 있다가 자기도 모르게 인상을 찌푸렸다. 도통 자신의 통찰력을 발휘할 수가 없었던 것이다.

장내가 조용해진 가운데 구슬을 세는 소리가 들리고, 곧이어 찬반 표의 결과를 알리는 일성(一聲)이 울렸다.

귀족단장은 상당수의 표를 얻었다. 장내가 웅성거리기 시작했고, 다들 문 쪽으로 몰려들었다. 스넷코프가 들어서자 귀족들을 그를 에워싸고는 축하 인사를 건넸다.

「이제 끝난 건가요?」 레빈이 세르게이 이바노비치에게 물었다.

「이건 시작에 불과하네.」 스비야시스키가 씩 웃으면서 세르게이 이바노비치 대신 대답했다. 「다른 귀족단장 후보가 더 많은 표를 얻을 수 있거든.」

또다시 레빈은 그 점에 대해 까맣게 잊고 있었다. 지금 기억나는 거라고는 뭔가 미묘한 대목이 있다는 것뿐이었다. 그러나 그게 뭐였는지를 떠올려 보는 건 내키지가 않았다. 울적해진 그는 사람들의 무리에서 벗어나고 싶었다.

아무도 자신에게 주의를 기울이지 않으며, 누구도 자신을 필요로 하지 않는다고 생각하며 레빈은 슬그머니 사람들이 음식을 먹고 있는 작은 홀로 갔다. 또다시 급사들을 보니 마음이 한결 편해졌다. 늙수레한 급사가 그에게 음식을 권하여 레빈은 그에 응했다. 강낭콩을 곁들인 커틀릿을 먹고 급사와 더불어 그의 옛 주인에 관해 잠시 얘기를 나눈 뒤에는, 기분이 너무나 불쾌해지는 그 큰 홀로 돌아가기가 싫어 어슬렁거릴 요량으로 방청석으로 갔다.

방청석은 난간에 몸을 기댄 채 아래층에서 들려오는 얘기를 한 마디도 놓치지 않으려고 귀를 기울이는 성장(盛裝)한 귀부인들로 가득했다. 부인들 근처에는 우아한 차림의 변호사들과 안경을 낀 중학교 교사들, 장교들이 앉거나 서 있었다. 가는 곳마다 선거 얘기뿐이었고, 귀족단장이 얼마나 시달렸는지, 토론은 얼마나 근사했는지에 대한 이야기가 오갔다. 그중 한 무리에서 레빈은 자기 형을 칭찬하는 소리를 들었다. 어느 귀부인이 변호사에게 이렇게 말했다.

「코즈니셰프의 발언을 듣게 돼서 얼마나 기쁜지 몰라요! 밥을 굶을 만하다니까요. 정말 멋져요! 얼마나 명쾌한지 몰라요. 전부 다 들렸거든요! 당신네 재판정에서도 그렇게 말하는 사람은 아무도 없을걸요. 마이델 정도가 있긴 해도, 그만한 달변은 결코 아니거든요.」

난간 옆의 빈자리를 발견한 레빈은 몸을 굽히고서 구경하며 듣기 시작했다.

귀족들은 모두 칸막이로 구획된 자리에 군 단위로 나뉘어 앉아 있었다. 홀 중앙에 제복 차림의 사나이가 서서 째지는 듯 커다란 목소리로 다음과 같이 선포했다.

「현 귀족단장 후보로 2등 대위 예브게니 이바노비치 오푸흐틴이 출마하였습니다!」

쥐 죽은 듯한 침묵이 흐르더니, 한 노인의 가냘픈 목소리가 울렸다.

「사퇴합니다!」

「7등 문관 표트르 페트로비치 볼이 입후보하였습니다!」 목소리가 다시 들렸다.

「사퇴합니다!」 젊은이의 새된 목소리가 울려 퍼졌다. 똑같은 말이 또 들렸고, 또다시 〈사퇴합니다〉가 울려 퍼졌다. 그렇게 한 시간가량 계속되었다. 레빈은 난간에 팔꿈치를 괸 채 구경하면서 듣고 있었다. 처음에는 깜짝 놀라 대체 무슨 영문인지 알고 싶었다. 그러나 자신으로서는 이해할 수 없다는 것을 확실히 깨닫자 이내 지루해졌고, 이어서 모든 이들의 얼굴에서 내비치던 그 격분과 악의가 떠올라 서글퍼졌다. 그는 떠나기로 결심하고서 아래층으로 내려갔다. 방청석 입구를 지나다가 두 눈이 부어오른 채 음울한 얼굴로 이리저리 서성이던 중학생과 마주쳤다. 계단에서는 한 쌍의 남녀를 지나쳤는데, 그들은 굽 높은 구두를 신고서 급히 달려가는 어느 부인과 성격 소탈한 검사보였다.

「늦지 않으실 거라고 제가 말씀드렸잖아요.」 부인이 지나가도록 레빈이 옆으로 비켜섰을 때 검사보가 이렇게 말했다.

레빈이 출구 계단에 선 채 외투를 맡기고 받은 번호표를 꺼내려 조끼 주머니를 뒤지고 있는데 서기가 그를 붙잡았다. 「실례지만, 콘스탄틴 드미트리치, 투표 중입니다.」

그토록 단호하게 입후보를 고사했던 네베돕스키가 후보로 출마했던 것이다.

레빈은 홀의 입구 쪽으로 다가갔다. 문은 잠겨 있었다. 서기가 두드려 문이 열리자, 지주 두 명이 새빨개진 얼굴로 레빈의 맞은편에서 다가오다가 잽싸게 지나치며 모습을 감추었다.

「더 이상은 못 참겠어.」 얼굴이 새빨개진 지주 한 명이 말했다.

지주들의 뒤를 이어 귀족단장의 얼굴도 불쑥 나타났다. 그의 얼굴은 극도의 피로와 공포로 끔찍할 지경이었다.

「아무도 내보내지 말라고 하지 않았나!」 그가 경비원에게 소리쳤다.

「안으로 들여보낸 건데요, 각하!」

「맙소사.」 귀족단장은 무겁게 한숨을 내쉬더니 고개를 떨군 채 흰 바지 차림의 지친 다리를 질질 끌면서 홀 중앙에 있는 커다란 탁자로 갔다.

예상했던 대로 네베돕스키가 몰표를 얻어 귀족단장이 되었다. 많은 이들이 즐거워했고, 많은 이들이 흡족해했으며, 많은 이들이 행복해했고, 환희에 젖었다. 또한 많은 이들이 못마땅해했고, 불행해했다. 귀족단장은 감출 수 없는 절망에 빠져 있었다. 네베돕스키가 홀 밖으로 나가자 군중이 그를 에워싸고서 첫날 개회를 선포한 현 지사의 뒤를 쫓을 때와 똑같이, 그리고 스넷코프가 선출되어 그의 뒤를 쫓을 때와 똑같이 열광하며 그를 쫓았다.

31

새롭게 선출된 귀족단장과 승리한 신당파의 여러 인사들은 그날 브론스키의 숙소에서 만찬을 들었다.

브론스키가 선거에 참여하러 온 것은 시골에서 지내는 게 무료하기도 하고 안나 앞에서 자유를 누릴 권리를 공표할 필요가 있었기 때문이기도 했지만, 지방 자치회 선거 때 스비야시스키가 자신을 위해 애써 주었으므로 이번 선거에서 지지를 표함으로써 그에게 보답하기 위해서였고, 다른 무엇보다 자신이 선택한 귀족과 지주의 직분에 주어지는 의무를 엄중하게 이행하기 위함이었다. 그러나 그는 선거라는 게 그토록 자신을 매료시킬 줄은, 그렇게 흥미진진한 것일 줄은 몰랐으며, 자신이 그걸 그렇게 잘해 낼 줄도 예상하지 못했다. 귀족 사회에서 완전히 새로운 인물이었지만 그는 호평을 얻었을 뿐 아니라, 그들 사이에서 이미 영향력을 행사하게 되었다고 해도 과언이 아니었다. 그의 영향력을 촉진시켜 준 것은 그의 재산이나 가문의 명성과 더불어, 금융계에 종사하고 있으며 카신에 한창 번창하는 은행을 설립한 바 있는 시르코프라는 늙은 지인이 내준 읍내의 근사한 저택, 시골 영지에서 데려온 뛰어난 요리사, 그의 친구이자 나아가 그에게서 후원을 받는 현 지사와의 우정, 무엇보다도 그를 오만하다고 생각했던 대다수 귀족들의 판단을 즉시 바꿔 놓은, 모든 이들을 한결같이 대하는 소탈한 태도였다. 그가 느끼기에는 à propos de bottes(엉뚱하게도) 우스꽝스러운 악의를 내비치며 종잡을 수 없는 온갖 헛소리를 늘어놓던, 키티 셰르바츠카야와 결혼했다는 저 미치광이 같은 신사를 제외하고는 안면을 튼 모든 귀족들이 자신의 지지자가 되어 있었다. 네베돕스키의 성공에 그의 도움이 매우 컸다는 사실은 그 자신이 보기에도 분명했으며 다른 이들도 인정하는 바였다. 그리하여 그는 지금 숙소의 식탁에 앉아 네베돕스키의 선출을 축하하면서 자신이 밀어준 당선자에 대한 승리의 기쁨을 만끽하고 있었다. 선거 자체가 너무나 매력적이었기에, 그는 3년 후에 치러질 차기 선거 때 자신이 결혼을 한 몸이라면 몸소 출마할 생각까지 들었다. 기수를 통해서 상을 거머쥔 뒤 직접 경마에 출전하고 싶은 마음이 드는 것과 비슷했다.

지금은 기수의 승리를 축하하는 중이었다. 브론스키는 식탁의 상석에 앉아 있었고, 그의 오른편에는 시종무관장인 젊은 현 지사가 자리했다. 브론스키가 보듯이 그는 모든 이들에게 선거의 개회를 장엄하게 선포하고 연설을 한, 명실상부한 현의 주인으로서 사람들에게 존경심을 불러일으켰으며, 몇몇 이들에게는 노예근성마저 자극했다. 그러나 브론스키에게 그는 자기 앞에서 쩔쩔매던, 그래서 자신이 mettre à son aise(원기를 북돋워 주려고) 애쓰곤 했던 마슬로프 카티카(육군 유년 학교 시절 그의 별명이었다)일 뿐이었다. 그의 왼편에는 네베돕스키가 예의 젊고 강직하며 표독스러운 얼굴을 하고서 앉아 있었다. 브론스키는 그를 소탈하면서도 정중하게 대했다.

스비야시스키는 자신의 패배를 유쾌하게 받아들였다. 그 자신이 술잔을 들고서 네베돕스키에게 말했듯이, 그건 패배라고 할 수도 없었다. 귀족 계급이 추구해야 할 새로운 조류의 대표자로서 그보다 더 나은 인물을 찾을 수는 없었다. 따라서 그가 말한 바와 같이, 모든 정직한 이들이 오늘의 성공을 지지하고 경축하고 있는 것이었다.

스테판 아르카디치 역시 즐겁게 시간을 보낼 수 있고 모두가 만족해했으므로 기뻤다. 훌륭한 만찬을 즐기는 동안 선거의 일화들이 차례로 언급되었다. 스비야시스키가 귀족단장의 눈물 어린 연설을 우스꽝스럽게 흉내 내고는, 네베돕스키를 돌아보며 각하께서는 눈물보다는 좀 더 교묘한 회계 감사 방식을 택하셔야 한다고 귀띔했다. 또 다른 익살맞은 귀족은 현 귀족단장이 무도회를 열게 될 것이라 예상하고 긴 양말을 신은 급사들을 데려다 놓은 얘기며, 새로 선출된 귀족단장께서 그 긴 양말을 신은 급사들을 데려다가 무도회를 열지 않으실 거라면 이제는 그들을 되돌려 보내야 한다는 얘기를 늘어놓았다.

만찬이 진행되는 동안 사람들은 끊임없이 네베돕스키를 돌아보고는 〈우리의 현 귀족단장님〉 혹은 〈각하〉 운운하며 연신 말을 걸었다.

그 말들은 젊은 여자를 부를 때 남편의 성을 따 아무개 〈madame(부인)〉이라고 하면서 느끼는 쾌감을 내포하고 있었다. 네베돕스키는 그러한 호칭에 무심할 뿐만 아니라 경멸하는 척 굴었지만 그는 분명 행복해했고, 기쁨을 드러내지 않기 위해 안간힘을 쓰고 있었다. 기쁨의 감정 같은 건 모두가 처해 있는 새로운 자유주의적인 풍토에 어울리지 않았기 때문이다.

식사하는 동안 선거의 경과에 대해 궁금해하는 사람들에게 몇 통의 전보가 발송되었다. 무척 신이 난 스테판 아르카디치 또한 다리야 알렉산드로브나에게 다음과 같은 내용의 전보를 쳤다. 〈네베돕스키가 열두 표 차로 선출됨. 당선 축하

중. 소식 전해 주기 바람.〉 그는 〈집안사람들을 기쁘게 해줘
야지〉라고 뇌까리고는 전보 문구를 불러 주었다. 반면에 전
보를 받은 다리야 알렉산드로브나는 전보 발송료 1루블을
생각하며 한숨을 내쉴 뿐이었다. 그녀는 전보를 보낸 것이 만
찬이 거의 끝날 무렵일 것이라 짐작했다. 멋진 만찬의 끝 무
렵에 faire jouer le télégraphe(전보를 남발하는) 그의 약점
을 잘 알고 있었던 것이다.

훌륭한 식사와 러시아 주류상이 아니라 외국에서 직수입
한 포도주를 비롯한 모든 것이 아주 고상하고 단출하고 유쾌
했다. 스무 명가량의 사람들이 스비야시스키에 의해서 추려
졌는데, 다들 신념이 같은 신세대 자유주의 활동가들이자 명
민하고 점잖은 사람들이었다. 새로 선출된 현 귀족단장과 현
지사, 은행장을 위하여, 그리고 〈친절하신 우리의 주인장〉을
위하여 농담조로 건배를 하기도 했다.

브론스키는 흡족했다. 지방에서 그렇게 정겨운 분위기를
만끽할 줄은 전혀 예상치 못한 터였다.

만찬이 끝날 무렵에는 분위기가 한층 더 유쾌해졌다.

현 지사는 **동포들**을 위한 음악회에 가자고 브론스키에게
권했다. 지사의 아내가 주관하는 음악회로, 그녀가 브론스키
와 인사를 나누고 싶어 한다는 것이었다.

「거기서 무도회가 열리거든. 우리 현의 미녀를 보게 될 걸
세. 정말 굉장하다니까.」

「Not in my line(그건 내가 알 바가 아니죠).」자기가 좋아
하는 표현을 써가며 대꾸했지만 결국 그는 웃으면서 가겠노
라고 약속했다.

모두가 담배를 피워 물고서 식탁에서 막 일어나려던 참에,

브론스키의 시종이 편지가 놓인 쟁반을 들고서 다가왔다.

「보즈드비젠스코예에서 파발꾼 편으로 보내셨습니다.」 그가 의미심장한 표정으로 말했다.

「놀라운걸, 검사보 스벤티츠키와 똑 닮았어.」 브론스키가 인상을 찌푸린 채 편지를 읽는 사이 손님 중 한 사람이 프랑스어로 시종에 대해 말했다.

편지는 안나가 보낸 것이었다. 읽기도 전에 그는 이미 그 내용을 파악하고 있었다. 그는 선거가 닷새 만에 끝날 테니 금요일에 돌아오겠다고 약속했었다. 그런데 오늘이 토요일이니 제때 오지 않는다고 책망하는 내용일 게 뻔했다. 어제저녁에 보낸 전갈이 아직 도착하지 않은 게 분명했다.

편지의 내용은 그가 예상한 그대로였다. 그러나 그 형식은 예상치 못한 것으로, 유달리 불쾌했다. 〈아니가 많이 아파요. 의사가 그러는데 염증일 거래요. 나 혼자 어찌할 바를 모르겠어요. 공작 영애 바르바라는 도움은커녕 방해만 돼요. 어제도 그제도 당신을 기다렸어요. 그리고 이제 당신이 어디에서 뭘 하고 있는지 알아보려고 사람을 보내려고요. 내가 직접 가고 싶었지만 당신이 싫어할까 봐 그만뒀어요. 무슨 말이든 답장을 보내 줘요. 내가 어찌하면 좋을지 말이에요.〉

아이가 아픈데 직접 오려고 했다니. 딸아이가 아픈데. 이 적의 어린 말투는 뭔가.

선거를 통해 만끽하는 이 순수한 즐거움과 되돌아가야 하는 저 암울하고 힘겨운 사랑, 그 뚜렷한 대조가 브론스키에게 충격적으로 다가왔다. 그러나 가야만 했기에, 그는 그날 밤 가장 일찍 출발하는 기차를 타고 집으로 떠났다.

32

브론스키가 선거에 참여하러 가기 전, 그가 집을 떠날 때마다 매번 벌어지는 실랑이가 그를 더 냉담하게 만들 뿐 애착을 갖게 하지 못한다고 생각한 안나는 그와 떨어지는 상황을 차분히 견디기 위해 최대한 자제력을 발휘했다. 그러나 그가 떠나겠다고 말하러 왔을 때 자신을 쳐다보던 그 냉담한 눈길이 그녀에게 모욕감을 안겨 주었으며, 따라서 그가 떠나기도 전에 그녀의 평정심은 이미 깨져 버렸다.

나중에 홀로 남아 자유의 권리를 표명하는 그 눈길을 곱씹던 안나는 언제나처럼 단 하나의 결론에 도달했다. 그것은 굴욕적인 자각이었다. 〈그이에게는 원할 때 어디로든 떠날 권리가 있어. 떠나는 것만이 아니라 아예 나를 버릴 권리도 있지. 그이는 모든 권리를 지닌 반면, 나에게는 그 어떤 권리도 없어. 한데 그걸 아는 사람이 그렇게 해서는 안 되는 거잖아. 그런데 무슨 짓을 저질렀냐고……? 나를 냉담하고 엄한 표정으로 쳐다봤잖아. 물론 불분명하고 미묘하지만, 예전에는 그런 적이 없었어. 게다가 그 눈길은 많을 것을 의미하고 있었단 말이야.〉 그녀는 생각했다. 〈마음이 식어 가기 시작했음을 말해 주는 눈길이었어.〉

하지만 마음이 식어 가기 시작했다는 확신이 들었어도 그녀로서 할 수 있는 건 아무것도 없었으며, 어떠한 경우에도 그에 대한 자신의 태도를 바꿀 수가 없었다. 전과 마찬가지로 오로지 애정과 매력으로써 그를 붙들어 둘 뿐이었다. 또한 전과 매한가지로 그녀는 그가 자신에게 싫증이 나면 어쩌나 하는 무서운 생각을 억누르기 위해 낮에는 공부를 하고 밤에는 모르핀을 복용할 수밖에 없었다. 한 가지 다른 방법이 있기는 했다. 그것은 바로 그를 붙들어 두지는 않고(그러기 위해서 그녀는 그의 사랑 외에는 아무것도 바라지 않았다), 그와 가까이 지내며 버림받지 않을 만한 상황을 만드는 것이었다. 바로 이혼하고 결혼하는 것. 그녀 역시 그것을 바라게 되었고, 이제 브론스키나 스티바가 그 얘기를 꺼내기만 하면 곧바로 수락하기로 마음먹었다.

그러한 상념에 잠긴 채 그녀는 브론스키가 집을 떠나 있던 닷새를 보냈다.

산책과 공작 영애 바르바라와의 대화, 병원 시찰, 그리고 무엇보다도 책을 한 권씩 읽어 나가는 일로 그녀는 소일하였다. 그러나 엿새째 되던 날 브론스키 없이 마부 혼자 돌아오자, 그에 대한 생각이나 그가 거기서 대체 뭘 하고 있는지에 대한 궁금증을 도저히 억누를 수가 없었다. 바로 그때 딸아이가 병이 났고, 안나는 아이를 간호하기 시작했으나 그렇다고 그녀의 신경이 아이에게 쏠린 것은 아니었다. 게다가 아이의 병이 그리 심각하지 않기도 했다. 아무리 애를 써도 그녀는 그 아이를 사랑할 수가 없었으며, 사랑하는 척할 수도 없었다. 그날 저녁 혼자 남게 된 안나는 브론스키에 대해서 무서운 예감이 들어 읍내로 가겠노라고 작심했다. 그렇게 곰곰이 생각하고 브론스키가 받은 그 앞뒤가 안 맞는 편지를 쓰고는, 다시 읽어 보지도 않고 파발꾼 편에 보낸 것이었다. 다음 날에야 브론스키의 편지를 받은 그녀는 자신이 한 짓을 후회했다. 딸아이의 병세가 심각하지 않다는 걸 알게 되는 순간, 그가 떠날 때 던졌던 그 냉정한 눈길로 다시 자신을 쳐다볼까 봐 두려웠다. 그럼에도 불구하고, 그에게 편지를 썼다는 것이 만족스러웠다. 지금 안나는 그가 자기 때문에 중압감을 느낄 테고, 자기 곁으로 돌아오기 위해 애석해하며 자유를 버리겠지만, 그럼에도 불구하고 자신은 그가 돌아오는 것이 기쁘다고 스스로에게 실토하고 있었다. 그가 중압감을 느낀다 해도, 그를 보고 그의 일거수일투족을 파악할 수 있게끔 여기 함께 있어야만 했다.

그녀는 응접실 등불 아래 텐[16]의 새 책을 들고 앉아 매 순간 마차가 도착하기를 고대하며 마당에 부는 바람 소리에 귀를 기울였다. 몇 차례나 마차 바퀴 소리가 들리는 듯했지만, 헛들은 것이었다. 마침내 바퀴 소리만이 아니라 마부의 고함 소리와 차양이 쳐진 현관에서 둔탁한 소음이 들려왔다. 혼자서 카드놀이를 하던 공작 영애 바르바라조차도 이번 건 확실하다고 했기에 안나는 얼굴을 붉히며 벌떡 일어섰다. 그러나 좀 전에는 두 번이나 내려갔다 왔으면서도, 아래층으로 내려가는 대신 그 자리에 멈춰 섰다. 갑자기 그를 속인 게 부끄러웠고, 무엇보다 그가 자신을 어떻게 대할지 염려되었던 것이다. 모욕감은 이미 사라져 있었다. 단지 그가 못마땅한 표정을 지을까 봐 두려울 뿐이었다. 딸아이가 벌써 이틀째 쌩쌩하다는 사실이 떠올랐다. 심지어 하필 편지를 보낸 그 시점에 아이가 회복된 것이 분하기까지 했다. 이어서 그녀는 눈이며 손을 비롯하여 바로 거기 있는 그의 모습 전체를 떠올렸다. 그러다가 그의 목소리가 들리자, 모든 걸 잊고서 그를 맞으러 신나게 달려갔다.

16 Hippolyte Taine(1828~1893). 프랑스의 역사가이자 작가. 1870년에 그의 책 『이성에 관하여』가 출간되었다. 앞서 〈나한테 이성이라는 게 왜 주어졌겠어요?〉라는 안나의 대사 또한 이 책에서 받은 인상과 관련이 있는 듯하다.

「그래, 아니는 어때요?」 자신을 향해 뛰어 내려오는 안나를 바라보며 그가 아래층에서 조심스레 물었다.

그는 의자에 앉아 있었고, 하인이 그의 방한용 장화를 벗기는 중이었다.

「괜찮아요, 좋아졌어요.」

「당신은?」 그가 몸에 묻은 먼지를 털며 물었다.

안나는 양손으로 그의 손을 잡고서 그에게서 시선을 떼지 않은 채 자신의 허리 쪽으로 끌어당겼다.

「정말 다행이군.」 그가 그녀를, 그녀의 머리 모양과 드레스를 훑어보며 냉랭하게 말했다. 그 옷이 자신을 위해 차려입은 것임을 그는 잘 알고 있었다.

모든 것이 그의 마음에 들었다. 그러나 마음에 든 일은 벌써 얼마나 많았던가! 그러자 그녀가 그토록 두려워하던, 예의 돌처럼 냉랭한 표정이 그의 얼굴에 드리웠다.

「반가워요, 당신은 건강한 거죠?」 그가 손수건으로 젖은 턱수염을 닦고는 그녀의 손에 입을 맞추었다.

〈아무래도 상관없어.〉 그녀는 생각했다. 〈이이가 여기 있기만 하면 돼. 여기 있으면서 나를 사랑하지 않을 수는 없을 테니까.〉

공작 영애 바르바라도 함께한 저녁 시간은 행복하고 즐겁게 흘러갔다. 공작 영애는 브론스키가 없는 동안 안나가 모르핀을 복용했다며 하소연을 늘어놓았다.

「하지만 어쩌겠어요? 잠을 못 자겠는데……. 온갖 생각이 들어서 말이죠. 이이가 있을 때는 절대로 안 먹어요. 거의 안 먹어요.」

그가 선거 얘기를 했고, 안나는 요령 있게 질문을 던져 그의 흥을 돋워 줄 만한 화제를 이끌어 냈다. 바로 그가 거둔 성공에 관한 얘기였다. 그의 흥미를 끌 만한 집안일들도 죄다 들려주었다. 아주 유쾌한 대화였다.

그러나 밤이 늦어 둘만 남게 되었을 때, 브론스키를 다시금 완전히 휘어잡았다고 생각한 안나는 편지로 인해 떠올랐던, 그의 눈길이 주는 그 끔찍한 인상을 지우고 싶었다. 그녀가 말했다.

「솔직히 말해 봐요, 편지 받고서 화가 났죠? 내 얘기를 믿지 않았죠?」

말을 꺼내자마자 그녀는 브론스키가 지금 자신에게 아무리 애틋한 마음을 갖고 있다 해도 그 일만큼은 용서하지 않으리라 직감했다.

「그래요.」 그가 대답했다. 「편지가 참 이상하더군. 아니가 아프다고 해놓고는, 직접 찾아오려고 했다질 않나.」

「그건 다 사실이에요.」

「의심하는 건 아니에요.」

「아니에요, 당신은 의심하고 있어요. 못마땅해하고 있잖아요. 다 알고 있어요.」

「추호도 의심하지 않아요. 다만 못마땅한 건 사실이지. 의무라는 게 있다는 걸 당신이 인정하려 들지 않는 것만 같아서⋯⋯.」

「의무라는 게 음악회에 가는 거로군요⋯⋯.」

「이 얘기는 그만둡시다.」 그가 말했다.

「아니, 왜 그만두자는 거죠?」 그녀가 물었다.

「나는 그저 불가피한 일이 닥칠 수도 있다는 얘기를 하려던 거예요. 지금만 해도, 집안일 때문에 모스크바에 가야 하는데……. 아아, 안나, 대체 왜 그렇게 짜증을 내는 거예요? 내가 당신 없인 못 산다는 걸 알고 있잖아요.」

「그렇다면…….」 안나가 갑자기 목소리를 바꿨다. 「당신은 이 생활이 갑갑한 거군요……. 그래요, 남들처럼, 와서는 하루 있다가 또 떠나고…….」

「안나, 그 말은 정말 가혹해요. 내 평생을 바칠 각오가 되어 있는데…….」

그러나 그녀는 그의 말을 듣지 않았다.

「당신이 모스크바에 간다면 나도 갈 거예요. 여기 혼자 남지 않겠어요. 헤어지든지, 아니면 함께 살아야만 해요.」

「그게 바로 내 유일한 바람인 걸 알고 있잖아요. 그러나 그러기 위해서는…….」

「이혼해야 한다고요? 그 사람한테 편지를 쓰겠어요. 이렇게는 살 수 없다는 걸 깨달았어요……. 어쨌든 난 당신과 함께 모스크바에 갈 거예요.」

「마치 협박하는 것 같군. 정말이지, 당신과 떨어져 있지 않는 것만큼 내가 바라는 것은 없다니까.」 브론스키가 미소 띤 얼굴로 말했다.

그러나 이 달콤한 말을 할 때 그의 눈에서는 냉담할 뿐만 아니라 추궁당하여 악에 받힌 자의 적의 어린 눈빛이 번득이고 있었다.

그 눈빛을 본 안나는 그것이 뜻하는 바를 정확하게 알아차렸다.

〈그렇게 된다면, 그건 재앙이야!〉 그의 눈빛은 바로 이렇게 말하고 있었다. 순간적인 인상이었으나, 그녀는 그것을 결코 잊지 못했다.

안나는 남편에게 이혼을 요청하는 편지를 썼다. 11월 말에는 페테르부르크로 가야 했던 공작 영애 바르바라와 작별하고 그녀는 브론스키와 함께 모스크바로 거처를 옮겼다. 알렉세이 알렉산드로비치의 답신과 그 뒤로 이어질 이혼을 매일같이 기다리며, 두 사람은 이제 부부처럼 함께 보금자리에 깃들었다.

제7부

1

레빈 부부가 모스크바에서 지낸 지도 벌써 석 달째였다. 그 방면에 정통한 사람들의 매우 정확한 계산에 따르면 키티가 해산을 했어야 하는 날짜는 이미 한참 전에 지나 버렸다. 그녀는 여전히 배가 불러 있었으며, 두 달 전에 비해 출산이 더 가까워졌다고 볼 만한 징후는 전혀 없었다. 의사와 산파, 돌리와 어머니, 그리고 특히나 레빈은 앞으로 닥칠 일만 생각하면 겁이 나고, 불안감과 초조감을 느끼기 시작했다. 오직 키티 한 사람만 평온하고 행복했다.

그녀는 미래에 대한 새로운 사랑의 감정이 자기 안에 움트고 있음을 느꼈다. 그것은 어느 정도는 이미 실재하는 아기에 대한 감정이었으며, 그녀는 흐뭇한 마음으로 그 감정에 귀를 기울였다. 아기는 이제 더 이상 그녀의 완전한 일부만은 아니었고, 심지어 때로는 그녀로부터 독립된 삶을 영위하기도 했다. 그로 인해 그녀는 종종 마음이 아팠지만, 동시에 새롭고 오묘한 기쁨이 솟아나 웃음이 나오기도 했다.

그녀가 사랑하는 사람들 모두가 곁에 있었고, 다들 그녀를 너무도 친절하게 대하며 성의껏 보살펴 주었다. 그녀도 언제나 오로지 즐거운 생각만 떠올렸다. 그러므로 이 모든 것이 곧 끝나리라는 사실을 모르거나 느끼지 못했더라면, 그녀는 그보다 더 행복하고 유쾌한 삶을 바라지 않았을 것이다. 다만 한 가지 이러한 매혹적인 생활을 망쳐 놓는 것이 있었으니, 바로 그녀의 남편이 그녀가 사랑했던 그 사람, 시골에 있을 때의 그 남편이 아니라는 점이었다.

그녀는 시골에 있을 때 늘 보아 왔던, 온화하고 다정하며 손님을 극진히 대접하는 남편의 모습을 좋아했다. 하지만 도시에서 남편은 마치 누군가 자신을, 무엇보다 자신의 아내를 모욕하지는 않는지 염려하는 듯 늘 불안해하며 경계심을 늦추지 않는 것이었다. 시골에서는 자신이 있을 자리를 잘 알았기에 절대로 서두르는 법이 없었으며 빈둥거리지도 않았다. 그런데 여기 도시에서는 무엇 하나라도 놓치지 않겠다는 듯 늘 허둥댔고, 그러면서도 딱히 하는 일은 없었다. 그녀는 그런 그가 가엾었다. 다른 사람들에게는 전혀 안쓰럽게 보이지 않는다는 사실도 그녀는 알았다. 오히려 키티가 사교계에서 그를 볼 때면, 말하자면 사랑하는 이가 낯선 사람들에게 어떤 인상을 주는지 알아보려는 듯한 눈길로 남편을 쳐다볼 때면, 특유의 점잖음과 약간은 구식이지만 수줍고도 예의 바르게 여자들을 대하는 태도며, 건장한 체격이며, 그녀에게만큼은 특별하게 보이는 표정이 풍부한 얼굴로 인해 안쓰럽기는커녕 두려움과 심지어 질투심을 느낄 정도로 매력적인 모습이었다. 하지만 그녀는 남편을 겉이 아니라 속에서부터 꿰뚫어 보고 있었다. 여기서의 그는 진짜 그가 아니라는 걸 그녀는 깨달았다. 다른 식으로는 그의 상태를 설명할 수 없었다. 때때로 도시 생활에 적응하지 못하는 그를 마음속으로 원망했지만, 때로는 자신이 만족스러울 만큼 남편이 여기서 삶을 꾸려 가는 것이 그에겐 정말로 어려운 일이라는 걸 인정하기도 했다.

정말이지 그가 무엇을 할 수 있겠는가? 남편은 카드놀이도 좋아하지 않았고, 클럽에 드나들지도 않았다. 오블론스키 같은 쾌활한 남자들과 어울리는 게 과연 무엇을 의미하는지 그녀는 이제 알고 있었다. 그것은 술을 마시고 나서 어디론가 간다는 걸 의미했다. 그럴 때마다 남자들이 어디에 가는지, 생각만 해도 치가 떨렸다. 사교계를 드나드는 것? 사교계에서는 젊은 여자들과 가깝게 지내야 재미가 있다는 걸 알고 있는 그녀로서는 남편의 사교계 출입을 바랄 수 없었다. 아내와 장모, 처형들과 집에 있는 것? 하지만 늘 오가는 이야기 (자매들끼리 나누는 이야기를 늙은 공작은 〈알리나-나디나〉라고 불렀다)가 자신에게 아무리 흥겹고 재미있다 해도, 남편에겐 틀림없이 지루하리라는 걸 그녀가 모를 리 없었다. 그렇다면 그가 할 수 있는 일이 뭐가 있단 말인가? 집필 중이던 책을 마저 쓰는 것? 처음에는 그도 책을 써보려고 도서관에 다니며 필요한 내용을 발췌도 하고 참고 문헌을 뒤지기도 했다. 하지만 그가 말하길, 아무것도 하지 않을수록 시간에 더 쫓긴다는 것이었다. 그뿐 아니라 여기서는 자기 책에 대해 스스로 너무 많은 말을 하게 되고, 그래서 생각이 온통 뒤죽박죽되어 버리는 바람에 흥미를 잃고 말았노라고 투덜거렸다.

도시 생활의 유일한 장점은 부부 싸움을 한 번도 한 적이 없다는 점이었다. 생활의 여러 조건이 달라져서인지 아니면

서로가 한층 더 조심스럽고 세심해져서인지는 모르겠지만, 도시로 오면서 걱정했던 것처럼 질투 때문에 싸우는 일은 없었다.

이와 관련해서 두 사람 모두에게 상당히 중요한 사건이 일어났으니, 그건 바로 키티와 브론스키의 만남이었다.

키티의 대모이자 늘 그녀를 아끼던 마리야 보리소브나 공작 부인이 속히 그녀를 만나 보고 싶어 했는데, 임신한 몸이라 아무 데도 가지 않던 키티가 아버지와 함께 존귀하신 부인께 다니러 갔다가 브론스키와 마주친 것이었다.

키티가 이 만남에서 스스로를 질책할 만한 점은 딱 한 가지뿐이었다. 문관 제복을 입은 브론스키에게서 한때 너무도 친숙했던 모습을 발견한 순간 숨이 멎고 심장으로 피가 몰려 스스로에게 느껴질 정도로 얼굴이 새빨개졌던 것이다. 하지만 그건 불과 몇 초 동안 지속되었을 뿐이었다. 일부러 큰 목소리로 브론스키와 대화를 나누기 시작한 아버지의 말이 끝나기도 전에, 그녀는 이미 브론스키를 똑바로 바라보며 이야기를 나눌 준비가 되어 있었다. 필요하다면 마리야 보리소브나 공작 부인과 대화하듯이, 더더욱 중요하게는 억양이나 미소의 세세한 부분까지도 마치 그 자리에 보이지 않게 배석하고 있는 듯한 남편도 인정할 수 있게끔 대화할 태세를 갖추고 있었다.

그녀는 그와 몇 마디 말을 주고받았고, 그가 〈우리 의회〉라고 부르며 선거에 관해서 던진 농담에 침착하게 미소로 대응하기도 했다(그의 농담을 이해했다는 티를 내기 위해서는 미소를 지어야만 했다). 그러나 곧바로 마리야 보리소브나 공작 부인 쪽으로 몸을 돌린 뒤, 브론스키가 작별 인사를 하기 위해 일어설 때까지 그를 더 이상 쳐다보지 않았다. 작별 인사를 하며 쳐다본 것도, 단지 인사하는 사람을 쳐다보지 않는 건 예의에 어긋나기 때문이었다.

그녀는 브론스키와의 만남에 대해 한마디도 언급하지 않는 아버지가 고마웠다. 하지만 방문을 마치고서 평소처럼 산책을 하는 동안 자신에게 유달리 다정한 모습에서, 자신의 처신에 아버지가 만족하고 있음을 느낄 수 있었다. 그녀 또한 자신의 행동이 만족스러웠다. 가슴속 어딘가에 남아 있을 브론스키에 대한 예전의 감정이 떠오르는 순간 그것을 억누를 수 있는 힘이 자신에게 있으리라고는, 단지 그런 척하는 것이 아니라 실제로 그를 태연하고 침착하게 대할 수 있으리라고는 그녀 자신조차 전혀 예상하지 못했다.

키티가 마리야 보리소브나 공작 부인의 집에서 브론스키를 만났다고 털어놓자 레빈은 그녀보다도 더 얼굴을 붉혔다. 키티로서는 그 말을 꺼내는 것도 힘들었지만, 만남에 대해 자세하게 이야기하는 게 훨씬 더 어려웠다. 왜냐하면 레빈이 얼굴을 찌푸린 채 그녀를 쳐다보며 아무것도 묻지 않았기 때문이었다.

「당신이 거기 없었던 게 너무나 안타까워요.」 그녀는 말했다. 「당신이 그 방에 있지 않았던 것이 안타깝다는 게 아니에요…… 당신이 있었으면 내가 그렇게 자연스럽게 굴지 못했을 테니까요…… 지금 더 얼굴이 빨개지네요. 훨씬 더, 훨씬 더 빨개지고 있어요.」 그녀는 눈물이 날 정도로 얼굴을 붉히며 말을 이었다. 「당신이 문틈으로 볼 수 없었던 게 안타깝다는 얘기예요.」

진심 어린 두 눈이 그녀가 스스로에게 만족하고 있음을 레빈에게 말해 주었다. 그래서 그는 아내가 얼굴을 붉혔음에도 불구하고 곧바로 마음이 편해져서 이것저것 물어보기 시작했다. 바로 아내가 원하던 바였다. 처음에는 얼굴을 붉힐 수밖에 없었지만, 곧바로 처음 만난 사람을 대하듯 담담해졌고 마음이 편해졌다는 상세한 내용을 듣자 레빈은 완전히 기분이 좋아져서 자신은 무척 기쁘다고, 이제부터는 선거 때처럼 바보같이 행동하지 않을 거라고, 브론스키와 다시 만나게 되면 최대한 호의적으로 대하겠노라고 말했다.

「원수인 양 마주 대하기조차 힘든 사람이 존재한다는 건 생각만으로도 너무 괴롭지.」레빈이 말했다. 「나는 아주, 아주 기뻐요.」

2

「그러면 볼 백작 댁에 들러 주세요.」11시쯤 레빈이 집을 나서기 전 키티 방에 들렀을 때 그녀가 말했다. 「아버지가 가입시켜 준 클럽에서 점심 식사를 하실 거잖아요. 그런데 아침나절엔 뭘 하실 거예요?」

「카타바소프한테 가는 것 말곤 없어요.」레빈이 대답했다.

「이렇게 일찍요?」

「그 친구가 나를 메트로프에게 소개해 주기로 했거든. 그분과 내 일에 대해 이야기를 해보고 싶었어요. 유명한 페테르부르크 출신 학자죠.」레빈이 말했다.

「당신이 그토록 칭찬했던 그 논문을 쓴 분이군요? 그런 다음에는요?」키티가 물었다.

「아마도 재판정에 갈 것 같은데. 누이 일로 한번 들러 보려고요.」

「그럼 음악회는요?」 그녀가 물었다.

「혼자 가서 뭐하려고!」

「안 돼요, 다녀오세요. 그래도 새로운 작품을 연주한다던데……. 당신도 무척이나 궁금해했잖아요. 나라면 꼭 가볼 거예요.」

「여하튼 간에 점심 전에 집에 들르죠.」 그가 시계를 보며 말했다.

「곧바로 볼 백작 부인 댁에 들를 수 있도록 프록코트를 입고 가세요.」

「거길 꼭 가야 하는 건가요?」

「아이참, 꼭 가야 한다니까요. 그분이 우리 집을 방문해 주셨으니까요. 뭐가 그렇게 어려워요? 그저 그 댁에 들러 잠깐 앉아서 5분 정도 날씨에 대해 이야기하다가 일어나서 나오면 되잖아요.」

「당신은 믿지 못하겠지만, 그런 걸 해본 지도 꽤 오래되어 이제는 부끄럽다고요. 그게 대체 뭐람. 낯선 사람이 찾아와서 딱히 볼일도 없이 앉아 사람들을 방해하고는 자기도 기분이 나빠져서 가버리니 말이야.」

키티가 웃기 시작했다.

「독신일 때는 그렇게 했잖아요.」 그녀가 말했다.

「그랬지. 하지만 늘 부끄러웠어요. 게다가 지금은 그런 걸 한 지도 오래되어, 정말이지 누구 집을 방문하느니 한 이틀 굶는 게 낫다고요. 너무나 부끄럽다고! 늘 그랬지만, 사람들이 화가 나서 〈도대체 뭐 때문에 일없이 온 거죠?〉라고 나한테 물어볼 것 같단 말이에요.」

「아뇨, 화 안 낼 거예요. 내가 책임질게요.」키티는 남편의 얼굴을 보고 웃으며 말하고는 그의 손을 잡았다.「그럼 안녕…… 어서 가세요.」

레빈이 아내의 손에 입 맞추고서 나가려 하자 키티가 그를 멈춰 세웠다.

「코스탸, 있잖아요, 내 수중에 50루블밖에 안 남았어요.」

「그럼 은행에 가서 돈을 찾아오지. 얼마나 필요하죠?」그가 키티에게 익숙한 불만을 내비치며 말했다.

「아니, 잠깐만요.」그녀가 레빈의 손을 잡았다.「잠깐 얘기 좀 해요. 신경이 쓰여서요. 허투루 쓰는 것 같지는 않은데 물 새듯 돈이 나가네요. 우리가 뭔가 잘못하고 있나 봐요.」

「전혀 그렇지 않아요.」그가 헛기침을 하더니 눈을 치뜨고서 그녀를 쳐다보았다.

그 헛기침을 그녀는 잘 알고 있었다. 그것은 남편의 커다란 불만, 아내가 아닌 자기 자신에 대해 불만을 나타내는 징후였다. 실제로 그는 불만스러웠다. 돈이 많이 나가서가 아니라, 이건 좀 좋지 않다 싶어 잊어버리고 싶은 것이 떠올랐기 때문이었다.

「소콜로프에게 밀을 팔고, 제분소에 들어갈 돈을 미리 융통해 오라고 했어요. 어찌 됐든 돈은 생길 거예요.」

「그게 아니고, 전반적으로 돈이 많이 나가서 걱정…….」

「전혀 그렇지 않아요, 전혀.」그가 반복해서 말했다.「그럼 다녀올게요.」

「아니에요, 사실 가끔씩 엄마 말을 들은 게 후회돼요. 시골에 그냥 있었더라면 좋았으련만! 사람들 모두를 힘들게 하고, 돈은 돈대로 쓰고…….」

「아니, 전혀 그렇지 않다니까. 결혼한 이후로 지금과 달랐
더라면 더 좋았을 거라고 생각한 적은 한 번도 없어요.」

「정말요?」 그녀가 남편의 눈을 응시하며 물었다.

그가 이 말을 한 것은 별생각 없이, 그저 아내를 안심시키
기 위해서였다. 하지만 아내를 힐끗 보았을 때 뭔가 묻는 듯
자신을 향하고 있는 그녀의 다정하고 진심 어린 눈동자를 마
주하고서는, 이번에는 진심으로 똑같은 대답을 되풀이했다.
⟨내가 아내를 까맣게 잊고 있었구나.⟩ 그는 이렇게 생각하고
는 곧 닥쳐올 일을 떠올렸다.

「곧 닥치겠지? 몸은 좀 어때요?」 그가 아내의 두 손을 잡고
서 속삭이듯 물었다.

「하도 생각을 해서 그런지 이제는 아무 느낌도 없고, 잘 모
르겠어요.」

「두렵진 않고?」

그녀는 코웃음을 쳤다.

「전혀요.」

「그래도 무슨 일이 생기면 연락해요. 난 카타바소프 집에
있을 테니.」

「아니에요, 아무 일도 없을 테니 걱정 말아요. 난 아빠랑
가로수 길로 산책 나갔다가 돌리 언니 집에 가려고요. 점심
전에 와서 당신을 기다리고 있을게요. 참! 언니네 상황이 어
쩔 도리가 없을 정도로 안 좋다는 거 아세요? 온 데 빚을 졌
는데 돈이 없대요. 어제 엄마랑 아르세니(그녀는 둘째 형부
인 리보프를 이렇게 불렀다)랑 얘기해 봤는데, 당신하고 아
르세니를 스티바에게 보내려고요. 정말이지 손쓸 방법이 없

나 봐요. 아빠랑은 이 문제를 얘기해선 안 되고……. 하지만 당신과 형부가 혹시라도…….」

「우리가 뭘 할 수 있겠어요?」 레빈이 말했다.

「어쨌든 아르세니한테 가서 얘기 좀 해보세요. 우리가 어떻게 하기로 했는지 형부가 일러 줄 거예요.」

「아르세니의 뜻이라면 난 다 찬성이지. 그의 집에 들러 보죠. 그리고 음악회에 가게 되면 나탈리와 함께 가고요. 그럼, 다녀올게요.」

레빈이 총각이던 시절부터 일해 왔고, 이제는 도시에서의 살림을 관리하고 있는 늙은 하인 쿠지마가 현관에서 레빈을 멈춰 세웠다.

「크라삽치카(시골에서 데려온, 왼쪽 끝채에 매는 말의 이름이었다)의 편자를 바꿔 줬는데도 여전히 절룩거리는뎁쇼. 어떻게 할까요?」 그가 말했다.

모스크바에 와서 처음 얼마간, 레빈은 시골에서 데려온 말들을 이용했다. 이동과 관련된 부분을 가능한 한 더 적은 비용으로 처리하기 위함이었다. 하지만 자신의 말을 이용하는 게 말을 빌리는 것보다 더 비싸게 먹힌다는 것을 알고서 이제는 마차를 빌려 타고 있었다.

「수의사를 부르게. 아마 발바닥에 탈이 났을 거야.」

「그럼 카테리나 알렉산드로브나 마님은 어떻게 하죠?」 쿠지마가 물었다.

모스크바에서 처음 생활할 때 보즈드비젠카에서 십체프 브라제크까지 가느라 힘센 말 두 필을 무거운 마차에 매고서 눈 덮인 진창길을 4분의 1베르스타나 달리다가 네 시간 동안이나 서 있어야 했으며 그 대가로 5루블을 지불했었는데, 이제 레빈은 그런 일로 예전만큼 놀라지 않았다. 이미 그에겐 자연스러운 일이었다.

「우리 마차에 맬 말 두 필을 데려오라고 마부에게 이르게.」 그가 말했다.

「알겠습니다요.」

시골에서라면 상당한 수고와 주의를 요했을 어려운 일들을 도시의 환경 덕분에 너무도 간단하고 쉽게 해결한 뒤, 레빈은 현관으로 나가서 마부를 불러 마차에 올라타고서 니키츠카야 거리로 출발했다. 길을 가는 동안 그는 돈에 관해서는 이미 잊은 채 사회학을 연구하는 페테르부르크 학자와 만나 자신의 책에 관해 이야기를 나눌 일에 대해서만 생각했다.

모스크바 생활을 막 시작했을 때, 시골 사람으로서는 이상하고 비생산적으로 여겨짐에도 온갖 방면으로 반드시 지출해야 하는 비용들로 인해 레빈은 적이 놀랐다. 하지만 이제는 그런 일에 익숙해진 터였다. 그 문제에 있어서, 이를테면 술꾼들이 겪는 현상을 그 역시 겪게 되었던 것이다. 첫 잔은 목에 걸리지만 두 번째 잔은 매끄럽게 넘어가고, 세 번째 잔 이후로는 부어라 마셔라 하는 식이었다. 하인과 문지기의 제복을 사려고 처음으로 1백 루블짜리 지폐를 헐었을 때, 제복 따위 없어도 될 것 같다는 뜻을 비추자 장모와 키티가 놀라는 것을 보고 레빈은 자기도 모르게 아무짝에도 쓸모없는 그 제복들이 어쩔 수 없이 꼭 필요한 것이라고 생각해 버렸다. 그 제복을 살 돈이면 여름철 두 명의 일꾼을 고용할 수 있었다. 다시 말해 부활절부터 대림절까지 약 3백 일 동안 매일 이른 아침부터 늦은 저녁까지 이어지는 고된 노동의 품삯에 맞먹는 액수였다. 그래서 그 1백 루블이 그의 목에 걸렸던 것이다. 그다음으로 친척들에게 베풀 만찬을 위해 28루블어치의 식료품을 구입하느라 1백 루블을 헐었을 때는, 28루블이면 10체트베르티[1]의 귀리 값에 해당하며 이를 얻기 위해서는 땀을 뻘뻘 흘리며 힘들게 귀리를 베어 내서 단을 만들고 탈곡하여 까부르고는 체로 쳐서 부대에 담아야 한다는 생각이 들었지만, 그 두 번째 돈은 어쨌거나 더 쉽게 나가고 말았다. 그렇지만 지폐를 헐면서 그런 생각을 떠올린 것도 이미 오래전 일이었고, 이제는 마구잡이로 돈을 쓰고 있었다. 돈을 벌기 위해 들인 노력과 그 돈으로 산 만족이 상응하는가, 그런 생각은 이미 예전에 사라지고 없었다. 특정 가격 이하로는 특정 곡물을 팔지 않는다는 농업의 셈법 역시 잊은 지 한참 되었다. 그가 오랫동안 가격을 지켜 오던 호밀마저 한 달 전 가격에 비하면 4분의 1이나 싼 50코페이카에 팔아 버렸다. 심지어 이렇게 흥청망청 돈을 쓰다가는 빚 없이 1년도 못 버티겠다는 계산조차 그에겐 아무런 의미가 없었다. 그저 어디서 나왔는지는 모르지만 은행에 내일 먹을 소고기를 살 돈이 있다는 걸 알기만 하면 그만이었고, 언제나 은행에 돈이 있었기에 이제껏 그런 계산이 유지되어 왔다. 그런데 이제 은행에 있던 돈을 다 써버리자 어디서 돈을 구해야 할지 막막했다. 바로 이것이 키티가 돈 얘기를 꺼냈을 때 그의 기분이 상한 이유였다. 하지만 그 문제에 신경을 쓸 겨를이 없었다. 그는 카타바소프와 곧 소개받을 메트로프에 관한 상념에 잠긴 채 길을 가고 있었다.

---

1 곡물 양을 재는 러시아의 부피 단위로서, 1체트베르티는 약 210리터에 해당한다.

3

레빈은 이번 모스크바행을 계기로 결혼식 이후로 만나지 못했던 대학 동창 카타바소프 교수와 다시 가깝게 지내게 되었다. 카타바소프의 단순하고 명료한 세계관이 그는 마음에 들었다. 레빈은 그 명료한 세계관이 천성의 빈곤에서 비롯한 것이라 생각했고, 카타바소프는 비일관적인 레빈의 사고가 지성의 단련이 부족해서라고 생각했다. 하지만 카타바소프의 명료함은 레빈의 마음에 들었고, 레빈의 단련되지 않은 생각들은 카타바소프의 마음에 들었으므로, 두 사람은 만나서 논쟁하기를 좋아했다.

레빈은 자신이 쓰고 있는 책의 몇 대목을 카타바소프에게 읽어 주었는데, 그 대목들이 카타바소프의 마음에 들었다. 어제 대중 강연회에서 레빈을 만난 카타바소프는 레빈이 무척 마음에 들어 했던 논문의 저자인 저명한 학자 메트로프가 모스크바에 와 있으며 그에게 레빈의 저술 작업에 대해 얘기했더니 깊은 관심을 보였다고, 그가 내일 11시에 자기 집에 오기로 했는데 레빈을 보고 싶어 하더라고 전한 터였다.

「엄청 발전했구먼, 이 친구. 만나서 반갑네.」 카타바소프가 작은 응접실에서 레빈을 맞이하며 말했다. 「초인종 소리를 듣고 생각했지, 제시간에 올 리가 없는데……. 그건 그렇고, 몬테네그로인들은 어떻던가? 타고난 용사들이지.」

「무슨 소린가?」 레빈이 물었다.

카타바소프가 간략하게 최근 전황을 전하고는, 서재로 들어가 키가 작고 건장하며 인상 좋은 사람을 레빈에게 소개했다. 그가 바로 메트로프였다. 그들은 정치와 최근 사건들에 대한 페테르부르크 상류층의 견해를 두고 잠시 이야기를 나누었다. 메트로프는 자신이 잘 알고 있는 믿을 만한 소식통에게서 들은 얘기라며, 그 사안에 대해 황제와 장관 중 한 명이 했다는 말을 전했다. 카타바소프는 황제가 전혀 다른 말을 했다면서, 그 역시 믿을 만한 소식통에게서 들은 내용이라고 말했다. 레빈은 양쪽 얘기가 동시에 나올 만한 정황을 떠올려 보느라 애를 썼고, 그 문제에 대한 대화는 중단되었다.

「그러니까 이 친구가 토지와 관련된 농민의 자연적인 조건에 대한 책을 거의 다 썼다, 이 말입니다.」카타바소프가 말했다. 「제가 전문가는 아니지만 자연 과학자로서 마음에 든 건, 이 친구가 인간을 동물적인 법칙을 벗어난 어떤 존재로 취급하는 게 아니라, 그 반대로 인간의 환경 의존성에 주목하고 그 속에서 발전 법칙을 찾는다는 겁니다.」

「매우 흥미롭군요.」메트로프가 말했다.

「원래는 농업에 관해서 책을 쓰려고 했습니다만, 저도 모르게 농업의 주요 생산 수단인 농민에 대해 연구하다가 전혀 예상치 않은 결론에 도달했습니다.」레빈이 얼굴을 붉히며 말했다.

레빈은 발밑을 더듬듯이 조심스럽게 자신의 관점을 설명하기 시작했다. 메트로프가 일반적으로 통용되는 정치 경제학적 이론에 반하는 논문을 쓴 것은 알고 있었지만, 자신의 새로운 견해에 얼마나 공감하는지는 저 명석하고 침착한 학자의 얼굴만 봐서는 알 수도 없었고 짐작할 수도 없었다.

「그런데 당신은 러시아 농민의 고유한 본성이 어디에 있다고 생각하십니까?」메트로프가 물었다. 「그러니까 말하자면, 그들의 동물적인 속성에 있나요? 아니면 그들이 처한 조건

속에 있나요?」

레빈은 이 질문 속에 자신이 동의하지 않는 사상이 이미 드러나고 있음을 느꼈다. 하지만 러시아 농민은 땅에 대해 다른 민족과는 전혀 다른 독특한 관점을 갖고 있다는 자신의 생각을 계속해서 피력했다. 그리고 그것을 증명하기 위해, 러시아 농민의 그러한 관점은 동방의 광대한 불모지에 정착해야 한다는 소명 의식에서 비롯된 거라고 서둘러 덧붙였다.

「민중의 보편적인 소명으로 결론을 내리면 착오를 범하기 십상이지요.」메트로프가 레빈의 말을 가로챘다.「농민의 상황은 항상 그들이 토지와 자본과 맺는 관계에 의해서 결정됩니다.」

그러더니 그는 레빈에게 견해를 더 말할 기회를 주지 않고 자기 이론의 특징을 설명하기 시작했다.

그의 이론이 어떤 점에서 특별한지 레빈은 이해할 수가 없었는데, 그건 이해하려고 애쓰지 않았기 때문이었다. 메트로프가 자신의 논문을 통해 경제학자들의 교의를 논박하고 있음에도 불구하고, 다른 이들과 마찬가지로 러시아 노동자의 현황을 오로지 자본과 임금, 지대의 관점에서만 파악한다는 사실을 그는 알아챘다. 동쪽에 위치한 러시아의 가장 넓은 지역에서는 지대라는 게 아직도 존재하지 않고, 8천만 러시아 인구의 9할에게 임금이란 스스로의 밥벌이로만 계산될 뿐이며 자본은 원시적인 생산 수단이 아닌 다른 형태로는 아직 존재하지 않는다는 사실을 인정해야 함에도 불구하고, 그는 오로지 그러한 관점에서만 온갖 부류의 노동자를 바라보고 있었다. 물론 그도 많은 점에서 경제학자들의 견해에 동의하지 않았으며, 레빈에게 설명해 준 임금에 대한 자신의 새로운 이론을 구축하고 있었지만 말이다.

레빈은 억지로 그의 말을 들으며, 처음에는 반박하기도 했다. 메트로프의 말을 중간에 가로채고 자신의 생각을 밝힘으로써 더 이상의 설명은 필요치 않다는 걸 주지시키고 싶었다. 하지만 둘 사이의 시각 차이가 너무 커서 결코 서로를 이해하지 못하리라는 판단이 서자 반박을 멈추고 그저 듣기만 했다. 메트로프의 이야기에 이제 흥미를 잃은 터였지만, 레빈은 그의 말을 들으면서 의외로 모종의 만족감을 느꼈다. 그처럼 대단한 학자가 기꺼이 레빈의 지식에 깊은 관심과 신뢰를 품은 채, 때때로 작은 암시만으로 사안의 총체적인 면을 지적하면서 자신의 의견을 피력하는 모습에 자부심을 느꼈던 것이다. 레빈은 이게 다 자신의 진가 때문이라고 생각했을 뿐, 실은 메트로프가 이미 이 문제에 관하여 주변의 모든 사람들과 논의를 할 만큼 한 터라 처음 만나는 사람과도 특히 이 문제에 대해서 신나게 떠든다는 것, 그리고 그 자신이 잘 모르는 문제에 관해서도 대체로 매우 적극적으로 논쟁에 임한다는 사실을 알지 못했다.

「그런데 이러다 늦겠습니다.」 메트로프가 설명을 마치자 카타바소프가 시계를 보며 말했다.

「아, 오늘 애호가 협회에서 스빈티치 탄생 50주년을 기념하는 모임이 있거든.」[2] 어디 가냐는 레빈의 질문에 카타바소프는 이렇게 답했다. 「표트르 이바니치와 함께 가려던 참이네. 내가 그분의 동물학 저술에 대해 강연을 하기로 했거든. 자네도 같이 가세. 정말 재밌을 거라고.」

2 여기서 톨스토이는 1870년대에 유행했던 〈온갖 기념일의 축하 열풍〉을 조롱하고 있다.

「그러게, 가야 할 시간이군요.」 메트로프가 말했다. 「저희와 같이 가시죠. 그곳에 갔다가 괜찮다면 제 숙소로 갑시다. 선생님의 책 얘기를 더 듣고 싶습니다.」

「아닙니다, 별말씀을요. 아직 다 안 됐는걸요. 하지만 모임엔 가보고 싶군요.」

「혹시 들었나요? 그가 독자적인 의견을 제출했다더군요.」 다른 방에서 연미복을 입던 카타바소프가 말했다.

그렇게 대학의 문제[3]에 대한 대화가 시작되었다.

대학의 문제는 올겨울 모스크바에서 대단히 중요한 사건이었다. 위원회에 속한 세 명의 원로 교수들은 젊은 교수들의 의견을 수용하지 않았고, 그래서 젊은 교수들이 독자적인 의견을 제출했던 것이다. 어떤 이들이 보기에는 말도 안 되는 것이었지만 다른 이들이 판단하기에는 아주 단순하고 정당한 의견이었고, 그렇게 교수들은 두 파로 갈렸다.

카타바소프가 속한 쪽 사람들은 반대편이 사기와 무고, 거짓을 일삼고 있다고 보았다. 반대편 사람들은 그들이 권위를 무시하고 철부지 행각을 벌이고 있다고 생각했다. 대학에 소속되어 있진 않지만 레빈 또한 모스크바에 체류하면서 이 문제에 대해 수차례 얘기를 듣고 이야기를 나누며 나름의 견해를 갖추고 있었다. 그래서 그는 그 대화에 끼어들었고, 이야기는 세 사람이 대학의 오래된 건물까지 걸어가는 내내 계속되었다.

3 『안나 카레니나』의 첫 부분이 게재되었던 『러시아 통보』 1875년 1월 호에 류비모프 교수의 논문 「대학의 문제」가 발표되었다. 이 논문을 둘러싸고 논쟁이 벌어져서 신문 『모스크바 통보』에 해당 논문의 후속편이 게재되었다(1873~1874). 대학의 자치권에 반대 의견을 표명했던 류비모프 교수는 대학을 관청의 손아귀에 떠넘기려 한다는 비난을 받았다.

모임은 이미 시작되어 있었다……. 카타바소프와 메트로프가 자리 잡은, 나사 천이 덮인 탁자 주위로 여섯 명의 사람이 앉아 있었다. 그들 중 한 사람이 원고 위로 몸을 굽히고서 뭔가를 읽는 중이었다. 레빈은 책상 주위에 놓여 있는 빈 의자 중 하나에 앉아, 옆에 앉아 있는 학생에게 지금 읽고 있는 게 뭔지 속삭이듯 물었다. 대학생은 레빈을 뜨악하게 돌아보며 말했다.

「약력요.」

레빈은 학자의 약력에 관심이 없었지만, 무심결에 듣다 보니 저명한 학자의 삶에 뭔가 흥미롭고 새로운 점이 있다는 것을 알게 되었다.

약력 소개가 끝나자, 회장은 낭독자에게 감사를 표하고서 시인 멘트가 보내온 축시를 낭독한 뒤 시인에게 몇 마디 감사의 말을 전했다. 다음으로 카타바소프가 기념일을 맞이한 학자의 저작에 대한 자신의 짤막한 발표문을 드높고도 우렁찬 목소리로 낭독했다.

카타바소프의 발표가 끝나고서 시계를 보니 이미 1시가 지나 있었다. 레빈은 메트로프에게 자신이 쓰고 있는 책을 읽어 주게 되면 음악회에 늦을 거라는 생각이 들었고, 이제 읽어 주고 싶은 마음도 없었다. 카타바소프가 발표하는 동안 그는 아까 나눴던 대화를 곱씹던 터였다. 메트로프의 생각이 나름의 의미를 지닌다고 해도, 자신의 견해 또한 나름의 의미를 지닌다는 사실이 이제는 분명해졌다. 두 사람의 생각은 각자가 선택한 방식대로 연구할 때 보다 명료해지고 일정한 결론에 도달할 수 있는 것으로, 서로의 생각을 교류하여 얻을 수 있는 건 아무것도 없었다. 메트로프의 초대를 거절하기로 마음먹은 레빈은 모임이 끝날 무렵 그에게 다가갔다. 메트로프는 정치적 현황에 대해 함께 얘기를 나누던 모임의 회장에게 레빈을 소개했다. 그 와중에 그는 레빈에게 했던 얘기를 똑같이 회장에게 늘어놓았고 레빈 역시 오전에 자신이 피력했던 바를 되풀이했는데, 그나마 변화를 주기 위해 그 자리에서 막 떠오르는 새로운 생각들을 덧붙였다. 그런 다음 대화는 다시 대학의 문제로 옮겨 갔다. 이미 다 들은 이야기인지라 레빈은 메트로프에게 초대에 응할 수 없어 유감이라고 서둘러 말하고는 작별 인사를 한 뒤 리보프가(家)로 출발했다.

4

키티의 언니 나탈리와 결혼한 리보프는 평생을 수도와 외국에서 살면서 교육을 받고 외교관으로 근무했다.

작년에 외무부 일을 그만두었는데, 불미스러운 일이 있어서가 아니라(그는 누구와도 불화를 겪은 적이 없었다) 자신의 두 아이에게 최상의 교육을 제공하기 위해 모스크바의 궁정 업무 부서로 이직했기 때문이었다.

생활 습관이나 세상에 대한 시각이 정반대인 데다 나이도 리보프가 레빈보다 많았지만, 둘은 이번 겨울에 매우 친해졌을 뿐만 아니라 서로에게 호감을 갖게 되었다.

리보프가 집에 있었기에, 레빈은 왔다고 알리지도 않은 채 곧장 그에게 갔다.

허리띠를 두른 긴 프록코트 차림에 양가죽 구두를 신은 리보프는 안락의자에 앉아 렌즈가 푸르스름한 pince-nez(코안경)를 쓰고 우아한 손으로 반쯤 피운 시가를 조심스레 멀찍이 쥔 채 독서대 위에 놓인 책을 읽고 있었다.

잘생긴 그의 얼굴은 갸름하며 아직 젊어 보였고, 윤기 나는 은색 곱슬머리가 귀족적인 풍모를 더해 주었다. 레빈을 본 그의 얼굴에 희색이 돌았다.

「잘 왔네! 자네에게 전갈을 보내려던 참이었거든. 키티는 어떤가? 이리 편하게 앉게……」 그가 일어나 흔들의자를 건넸다. 『*Journal de St. Petersbourg*(상트페테르부르크 저널)』[4]의 최근 통지문 읽어 봤나? 훌륭한 대목이 많더군.」 그가 프랑스어 억양을 섞어 가며 말했다.

레빈은 카타바소프로부터 전해 들은 페테르부르크의 소식들을 전하고 잠시 정치적 현황을 언급한 뒤 메트로프를 소개받아 모임에 갔던 일을 들려주었다. 리보프는 큰 관심을 보였다.

「자네가 부럽군, 그런 흥미로운 학문의 세계로 오갈 수 있는 통로가 있다는 게 말이야.」 그가 말했다. 얘기 도중에 그는 언제나처럼 자신에게 더 편한 프랑스어로 바꾸어 말하기 시작했다. 「사실, 난 짬이 없다네. 내 업무와 아이들 돌보는 일만으로도 벅차니까. 게다가 그리 부끄러운 일은 아니지만, 내가 받은 교육도 태부족이고.」

「전 그렇게 생각하지 않습니다.」 겸손하게 보이거나 심지어 실제로 겸손해지기 위해서가 결코 아니라, 진정으로 자신을 낮게 평가하는 그의 견해에 감명을 받은 레빈이 미소를 지으며 대꾸했다.

4 페테르부르크에서 1842년에 프랑스어로 발행된 잡지. 관변적인 성격이 짙었으며, 고위 귀족층의 정치적 입장을 반영하였다.

「아, 그렇지 않아! 요즘 난 배운 게 적다는 걸 절감하네. 아이들을 가르치려면 기억을 되살리고 새로 공부해야 할 게 많거든. 교사들만으로는 부족하고 감독관이 필요하기 때문이지. 자네가 하는 농사일에서 농부뿐만 아니라 감독관이 필요한 것처럼 말일세. 이게 내가 읽고 있는 책이라네.」그가 부슬라예프 문법서[5]를 가리켰다. 「미샤가 공부하는 책인데 무척 어렵더군…… 이걸 좀 설명해 주게. 저자가 여기서 말하기를…….」

레빈이 그건 이해할 수 없으며 그냥 외워야 하는 것임을 주지시키고자 했으나, 리보프는 동의하지 않았다.

「자네, 이걸 우습게 보는군!」

「아닙니다. 아마 전혀 모르셨겠지만, 전 형님을 보면서 저에게 닥칠 일들을 배우고 있습니다. 아이들을 가르치는 일 말입니다.」

「배울 게 뭐 있겠나.」

「제가 아는 한…….」 레빈이 말을 이었다. 「형님의 아이들보다 가정 교육을 잘 받은 아이들은 없습니다. 더 나은 아이들을 바라기가 어려울 정도죠.」

리보프는 보아하니 기쁨을 감추려고 자제하는 기색이었으나, 얼굴에는 환한 미소가 번지고 있었다.

5 언어학자이자 문화학자인 표도르 이바노비치 부슬라예프의 저서인 『러시아어의 역사적 문법에 관한 서설』을 말한다. 푸른 렌즈의 코안경을 쓰고 부슬라예프 문법책을 읽는 외교관 출신 리보프의 형상은 평생을 외교관으로 복무했던 시인 표도르 이바노비치 튜체프를 연상시킨다. 비평가 체르니솁스키가 평한바, 부슬라예프는 〈시대에 뒤떨어진 것에 대한 애착이 현대의 신념을 압도하는〉 인물이다. 이 같은 평은 슬라브주의적 신조들을 지지했으며 옛것을 선호했던 튜체프에게도 적용된다.

「나보다만 나으면 된다네. 내가 원하는 건 그게 다야. 자넨 모를 걸세.」 그는 말했다. 「우리 아이들처럼 외국에서 방치된 채 살던 사내애들을 가르치는 게 얼마나 힘든지.」

「그런 것들은 따라잡을 수 있습니다. 똑똑한 아이들이니까요. 중요한 것은 도덕 교육이죠. 형님의 아이들을 보면서 제가 배우고 있는 게 바로 그 점입니다.」

「도덕 교육이라고 했나? 그게 얼마나 어려운 일인지 상상도 못 할 걸세! 한 가지를 극복해 내면 다른 문제가 생겨서 또다시 고군분투지. 우리가 전에 얘기한 것처럼, 종교에 기반을 두지 않으면 세상의 그 어떤 아버지도 혼자의 능력만으로는 제대로 교육을 시킬 수 없을 걸세.」

레빈이 항상 흥미를 느끼는 그 대화는 외출하기 위해 옷을 차려입은 아름다운 나탈리야 알렉산드로브나의 등장으로 중단되었다.

「제부가 와 계신 줄 몰랐네요.」 그녀로서는 예전부터 익히 들어 온 탓에 지겹기 짝이 없는 대화를 중단시켰다는 사실에 미안해하기는커녕 내심 기뻐하면서 말했다. 「키티는 좀 어때요? 제가 오늘 제부 집에서 식사를 하기로 했는데. 저기, 있잖아요, 아르세니.」 그녀가 남편을 향해 고개를 돌렸다. 「당신이 마차를 쓰세요…….」

그러고서 남편과 아내는 하루를 어떻게 보낼지 의논했다. 남편은 업무상 누군가를 만나러 가야 했고, 아내는 음악회와 남동부 위원회의 공개 회의에 가야 했으므로 결정하고 생각해야 할 것이 많았다. 레빈은 가족의 일원으로서 계획을 세우는 일에 동참하였다. 레빈이 나탈리와 음악회와 공개 회의에 가고, 거기서 아르세니의 사무실로 마차를 보내기로 결정했다. 그러면 아르세니가 다시 그녀에게 들러 그녀를 태우고서 함께 키티에게 가는 것이다. 만약 업무가 끝나지 않았을 경우에는 마차를 도로 보내서 레빈이 나탈리와 함께 가기로 했다.

「이 친구가 나를 잘못 길들이고 있어.」 리보프가 아내에게 말했다. 「우리 아이들이 훌륭하다고 나한테 단언하더군. 아이들한테 나쁜 점들이 얼마나 많은지는 내가 잘 아는데 말이야.」

「늘 얘기하지만, 아르세니는 극단적이에요.」 그녀가 말했다. 「일단 완벽을 추구하게 되면 도무지 만족을 모른다니까요. 아버지가 우리를 키울 때, 극단적인 방법이 하나 있다고 말씀하셨는데, 그게 옳아요. 우리를 다락방에서 키우시고, 부모님은 2층의 제일 좋은 방에서 지내셨거든요. 그런데 지금은 정반대랍니다. 부모는 헛간 같은 데 살고 아이들이 제일 좋은 방을 쓴다고요. 부모의 삶은 없고 모든 걸 아이들을 위해 희생한다니까요.」

「그래도 그게 더 좋다면 어쩌겠소?」 리보프가 우아한 미소를 지으며 아내의 손을 슬쩍 건드렸다. 「모르는 사람이 들으면 친엄마가 아니라 계모인 줄 알겠군.」

「아뇨, 극단적인 건 어떤 경우에도 좋지 않아요.」 나탈리가 페이퍼 나이프를 책상 위 제자리에 놓으며 침착하게 말했다.

「이리로 오렴, 완벽한 아이들아.」 리보프가 잘생긴 아이들에게 말했다. 아이들은 레빈에게 인사를 하고서 아버지에게 다가갔는데, 뭔가를 묻고 싶은 듯한 기색이었다.

레빈은 아이들과 얘기를 나누고 그들이 자기 아버지에게 무슨 말을 하는지 듣고 싶었지만, 나탈리가 곧바로 아이들과 이야기를 시작한 데다 리보프의 직장 동료 마호틴이 그와 함께 누군가를 만나러 가기 위해 궁정 제복 차림으로 방에 들어선 참이었다. 그런데 대화가 시작되더니 헤르체고비나에서부터 코르진스카야 공작 부인에 관한 얘기와 의회 얘기, 아프락시나의 돌연사에 관한 얘기까지 대화가 끊이지 않고 계속되었다.

레빈은 부탁받은 것을 잊고 있다가 현관으로 나서면서야 생각해 냈다

「아, 키티가 오블론스키 문제로 형님과 의논해 보라고 했습니다.」 리보프가 아내와 자신을 배웅하느라 계단에 멈춰섰을 때 그가 말했다.

「맞아, maman(어머님)이 우리 les beaux-frères(두 동서)가 그를 혼내 주기를 바라고 계시지.」 그가 얼굴을 붉히며 웃었다. 「아니 그런데, 왜 나냐고?」

「그럼 내가 혼내 주죠.」 견피(犬皮)으로 만든 하얀 민소매 웃옷을 입은 리보바가 대화가 끝나기를 기다렸다가 웃으며 말했다. 「자, 가요.」

5

음악회의 낮 공연에서는 대단히 흥미로운 두 작품이 연주되었다.

하나는 「광야의 리어왕」이라는 환상곡이었고, 다른 곡은 바흐에게 헌정된 사중주였다. 두 작품 모두 새로운 경향의 신곡이라, 레빈은 그 곡들에 대한 자신의 견해를 정리해 보고 싶었다. 그는 처형을 좌석으로 안내한 다음 기둥 옆에서 서서

최대한 주의 깊고 성실하게 듣기로 마음먹었다. 늘 불쾌하게도 음악에 대한 주의력을 흩뜨리는 것들, 즉 하얀 넥타이를 맨 지휘자의 손놀림이며, 음악회를 위해 귀에 애써 리본을 단 부인들이며, 아무 데도 관심 없는 사람들, 혹은 음악을 제외한 온갖 것에 엄청나게 관심이 많은 사람들을 보면서 주의가 산만해지지 않도록, 음악에서 받은 인상을 망치지 않도록 레빈은 애썼다. 음악에 조예가 깊은 사람들이나 수다쟁이들을 피하기 위해 그는 서서 아래쪽에 똑바로 시선을 고정한 채 음악을 들었다.

그러나 환상곡 「광야의 리어왕」을 들으면 들을수록, 점점 더 그 어떤 명확한 견해를 정립하기가 어려워지는 것을 느끼지 않을 수 없었다. 음악적인 감정 표현이 마치 축적되듯이 부단히도 시도되었지만, 그것은 곧바로 새로운 표현 원리의 파편들로 해체되어 버렸고, 때로는 작곡가의 괴벽이 아니라면 도대체 연유를 알 수 없는, 서로 결합되지 않으며 복잡하기 짝이 없는 소리들로 흩어져 버렸다. 그 음악적 표현 원리의 파편들은 이따금씩 멋지게 느껴지기도 했지만 대체로 듣기에 불쾌했으니, 아무런 사전 준비도 없이 예기치 않게 튀어나오는 탓이었다. 즐거움, 우수, 절망, 부드러움, 웅장함이 어떤 계기도 없이 마치 미치광이의 감정처럼 나타났다가 느닷없이 지나가 버리곤 했다.

무용수들을 보는 내내 귀머거리가 느끼는 감정을 맛보았던 레빈은 공연이 끝나자 너무나 당혹스러웠고, 엄청난 긴장 속에서 주의를 집중한 탓에 심한 피로를 느꼈다. 게다가 그러한 집중력은 결과적으로 아무런 보상도 받지 못한 터였다. 사방에서 박수갈채가 터져 나왔다. 모두가 일어나 돌아다니며 대화를 나누기 시작했다. 레빈은 다른 사람이 받은 인상을 통해 자신의 당혹스러움을 규명해 보고자 음악에 조예가 깊은 사람을 찾으러 다니다가, 음악에 정통하기로 유명한 이들 중 한 사람이 자신의 지인 페스초프와 이야기를 나누고 있는 것을 발견하고 반색했다.

「정말 근사하군요!」 페스초프가 굵은 저음으로 말했다. 「안녕하십니까. 콘스탄틴 드미트리치. 특히 그 부분이 생동감 있고 조형적이더군요. 그러니까, 코델리아가 가까이 다가가는 장면 있잖습니까, das ewig Weibliche(영원히 여성적인 것)[6]라 할 수 있는 여인이 운명에 대항한 투쟁에 돌입하는 장면에서 유난히 색채감이 넘치던데, 그렇지 않던가요?」

「그런데 왜 그 장면에서 코델리아가 나오는 거죠?」 레빈이 소심한 어조로 물었다. 그는 이 환상곡이 광야의 리어왕을 묘사한 것임을 까맣게 잊고 있었던 것이다.

「코델리아가 나오는 건…… 자, 이걸 보시죠.」 페스초프가 손에 쥔 반들반들한 공연 프로그램을 손가락으로 톡톡 치고는 레빈에게 건넸다.

그제야 레빈은 환상곡의 제목을 기억해 내고서 프로그램 뒷면에 러시아어로 번역되어 인쇄된 셰익스피어의 시구를 황급히 읽었다.

「이게 없으면 따라가기가 어렵습니다.」 같이 이야기하던 사람이 자리를 떠서 대화 상대가 없어지자, 페스초프가 레빈을 향해 말했다.

막간 휴식 시간에 레빈과 페스초프는 바그너식 음악 경향[7]

6 괴테의 『파우스트』 마지막 대목에 나오는 표현.
7 독일의 작곡가 리하르트 바그너가 창시한 악극 형식에 대한 언급. 바그

의 장단점에 대해 논쟁을 벌였다. 레빈은 바그너와 그의 계승자들이 범한 오류는 음악이 다른 예술의 영역으로 옮아가려 하는 데 있음을 논증하였다. 회화가 해야 할 얼굴 윤곽의 스케치를 시가 하려고 드는 것과 마찬가지의 우를 범하고 있다는 것이었다. 그러한 오류의 예로서, 그는 반석 위에 세워진 시인의 동상 주위로 솟아오르는 시적 형상의 그림자를 대리석에 새겨 넣는 조각가의 경우를 들었다.[8] 〈조각가들이 그러한 그림자를 제대로 구현하지 못해, 꼭 계단에 매달려 있는 듯 보일 지경이지요〉라고 레빈이 말했다. 레빈은 이 표현이 마음에 들었지만, 전에 이런 얘기를 다른 사람도 아닌 바로 페스초프에게 한 적이 있었던 것 같다는 생각에 이내 당황하고 말았다.

페스초프는 예술은 하나이며, 여러 종류의 예술을 결합함으로써만 최고의 발현을 달성할 수 있다고 주장했다.

레빈은 음악회의 2부를 들을 수 없었다. 페스초프가 레빈

너는 음악이 중심이 되는 전통적인 오페라 형식을 타파하고 그리스 비극을 계승하여 음악, 연극, 문학이 동등한 비중을 차지하는 종합 예술로서의 악극을 주창하였다. 1876년에 바이로이트 황실 극장에서 그의 악극 「니벨룽겐의 반지」 전곡이 상연되어 대성황을 이루었고, 〈바그너주의〉는 러시아와 프랑스에서 첨예한 논쟁을 불러일으켰다. 톨스토이는 여기서 표제 음악, 즉 특정한 이야기에 곡을 붙인 악곡을 바그너적 경향과 연결시키고 있다. 그는 바그너와 바그너적인 경향 일체에 대해 비판적인 입장을 견지했고, 그의 논문 「예술이란 무엇인가」에서 이를 피력하였다.

8 예술가 아카데미에 1875년에 전시된 조각가 안토콜스키의 푸시킨 기념비를 겨냥한 말이다. 푸시킨이 바위에 앉아 있고, 그의 작품 속에 등장하는 주인공들이 계단을 따라서 시인을 향해 올라가는 모습을 구현한 그 기념비는, 안토콜스키의 구상에 의하면, 〈여기 한 무리의 손님들이 나에게 오네, / 오래된 지인들, 내 공상의 열매들이〉라는 푸시킨의 시구를 조형적으로 표현해야만 했다.

옆에 선 채 쉴 새 없이 떠들어 대면서 작품의 역겨울 정도로 과도한 단순함에 대해 비판하고, 그것을 회화에서 라파엘 전파가 보여 준 단순함에 빗대었던 것이다. 음악회를 나오면서 레빈은 지인들을 많이 만나 정치와 음악은 물론 서로 알고 지내는 사람들에 대한 이야기를 나누었는데, 그러는 와중에 찾아가기로 한 걸 까맣게 잊고 있던 볼 백작과도 마주쳤다.

「그럼 지금이라도 다녀오세요.」 레빈이 볼 백작 댁에 들러야 한다고 말하자 리보바가 말했다. 「어쩌면 손님을 받지 않을지도 모르니, 그렇게 되면 저를 데리러 집회장으로 오시고요. 그때까지 거기에 있을게요.」

6

「손님을 안 받으시는 거 아닌가?」 볼 백작의 집에 들어서며 레빈이 물었다.

「아닙니다, 어서 드시지요.」 문지기가 단호한 태도로 레빈의 외투를 벗기며 말했다.

〈그것 참 유감이군.〉 레빈은 한숨을 쉬고는 한쪽 장갑을 벗은 뒤 모자를 고쳐 쓰며 생각했다. 〈대체 내가 왜 온 거지? 무슨 얘기를 한담?〉

첫 번째 응접실을 지나던 그는 문간에서 볼 백작 부인과 마주쳤다. 그녀는 근심 어린 얼굴을 엄하게 굳히고는 하인에게 뭔가 지시하고 있었다. 레빈을 알아본 부인이 미소를 지어 보이더니, 사람들의 이야기 소리가 들려오는 옆의 작은 응접실로 들어가라고 했다. 응접실 소파에는 백작 부인의 두 딸과 레빈도 아는 모스크바의 대령이 앉아 있었다. 레빈은 그들 곁으로 가서 인사를 하고는 모자를 무릎 위에 올려놓은 채 소파 옆에 앉았다.

「아내분의 건강은 어떠세요? 음악회에 다녀오셨나요? 우리는 갈 수가 없었어요. 엄마가 추도식에 가셔야 했거든요.」

「네, 저도 들었습니다…… 그렇게 급작스럽게 돌아가시다니요.」레빈이 말했다.

백작 부인이 들어와 소파에 앉더니 키티와 음악회에 대해 똑같은 질문을 했다.

레빈은 대답하고 나서 아프락시나의 돌연사에 대해 다시한번 물었다.

「그분은 항상 건강이 안 좋았어요.」

「어제 오페라를 보셨나요?」

「네, 갔었습니다.」

「루카⁹는 정말 멋지더군요.」

「네, 훌륭하죠.」그는 이렇게 대답했다. 그러고는 거기 있는 사람들이 자신에 대해 어떻게 생각하든 전혀 상관없었기 때문에, 가수의 재능에 대해 수없이 들었던 얘기를 되풀이하기 시작했다. 볼 백작 부인은 경청하는 시늉을 했다. 레빈이 어느 정도 이야기를 하자, 그때까지 잠자코 있던 대령이 입을 열었다. 대령도 오페라와 극장의 조명에 대해 이야기를 늘어놓았다. 마침내 튜린의 집에서 열리기로 예정되어 있는 folle

---

9 Pauline Lucca(1841~1908). 이탈리아 오페라 가수. 1870년대 초반에 러시아에서 순회공연을 하였고, 모차르트의 「돈 조바니」와 비제의 「카르멘」 여주인공 역으로 큰 인기를 구가했다.

journée(광란의 하루)[10] 얘기를 꺼낸 대령은 웃음을 터뜨리더니 요란하게 자리에서 일어나 길을 나섰다. 레빈도 일어서려했으나 백작 부인의 얼굴을 보고는 아직 나갈 때가 아님을 알아챘다. 2분 정도는 더 있어야 했다. 그는 자리에 앉았다.

하지만 여전히 그러고 있는 게 바보 같은 짓이라는 생각이 떠나지 않았고, 그는 얘깃거리를 찾지 못한 채 입을 다물고 말았다.

「당신은 공개 회의에 안 가시나요? 재미있는 집회라던데요.」백작 부인이 물었다.

「예, 다만 belle-sœur(처형)를 데리러 거기 들를 예정입니다.」레빈이 대답했다.

침묵이 깃들었다. 어머니와 딸은 또 한 번 서로 눈길을 주고받았다.

〈이제 갈 때가 된 것 같아.〉레빈은 이렇게 생각하고 자리에서 일어섰다. 부인들은 레빈과 인사를 나누며 아내에게 mille choses(안부)를 전해 달라고 말했다.

문지기가 외투를 건네며 그에게 물었다.

「어디에서 지내십니까?」그러더니 그는 그 자리에서 잘 제본된 커다란 노트에 곧바로 적어 넣었다.

〈나랑은 별 상관없지만, 어쨌든 간에 부끄럽고 어리석기 짝이 없는 짓이야.〉레빈은 모두들 이렇게 한다고 스스로를 위안하며 위원회의 공개 회의장으로 향했다. 그곳에서 처형을 찾아내 함께 집으로 가야 했다.

위원회의 공개 회의는 사교계 인사들 대부분을 포함하여

10 카니발이나 무도회를 지칭하는 비유적 표현. 프랑스 극작가 보마르셰의 희극 「광란의 하루, 혹은 피가로의 결혼」에서 유래하였다.

많은 사람들로 북적였다. 레빈이 도착했을 땐 모두가 매우 흥미로울 거라고 했던 보고가 이루어지고 있었다. 보고가 끝나자 사교계 사람들이 모였고, 거기서 레빈은 스비야시스키를 만났다. 그는 레빈에게 오늘 저녁에 농업 협회에서 유명한 강연이 있으니 꼭 오라고 당부했다. 또한 경마장에서 막 도착한 스테판 아르카디치와 그 밖의 여러 지인들과도 마주쳤다. 그 자리에서 레빈은 회의와 새로운 환상곡과 소송에 대해 얘기하기도 하고 듣기도 했다. 하지만 음악회에서 이미 느껴지기 시작한 주의력의 감퇴로 인하여 그는 소송 얘기를 하면서 실수를 했고, 나중에도 자꾸만 그 실수가 떠올라 속이 상했다. 러시아에서 재판을 받은 외국인에게 곧 가해질 처벌에 대해 이야기하던 중 그를 국외로 추방하는 것은 옳지 못하다고 하면서 전날 지인의 대화 중에 들었던 얘기를 반복했던 것이다.[11]

「제 생각에, 그를 국외로 추방하는 건 꼬치고기를 벌주겠다고 물에 넣는 짓이나 마찬가지입니다.」 이렇게 말하고 나서야, 레빈은 자기 생각인 양 내뱉은 이 말이 어제 지인에게서 들은 말이며, 그것도 그 지인 역시 신문 칼럼에서 갖다 쓴 크릴로프[12]의 우화에 나오는 표현이라는 것이 생각났다.

처형과 함께 집으로 간 레빈은 키티가 기분도 명랑하고 몸도 괜찮은 것을 확인한 뒤 클럽으로 출발했다.

11 모스크바 은행의 이사들이 B. G. 슈트루스베르크에게 매수되어 주식 시장에서 유통되지 않는 위조 유가 증권을 담보로 7백만 루블을 대부해 주었던 1875년의 사건을 염두에 둔 대목이다. 나중에 유가 증권이 위조된 것으로 드러났을 때, 각종 기관의 책임자 1천2백여 명이 법원의 심리 대상으로 소환되었고, 재판 결과 슈트루스베르크는 국외로 추방되었다.
12 Ivan Krylov(1769~1844). 러시아의 유명한 우화 시인.

7

레빈은 때맞춰 클럽에 도착했다. 그가 도착할 무렵 손님과 회원들도 도착했던 것이다. 대학을 졸업하고 모스크바에서 지내며 사교계를 드나들던 이후로 레빈은 꽤 오랫동안 클럽에 다니지 않았다. 그 외형은 세세한 부분까지 기억했지만 과거에 느꼈던 클럽에 대한 인상은 까맣게 잊고 있었다. 하지만 넓은 반원형 마당에 들어선 뒤 마차에서 내려 현관으로 들어섰을 때 어깨끈을 맨 문지기가 소리 없이 문을 열며 인사를 하자마자, 덧신을 신은 채 위층으로 올라가는 것보다 아래층에 벗어 놓는 게 편하다고 생각한 회원들이 문지기 방에 벗어 놓은 덧신과 모피 외투를 보자마자, 자신의 도착을 알리는 비밀스러운 벨 소리를 듣고 양탄자가 깔린 가파른 계단을 따라 올라가면서 층계참에 놓인 조각상을 보자마자, 위층의 문에서 그새 세 명째인, 안면은 있으나 이제는 늙어 버린 클럽 제복 차림의 문지기가 서두르지도 늑장을 부리지도 않으면서 문을 열고 손님을 돌아보는 모습을 보자마자, 레빈은 오래전에 느꼈던 클럽의 인상, 휴식과 만족과 품위가 넘치는 그 인상에 사로잡혔다.

「모자를 이리 주시지요.」 문지기의 방에 모자를 맡겨 두는 클럽의 규칙을 잊은 레빈을 향해 그가 말했다. 「오랫동안 안 찾아 주셨죠. 공작님께서 어제 나리를 가입시키셨습니다. 스테판 아르카디치 공작님은 아직 도착 전이십니다.」

레빈뿐만 아니라 그의 인맥과 친인척까지 모두 꿰고 있는 문지기가 가까운 사람들에 대해 곧바로 알려 주었다.

레빈은 칸막이로 나뉜 통로 겸용 홀과 과일 상이 차려진 오른쪽 방을 지나고 느릿느릿 걸어가는 노인을 지나쳐 사람들로 왁자지껄한 식당으로 들어섰다.

그는 손님들을 둘러보며 거의 다 자리가 찬 식탁 옆을 지나갔다. 여기저기서 노인과 젊은 사람, 얼굴만 겨우 아는 사람과 가까운 사람 등 온갖 다양한 이들과 마주쳤다. 화가 났거나 수심에 잠긴 얼굴은 하나도 없었다. 모두가 문지기 방에 자신의 모자와 함께 근심 걱정을 내려놓고 삶의 물질적 행복을 느긋하게 즐기기 위해 모인 듯했다. 스비야시스키, 셰르바츠키, 네베돕스키, 노공작, 브론스키 그리고 세르게이 이바노비치도 그곳에 있었다.

「어이, 왜 이렇게 늦었나?」 공작이 미소 띤 얼굴로 어깨 너머 악수를 청했다. 「키티는 좀 어떤가?」 조끼 단추에 끼워 둔 냅킨을 정돈하며 공작이 덧붙여 물었다.

「괜찮습니다, 건강합니다. 셋이서 집에서 식사를 하고 있습니다.」

「아, 〈알리나-나디나〉에 열중하고 있겠군. 여긴 자리가 없네. 저기 있는 식탁에 어서 빨리 자리를 잡도록 하게.」 이렇게 말하고서 공작은 몸을 돌려 민물 대구로 만든 생선수프가 담긴 접시를 조심스레 받아 들었다.

「레빈, 이리로 오게!」 조금 떨어진 곳에서 다정한 목소리가 들려왔다. 투롭친이었다. 그는 젊은 군인과 함께 앉아 있었는데, 그들 옆에는 의자 두 개가 거꾸로 놓여 있었다. 레빈이 반가워하며 그들 쪽으로 갔다. 마음씨 좋은 난봉꾼인 투롭친이 그는 언제나 좋았다. 게다가 키티에게 사랑을 고백했던 때의 추억과 얽혀 있는 친구이기도 했다. 그러나 지금, 잔뜩 긴장한 채 온갖 지적인 대화에 몰두한 투롭친의 선량한 모습을 보자니 특히나 반가웠다.

「여기가 자네하고 오블론스키 자리네. 오블론스키는 곧 올걸세.」

아주 바른 자세를 하고서 줄곧 웃음을 머금은 듯 밝은 눈빛을 지닌 군인은 페테르부르크 출신의 가긴이었다. 투롭친은 두 사람을 인사시켰다.

「오블론스키는 항상 늦는군.」

「아, 저기 오네.」

「이제 막 온 거지?」 오블론스키가 그들에게 재빨리 다가오며 말했다. 「잘들 있었는가? 보드카는 마셨고? 자, 가자고.」

레빈이 자리에서 일어나 오블론스키와 함께 보드카와 다양한 안줏거리가 놓인 커다란 탁자로 갔다. 스무 가지가 넘는 안주 가운데 입맛에 맞는 걸 고르면 될 텐데 스테판 아르카디치는 뭔가 특별한 것을 주문했고, 그러자 제복을 입고 서 있던 급사 중 하나가 곧바로 그걸 대령했다. 그들은 한잔 들이켠 뒤 탁자로 다시 돌아왔다.

아직 생선수프를 먹는 중에 가긴이 주문한 샴페인이 나오자, 그는 샴페인을 네 개의 잔에 따르라고 했다. 레빈은 술잔을 사양하지 않고 한 병 더 주문했다. 그는 배가 고팠기에 즐겁게 먹고 마셨으며, 말동무들과 한층 더 즐겁게 단순하고 유쾌한 대화를 나눴다. 가긴이 목소리를 낮추고서 페테르부르크에서 도는 우스갯소리를 전했다. 비록 점잖지 못하고 실없는 소리였지만 어찌나 우스운 이야기였는지 레빈이 하도 크게 웃어 대는 바람에 주변 사람들이 그를 쳐다볼 정도였다.

「그러니까 그 얘기는 〈난 그런 건 못 참아!〉 뭐 그런 거지. 알겠나?」 스테판 아르카디치가 말했다. 「아, 정말 재미있군!

한 병 더 가져오게.」 그가 하인에게 이르고는 이야기를 이어 갔다.

「표트르 일리치 비놉스키가 보내셨습니다.」 늙은 하인이 스테판 아르카디치의 말을 끊더니 거품이 꺼진 샴페인이 담긴 날씬하게 생긴 잔을 스테판 아르카디치와 레빈에게 건넸다. 스테판 아르카디치가 잔을 집어 들고 식탁 반대편 끝에 있는 붉은 콧수염을 기른 대머리 남자와 눈길을 주고받고는 웃으면서 고개를 내저었다.

「누군가?」 레빈이 물었다.

「우리 집에서 한 번 본 적이 있는데, 기억 안 나나? 괜찮은 사람이야.」

레빈도 스테판 아르카디치를 똑같이 따라 하고는 잔을 들었다.

스테판 아르카디치가 들려준 우스갯소리도 아주 재미있었다. 레빈도 일화 하나를 얘기했고 그것 역시 재미있었다. 그런 다음 대화는 말에 관한 얘기와 그날 있었던 경마, 브론스키의 말 아틀라스가 당당히 우승을 차지한 이야기로 옮아갔다. 어떻게 식사를 마쳤는지도 모를 정도였다.

「아, 이제 오셨군!」 식사가 끝나 갈 무렵 브론스키가 키가 훤칠한 근위대 대령과 함께 다가오자 스테판 아르카디치는 의자 등받이 너머로 몸을 굽혀 손을 내밀었다. 브론스키의 얼굴에서도 클럽의 전체적인 분위기와 매한가지로 명랑함과 넉넉함이 엿보였다. 그가 유쾌하게 스테판 아르카디치의 어깨를 팔꿈치로 툭 치고는 뭔가를 귀엣말로 속삭이더니, 여전히 환한 미소를 지은 채 레빈에게 악수를 청했다.

「뵙게 되어 무척 반갑습니다.」 그가 말했다. 「선거 날 뵙고자 찾아다녔는데 이미 떠나셨다고 하더군요.」 브론스키가 레빈에게 말했다.

「네, 그날 바로 갔습니다. 지금 당신의 말 얘기를 하고 있었습니다. 축하드립니다.」 레빈이 말했다. 「정말 빠르게 달렸다더군요.」

「당신도 말을 갖고 계시지 않습니까.」

「아닙니다, 부친께서 가지고 계셨죠. 웬만큼은 기억나고, 또 알고 있습니다.」

「어디서 식사했나?」 스테판 아르카디치가 물었다.

「우린 저 기둥 뒤 두 번째 식탁에서 먹었습니다.」

「이 친구를 축하해 줬죠.」 키 큰 대령이 말했다. 「황제의 상을 두 번째로 받았지 뭡니까. 이 친구한테 경마 운이 있는 것처럼 내게도 카드 운이 있었으면 좋겠는데요.」

「그건 그렇고, 금쪽같은 시간을 낭비할 수는 없죠. 저는 지옥으로 가보겠습니다.」 대령은 이렇게 말하고서 식탁에서 물러났다.

「저 친구가 야시빈입니다.」 브론스키가 투롭친의 물음에 답하고서 빈자리에 앉았다. 그 역시 건네진 잔을 받아 마시고서 한 병을 더 주문했다. 클럽의 분위기 때문인지 아니면 술 때문인지, 레빈은 브론스키와 가축의 우량종에 대해 이야기를 나누는 동안 그에 대해서 아무런 적대감도 느껴지지 않아 무척 기뻤다. 심지어 아내가 마리야 보리소브나 공작 부인 댁에서 그를 만난 얘기를 들었다는 이야기까지 했다.

「아, 마리야 보리소브나 공작 부인, 정말 멋진 분이지!」 스테판 아르카디치가 이렇게 말하고서 그녀와 관련된 일화를 들려주어 모두를 웃게 만들었다. 특히 브론스키가 너무나 후

덕하게 껄껄 웃어서, 레빈은 그와 완전히 편해진 듯한 기분마저 들었다.

「어떤가, 다들 끝낸 건가?」스테판 아르카디치가 일어나서 웃으며 말했다. 「가보자고!」

8

식탁에서 물러나 걷는 동안 레빈은 자신의 팔이 규칙적으로 가볍게 흔들리는 것을 느끼며 가긴과 함께 천장 높은 방들을 지나서 당구장으로 향했다. 커다란 홀을 지나다가 그는 장인과 마주쳤다.

「어떤가? 우리 무위의 전당이 마음에 드나?」레빈의 팔을 잡으며 공작이 말했다. 「가서 한 바퀴 돌아봄세.」

「안 그래도 잠시 거닐면서 이것저것 둘러보고 싶었습니다. 재미있을 것 같아서요.」

「그래, 자네에게도 재미있을 거야. 하지만 나한테는 자네와는 다른 재미가 있지. 저기 저 영감탱이들 좀 보게나.」입술이 처지고 허리까지 굽은 회원 한 명을 가리키며 공작이 말했다. 그는 부드러운 장화를 신은 발을 간신히 움직이며 맞은편에서 걸어오더니 그들을 지나쳐 갔다. 「자넨 저들이 태어날 때부터 빙충이였다고 생각하겠지.」

「빙충이라뇨?」

「빙충이가 뭔지 모르는군. 우리 클럽 사람들이 쓰는 말이라네. 그게 말일세, 달걀이 구를 만치 구르면 빙충이가 되거든. 우리 같은 사람들도 마찬가질세. 클럽을 다닐 만치 다니다 보면 빙충이가 되는 거지. 자네 웃고 있군그래. 하지만 언제 자신도 빙충이가 될지, 다들 초조해한단 말일세. 체첸스키 공작을 아나?」 공작이 물었다. 공작의 얼굴을 보고서 레빈은 그가 뭔가 우스운 얘기를 할 참이라는 걸 눈치챘다.

「아니요, 모릅니다.」

「어떻게 모를 수 있나! 그 유명한 체첸스키를. 뭐, 그래도 상관없네. 그는 항상 당구를 쳤지. 3년 전만 해도 빙충이가 아니라 당당한 사람이었어. 다른 이들을 빙충이라고 불러 댔지. 그러다가 한번은 그가 클럽에 와서 문지기한테……. 자네, 알지? 바실리라고, 그 뚱뚱한 친구 말일세. 농담을 아주 잘하는 친구지. 어쨌거나 체첸스키가 문지기한테 〈그래, 어떤가, 바실리? 누구누구 왔나? 빙충이들도 왔나?〉라고 물었지. 그랬더니 문지기가 〈나리가 세 번째이십니다〉라고 대답한 거야. 그래, 정말 그랬다니까!」

마주치는 지인들과 인사나 이야기를 나누면서 레빈은 장인과 함께 방이란 방은 전부 돌아다녔다. 벌써 탁자들이 놓인 큰방에서는 늘 모이는 사람들끼리 둘러앉아 작은 내기를 하고 있었다. 소파가 놓여 있는 방에서는 체스 게임이 한창이었고, 세르게이 이바노비치가 누군가와 이야기를 나누고 있었다. 당구장 한쪽 구석의 소파 옆에서는 샴페인을 곁들인 흥겨운 모임이 이루어지고 있었는데, 가긴도 거기 끼어 있었다. 지옥 방이라는 곳도 들여다보니, 야시빈이 자리를 잡은 어느 탁자에 도박꾼들이 잔뜩 모여 있었다. 소리를 내지 않으려고 조심하면서 그들은 컴컴한 독서실로 들어갔다. 거기에는 갓을 씌운 등불 아래 어느 젊은 사내가 화난 얼굴로 앉아서 이 잡지 저 잡지 들춰 보고 있었고, 대머리 장군이 독서 삼매경에 빠져 있었다. 공작이 〈지성의 방〉이라고 부르는 곳에도 가보았는데, 거기서는 세 신사가 최근의 정치 상황에 관해 열띤 토론을 벌이는 중이었다.

「공작님, 준비됐습니다.」 공작의 파트너 중 한 명이 그를 찾아와 이렇게 말하자 공작은 방을 나갔다. 레빈은 잠시 앉아서 이야기를 들었으나, 그날 오전의 대화들이 떠오르더니 갑자기 모든 게 너무나 지겨워졌다. 즉시 그는 일어나 함께 즐거운 시간을 보냈던 오블론스키와 투롭친을 찾아 나섰다.

투롭친은 맥주잔을 든 채 당구장의 등받이가 높은 안락의자에 앉아 있었고, 스테판 아르카디치는 브론스키와 함께 방 한구석 문가에서 뭔가 이야기를 나누고 있었다.

「그 애는 지루해하는 게 아니라, 상황이 불확실하고 유동적이기 때문에 그런 거야.」 이 말을 들은 레빈은 서둘러 물러나려 했으나, 스테판 아르카디치가 그를 불러 세웠다.

「레빈!」 스테판 아르카디치가 말했다. 눈물까지는 아니지만 그의 눈가가 촉촉하게 젖어 있음을 레빈은 알아챘다. 술을 마셨거나 몹시 감동받았을 때 늘 그런 모습을 보이곤 했다. 지금은 두 가지 모두에 해당되었다. 「레빈, 가지 말게.」 그는 이렇게 말하며 절대로 놓아주지 않겠다는 투로 레빈의 팔꿈치를 꽉 잡았다.

「이 사람은 나의 진정한 친구, 거의 제일 좋은 친구라고 할 수 있네.」 그가 브론스키에게 말했다. 「자네도 나에게 가깝고 귀중한 사람이야. 그러니 자네들 둘은 서로 친해지고 가까워져야 하네. 왜냐하면 둘 다 좋은 사람들이니까.」

「그렇다면, 이제 입맞춤만 남았군요.」 브론스키가 손을 내밀며 호인다운 농담을 했다.

래빈은 내민 손을 잽싸게 잡고서 힘주어 쥐었다.

「정말이지 기쁩니다.」악수를 하며 레빈이 말했다.

「어이, 여기 샴페인 한 병 가져오게.」스테판 아르카디치가 말했다.

「저도 무척 기쁩니다.」브론스키가 말했다.

그러나 스테판 아르카디치의 바람, 그리고 또 그들 상호 간의 바람에도 불구하고 그들은 아무런 할 말이 없었으며, 양쪽 모두 그걸 느끼고 있었다.

「자네 그거 알고 있나? 이 친구가 아직 안나를 모른다는 것 말일세.」스테판 아르카디치가 브론스키에게 말했다. 「그래서 이 친구를 안나에게 꼭 데려가고 싶네. 가자고, 레빈!」

「정말입니까?」브론스키가 말했다. 「그녀가 매우 기뻐할 겁니다. 나도 지금 집으로 가고 싶지만……」그가 덧붙였다. 「야시빈이 걱정돼서요. 게임이 끝날 때까지 여기 있을 생각입니다.」

「왜, 안 좋은가?」

「계속 잃고 있어요. 오로지 나만 그를 말릴 수 있거든요.」

「그럼 피라미드 게임을 할까? 레빈, 한 판 할 텐가? 그래, 좋았어.」그러더니 스테판 아르카디치가 당구 게임 담당자에게 말했다. 「피라미드를 준비해 주게.」

「벌써 한참 전에 준비해 놓았습니다.」당구공으로 삼각형 모양을 만들어 놓고 심심풀이로 빨간 공을 굴리던 담당자가 대답했다.

「자, 시작하자고.」

게임 한 판을 끝낸 뒤 브론스키와 레빈은 가긴이 앉아 있는 테이블에 합류했다. 그곳에서 레빈은 스테판 아르카디치의 제안에 따라 에이스에 걸었다. 브론스키는 끊임없이 찾아오는 지인들에게 둘러싸인 채 탁자에 앉아 있거나, 야시빈을 지켜보러 지옥 방으로 가곤 했다. 레빈은 오전에 겪었던 지적인 피로에서 벗어나 유쾌한 휴식을 맛보았다. 브론스키에 대한 적대감이 사라져서 기뻤을 뿐 아니라 줄곧 평온과 품위, 만족감을 느꼈다.

게임이 끝나자 스테판 아르카디치는 레빈의 팔을 잡았다.

「자, 그럼 안나에게 가자고. 지금 갈까? 응? 안나는 집에 있네. 한참 전부터 내가 자네를 데려가기로 약속했지. 저녁때 어디 가기로 했나?」

「특별히 갈 데는 없네. 스비아시스키에게 농업 협회에 가겠다고는 했지만. 그래도 가세.」레빈은 말했다.

「좋았어, 가자고! 내 마차가 왔는지 알아보게.」스테판 아르카디치가 하인에게 말했다.

레빈은 탁자로 다가가서 에이스에 걸었다가 잃은 40루블을 내고는 문설주 옆에 서 있던 늙은 하인에게 비밀스레 클럽 비용을 지불한 다음, 팔을 유난히 흔들며 여러 개 홀을 지나 출입구로 향했다.

9

「오블론스키 나리, 마차가 왔습니다!」문지기가 거친 저음으로 소리쳤다. 두 사람은 다가온 마차에 올라탔다. 마차가 클럽의 대문을 막 나서는 순간까지만 해도 레빈은 클럽의 평온과 만족, 주변의 품격이 주는 인상에 젖어 있었다. 그러나

거리로 나와 울퉁불퉁한 도로 위에서 마차의 흔들림이 느껴지고, 마주 오는 마부의 드센 외침이 들리고, 흐릿한 조명 속에서 술집과 가게의 붉은 간판이 보이자마자 그 인상은 허물어져 버렸다. 그러자 그는 자신의 행동을 곰곰이 되씹어 보기 시작했고, 안나를 만나러 가는 게 잘하는 짓인지 자문했다. 키티는 뭐라고 할까? 그러나 스테판 아르카디치가, 마치 레빈의 망설임을 짐작한 듯 고민할 틈을 주지 않고서 그런 의혹들을 날려 버렸다.

「정말 기쁘군.」 그는 말했다. 「자네가 안나와 알게 된다니 말이야. 돌리도 예전부터 이렇게 되길 바랐지. 리보프도 누이 집에 한번 가고 나서는 가끔씩 들른다네. 내 누이이긴 하지만…….」 스테판 아르카디치가 계속 말을 이었다. 「나는 걔가 훌륭한 여자라고 감히 말할 수 있어. 자네도 알게 될 걸세. 걔 상황이 요즘은 특히 힘들긴 하지만 말이야.」

「어째서 요즘 특히 힘들단 말인가?」

「안나하고 남편 사이에 이혼 얘기가 오가고 있네. 남편도 동의했지. 그런데 아들 문제 때문에 어려움이 있어. 벌써 끝났어야 할 일인데 석 달째 이어지고 있으니 원. 이혼을 하게 되면 누이는 브론스키와 결혼할 거라네. 〈이사야여, 기뻐하라〉[13] 하면서 빙빙 도는 옛날 의식 말이지, 그거 정말 바보 같은 짓이라니까. 아무도 믿지 않을뿐더러, 사람들의 행복에 방해만 되지 않느냔 말이야!」 스테판 아르카디치가 덧붙였다. 「어쨌거나 그때가 되면 두 사람의 처지도 자네나 나처럼 명

---

13 동정녀 마리아의 잉태를 예언한 구약 시대 예언자 이사야의 공적을 기리는 구절로, 여기서는 정교 결혼 성사의 신랑 신부 대관식 때 부르는 찬송가를 뜻한다.

확해질 걸세.」

「대체 그 어려움이라는 게 뭔데?」 레빈이 물었다.

「아, 길고 지루한 얘기야! 우리네 일이란 게 죄다 불확실해서 말이야. 문제는 내 누이가 이혼을 기다리며 이곳 모스크바에 석 달째 머물고 있는데, 사람들이 안나와 브론스키 사이를 모두 알고 있으니 아무 데도 안 다니는 데다가 여자들 중에서도 돌리 말고는 아무도 안 만난다네. 왜 그러는지 알겠나? 동정심에서 찾아오는 걸 원하지 않기 때문이지. 그 바보 같은 공작 영애 바르바라는 이 모든 게 점잖지 못하다며 떠나 버렸다네. 그러니 이런 상황에서 다른 여자라면 맥을 못 추고 말지. 하지만 안나는, 자네도 보면 알겠지만 자신의 삶을 얼마나 잘 꾸려 가는지, 얼마나 차분하고 기품 있는지 모르네. 왼쪽 골목길로, 저 교회 맞은편으로!」 스테판 아르카디치가 몸을 숙인 채 마차의 창문 밖을 향해 소리쳤다. 「휴, 정말 덥군!」 그는 영하 12도의 날씨임에도 불구하고 이미 앞섶을 풀어 놓은 모피 외투를 더 활짝 열어젖혔다.

「근데, 딸아이가 있지 않나? 딸아이 때문에 분명 경황이 없을 텐데?」 레빈이 말했다.

「자네는 모든 여자를 암컷으로, 그러니까 une couveuse(알을 품은 암탉)로 보는구먼.」 스테판 아르카디치가 말했다. 「바쁘다면 틀림없이 아이들 때문이라고 보니 말이야. 아니, 딸아이를 잘 키우는 것 같긴 하네만, 그 아이에 대해선 들은 바가 없네. 내 누이는 무엇보다 글을 쓰느라 바쁘다네. 보아하니 비웃고 있군. 그러면 안 되지. 안나는 아동용 책을 쓰고 있어. 이건 아무에게도 얘기하지 않았지만 나한테는 읽어 줬고, 내가 그 원고를 보르쿠예프에게 건넸다네...... 왜 그 출판 관련 일을 하는 사람 있잖나……. 그도 작가인 모양이야. 그 사람이 그쪽으로 전문가인데 안나의 글이 훌륭하다더군. 혹시 자네 안나를 여류 작가라고 생각하는 건가? 그런 건 전혀 아니네. 그 애는, 자네도 알게 되겠지만, 심장을 가진 여자라고. 지금은 어떤 영국 여자애와 그 아이의 식구들을 집에 데리고 있는데, 그것 때문에 경황이 없지.」

「아니, 무슨 자선 사업이라도 하는 건가?」

「자넨 계속 나쁜 쪽으로만 보려 드는군. 자선 사업이 아니라 진심에서 우러나서 하는 거라고. 걔네들 집에, 그러니까 브론스키 집에는 영국인 조련사가 있는데, 본인 일에는 뛰어나지만 아주 고주망태라네. 완전히 술독에 빠져서 delirium tremens(진전 섬망증)에 걸렸고, 그 바람에 가정이 완전히 방치되었지. 내 누이가 그 사실을 알고 도와줬는데, 거기 재미를 붙이더니 이제는 아예 그 가족을 전부 돌보고 있는 거야. 물론 오만하게 돈으로 때우는 건 전혀 아니야. 안나는 사내아이들을 학교에 보내려고 손수 러시아어를 공부시키고, 여자아이도 직접 거두고 있지. 이제 자네도 보게 될 걸세.」

마차가 마당에 들어서자 스테판 아르카디치는 썰매가 놓인 현관에서 초인종을 크게 울렸다.

문을 연 심부름꾼에게 집에 주인이 있는지 물어보지도 않고, 스테판 아르카디치는 안으로 들어섰다. 레빈은 자신이 잘하고 있는 건지 점점 더 의심스러워하면서 그의 뒤를 쫓아 안으로 들어갔다.

거울을 보고서야 레빈은 자신의 얼굴이 붉게 달아올라 있음을 알게 되었다. 하지만 취하지는 않았다고 확신하고는 스테판 아르카디치를 따라 양탄자가 깔린 층계를 올라갔다. 위층에서 스테판 아르카디치가 가까운 사람을 대하듯 인사하는 하인에게 안나 아르카디예브나에게 손님이 있는지 묻자, 하인은 보르쿠예프가 와 있다고 대답했다.

「어디에 있나?」

「서재에 계십니다.」

벽이 어두운 색깔의 목재로 덮여 있는 자그마한 식당을 지나 스테판 아르카디치와 레빈은 부드러운 양탄자를 밟으며 크고 짙은 갓을 씌운 등불 빛이 어려 어스레한 서재로 들어섰다. 벽에 걸린 또 다른 전등의 반사경이 한 여인의 전신상을 비추고 있었다. 레빈이 무심결에 그 그림에 주의를 기울였다. 그것은 이탈리아에서 미하일로프가 그린 안나의 초상화였다. 스테판 아르카디치가 삼단 거울 뒤로 들어가고 대화 중이던 남자의 말소리가 멎을 때까지, 레빈은 조명이 비치는 액자로부터 걸어 나올 듯한 초상화를 바라보며 그것에서 눈을 떼지 못했다. 그는 심지어 자신이 어디에 있는지도 잊고 말소리도 듣지 못한 채 그 놀라운 초상화만을 바라보았다. 그것은 그림이 아니라 살아 있는 매력적인 여인이었다. 곱슬거리는 흑발과 맨살을 드러낸 어깨와 팔, 부드러운 솜털이 덮인 입술에 감도는 우수 어린 어렴풋한 미소, 그를 당혹케 하는 부드러우면서도 압도적인 눈빛을 그녀는 지니고 있었다. 실물이 아니었기에, 실물이 보여 줄 수 있는 것보다 더 아름다웠다.

「만나 뵙게 되어 정말 반가워요.」 문득 그의 옆에서 목소리가 들렸다. 레빈을 향한 게 분명한 그 목소리의 주인공은 그가 홀린 듯이 바라보고 있던 초상화 속의 바로 그 여인이었다. 안나가 삼단 거울 뒤에서 나와 그의 맞은편에서 다가오고 있었다. 그는 서재의 어스름 속에서 초상화의 여인을 알아보았다. 여러 가지 색과 어우러진 짙은 남색 드레스 차림에 초상화 속의 자세와 표정은 아니었지만, 화가가 초상화에 포착해 낸 바로 그 아름다움의 정점을 보여 주는 모습이었다. 현실 속의 그녀는 덜 눈부셨을지언정, 대신 초상화에는 없는 모종의 새로운 매력이 감돌고 있었다.

10

그녀는 레빈을 만나 기쁜 마음을 감추지 않으며 그의 맞은편에 섰다. 작고 활력이 넘치는 손을 차분하게 내밀며 보르쿠예프를 소개한 뒤, 거기 일감을 놓고 자리에 앉아 있는 예쁘장한 빨간 머리의 소녀를 자신의 양녀라고 부르면서 가리켜 보였다. 그녀의 차분한 모습에는 레빈에게 익숙하며 보기 좋은, 늘 침착하고 자연스러운 상류층 여인의 몸가짐이 깃들어 있었다.

「정말, 정말 기뻐요.」 그녀가 되풀이해 말했다. 그녀의 입에서 나오는 이 단순한 말이 레빈에게는 어쩐지 특별한 의미를 담고 있는 듯 느껴졌다. 「당신을 오래전부터 알고 있었고 좋아했어요. 스티바와의 우정도 그렇고, 당신의 아내 때문에도……. 부인을 알고 지낸 건 아주 잠시였지만, 그녀는 어여쁜 꽃송이, 정말이지 꼭 꽃송이 같은 인상을 제게 남겨 주었죠. 이제 부인께서는 곧 엄마가 되시겠군요!」

그녀는 조바심 내지 않고 거침없이 말하면서 가끔씩 레빈에게서 오빠에게로 눈길을 돌리곤 했다. 레빈이 느끼기에 자신이 그녀에게 좋은 인상을 준 듯했고, 그 역시 마치 어릴 적부터 알아 온 것처럼 금세 그녀와 함께 있는 것이 편하고 즐거워졌다.

「저와 이반 페트로비치가 왜 알렉세이의 서재에 있냐면요……」 스테판 아르카디치가 담배를 피워도 되느냐고 묻자 그녀가 대답했다. 「바로 담배를 피울 수 있기 때문이지요.」 안나는 〈당신도 담배를 피우시나요?〉라는 질문 대신 레빈을 한번 쳐다본 뒤, 거북이 가죽으로 만든 담뱃갑을 자기 쪽으로 끌어와 담배 한 개비를 꺼냈다.

「요즘 건강은 어떠냐?」 오빠가 물었다.

「괜찮아요. 늘 그렇듯이 신경이 예민할 뿐이죠.」

「정말 훌륭한 그림 아닌가?」 레빈이 계속해서 초상화를 곁눈질하는 것을 눈치챈 스테판 아르카디치가 말했다.

「이보다 더 훌륭한 초상화는 본 적이 없군.」

「게다가 너무나 닮았어요, 그렇지 않나요?」 보르쿠예프가 말했다.

레빈은 초상화에서 실물로 눈을 돌렸다. 레빈의 시선을 느끼자 안나의 얼굴은 특별한 광채로 빛났다. 레빈의 얼굴이 붉어졌고, 그는 당황한 기색을 숨기기 위해 다리야 알렉산드로브나를 본 지 오래되었느냐고 물으려 했다. 그러나 바로 그때 안나가 입을 열었다.

「저와 이반 페트로비치는 바셴코프의 최근작에 대해 얘기하고 있었답니다. 그의 그림을 보신 적이 있나요?」

「네, 본 적 있습니다.」 레빈이 대답했다.

「죄송합니다, 뭔가 말씀하시려던 것 같은데 제가 말을 끊었네요……」

레빈은 돌리를 만난 지 오래되었느냐고 물었다.

「어제 저희 집에 다녀가셨는데, 그리샤의 학교 일로 무척 화를 내시더군요. 라틴어 선생님이 그리샤를 부당하게 대했나 봐요.」

「네, 저도 그 그림을 보긴 했습니다. 하지만 제 마음에 썩 들지는 않았습니다.」 레빈은 그녀가 꺼낸 화제로 말머리를 돌렸다.

이제 레빈은 그날 오전에 그랬던 것처럼 진부한 태도로 이야기하지 않았다. 그녀와 나누는 대화 한 마디 한 마디가 특별한 의미를 띠었다. 말을 하는 것도 즐거웠지만, 그녀의 얘기를 듣는 건 더더욱 즐거웠다.

안나는 소탈하면서도 지혜롭게 이야기했으며, 자신의 의견에는 전혀 가치를 부여하지 않는 반면 상대방의 생각엔 큰 의미를 부여했다.

대화는 새로운 미술 사조와 최근 프랑스 화가가 그린 성서의 삽화[14]에 관한 얘기로 옮아갔다. 보르쿠예프는 리얼리즘을 야만적인 수준으로까지 몰아갔다면서 화가를 비난했다. 레빈은 프랑스인들이 예술의 관례를 그 누구도 도달하지 못한 극한까지 밀어붙였으며, 그렇기 때문에 그들은 리얼리즘으로의 회귀에 자기네들이 특별한 공을 쌓았다고 여긴다고 말했다. 그들은 자신들이 거짓말을 하지 않는다는 점에서 시적인 무언가를 발견한다는 것이었다.

14 프랑스 화가 귀스타프 도레의 삽화가 수록된 성서가 1865년 프랑스에서 출간되었다. 도레는 단테의 『신곡』, 세르반테스의 『돈키호테』, 밀턴의 『실락원』의 삽화로 유명했다. 1875년에 러시아에서는 이 책들이 화려한 장정으로 출간되었음을 알리는 광고가 여러 매체에 실렸는데, 톨스토이는 도레가 성서적 형상들을 미학적으로만 해석하고 있으며 오로지 아름다움에만 신경 쓸 뿐이라고 혹평했다.

여태껏 레빈이 했던 재치 있는 말 가운데 그처럼 스스로에게 만족스레 여겨진 경우는 없었다. 문득 그 말의 진가를 파악한 안나의 얼굴에 즐거운 빛이 떠올랐다. 그녀는 웃음을 터뜨렸다.

「제가 웃는 건…….」 안나가 말했다. 「누군가와 너무나 닮은 초상화를 보면 웃음이 나오는 것과 같은 경우예요. 당신이 하신 말씀이 작금의 프랑스 예술의 특징을 정확하게 지적하고 있잖아요.[15] 회화도 그렇고 문학도 그래요. 졸라와 도데[16] 말이에요. 하지만 어쩌면 원래 늘 그런 것 아닌가 싶기도 하네요. 처음엔 머리로 고안해 낸 관례적인 형상들로부터 conceptions(개념)이 만들어지고, 그런 다음엔 형상들의 combinaisons(조합)이 이루어지죠. 그러고 나면 고안해 낸 형상들에 싫증이 나는 거예요. 그래서 결국 더 자연스럽고 합당한 형상들을 생각해 내기 시작하는 거죠.」

「전적으로 옳은 말씀입니다!」 보르쿠예프가 말했다.

「클럽에는 다녀왔나요?」 그녀가 오빠에게 물었다.

〈그래, 그야말로 진짜 여자다!〉 레빈은 한순간 모든 것을 잊은 채 안나의 변화무쌍하고도 아름다운 얼굴을 집요하게

---

15 프랑스 작가 에밀 졸라의 자연주의 선언문 「파리의 서한」이 1870년대에 러시아 잡지 『유럽 통보』에 발표되었다. 졸라에 따르면 새로운 소설의 가장 두드러진 특징은 〈삶의 정확한 재현과 일체의 낭만적 공상의 부재〉이다. 톨스토이는 자연주의를 부정적으로 평가했으며, 다음과 같이 일갈한 바 있다. 〈과연 이게 예술이란 말인가? 정신을 고양시키는 사상은 도대체 어디에 있는가? 예의 그 자연 묘사란 얼마나 쉬운가? 기술을 익힌 다음, 대충 써대면 그만이다.〉「예술이란 무엇인가」에서 그는 자연주의에 대한 비판을 지속적으로 행하였다.

16 Alphonse Daudet(1840~1897). 프랑스의 작가로, 졸라와 공쿠르 등 자연주의 작가들과 교유함으로써 자연주의 일파의 일원으로 간주되었다.

쳐다보며 생각했다. 지금, 그 얼굴이 갑자기 돌변했다. 레빈은 그녀가 자신의 오빠에게 몸을 숙인 채 무슨 말을 하는지 듣지 못했으나, 돌변한 그녀의 표정에 깊은 인상을 받았다. 조금 전까지만 해도 차분하고 아름다웠던 얼굴이 갑자기 기이한 호기심과 분노, 오만함을 내비쳤던 것이다. 그러나 그건 아주 잠깐이었다. 곧 그녀는 뭔가를 기억해 내려는 듯 눈을 가늘게 떴다.

「네, 그런데 그건 아무한테도 재미없는 얘기예요.」 그러더니 그녀는 영국 소녀를 향해 말했다.

「Please, order the tea in the drawing-room(응접실로 차를 내오라고 하렴).」

여자아이가 일어서서 밖으로 나갔다.

「그래, 저 아이는 시험에 합격했니?」 스테판 아르카디치가 물었다.

「네, 아주 잘 치렀어요. 재능이 많은 아이예요, 성정도 참 곱고요.」

「그러다가 네 딸보다 저 아이를 더 좋아하게 되겠구나.」

「남자들은 다 그렇게 말한다니까요. 사랑에 크고 작은 게 어디 있겠어요. 딸에 대한 사랑과 저 아이에 대한 사랑은 별개예요.」

「바로 그게 내가 안나 아르카디예브나에게 드리는 말씀입니다.」 보르쿠예프가 말했다. 「저 영국 아이에게 쏟아붓는 정성의 1백 분의 1이라도 부인께서 러시아 아이들의 교육이라는 공공사업에 쏟는다면 크고 유용한 일을 하시게 될 텐데 말입니다.」

「바로 그 원하시는 일을 저는 할 수가 없답니다. 알렉세이 키릴리치 백작도(그녀는 **알렉세이 키릴리치 백작**이라 말하면서 수줍고도 간절한 눈빛으로 레빈을 쳐다보았고, 레빈은 자기도 모르게 수긍하는 듯한 경의 어린 시선으로 응답했다) 시골에서 학교를 운영해 보라고 저를 독려하셔서 몇 번 다녀오기도 했죠. 아이들은 너무나 사랑스러웠지만, 저로서는 그 일에 매달릴 수가 없더군요. 조금 전에 정성이라고 말씀하셨죠. 정성은 사랑에 기초를 두고 있죠. 사랑은 그 어디에서도 얻어 낼 수 없고, 명령할 수도 없어요. 내가 저 아이를 사랑하게 됐지만, 왜 그런지는 저 자신도 모른답니다.」

이렇게 말하고서 그녀는 다시금 레빈을 쳐다보았다. 그녀의 미소와 시선을 비롯한 모든 것이 그에게 말하고 있었다. 자신이 하는 말은 모두 레빈을 향한 것이라고, 자신은 그의 의견을 귀하게 여기고 있다고, 자신과 그가 이미 서로를 이해하고 있음을 잘 알고 있다고.

「그 말씀에 전적으로 공감합니다.」 레빈이 대답했다. 「학교나 그 비슷한 기관에 마음을 주기란 정말 힘들죠. 제 생각엔 바로 그러한 점 때문에 소위 자선 기관들이 내놓는 성과가 늘 미미할 수밖에 없는 겁니다.」

안나는 잠시 입을 다물고 있다가 미소를 지었다.

「네, 맞아요.」 그녀가 맞장구를 쳤다. 「저로서는 도저히 할 수가 없었어요. Je n'ai pas le cœur assez large(제 마음이 그렇게 넓지는 않더라고요). 지저분한 여자애들을 수용한 시설 전체를 사랑할 수가 없었어요. Cela ne m'a jamais réussi(성공한 적이 한 번도 없다니까요). 그런 걸 통해서 position sociale(사회적 지위)을 얻는 여성들이 많긴 하지만요. 더군다나 요즘은…….」 그녀는 침울하고도 신뢰가 담긴 표정으로 오빠를 바라보았으나, 오직 레빈 한 사람에게만 말하고 있는 것이 분명했다. 「뭐든 할 일이 절실한데도 할 수가 없네요.」 그러고서 갑자기 얼굴을 찌푸리더니(레빈은 그녀가 자기 얘기를 해버린 스스로에 대해 얼굴을 찌푸린다는 사실을 알아챘다) 화제를 바꿨다. 「저는 당신에 대해 알고 있어요.」 이번에 그녀는 레빈을 향해 말했다. 「당신이 나쁜 시민이라는 것말이에요. 전 할 수 있는 만큼 당신을 변호했답니다.」

「어떻게 저를 변호하셨죠?」

「어떻게 공격하느냐에 따라 다르죠. 그런데, 차를 좀 드시지 않겠어요?」 그녀가 자리에서 일어나 모로코가죽으로 제본한 책을 집어 들었다.

「저한테 주시죠, 안나 아르카디예브나.」 책을 가리키며 보르쿠예프가 말했다. 「출판할 가치가 충분한 책입니다.」

「어머, 아니에요. 아직 완성도 안 됐는걸요.」

「내가 이 친구한테도 얘기했단다.」 스테판 아르카디치가 레빈을 가리키며 누이에게 말했다.

「괜한 짓을 했네요. 감옥에서 만든 조각품 같은 글인걸요. 리자 메르칼로바가 제게 팔곤 했던 것 말예요. 그녀는 이쪽 사교계에서 감옥과 관계된 일을 맡고 있거든요.」 그녀가 레빈에게 말했다. 「그 불행한 사람들이 인고의 기적을 만들어 내더군요.」

그렇게 레빈은 자신의 마음에 꼭 드는 이 여인에게서 새로운 특징을 또 한 가지 발견했다. 지성과 우아함, 아름다움 외에도 그녀에게는 진실함이 있었다. 그녀는 레빈에게 자신의 처지가 얼마나 어려운지를 숨기려 들지 않았다. 이 말을 하고 나서 그녀는 한숨을 내쉬었다. 불현듯 그녀의 얼굴이 엄한 표정을 짓더니 돌처럼 굳어졌고, 그러한 그녀는 전보다 더 아름다웠다. 하지만 그 표정은 새로운 것이었다. 그건 초상화의 화가가 포착해 낸 표정, 행복으로 빛나고 행복을 나누는 표정을 넘어선 영역에 있었다. 레빈은 초상화 속의 그녀와 오빠의 팔을 잡고 높다란 문을 지나가는 그녀를 다시 한번 쳐다보았다. 그러자 그녀에 대한 정감과 연민이 일었고, 그러한 감정에 스스로도 놀랐다.

안나는 레빈과 보르쿠예프에게 응접실에 먼저 가 있으라고 청하고는, 자신은 자리에 남아 오빠와 뭔가 얘기를 나누기 시작했다. 〈이혼에 대한 걸까? 브론스키 얘길까? 클럽에서 그가 뭘 하는지 궁금해서? 아니면 나에 대해서?〉 레빈은 생각했다. 그녀가 오빠와 무슨 얘기를 하는지 너무도 궁금했던 나머지 안나 아르카디예브나가 아이들을 위해 썼다는 소설의 장점들에 대한 보르쿠예프의 얘기조차 거의 귀에 들어오지 않았다.

차를 마시는 동안에도 즐겁고 알찬 대화가 계속되었다. 화젯거리를 찾기 위해 머뭇거릴 틈 같은 건 전혀 없었다. 오히려 하고 싶은 말을 하기에도 시간이 모자란 데다 다른 사람의 이야기를 듣기 위해 하고 싶은 얘기를 기꺼이 참게 되는 것이었다. 그녀가 관심과 주의를 기울이는 덕택에 그녀 자신뿐 아니라 보르쿠예프나 스테판 아르카디치, 그 누가 무슨 말을 하든 모든 것이 특별한 의미를 띠는 것 같았다.

레빈은 흥미로운 대화를 따라가면서 안나의 미모와 지성, 교양과 소박함과 다정함에 줄곧 탄복했다. 이야기를 하고 듣는 내내 안나에 대해 생각했고, 그녀가 어떤 감정을 품고 있을지 짐작하려 애쓰면서 그녀 내면의 삶을 헤아려 보았다. 한

때는 그녀를 단호하게 비난했던 그가 지금은 기묘한 생각의 흐름으로 그녀를 정당화하였으며, 동시에 그녀를 가엾게 여겼을 뿐 아니라 혹여 브론스키가 그녀를 제대로 이해하지 못할까 봐 염려하기까지 하였다. 11시가 다 될 무렵 스테판 아르카디치가 가려고 일어섰을 때도(보르쿠예프는 먼저 자리를 떴다), 레빈은 그제야 막 도착한 듯한 기분이었다. 그 역시 애석한 마음으로 자리에서 일어났다.

「안녕히 가세요.」 안나가 그의 손을 잡고 끌어당기는 듯한 시선으로 바라보며 말했다. 「정말 기뻐요, que la glace est rompue(얼음이 부서졌으니 말예요).」

그녀가 레빈의 손을 놓고 실눈을 떴다.

「부인께 제가 예전처럼 그녀를 사랑한다고 전해 주세요. 만일 제 처지를 용서할 수 없다면, 결코 용서하지 않기를 바란다고도요. 저를 용서하려면 제가 겪은 일을 겪어야 하는데, 그런 일은 하느님께서 절대 허락하지 않으실 테니까요.」

「네, 꼭 그렇게 전하겠습니다······.」 레빈이 얼굴을 붉히며 대답했다.

11

〈정말 비범하고 사랑스럽고 가련한 여인이야.〉 레빈은 스테판 아르카디치와 함께 얼어붙은 영하의 대기 속으로 나오면서 생각했다.

「어때? 내가 말한 대로지?」 완전히 압도된 레빈의 모습을 보고 스테판 아르카디치가 물었다.

「그렇더군.」 레빈이 깊은 생각에 잠겨 대답했다. 「범상치 않은 여자야! 똑똑하기만 한 게 아니라 놀라울 정도로 진실하더군. 그녀가 너무나 가엾네!」

「하느님이 보우하사 이제 곧 모든 게 잘 풀릴 걸세. 그러니 미리 넘겨짚지 말라고.」 스테판 아르카지치가 마차 문을 열며 말했다. 「잘 가게, 우린 가는 방향이 다르니까.」

레빈은 줄곧 안나 생각에 잠긴 채 그녀와 나눴던 소박하기 그지없는 얘기들과 그녀의 미세한 얼굴 표정을 낱낱이 돌이켜 보았다. 점점 더 자신의 감정을 이입하고 그녀에 대한 연민을 느끼며 그는 집에 도착했다.

집에 도착하자 쿠지마가 카테리나 알렉산드로브나는 건강하며 방금 전에 그녀의 언니들이 댁으로 돌아갔다고 전하고는 편지 두 통을 레빈에게 건넸다. 레빈은 나중에 잊어버릴까 봐 현관에서 곧바로 편지를 읽었다. 한 통은 관리인 소콜로프가 보낸 것이었다. 소콜로프는 5루블 반밖에 쳐주지 않으니 밀을 팔 수는 없는 노릇이라고, 도무지 돈이 들어올 구멍이 없다고 적었다. 다른 편지는 누이의 편지였다. 누이는 자신의 일이 아직 마무리되지 않았다며 레빈을 질책했다.

〈값을 더 쳐주지 않는다면 그냥 5루블 반에 팔지 뭐.〉 레빈은 예전 같으면 골치를 썩였을 첫 번째 문제를 아주 가볍게 해결해 버렸다. 〈희한하게도 이곳에선 내내 바쁘다니까.〉 두 번째 편지와 관련해서는 이런 생각이 들었다. 누이가 부탁한 일을 아직 처리하지 못했다는 사실에 죄책감이 느껴졌다. 〈오늘도 법원에 못 갔군. 하지만 정말로 시간이 없었어.〉 내일은 반드시 해결하겠노라고 결심하고서 그는 아내에게 갔다. 아내에게 가는 동안, 레빈은 그날 하루 동안의 일들을 재빠르게 되짚어 보았다. 온종일 있었던 일이라곤 듣기도 하고 끼어들기도 했던 대화가 전부였으니, 시골에 혼자 있었더라면 전혀 관심을 두지 않았을 법한 그 모든 대화가 이곳에서는 무척 흥미로웠다. 게다가 다 훌륭하기도 했다. 다만 두 가지 대목에서만은 그리 좋지 않았으니, 하나는 꼬치고기 얘기였고 다른 하나는 안나에 대해 품은 정감 어린 연민 속에 뭔가 **찜찜한** 감정이 내재되어 있다는 사실이었다.

아내는 침울하고 무료한 표정이었다. 세 자매의 식사는 매우 즐거웠지만 레빈을 기다리느라 모두가 지루해졌고, 결국 언니들이 모두 제 집으로 떠나 그녀 혼자 남게 된 터였다.

「근데 당신은 뭘 했어요?」 유달리 수상쩍게 반짝거리는 남편의 눈을 보며 그녀가 물었다. 하지만 남편이 모든 걸 다 털어놓을 수 있게끔 자신의 촉각을 숨긴 채 고무와 격려를 담은 미소를 지으며, 그가 저녁나절을 어떻게 보냈는지 들었다.

「브론스키를 만나서 매우 반가웠어요. 그와 있는 게 아주 편안했거든. 저기 말이지, 그와 더 이상 마주치지 않도록 애쓰긴 하겠지만 이 거북함이 없어지려면……」 여기까지 말한 그는, **더 이상 마주치지 않으려고 애쓰겠다** 해놓고 곧바로 안나에게 찾아갔다는 사실을 떠올리고는 얼굴이 빨개졌다. 「우리가 무슨 얘길 했냐면, 농민들이 술을 많이 마신다는 얘기였는데……. 농민과 우리 귀족층 중에서 누가 더 술을 많이 마시는지는 잘 모르겠군. 농민들이야 축일에나 마신다지만……」

그러나 키티는 농민들이 술을 어떻게 마시는지에 대해서는 관심이 없었다. 남편의 얼굴이 빨개진 것을 본 그녀는 그 이유가 궁금했다.

「그다음엔 어디로 가셨나요?」

「스티바가 안나 아르카디예브나 집에 가자고 엄청나게 조르지 뭐예요.」

이렇게 말해 놓고 레빈은 더욱 얼굴을 붉혔다. 안나 집으로 가면서, 그게 잘하는 짓인지 아닌지 모르겠다고 마음에 품었던 의혹이 확실하게 풀린 셈이었다. 그 집에 가지 말았어야 했다는 걸 그는 이제야 깨달았다.

안나의 이름이 나오자 키티의 눈이 휘둥그레지며 한순간 번쩍였다. 하지만 그녀는 스스로를 억누르고 흥분을 감추면서 남편의 눈을 속였다.

「어머!」 그녀는 다만 이렇게 대꾸했다.

「설마 내가 거길 갔다고 화를 내지는 않겠지. 스티바가 간청했고, 돌리도 원했던 일이라서.」 레빈이 말을 이었다.

「그럴 리가요.」 키티가 이렇게 말했으나 레빈은 그녀의 눈에서 스스로를 억누르는 기색을 엿보았다. 그것이 그에게 호의적인 반응일 리는 없었다.

「그녀는 너무나 상냥하고, 너무너무 가엾고, 좋은 여자더군.」 안나가 하는 일이며, 그녀가 전해 달라고 한 내용을 이야기하면서 그는 이렇게 덧붙였다.

「그래요, 정말이지 그녀는 너무나 가엾어요.」 레빈이 말을 끝내자 키티가 말했다. 「편지는 누가 보낸 건가요?」

그는 대답하고서 키티의 차분한 말투에 마음을 놓고는 옷을 갈아입으러 갔다.

돌아와 보니 키티는 여전히 아까처럼 안락의자에 앉아 있었다. 레빈이 다가가자 그녀는 남편을 힐끗 보더니 흐느껴 울기 시작했다.

「왜 그래요? 무슨 일이지?」 **무슨 일인지** 이미 알면서도 그가 물었다.

「당신은 그 추잡한 여자한테 홀딱 반한 거예요. 그녀가 당신을 홀린 거라고요. 당신의 눈을 보면 알 수 있어요……. 그래요, 그런 거라고요! 이제 과연 무슨 일이 벌어질까요? 당신은 클럽에서 술을 마셨고, 술을 마시다가 노름을 했고, 그러고는 갔죠……. 근데 누구한테 갔죠? 안 되겠어요. 우리 떠나요……. 내일 난 떠나겠어요.」

오랫동안 레빈은 아내를 진정시킬 수가 없었다. 결국 그는 연민의 감정과 술기운이 뒤섞여 마음이 느슨해진 나머지 안나의 간교함에 굴복했음을 인정하고 앞으로는 그녀를 피하겠노라고 고한 뒤에야 아내를 진정시킬 수 있었다. 다른 무엇보다 그가 진심으로 인정한 바는, 모스크바에서 오랫동안 지내면서 늘 똑같은 소리를 지껄이고 먹고 마시기만 하다가 얼이 빠져 버렸다는 점이었다. 그들은 새벽까지 이야기를 나누었고, 3시가 되어서야 화해를 하여 잠자리에 들 수 있었다.

12

손님들을 배웅한 안나는 한군데 앉아 있지 못하고 방 안을 서성였다. 저녁 내내 무의식적으로(최근 들어 젊은 남자들을 대할 때면 늘 하던 방식대로) 레빈의 마음에 자신에 대한 연모의 감정을 일깨우기 위해서 온갖 노력을 기울였음에도 불구하고, 그리고 기혼자이자 성실한 남자에게 단 하룻밤 사이에 기대할 수 있는 만큼의 목적을 달성했다는 사실을 알고 있음에도 불구하고, 게다가 레빈이 무척 마음에 들었음에도 불구하고(남자들이 보기에 브론스키와 레빈은 전혀 다른 사람이지만 여성으로서 그녀는 그 둘에게서 공통점을 발견했으며, 바로 그 점으로 인해 키티 또한 브론스키와 레빈을 둘 다 사랑했던 것이다), 그가 떠나자마자 안나는 그에 대해 완전히 잊어버렸다.

오로지 단 하나의 생각만이 다양한 형태를 취하며 꼬리에 꼬리를 물고 끈덕지게 그녀를 따라다녔다. 〈다른 사람들, 가정적이고 다정한 사람들에게도 내가 이처럼 영향을 미치는데, 어째서 그이는 나를 그렇게 냉정하게 대하는 걸까……? 냉정한 게 아니지. 그이는 나를 사랑해. 나도 알아. 하지만 새로운 뭔가가 우리를 갈라놓고 있어. 어째서 저녁 내내 집을 비우는 걸까? 야시빈을 두고 올 수 없으며, 그가 도박판을 벌이는 걸 지켜봐야 한다고 내게 전하라고 스티바에게 부탁했단 말이지. 야시빈이라는 애송이가 도대체 뭔데? 그게 사실이라고 치자. 그이는 절대로 거짓말을 하지 않으니까. 하지만 거기에는 뭔가 다른 의미가 있어. 그이는 자신에게 다른 임무가 있다는 걸 내게 입증할 기회가 생겨서 기쁜 거야. 그 임무야 나도 알고 동의한다고. 하지만 왜 그이는 내게 그걸 입증하려 드는 걸까? 나에 대한 자신의 사랑이 자신의 자유를 방해해서는 안 된다는 점을 입증하고 싶은 거겠지. 내겐 증명이 아니라 사랑이 필요한데. 이곳 모스크바에서의 내 생활이 얼마나 고역인지 그이는 이해해 줘야 해. 이게 과연 사는 건가? 사는 게 아니라 결론을 기다리며 시간만 질질 끌고 있잖아. 게다가 답장이 없어! 스티바도 알렉세이 알렉산드로비치를 찾아가지 못하겠다고 하고, 나도 더 이상은 편지를 못 쓰겠어. 아무것도 못 하겠고, 아무것도 시작할 수가 없고, 아무것도 바꿀 수가 없어. 그저 참고 기다리는 수밖에. 영국인 가족을 돌보는 일이나 글쓰기, 독서 같은 소일거리나 궁리하면서 말이야. 하지만 그런 것들은 전부 기만이야. 모두 모르핀이나 다름없다고. 그 사람은 나를 불쌍히 여겨야만 해.〉스스로에 대한 연민의 눈물이 솟구치는 것을 느끼며 그녀는 속으로 중얼거렸다.

브론스키가 급하게 눌러 대는 초인종 소리에 그녀는 재빨리 눈물을 닦아 냈다. 그뿐 아니라 등불 앞에 다가앉아 태연한 척 책을 펼치기까지 했다. 브론스키가 약속한 시간에 귀가하지 않은 것에 대해 불만스럽다는 표현을 해야만 했다. 하지만 불만만 드러낼 뿐, 자신의 슬픔이나 특히 스스로에 대한 연민 같은 건 절대로 내보여서는 안 되었다. 그녀가 스스로를 동정할 수는 있을지언정, 그가 그녀를 동정하는 건 안 될 일이었다. 그녀는 싸움이 싫었고 자꾸 싸우려 든다고 그를 비난했지만, 자신도 모르게 싸울 태세를 갖추고 있었다.

「그래, 지루하지 않았어요?」브론스키가 쾌활한 모습으로 다가오며 말했다.「도박이란 게 참으로 무서운 열정이더군!」

「아니요, 지루하지 않았어요. 이미 오래전에 지루해지지 않는 법을 배웠는걸요. 스티바와 레빈이 다녀갔어요.」

「맞아, 그들이 당신한테 가겠다고 했지. 그래, 레빈은 맘에 들었나요?」그가 안나 옆에 앉으며 물었다.

「그럼요. 조금 전에 갔어요. 야시빈은, 그래서 어떻게 됐나요?」

「한참 땄었지. 1만 7천 루블쯤. 그래서 내가 그를 불러냈어요. 그렇게 나올 참이었는데 다시 돌아가더니 지금은 잃고 있어요.」

「그럼 왜 거기 남아 있었던 거예요?」 그녀가 갑자기 그를 향해 눈을 치켜뜨며 물었다. 싸늘하고 적의 어린 표정이었다. 「아시빈을 데리고 나오기 위해 남아 있어야 한다고 스티바에게 말했다면서요. 그래 놓고는 그를 두고 왔군요.」

브론스키 또한 싸울 태세를 갖춘 듯 얼굴에 똑같은 냉랭함이 드리웠다.

「첫째, 난 당신에게 무슨 말을 전해 달라고 스티바에게 부탁한 적이 없어요. 둘째, 난 거짓말을 한 적이 없어요. 가장 중요한 건, 내가 남아 있고 싶어서 남아 있었다는 거지.」 그가 얼굴을 잔뜩 찌푸리며 말했다. 「안나, 도대체 왜 그러는 거예요?」 잠시 입을 다물고 있던 그는 그녀에게 몸을 숙인 채, 그녀가 손을 얹어 주길 바라며 자신의 손을 펼쳐 보였다.

그의 다정한 유혹이 안나는 반가웠다. 하지만 어떤 사악하고 이상한 힘이 유혹에 굴복하는 것을 허락지 않았다. 마치 싸움의 상황이 그녀를 굴종하지 못하게 만드는 것만 같았다.

「물론 당신이 남고 싶어서 남았겠죠. 당신은 원하는 거라면 전부 다 해야 하니까요. 하지만 뭣 때문에 그걸 나한테 얘기하는 거죠? 뭣 때문에요?」 그녀가 점점 더 열을 올렸다. 「누가 당신 권리에 대해 뭐라고 하던가요? 정당하게 누리고 싶으면 그렇게 해요.」

그는 손을 거두고서 뒤로 물러났다. 조금 전보다 더 완고한 표정이 있었다.

「당신에겐 이게 고집의 문제인 거죠……」 그를 뚫어지게 바라보던 그녀는 그의 얼굴에 드리운, 자신을 자극하는 표정을 표현하기에 적합한 말을 찾아내고서 이렇게 말했다. 「다름 아닌 고집이라고요. 당신에겐 나를 이기느냐 아니냐의 문제겠지만, 나에겐…….」 그녀는 다시금 스스로가 가엾어져 울음을 터뜨릴 뻔했다. 「이 일이 내게 어떤 문제인지 당신이 안다면! 지금 당신이 나한테 적대적으로, 그래요, 적대적으로 대하는 걸 느낄 때, 그게 나한테 뭘 의미하는지 당신이 안다면! 그 순간 내가 얼마나 불행해지고 나 자신이 얼마나 두려운지 당신이 안다면!」 그녀는 흐느낌을 감추기 위해 몸을 돌렸다.

「그게 다 무슨 소리예요?」 그 절망적인 모습에 놀라 그는 다시 그녀에게 몸을 숙여 손을 잡고 입을 맞추었다. 「뭘 가지고 그러는 거예요? 내가 집 밖에서 쾌락이라도 찾는다는 건가? 내가 여자들을 멀리하지 않는단 말이에요?」

「그거야 당연히 그래야죠!」 그녀가 말했다.

「당신이 안심하려면 내가 어떻게 해야 하는지 얘기해 봐요. 당신을 행복하게 만드는 일이라면 뭐든지 할 각오가 되어 있으니까.」 절망 어린 그녀의 모습에 마음이 흔들린 그가 말했다. 「지금 겪는 것 같은 그런 고통에서 당신을 꺼낼 수 있다면 뭐든지 하겠어요, 안나!」

「아니, 아니에요!」 그녀가 말했다. 「나도 잘 모르겠어요. 외로워서 그런 건지, 신경이 날카로워져서 그런 건지……. 이제 그만 얘기하기로 해요. 경마는 어떻게 됐어요? 그 얘기를 아직 안 해줬잖아요.」 여하튼 간에 자신이 이겼다는, 의기양양한 승리의 기쁨을 감추며 안나가 물었다.

그는 저녁을 먹자고 청하고선 경마에 대해 자세하게 이야기하기 시작했다. 하지만 그 어조나 점점 더 냉랭해지는 시선을 통해서 그녀는 그가 자신의 승리를 용납하지 않는다는 것을, 자신이 저항해 왔던 예의 완고한 감정이 또다시 그의 내면에 도사리고 있다는 것을 눈치챘다. 굴복했던 것을 후회하기라도 하듯, 그는 조금 전보다 더 차가워져 있었다. 그녀는 자신에게 승리를 안겨 준 〈내가 얼마나 불행해지고 나 자신이 얼마나 두려운지〉라는 말을 떠올리고는 이 무기가 정말로 위험하며 다시는 사용해서는 안 된다는 사실을 깨달았다. 또한 두 사람을 묶어 주는 사랑 옆에 싸움을 일으키는 악령이 자리 잡고 있음을 그녀는 느꼈다. 브론스키의 마음은 물론, 자기 자신의 마음에서는 더더욱 그 악한 기운을 몰아낼 수가 없을 것만 같았다.

13

사람이 익숙해질 수 없는 조건이란 없다. 특히 주변 사람들 〈모두〉가 똑같이 살아가는 것을 본다면 더더욱 그럴 것이다. 석 달 전만 해도 레빈은 자신이 지금과 같은 여건 속에서 편안히 잠들 수 있으리라 믿지 않았으리라. 아무런 목적도 없이 무의미한 삶을 살면서, 더군다나 분에 넘치게 돈을 써대고, 술타령(그는 클럽에서의 일을 달리 표현할 수가 없었다)을 한 다음에는 언젠가 아내가 흠뻑 빠졌던 사람과 말도 안되는 친교를 맺고, 가망 없다고밖에 말할 수 없는 여인의 집을 얼토당토않게 찾아가서 그녀에게 매혹되어 아내를 실망시켜 놓고도 태연하게 잠들 수가 있다니 말이다. 그러나 피곤한 데다가 그 전날 잠도 제대로 못 잔 상태에서 술을 많이 마신 탓에 레빈은 곤히 잠들어 버렸다.

5시경 문이 열리는 소리에 그는 잠이 깼다. 벌떡 일어나 주위를 둘러보니 옆에 키티가 없었다. 그런데 칸막이 뒤편에서 불빛이 아른거렸고, 그녀의 발소리가 들렸다.

「왜 그래요……? 무슨 일인데?」 그가 잠에 취한 목소리로 물었다. 「키티! 무슨 일이죠?」

「아무것도 아니에요.」 그녀가 촛불을 든 채 칸막이 뒤에서 나오며 말했다. 「아니에요. 몸이 좀 불편해서요.」 그녀는 유달리 사랑스럽고 의미심장한 미소를 짓고 있었다.

「무슨 얘기지? 시작된 거예요? 그런 거예요?」 그가 놀라서 물었다. 「어서 사람을 보내야겠군.」 레빈은 서둘러 옷을 입기 시작했다.

「아니요, 그러지 말아요.」 그녀가 남편의 손을 붙잡고 웃으면서 말했다. 「아마도 괜찮을 거예요. 몸이 좀 안 좋았던 것뿐이에요. 지금은 괜찮아졌어요.」

그러더니 그녀는 침대로 다가와 촛불을 끄고 자리에 누운 뒤에 잠잠해졌다. 아내가 숨죽인 듯 조용해진 것, 무엇보다 칸막이벽 뒤에서 나오면서 유달리 다정하고 흥분된 표정으로 〈괜찮다〉고 말한 것이 마음에 걸렸지만, 워낙 잠이 쏟아지는 바람에 레빈은 곧바로 다시 잠에 빠졌다. 그가 그녀의 조용한 숨소리를 회상하며 그때 그 사랑스럽고 어여쁜 영혼 속에서 벌어지고 있던 그 모든 일을 이해한 것은 나중에 가서였다. 그녀는 여자의 일생에서 가장 위대한 사건을 기다리며 미동도 없이 그의 곁에 누워 있었던 것이다. 7시에, 손이 어깨에 닿는 감촉과 나지막한 속삭임에 그는 잠을 깼다. 그녀는 마치 그를 깨워서 안타까운 마음과 그에게 얘기하고 싶은 마음 사이에서 갈등하는 것만 했다.

「코스탸, 놀라지 말아요. 아무것도 아니에요. 다만…… 리자베타 페트로브나를 불러야 할 것 같아요.」

촛불은 다시 켜져 있었다. 그녀는 최근에 시작한 뜨개질감을 손에 든 채 침대에 앉아 있었다.

「전혀 겁먹을 것 없어요. 나는 조금도 두렵지 않아요.」 그녀가 남편의 놀란 얼굴을 보며 이렇게 말하고는 그의 손을 자신의 가슴에 갖다 댄 뒤 입술로 가져갔다.

그는 정신을 차릴 겨를도 없이 황급히 일어나 아내에게서 눈을 떼지 못한 채 실내복을 걸치고는 여전히 그녀를 쳐다보며 그 자리에서 멈춰 섰다. 가야 했지만 그녀의 눈에서 시선을 뗄 수가 없었다. 그녀의 얼굴이 마음에 안 들거나 그녀의 표정과 눈빛을 몰라서가 아니라, 그런 아내의 표정을 본 적이 없기 때문이었다. 지금 그러한 모습 앞에서 어제 그녀를 괴롭혔던 것을 떠올리자 그 자신이 얼마나 추하고 역겹게 느껴졌는지! 취침용 모자 밖으로 나온 부드러운 머리카락에 감싸인 그녀의 발그레한 얼굴은 기쁨과 결연함으로 빛났다.

키티의 성격에 부자연스럽고 인습적인 면이 아무리 적을지언정, 레빈은 지금 자기 앞에 드러난 그녀의 모습에 깜짝 놀라지 않을 수 없었다. 불현듯 모든 덮개가 벗겨지고 영혼의 정수가 그녀의 두 눈 속에서 반짝이고 있었던 것이다. 그 천진하게 드러난 모습 속에서 그가 사랑했던 바로 그 여인이 더욱더 선명하게 보였다. 그런데 웃으면서 그를 바라보던 그녀의 눈썹이 문득 꿈틀댔다. 그녀가 고개를 들더니 황급히 레빈에게 다가와 그의 손을 잡고는 뜨거운 숨결을 내뿜으며 몸을 바짝 붙였다. 키티는 고통스러워했고, 자신의 고통에 대해 그에게 불평하는 듯했다. 처음에 그는 습관적으로 자신이 잘

못을 저질렀다는 생각에 휩싸였다. 하지만 다정한 아내의 시선은 그녀가 자신을 질책하는 것이 아니라 바로 그 고통 때문에 자신을 사랑하고 있음을 말해 주고 있었다. 〈만일 나 때문이 아니라면, 누가 잘못한 거지?〉 그는 자기도 모르게 고통의 책임이 있는 자를 벌해야겠다고 생각하며 그를 찾으려 들었다. 하지만 죄인은 없었다. 죄인이 없다면, 그녀를 도와 고통에서 벗어나게 해줄 수도 없는 걸까? 그는 생각했으나 그것은 불가능했고, 또 그럴 필요도 없었다. 그녀는 고통을 호소하면서도 그것을 자랑스러워했을 뿐 아니라 기뻐하며 사랑하고 있었기 때문이다. 그는 그녀의 영혼 속에서 아름다운 무엇인가 완성되어 가고 있음을 알아차렸지만 그게 무엇인지는 알 수 없었다. 그것은 그가 이해할 수 있는 범위를 넘어서는 일이었다.

「엄마를 부르러 보냈어요. 당신은 어서 가서 리자베타 페트로브나를 데리고 오세요…… 코스탸……! 괜찮아요, 지나갔어요.」

그녀가 그에게서 물러나 벨을 울렸다.

「그럼 이제 가보세요. 파샤가 올 거예요. 난 괜찮아요.」

밤에 갖다 놓은 뜨개질감을 쥐고서 다시 뜨개질을 하는 그녀의 모습을 보며 레빈은 놀라움을 느끼지 않을 수 없었다.

문밖으로 나가자마자 다른 문으로 하녀가 들어오는 소리가 들렸다. 그는 문가에 서서 키티가 하녀에게 꼼꼼하게 지시를 내린 뒤 그녀와 함께 직접 침대를 움직이는 소리에 귀를 기울였다.

삯마차꾼들이 아직 나오기 전이라 마차에 말을 매는 사이 그는 옷을 입고서 까치발도 아니고 거의 날다시피 다시금 침실로 뛰어 들어갔다. 두 명의 하녀가 근심스러운 표정으로 침실에서 뭔가를 옮기고 있었다. 키티는 서성이거나 재빠르게 뜨개질을 하면서 이것저것 지시를 내렸다.

「지금 의사에게 가려고 해요.」레빈이 말했다.「리자베타 페트로브나를 부르러 사람을 보냈지만 나도 들러 보려고. 뭐 필요한 건 없어요? 그래, 돌리를 불러야겠지?」

키티는 그를 바라보았지만 아무 소리도 들리지 않는 것이 틀림없었다.

「그래요, 그래. 가보세요.」그녀가 얼굴을 찌푸린 채 손을 내저으며 빠르게 대답했다.

그가 응접실로 나선 순간 침실에서 구슬픈 신음 소리가 울려 퍼지더니 이내 잦아들었다. 우뚝 걸음을 멈춘 그는 한참 동안 상황을 납득할 수 없었다.

〈아내가 낸 소리야.〉그가 생각하고서 머리를 움켜쥔 채 아래층으로 뛰어 내려갔다.

「주여, 자비를 베푸소서! 은총을 베푸시고, 도와주소서!」 그는 예기치 않게 불현듯 떠오른 말을 되뇌었다. 불신자인 레빈이 이 말을 입으로만 되뇐 것은 아니었다. 일체의 의심뿐 아니라 내면에 각인된, 이성으로는 도저히 믿을 수 없다는 확신마저도 지금 이 순간 신을 향한 자신의 호소를 결코 방해할 수 없음을 그는 느끼고 있었다. 그 모든 게 이제 그의 마음속에서 먼지처럼 날아가 버린 것이다. 자신을 손안에 쥐고 있다고 여겨지는 바로 그 존재가 아니라면 도대체 누구에게 영혼과 사랑을 의탁한다는 말인가?

말이 아직 준비되지 않은 상태였지만, 특별한 육신의 힘이 불끈 솟고 앞으로 해야 할 일에 대한 주의력으로 바짝 긴장

되는 것을 느끼면서, 그는 단 1분도 지체하기 않도록 말을 기다리지 않고 밖으로 걸어 나가서는 쿠지마에게 자신을 쫓아오라고 일렀다.

모퉁이에서 그는 서둘러 달려오는 야간 마차를 맞닥뜨렸다. 조그만 썰매에는 벨벳 외투에 스카프를 두른 리자베타 페트로브나가 타고 있었다. 「하느님, 감사합니다. 하느님, 감사합니다!」 그가 그녀를 알아보고서 기쁨에 겨워 중얼거렸다. 금발 속에서 그녀의 자그마한 얼굴은 진지함을 넘어 엄숙한 표정을 짓고 있었다. 레빈은 마부에게 마차를 멈춰 세우라고 이르지도 않고 뒤로 돌아 그녀 곁으로 뛰어갔다.

「그러니까 두어 시간 된 거군요. 더 된 건 아니란 말이죠?」 그녀가 말했다. 「표트르 드미트리치에게 가세요. 그를 재촉하진 마시고요. 그리고 약국에서 아편도 사 오세요.」

「무사할 거라고 생각하는 거죠? 주님, 자비를 베푸시어 도와주소서!」 레빈이 대문에서 나오는 말을 보며 중얼거렸다. 썰매의 쿠지마 옆자리에 올라탄 그는 의사한테 가자고 일렀다.

14

의사는 아직 잠에서 깨기 전이었다. 하인은 의사가 〈늦게 잠자리에 드셨고 깨우라는 말씀은 없었으며, 곧 일어나실 것〉이라고 말했다. 램프의 유리를 닦고 있던 그는 일에 무척 열중한 것 같았다. 램프 유리에 대한 집중력과 자신에게 일어난 일에 대한 무관심에 처음에 레빈은 마음이 상했지만, 누구도 자신의 감정을 알 수 없으며 알 의무도 없다는 생각이 들자 곧바로 하인의 태도를 이해할 수 있었다. 게다가 이 무관심의 벽을 허물고 목적을 달성하기 위해서는 침착하고 신중하며 단호하게 행동해야만 했다. 〈서두르지 말고 아무것도 놓치지 말아야 한다.〉 레빈은 육신의 힘이 불끈 솟아오르고 앞으로 해야 할 일들에 대한 주의력이 강해지는 것을 느끼며 생각을 했다.

의사가 아직 일어나지 않았음을 알게 되자 그는 머릿속에 그려 본 여러 계획들 가운데 다음의 구상을 선택했다. 그건 쿠지마에게 편지를 들려 다른 의사에게 보내고 자신이 직접 아편을 구하러 약국으로 가는 것이었다. 만일 그가 돌아왔을 때도 의사가 여전히 잠들어 있다면 그때는 하인을 매수하고, 하인이 말을 듣지 않는다면 어떻게든 강제로라도 의사를 깨울 요량이었다.

약국에선 초췌한 약사가 하인이 램프 유리를 닦으며 지었던 그 무심한 표정으로 한참이나 기다리고 있던 마부를 위해 알약을 제조하면서, 그에게는 아편을 내줄 수 없다고 했다. 서두르지도, 화를 내지도 않으려 애를 쓰면서 레빈은 의사와 산파의 이름을 주워섬기고 아편이 어디에 필요한지 설명한 뒤 그를 설득하기 시작했다. 약사는 아편을 내줘도 되는지 독일어로 묻고는 칸막이 뒤편에서 승낙을 받은 뒤에야 유리병과 깔때기를 꺼내 큰 병에서 작은 병으로 아편을 천천히 따라서 딱지를 붙여 봉인하더니, 레빈이 그럴 필요는 없다고 말했음에도 불구하고 포장까지 하려고 했다. 이에 레빈은 더 이상 참지 못하고 약사의 손에서 결연히 병을 낚아채 커다란 유리문을 박차고 뛰어나갔다. 의사는 여전히 일어나지 않았고, 이제 양탄자를 깔고 있던 하인은 의사를 깨우기를 거부했다. 레빈은 서두르지 않고 10루블짜리 지폐를 꺼내 천천히 이야기하되 시간을 아끼면서 하인에게 지폐를 건넸다. 그리고 하인에게 표트르 드미트리치(전에는 그토록 하찮게 여겨지던 표트르 드미트리치가 이 순간엔 얼마나 대단하고 위대해 보이던지!)가 언제든 와주겠다고 약속했으니, 지금 그를 깨운다 해도 화내지 않을 것이라고 설명했다.

하인은 알겠다고 대답하고는 위층으로 올라가면서 레빈에게는 진찰실에서 기다리라고 했다.

문 너머로 의사가 기침을 하고 서성거리는 소리, 씻고 뭔가를 말하는 소리가 들려왔다. 시간이 3분쯤 흘렀다. 레빈에게는 한 시간도 더 된 것만 같았다. 그는 더 이상 기다릴 수가 없었다.

「표트르 드미트리치, 표트르 드미트리치!」그는 열린 문에 대고 애원하듯 말하기 시작했다. 「정말 죄송합니다. 그냥 저 좀 만나 주십시오. 벌써 두 시간이 지났습니다.」

「다 됐어요. 지금 나갑니다!」 웃으면서 말하는 의사의 목소리에 레빈은 어이가 없었다.

「잠깐이라도…….」

「지금 나가요.」

의사가 신을 신기까지 또 2분이 지났고 외투를 입고 머리를 빗느라 다시 2분이 흘렀다.

「표트르 드미트리치!」 레빈이 애걸하듯 다시 말하는 순간, 옷을 차려입고 머리를 빗은 의사가 나타났다. 〈이 사람들한테는 양심이란 게 없구나.〉 레빈은 생각했다. 〈사람이 죽어가는데 머리를 빗고 있다니!〉

「안녕하십니까!」 손을 내밀며 의사가 말했다. 그 태연자약한 모습이 레빈을 놀리는 듯했다. 「서두를 것 없어요. 그래, 어떤 상태입니까?」

레빈은 최대한 자세하게 말하려 애쓰면서 아내의 상태에 대해 쓸데없는 부분까지 시시콜콜 늘어놓았고, 말하는 사이사이 계속해서 당장 자신과 함께 가달라고 간청했다.

「서두르지 마십시오. 아시다시피 제가 꼭 필요하지는 않을 테지만, 약속을 했으니 가요. 하지만 서두를 건 없습니다. 좀 앉으시지요. 커피 좀 드시겠습니까?」

레빈은 의사가 자신을 놀리는 게 아닌지, 묻는 듯한 시선으로 그를 쳐다보았다. 그러나 의사는 놀릴 생각이 없었다.

「압니다, 알아요.」 의사가 웃으며 말했다. 「나도 가정이 있는 사람입니다. 하지만 이런 시기에 우리 남편들은 가장 별 볼 일 없는 존재죠. 제 환자가 한 명 있는데, 그녀의 남편은 이럴 때마다 항상 마구간으로 뛰어간답니다.」

「하지만 어떻게 생각하십니까, 표트르 드미트리치? 다 잘 될 것 같습니까?」

「모든 정황으로 보건대 무사히 끝날 겁니다.」

「그럼 지금 가실까요?」 레빈이 커피를 들고 들어온 하인에게 적의 어린 눈길을 던지며 말했다.

「한 시간 뒤에 가죠.」

「안 됩니다. 제발!」

「그럼 커피 마실 시간이라도 주십시오.」

의사가 커피를 마시기 시작했다. 두 사람은 잠시 침묵했다.

「그건 그렇고, 터키인들을 확실하게 쳐부수는 중이더군요. 어제 급보를 보셨습니까?」 의사가 흰 빵을 씹으며 말했다.

「아니, 더는 안 되겠습니다!」레빈이 벌떡 일어나며 말했다. 「그러면 15분 뒤에는 가시겠습니까?」

「30분만 있다가 가지요.」

「약속하시는 거죠?」

집에 돌아온 레빈은 공작 부인과 마주쳤고, 둘은 함께 침실로 향했다. 공작 부인은 눈물을 글썽이며 손을 덜덜 떨고 있다가 레빈을 보더니 그를 끌어안고서 울음을 터뜨렸다.

「어떤가, 리자베타 페트로브나?」진지한 얼굴을 환히 빛내며 리자베타 페트로브나가 밖으로 나오자 공작 부인이 그녀의 손을 잡고 물었다.

「잘되고 있어요.」그녀가 말했다. 「좀 누워 계시라고 말씀 좀 해주세요. 그러는 편이 더 나을 거예요.」

잠에서 깨어나 무슨 일인지 알게 된 순간부터, 레빈은 아무것도 생각하지 않고 아무것도 예단하지 않은 채 자신의 모든 생각과 감정을 굳게 단속하고 아내의 기분을 상하게 하지 않겠다고, 반대로 닥쳐올 모든 일들을 감내하며 그녀를 진정시키고 용기를 북돋워 주겠다고 각오한 터였다. 무슨 일이 벌어지고 어떤 식으로 끝날지 지레짐작하지 않으면서, 이런 일이 보통 얼마나 지속되는지 여기저기 물어보고 판단을 내린 끝에 그는 다섯 시간만 마음을 굳게 먹고 견디겠노라고 다짐했으며, 그 정도는 할 수 있을 것 같았다. 그러나 의사에게서 돌아와 아내의 고통을 다시 목격하고부터는 〈하느님, 은총을 베푸시고 도와주소서〉라는 말을 점점 더 자주 되뇌며 한숨을 내쉬고 고개를 들어 위를 쳐다보지 않을 수 없었다. 게다가 자신이 그 상황을 견디지 못하고서 울음을 터뜨리며 도망칠까 봐 두렵기도 했다. 너무나 괴로웠다. 그러나 겨우 한 시간이 흘렀을 뿐이었다.

그렇게 한 시간이 지나고 또 한 시간, 두 시간, 세 시간이 흘러 결국 그가 설정했던 인내의 최종 시한이었던 다섯 시간이 되었건만 모든 게 여전했다. 견디는 것 말고는 딱히 할 수 있는 일이 없었기에 그는 여전히 견뎌 낼 뿐이었다. 매 순간 인내의 한계에 다다르는 것 같았고, 아내의 대한 연민으로 금방이라도 심장이 터져 버릴 것만 같았다.

하지만 다시 몇 분, 몇 시간, 또 몇 시간이 흘렀고, 그의 고통과 공포와 긴장은 더욱더 커지고 팽팽해져만 갔다.

그게 없으면 아무것도 생각할 수 없었던 삶의 평범한 조건들이 더 이상 레빈에게는 존재하지 않았다. 그는 시간관념을 상실해 버렸다. 그런 순간들, 아내가 불러서 침실로 들어가 평소와는 다른 엄청난 힘으로 자신의 손을 꼭 쥐거나 밀쳐 내는 그녀의 땀에 젖은 손을 마주 잡는 순간들이 몇 시간처럼 느껴졌고, 혹은 몇 시간이 몇 분처럼 여겨지기도 했다. 리자베타 페트로브나가 칸막이 뒤에 있는 양초에 불을 붙여 달라고 했을 때, 그는 벌써 오후 5시가 되었다는 걸 알고서 깜짝 놀랐다. 오히려 이제 겨우 오전 10시라고 했더라면 별로 놀라지 않았을 텐데. 자신이 언제 어디에 있는지도, 무슨 일이 일어나는지도 그는 알 수가 없었다. 때로는 의아해하며 고통스러워하는, 때로는 미소를 지으며 자신을 안심시키려 애쓰는 아내의 상기된 얼굴이 보였다. 말아 올린 흰 머리카락이 풀린 채 얼굴이 벌게지도록 긴장하고서 입술을 깨물며 눈물을 삼키고 있는 공작 부인의 모습도 보였다. 돌리와 굵은 궐련을 피우고 있는 의사도 보였다. 또한 확고하고 단호하며 침착한 얼굴의 리자베타 페트로브나와 인상을 찌푸린 채 홀을 서성이는 노공작도 보였다. 하지만 그들이 언제 들어왔다 나가는지, 또 그들이 어디에 있는 건지 레빈은 알지 못했다. 공작 부인은 의사와 함께 침실에 있기도 했고, 식사가 차려진 식탁이 놓인 서재에 있기도 했다. 어떨 때는 공작 부인인 줄 알았는데 돌리이기도 했다. 나중에 레빈은 사람들이 자신을 어딘가로 보내서 다녀왔던 것이 생각났다. 한번은 책상과 소파를 옮기기도 했다. 그는 아내에게 필요한 일이라 생각하고 열심히 해냈으나, 그 일이 자신의 잠자리를 마련하기 위한 것이었음을 나중에야 알았다. 그런다음 서재에 있는 의사에게 뭔가를 물어보라고 해서 갔다. 의사는 대답을 해주고서 의회에서 벌어지는 난맥상에 대해 이야기를 늘어놓기 시작했다. 그런 다음 레빈은 금은으로 장식된 성상을 가져오라는 부탁을 받고 공작 부인의 침실로 가 부인의 늙은 몸종과 함께 성상을 내리기 위해 옷장 위로 올라갔다가 성상 앞에 놓인 등잔을 깨뜨렸다. 늙은 몸종은 아내도 등잔도 다 괜찮을 거라면서 레빈을 안심시켰고, 그는 성상을 가져다가 베갯머리에 애써 꽂아 넣어 키티의 머리맡에 세워 두었다. 하지만 그 모든 일이 언제, 어디서, 왜 벌어졌는지는 알 수가 없었다. 왜 공작 부인이 자신의 손을 잡고 측은하게 바라보며 안심하라고 말했는지, 왜 돌리가 뭘 좀 먹어야 한다며 자신을 데리고 나갔는지, 왜 의사마저 심각하고 동정 어린 눈길로 자신을 바라보며 물약을 권했는지 이해할 수가 없었다.

그가 알고 느낄 수 있었던 건 지금 벌어지고 있는 일이 1년 전 현청 소재지의 호텔에서 니콜라이 형의 임종 때 벌어졌던 일과 유사하다는 것뿐이었다. 그것은 슬픔이었고 이것은 기쁨이었다. 그러나 그 슬픔도 이 기쁨도 똑같이 삶의 평범한 조건을 초월하여 존재하며, 일상 속에서 고차원적인 무언가를 엿볼 수 있는 틈새라는 점에서는 동일했다. 벌어지는 상황이 힘들고 고통을 수반한다는 점에서도, 그 고차원적인 것을 관조하는 순간 과거에는 결코 이해할 수 없었고 이성으로는 따라잡을 수도 없는 높은 경지로 영혼이 오묘하게 고양된다는 점에서도 동일했다.

〈하느님, 자비를 베푸시고, 도와주소서.〉 오랫동안 신앙과 거의 완전하리만큼 무관하게 지냈음에도 불구하고, 유년기나 청년기가 막 시작될 무렵 신실하고 단순한 마음으로 신에게 호소했던 심정을 느끼며 그는 이 말을 마음속으로 끊임없이 되풀이했다.

그동안 레빈은 내내 두 가지 기분을 오가고 있었다. 하나는 아내가 없는 자리에서, 굵은 궐련을 연달아 피우며 꽁초가 수북한 재떨이 가장자리에 담배를 끄는 의사, 식사나 정치 또는 마리야 페트로브나의 병에 대해 얘기를 나누는 공작과 돌리와 함께 있을 때의 기분이었다. 그럴 때면 그는 잠시 동안 갑자기 무슨 일이 벌어지고 있는지 완전히 망각한 채 잠에서 깨어난 듯한 느낌이 들었다. 다른 하나는 아내 곁에서, 그녀의 머리맡에서 느끼는 기분이었다. 그럴 때면 그는 연민으로 터질 것만 같은데도 터지지 않는 마음을 붙들고, 계속해서 신에게 기도를 드렸다. 그리고 침실에서 들려오는 비명 소리가 망각의 순간으로부터 그를 끌어낼 때마다, 처음에 느꼈던 그 이상한 착각에 사로잡히곤 했다. 그때마다 그는 벌떡 일어나 변명을 하려고 달려가다가도 자신의 잘못이 아니라는 걸 상기해 냈고, 어떻게든 아내를 보호하고 돕고 싶었다. 하지만

막상 아내를 보면 도울 방법이 없다는 걸 다시 깨닫고서 공
포에 질려 〈하느님, 자비를 베푸시고, 도와주소서〉라고 되뇌
는 것이었다. 시간이 가면 갈수록 두 가지 느낌은 더욱 강해
졌다. 아내가 곁에 없을 땐 그녀를 완전히 잊은 채 아주 편안
해졌고, 아내 곁에 있을 땐 고통과 무력감이 걷잡을 수 없이
커졌다. 그는 벌떡 일어나 어디론가 도망치고 싶어 하다가도,
다시 아내에게 달려가기를 반복했다.

이따금씩 레빈은 자꾸만 자신을 불러 대는 아내를 원망하
기도 했다. 하지만 그녀의 온화한 미소를 마주하며 〈내가 당
신을 힘들게 만드네요〉라는 그녀의 말을 들으면 하느님을 원
망했고, 그러다가도 하느님을 떠올리고는 곧바로 용서와 자
비를 간구했다.

15

늦은 시각인지 이른 시각인지 알 수가 없었다. 양초는 이
미 거의 다 타버렸다. 돌리가 막 서재로 들어와 의사에게 좀
누우라고 권한 참이었다. 레빈은 앉은 채 사기꾼 최면술사에
대한 의사의 이야기를 들으면서 그가 터는 담뱃재를 바라보
고 있었다. 휴식의 시간이 찾아와 그는 만사를 잊은 채였다.
지금 무슨 일이 벌어지고 있는지 완전히 잊고 있었다. 의사의
말을 들으면서 그가 무슨 얘기를 하는지 알아듣고 이해할 수
도 있었다. 별안간, 그 어떤 소리와도 다른 비명 소리가 울려
퍼졌다. 얼마나 끔찍한 소리인지 레빈은 벌떡 일어서지도 못
했다. 그저 숨을 죽인 채 놀라움과 의혹이 담긴 눈초리로 그

즉시 의사를 바라보았다. 의사는 한쪽으로 고개를 기울여 가만히 비명 소리를 들어 보더니 괜찮다는 듯 미소를 지어 보였다. 모든 일이 너무나 이상했기에 이제 레빈은 어떤 것에도 놀라지 않았다. 〈분명 저래야 하는 거겠지〉라고 생각한 그는 계속해서 자리에 앉아 있었다. 그런데 이게 누구의 비명 소리지? 그는 벌떡 일어나 까치발로 침실로 달려가서는 리자베타 페트로브나와 공작 부인을 지나쳐 자기 자리인 키티의 머리맡에 섰다. 비명은 잦아들었으나 이젠 뭔가 달라져 있었다. 그게 무엇인지 그는 보지도 이해하지도 못했으며, 보고 싶거나 이해하고 싶지도 않았다. 그러나 리자베타 페트로브나의 얼굴을 보자 그는 알 수 있었다. 여전히 엄숙하고 창백하며 단호한 표정이었지만, 그녀의 턱은 가늘게 떨렸으며 눈은 키티를 주시하고 있었다. 땀 범벅이 되어 머리카락이 달라붙은 키티의 얼굴은 고통으로 붉게 상기되어 있었다. 그녀는 남편을 바라보며 눈을 맞추려 했고, 위로 손을 내밀어 그의 손을 찾았다. 키티는 땀에 젖은 손으로 남편의 차가운 손을 잡아 자신의 얼굴에 갖다 대었다.

「가지 말아요. 가지 마! 나는 무섭지 않아요. 무섭지 않다고요!」 그녀가 재빠르게 말했다. 「엄마, 내 귀걸이 좀 빼줘요. 불편해요. 당신, 무섭지 않죠? 곧 끝나요. 리자베타 페트로브나…….」

그녀는 재빠르게 말하더니 미소를 지어 보이려 했다. 그런데 갑자기 얼굴이 일그러지더니, 그를 밀쳐 내는 것이었다.

「아, 정말 끔찍해! 죽을 것 같아, 나 죽겠어! 가요, 저리 가!」 그녀가 소리치더니 또다시 그 어떤 소리와도 다른 비명을 내지르기 시작했다.

레빈은 머리를 움켜쥐고서 방을 뛰쳐나갔다.

「괜찮아요, 괜찮아, 다 잘되고 있어요!」 돌리가 그의 등에 대고 말했다.

하지만 그들이 무슨 말을 하든, 레빈은 이제 모든 게 끝장 났다는 생각뿐이었다. 옆방 문설주에 머리를 기대고 선 채 그는 한 번도 들어 본 적 없는 비명과 울부짖음을 들었다. 한때 키티였던 사람이 내는 소리였다. 그는 이미 오래전부터 아이를 원하지 않았다. 이제 아이를 미워했다. 심지어 이제 아내의 생명을 원하지도 않았으며, 오로지 이 무시무시한 고통이 끝나기만을 바랐다.

「의사 선생님! 도대체 이게 뭡니까? 어떻게 된 거냐고요! 하느님 맙소사!」 그는 방으로 들어오는 의사의 손을 잡고 말했다.

「끝나 갑니다.」 의사가 말했다. 이 말을 하는 의사의 표정이 너무나 심각해서, 레빈에게는 **끝나 간다**는 말이 죽어 간다는 말로 들렸다.

그는 정신없이 침실로 뛰어 들어갔다. 처음 눈에 들어온 것은 리자베타 페트로브나의 얼굴이었다. 그녀는 험악하고도 엄숙한 표정을 짓고 있었다. 키티의 얼굴은 없었다. 키티의 얼굴이 있던 자리에는 보기에도 긴박하고 듣기에도 무시무시한 어떤 것이 있었다. 그는 심장이 터져 버릴 것 같아 침대 기둥에 머리를 박았다. 무시무시한 비명이 잦아들 줄 모르고 점점 더 끔찍해지며 공포의 한계치에 다다르는 것 같더니, 갑자기 잠잠해졌다. 레빈은 자신의 귀를 믿지 않았지만 의심의 여지가 없었다. 비명은 그치고, 조용하게 부산을 떠는 소리, 살랑거리는 소리, 가쁜 숨소리가 이어졌다. 그리고 간간이 끊기지만 생기 있고 다정스러우며 행복한 목소리로, 그녀가 조용히 말했다.「끝났어요.」

그는 고개를 들었다. 유난히 아름답고 차분해 보이는 그녀가 팔을 이불 위에 늘어뜨린 채 말없이 남편을 바라보고 있었다. 그녀는 웃으려 했지만 웃을 수가 없었다.

레빈은 스물두 시간을 보냈던 저 비밀스럽고 무시무시한, 마치 이 세상 같지 않던 곳으로부터 순식간에 과거의 평범한 세계로 옮겨 온 듯한 기분이었다. 자신이 감당할 수 없을 만큼 행복으로 빛나는 새로운 세계였다. 팽팽하게 당겨졌던 줄은 모두 끊겨졌다. 전혀 예상하지 못했던 기쁨의 오열과 눈물이 거세게 터져 나와 온몸이 들썩였고, 그는 한참 동안 아무 말도 할 수 없었다.

레빈은 침대 앞에 무릎을 꿇고 아내의 손에 입을 맞추었다. 그녀가 손가락을 살짝 움직여 그의 입맞춤에 화답했다. 그러는 사이 침대의 발치에서는 사람처럼 생긴 생명체가 리자베타 페트로브나의 날렵한 팔에 안긴 채 등잔 위의 불꽃처럼 꿈틀거리고 있었다. 지금까지는 존재하지 않았던 것, 똑같은 중요성과 똑같은 권리를 가지고서 살아가며 자신과 닮은 이들을 낳을 생명체였다.

「건강해요! 건강해! 게다가 사내아이예요! 걱정하지 마세요!」 떨리는 손으로 아기의 등을 두드리는 리자베타 페트로브나의 목소리가 레빈의 귓가에 들려왔다.

「엄마, 정말이에요?」 키티의 목소리였다.

공작 부인의 흐느끼는 소리만이 그녀에게 응답했다.

그리고 침묵 속에서, 산모의 질문에 대한 의심할 바 없이 확실한 대답처럼, 방 안의 사람들이 나누는 조심스러운 말소리와는 전혀 다른 목소리가 들려왔다. 그 목소리는 용감하고 대담하며, 아무것도 분별하려 들지 않는, 어디서 나타났는지도 알 수 없는, 새로운 인간의 외침이었다.

조금 전만 해도, 키티가 죽었고 너도 그녀와 함께 죽었다고, 너희들의 자식은 천사이며, 하느님이 너희들 앞에 계시다고 누군가 말했더라도 레빈은 전혀 놀라지 않았을 것이다. 이제 현실의 세계로 돌아온 그는 아내가 살아 있고 건강하며 필사적으로 울어 대는 저 존재가 자신의 아들이라는 사실을 납득하기 위해 온 정신을 기울여야 했다. 키티는 살아 있고 고통은 끝났다. 그리고 자신은 더할 나위 없이 행복했다. 이 사실을 깨달은 그는 너무나도 행복했다. 그런데 아기는? 어디서, 왜 나타난 것이지? 저 아이는 도대체 누구란 말인가……? 레빈은 도통 이해할 수가 없었고 그런 생각에 적응할 수 없었다. 아기는 뭔가 불필요한 잉여물로 여겨졌고, 그래서 그는 오랫동안 아기에게 익숙해질 수가 없었다.

16

10시가 다 되어 갈 무렵, 노공작과 세르게이 이바노비치와 스테판 아르카디치는 레빈의 방에 앉아 산모에 대해 잠시 언급한 뒤 출산과는 상관없는 사안들에 대해서 얘기를 나누고 있었다. 그들의 대화를 들으면서 레빈은 자신도 모르게 오늘 아침까지의 일들을 떠올렸고, 그 일이 있기 전인 어제의 자기 자신을 되돌아보았다. 그때로부터 마치 1백 년은 흐른 듯했다. 그는 자신이 어떤 도달할 수 없는 높은 경지에 올라왔다고 느꼈으나, 함께 이야기를 나누는 사람들을 모욕하지 않기 위해 애써 그 경지에서 내려오고 있었다. 말을 하면서도 줄곧 아내에 대한, 아내의 현재 상태의 세세한 부분에 대한 생각뿐이었으며, 아들에 대한 생각도 떠올랐다. 아들이 존재한다는 생각에 익숙해지기 위해서는 애를 써야 했다. 결혼 이후 그로서는 새롭고 알 수 없는 의미를 지녔던 여성적 세계가 이제는 상상으로도 헤아릴 수 없을 만큼 그의 관념 속에서 드높이 고양되어 있었다. 어제 클럽에서 있었던 만찬에 대한 이야기가 오가는 중 그는 생각에 빠졌다. 〈지금 아내는 뭘 하고 있을까? 잠들었을까? 기분은 어떨까? 무슨 생각을 하고 있을까? 아들 드미트리는 울지 않을까?〉 그리하여 대화 도중에 얘기를 하다 말고서 벌떡 일어나 방을 나가고 말았다.

「내가 키티에게 가도 되는지 사람을 보내서 알려 주게나.」 공작이 그에게 부탁했다.

「네, 곧 보내겠습니다.」 레빈은 대답하고서 곧장 아내에게 갔다.

키티는 자지 않고 아들의 세례 일정을 계획하며 어머니와 조용히 이야기를 나누는 중이었다.

깔끔하게 차려입고 머리를 빗은 그녀는 하늘색 장식이 달린 화려한 부인용 모자를 쓰고서 이불 위에 두 팔을 올려놓은 채 누워 있다가 레빈을 눈으로 맞이하고는 자기 쪽으로 오라고 눈짓을 했다. 아주 환하던 그녀의 눈빛이 그가 다가갈수록 더욱더 밝아졌다. 얼굴에는 고인의 얼굴에 나타나곤 하는, 지상에서 천상으로 이행하는 듯한 변화가 드리워 있었다. 하지만 거기에는 이별이, 여기에는 만남이 있었다. 그녀가 출산할 때 느꼈던 것과 유사한 흥분이 다시 그의 가슴으로 밀려왔다. 키티는 레빈의 손을 잡고 눈을 좀 붙였는지 물었다. 그는 아무런 대답도 하지 못한 채, 자신의 나약함을 여실히 느끼며 몸을 돌렸다.

「코스탸, 난 잠깐 잤어요!」 그녀가 말했다. 「그래서 지금 기분이 너무 좋아요.」

그녀는 남편을 쳐다보았다. 그런데 문득 그녀의 표정이 변했다.

「아기를 이리 주세요.」 아기가 우는 소리를 들은 것이다. 「이리 줘요, 리자베타 페트로브나. 이이도 보게요.」

「자, 아빠도 보셔야죠.」 리자베타 페트로브나가 뭔가 붉고 기이하고 꿈틀거리는 것을 안고 오면서 말했다. 「잠깐, 그 전에 정리 좀 하고요.」 리자베타 페트로브나는 그 꿈틀거리는 빨간 것을 침대에 놓고서 포대기를 펼친 다음, 손가락 하나로 그것을 들더니 모로 돌려 뭔가를 뿌린 뒤 다시 감쌌다.

이 작디작고 애처로운 존재를 바라보며 레빈은 마음속에서 부성애의 그 어떤 징후라도 찾아보고자 노력했지만 허사였다. 오직 혐오감만이 느껴질 뿐이었다. 그러나 아기를 발가벗기자 손가락과 발가락이 달린 앙증맞은 노란 손과 발, 나머지 손가락이나 발가락과는 구별되는 엄지손가락과 엄지발가락이 보였다. 리자베타 페트로브나가 아기의 팔을 아마로 지은 옷에 집어넣으면서 탄력적인 용수철인 양 꾹 누르는 것을 본 그는, 그 존재에 대한 연민과 그녀가 아기를 다치게 할지도 모른다는 두려움에 휩싸여 그녀의 손을 붙들어 제지했다.

리자베타 페트로브나가 웃음을 터뜨렸다.

「염려 마세요, 염려 마시라고요!」

옷을 차려입힌 아기가 단단한 인형처럼 변하자, 리자베타 페트로브나는 자신의 솜씨를 자랑이라도 하듯 아기를 안고 서 한차례 흔들더니 레빈이 아들의 어여쁜 모습을 자세히 볼 수 있도록 물러섰다.

키티는 아기에게서 눈을 떼지 않은 채 곁눈으로 레빈쪽을 지켜봤다.

「이리 줘요, 이리!」 그녀가 이렇게 말하면서 몸을 일으키려고 했다.

「안 돼요. 카테리나 알렉산드로브나, 그렇게 움직이면 안 돼요! 기다려요, 안겨 드릴게요. 지금은 아이 아빠에게 우리가 얼마나 장한 일을 했는지 보여 주자고요!」

그러고서 리자베타 페트로브나는 한 손으로(다른 손으로 는 손가락 끝으로 꼼지락대는 뒤통수를 받치고 있었다) 머리 가 강보에 폭 싸인 그 기이하고 꼬물거리는 빨간 존재를 안 아 레빈 쪽으로 들어 올렸다. 코와 곁눈질을 하는 눈, 그리고 쪽쪽 소리를 내는 입술이 보였다.

「정말 예쁜 아기예요!」 리자베타 페트로브나가 말했다.

레빈은 실망하여 한숨을 내쉬었다. 그 예쁜 아기가 그에게 는 오로지 혐오감과 연민만을 불러일으킬 뿐이었다.

그것은 그가 기대했던 것과는 완전히 다른 감정이었다.

리자베타 페트로브나가 아직 익숙하지 않은 젖가슴에 아기를 안겨서 젖을 물리게 하는 동안 레빈은 고개를 돌리고 있었다.

갑작스러운 웃음소리에 그는 고개를 들었다. 키티의 웃음 소리였다. 아기가 젖을 빨기 시작했던 것이다.

「자, 이제 됐어요, 충분해요!」 리자베타 페트로브나가 말했지만, 키티는 아기를 떼어 놓지 않았다. 아기는 그녀의 품에서 잠들었다.

「자, 보세요.」아기가 잘 보이도록 레빈 쪽으로 아기를 돌려놓으며 키티가 말했다. 늙은이 같은 얼굴이 갑자기 더 쪼글쪼글해지더니, 아기가 재채기를 했다.

감격의 눈물을 간신히 참으며 미소를 지어 보인 레빈은 아내에게 입을 맞추고서 어두컴컴한 방을 나왔다.

그 작디작은 존재에 대한 감정은 레빈이 기대했던 것과는 판이하게 달랐다. 그 속에 즐겁고 기쁜 구석이라고는 전혀 없었고, 반대로 새롭고 고통스러운 공포뿐이었다. 그것은 새로 생긴 약점에 대한 자각이었다. 그러한 자각이 처음에는 너무나 괴로웠고, 저 연약한 존재가 고통을 겪지는 않을지 염려하는 마음이 워낙 컸기 때문에, 아기가 재채기를 했을 때 느꼈던 야릇한 기쁨과 뿌듯함을 레빈은 미처 알아채지 못했던 것이다.

17

스테판 아르카디치의 상황은 매우 좋지 않았다.

숲을 매각한 대금의 3분의 2는 이미 다 써버렸고 나머지 3분의 1도 10할을 선공제한 채 상인에게서 거의 다 앞당겨 받아 낸 뒤였다. 상인이 더 이상 돈을 주지 않는 데다가, 그해 겨울 아내 다리야 알렉산드로브나가 처음으로 자신의 재산권을 천명하면서 대금의 나머지 3분의 1을 받았다는 영수증에 서명하기를 거부했다. 봉급은 가계 지출과 자잘한 빚을 갚느라고 다 나갔다. 돈이라고는 한 푼도 없었다.

스테판 아르카디치의 입장에서는 더 이상 이어 갈 수 없을 만큼 불쾌하고 거북한 상황이었다. 그가 생각하기에, 일이 그렇게 된 것은 자신의 봉급이 너무 적은 탓이었다. 5년 전까지만 해도 그가 맡은 직책은 상당히 좋은 자리였지만 이제는 영 아니었다. 은행장인 페트로프는 1만 2천 루블을 받았고 임원인 스벤티츠키는 1만 7천 루블을 받았다. 은행의 설립자인 미틴은 5만이나 받고 있었다. 스테판 아르카디치는 생각했다. 〈내가 잠자코 있는 사이 나를 잊어버린 게 분명해.〉 그래서 그는 주변의 얘기를 들으며 여기저기를 살피다가 겨울이 끝나 갈 무렵 꽤 괜찮은 자리를 발견했고 공작에 착수했다. 일단 숙모와 숙부와 친구들을 통해 모스크바 쪽으로 다리를 놓은 뒤, 봄이 되어 어느 정도 일이 가시화되자 직접 페테르부르크로 갔다. 1천 루블에서 5만 루블까지 아주 다양하게 연봉을 받을 수 있는 자리로서, 예전보다도 더 수익이 짭짤해진 뇌물성 관직 중 하나였으니, 바로 남부 철도와 은행들이 설립한 상호 신용 금고 연합 위원회[17]의 이사직이었다. 그런 종류의 직위가 다 그러하듯이 그 자리 역시 한 사람이 전부 감당하기 어려운 방대한 지식과 활동을 요구했다. 그만한 자질을 갖출 수 있는 사람은 존재하지 않았으므로, 정직하지 않은 사람보다 이왕이면 정직한 사람이 그 자리에 적임이었다. 스테판 아르카디치는 정직한 사람(별다른 의미 없이)일 뿐만 아니라, 특별한 의미에서도 〈정직한〉 사람(강조가 함축된)이었다. 특별한 의미에서 정직하다 함은

---

17 오블론스키가 자리를 얻고자 하는 이 위원회는 1870년대에 실제로 존재했던 〈토지 상호 신용 회사〉와 〈남서부 철도 회사〉라는 두 기업의 이름에서 차용한 것이다.

모스크바에서 통용되는 표현으로, 〈정직한〉 활동가, 〈정직한〉 작가, 〈정직한〉 잡지, 〈정직한〉 기관, 〈정직한〉 경향 등으로 사용되었는데, 이 말은 사람이나 기관이 불공정하지 않다는 뜻만이 아니라 경우에 따라서는 정부에 독설을 날릴 만한 실력이 있음을 의미했다. 스테판 아르카디치와 교분이 있는 모스크바의 사람들 사이에서 그 말이 통용되고 있었고 그곳에서 그는 〈정직한〉 사람으로 여겨졌기에, 다른 누구보다도 그가 그 자리의 적임자인 셈이었다.

연간 7천 루블에서 1만 루블까지 받을 수 있는 그 자리를, 오블론스키는 자신의 관직을 내려놓지 않고도 맡을 수 있었다. 성공 여부는 두 명의 장관과 한 명의 귀부인, 그리고 두 명의 유대인에게 달려 있었다. 그들이 이미 도와줄 태세를 갖추었음에도 스테판 아르카디치로서는 페테르부르크에서 그들을 만날 필요가 있었다. 그 일 말고도 안나에게 카레닌으로부터 이혼에 관한 확답을 얻어 오겠다고 약속을 한 터였다. 그래서 그는 돌리에게 50루블을 받아 내어 페테르부르크로 떠났다.

카레닌의 서재에 앉아 러시아의 재정이 악화된 원인에 대한 의견서의 초안을 들으면서, 스테판 아르카디치는 본인의 용건과 안나의 문제를 꺼내기 위해 그의 얘기가 끝나기만을 기다리고 있었다.

「그래, 맞는 말이오.」 알렉세이 알렉산드로비치가 코안경(이제 그것 없이는 글을 읽을 수가 없었다)을 벗고 묻는 듯한 눈길로 옛 처남을 쳐다보자 오블론스키가 말했다. 「세부적인 면에선 옳은 말이지만, 어쨌든 우리 시대의 원칙은 자유지.」

「그렇소, 하지만 자유라는 원칙을 포함하는 다른 원칙을

제기하는 거요.」알렉세이 알렉산드로비치는 〈포함하는〉이
라는 단어를 강조하며 이 말이 나온 부분을 재차 읽어 주기
위해 다시 코안경을 썼다.

여백을 넉넉히 두고서 유려한 필체로 쓴 원고를 넘기던 알
렉세이 알렉산드로비치는 설득력 있는 대목을 다시 찾아 읽
어 내려갔다.

「나는 개인의 이익을 위해서가 아니라 공익을 위해 보호
무역을 원하는 거요. 낮은 계급과 높은 계급, 그 모두를 위해
서 말이오.」그가 코안경 너머로 오블론스키를 쳐다보며 말
했다.「그런데 **저들**은 이 내용을 이해하지 못하고, 개인적인
이해타산에만 신경을 쓰느라 문구에 집착하고 있소.」

카레닌이 러시아의 모든 악의 근원이자 자신의 계획을 받
아들이지 않는 **저들**이 무슨 행동을 하고 무엇을 생각하는지
에 대해 말하기 시작했다는 건 그의 이야기가 끝나 간다는
의미임을 스테판 아르카디치는 알고 있었다. 그래서 스테판
아르카디치는 자유 원칙을 기꺼이 부정하고 전적으로 그의
의견에 동조했다. 알렉세이 알렉산드로비치는 생각에 잠긴
채 입을 다물고 자신의 원고를 넘겨보았다.

「아, 그런데 말이오.」스테판 아르카디치가 말했다.「한 가
지 부탁할 게 있는데, 혹시 포모르스키를 보게 되면 내가 남
부 철도 상호 신용 금고 연합 위원회의 개방 위원직을 꼭 맡
고 싶어 한다고 전해 주길 바라오.」

그 자리가 얼마나 마음에 들었는지 이미 그 명칭에도 익숙
해진 스테판 아르카디치는 실수 한 번 없이 재빠르게 말할
수 있었다.

알렉세이 알렉산드로비치는 그 새로운 위원회의 활동에

대해 이것저것 묻더니 생각에 잠겼다. 위원회의 활동 가운데
자신이 계획하는 일에 반하는 점은 없는지 따져 보는 것이었
다. 그러나 이 새로운 기구의 업무가 복잡할 뿐만 아니라 자
신의 계획은 보다 광범위한 분야를 포함하고 있었기 때문에
문제점을 단번에 찾아낼 수는 없었다. 그는 코안경을 벗고 말
했다.

「물론 그에게 말해 줄 수 있소. 그런데 왜 꼭 그 자리를 원
하는 거요?」

「연봉이 꽤 괜찮거든. 9천까지 받을 수 있소. 지금 내 형
편이…….」

「9천이라.」 알렉세이 알렉산드로비치가 같은 말을 되풀이
하면서 인상을 찌푸렸다. 장차 예상되는 스테판 아르카디치
의 활동이 늘 긴축을 추구하는 자기의 계획의 주된 의의에
반한다는 점을 그 큰 액수가 상기시켜 주었던 것이다.

「우리 시대에 그런 고액의 연봉은 현 정부의 허황된 경제
assiette(정책)의 징후라고 생각하오. 나는 그 점에 관하여 글
을 쓴 적도 있소.」

「그럼, 매제가 바라는 건 뭐요?」 스테판 아르카디치가 물
었다. 「가령 은행장이 1만 루블을 받는다고 치면, 그건 받을
만하니까 받는 것 아니겠소. 기술자가 2만 루블을 받는 것도
마찬가지고. 어쨌든 간에 그건 현실적인 문제요!」

「내가 생각하기에, 봉급은 상품에 대한 보수이며 수요와
공급의 법칙에 따라야 하오. 만약 봉급 책정이 그러한 법칙에
서 벗어난다면, 그러니까 예를 들어 대학을 졸업한 두 명의
기술자가 동일한 지식과 능력을 갖추었음에도 한 사람은
4만 루블을 받고 다른 사람은 2천 루블을 받는다면, 또는 특

별한 전문 지식이 없는 법률가나 경기병에게 고액 연봉을 받을 수 있는 은행장 자리를 내준다면, 나로서는 봉급이 수요와 공급의 법칙에 따르는 대신 불공평하게 책정되었다고 결론을 내릴 수밖에 없는 거요. 그건 그 자체로도 심각하고, 국가 업무에 해를 끼치는 직권 남용의 결과요. 내가 보기에⋯⋯.」

스테판 아르카디치는 황급히 매제의 말을 끊어 버렸다.

「그래, 하지만 새롭고 의심할 바 없이 유용한 기구가 창설된다는 점에는 매제도 동의할 거요. 매제가 어떻게 생각하든 간에 현실이 그렇단 말이지! 특히나 일이 〈정직하게〉 처리된다는 점이 높은 평가를 받고 있단 말이오.」 스테판 아르카디치는 〈정직하게〉라는 말을 강조했다.

하지만 알렉세이 알렉산드로비치는 **정직하게**라는 말의 모스크바식 의미를 알지 못했다.

「정직함이라는 건 부정적인 속성일 뿐이오.」 그가 말했다.

「어쨌든 포모르스키에게 한마디 해준다면 내가 매제에게 큰 신세를 지게 되는 셈이오.」 스테판 아르카디치가 말했다. 「그러니까 얘기를 나누거든⋯⋯.」

「그런데 아마 그 일과 관련해서는 볼가리노프한테 결정권이 있을 것 같은데.」 알렉세이 알렉산드로비치가 그의 말을 끊었다.

「볼가리노프는 벌써 동의했지.」 스테판 아르카디치는 얼굴을 붉혔다.

그가 볼가리노프를 언급하면서 얼굴을 붉힌 것은 그날 아침 그 유대인의 집을 방문했을 때 겪은 불쾌한 일 때문이었다. 스테판 아르카디치는 자신이 복무하고자 하는 일이 새롭고 실제적이며 공정한 일이라 굳게 믿고 있었다. 그런데 아침에 볼가리노프가 틀림없이 의도적으로 그를 다른 청원자들과 함께 두 시간이나 접견실에서 기다리게 만들자 마음이 갑자기 거북해졌던 것이다.

류리크의 후손으로 오블론스키 공작인 자신이 유대인의 접견실에서 두 시간을 기다린 탓인지, 아니면 관리로 일하던 조상들의 모범을 따르지 않고 처음으로 새로운 분야에 진출한 탓인지는 모르겠지만, 아무튼 그는 심기가 매우 불편했다. 기다리는 두 시간 동안 스테판 아르카디치는 접견실 안을 빠른 걸음으로 돌아다니며 구레나룻을 만지작거리는가 하면 다른 청원자들과 대화를 나누기도 하고 유대인의 집에서 한참 동안 기다린 일을 말장난으로 만들어 볼 궁리를 하면서, 다른 사람들뿐만 아니라 스스로에게도 불편한 심기를 애써 감췄다.

하지만 그럼에도 기다리는 내내 그는 거북하고 언짢았는데, 그 이유를 도대체 알 수가 없었다. 〈유대인한테 볼일이 있어서 **줄창** 기다렸다〉[18]라는 말장난이 변변치 않은 탓일까? 아니면 다른 이유 때문일까? 마침내 볼가리노프가 오블론스키의 굴욕 앞에 의기양양한 기색을 역력히 내비치며 대단히 정중한 태도로 그를 맞이하고는 그의 청에 대해 거절이나 다름없는 답을 주었을 때, 스테판 아르카디치는 서둘러 그 일을 잊기로 했다. 그런데 지금 그 일이 떠올라 얼굴을 붉히고 만 것이다.

18 이는 스테판 아르카디치가 생각해 낸 말장난으로, 원문은 〈bylo delo do zida i ia dozidolsia〉가 된다. 〈유대인한테〉를 뜻하는 〈do zida〉와 〈줄창 기다렸다〉를 뜻하는 〈dozidolsja〉가 이루는 음성적 호응에 의해 희극적 효과가 창출된다.

18

「용건이 하나 더 있는데, 짐작하겠지만 안나에 관한 거요.」
스테판 아르카디치는 잠시 입을 다문 채 그 불쾌한 기억을
털어 버리고서 말했다.

오블론스키가 안나의 이름을 들먹이자 알렉세이 알렉산드
로비치의 낯빛이 완전히 변했다. 좀 전의 생기 넘치던 얼굴이
한순간에 죽은 사람처럼 피곤해 보였다.

「나에게 원하는 게 정확하게 뭐요?」 그가 안락의자에서 몸
을 돌리더니 코안경을 딱 소리가 나게 접고서 말했다.

「결정, 확실한 결정이오, 알렉세이 알렉산드로비치. 지금
매제를 정부 인사가 아니라(스테판 아르카디치는 〈모욕당한
남편이 아니라〉라고 말하고 싶었지만 일을 망치게 될까 봐
말을 바꾼다는 게 엉뚱하게도 이 말이 튀어나와 버렸다), 인
간으로서, 그러니까 선한 그리스도교인으로 대하며 말하는
거요. 매제는 안나를 불쌍히 여겨야 하오.」 그가 말했다.

「그러니까, 정확하게 요점이 뭐요?」 카레닌이 조용히 다
시 물었다.

「그녀를 불쌍히 여겨 달라는 거요. 겨울 내내 그 애와 같이
있었는데, 만일 매제가 그 애를 봤더라면, 나처럼 불쌍히 여
겼을 거요. 그 애의 처지는 끔찍하오, 정말 끔찍해.」

「내가 보기에……」 알렉세이 알렉산드로비치는 훨씬 더
가늘고 날카로운 목소리로 대꾸했다. 「안나 아르카디예브나
는 원하던 모든 것을 가진 것 같소만.」

「아, 알렉세이 알렉산드로비치, 제발 비난은 그만둡시다!
지나간 일이잖소. 걔가 뭘 원하고 기다리는지 알고 있지 않

소. 이혼 말이오.」

「하지만 내가 아들을 맡겠다고 요구할 경우엔 안나 아르카
디예브나가 이혼을 포기하는 것으로 알고 있소만. 그래서 나
는 그렇게 답했고 얘기는 끝났다고 생각했소. 지금도 다 끝난
얘기라고 생각하고 있고.」 알렉세이 알렉산드로비치가 찌지
는 듯한 목소리로 대꾸했다.

「제발 부탁이니 화내지 마시오.」 스테판 아르카디치가 매
제의 무릎을 건드리며 말했다. 「얘기는 끝나지 않았소. 내가
정리하자면, 일은 이렇게 된 거요. 두 사람이 헤어질 때, 매제
는 정말 더할 나위 없이 관대했소. 안나에게 모든 걸 내주었
지. 자유뿐만 아니라 심지어 이혼까지. 그 애도 그 부분을 높
이 평가하고 있소. 아니, 달리 생각 마시오. 말 그대로 높이
평가했으니까. 매제에게 죄의식을 느껴서 모든 걸 제대로 헤
아려 볼 생각도 못 했을 정도로 말이오. 그래서 전부 포기하
고 말았던 거지. 하지만 현실과 시간이, 자신의 처지가 고통
스럽고, 절망적이라는 사실을 알려 준 거요.」

「안나 아르카디예브나의 삶에 대해서는 관심이 없소.」 알
렉세이 알렉산드로비치가 눈썹을 치올리며 오블론스키의 말
을 끊었다.

「나는 그 말을 믿지 않소.」 스테판 아르카디치가 부드럽게
반박했다. 「안나의 처지는 그 애 자신에게도 고통스럽지만,
다른 사람에게도 득이 될 것이 하나도 없소. 매제는 자업자득
이라고 말하고 싶겠지. 그 애도 그걸 알고 있고, 그래서 매제
에게 애원하지 않는 거요. 그 애가 직접 말했소, 자기는 그 무
엇도 감히 바랄 수 없다고. 하지만 우리는 혈육이고, 그 애를
사랑하는 혈육으로서 매제에게 간청하오. 그 애가 뭣 때문에

고통을 받아야 하오? 그게 누구한테 득이 된다고?」

「나를 피의자로 몰아가는 것 같군.」 알렉세이 알렉산드로비치가 말했다.

「무슨 소리, 절대 아니오. 내 말을 좀 들어 보시오.」 또다시 그의 손을 슬쩍 건드리면서 스테판 아르카디치가 말했다. 그렇게 손을 건드리면 매제의 기분이 누그러질 거라고 믿는 듯했다. 「한 가지만 말하겠소. 그 애의 처지는 고통스럽고, 매제만이 그 고통을 덜어 줄 수 있소. 그렇게 한다 해도 매제가 잃는 건 아무것도 없고 말이오. 매제 눈에 띄지 않도록 내가 다 알아서 잘 처리하겠소. 이미 약속했잖소.」

「약속은 예전에 했지. 난 아들과 관련된 문제가 모든 걸 결정했다고 생각했소. 뿐만 아니라 안나 아르카디예브나가 관대해지기를 바랐었지만……」 낯빛이 파리해진 카레닌이 입술을 떨며 힘겹게 말을 이었다.

「안나는 매제의 관대함에 모든 걸 맡기고 있소. 걔가 간절히 바라는 건 딱 한 가지요. 바로 아무것도 할 수 없는 상황에서 벗어나게 해달라는 거요. 이제는 아들을 바라지 않소. 알렉세이 알렉산드로비치, 매제는 선량한 사람이잖소. 그 애의 입장을 단 한 순간만이라도 이해해 주시오. 이혼은 그 애의 입장에서는 절체절명의 문제라오. 매제가 전에 약속하지 않았더라면, 걔는 자신의 처지에 순응하고 그냥 시골에 파묻혀 살았을 거요. 그런데 매제가 약속을 해준 것 때문에 매제에게 편지도 쓰고 모스크바로 오기도 한 것 아니겠소. 모스크바에서 사람들을 만날 때마다 가슴에 비수가 꽂혀도 거기서 6개월을 살면서 매일같이 결정을 내려 주기만을 기다리고 있단 말이오. 이건 마치 사형 선고를 받은 사람의 목에 올가미를 걸어 놓고서 어쩌면 사형이고 어쩌면 사면이라고 하며 여러 달을 잡아 두고 있는 것과 똑같은 거요. 그 애를 불쌍히 여겨 주시오. 그러면 모든 걸 내가 다 잘 처리하리다…… 매제, vos scrupules(당신의 세심함이)…….」

「내 얘기는 그런 게, 그런 게 아니오…….」 알렉세이 알렉산드로비치가 혐오스럽다는 듯 말을 가로챘다. 「하긴, 내가 내게 권리도 없는 것에 대해 약속을 한 건지도 모르겠군.」

「그럼 약속을 철회하겠다는 거요?」

「난 실행 가능한 약속을 철회한 적은 단 한 번도 없소. 다만 그것이 어느 정도 실현 가능한지를 생각해 볼 시간을 가졌으면 하오.」

「그건 안 되오, 알렉세이 알렉산드로비치!」 오블론스키가 자리를 박차고 일어서며 말했다. 「정말이지 그 말은 믿고 싶지 않소! 그 애는 여자로서 너무나 불행하오. 그러니 약속을 철회해서는 안 되오…….」

「약속이 어느 정도 실현 가능한가, 그 얘기요. Vous professez d'être un libre penseur(당신은 자유주의자라고 알려져 있지). 하지만 나는 신자로서 이처럼 중대사를 처리하면서 그리스도 교의 원칙에서 벗어나는 일을 할 수는 없소.」

「그리스도교 사회인 우리 나라에서도, 내가 알기론 이혼이 허용된단 말이오.」 스테판 아르카디치가 말했다. 「이혼은 우리 나라의 교회에서도 허용되고 있소. 우리가 아는 것만 해도…….」

「허용되지만, 그런 의미에서 하는 말이 아니오.」

「알렉세이 알렉산드로비치, 내가 알던 당신이 아닌 것 같군.」 잠시 침묵하던 오블론스키가 말했다. 「당신은 그리스도교 정신에 따라 행동하며 모든 것을 용서하고 모든 것을 희생할 준비가 되어 있던 사람이 아니었소? 우리도 그걸 높이 샀고 말이오. 루바시카를 가져가겠다면 외투까지 내줄 거라고 말하지 않았소? 그런데 지금은…….」

「부탁이오.」낯빛이 창백해진 알렉세이 알렉산드로비치가 갑자기 벌떡 일어나더니 턱을 부들부들 떨며 날카로운 목소리로 말했다. 「부탁인데, 그만하지요, 그만. 이런 대화는…….」

「오, 아니오! 기분 상하게 했다면 미안하오, 용서해 주시오.」스테판 아르카디치가 난감한 듯 미소를 지으며 손을 내밀었다. 「어쨌거나 나는 심부름꾼으로서 그저 부탁받은 바를 전하는 것 뿐이오.」

알렉세이 알렉산드로비치는 손을 내민 채 잠시 생각에 잠기더니 입을 열었다.

「여러 가지 생각도 해보고 조언도 들어 봐야겠소. 모레 확답을 드리겠소.」그가 뭔가를 생각하고서 이렇게 말했다.

19

스테판 아르카디치가 막 나가려 할 때 코르네이가 들어와서 고했다.

「세르게이 알렉세이치 도련님이십니다!」

〈세르게이 알렉세이치가 누군가?〉 이렇게 물어보려는 순간 스테판 아르카디치는 기억을 떠올렸다.

「아, 세료자! 세르게이 알렉세이치라길래 국장인 줄 알았군.」그가 말하고는 생각했다. 〈안나가 세료자를 만나 보라고

부탁했었지.〉

자신을 보내면서 소심하고 가여운 표정을 지으며 〈어쨌든 오빠는 제 아들을 보게 될 거예요. 그 애가 어디 있는지, 누구랑 지내는지 자세하게 알아봐 주세요. 그리고, 스티바…… 가능하다면! 가능하겠죠?〉라고 말하던 안나의 모습이 떠오른 것이다. 스테판 아르카디치는 〈가능하다면〉의 의미를 이해했다. 그 얘기는 아들을 자기한테 넘겨주는 조건으로 이혼이 가능하겠느냐는 뜻이었다……. 이제 그 문제에 대해서는 생각해 볼 여지가 전혀 없다는 걸 알게 됐으나, 어쨌든 조카를 만나게 되어 그는 반가웠다.

알렉세이 알렉산드로비치는 아들 앞에서 엄마 얘기는 일체 꺼내지 않고 있으니 처남도 아이 엄마를 연상시키는 얘기는 하지 말아 달라고 부탁했다.

「그 애는 우리가 예-상-조차 하지 못했던 엄마와의 만남 후에 심하게 앓았소.」 알렉세이 알렉산드로비치가 말했다. 「아들의 생명이 걱정될 정도였지. 그렇지만 제대로 된 치료를 받고 여름에 바닷가에서 요양한 덕택에 건강을 회복했고, 지금은 의사의 충고대로 학교에 보내고 있소. 실제로 친구들이 좋은 영향을 미쳐서 아주 건강하고 공부도 잘하고 있소.」

「아주 근사해졌구나! 이제 세료자가 아니라 다 큰 세르게이 알렉세이치가 되었는걸!」 긴 바지에 파란 재킷을 입은 건장하고 잘생긴 소년이 활기차고 분방하게 방으로 들어오는 모습을 보고 스테판 아르카디치가 웃으며 말했다. 소년은 건강하고 쾌활했다. 낯선 사람인 줄 알고 외삼촌에게 인사를 했다가 그가 누구인지 알아보고는 얼굴을 붉히더니, 마치 뭔가에 모욕당하고 화가 난 사람처럼 재빨리 몸을 돌려 버렸다. 소년은 아버지에게 다가가 학교에서 받아 온 성적표를 건넸다.

「이 정도면 잘했구나.」아버지가 말했다. 「가보려무나.」

「살이 좀 빠지고 키가 자라서 이제 아이가 아니라 소년이 됐네. 보기 좋구나.」스테판 아르카디치가 말했다. 「내가 누군지 알겠니?」

소년은 재빨리 아버지를 쳐다보았다.

「Mon oncle(삼촌)이시죠.」그가 외삼촌을 바라보며 대답하고는 다시 눈을 내리깔았다.

외삼촌은 소년을 가까이 불러다가 손을 잡았다.

「그래, 어떻게 지내니?」뭔가 얘기를 하고 싶은데 마땅한 말이 떠오르지 않아 그는 이렇게 물었다.

소년은 얼굴이 빨개져서는 아무 대답도 하지 않고 조심스럽게 외삼촌의 손에서 자기 손을 빼냈다. 스테판 아르카디치가 손을 놓아주자마자 그는 마치 자유를 얻은 새인 양, 아버지에게 묻는 듯한 눈길을 보내더니 잰걸음으로 방을 나가 버렸다.

세료자가 엄마를 마지막으로 본 지도 1년이 지났다. 그날 이후로는 어머니에 대한 얘기를 더 이상 들을 수 없었다. 그는 그해에 바로 학교에 들어가서 친구들을 사귀고 그들을 좋아하게 되었다. 어머니와의 만남 이후 그를 앓아눕게 만든 그리움과 회상도 이제 더 이상 그를 사로잡지 않았다. 어머니 생각이 날 때마다 그런 생각은 여자애들이나 하는 것이며, 남자에게는 창피한 것이라 여기면서 그 생각을 애써 떨쳐 버렸다. 아버지와 어머니 사이에 다툼이 있어 헤어지게 되었고 자신은 아버지와 함께 살게 되었다는 걸 알게 되고부터는 그런 생활에 익숙해지려고 노력했다.

그는 어머니와 닮은 외삼촌을 보는 게 불쾌했는데, 스스로에게 부끄러운 기억이 떠오르기 때문이었다. 더군다나 서재문 앞에서 기다리며 들었던 몇 마디 말과 아버지와 외삼촌의 표정으로 보건대 그들이 어머니에 대해 이야기를 나누었으리라 짐작되었기에 더더욱 불쾌했다. 또한 함께 살며 자신이 전적으로 의존하는 아버지를 비난하지 않기 위해서, 그리고 보다 중요하게는 스스로가 치욕스럽다고 여기는 감정에 빠지지 않기 위해서, 세료자는 자신의 평정심을 깨뜨릴 수 있는 외삼촌을 보지 않으려고, 또 외삼촌이 상기시킨 것들을 생각하지 않으려고 노력했다.

그러나 뒤따라 서재를 나온 외삼촌이 계단에 있는 자신을 불러다가 학교에서 친구들과 어떻게 지내는지 묻자, 그는 아버지가 없는 틈을 타 외삼촌과 이야기를 나누기 시작했다.

「요즘 우리 반에서는 철도 놀이를 해요.」 외삼촌의 질문에 세료자가 대답했다. 「어떻게 하는 거냐면요, 둘은 의자에 앉아 있어요. 걔네들이 승객이죠. 또 다른 애는 의자 위에 서 있고요. 그러고서 다들 묶는 거예요. 손으로 묶어도 되고 허리띠로 해도 되고요. 그러고서 교실 안을 돌아다니는 거예요. 문은 미리 다 열어 놓고요. 근데 거기서 차장을 하기가 아주 어려워요!」

「서 있는 사람이 차장이니?」 스테판 아르카디치가 웃으면서 물었다.

「네, 차장은 용감하고 날쌔야 해요. 갑자기 멈추거나 누군가 넘어질 때 특히 더요.」

「그래, 쉽지 않겠구나.」 엄마를 닮은 생기 있는 눈을 바라보며 스테판 아르카디치가 구슬프게 말했다. 그 눈은 이제 천진난만하기만 한 아이의 눈이 아니었다. 알렉세이 알렉산드로비치에게 안나에 대한 이야기를 하지 않겠다고 약속했지만 그는 참지 못하고 말을 꺼냈다.

「엄마 생각은 안 나니?」 그가 갑자기 물었다.

「생각 안 나요.」 세료자는 재빨리 대답더니 얼굴이 새빨개져서는 눈을 내리깔았다. 외삼촌은 더 이상 할 말이 없었다.

30분 뒤 계단에 있는 제자를 본 가정 교사 슬라뱌닌은 아이가 화가 나 있는 건지 울고 있는 건지 한참 동안 분간할 수 없었다.

「왜 그러세요? 넘어져서 다치셨군요.」 가정 교사가 말했다. 「그 놀이는 위험하다고 했잖습니까. 교장 선생님께 말씀드려야겠네요.」

「다쳤다 해도 아무도 눈치채지 못할 거예요. 다 아무 상관 없어요.」

「대체 무슨 일인데요?」

「내버려 두세요! 내가 기억하든 말든, 그게 그분한테 무슨 상관이죠? 내가 왜 기억해야 해요? 날 그냥 내버려 두라고요!」 소년은 이제 가정 교사가 아니라 세상을 향해 소리치고 있었다.

20

스테판 아르카디치는 언제나처럼 페테르부르크에서 쓸데없이 시간을 허비하지 않았다. 누이의 이혼과 거취 문제 말고도, 곰팡내 나는 모스크바에 있다가 페테르부르크에 왔으니 그가 늘 말하듯이 기분 전환을 할 필요가 있었다.

Cafés chantants(음악 카페)[19]과 여객 마차가 있긴 하지만, 어쨌든 모스크바는 고여 있는 늪과 같은 곳이었다. 스테판 아르카디치는 늘 그런 느낌이 들었다. 모스크바에서, 특히 가족 곁에서 지낼 때는 기운이 빠졌다. 오랫동안 모스크바에 틀어박혀 살다 보면 아내의 기분이 나빠지지 않을까, 아내가 잔소리를 하지 않을까, 건강 문제와 아이들의 교육은 어떻게 해야 하나, 직장에서의 자잘한 문제들은 어떻게 하나, 등등의 생각으로 불안해지기 일쑤였다. 게다가 빚을 진 것도 걱정이었다. 하지만 페테르부르크로 가서, 모스크바 사람들처럼 허송세월하는 일 없이 진짜 삶을 살아가는 사람들과 함께 조금만 지내면 만사형통이었다. 그러면 모든 고민들이 불 앞의 밀랍처럼 녹아 없어지는 것이었다.

아내……? 오늘 그는 체첸스키 공작과 이야기를 나눴다. 체첸스키 공작에겐 아내와 귀족 유년 학교에 다니는 다 큰 자식들이 있었고, 또 다른 내연의 가족과 거기서 태어난 아이들도 있었다. 첫 번째 가족이 좋긴 하지만 체첸스키 공작은 두 번째 가족에서 더 행복을 느꼈다. 심지어 두 번째 가족에게 갈 때는 첫 번째 가족의 장남을 데리고 다녔다. 공작은 스테판 아르카디치에게 그렇게 하는 게 아들의 성장을 위해 유익하다는 판단을 내렸다고 말했다. 그 점에 대해 모스크바 사람들은 과연 뭐라고 할까?

자식들……? 페테르부르크에서는 자식들이 아버지의 삶을 방해하지 않았다. 아이들은 학교에서 교육을 받았으며, 가령

19 음악을 들려주는 음식점을 말한다. 19세기에 널리 유행했다.

리보프의 경우처럼 자식들에게 좋은 것은 다 베풀고 부모는 일과 걱정만 도맡아야 한다는 모스크바에 널리 퍼진 야만적인 개념은 존재하지 않았다. 여기서는 교육받은 사람이 응당 그래야 하듯이, 인간은 자기 자신을 위해 살아가야 한다고들 생각했다.

직무……? 모스크바와 달리 이곳에서 직무는 단조롭고 힘이 들며 지겨운데 보상은 받지 못하는 그런 게 아니었다. 여기서 일하는 건 재미가 있었다. 만남, 봉사, 적절한 말솜씨, 사람들 앞에서 이런저런 농담을 날리는 것만으로도 어제 스테판 아르카디치가 만난 브랸체프처럼 벼락출세를 하여 고관대작이 될 수 있었다. 그런 직무는 재미가 쏠쏠했다.

특히 돈에 관한 페테르부르크 사람들의 견해가 스테판 아르카디치를 안심시켜 주었다. Train(생활 방식)으로 볼 때 적어도 5만 루블은 써대고 있는 바르트냔스키가 어제 멋진 말을 했더랬다.

식사 전에 이야기를 나누던 중 스테판 아르카디치는 바르트냔스키에게 말했다.

「자넨 모르드빈스키와 친한 사이 같던데, 부탁 하나 들어주게나. 그에게 내 얘기를 한마디만 해주게. 내가 얻고 싶은 자리가 있거든. 신용 금고 연합 위원 자린데…….」

「글쎄, 내가 기억을 못 할 것 같은데……. 그런데 자네, 유대인이랑 철도 일을 할 의향이 있다는 건가……? 아무리 원한다 해도 그렇지, 추잡한 일일세!」

스테판 아르카디치는 그게 자신에게 절박한 사안임을 드러내지 않았다. 바르트냔스키가 이해할 리 없었다.

「돈이 필요해서. 살아갈 밑천이 없단 말일세.」

317

「잘 살고 있지 않은가?」

「살기야 살지만, 죄다 빚일세.」

「그래? 빚을 많이 졌나?」 동정 어린 표정으로 바르트냔스키가 물었다.

「아주 많지. 2만 루블쯤.」

바르트냔스키는 껄껄 웃었다.

「오, 행복한 친구로군!」 그는 말했다. 「나는 빚이 50만 루블인 데다가 땡전 한 푼 없네. 하지만 보다시피 살아가고 있잖은가!」

스테판 아르카디치는 그의 말뿐만 아니라 실상으로도 그 말이 사실임을 확인했다. 지바호프는 빚이 30만 루블이고 역시 돈 한 푼 없지만 여전히, 그것도 번듯하게 잘 살고 있었다! 크립초프 백작은 이미 인생 종쳤다고들 하지만 여자를 둘씩이나 먹여 살리고 있었다. 페트롭스키는 5백만 루블을 탕진했지만 여전히 전처럼 지내면서 재무 담당자로 2만 루블의 연봉을 받고 있었다. 그 밖에도 페테르부르크는 스테판 아르카디치에게 육체적으로 좋은 영향을 미쳐서 그를 젊게 만들어 주었다. 모스크바에서 그는 가끔 새치를 발견하기도 하고, 식사 후에 졸기도 했으며, 기지개를 펴기도 하고, 계단을 올라가면서는 헐떡거리고, 젊은 여자들과 있어도 무료함을 느끼고, 무도회에서도 춤을 추지도 않았다. 그런데 페테르부르크에서는 늘 10년쯤 젊어지는 기분이 들곤 하는 것이었다.

외국에서 막 돌아온 예순 살의 표트르 오블론스키가 어제 얘기했던 것을, 그는 페테르부르크에서 경험하곤 했다.

「여기서는 제대로들 살 줄을 모른다니까.」 표트르 오블론스키는 이렇게 말했다. 「믿을 수 있겠나? 바덴에서 여름을 보냈는데, 완전히 젊어진 기분이었네. 젊은 여자를 보면 마음이 동한단 말이지……. 밥을 먹고 술을 한잔 걸치면 힘이 나고 원기가 솟는 걸세. 그런데 러시아로 돌아오니 아내에게 가야 하고, 그것도 시골로 가야 하는 거지. 믿기 어렵겠지만, 한 2주 지나니까 잠옷 바람으로 다니며 식사 때도 옷을 차려입지 않게 되더군. 젊은 여자들 생각은 어림도 없지! 완전히 영감탱이가 돼버렸지 뭔가. 영혼을 구원할 일만 남은 셈이라네. 그러다가도 파리에 가면 다시 좀 나아질 테지.」

스테판 아르카디치는 표트르 오블론스키가 느낀 것과 똑같은 차이를 느꼈다. 모스크바에서는 축축 처지는 게, 거기서 오래 살다 보면 정말로 선의 경지에 이르러 영혼의 구원을 얻을 수 있을 것만 같았다. 하지만 페테르부르크에서는 다시금 보통의 사람이 되는 느낌이 드는 것이었다.

벳시 트베르스카야 공작 부인과 스테판 아르카디치 사이에는 오래전부터 미묘한 관계가 유지되고 있었다. 스테판 아르카디치는 항상 그녀에게 농담으로 치근덕거리고 역시나 농담조로 대단히 외설스러운 말을 지껄이기도 했는데, 그건 모두 그녀가 그의 그런 언행에 대해 불쾌해하지 않는다는 사실을 알고 있기 때문이었다. 카레닌과 만난 다음 날 그녀를 찾아간 스테판 아르카디치는 젊어진 기분 탓에 농담조로 추파를 던지고 헛소리를 지껄이다가 도를 넘어 버리는 바람에 수습할 수가 없게 되어 버렸다. 안타깝게도 그는 그녀를 좋아하지 않았을뿐더러 심지어 역겹게 느끼고 있었는데 그녀가 그를 무척 좋아했기 때문에 분위기가 그렇게 흘러가 버린 것이었다. 때마침 먀흐카야 공작 부인이 와서 둘만 있는 상황이 끝난 것이 그로서는 천만다행이었다.

「아, 당신도 여기 계셨군요.」스테판 아르카디치를 보고서 그녀가 말했다. 「당신의 가엾은 누이는 어떤가요? 저를 그렇게 보지 마세요.」그녀가 덧붙였다. 「그녀보다 10만 배는 못난 사람들이 죄다 그녀에게 비난을 퍼부을 때부터 나는 그녀가 잘했다고 생각했어요. 그녀가 페테르부르크에 머물 때 내게 알려 주지 않았던 브론스키만큼은 도무지 용서할 수가 없지만요. 알았더라면 그녀에게 찾아가서 같이 온 데를 돌아다녔을 텐데. 그녀에게 사랑한다고 전해 주세요. 자, 그럼, 누이 얘기를 좀 해보세요.」

「네, 지금 어려운 상황입니다. 누이는…….」〈누이 얘기를 좀 해보세요〉라는 먀흐카야 공작 부인의 말을 액면 그대로 받아들인 순진한 스테판 아르카디치가 이야기를 시작했다. 그러나 늘 그렇듯이 먀흐카야 공작 부인은 그의 말을 가로채더니 혼자 떠들기 시작했다.

「그녀는 나를 제외한 모두가 숨어서 하고 있는 일을 저지른 것뿐이에요. 그럼에도 속이려 들지 않았다니 참 잘한 일이죠. 게다가 저 정신병자 같은 당신네 매제를 버린 것은 더잘한 일이고요. 제 표현을 용서하세요. 사람들이 죄다 당신의 매제더러 똑똑하다 똑똑하다 할 때, 나만은 그를 바보라고 했었죠. 그가 리디야나 랑도랑 가깝게 지내는 걸 보고서야 사람들이 그더러 정신 나갔다고들 그러더군요. 나는 세상 사람들 말에 동조하는 걸 좋아하지 않지만 이번만은 어쩔 수가 없네요.」

「그러니까 설명 좀 해주십시오.」스테판 아르카디치가 말했다. 「이게 도대체 무슨 뜻일까요? 글쎄, 어제 제가 누이 문제로 매제 집으로 가서 결정을 내려 달라고 부탁을 했습니다.

그런데 대답은 해주지 않고 생각해 보겠다고 하더니, 오늘 아침에 대답 대신 저녁때 리디야 이바노브나 백작 부인 집으로 와달라는 초청장을 보냈습니다.」

「거봐요, 그렇다니까요!」먀흐카야 공작 부인이 신이 나서 말했다. 「랑도가 뭐라 하는지 물어보려고 그러는 거예요.」[20]

「랑도한테요? 왜죠? 랑도가 대체 누굽니까?」

「당신, Jules Landau, le fameux Jules Landau, le clair-voyant(쥘 랑도, 그 유명한 천리안 쥘 랑도)을 모르시는 건가요? 그 사람도 미치광이예요. 하지만 당신 누이의 운명이 그에게 달리게 되었네요. 시골에 살다 보니 아무것도 모르시는군요. 랑도는 파리에 있는 상점의 commis(점원)였는데, 한번은 의사에게 갔었답디다. 대기실에서 잠들었다가 잠결에 환자들에게 조언을 해줬다는 거예요. 그런데 그 조언이 놀라운 효력을 발휘한 거죠. 그 후에 유리 멜레딘스키, 그 환자 있잖아요, 그의 아내가 랑도 얘기를 듣고서 그를 남편한테 데리고 왔대요. 그래서 랑도가 그녀의 남편을 치료하고 있는 거죠. 내 생각엔 나아진 건 눈곱만큼도 없어요. 여전히 그는 골골거리니까요. 그런데도 그들은 랑도를 믿고 같이 다니다가 러시아까지 데리고 온 거예요. 이곳 사람들이 죄다 그를 보려

---

20 랑도의 모델이 되는 인물은 당대의 유명한 심령술사였던 대니얼 덩글러스 홈이다. 톨스토이는 1857년에 파리에서 처음 그를 보았다. 덩글러스 홈은 미국과 유럽에서 심령술 강연을 했으며, 1871년 봄에 러시아를 방문하여 러시아 황제 알렉산드르 2세에게 심령술을 선보이고 그에 관한 강연을 하였다. 러시아에서 화려한 이력을 쌓은 그는 니콜라이 1세의 대녀(代女)인 베즈보롯코 백작의 딸과 결혼하여 백작 작위를 획득했다. 톨스토이는 랑도의 형상을 통하여 방랑객 심령술사가 러시아 귀족으로 변모한 사건을 패러디하고 있다.

고 달려들었고, 그는 모두 치료해 줬답니다. 베주보바 백작 부인도 고쳐 줬는데, 그 부인이 그에게 폭 빠져서 양자로 들이기까지 했어요.」

「양자로 들였다고요?」

「그렇다니까요. 그는 더 이상 랑도가 아니라 베주보프[21] 백작이라고요. 그런데 문제는 그게 아니라 리디야예요. 난 리디야를 무척 좋아하지만, 그녀는 제정신이 아니에요. 당연하게도 그녀 또한 지금 랑도한테 폭 빠진 터라, 그 사람 없이는 그녀와 알렉세이 알렉산드로비치 둘 다 아무것도 결정을 내리지 못하는 거예요. 그래서 당신 누이의 운명도 이제 랑도, 달리 말하면 베주보프 백작의 손에 달려 있다는 거죠.」

21

바르트냔스키 집에서 훌륭한 식사와 함께 코냑을 잔뜩 마신 뒤 스테판 아르카디치는 약속 시간보다 조금 늦게 리디야 이바노브나 백작 부인 집에 들어섰다.

「누가 더 와 계신가? 프랑스인도 왔나?」 스테판 아르카디치는 눈에 익은 알렉세이 알렉산드로비치의 외투와 단추가 달린 기이하고 유치하게 생긴 또 다른 외투를 보며 문지기에게 물었다.

---

21 베주보프는 베즈보롯코라는 실존 인물의 성을 패러디한 것으로, 이 이름을 통해 톨스토이는 랑도와 그를 추종하는 인물들을 풍자하고 있다. 베즈보롯코는 〈턱수염이 없는 사람〉을 뜻하며, 베주보프는 〈이가 없는 사람〉을 뜻한다.

「알렉세이 알렉산드로비치 카레닌과 베주보프 백작이 오셨습니다.」문지기가 엄숙한 말투로 대답했다.

〈먀흐카야 공작 부인 말이 맞았구나.〉스테판 아르카디치가 계단에 발을 디디며 생각했다. 〈희한한 일이군! 하지만 그녀와 가까워지는 건 좋은 일이야. 영향력이 큰 분이니까. 그녀가 포모르스키에게 한마디만 해주면 확실히 성사되겠지.〉

마당은 아직 환했지만, 커튼이 내려진 리디야 이바노브나 백작 부인의 작은 응접실엔 벌써 등불이 들어와 있었다.

등불 아래 놓인 둥근 탁자에 백작 부인과 알렉세이 알렉산드로비치가 앉아서 조용하게 얘기를 주고받고 있었다. 크지 않은 키에 여자 같은 엉덩이와 무릎 부분에서 오목하게 굽은 안짱다리를 한 깡마른 사내가 방의 맞은편 끝에서 초상화가 걸린 벽을 둘러보고 있었다. 창백하고 잘생긴 얼굴에 아름다운 두 눈을 반짝이며 프록코트의 깃까지 닿은 긴 머리를 늘어뜨린 모습이었다. 여주인과 알렉세이 알렉산드로비치와 인사를 나눈 뒤 스테판 아르카디치는 자기도 모르게 그 낯선 사내를 다시 한번 힐끗 쳐다보았다.

「Monsieur Landau(랑도 씨)!」백작 부인은 오블론스키가 깜짝 놀랄 정도로 부드럽고 조심스럽게 그를 불러 두 사람을 인사시켰다.

랑도는 황급히 돌아보더니 미소를 지으며 다가와 스테판 아르카디치가 내민 손을 자신의 굼뜨고 땀에 젖은 손으로 잡았다. 그러고는 즉시 뒤로 물러나서 다시금 초상화를 바라보기 시작했다. 백작 부인과 알렉세이 알렉산드로비치는 의미심장한 눈길을 교환했다.

「만나서 반가워요. 특히 오늘 보게 되어 더더욱요.」리디야 이바노브나 백작 부인이 스테판 아르카디치에게 말하면서 카레닌의 옆자리를 가리켰다.

「저분을 랑도라고 소개해 드렸지만……」 그녀가 프랑스인과 알렉세이 알렉산드로비치를 연달아 힐끗 쳐다보고는 차분한 목소리로 말을 이었다. 「실은, 당신도 알고 계시듯이 베주보프 백작이에요. 다만 저분이 그 호칭을 좋아하지 않는답니다.」

「네, 얘기 들었습니다.」 스테판 아르카디치가 대답했다. 「저분 덕에 베주보프 백작 부인이 완치되셨다고 하더군요.」

「백작 부인도 오늘 저희 집에 와 계시는데, 너무나 가여워요!」 리디야 백작 부인이 알렉세이 알렉산드로비치에게 말했다. 「이별이 너무 힘든 거예요. 그녀에겐 더없는 충격이죠!」

「저분은 완전히 떠나신답니까?」 알렉세이 알렉산드로비치가 물었다.

「네, 파리로 가실 거예요. 어제 목소리를 들으셨답니다.」 리디야 이바노브나 백작 부인이 스테판 아르카디치를 바라보며 말했다.

「아, 목소리!」 오블론스키가 되풀이했다. 자신으로서는 감조차 잡을 수 없는 뭔가 특별한 일이 벌어지고 있거나 벌어질 것이 확실하니 보다 신중을 기해야겠다고 그는 생각했다.

잠시 침묵이 흐르고 난 뒤 리디야 이바노브나 백작 부인이 중요한 얘기를 꺼낼 듯이 엷은 미소를 띠고서 오블론스키에게 말했다.

「당신을 오래전부터 알아 오긴 했지만, 이렇게 더 가깝게 알게 되니 정말 기뻐요. Les amis de nos amis sont nos amis(친구의 친구는 곧 나의 친구죠). 그래도 친구가 되기 위해서는 친구의 마음 상태를 깊이 헤아려야 하는데, 당신은 알렉세이 알렉산드로비치에게 그렇게 하시지 않는 것 같아요. 제가 무슨 말을 하고 있는지 아시리라 믿어요.」 그녀는 예의 생각에 잠긴 듯한 아름다운 눈을 치켜뜨며 말했다.

「백작 부인, 어느 정도는 알렉세이 알렉산드로비치의 상황을 이해합니다만…….」 무슨 얘긴지 이해하지 못한 오블론스키는 대충 대꾸하고 넘어가려 했다.

「외적인 상황의 변화가 아니라…….」 리디야 이바노브나 백작 부인이 엄숙하게 말을 자르는 동시에, 자리에서 일어나 랑도에게 다가가는 알렉세이 알렉산드로비치의 모습을 사랑에 빠진 눈길로 좇았다. 「마음의 변화를 말씀드리는 거예요. 그에게 새로운 마음이 주어졌다는 걸요. 당신은 그의 내면에 일어난 변화를 완전히 헤아리지 못한 것 같아요.」

「저도 대략적으로는 그러한 변화가 머릿속에 그려집니다. 우리는 늘 친하게 지냈고, 지금도…….」 스테판 아르카디치는 백작 부인의 시선에 다정한 눈길로 응답했다. 그는 백작 부인이 두 명의 장관 중 누구와 더 친한지, 누구에게 청탁을 해달라고 청해야 할지 가늠해 보는 중이었다.

「그에게 일어난 변화가 가까운 사람들에 대한 사랑의 감정을 약화시키는 건 아니에요. 오히려 그 변화는 사랑을 더 증대시킬 게 틀림없어요. 한데 아무래도 당신은 제 말을 이해하지 못하실 것 같군요. 차 한잔 드릴까요?」 그녀가 쟁반에 차를 들고 온 하인을 눈으로 가리켰다.

「전부 다 이해하지는 못합니다, 백작 부인. 물론 그의 불행은…….」

「맞아요, 불행이죠. 마음이 새로워지고 그 새로움으로 충만해질 때 지극한 행복이 될 수 있는 불행이랍니다.」 그녀는 이렇게 말하며 다시금 사랑에 빠진 듯한 눈길로 스테판 아르카디치를 바라보았다.

〈두 사람 모두에게 알선을 부탁해 달라고 해도 되겠지.〉 스테판 아르카디치가 생각했다.

「오, 물론이죠, 백작 부인.」 그가 말했다. 「하지만 제가 보기에 그런 변화는 워낙 내밀한 종류의 것이라 그 누구에게도, 심지어 가장 친한 친구에게조차도 얘기하고 싶지 않을 것 같은데요.」

「그 반대예요! 우리는 서로 얘기를 나눔으로써 도와줘야만 해요.」

「그럼요, 여부가 있겠습니까.」 오블론스키가 부드러운 미소를 지으며 말했다. 「하지만 신념에도 정도의 차이가 있고, 또…….」

「신성한 진리에 관한 일에서 차이란 있을 수 없어요.」

「오, 그럼요. 물론입니다. 다만…….」 스테판 아르카디치는 마침내 당황하여 입을 다물었다. 종교에 관한 얘기를 하고 있다는 걸 그제야 깨달았던 것이다.

「저분은 곧 잠들 것 같군요.」 알렉세이 알렉산드로비치가 리디야 이바노브나에게 다가와 의미심장한 어조로 속삭이듯 말했다.

스테판 아르카디치는 뒤쪽을 돌아보았다. 랑도가 창가에 있는 안락의자의 팔걸이와 등받이에 팔꿈치를 괴고서 고개를 늘어뜨린 채 앉아 있었다. 자신을 쳐다보는 사람들의 시선을 눈치채자 그는 고개를 들더니 어린아이처럼 순진한 미소를 지었다.

「신경 쓰지 마세요.」리디야 이바노브나가 대꾸하고는 경쾌한 몸짓으로 알렉세이 알렉산드로비치에게 의자를 밀어 주었다. 「제가 보기엔⋯⋯.」그녀가 뭔가 얘기를 꺼내려는 순간, 하인이 편지를 들고 방 안으로 들어왔다. 리디야 이바노브나는 잽싸게 쪽지를 읽더니 양해를 구하고 신속하게 답장을 써 보낸 뒤 자리로 돌아왔다. 「제가 보기엔⋯⋯.」그녀가 하던 말을 이어 갔다. 「모스크바 사람들, 특히 남자들은 종교에 정말 냉담한 것 같아요.」

「오, 아닙니다, 백작 부인. 제가 알기론, 모스크바 사람들은 그 점에서 아주 독실하다는 평판을 얻고 있는걸요.」스테판 아르카디치가 대답했다.

「그렇지 않소. 내가 아는 한, 유감스럽게도 당신 역시 냉담자들 중 한 명인 것 같소만.」알렉세이 알렉산드로비치가 피로한 기색으로 미소를 지으며 오블론스키를 향해 말했다.

「어떻게 냉담할 수가 있죠!」리디야 이바노브나가 말했다.

「그 점과 관련해서, 전 냉담하다기보다는 기다리고 있는 중입니다.」스테판 아르카디치가 가장 부드러운 미소를 보이며 말했다. 「그런 질문을 던질 때가 제게는 아직 오지 않았다고 생각하죠.」

알렉세이 알렉산드로비치와 리디야 이바노브나가 시선을 주고받았다.

「그런 때가 왔는지 안 왔는지 우리로서는 결코 알 수가 없지요.」알렉세이 알렉산드로비치가 엄숙하게 말했다. 「준비가 되었는지, 혹은 안 되었는지를 우리가 생각해서는 안 되오. 은총은 인간의 사고에 의해 좌우되는 게 아니니 말이오.

때때로 은총은 노력하는 사람이 아니라, 사울[22]처럼 준비가 안 된 사람에게 내릴 수도 있소.」

「아니요, 아직 때가 아닌 것 같네요.」 프랑스인의 거동에 주목하며 리디야 이바노브나가 말했다.

랑도가 일어나 그들에게 다가왔다.

「제가 껴도 될까요?」 그가 물었다.

「그럼요. 당신을 방해하고 싶지 않았을 뿐이에요.」 다정한 눈길로 그를 바라보며 리디야 이바노브나가 대답했다. 「여기 앉으세요.」

「빛을 잃지 않으려면 눈을 감지만 않으면 되오.」 알렉세이 알렉산드로비치가 이야기를 계속했다.

「아, 영혼 속에 항상 그분이 계신다는 걸 느낌으로써 만끽하는 이 행복을 아신다면!」 리디야 이바노브나 백작 부인이 행복한 미소를 지으며 말했다.

「하지만 때때로 인간은 혼자의 힘으로 저 초월적 경지에 오를 수 없다고 느끼긴 합니다.」 스테판 아르카디치는 종교적인 초월을 인정함으로써 스스로의 양심을 속이는 것이 마음에 걸렸다. 하지만 포모르스키에게 말 한마디 건네는 것으로 자신이 원하는 자리를 안겨 줄 수 있는 이 사람 앞에서 자신이 자유주의자라고 차마 인정할 수가 없었다.

「죄가 걸림돌이 된다는 말씀을 하시려는 건가요?」 리디야 이바노브나가 말했다. 「그건 거짓된 생각이에요. 신자들에게 죄는 있을 수 없어요. 이미 속죄했으니까요. Pardon(실례합

---

22 사도 바울로가 개종하기 전의 이름. 그리스도인들을 핍박하던 바울로는 그들을 체포하기 위해 다마스쿠스로 가던 도중 부활한 예수의 음성을 듣고 그리스도인으로 개종하게 된다.

니다).」 그녀가 또 다른 편지를 들고서 다시금 들어온 하인을 바라보며 말했다. 편지를 읽은 그녀는 〈내일 대공 댁에 가 있을 거라고 전하게〉라고 답하고는 계속해서 이야기를 이어 나갔다. 「신자에게 죄는 없어요.」

「네, 하지만 실천이 따르지 않는 믿음은 죽은 믿음이지요.」 스테판 아르카디치가 교리 문답서에 나오는 문구를 언급했다. 이제 그의 주체성을 지켜 주는 건 미소밖에 없었다.

「〈야고보의 편지〉에 나오는 문구군요.」 알렉세이 알렉산드로비치가 리디야 이바노브나를 돌아보며 힐난조로 말했다. 두 사람은 그 문구에 관해 이미 여러 번 얘기를 나눈 게 분명했다. 「그 부분에 대한 잘못된 해석이 얼마나 많은 해악을 끼쳤는지! 그런 잘못된 해석만큼 신앙에서 멀어지게 만드는 것도 없지요. 〈나는 실천하지 않으니 믿을 수 없다〉라는 말은 그 어디에도 나오지 않습니다. 그 반대만 있을 뿐이죠.」

「신을 위해 일하고, 노동과 단식으로 영혼을 구원한다.」 리디야 이바노브나 백작 부인이 역겹고 경멸스럽다는 투로 덧붙였다. 「그건 우리 수도사들의 미개한 생각이에요……. 그런 말은 어디에도 나와 있지 않거든요. 생각보다 훨씬 더 쉽고 간단하답니다.」 그녀가 오블론스키를 바라보았다. 궁정의 새로운 환경 속에서 당혹스러워하는 젊은 궁녀들을 격려해 줄 때와 유사한 미소를 띤 얼굴이었다.

「우리는 우리를 위해 고난받으신 그리스도에 의해 구원받는 겁니다. 믿음으로 구원받는 것이지요.」 눈짓으로 그녀의 말을 지지하며 알렉세이 알렉산드로비치가 거들었다.

「Vous comprenez l'anglais(영어를 하시나요)?」 리디야 이바노브나가 묻더니 그렇다는 답을 듣자 자리에서 일어나 책

꽂이에서 책을 찾기 시작했다.

「제가 『*Safe and Happy* (구원과 행복)』를 읽어 보려고요. 아니면 『*Under the Wing* (날개 아래서)』[23]을 볼까?」 무언가 묻는 눈초리로 카레닌을 바라보며 그녀가 말했다. 책을 찾은 그녀는 다시 자리에 앉아 책장을 펼쳤다. 「이건 아주 짧아요. 믿음을 얻어 가는 과정에 대해 쒸어 있죠. 그 과정 속에서 현세적인 모든 것을 초월하여 영혼을 충만케 하는 행복에 대해서도 쒸어 있고요. 믿는 사람은 불행할 수가 없어요. 왜냐하면 그는 혼자가 아니니까요. 여길 한번 보세요.」 그녀가 막 책을 읽으려는데 또다시 하인이 들어왔다. 「보로즈디나? 내일 2시라고 하게. 자, 여기…….」 그녀는 책의 한 부분을 손가락으로 짚은 채 한숨을 내쉬며 수심에 잠긴 아름다운 눈으로 정면을 바라보았다. 「진정한 믿음이 어떤 영향을 미치는지 여기 나와 있어요. 마리 사니나를 아시나요? 그녀가 겪은 불행을 아시나요? 그녀는 하나밖에 없는 아이를 잃고서 절망에 빠졌죠. 그런데 어떻게 됐는지 아세요? 그녀는 그분을 만났고 지금은 아이의 죽음에 대해 하느님께 감사드리고 있답니다. 이게 바로 믿음이 가져다주는 행복이에요!」

「오, 그렇군요. 그건 정말…….」 스테판 아르카디치가 말했다. 그들이 책을 읽는 동안 정신을 차릴 수 있으리라는 생각에 그는 반가웠다. 〈그래, 오늘은 아무것도 부탁하지 않는 편이 낫겠어.〉 그가 생각했다. 〈그저 일을 더 그르치지 말고 여

23 영국에서 출간된 영혼 구제에 관한 소책자. 신비주의적인 경향을 띠며 복음주의 운동을 주도한 그랜빌 래드스톡 경의 설교 「믿음을 통한 구원」과 관련된다. 〈그리스도의 죽음으로 인류는 속죄하였으며, 따라서 개별 인간들은 이미 구원받았다〉는 게 그의 근본 사상이었다. 〈신자들은 이미 속죄했다〉라는 리디야 이바노브나의 말은 그의 사상을 직접적으로 반영한다.

기서 나가는 게 좋겠군.〉

「지루하시죠.」리디야 이바노브나 백작 부인이 랑도를 바라보며 말했다.「영어를 모르시니. 그래도 이 부분은 짧아요.」

「오, 이해할 수 있습니다.」랑도가 조금 전과 같은 미소를 지은 채 대꾸하고서 눈을 감았다.

알렉세이 알렉산드로비치와 리디야 이바노브나가 의미심장한 시선을 주고받았고, 곧 낭독이 시작되었다.

22

스테판 아르카디치는 너무나 이상하고 새로운 이야기를 듣고서 완전히 얼이 빠져 버렸다. 페테르부르크 생활의 혼잡스러움이 그를 각성시키며 모스크바의 정체된 삶에서 벗어나도록 도와주는 것은 사실이었다. 하지만 그는 그러한 혼잡함을 자신과 친한 지인들의 모임 안에서만 이해하고 좋아했을 뿐, 이 낯선 환경 속에서는 얼떨떨하고 어리둥절하여 아무것도 이해할 수 없었다. 리디야 이바노브나 백작 부인의 이야기를 들으면서, 자신을 집요하게 주시하는 랑도의 아름답고 순진하면서도 능청스러운(도무지 어떻게 생각해야 할지 그로서는 알 수 없었다) 시선을 줄곧 의식하던 스테판 아르카디치는 왠지 골치가 지끈거렸다.

그의 머릿속에서 너무나 많은 생각들이 뒤엉켜 버렸다. 〈마리 사니나는 자신의 아이가 죽어서 기뻐하지…….지금 담배를 피워도 되려나…….구원받기 위해선 믿기만 하면 되는데, 수도사들은 어떻게 믿어야 하는지 모르는 반면에 리디야 이바노브나는 알고 있다라……. 도대체 왜 이렇게 머리가 아프지? 코냑 때문인가? 아니면 이 모든 게 이상해서 그런 건가? 어쨌든 아직까지 예의에 어긋난 짓은 하지 않은 것 같아. 하지만 그래도 청탁은 하지 말아야겠어. 이들은 다른 사람한테 기도를 시킨다던데, 제발 나한테는 그러지 말기를. 그건 정말이지 바보 같은 짓이라고. 저 여자가 읽고 있는 저 얼토당토않은 건 뭐지? 그래도 발음은 괜찮은걸. 랑도, 아니, 베주보프. 그런데 왜 베주보프지?〉 갑자기 스테판 아르카디치는 하품이 나오려고 아래턱이 움직거리는 것을 느꼈다. 그는 구레나룻을 매만지며 하품을 감춘 뒤 몸을 한차례 부르르 떨었다. 그러나 그 순간 자신이 이미 자고 있었고 코를 골기 직전이었음을 깨달았다. 〈이분은 잠들었네요〉라고 말하는 리디야 이바노브나 백작 부인의 목소리를 듣는 순간 그는 정신이 번쩍 들었다.

스테판 아르카디치는 죄를 짓다가 들킨 사람처럼 깜짝 놀라며 잠에서 깼다. 그러나 〈잠들었네요〉라는 말이 자신이 아닌 랑도를 두고 한 말임을 알아채고는 이내 안심했다. 프랑스인도 스테판 아르카디치처럼 잠들었던 것이다. 스테판 아르카디치가 잠들었다면 그들은 불쾌하게 여겼을 테지만(모든 게 너무나 이상하게 여겨졌던 터라 정작 그는 이런 생각은 하지도 않았다) 랑도의 잠은 그들에게, 특히 리디야 이바노브나 백작 부인에게 엄청난 기쁨을 안겨 주었다.

「Mon ami(나의 벗님)……」 리디야 이바노브나는 소리가 나지 않도록 자신의 비단 옷자락을 조심스럽게 말아 올리고는, 흥분에 사로잡힌 나머지 카레닌을 알렉세이 알렉산드로비치라 하지 않고 〈mon ami(나의 벗님)〉라고 불렀다. 「Donnez lui la main. Vous voyez(저 분에게 손을 내밀어 보세요. 저거 보여요)? 쉿!」 또다시 들어온 하인에게 그녀가 조용히 하라는 시늉을 했다. 「아무도 들이지 말게.」

안락의자의 등받이에 머리를 기댄 채 잠에 빠진, 혹은 잠든 척하던 프랑스인은 뭔가 잡으려는 듯 무릎에 얹힌 땀에 젖은 손을 살짝 움직였다. 알렉세이 알렉산드로비치가 일어서더니 조심한다면서도 책상에 몸을 부딪혀 가며 프랑스인에게 다가가 그의 손에 자신의 손을 갖다 댔다. 스테판 아르카디치 역시 일어나, 만일 자신이 꿈을 꾸고 있는 것이라면 그 꿈에서 깨어나고 싶다는 듯 두 눈을 휘둥그레 뜨고서 두 사람을 번갈아 쳐다보았다. 모든 게 생시였다. 그는 점점 더 혼란스러워졌다.

「Que la personne qui est arrivée la dernière, celle qui demande, qu'elle sorte! Qu'elle sorte(마지막에 온 사람, 뭔가 부탁하려 하는 사람, 그 사람은 그만 나가라고 해주십시오! 나가라고 해주세요)!」 프랑스인이 눈을 감은 채 말했다.

「Vous m'excuserez, mais vous voyez⋯⋯ Revenez vers dix heures, encore mieux demain(죄송합니다만, 보시다시피⋯⋯. 10시쯤 다시 오시든가, 아니면 내일 오시는 게 더 좋을 것 같군요).」

「Qu'elle sorte(나가라고 해주세요)!」 프랑스인이 조급증을 내며 거듭 말했다.

「C'est moi, n'est ce pas(저를 두고 하는 말이지요)?」

그렇다는 대답을 들은 스테판 아르카디치는 리디야 이바노브나에게 청탁하려던 것도, 누이의 일도 잊은 채 오로지 거기서 벗어나겠다는 일념으로, 전염병이 도는 집을 빠져나오

333

듯 까치발로 뛰쳐나와서는 어서 빨리 원래의 기분으로 되돌아가고 싶은 마음에 마부와 한참 동안 수다를 떨고 농담을 지껄였다.

프랑스 극장에 도착한 스테판 아르카디치는 때맞춰 시작된 마지막 막을 관람하고서 타타르인의 식당에서 샴페인을 마신 뒤에야 조금이나마 숨을 돌릴 수 있었다. 하지만 그날 저녁 내내 그는 제정신이 아니었다.

페테르부르크에 있는 동안 신세를 지고 있는 표트르 오블론스키 집에 돌아온 그는 벳시가 보내온 쪽지를 발견했다. 시작했던 대화를 꼭 마무리하고 싶으니 내일 방문해 달라는 내용이었다. 편지를 겨우 다 읽고서 미간을 찌푸리고 있는데, 아래층에서 뭔가 무거운 걸 나르는 사람들의 묵직한 발소리가 들려왔다.

스테판 아르카디치는 무슨 일인지 살펴보려고 밖으로 나갔다. 그것은 회춘한 표트르 오블론스키였다. 그는 잔뜩 취해서 계단에 발을 올리지도 못하고 있었다. 그러나 스테판 아르카디치를 보자 하인들에게 똑바로 설 수 있게 부축해 달라고 지시하고는 스테판 아르카디치에게 매달린 채 그가 묵는 방으로 들어갔다. 그러고는 그에게 자기가 저녁 시간을 어떻게 보냈는지 떠들어 대다가 이내 잠들어 버렸다.

스테판 아르카디치는 전에 없이 기분이 꿀꿀하여 한참 동안 잠을 이룰 수가 없었다. 생각해 보니 모든 게 추잡스러웠지만 가장 역겹고 수치스러운 건 저녁때 리디야 이바노브나 백작 부인 집에서 겪었던 일이있다.

다음 날 그는 알렉세이 알렉산드로비치로부터 안나와의 이혼을 분명하게 거부한다는 전갈을 받았으며, 그러한 결정이 어제저녁 그 프랑스인이 자다가, 혹은 자는 척하다가 했던 말에 근거한 것임을 깨달았다.

23

가정생활에서 뭔가 실행되려면 부부 관계가 완전히 파탄에 이르든지, 그게 아니면 사랑으로 화합을 이뤄야만 한다. 부부 관계가 애매하거나 이도 저도 아니라면 아무 일에도 착수할 수 없는 법이다.

대다수의 가정이 타성에 젖고 부부가 서로에게 싫증이 나는 건 오로지 그들의 관계가 완전한 불화도 완전한 화합도 아니기 때문이다.

이미 봄볕이 아니라 여름의 뙤약볕이 내리쬐고 오래전에 무성해진 가로수와 나뭇잎들이 먼지로 뒤덮인 시기에, 열기와 먼지로 가득한 모스크바에서의 생활은 브론스키에게도 안나에게도 매한가지로 고역이었다. 하지만 그들은 이미 오래전에 결정이라도 내린 듯이 보즈드비젠스코예로 가지 않고 양쪽 모두 지겨워하는 모스크바에 계속 머물렀다. 왜냐하면 최근 들어 둘 사이에 도무지 의견 일치가 이루어지는 일이 없기 때문이었다.

그들을 갈라놓는 자극적인 요소는 결코 외부에서 기인한 것이 아니었으며, 서로에게 해명하고자 하는 모든 시도는 그런 자극을 없애기는커녕 더 키우기만 했다. 그것은 안나 입장에서는 브론스키의 식어 가는 사랑에서 비롯한, 브론스키로서는 안나를 위해 스스로를 궁지로 몰아간 것에 대한 후회에

335

서 비롯한 내적인 자극이었다. 그녀는 그의 어려움을 덜어 주지 못했고 오히려 더욱 악화시켰다. 두 사람 모두 자신의 분노의 원인을 드러내 놓고 말하지 않았으며, 서로가 서로를 부당하다고 여기며 빌미가 생길 때마다 그 점을 입증하려 들었다.

안나에게 있어서 브론스키라는 인간의 모든 것, 즉 그의 습관과 생각과 욕망, 그의 정신적이고 육체적인 성향은 딱 하나, 여인에 대한 사랑으로 귀착되었으며 그것은 오로지 자신만을 향해야 했다. 그런데 그 사랑이 줄어든 것이었다. 따라서 그녀가 판단하기에는, 그가 자신의 사랑의 일부를 다른 사람들, 혹은 다른 여자들에게 할애한 것이 분명했다. 그래서 그녀는 질투에 사로잡혔다. 다른 여자에 대한 것이 아니라 자신을 향한 사랑이 줄어들었다는 사실로 인한 질투였다. 질투의 대상이 아직 없었기에 그녀는 그 대상을 찾고 있었다. 아주 미미한 징후만으로도 질투의 대상을 이 여자에서 저 여자로 바꾸곤 했다. 그녀는 브론스키가 독신이라는 이유로 쉽게 관계를 맺을 수 있는 천박한 여자들을 질투하는가 하면, 그가 만날 수 있는 사교계의 여인들을 질투하기도 했다. 자신과 결별한 뒤 그가 결혼하고 싶어 할 만한 여자를 상상해 내어 그녀를 질투하기도 했다. 이 마지막 경우가 다른 무엇보다도 그녀의 속을 태웠는데, 브론스키가 자기 모친이 자신을 제대로 이해하지 못하고서 소로키나 공작 영애와 결혼하라고 강권했다는 이야기를 순간적으로 털어놓은 것이 화근이었다.

그리하여 질투에 휩싸인 안나는 그에게 울화를 터뜨렸고, 매사에 화를 낼 구실을 찾았다. 그녀는 자기가 겪는 괴로운 일을 모두 그의 탓으로 돌렸다. 모스크바의 하늘과 땅 사이에서 힘겹게 기다려야 하는 상황, 알렉세이 알렉산드로비치의 우유부단함과 미적거림, 자신의 고립된 삶, 그 모든 것이 그의 탓으로 전가되었다. 만일 그가 그녀를 사랑하고 그녀의 힘든 처지를 이해한다면 그 상황 속에서 그녀를 벗어나게 해줘야 했다. 그녀가 가고 싶어 하는 시골이 아닌 모스크바에서 지내야 하는 것도 그의 책임이었다. 브론스키는 그녀의 바람대로 시골에 파묻혀 살 수가 없는 사람이었다. 그에게는 사교계가 절실했기에, 그녀를 이 끔찍한 상황에 몰아넣고 그런 상황을 전혀 이해하려 들지 않았다. 또한 그녀가 아들과 영원히 이별하게 된 것 역시 그의 책임이었다.

둘 사이에 이따금씩 찾아드는 애틋한 순간조차도 그녀에게 위안을 주지 못했다. 이제 그녀는 그의 다정한 모습에서 전에 없던 침착함과 자신감을 감지했으며, 그로 인해 초조해졌다.

어느새 날이 어둑해졌다. 독신자 오찬 모임에 간 브론스키가 돌아오기를 기다리던 안나는 그의 서재(거리의 소음이 덜 들리는 방이었다) 안을 거닐면서 어제 벌인 말다툼을, 그 세세한 표현까지 되짚어 보고 있었다. 잊지 못할 모욕적인 언사에서부터 그것을 유발한 원인까지 돌이켜 본 뒤 마침내 대화의 첫 대목에 다다랐다. 전혀 화낼 만한 것도 아니고 누군가의 감정을 상하게 할 만한 것도 아닌, 그토록 평범한 대화로부터 불화가 시작되었다는 게 한참 동안 믿기지 않았다. 하지만 그것은 사실이었다. 그가 여학교를 불필요한 것으로 여기고 여학교를 비웃기에 그녀는 여학교를 옹호했는데, 거기서 모든 게 시작된 것이다. 그는 전반적으로 여성의 교육을 대수롭지 않게 여겼고, 안나가 후원하는 영국 소녀 한나에게 물리에 관한 지식은 전혀 필요치 않다고 말했다.

그 말이 안나를 화나게 했다. 그 말 속에서 자신이 하고 있는 일을 멸시하는 듯한 뉘앙스를 읽어 낼 수 있었기 때문이다. 그리하여 그녀는 자신이 받은 상처를 되갚을 만한 말을 생각해 냈다.

「사랑하는 사람이라면 응당 그래야 하듯 당신이 내 감정과 나 자신을 이해해 주리라고는 바라지도 않았어요. 다만 세심함 정도는 기대했었죠.」 그녀가 말했다.

그러자 그가 노여움으로 얼굴을 붉히며 무언가 불쾌한 말을 내뱉었다. 그에게 뭐라고 응수했는지 기억이 안 났지만, 그녀가 대꾸하자마자 그는 자존심에 상처를 입힐 요량으로 이렇게 말했다.

「나는 그 애에 대한 당신의 애착엔 정말이지 관심 없어요. 왜냐하면 내가 보기에 그 애착은 부자연스럽기 때문이지.」

괴로운 삶을 이겨 내기 위해 어렵사리 일궈 낸 세계를 부수어 버리는 그 잔인함과, 가식적이고 부자연스럽다는 이유로 자신을 비난하는 그 부당함이 그녀를 격분케 했다.

「당신한테는 천박하고 속물적인 것들만 납득이 되고 자연스럽게 보인다니, 정말 안타깝군요.」 그녀는 이렇게 내뱉고서 방을 나가 버렸다.

어젯밤 그가 그녀의 방으로 왔을 때 두 사람은 조금 전 말다툼에 대해 언급하지 않았지만, 양쪽 모두 싸움이 끝난 게 아니라 소강 상태임을 느꼈다.

오늘 그가 하루 종일 집을 비우자 그녀는 너무나 외로웠다. 그와 불화를 겪는 게 너무도 괴로워 모든 걸 잊고서 그를 용서하고 화해할 마음이 들었다. 자신을 책망하며 그가 옳다고 시인하고 싶었다.

〈내가 잘못한 거야. 내가 화를 내고, 무턱대고 질투를 해대잖아. 그이와 화해하고 함께 시골로 가야겠어. 그러면 훨씬 편안해지겠지.〉 그녀가 속으로 생각했다.

〈부자연스럽다니.〉 문득 그 무엇보다도 모욕적이었던 말이 떠올랐다. 말보다도 자신에게 상처를 주려는 그 의도가 모욕적이었다.

〈그이가 무슨 말을 하려고 했는지 알아. 자기 딸은 사랑하지 않으면서 남의 자식을 사랑하는 게 부자연스럽다는 얘기였겠지. 아이에 대한 사랑이 뭔지나 알까? 자기 때문에 희생한, 세료자에 대한 내 사랑을 그가 알기나 할까? 그런데도 나에게 상처를 입히려 들다니! 그래, 그이는 다른 여자를 사랑하고 있는 거야. 그러지 않고서야 이럴 리가 없어.〉

스스로를 진정시키려 들다가도 이미 몇 번씩 돌았던 쳇바퀴를 또다시 한 바퀴 돌아 조금 전과 같이 분한 심정으로 되돌아오는 자기 자신을 발견하자 안나는 스스로의 끔찍함에 몸서리를 쳤다. 〈정말이지 안 되는 건가? 스스로를 다잡을 수 없는 건가?〉 그녀는 이렇게 생각하고서 다시금 처음으로 돌아갔다. 〈그이는 진실하고 정직하고 나를 사랑해. 나도 그이를 사랑하고, 조만간 이혼하게 될 거야. 뭐가 더 필요하겠어? 안정과 믿음만 있으면 돼. 그리고 나 자신을 다잡기만 하면 되는 거야. 그래, 이제 그이가 돌아오면, 잘못한 게 없을지언정 내가 잘못했다고 얘기하고 같이 떠나는 거야.〉

더 이상 생각도 하지 않고 화도 내지 않으려고, 그녀는 벨을 울려서 하인을 불러다가 시골로 가져갈 짐을 챙겨야 하니 트렁크를 가져오도록 일렀다.

10시에 브론스키가 돌아왔다.

「그래, 어땠어요? 즐거웠어요?」그녀는 미안하다는 듯 온화한 표정으로 브론스키를 맞이하며 물었다.

「여느 때와 다름없었죠.」안나의 기분이 좋다는 걸 한눈에 알아본 그가 대답했다. 그는 그런 변화에 이미 익숙해 있었는데, 자신의 기분이 아주 좋았던 터라 이번엔 특히 반가웠다.

「이게 다 뭐지? 정말 잘했군그래!」그가 현관에 놓인 트렁크를 가리키며 말했다.

「그래요, 떠나야 할 것 같아요. 마차를 타고 나들이를 다녀오니 너무 좋더라고요. 시골로 가고 싶어졌다니까요. 당신도 더 있어야 할 이유는 없잖아요?」

「나도 바라던 바예요. 금방 올 테니 얘기해 봅시다. 옷만 갈아입고 오지. 차를 내오라고 해줘요.」

그러고서 그는 서재로 갔다.

〈잘했군그래!〉라는 그의 말에는 변덕 부리던 것을 그친 아이에게 하는 말처럼 뭔가 모욕적인 구석이 있었다. 그뿐 아니라 죄스러워하는 그녀의 말투와 자신만만한 그의 말투의 대비는 더더욱 모욕적이었다. 그녀는 순간적으로 싸움을 걸고 싶어 울컥했으나, 자제력을 발휘하여 마음을 가라앉히고 조금 전과 같이 쾌활하게 브론스키를 맞이했다.

돌아온 그에게 그녀는 어느 정도는 준비해 둔 말을 되풀이하며 하루를 어떻게 보냈는지, 시골로 갈 채비는 어떻게 하고 있는지 얘기했다.

「있잖아요, 이런 생각이 영감처럼 떠올랐어요.」그녀가 말했다.「왜 이곳에서 이혼을 기다려야 하지? 시골에서 기다려도 상관없잖아? 더는 기다릴 수 없어요. 희망을 품고 싶지도 않고, 이혼에 관해서라면 아무 얘기도 듣고 싶지 않아요. 그게 더 이상은 내 삶에 영향을 미치지 못하게 할 작정이에요. 당신도 찬성이죠?」

「오, 그럼요!」 그는 흥분한 안나의 얼굴을 불안한 마음으로 힐끗 쳐다보며 말했다.

「거기서는 뭐 했어요? 누구누구 왔던가요?」 잠시 말이 없던 그녀가 얘길 꺼냈다.

브론스키가 방문객들의 이름을 열거했다.

「음식도 훌륭했고 요트 경기도 좋았지. 그 모든 게 꽤 훌륭했지만, 모스크바에서 ridicule(우스운 일)이 없을 리가 있겠어요? 어떤 부인이 나타나서는 스웨덴 왕비의 수영 선생이라면서 기술을 보여 주더군.」

「어떻게요? 설마 수영을 했나요?」 얼굴을 찌푸리며 안나가 물었다.

「빨간 costume de natation(수영복)인지 뭔지를 입었는데, 낡은 데다가 흉측하더라니까. 그건 그렇고, 우린 언제 떠나는 거죠?」

「그게 다 무슨 바보 같은 짓거리래요? 그래, 그 여자가 뭔가 특출나게 수영을 해 보이던가요?」 안나가 대답은 않고서 말했다.

「특별한 건 전연 없었다니까. 말했잖아요, 바보 같고 흉측하더라고. 그건 그렇고, 언제 떠날 생각이지?」

안나는 기분 나쁜 생각을 떨쳐 내려는 듯 도리질을 했다.

「언제 갈 거냐고요? 빠를수록 좋겠죠. 내일은 너무 급박하고, 모레가 괜찮겠네요.」

「그래⋯⋯ 아니, 잠깐만. 모레면 일요일이라 maman(어머니)에게 다녀와야 하는데.」이렇게 말한 브론스키는 어머니라는 말이 나오자마자 자신을 뚫어져라 쳐다보는 의심의 눈초리를 느끼고서 당황했다. 그가 당황하는 모습이 그녀의 의심을 확실한 것으로 만들었다. 그녀는 발끈하여 그에게서 비켜났다. 이제 스웨덴 왕비의 선생이 아니라 모스크바 근교의 시골에서 브론스카야 백작 부인과 함께 살고 있는 소로키나 공작 영애가 안나의 머릿속을 차지한 것이었다.

「내일 가면 되잖아요?」그녀가 물었다.

「그건 안 되지! 지금 처리하고 있는 일 말인데, 위임장이랑 돈이 내일까지 되지는 않을 거예요.」그가 대답했다.

「그렇다면 우린 아주 안 가게 되겠군요.」

「어째서 그렇다는 거죠?」

「더 늦게는 내가 안 갈 거니까요. 월요일에 가는 게 아니면 아예 가지 않겠어요!」

「대체 왜 그러는 거지?」브론스키가 놀란 듯이 물었다.「그런 건 아무런 의미도 없는데!」

「당신한테는 아무런 의미도 없겠죠, 당신은 나랑 아무런 상관도 없으니까. 당신은 내 생활을 이해하려 들지 않아요. 여기서 나의 유일한 소일거리는 한나뿐이에요. 그런데 당신은 그게 가식이라고 하죠. 어제만 해도 내가 딸은 사랑하지 않고 영국 여자애만 사랑하는 척한다고, 그건 부자연스럽다고 말했잖아요. 도대체 여기서 어떤 생활이 나에게 자연스러울 수 있는지 정말이지 알고 싶군요!」

일순간 그녀는 정신이 번쩍 들었고, 자신이 계획을 망쳐버렸다는 사실에 눈앞이 캄캄해졌다. 스스로를 파멸시키고 있다는 걸 알면서도 자제할 수가 없었고, 그의 부당함을 표현하지 않을 수 없었으며, 그에게 굴복할 수 없었다.

「결코 그런 말은 한 적 없어요. 내 얘기는, 그런 뜻밖의 사랑에 공감할 수 없다는 거지.」

「어째서 당신은 스스로 정직하다고 자화자찬하면서 진실을 말하지 않는 거죠?」

「나는 자화자찬한 적도, 거짓을 말한 적도 없어요.」 그가 솟구치는 분노를 억누르며 조용히 말했다. 「당신이 존중해 주지 않는다니, 매우 유감스럽군…….」

「사랑이 있어야 할 빈자리를 감추기 위해 존중이란 걸 고안해 냈군요. 나를 사랑하지 않는다면, 그렇다고 말하는 게 더 정직하고 낫다고요.」

「그만, 이젠 참을 수가 없군!」 브론스키가 의자를 박차고 일어나 소리쳤다. 그러고는 그녀 앞에 선 채 천천히 이렇게 말했다. 「왜 내 인내심을 시험하는 거지?」 그것 말고도 할 말이 많은 기색이었지만 그는 꾹 억눌렀다. 「참는 것도 한계가 있어요.」

「무슨 말을 하고 싶은 건가요?」 그녀는 브론스키의 얼굴에, 특히 냉혹하고 무시무시한 두 눈에 뚜렷하게 서려 있는 증오의 표정을 바라보며 겁에 질려 외쳤다.

「내가 말하고 싶은 건…….」 그가 입을 열었다가 곧바로 그만두었다. 「당신이 나에게서 원하는 게 뭔지 묻고 싶어요.」

「내가 뭘 원하겠어요? 내가 원하는 건 당신이 나를 버리지 않는 것뿐이에요, 당신은 그럴 궁리 중이겠지만.」 그녀는 브론스키가 못다 한 말이 뭔지 알아차리고서 이렇게 말했다. 「아니, 난 그걸 원하는 게 아니에요. 그건 부차적인 거예요.

나는 사랑을 원해요. 그런데 그게 없잖아요. 그러니까 모든 게 끝난 거라고요!」

그녀가 문 쪽으로 향했다.

「잠깐, 잠깐만……!」 그는 찌푸린 눈썹을 펴지 않은 채 그녀의 손을 잡고서 멈춰 세웠다. 「대체 문제가 뭐죠? 출발을 사흘 뒤로 미루자고 말한 것밖에 없는데, 당신은 나보고 거짓말을 일삼는 부정직한 사람이라 하고 있잖아요.」

「그래요, 다시 말하죠. 나를 위해 모든 것을 희생했다고 나를 비난하는 사람은…….」 그녀는 예전에 말다툼을 했을 때 튀어나왔던 말을 떠올리며 말했다. 「부정직한 사람보다 더 나빠요. 그건 심장이 없는 사람이라고요.」

「그만, 참는 데도 한계가 있다고!」 그가 버럭 소리 지르더니 그녀의 손을 홱 놓아 버렸다.

〈틀림없이 나를 증오하는 거야.〉 이렇게 생각한 그녀는 말 없이 뒤 한 번 돌아보지 않고 비틀거리며 방을 나갔다.

〈이이는 다른 여자를 사랑하고 있어, 이건 명백한 사실이야.〉 그녀가 자기 방으로 들어서며 생각했다. 〈내가 원하는 건 사랑인데, 사랑이 없잖아. 그러니 모든 게 끝난 거야.〉 그러고는 조금 전에 내뱉었던 말을 되풀이했다. 〈그러니까 이제 끝내야만 해.〉

〈하지만 어떻게?〉 그녀는 이렇게 자문하며 거울 앞에 놓인 안락의자에 앉았다.

이제 어디로 가야 할지, 그녀를 키워 준 숙모의 집으로 가야 할지, 돌리에게 가야 할지, 아니면 혼자 외국으로 가야 할지, **그이**는 지금 혼자 서재에서 뭘 하고 있는지, 이 싸움으로 끝장난 건지, 아니면 화해할 가능성이 있는지, 전에 알고 지내던 페테르부르크의 지인들이 자신에 관해서 뭐라고 할지, 알렉세이 알렉산드로비치는 이 상황을 어떻게 생각할지, 이제 결별을 하고 나면 어떻게 해야 할지, 무수한 생각들이 그녀의 머릿속에 떠올랐다. 하지만 그런 생각에 완전히 사로잡혀 있던 것은 아니었다. 마음속에서 그녀의 관심을 끄는 어떤 불분명한 생각이 떠올랐으나, 그것이 정확히 뭔지는 인식할 수 없었다. 다시 알렉세이 알렉산드로비치를 떠올렸을 때, 그녀는 출산 직후 병이 났을 때 도무지 그녀를 놓아주지 않던 감정을 기억해 냈다. 〈왜 내가 죽지 않았을까?〉 그때 했던 말과 그때의 감정이 떠오르자 마음속에 품고 있던 것이 문득 선명해졌다. 그 하나로써 모든 것을 해결할 수 있는 발상이었다. 〈그래, 죽는 거야……!〉

〈알렉세이 알렉산드로비치와 세료자의 수치와 모욕도, 내 치욕도, 그 모든 게 죽음으로 구제될 거야. 내가 죽으면 그이도 후회하고 날 불쌍히 여기며 사랑하게 되겠지. 나 때문에 괴로워할 테지.〉 그녀는 자기 연민이 어린 미소를 머금은 채 안락의자에 앉아 왼손의 반지를 뺐다 끼웠다 하면서 자신이 죽고 나면 그의 심정이 어떨지 여러모로 생각해 보았다.

다가오는 그의 발소리에 생각이 흩어졌다. 그녀는 반지를 정리하는 척하면서 브론스키에겐 눈길도 주지 않았다.

그가 안나에게 다가와 그녀의 손을 잡고서 조용히 말했다.

「안나, 원한다면 모레 떠납시다. 뭐든 당신 뜻대로 해요.」

그녀는 잠자코 있었다.

「대체 왜 그러는 거예요?」 그가 물었다.

「당신도 잘 알잖아요.」 이렇게 말하고서 더 이상은 스스로를 주체할 수 없어, 그녀는 곧바로 울음을 터뜨렸다.

「날 버려요, 버리라고요!」 그녀는 흐느껴 울었다. 「난 내일 떠날 거예요…… 더한 일도 할 수 있어요. 내가 누군데요? 난 타락한 여자예요. 난 당신한테 매달린 돌에 불과해요. 당신을 괴롭히고 싶지 않아요, 그러고 싶지 않다고요! 당신을 해방 시켜 주겠어요. 당신은 나를 사랑하지 않아요. 다른 여자를 사랑하잖아요!」

브론스키는 그녀에게 제발 진정하라고 애원하며 그녀가 질투할 만한 근거나 징후라곤 전혀 없다고, 자신은 그녀를 사랑하지 않은 적이 없으며 계속해서 사랑할 것이라고, 예전보다 지금 더 사랑하고 있다고 단언했다.

「안나, 뭣 때문에 당신 자신과 나를 괴롭히는 거예요?」 그녀의 손에 입 맞추며 그가 말했다. 그의 얼굴에는 이제 애틋함이 서려 있었다. 그녀의 귀에 들리는 그의 음성에는 눈물이 어려 있었고, 손에서는 그 눈물의 물기가 느껴졌다. 그러자 안나의 맹렬한 질투심은 필사적이고 열렬한 애정으로 뒤바뀌었다. 그녀는 그를 품에 안고서 그의 머리와 목덜미와 손에 마구 입을 맞추었다.

25

완전히 화해했다고 생각한 안나는 아침부터 가뿐한 마음으로 떠날 준비를 했다. 어제 두 사람 모두 서로에게 양보했기에 월요일에 가게 될지 화요일에 가게 될지 결정되지는 않았지만, 하루 일찍 출발하든 늦게 출발하든 전혀 상관없다고 생각하며 안나는 부지런히 떠날 채비를 하였다. 그녀가 자기

방에 서서 트렁크를 활짝 열어 놓은 채 물건을 고르고 있자니, 이미 옷을 다 차려입은 브론스키가 평소보다 일찍 그녀의 방에 들렀다.

「지금 maman(어머니)에게 다녀오려고요. 어머니가 예고로프를 통해 돈을 보내 주실 수도 있으니까. 그럼 내일이라도 떠날 준비가 되는 거죠.」그가 말했다.

기분이 좋기는 했지만, 어머니를 보러 별장에 다녀오겠다는 말이 그녀의 신경을 자극했다.

「아니에요, 나도 시간 안에 다 끝내지 못할 것 같아요.」그녀는 이렇게 대꾸하고서, 곧장 생각했다. 〈그러니까 내가 원하는 대로 할 수도 있었던 거잖아.〉「괜찮으니 하고 싶은 대로 해요. 어서 식당으로 가요. 여기 쓸데없는 물건들만 골라내고 나도 곧 갈게요.」이미 쓸모없는 옷가지들을 잔뜩 들고선 안누시카의 손에 뭔가를 더 건네며 그녀가 덧붙였다.

안나가 식당으로 들어섰을 때 브론스키는 비프스테이크를 먹고 있었다.

「이 방들이 얼마나 싫증 났는지 당신은 모를 거예요.」커피 잔이 놓여 있는 브론스키의 옆자리에 앉으며 그녀가 말했다. 「이런 chambres garnies(가구 딸린 방)보다 더 끔찍한 건 없을 거예요. 이런 방들은 표정도 없고 영혼도 없다니까요. 이 시계며 커튼, 특히 저 벽지는 정말이지 끔찍해요. 난 보즈드비젠스코예를 떠올릴 때마다 약속의 땅 같다는 생각이 들어요. 말은 아직 안 보냈나요?」

「아니, 말은 우리가 출발한 뒤에 가게 될 거예요. 그런데 당신도 어디 다녀오려고?」

「윌슨 집에 들르려고요. 옷가지를 가져다줄 거예요. 그럼

확실하게 내일 가는 거죠?」 그녀가 밝은 목소리로 말했다. 그러나 갑자기 그녀의 표정이 돌변했다.

브론스키의 하인이 페테르부르크에서 온 전보의 인수증을 달라고 들어온 것이다. 브론스키에게 전보가 왔다는 사실은 전혀 특별할 게 없었건만, 뭔가 감추려는 듯 그는 인수증이 서재에 있다고 대답하고는 서둘러 안나에게 말을 걸었다.

「내일까지는 모든 일을 반드시 끝내야지.」

「누가 보낸 전보죠?」 그녀는 그의 말을 흘려듣고 물었다.

「스티바에게서 온 거예요.」 그가 마지못해 대답했다.

「그런데 왜 나한테는 보여 주지 않죠? 오빠와 나 사이에 무슨 비밀이 있는 것도 아닌데.」

브론스키는 하인을 도로 불러 전보를 가져오라 일렀다.

「보여 주지 않으려고 한 건, 스티바가 전보를 남발하는 습성이 있기 때문이에요. 결정된 게 아무것도 없는데 전보는 왜 치는지 모르겠군.」

「이혼에 대한 건가요?」

「그래요. 아직 아무런 성과도 없으며 수일 내로 확답을 주기로 했다고 썼더군. 자, 읽어 봐요.」

안나는 떨리는 손으로 전보를 집어 들고서 브론스키가 전해 준 내용을 읽었다. 맨 끝에 덧붙인 말은, 희망은 거의 없지만 되든 안 되든 모든 일을 해보겠노라는 것이었다.

「내가 어제 그랬잖아요. 이혼을 하게 되든 못 하게 되든 아무 상관 없다고.」 그녀가 얼굴을 붉히며 말했다. 「나한테 숨길 필요는 전혀 없어요.」 그러면서 안나는 생각했다. 〈이이는 여자들과 주고받은 편지도 나한테 숨길 사람이야. 지금도 숨기고 있겠지.〉

「야시빈이 오늘 아침에 보이토프와 함께 오겠다고 했어요.」브론스키가 말했다.「펩초프에게서 모조리 딴 모양인데, 아마 그가 지급할 수 없을 만큼 액수가 큰가 봐요. 6만 루블은 된다고 하더군.」

「아니요.」그가 이처럼 화제를 바꿈으로써 자신이 흥분해 있음을 드러내는 것이 그녀는 못마땅했다.「당신은 어째서 전보를 감출 정도로 내가 그 소식에 관심을 갖고 있다고 여기는 거죠? 얘기했다시피, 나는 그 문제에 대해 생각하고 싶지 않고, 당신도 나처럼 관심 갖지 않았으면 좋겠어요.」

「내가 관심을 갖는 건, 확실한 걸 좋아하기 때문이에요.」그가 말했다.

「확실한 건 형식에 있는 게 아니라 사랑에 있다고요.」안나가 그의 말을 받았다. 그 내용보다는 그가 보여 주는 냉정하고 침착한 어조 때문에 그녀는 점점 더 짜증이 났다.「당신은 뭣 때문에 그걸 원하는 거죠?」

〈맙소사, 또 사랑 타령이군.〉그가 양미간을 찌푸린 채 생각했다.

「뭣 때문인지 당신도 잘 알고 있잖아요. 당신과 앞으로 생길 우리 아이들을 위해서라는 걸.」

「아이는 생기지 않을 거예요.」

「그것 참 유감이군.」그가 대꾸했다.

「당신이 그걸 필요로 하는 건 아이들을 위해서군요. 한데, 내 생각은 하지 않나요?」그가 〈**당신과** 아이들을 위해서〉라고 말한 것을 흘려듣고 까맣게 잊은 채 그녀가 말했다.

아이를 갖는 문제는 해묵은 논쟁거리로 그녀의 신경을 자극해 왔다. 아이를 가지고 싶어 하는 브론스키의 태도를, 그녀는 그가 자신의 미모를 더 이상 귀하게 여기지 않기 때문이라고 해석했다.

「아, 내가 얘기했잖아요, 당신을 위해서라고. 무엇보다도 당신을 위해서라니까.」마치 통증을 느끼듯이 인상을 찌푸리며 그가 거듭 말했다. 「내 생각에, 대부분의 경우 당신의 짜증은 불확실한 상황에서 비롯되는 것 같으니까요.」

〈그래, 이제는 겉치레조차 없군. 나를 향한 차가운 증오심이 확연히 보여.〉그녀는 그의 말을 듣지 않은 채 이렇게 생각했고 브론스키의 눈을 통해 자신을 자극하며 바라보는 냉정하고 잔혹한 재판관을 응시하며 공포에 사로잡혔다.

「원인은 그게 아니에요.」그녀가 말했다. 「게다가 내가 전적으로 당신의 지배 아래 놓여 있다는 사실이 어떻게 당신 말처럼 내 짜증의 원인이 될 수 있겠어요? 대체 여기서 뭐가 불확실하다는 거죠? 오히려 그 반대라고요.」

「당신이 이해하려 하지 않으니 안타깝군.」자신의 생각을 완강하게 표현하고자 그는 그녀의 말을 가로챘다. 「불확실함은, 당신 눈에 내가 자유로워 보인다는 데 있죠.」

「그 점에 관해서라면 마음 푹 놓으시죠.」이렇게 말한 다음 그녀는 그에게서 몸을 돌리고는 커피를 마시기 시작했다.

안나는 새끼손가락을 뻗은 채 찻잔을 들어 입으로 가져갔다. 몇 모금 마신 뒤 브론스키를 힐끗 쳐다본 그녀는 그의 표정을 통해 분명히 깨달았다. 자신의 손이나 몸짓, 입술로 내는 소리가 그에게는 역겹게 느껴지는 것이었다.

「당신 어머니가 무슨 생각을 하든, 당신을 어떻게 결혼시키려 하든, 나로서는 전혀 상관없는 일이에요.」그녀가 떨리는 손으로 찻잔을 내려놓으며 말했다.

「지금 그 얘기를 하는 게 아니잖아요.」

「아니요, 바로 그 얘기예요. 노인네든 아니든, 당신 어머니든 영 남이든 간에, 나로서는 인정머리 없는 여자에겐 관심 없을뿐더러 알고 싶지도 않아요.」

「안나, 부탁인데, 어머니에 대해 무례한 말은 삼가 줘요.」

「아들의 행복과 명예가 무엇에 달려 있는지 가슴으로 헤아리지 못하는 여자는 인정머리가 없는 여자라고요.」

「다시 한번 부탁하는데, 내가 존경하는 내 어머니에 대해 무례한 말은 하지 말아 줘요.」 그가 그녀를 엄한 눈으로 쳐다보며 언성을 높였다.

그녀는 대답하지 않았다. 그의 얼굴과 손을 뚫어져라 쳐다보면서, 그녀는 어제 그와 화해했던 장면과 그의 열정적인 애무를 세세한 부분까지 떠올렸다. 〈바로 그런 애무를 다른 여자들에게도 똑같이 퍼붓겠지. 그러고 있을 테고, 그러고 싶겠지!〉 그녀는 생각했다.

「당신은 어머니를 사랑하지 않아요. 그건 단지 말뿐이죠, 말로만 그러는 거라고요!」 증오심 가득한 눈길로 그를 바라보며 그녀가 말했다.

「정 그렇다면, 어쩔 수 없이……」

「결정을 내려야겠죠. 나는 결정했어요.」 그녀가 이렇게 말하고서 나가려는데, 야시빈이 방으로 들어왔다. 안나는 그와 인사를 나누고서 멈춰 섰다.

마음속에 폭풍우가 몰아치고 무시무시한 결과가 기다릴지도 모르는 삶의 중요한 전환점에 서 있다고 느끼는 순간에, 어찌하여 낯선 사람 앞에서, 그것도 조만간 모든 걸 알게 될 사람 앞에서 아무렇지도 않은 척해야 하는지 그녀는 알 수가 없었다. 그러나 마음속의 폭풍을 누그러뜨리고서 자리에 앉아 손님과 이야기를 나누기 시작했다.

「그래, 그 일은 어떻게 됐나요? 빚은 받아 내셨나요?」그녀가 야시빈에게 물었다.

「뭐 별일 아닙니다. 전부 다 받지는 못할 것 같습니다. 어쨌든 수요일에 저는 떠날 테니까요. 자네는 언제 떠나나?」야시빈이 실눈을 뜨고서 브론스키를 쳐다보았다. 방금 전의 말다툼을 눈치챈 게 분명했다.

「모레 떠날 듯싶네.」브론스키가 대답했다.

「오래전부터 갈 생각을 했잖나.」

「이번에는 틀림없어요.」화해는 꿈도 꾸지도 말라는 듯한 눈빛으로 브론스키를 똑바로 쳐다보며 안나가 말했다.

「그런데 당신은 그 불운한 펩초프가 불쌍하지도 않으세요?」그녀는 야시빈과 대화를 이어 갔다.

「안나 아르카디예브나, 저는 그가 불쌍한지 아닌지, 그런 것에 대해 자문한 적이 단 한 번도 없습니다. 전쟁 중에 누가 불쌍한지 아닌지 묻지 않는 것과 똑같죠. 제 전 재산이 여기 있습니다.」그는 옆 주머니를 가리켰다. 「지금 저는 부자랍니다. 하지만 오늘 클럽에 갔다가 거지가 되어 나올 수도 있어요. 제 옆에 앉은 사람은 분명 저를 남김없이 벗겨 먹으려 할 테죠. 저도 마찬가지고요. 그렇게 우리는 싸우는 거고, 바로 그 속에 즐거움이 있는 겁니다.」

「만일 당신이 결혼을 했다면……」안나가 말했다. 「당신 아내는 어떻게 생각할까요?」

야시빈이 웃음을 터뜨렸다.

「그래서, 보시다시피 전 결혼을 안 했고 앞으로도 할 생각이 전혀 없습니다.」

「그럼 헬싱포르스는?」 브론스키가 미소 짓고 있는 안나를 힐끗 쳐다보며 대화에 끼어들었다.

그와 시선이 마주치자 안나의 표정이 차갑고 엄하게 돌변했는데, 마치 〈잊지 않았어요, 모든 건 그대로예요〉라고 말하는 듯했다.

「사랑에 빠진 적이 있단 말인가요?」 그녀가 야시빈에게 물었다.

「오, 맙소사! 얼마나 많은데요! 그거 아세요? 혼자서 카드 놀이를 하다가도 rendez-vous(데이트) 시간이 되면 항상 일어나야 합니다. 연애를 할 수는 있지만 저녁때 도박판에 늦지 않는 선에서죠. 그렇게 살아가고 있습니다.」

「아니, 그런 것 말고, 진짜배기를 묻는 거예요.」 그녀는 **헬싱포르스** 얘길 꺼내고 싶었지만 브론스키가 한 말을 입에 올리고 싶지 않았다.

종마를 거래하는 보이토프가 들어왔다. 안나는 일어나 방을 나왔다.

집을 나서기 전 브론스키가 안나의 방에 들렀다. 그녀는 책상에서 뭔가를 찾는 척하려다가, 가식이 수치스럽게 느껴져 냉랭한 시선으로 그의 얼굴을 똑바로 쳐다보았다.

「무슨 일인데요?」 그녀가 프랑스어로 물었다.

「감베타의 증명서를 가지러 왔어요. 그놈을 팔았거든.」 그가 말했다. 그의 어조는 〈설명할 겨를도 없고, 그래 봐야 좋을 게 전혀 없다〉라는 뜻을 말보다 더 분명하게 전달하고 있었다.

〈내가 그녀 앞에서 죄책감을 느낄 건 전혀 없어.〉 그는 생각했다. 〈그녀가 스스로를 벌하고 싶다면 tant pis pour elle(그녀로선 더 안 좋지).〉 하지만 방을 나서는 순간 그녀가 뭐가를 말한 것 같다고 느낀 브론스키는 갑자기 연민으로 마음이 흔들렸다.

「뭐라고 했죠, 안나?」 그가 물었다.

「아무 말도 안 했어요.」 그녀는 여전히 냉랭하고 태연한 말투였다.

〈아무 말도 안 했다니, 그렇다면 tant pis(더 나쁘군).〉 이렇게 생각한 그는 다시 마음이 싸늘해져 몸을 돌려 버렸다. 방을 나서는데 거울에 비친 그녀의 창백한 얼굴과 떨리는 입술이 눈에 들어왔다. 그는 멈춰 서서 위안이 되는 말을 건네고 싶었으나, 뭐라고 해야 할지 생각해 내기도 전에 발걸음이 그를 밖으로 끌어냈다. 그날 그는 하루 종일 집을 비웠고, 늦게 귀가했을 때는 안나 아르카디예브나가 머리가 아프다며 아무도 방에 들이지 말라고 했다는 말을 하녀에게서 전해 들었다.

26

전에는 싸움이 하루를 넘기는 일이 결코 없었다. 이번 같은 경우는 오늘이 처음이었다. 게다가 이건 싸움이 아니었다. 사랑이 완전히 식었음을 명백히 자인하는 셈이었다. 증명서를 가지러 방으로 들어왔을 때처럼 그가 그렇게 나를 쳐다볼 수 있다니! 절망으로 내 가슴이 찢어지는 것을 보고도 그렇게 무심하고 태연한 얼굴로 말없이 나갈 수 있다니! 사랑이

식은 것이 아니라, 그는 나를 증오하고 있는 거야. 왜냐하면 다른 여자를 사랑하고 있으니까. 이건 분명한 사실이야.

그가 내뱉었던 잔인한 말들을 모조리 떠올리던 안나는 그가 하려 했고, 할 수 있었던 말들까지 상상하면서 점점 더 분노가 치미는 것을 느꼈다.

〈나는 당신을 붙잡지 않겠어요.〉 그는 이렇게 말했을 수도 있었다. 〈당신 가고 싶은 곳으로 가요. 남편에게 돌아가고 싶기 때문에 이혼을 원하지 않는 게 틀림없어. 돌아가요. 돈이 필요하다면 내가 줄 테니. 몇 루블이면 되죠?〉

그녀의 상상 속에서 그는 야비한 인간이 할 수 있는 온갖 잔인한 말을 했고, 마치 그가 실제로 그런 말을 한 듯 그녀는 그를 용서하지 않았다. 〈그가 정직하고 진실한 사람인 양 사랑을 맹세했던 게 바로 어제 일이 아닌가? 도대체 벌써 몇 번이나 나는 헛되이 절망에 빠졌던가?〉 그녀는 속으로 이렇게 말했다.

그날 윌슨 집에 다녀온 두 시간가량을 제외하고 안나는 하루 종일 모든 게 끝난 건지, 아니면 화해할 희망이 남아 있는 건지, 당장 떠나야 할지, 아니면 그를 한번 봐야 할지, 망설임과 고민을 거듭했다. 그녀는 온종일 그를 기다리다가 저녁에 방으로 가면서 머리가 아프다고 전하라고 이른 다음 혼자서 이렇게 추측했다. 〈하녀의 말에도 불구하고 그가 만일 내게 온다면 그건 나를 여전히 사랑한다는 뜻이야. 만일 오지 않는다면 모든 게 끝났다는 뜻이니, 그땐 어떻게 할지 결정하는 거야……!〉

밤에 그녀는 그의 마차가 멈추는 소리와 초인종이 울리는 소리, 그의 발소리, 그리고 그가 하녀와 얘기하는 소리를 들었다. 그는 하녀의 얘기를 그대로 믿고 더 이상은 아무것도 알아보려 하지 않은 채 자기 방으로 가버렸다. 그런즉 모든 게 끝난 셈이었다.

이윽고 죽음이 선명하고 생생하게 그려졌다. 그의 마음에 사랑을 다시 회복시키고, 그를 응징하며, 그녀의 마음속에 자리 잡은 악령이 벌여 온 그와의 싸움에서 승리할 수 있는 유일한 방법이었다.

이제 아무래도 상관없었다. 보즈드비젠스코예로 가든 말든, 남편으로부터 이혼 승낙을 받든 말든, 아무것도 필요 없었다. 필요한 것은 단 하나, 그를 응징하는 것이었다.

평소의 복용 분량만큼 아편을 따르며 죽으려면 병에 든 아편을 전부 마셔 버리면 된다고 생각하니, 그건 너무 쉽고 간단해 보였다. 또다시 그녀는, 이미 모든 게 늦어 버린 순간에 고통과 후회 속에서 자신을 그리워하는 그의 모습을 상상하며 쾌감을 느꼈다. 다 타들어 간 한 자루의 촛불만이 비치는 가운데, 그녀는 뜬눈으로 침상에 누운 채 천장의 조각된 횡목과 천장까지 뻗친 칸막이의 그림자를 바라보며 자신이 이미 이 세상에 없고 기억만으로 남게 될 때 그의 심정이 어떨지를 생생하게 그려 보았다. 〈어떻게 내가 그녀에게 그런 잔인한 말을 할 수 있었을까?〉 그는 이렇게 생각하겠지. 〈어떻게 내가 아무 말도 않고 방을 나가 버릴 수가 있었을까? 하지만 이제 그녀는 없다. 그녀는 영원히 우리 곁을 떠나 버렸다. 그녀는 저세상에 있다……〉 갑자기 칸막이의 그림자가 흔들리더니 천장의 횡목과 천장 전체를 모조리 덮어 버렸고, 반대편에서 다른 그림자들이 칸막이의 그림자로 달려들었다. 그러더니 그림자들은 순식간에 물러났다가 다시 빠른 속도로 들이닥쳐 흔들리며 하나로 융합되었고, 마침내 모든 게 어둠에 잠겼다. 〈죽음이다!〉 그녀는 생각했다. 엄청난 공포가 엄습해 와 한동안 자신이 어디에 있는지조차 알 수 없었으며, 손이 떨리는 바람에 성냥을 찾아 꺼져 버린 양초 대신 다른 초에 불을 붙이는 데도 한참 시간이 걸렸다. 〈아냐, 이제 그만하자, 살아야 한다! 그이를 사랑하고 있잖아. 그이도 나를 사랑하고 있잖아! 벌어진 일이니, 지나갈 거야.〉 삶으로의 귀환을 기뻐하는 눈물이 뺨을 타고 흘러내리는 것을 느끼며 그녀는 생각했다. 그러고서 공포에서 벗어나기 위해 황급히 그가 있는 서재로 갔다.

그는 서재에서 곤히 잠들어 있었다. 그쪽으로 다가간 그녀는 위에서 그의 얼굴을 비추며 한참 동안 그 모습을 바라보았다. 그가 잠들어 있는 지금, 그녀는 그의 모습을 보면서 애정으로 북받치는 눈물을 주체할 수 없을 정도로 그를 사랑하고 있었다. 하지만 그녀는 알고 있었다. 만일 그가 깨어난다면 자신의 정당성을 의식하는 냉정한 눈빛으로 그녀를 쳐다볼 테고, 그녀 또한 그에 대한 사랑을 고백하기 전에 그의 잘못을 입증해야 할 터였다. 그녀는 그를 깨우지 않고 방으로 돌아가 아편을 한 번 더 들이켠 뒤 가위눌리듯 아침 녘까지 선잠에 시달렸고, 잠든 내내 자신을 의식하였다.

아침에는 그녀가 브론스키와 관계를 맺기 전부터 수차례 반복되었던 악몽을 다시 꾸는 바람에 잠에서 깨어났다. 턱수염이 헝클어진 몸집 작은 늙은 농부가 쇠붙이 위로 몸을 숙인 채 얼토당토않은 프랑스어를 중얼거리면서 무슨 일인가를 하고 있는 꿈이었다. 이 악몽을 꿀 때면 늘 그랬듯이(그 꿈이 무서운 것은 바로 그 때문이었는데), 농부가 자신에게 주의를 기울이지 않은 채 쇠붙이들 속에서 자신에게 뭔가 무시무시한 작용을 가하는 일을 벌이는 기분이 들었다. 그녀는 식은땀을 흘리며 잠에서 깨어났다.

일어나자 어제 일이 안개에 싸인 듯 어렴풋하게 떠올랐다. 〈말다툼을 했었지. 이미 여러 번 되풀이됐던 일이 또 벌어진 거야. 내가 머리가 아프다고 했고 그이는 내 방에 오지 않았어. 내일 출발할 거니까 그이를 만나서 떠날 준비를 해야만 해.〉 그녀는 생각했다. 그가 서재에 있는 걸 알았기에 그녀는 그곳으로 향했다. 응접실을 지나는데 현관에 마차가 멈춰 서는 소리가 들려와 창밖을 내다보니, 연보랏빛 모자를 쓴 젊은 여인이 마차 밖으로 고개를 내밀고서 초인종을 울리는 하인에게 뭔가를 지시하고 있었다. 곧 대기실에서 말소리가 오간 뒤 누군가 위층으로 들어섰고, 응접실 옆에서 브론스키의 발소리가 들려왔다. 그는 잰걸음으로 계단을 내려갔다. 안나는 다시 창문 쪽으로 다가갔다. 모자도 쓰지 않은 채 현관으로 나가 마차로 다가가는 브론스키의 모습이 보였다. 연보랏빛 모자를 쓴 젊은 여인이 그에게 봉투를 건넸고, 브론스키는 웃으면서 그녀에게 뭔가를 말했다. 마차가 출발하자, 그는 돌아서서 재빨리 계단을 뛰어 올라왔다.

그녀의 마음속에 내내 장막을 치고 있던 안개가 갑자기 흩어졌다. 어제의 감정이 새로운 고통을 동반한 채 아픈 가슴을 조여 왔다. 자신이 어떻게 브론스키의 집에서 하루 종일 그와 함께 있을 정도로 비굴해질 수 있었는지, 이제 그녀는 도무지 이해할 수가 없었다. 그녀는 결심을 공표하기 위해 그의 서재로 갔다.

「소로킨 부인이 딸이랑 함께 와서 maman(어머니)이 보내

주신 돈과 서류를 건네주고 갔어요. 어제는 못 받았거든. 머리는 어때요? 좀 나아졌어요?」 안나의 음울하고 근엄한 표정을 보지도, 이해하려 들지도 않은 채 그가 태연히 물었다.

그녀는 방 한가운데 서서 말없이 그를 뚫어지게 쳐다보았다. 그가 힐끗 그녀를 보더니 순간적으로 얼굴을 찌푸리고는 계속해서 편지를 읽어 내려갔다. 그녀는 뒤돌아 천천히 방을 나갔다. 그는 그녀를 되돌릴 수 있었지만, 그녀가 문에 다다를 때까지 내내 아무 말도 하지 않았다. 단지 종잇장을 넘기는 소리만 들려올 뿐이었다.

「그런데 말이지…….」 그녀가 이미 문가에 다다랐을 때 마침내 그가 입을 열었다. 「내일 우리 확실히 떠나는 거죠?」

「당신은 떠나도 난 아니에요.」 그녀가 돌아서서 말했다.

「안나, 이런 식으로는 살 수 없어요…….」

「당신은 떠나도 난 아니에요.」 그녀가 반복했다.

「도저히 참을 수가 없군!」

「당신…… 당신은 후회하게 될 거예요.」 그녀는 이렇게 말하고 나갔다.

이 말을 내뱉는 그녀의 참담한 표정에 깜짝 놀란 그는 자리에서 벌떡 일어나 그녀를 쫓아 달려가려 했다. 그러나 이내 정신을 차리고서 다시 제자리에 앉아 이를 앙다문 채 얼굴을 찌푸렸다. 무례한 협박 — 그가 느끼기엔 그러했다 — 이 화를 돋운 것이다. 〈나도 할 만큼 했어.〉 그는 생각했다. 〈남은 건 하나뿐, 신경 쓰지 않는 거다.〉 그러고서 그는 시내로 나갈 채비를 했다. 어머니에게 다시 가서 위임장에 서명을 받을 생각이었다.

그녀는 서재와 식당을 돌아다니는 그의 발소리를 들었다.

응접실에서 잠시 멈춰 섰지만 그는 몸을 돌려 그녀에게로 오지 않았고, 자신이 집에 없어도 보이토프가 오면 종마를 내주라는 지시만 내릴 뿐이었다. 그런 다음 마차를 대는 소리와 문이 열리는 소리가 이어졌다. 또 나간 것이다. 그러다 그가 다시 현관으로 들어왔고, 누군가 위로 뛰어 올라갔다. 그가 두고 온 장갑을 가지러 온 하인이었다. 그녀는 창문으로 다가가, 보지도 않고서 장갑을 받아 들더니 마부의 등을 툭툭 치며 뭔가 이야기를 하는 그의 모습을 지켜보았다. 창문 쪽엔 눈길도 주지 않은 채 평소와 같은 자세로 마차에 올라탄 그는 다리를 꼬고 장갑을 낀 다음 구석 자리로 사라졌다.

27

〈떠났어! 끝난 거야!〉 안나는 창가에 서서 생각했다. 이 탄식에 응답이라도 하듯, 촛불이 꺼졌을 때의 어둠과 무서운 꿈의 인상이 하나로 합쳐지면서 그녀의 심장을 차가운 공포로 가득 채웠다.

〈안 돼, 이럴 수는 없어!〉 그녀는 외마디 비명을 지르고는 방을 가로질러 벨을 힘껏 울렸다. 그러고는 홀로 남아 있는 게 너무나 두려워 하인이 오기를 기다릴 새도 없이 그를 맞이하러 갔다.

「백작님이 어디로 가셨는지 알아보게.」 그녀가 말했다.

하인은 백작이 마구간에 갔다고 대답했다.

「만일 마님이 출타하신다면 곧바로 마차를 보내겠노라는 말씀을 전하라고 하셨습니다.」

「알겠네. 잠깐만, 편지를 한 통 써줄 테니 미하일에게 마구 간으로 가지고 가라고 하게. 급하다고 해줘.」

그녀는 앉아서 편지를 썼다.

내가 잘못했어요. 집으로 돌아와 줘요. 해명을 해야만 해요. 제발 와줘요. 정말 두려워요.

그녀가 편지를 봉하고서 하인에게 건넸다.

이제 혼자 있는 게 두려운 그녀는 하인을 따라 방을 나가 서 아이 방으로 갔다.

〈어찌 된 일이지? 이 아이가 아니잖아! 그 푸른 눈, 그리고 다정하고도 수줍은 미소는 대체 어디 있담?〉 생각들이 어지 럽게 뒤엉킨 가운데, 아이 방으로 가면 만나게 될 줄 알았던 세료자 대신에 검은 머리에 볼이 빨간 포동포동한 딸아이를 보자마자 그녀는 생각했다. 탁자 옆에 앉은 딸아이는 코르크 마개로 탁자를 쿵쿵 소리가 나도록 힘껏 고집스레 두드리면 서 까치밥나무 열매 같은 검은 눈동자로 아무 생각 없이 엄 마를 바라보았다. 자신은 아주 건강하며 내일 시골로 떠날 거 라고 영국 여자에게 이야기한 뒤, 안나는 딸아이 옆에 앉아 아이의 눈앞에서 유리병의 코르크 마개를 돌리기 시작했다. 그러나 커다랗고 낭랑한 아이의 웃음소리와 눈썹을 움직이 는 그 모습이 브론스키를 너무나 생생하게 떠올리게 하는 바 람에, 그녀는 터져 나오려는 울음을 간신히 참고서 황급히 일 어나 방을 나갔다. 〈정말 모든 게 끝난 건가? 아니야, 그럴 리 가 없어.〉 그녀는 생각했다. 〈그이는 돌아올 거야. 하지만 그 여자와 얘기하면서 지어 보인 그 미소와 생기 넘치는 표정은 어떻게 해명할까? 그이가 해명을 안 하더라도 어쨌거나 난 믿을 테야. 만일 믿지 않는다면 남는 건 하나뿐이잖아. 나는 그걸 원치 않아.〉

그녀는 시계를 보았다. 12분이 지났다. 〈지금쯤 그는 편지를 받아 집으로 돌아오고 있겠지. 곧 올 거야. 10분만 더……. 그런데 만약 오지 않는다면? 아니야, 그럴 리는 없어. 울어서 퉁퉁 부은 눈을 그이에게 보여선 안 돼. 가서 세수해야지. 참, 머리는 빗었던가, 안 빗었던가?〉 그녀가 자문했다. 도통 기억이 나질 않았다. 그녀는 손으로 머리를 매만져 보았다. 〈그래, 빗었구나. 그런데 언제 빗었는지 기억이 전혀 안 나는걸.〉 그녀는 자기 손을 믿을 수가 없어 진짜로 머리를 빗었는지 확인하려고 전신 거울로 다가갔다. 머리는 빗겨 있었지만, 언제 빗었는지 도무지 기억이 나질 않았다. 〈이게 누구지?〉 거울 속에서 벌겋게 상기된 채 기이하게 반짝이는 눈으로 놀란 듯이 자신을 쳐다보는 얼굴을 마주하고 그녀가 생각했다. 〈그래, 이건 나야.〉 문득 깨달은 그녀는 자신의 온몸을 훑어보다가 그의 입맞춤의 감촉을 제 몸에서 느끼고는 전율하며 어깨를 움츠렸다. 그러고는 한쪽 손을 들어 입술로 가져가더니 거기에 입을 맞추는 것이었다.

〈뭐 하는 짓인가, 내가 미친 건가.〉 이렇게 속으로 뇌까린 뒤 그녀는 안누시카가 청소를 하고 있는 침실로 갔다.

「안누시카.」 하녀 앞에 멈춰 서서 그녀를 쳐다보며 입을 열었지만, 무슨 말을 해야 할지 스스로도 알 수가 없었다.

「다리야 알렉산드로브나에게 가려고 하셨잖아요.」 하녀가 다 이해한다는 듯 말했다.

「다리야 알렉산드로브나한테? 그래, 가야지.」

〈가는 데 15분, 오는 데 15분. 이미 오는 중일 테고, 곧 도착할 거야.〉 그녀는 시계를 꺼내 보았다. 〈그렇지만 어떻게 나를 그런 상태로 내버려 두고 나갈 수 있지? 나랑 화해하지 않고서도 어떻게 살 수가 있지?〉 그녀는 창가로 다가가 거리를 내다보았다. 시간상 그는 이미 돌아왔어야 했다. 하지만 계산이 틀릴 수도 있으므로, 그가 떠난 시각을 다시 떠올려 보고는 시간을 분 단위로 계산하기 시작했다.

그녀가 자기 시계가 맞는지 확인하기 위해 큰 시계를 보러 가려는데, 누군가 마차를 타고서 당도했다. 창밖을 힐끗 보니 그의 마차가 보였다. 하지만 아무도 계단을 오르지 않았고, 아래층에서 대화를 나누는 소리만 들렸다. 심부름꾼이 마차를 타고 돌아온 것이었다. 그녀가 그에게로 갔다.

「백작님을 뵙지 못했습니다. 이미 니제고롯스카야 지선으로 길을 떠나신 뒤였습니다.」

「그게 무슨 말이지? 뭐라고……?」 자신에게 쪽지를 돌려주는 혈색 좋고 쾌활한 낯빛의 미하일에게 그녀가 되물었다.

〈쪽지를 받지 못했단 말이지.〉 그녀는 생각했다.

「이 편지를 갖고서 브론스카야 백작 부인이 계시는 시골로 가게, 알겠나? 그리고 곧바로 답장을 받아 와.」 그녀가 심부름꾼에게 말했다.

〈그럼 나는, 나는 뭘 하지?〉 그녀가 생각했다. 〈그래, 돌리에게 가야겠어. 정말이지 안 그러면 미쳐 버릴 것 같아. 맞아, 전보를 칠 수도 있겠구나.〉 그녀가 전보를 썼다.

꼭 얘기를 나눠야 해요. 곧장 와줘요.

전보를 치러 사람을 보내고서 그녀는 옷을 입으러 갔다. 옷을 다 차려입고 모자까지 쓴 그녀는 살이 더 오른 안누시카의 평온한 눈을 다시 바라보았다. 작고 선한 잿빛 두 눈이 연민의 표정을 뚜렷하게 머금고 있었다.

「안누시카, 난 어쩌면 좋을까?」 그녀가 안락의자에 털썩 주저앉아 흐느껴 울며 물었다.

「대체 뭘 그리 걱정하세요, 안나 아르카디예브나! 늘 있는 일이잖아요. 어서 가셔서 기분 전환을 좀 하세요.」 하녀가 말했다.

「그래, 가야겠어.」 안나는 정신을 차리고 일어났다. 「만일 내가 없을 때 전보가 오면 다리야 알렉산드로브나 댁으로 보내 줘……. 아니, 내가 곧 돌아올게.」

〈그래, 생각하지 말고 뭔가 해야만 해. 가는 거야. 지금 중요한 건 이 집에서 벗어나는 거야.〉 그녀는 공포에 사로잡힌 채 가슴속에서 들끓는 무시무시한 아우성에 귀 기울이며 이렇게 생각하고는 서둘러 밖으로 나가 마차에 올라탔다.

「어디로 모실까요?」 마부석에 올라타기 전에 표트르가 물었다.

「즈나멘카로, 오블론스키 댁으로 가세.」

28

날은 화창했다. 오전 내내 보슬비가 오락가락하더니 막 날이 갠 참이었다. 양철 지붕, 보도블록, 다리 위에 깔린 자갈, 마차의 바퀴와 가죽, 구리와 함석, 이 모든 것들이 5월의 햇

살 아래 눈부시게 반짝이고 있었다. 오후 3시, 거리가 가장 활기를 띠는 시각이었다.

잿빛 말이 빠르게 달리는데도 탄력적인 용수철 덕에 거의 흔들림이 없는 조용한 마차의 한구석에 앉은 채, 안나는 끊임없이 덜컹대는 바퀴 소리와 깨끗한 대기의 빠르게 바뀌어 가는 풍경 속에서 최근 며칠 동안 일어난 일들을 다시금 돌이켜 보았다. 그러자 자신의 처지가 집에 있을 때와는 전연 딴판으로 여겨졌다. 이제 죽음에 대한 생각은 더 이상 무섭거나 분명하게 다가오지 않았고, 죽음 자체도 불가피한 것으로 여겨지지 않았다. 지금 그녀는 스스로를 그토록 비하한 것에 대해 자책하고 있었다. 〈그에게 나를 용서해 달라고 간청하다니. 그에게 무릎을 꿇어 버린 거야. 내가 잘못했다고 인정해 버린 거지. 왜 그랬을까? 정말 그이 없이는 난 살아갈 수 없단 말인가?〉 브론스키 없이 어떻게 살 것인가에 대한 답은 내놓지 않은 채 그녀는 간판을 읽기 시작했다. 〈사무실과 창고, 치과 의사. 그래, 돌리에게 전부 말하겠어. 그녀는 브론스키를 좋아하지 않지. 창피하고 고통스럽겠지만 모든 걸 돌리에게 말할 테야. 그녀는 나를 좋아하잖아. 그녀의 충고를 따라야지. 그에게 굴복하지 않겠어. 그가 나를 길들이도록 내버려 두지 않겠어. 필리포프, 흰 빵. 이 집 반죽을 페테르부르크로 보낸다지. 모스크바의 물이 그만큼 좋단 얘기야. 미티시치 우물과 블린.〉 그리고 그녀는 옛날, 먼 옛날, 열일곱 살 때 숙모와 함께 성 삼위일체 성당에 갔던 일을 떠올렸다. 〈그때도 마차를 타고 갔었지. 손이 빨갰던 그 아이가 정말 나였단 말인가? 그때는 너무나 아름다워서 범접할 수 없다고 여겨졌던 것들 중에서 얼마나 많은 것들이 하찮게 되어 버렸는지. 반면 그때에는 있었던 것들이 이제는 영원히 가질 수 없는 게 되어 버렸어. 내가 이런 굴욕을 당하리라는 걸 그때 같으면 믿을 수나 있었을까? 내 쪽지를 받고 그는 얼마나 거만을 떨며 뿌듯해할까! 두고 보라지……. 페인트 냄새가 너무 고약한걸. 왜 사람들은 죄다 건물을 짓고 페인트칠을 하는 걸까? 유행과 의상.〉 그녀는 간판을 읽었다. 한 남자가 그녀에게 인사를 건넸다. 안누시카의 남편이었다. 브론스키가 〈우리 집의 기식자들〉이라고 했던 게 생각났다. 〈우리라고? 왜 우리지? 과거의 뿌리를 끊어 버리지 못한다는 건 끔찍해. 끊어 버릴 수 없다면, 기억을 숨길 수는 있지 않겠어? 숨겨 버리자.〉 그러자 알렉세이 알렉산드로비치와 함께했던 과거, 그것을 자신이 어떻게 기억에서 지워 버렸는지가 떠올랐다. 〈돌리는 내가 두 번째 남편도 버리려 한다고, 따라서 그건 분명 옳지 못하다고 생각하겠지. 나는 정말 올바른 사람이 되고 싶은 걸까? 난 그럴 수 없는데!〉 이렇게 생각하니 울고 싶어졌다. 그러나 그 순간 그녀는 저기 있는 아가씨 둘이서 무엇 때문에 웃는지 생각했다. 〈분명 사랑 때문이겠지? 그게 얼마나 우울하고 저열한 건지 모를 거야……. 가로수 길과 아이들. 사내아이 셋이서 말놀이를 하면서 뛰어가네. 세료자! 난 모든 걸 잃을 테고, 그 아이를 되찾을 수도 없을 테지. 그래, 그이가 돌아오지 않는다면 모든 걸 잃게 될 거야. 어쩌면 기차 시간을 놓쳐서 지금 벌써 돌아왔을지도 모르지. 또다시 굴욕을 겪고 싶은 거로군!〉 그녀는 스스로를 질책하며 생각을 이어 갔다. 〈아니야, 돌리에게 가서 곧이곧대로 말할 거야. 난 불행하고, 그건 내 탓이라고, 내가 잘못했지만, 어쨌거나 불행하니 도와달라고. 이 말과 마차가 죄다 그의 것인데, 여기 타고 있는 나

자신이 너무나 혐오스러워. 하지만 이제는 더 이상 이것들을 보지 않게 될 거야.〉

돌리에게 털어놓을 말들을 생각하고 일부러 가슴속 상처를 덧나게 하면서 안나는 계단에 올라섰다.

「누가 와 계신가?」 그녀가 현관에서 물었다.

「카테리나 알렉산드로브나 레비나 부인이 와 계십니다.」 하인이 대답했다.

〈키티! 브론스키를 사랑했던 바로 그 키티로구나.〉 안나가 생각했다. 〈그가 애정 어린 마음으로 기억하는 바로 그 여자. 그는 그녀와 결혼하지 않은 걸 후회하고 있어. 반면에 나를 떠올릴 땐 증오를 품고 나와 엮인 걸 후회하지.〉

안나가 도착했을 때 자매는 수유에 대해 얘기하고 있었다. 대화를 방해한 손님을 맞으러 돌리가 혼자 나왔다.

「아직 안 떠난 거예요? 그렇잖아도 내가 찾아가 볼까 했는데.」 그녀가 말했다. 「오늘 스티바에게서 편지를 받았거든요.」

「우리도 전보를 받았어요.」 키티를 찾느라 주위를 둘러보며 안나가 대답했다.

「그이 말이, 알렉세이 알렉산드로비치가 뭘 원하는지 알 수 없지만 확답을 받지 않고서는 돌아오지 않겠다더군요.」

「누가 와 계신가 봐요. 편지를 좀 읽어 볼 수 있을까요?」

「예, 키티가 와 있어요.」 돌리가 당황하여 말했다. 「아이 방에 있어요. 심하게 앓았거든요.」

「얘기 들었어요. 편지를 좀 읽을 수 있을까요?」

「바로 가져올게요. 그런데 그분이 거절한 건 아닌가 봐요. 오히려 스티바는 기대를 걸고 있더라고요.」 문가에 멈춰 선 채 돌리가 말했다.

「나는 기대하지도, 바라지도 않아요.」안나가 대꾸했다.

〈이건 뭐지, 키티가 나랑 마주치는 걸 치욕스럽게 여기는 건가?〉혼자 남은 안나는 생각했다. 〈어쩌면 그 편이 옳을지도 몰라. 하지만 아무리 옳다고 해도, 브론스키를 사랑했던 그녀가 내게 이런 모습을 보여서는 안 되지. 나도 알아, 점잖은 사람이라면 그 누구도 이런 처지에 놓인 나 같은 사람을 받아들이지 않으리라는 걸. 처음부터 나는 그를 위해 모든 걸 희생했다고! 그리고 이게 그 보상이라니! 아, 그이가 정말로 증오스러워! 내가 여기에 왜 온 걸까? 더 힘들고, 더 괴로워.〉옆방에서 자매가 이야기를 나누는 소리가 들려왔다. 〈이제 돌리에게 무슨 말을 한담? 내가 불행하다는 사실로써 키티를 위로하고 그녀의 온정에 기대야 하나? 아니야, 돌리는 아무것도 이해하지 못할 거야. 그녀에게 할 얘기도 전혀 없고. 다만 키티를 만나서 내가 모든 것, 모든 사람들을 경멸하며, 이제 내겐 모든 게 상관없다는 걸 알려 주면 재미있을 텐데.〉

돌리가 편지를 가지고 왔다. 안나는 편지를 읽은 뒤 말없이 그것을 건넸다.

「다 알고 있는 내용이네요.」그녀가 말했다. 「나로서는 전혀 관심 없는 내용이고요.」

「어째서요? 나는 반대로 기대가 되는데요.」호기심 어린 눈초리로 안나를 바라보며 돌리가 말했다. 이토록 기묘하리만치 신경이 예민해져 있는 안나의 모습을 그녀는 본 적이 없었다. 「언제 떠나나요?」그녀가 물었다.

안나는 실눈을 뜬 채 앞만 바라볼 뿐, 아무런 대답도 하지 않았다.

「키티는 왜 저를 피하는 거죠?」그녀가 문 쪽을 쳐다보고는 얼굴을 붉히며 물었다.

「어머, 무슨 말도 안 되는 소리! 젖을 먹이려는데 잘 안 돼서 내가 조언을 해주고 있었어요⋯⋯. 무척 반가워하던걸요. 곧 이리로 올 거예요.」 거짓말을 할 줄 모르는 돌리가 어색하게 말했다. 「저기 오네요.」

안나가 온 걸 알았을 때 키티는 나가 보려 하지 않았다. 하지만 돌리가 그녀를 설득했다. 키티는 마음을 다잡고서 밖으로 나왔고, 얼굴을 붉히며 안나에게 다가가 손을 내밀었다.

「만나서 반가워요.」 그녀가 떨리는 목소리로 말했다.

키티는 이 질 나쁜 여인에 대한 적의와 그녀를 관대하게 대하고 싶은 마음 사이에서 갈팡질팡하며 어쩔 줄 모르던 터였다. 하지만 안나의 아름답고 매력적인 얼굴을 보자, 모든 적의가 순식간에 사라졌다.

「당신이 나와 마주치지 않으려 한다고 해도 그리 놀라지는 않을 거예요. 모든 것에 익숙해졌거든요. 아팠다고요? 당신 정말 많이 변했네요.」 안나가 말했다.

키티는 자신을 쳐다보는 안나의 시선에서 적대감을 느꼈다. 그러한 적대감을, 그녀는 한때 자신을 비호해 주던 안나가 지금은 자기 앞에서 어색한 입장에 놓이게 되었음을 자각했기 때문이라고 이해했고, 그러자 그녀가 가엾어졌다.

그들은 병치레나 아기 이야기, 스티바에 대한 대화를 나누었지만 안나는 전혀 흥미를 못 느끼는 기색이었다.

「작별 인사를 하려고 들렀어요.」 그녀가 자리에서 일어서며 말했다.

「언제 떠나는데요?」

안나는 또다시 아무런 대답도 없이 키티에게로 고개를 돌렸다.

「그래요, 당신을 만나게 되어 정말 반가웠어요.」그녀가 미소 띤 얼굴로 말했다. 「여기저기서 당신 얘기를 얼마나 많이 들었는지 몰라요. 심지어 남편분한테서도 당신 얘기를 들었답니다. 남편께서 우리 집에 오셨었는데 제 마음에 꼭 들더군요.」못된 의도를 품고서 이렇게 덧붙인 게 틀림없었다. 「지금 어디 계시나요?」

「그이는 시골에 갔어요.」키티가 얼굴을 붉히며 대답했다.

「남편분께 안부를 전해 주세요, 꼭이요.」

「꼭 전할게요!」키티가 동정 어린 시선으로 안나를 마주 보며 순진하게 그녀의 말을 되풀이했다.

「잘 있어요, 돌리!」돌리에게 입을 맞추고서 키티의 손을 꼭 잡은 뒤 안나는 서둘러 나갔다.

「똑같아, 여전히 매력적이야! 정말 아름다워!」언니와 둘만 남게 되자 키티가 말했다. 「하지만 뭔가 안쓰러운 구석이 있어! 너무나 안쓰러워!」

「아니, 오늘 뭔가 특별한 게 느껴졌어.」돌리가 말했다. 「현관에서 배웅하는데, 표정이 울 것 같더라고.」

29

안나는 집에서 나올 때보다 더 나빠진 기분으로 마차에 올라탔다. 그러잖아도 괴로운 심정에 키티를 만나면서 모욕과 소외감이 더해진 까닭이었다.

「어디로 가시겠습니까? 집으로 갈까요?」표트르가 물었다.

「그래, 집으로 가게.」그녀가 대답했다. 어디로 갈지, 더 이상 그녀는 생각하지 않았다.

〈어떻게 나를 그렇게, 뭔가 무섭고 희한하고 신기한 것을 보듯이 쳐다볼 수 있지? 저 사람은 무슨 얘길 저렇게 열을 내며 떠들어 대는 걸까?〉 그녀가 지나가는 행인 두 명을 보며 생각했다. 〈자신이 느끼는 것을 과연 남한테 전할 수 있을까? 돌리에게 얘기하고 싶었는데, 안 하길 잘 한 것 같아. 내 불행을 얼마나 고소해했겠어! 아닌 척했겠지만, 주된 심정은 자기가 부러워하던 그 희열을 누린 대가로 내가 벌을 받았다는 기쁨이겠지. 키티, 그녀는 더 신이 날 테고. 그 속이 훤히 들여다보인다니! 내가 자기 남편한테 유난히 친절하게 굴었다는 걸 그녀도 알고 있는 거야. 그래서 나를 질투하고 미워하겠지. 게다가 경멸하기까지 하겠지. 그녀가 보기에 나는 음탕한 여자니까. 내가 음탕한 여자였다면 그녀의 남편이 나를 사랑하도록 만들었을 텐데…… . 내가 원했더라면 말이야. 그래, 나는 그러길 원했어. 저 사람은 기분이 좋은가 보네.〉맞은편에서 마차를 타고 지나가던, 볼이 불그레하고 뚱뚱한 신사를 보며 그녀는 생각했다. 그는 안나를 아는 여자라고 여기고서 번들거리는 모자를 번들거리는 대머리 위로 들어 올렸다가 자신이 잘못 알았다는 것을 깨달았다. 〈나를 아는 사람인 줄 착각했나 봐. 세상에서 나를 아는 모든 사람들과 마찬가지로 저 사람은 나에 대해 모를 거야. 나 스스로도 모르겠는걸. 프랑스 사람들 말마따나, 나는 내 입맛이나 알 뿐이지. 쟤네들은 저런 지저분한 아이스크림을 먹고 싶어 하는구나. 더럽다는 건 저희들도 알 텐데.〉 아이스크림 장수를 불러 세운 두 명의 소년을 보며 그녀는 생각했다. 아이스크림 장수는 머리에서 통을 내려놓으며 수건 끝자락으로 땀에 젖은 얼굴을 닦았다. 〈모두가 달콤하고 맛있는 것을 원해. 사탕이 없으면 지저분한 아이스크림이라도 먹고 싶은 법이지. 키티도 마찬가지야. 브론스키가 안 되니까 레빈을 택한 거야. 그래서 나를 질투하는 거고, 또 미워하는 거지. 우리 모두가 서로서로 미워해. 나는 키티를, 키티는 나를. 그게 진실이야. 튜티킨, coiffeur(미용실)……. Je me fais coiffer par Tyut'kin(튜티킨한테 머리 손질을 맡겨야지)……. 그이가 오면 이 얘기를 해 줘야겠어.〉 그녀가 이렇게 생각하며 웃었다. 그러나 그 순간 그녀는 이제 그 어떤 우스운 얘기라 해도 건넬 사람이 아무도 없다는 걸 깨달았다. 〈그래, 우스운 것도 즐거운 것도 없어. 모든 게 다 역겨워. 저녁 종이 울리네. 저기 저 상인은 참으로 또박또박 성호를 긋는구나! 뭘 떨어뜨릴까 봐 조심하듯이 말이야. 이 교회들은 왜 있는 거고, 저 종소리와 저런 가식은 다 뭐지? 저기 포악하게 욕을 해대는 마부들처럼 우리 모두가 서로를 미워한다는 사실을 감추기 위해서일 뿐이야. 야시빈이 말했지. 그도 자길 남김없이 벗겨 먹으려 하고, 자기 역시 그렇다고. 바로 그게 진실이야!〉

자신이 처한 상황조차 까맣게 잊을 정도로 이러한 상념들에 너무나 깊이 몰입해 있다가 정신을 차리고 보니 집 현관 앞에 당도해 있었다. 그녀는 자신을 맞으러 나온 수위를 보고서야 편지와 전보를 보냈다는 걸 기억해 냈다.

「답장은 왔는가?」 그녀가 물었다.

「지금 알아보겠습니다.」 문지기가 대답하고서 사무실 책상을 살펴본 뒤 얇고 네모진 전보 봉투를 가져다가 그녀에게 건넸다. 〈10시 전에는 못 가요. 브론스키.〉 그녀는 전보를 읽었다.

「심부름 간 사람은 아직 안 왔나?」

「아직 안 왔습니다.」 수위가 대답했다.

〈그렇다면 내가 뭘 해야 할지 알겠군.〉 그녀는 솟구치는 분노와 복수심을 느끼며 위층으로 뛰어 올라갔다. 〈내가 직접 그이한테 가겠어. 영원히 떠나기 전에 그이에게 모든 걸 말할 테야. 결코, 그 누구도 내가 이 인간만큼 증오해 본 적은 없어!〉 그녀가 생각했다. 옷걸이에 걸린 그의 모자를 보자 혐오 감에 치가 떨렸다. 그에게서 온 전보는 자신이 보낸 전보에 대한 회신일 뿐, 아직 그가 자신의 편지를 받지 못했으리라는 점에는 생각이 미치지 않았다. 그녀는 이제 어머니와 소로키나와 함께 태평스레 담소를 나누며 자신의 고통에 쾌재를 부르는 그의 모습을 상상하고 있었다. 〈그래, 속히 가야 해.〉 어디로 가야 할지도 모르면서 그녀가 속으로 중얼거렸다. 이 끔찍한 집에서 느끼는 온갖 감정들로부터 한시라도 빨리 벗어나고 싶었다. 집에 있는 하인들이며 벽이며 물건들이며, 그 모든 것이 혐오감과 적의를 불러일으켰고, 일종의 중압감으로 그녀를 짓눌렀다.

〈그래, 기차역으로 가야지. 만일 기차역에 없으면 그곳으로 가서 그의 죄상을 밝혀야 해.〉 안나는 신문에 공지된 열차 시간표를 살펴보았다. 저녁 8시 2분에 출발하는 열차가 있었다. 〈시간 안에 갈 수 있겠어.〉 그녀는 다른 말을 마차에 매어놓으라고 일러 두고는, 며칠 지내는 동안 꼭 필요한 물건들을 여행 가방에 챙겨 넣었다. 다시는 이곳으로 돌아오지 않으리라는 걸 그녀는 알고 있었다. 그러면서 머리에 떠오르는 계획들 중 하나를 막연히 선택했는데, 기차역이나 백작 부인의 영지에서 무슨 일이든 치른 뒤 니제고롯스카야행 지선 열차를 타고서 열차가 정거하는 첫 번째 도시에서 머물자는 생각이었다.

저녁상이 차려졌다. 그녀는 식탁으로 다가가 빵과 치즈 냄새를 맡아 보고서 음식 냄새가 하나같이 역겹다는 걸 확인한 뒤 마차를 준비하라 이르고는 집을 나섰다. 벌써 거리 전체에 건물의 그림자가 드리워 있었다. 양지에는 아직 온기가 남아 있는 화창한 저녁이었다. 짐을 들고 배웅하는 안누시카, 마차에 짐을 싣는 표트르, 불만스러운 기색이 역력한 마부, 이들 모두가 역겨웠고, 그들의 말 한마디와 행동거지 하나하나가 신경에 거슬렸다.

「자넨 안 가도 돼, 표트르.」

「그럼 표는 어떻게 하시려고요?」

「글쎄, 그럼 자네 좋을대로 하게. 난 아무래도 상관없으니.」 그녀가 불쾌감을 드러내며 말했다.

표트르가 마부석에 올라타 양손으로 허리춤을 짚고서는 역으로 가자고 일렀다.

30

〈자, 이렇게 또 마차를 탔군! 다시 모든 걸 알겠어.〉 마차가 한차례 들썩인 뒤 자잘한 자갈이 깔린 포장도로 위를 덜컹거리며 내달리자 안나는 생각했다. 이윽고 또다시 풍경이 하나둘씩 교체되기 시작했다.

〈아까 마지막으로 뭘 그렇게 골똘히 생각했더라?〉 그녀가 기억을 떠올리려고 애썼다. 〈튜티킨, coiffeur(미용실)? 아니야, 그게 아닌데. 그래, 야시빈이 한 얘기였어. 생존 투쟁과 증오 말이야. 그게 사람들을 엮는 단 한 가지라는 거지. 저런, 쓸데없는 행차를 하시는군요.〉 그녀는 사두마차를 타고 교외로 놀러 가는 듯한 일행에게 속으로 말을 걸었다. 〈당신들이 데리고 가는 개도 별 도움은 안 될 거예요. 자기 자신으로부터 벗어날 수 없을 테니까요.〉 표트르가 고개를 돌리는 쪽으로 눈길을 돌린 그녀는 경찰관 하나가 초주검이 되도록 술에 취해 고개가 덜렁거리는 공장 노동자를 마차에 태워 어디론가 이송하는 모습을 보았다. 〈저게 더 빠르겠군.〉 그녀는 생각했다. 〈브론스키 백작과 나 역시 저런 만족을 찾지 못했어. 거기서 많은 걸 기대했건만.〉 그렇게 안나는 그때까지 생각하기를 회피해 왔던 그와 자신의 관계에 대해 처음으로 환한 불빛을 들이대었다. 그러자 모든 것이 한눈에 보이는 것 같았다. 〈그이는 나한테서 뭘 찾았던 걸까? 사랑보다는 허영심을 채우려 했던 게지.〉 맨 처음 그들이 관계를 맺기 시작했을 때, 온순한 사냥개를 연상시켰던 그의 표정과 언행이 떠올랐다. 모든 게 확실해졌다. 〈그래, 그는 허영심을 채우고 의기양양했던 거야. 물론 사랑도 있었겠지만, 대부분을 차지한 건 해냈다는 자부심이었겠지. 나를 얻었다고 뽐낸 거야. 그런데 그마저 다 지나가 버린 거고. 이제 자랑할 게 아무것도 없잖아. 자랑스럽긴커녕 창피하겠지. 나한테서 취할 수 있는 건 모두 취했으니 이제는 내가 필요 없는 거야. 내가 부담스럽지만, 불명예스러운 인간이 되지 않으려고 애쓰는 것일 테지. 그가 어제 무심결에 내뱉었잖아. 배수의 진을 치기 위해서 이혼을 바라고 결혼을 하려는 거라고. 나를 사랑한다지만, 어떻게 사랑하느냐고? The zest is gone(열정은 사라졌어). 저 사람은 모두를 놀래고 싶은가 봐, 아주 뿌듯해하는군.〉 승마 연습용 말을 타고 지나가는, 볼이 불그레한 마름을 바라보며 그녀는 생각했다. 〈그래, 이제 그에게 나를 향한 예전 같은 애정은 없어. 내가 떠난다면 속으로 좋아서 어쩔 줄 모르겠지.〉

그것은 추측에 불과한 생각이 아니었다. 그녀는 삶과 인간관계의 의미를 훤히 드러는 촌철살인의 빛줄기 속에서 그것을 또렷하게 목격했다.

〈내 사랑은 점점 더 열정적으로, 점점 더 이기적으로 변해 가는데, 그의 사랑은 점점 더 식어 갔어. 그래서 이렇게 우리가 멀어진 거야.〉 그녀는 생각을 이어 갔다. 〈그런데 어쩔 도리가 없어. 나는 오로지 그이한테만 매달린 채 그이가 나한테 더욱더 헌신하기를 요구하지만, 그이는 내 곁에서 점점 더 멀어지려고 하잖아. 그러니까 인연을 맺기 전까지는 서로 마주 보며 다가갔지만, 그 후에는 서로 다른 방향으로 걷잡을 수 없이 멀어진 거야. 이것을 되돌릴 수는 없어. 그이는 내가 말도 안 되는 질투를 한다고 하고, 나 역시 스스로 말도 안 되는 질투를 한다고 나 자신에게 말하지. 하지만 그건 사실이 아냐. 나는 질투를 하는 게 아니라 불만족스러운 거야. 하지만…….〉 갑자기 떠오른 생각으로 인해 불안감이 밀려드는 것을 느낀 그녀는 입을 벌린 채 마차 안에서 자리를 옮겨 앉았다. 〈만일 내가 그의 애무만을 열망하는 정부가 아니라 다른 무엇이 될 수 있었다면 어땠을까? 하지만 나는 다른 사람이 될 수도 없고 그러고 싶지도 않아. 그런 바람으로 인해 나는 그이에게서 혐오감을 불러일으켰고, 그이는 나에게서 적의를 불러일으킨 거야. 그리고 그건 다르게 될 수가 없어. 그이가 나를 속이지 않을 거라는 걸, 그이가 소로키나에게 마음이 없다는 걸, 그이가 키티를 사랑하지 않는다는 걸, 그이가 나를 배신하지 않을 거라는 걸, 정말로 나는 모르고 있는 걸까? 나는 다 알고 있지만, 그렇다고 해서 내 마음이 편해지진 않아. 만일 그가 사랑하지도 않으면서 **의무감**으로 나에게 친절하고 다정하게 대한다면, 내가 원하는 게 이루어지지 않는다면, 그건 증오하는 것보다 천배는 더 나빠! 그건 지옥이야! 그런데 바로 그렇게 돼버렸잖아. 그이는 정말이지 오래전부터 나를 사랑하지 않아. 사랑이 끝나는 곳에서 증오가 시작되는 법이지. 이 길은 전혀 모르겠는걸. 언덕이 하나 있고 사방에 건물들이네. 건물들…… 건물들 안에는 사람들이 북적대고, 사람들이…… 얼마나 많은지, 끝도 없고, 모두가 서로서로 미워하겠지. 그래, 행복해지기 위해서 내가 원하는 게 뭔지 생각해 보자. 글쎄? 이혼을 하고, 알렉세이 알렉산드로비치가 나에게 세료자를 넘겨주고, 브론스키와 결혼을 하는 거지.〉 알렉세이 알렉산드로비치에게 생각이 미치자, 마치 눈앞에 그가 실물로 나타난 듯 너무나 생생하게 그의 모습이 그려졌다. 온순하지만 생기 없이 흐리멍덩한 눈, 흰 손등에 불거진 파란 힘줄, 그의 억양과 손가락 마디를 꺾는 소리, 그리고 그들 사이에 존재했으며, 그 역시 사랑이라고 불렸던 감정이 떠오르자 혐오감으로 치가 떨렸다. 〈내가 이혼을 하고 브론스키의 아내가 된다. 글쎄, 그러면 키티도 더 이상은 나를 오늘 같은 눈길로 보지 않게 될까? 아니. 세료자는 나의 두 남편에 대해서 생각지도 않고 묻지도 않게 될까? 나와 브론스키 사이에 새로운 감정을 기대해 볼 수 있을까? 행복까지는 아니더라도 고통만은 아닌 어떤 감정이 생기는 게 가능할까? 아니, 아니야!〉 그녀는 이제 일말의 망설임도 없이 확신을 품고서 스스로에게 답했다. 〈불가능해! 우리는 생활 속에서 이미 갈라섰어. 나는 그이를 불행하게 만들고 그이는 나를 불행하게 만들지. 그리고 그이도 나도 변하는 건 불가능해. 모든 걸 다 시도해 보았지만 나사가 뒤틀려 버렸어. 애가 딸린 여자 거지네. 저 여자는 사람들이 자신을 불쌍하게 여길 거라 생각하겠지. 정말이지 우리 모두는 서로를 증오하고 그로 인해 자기 자신과 남들을 괴롭히기 위해 이 세상에 내던져진 게 아닐까? 중학생들이 지나가는구나. 웃고 있네. 세료자는?〉 그녀는 아들을 떠올렸다. 〈나 역시 그 애를 사랑한다고 생각했고, 그 애에 대한 애틋함에 스스로 가슴이 뭉클해지곤 했지. 그런데도 그 애 없이 살아왔고, 그 애를 다른 사랑과 바꾸어 버렸어. 다른 사랑에 만족하는 동안은 그렇게 바꿔 버린 걸 불평하지 않았지.〉 그녀는 사랑이라고 불렀던 바로 그것을 혐오감을 품은 채 떠올렸다. 이제 자신과 모든 사람들의 삶을 또렷하게 목도할 수 있었기에 그녀는 기뻤다. 〈나나, 표트르나, 마부 표도르나, 저 상인이나, 저 광고들이 오라고 손짓하는 볼가강 유역에 사는 그 모든 사람들이나, 언제 어디서나 다 마찬가지야.〉 그녀가 이런 생각을 하는 동안 마차는 벌써 니제고롯스카야 역의 나지막한 역사에 도착했고, 짐꾼들이 그녀를 향해 달려왔다.

「오비랄롭카로 가는 표를 끊을까요?」 표트르가 물었다.

자신이 어디로, 왜 가는지 까맣게 잊고 있던 그녀는 한껏 애를 쓴 뒤에야 질문의 뜻을 이해했다.

「그렇게 하게.」 그녀가 지폐가 든 지갑을 건네주며 대답하고는 자그마한 빨간색 가방을 손에 들고 마차에서 내렸다.

사람들 사이를 지나 1등석 대합실로 가면서 안나는 자신이 처한 상황의 세세한 점들과 이럴지 저럴지 망설여 온 계획들을 하나씩 떠올렸다. 그러자 다시금 때론 희망이, 때론 절망이 오래도록 심하게 앓아 왔던 자리들을 되짚으며, 고통에 시달려 무섭게 전율하는 가슴의 상처들을 자극하는 것이었다. 그녀는 별 모양의 소파에 앉아 기차가 오기를 기다리면서 오가는 사람들을 혐오스럽게 쳐다보았고(그들 모두가 그녀에게는 역겹게 느껴졌다), 역에 도착하여 그에게 쪽지를 쓰게 되면 뭐라고 쓸지, 지금 그가 어머니에게 (그녀의 고통은 이해하지 못한 채) 자신의 처지에 대해서 뭐라고 푸념을 늘어놓을지, 그리고 자신이 방 안에 들어서면 그에게 뭐라고 말할지를 생각했다. 그러다가도 다른 한편으로는 삶이 아직은 행복해질 수 있을지, 자신이 얼마나 가슴 저미게 그를 사랑하고 미워하는지, 그리고 자신의 심장이 얼마나 무섭게 고동치고 있는지를 생각하는 것이었다.

31

벨이 울리자 젊은 남자들이 지나갔는데, 흉한 몰골에 파렴치하며 성급했고, 그러면서도 자기네들이 어떻게 보일지 신경을 쓰는 기색이 역력했다. 제복에 편상화를 신은 표트르 역시 아둔하고 멍청한 표정으로 대합실을 가로질러 와서는 안나를 기차까지 바래다주기 위해 곁으로 다가왔다. 그녀가 승강장을 걸으며 곁을 지나가자 소란스럽던 남자들이 잠잠해졌고, 그중 한 사람이 다른 이에게 그녀에 대해서 뭔가를 속삭였는데, 십중팔구 추잡한 애기일 게 뻔했다. 그녀는 높은 계단 위로 올라선 다음 객실 칸으로 가서 언젠가는 하얬겠지만 지금은 지저분해진 용수철 달린 좌석에 홀로 앉았다. 손가방이 용수철 위자 위에서 출렁이다가 가만히 멈췄다. 표트르는 바보 같은 웃음을 지으며 작별의 표시로 금줄 달린 모자를 들어 보였다. 무례한 차장이 출입문을 쾅 닫고는 빗장을 질렀다. 허리받이를 대서 불룩해진 치마를 입은 밉상스러운 부인(안나는 상상 속에서 그 여자의 옷을 벗기고는 그 흉측함에 경악했다)과 여자아이가 부자연스럽게 웃으면서 기차 아래쪽에서 내달렸다.

「카테리나 안드레예브나한테 있어요. 그분한테 모든 게 다 있어요, ma tante(숙모님)!」 여자아이가 외쳤다.

〈여자아이인데 저렇게 흉물스러운 데다가 거드름까지 피우다니.〉 안나가 생각했다. 그녀는 아무도 보지 않기 위해 자리에서 일어나 텅 빈 차량의 맞은편 창가로 옮겨 앉았다. 앞에만 챙이 달린 모자 밑으로 헝클어진 머리털이 비어져 나온 더럽고 흉측한 사내가 차량의 바퀴 쪽으로 몸을 수그린 채 창문 옆을 지나쳐 갔다. 〈저 추한 사내한테 뭔가 낯익은 구석이 있는 것 같은데.〉 안나가 생각했다. 그러다가 자신이 꾸던 꿈을 떠올린 그녀는 두려움에 몸을 떨며 반대편 문 쪽으로 물러났다. 차장이 문을 열고서 부부 한 쌍을 들여보냈다.

「내리실 겁니까?」

안나는 대답하지 않았다. 차장과 들어오는 승객들은 베일 뒤 그녀의 얼굴에 드리운 공포를 알아채지 못했다. 그녀는 아까 앉았던 구석 자리로 돌아왔다. 부부가 그녀의 드레스를 주의 깊게, 그러나 은밀하게 훑어보면서 맞은편 자리에 앉았다.

남편도 아내도 안나에게는 역겹게 느껴졌다. 남편이 안나를
향해 담배를 피워도 괜찮겠느냐고 물었다. 담배 때문이 아니
라 그녀에게 말을 붙이려는 수작인 게 분명했다. 그녀의 승낙
을 얻자 그가 아내와 프랑스어로 이야기를 나누기 시작했는
데, 그건 담배를 피우는 것보다도 더 불필요한 대화였다. 마
치 그녀더러 들으라는 듯, 그들은 태연하게 아무짝에도 쓸모
없는 얘기들을 지껄였다. 두 사람이 얼마나 서로를 지긋지긋
해하며 서로를 싫어하는지가 안나의 눈에는 훤히 보였다. 그
토록 너절한 흉물들을 그녀는 증오하지 않을 수 없었다.

　두 번째 벨이 울리고, 뒤이어 수하물을 나르는 소리와 소
음, 고함 소리와 웃음소리가 들려왔다. 누구도 기뻐할 만한
하등의 이유가 없다는 사실이 안나에겐 너무나 명백했기에
그 웃음소리는 고통스러울 정도로 그녀의 신경을 자극했고,
그녀는 소리가 들리지 않도록 귀를 틀어막고 싶었다. 마침내
세 번째 벨이 울린 뒤 호각 소리와 째질 듯한 기적 소리가 울
려 퍼졌다. 기차가 달리기 시작하자 남편이 성호를 그었다.
〈무슨 생각으로 저러는 건지, 물어보면 재밌겠는걸.〉 안나가
적의 어린 시선으로 그를 쳐다보며 생각했다. 그녀는 아내 곁
의 창문 너머로 마치 뒤로 달리는 듯 보이는, 승강장에 선 채
기차를 전송하는 사람들의 모습을 내다보았다. 안나가 탄 차
량은 선로의 접합부에 이를 때마다 규칙적으로 흔들리면서
승강장, 돌담, 원형 표지판, 다른 차량들 곁을 스쳐 지나갔다.
바퀴는 점점 더 유연하고 매끄럽게 선로를 따라 가벼운 소리
를 냈고, 창문은 저녁 햇살로 환하게 빛났으며, 커튼 사이로
바람이 솔솔 일었다. 안나는 동승한 승객들은 까맣게 잊은 채
기차의 가벼운 흔들림 속에서 신선한 공기를 들이마시며 또

다시 생각에 잠겼다.

〈그래, 어디까지 생각했더라? 사는 게 고역이 아닐 법한 상황은 상상할 수가 없다는 대목이었지. 우리 모두가 고통받기 위해 창조되었고, 우리 모두가 그걸 알면서도 자신을 속일 방법을 궁리하고 있다고. 그런데 진실을 알게 되면, 그때는 어떻게 해야 좋을까?〉

「인간에게 이성이 주어진 이유는 자신을 불안하게 만드는 것으로부터 벗어나기 위해서라고요.」 동승한 부인이 자신의 발언을 뿌듯해하며 혀를 심하게 굴렸다.

그 말은 마치 안나의 생각에 대한 응답 같았다.

〈불안하게 만드는 것에서 벗어난다고.〉 안나가 되뇌었다. 양볼이 불그레한 남편과 빼빼 마른 아내를 힐끗 쳐다본 그녀는, 병적인 기질의 아내는 스스로를 알 수 없는 여자라고 여기고 있고, 남편은 스스로에 대한 그녀의 생각을 지지함으로써 그녀를 기만하고 있음을 알 수 있었다. 마치 자신이 그 부부에게 불빛을 비추며 그들의 생애와 영혼의 구석진 곳까지 들여다보고 있는 것만 같았다. 그러나 거기 흥미로운 건 전혀 없었기에 그녀는 다시 생각을 이어 나갔다.

〈그래, 나를 너무나 불안하게 만드니까, 거기서 벗어나라고 이성이 주어진 거야. 그러니까 벗어나야만 해. 더 이상 볼 게 없는데, 이 모든 걸 쳐다보는 게 역겨운데 불을 끄지 않을 이유가 뭐가 있겠어? 하지만 어떻게 한단 말인가? 왜 저 차장은 난간을 따라 달려가는 걸까? 저 사람들, 기차 안의 저 젊은이들은 왜 소리치고 있는 거지? 왜 저들은 떠들고 있으며, 저들은 왜 웃고 있는 걸까? 모든 게 허위고, 거짓이야. 모든 게 기만이고, 모든 게 악이야……!〉

기차가 역에 도착하자 안나는 다른 승객들 틈에 섞여 밖으로 나와서는 마치 나병 환자들을 대하듯이 그들에게서 비켜선 채 승강장에 멈춰 섰다. 자신이 거길 왜 왔으며, 뭘 하려고 했는지를 그녀는 기억해 내려 애썼다. 전에는 가능해 보였던 모든 것이 지금은, 특히 자신을 가만히 두지 않는 저 온갖 추하고 소란스러운 사람들의 무리 속에서는 판단을 내리기가 너무나 어려웠다. 짐꾼들이 도와주겠다며 달려오는가 하면, 젊은이들은 구두 뒤축으로 승강장 널판을 내리치고 큰 소리로 떠들어 대면서 그녀를 돌아보았으며, 맞은편에서 오는 이들은 엉뚱한 쪽으로 비켜서곤 했다. 그녀는 답신이 없으면 더 멀리 가기로 마음먹은 것을 기억해 내고, 짐꾼 한 사람을 불러 세워 브론스키 백작에게 보내는 전갈을 가져갔던 마부가 여기에 없는지 물었다.

「브론스키 백작님이요? 그 댁에서 보낸 사람이 조금 전까지 여기 있었는뎁쇼. 소로키나 공작 부인과 따님을 마중 나왔더랬죠. 그런데 보내신 마부는 어떻게 생겼나요?」

그녀가 심부름꾼과 얘기하고 있는데 발그레하고 쾌활한 얼굴을 한 마부 미하일이 맵시 있는 푸른색 반코트 차림에 시곗줄을 드리우고 맡은 바 책무를 잘 수행했다는 데 뿌듯해하는 모습으로 그녀에게 다가와 쪽지를 건넸다. 그녀는 봉투를 뜯었다. 쪽지를 읽기도 전에 심장이 죄어들었다.

〈안타깝게도 전갈을 받지 못했군요. 10시에 가겠어요.〉 브론스키는 성의 없는 필체로 이렇게 적어 놓았다.

〈그래! 이럴 줄 알았어!〉 그녀가 악의 어린 조소를 흘리며 생각했다.

「됐네, 이제, 집으로 가게.」 그녀가 미하일을 향해서 조용히 말했다. 조용히 말한 까닭은 심장 박동이 빨라져 숨을 쉬기가 힘들었기 때문이었다. 〈아니, 나는 네가 나를 괴롭히도록 내버려 두지 않겠어.〉 그녀가 브론스키도 아니고 스스로도 아닌, 자신으로 하여금 고통을 겪게 만드는 그 누군가를 향하여 위협하듯이 중얼거리고는 역사를 따라 승강장을 걸어갔다.

승강장을 돌아다니던 하녀 두 명이 고개를 뒤로 돌리고서 안나를 쳐다보며 그녀의 옷차림에 대해 이러쿵저러쿵 떠들었다. 「진품이야.」 그들이 안나의 옷에 달린 레이스에 대해 이야기했다. 젊은 사내들도 그녀를 가만 두질 않았다. 그들은 또다시 그녀의 얼굴을 쳐다보고는 낄낄대면서 부자연스러운 목소리로 뭐라 소리치며 그녀 곁을 지나쳐 갔다. 지나가던 역장이 그녀에게 기차를 탈 것인지 물었다. 크바스를 파는 소년은 그녀에게서 눈을 뗄 줄 몰랐다. 〈맙소사, 어디로 가야 하지?〉 승강장을 따라 점점 멀리 나아가면서 그녀는 생각했다. 승강장 끝에서 안나는 걸음을 멈췄다. 안경 쓴 신사를 맞이하면서 웃고 떠들던 부인과 아이들이 그녀가 곁에 나란히 서자 입을 다물고서 돌아보았다. 그녀는 걸음을 재촉하여 그들에게서 물러나 승강장 가장자리로 갔다. 화물 열차가 다가오고 있었다. 승강장이 진동하기 시작했다. 다시 기차를 타고 가는 듯한 느낌이었다.

그러자 문득 브론스키와 처음 만났던 날 기차에 짓뭉개진 사람이 떠올랐고, 그녀는 무엇을 해야 할지 깨달았다. 재빠르고 가벼운 걸음으로 급수탑에서 철로 쪽으로 난 계단을 내려간 그녀는 지나가는 기차 옆에 바짝 다가가 멈춰 섰다. 그녀는 차량의 아랫부분을, 나사못과 쇠사슬, 그리고 천천히 달려오는 첫 번째 차량의 높다란 무쇠 바퀴를 바라보았고, 눈어림으로 앞바퀴와 뒷바퀴 사이의 중간 지점과, 바로 그 지점이 그녀 앞에 오게 될 순간을 애써 가늠해 보았다.

〈저기다!〉 그녀가 차량의 그림자와 침목에 흩뿌려진 석탄 섞인 모래를 응시하며 혼잣말을 했다. 〈저기야, 정중앙으로 뛰어드는 거야. 그를 벌주고, 모두로부터, 나 자신으로부터 해방되는 거야.〉

그녀는 자기 앞으로 반쯤 다가온 첫 번째 차량에 뛰어들고자 했다. 그러나 팔에 끼고 있던 빨간 손가방을 빼내다가 때를 놓치고 말았다. 중간 지점이 그녀를 지나쳐 가버린 것이었다. 다음 차량을 기다려야 했다. 그녀는 멱을 감으러 물속에 들어가기 직전에 느끼는 것과 비슷한 감정을 느끼며 성호를 그었다. 십자가를 그리는 익숙한 손짓이 그녀의 마음속에 처녀 적과 어린 시절의 온갖 추억들을 일깨웠다. 갑자기 모든 걸 덮고 있던 어둠이 걷히면서 환한 기쁨들로 가득한 예전의 삶이 그녀의 눈앞에 한순간 떠올랐다. 그러나 그녀는 다가오는 두 번째 차량의 바퀴에서 눈을 떼지 않았다. 바퀴들 사이의 중간 지점이 앞으로 다가온 순간, 그녀는 빨간 손가방을 내던지며 고개를 어깨 밑에 파묻은 채 차량 밑으로 뛰어들었고, 두 손을 딛고 일어설 채비를 하듯 가벼운 동작으로 무릎을 꿇었다. 바로 그 순간, 그녀는 자신이 저지른 짓에 경악했다. 〈내가 어디 있는 거지? 내가 뭘 하고 있는 거지? 왜 이러는 거지?〉 그녀는 몸을 일으켜 뒤로 젖히려 했다. 그러나 무언가 거대한 것이 가차없이 그녀의 머리를 떠밀더니 등을 끌고 갔다. 〈주여, 저의 모든 것을 용서하소서!〉 저항할 여지가 없음을 느끼며 그녀가 중얼거렸다. 몸집이 작은 한 사내가 무언가를 웅얼대며 철로 위에서 일하고 있었다. 그리고 그녀가 불안과 기만, 비애와 악으로 가득한 책을 읽는 동안 옆에 두었던 촛불이 그 어느 때보다도 환하게 타올라 여태껏 어둠 속에 잠겨 있던 모든 것을 선명하게 비추고는 타닥타닥 소리를 내며 희미해지더니, 영원히 꺼지고 말았다.

제8부

1

거의 두 달이 지났다. 이미 무더운 여름의 중턱으로 접어들었지만, 세르게이 이바노비치는 이제야 모스크바를 떠날 채비를 하고 있었다.

그즈음 세르게이 이바노비치의 삶에서는 나름 의미 있는 사건들이 일어났다. 이미 1년 전에 『유럽과 러시아의 국가 기반과 형식 개괄』이라는 제목의 저서를 탈고하였는데, 그건 6년에 걸친 노고의 산물이었다. 그 책의 몇몇 장들과 서문이 정기 간행물에 실렸던 데다, 그 밖의 부분들은 세르게이 이바노비치가 지인들에게 읽어 주기도 했기에, 그 책의 사상이 대중에게 전적으로 새로운 것이라고 볼 수는 없었다. 그렇지만 세르게이 이바노비치는 자신의 책이 발간됨으로써 사회 전반에 진지한 반향을 불러일으킬 것이며, 학문적인 일대 전환까지는 아니더라도 학계에 강한 파급력을 미치리라 기대했다.

책은 꼼꼼한 교정 작업을 거친 뒤 지난해에 출간되어 서적상들에게 배포되었다.

세르게이 이바노비치는 자신의 책에 대해 아무에게도 물어보지 않았고, 출간 후 반응을 묻는 친구들의 질문에 무심한 듯 마지못해 대답했으며, 책이 얼마나 팔리는지 서적상들에게 문의하지도 않았다. 그러나 그는 이 저서에 대한 사회와 학계의 첫 반응을 예의 주시하고 있었다.

그렇지만 한 주, 두 주 그리고 석 주가 지나도록 그 어떤 주목할 만한 반응도 없었다. 그의 친구들이나 전문가들, 학자들이 간혹 언급하긴 했어도 예의상 그러는 것일 뿐이었다. 학술서에 관심이 없는 지인들은 아예 책에 대해 말도 꺼내지 않았다. 게다가 사회 전체가 지금 다른 이슈에 사로잡혀 있는 터라 관심을 보이는 이를 찾을 수가 없었다. 학계에서도 역시 근 한 달간 책에 대해 일언반구도 없었다.

세르게이 이바노비치는 서평이 나올 때까지 필요한 시간을 꼼꼼히 계산해 보았지만, 한 달이 지나고 두 달이 지나도 반응이 없기는 매한가지였다.

다만 『북방의 딱정벌레』[1]에 목청을 잃은 가수 드라반티에 관한 익살스러운 기사와 함께 코즈니셰프의 책에 관하여 모욕적인 평이 몇 마디 언급되었는데, 그 내용으로 미루어 책은 이미 오래전부터 모두에게서 비판을 받아 오며 조롱거리로 전락한 것이 분명했다.

석 달째로 접어들었을 때에야 비로소 제대로 된 잡지에 서평이 실렸다. 그 서평의 필자는 세르게이 이바노비치가 아는 사람이었다. 언젠가 골룹초프의 집에서 그를 만난 터였다.

---

1 페테르부르크에서 1825년에서 1864년까지 발행되던 신문 『북방의 벌[蜂]』을 패러디한 이름이다. 이 신문은 보수적이고 반동적인 논조로 악명 높았다.

그는 아주 젊고 병약한 칼럼니스트로서, 작가 못지 않은 달필이었지만 교육 수준이 낮고 인간관계를 꾸려 가는 태도도 영 어설픈 사람이었다.

필자를 내심 경멸하고 있음에도 불구하고 세르게이 이바노비치는 전적으로 존중하는 자세로 비평문을 읽기 시작했다. 글은 실로 끔찍했다.

칼럼니스트는 일부러 책 전체를, 도저히 이해 불가능한 저작이라는 식으로 해석한 것이 분명했다. 하지만 아주 교묘하게 책을 인용함으로써, 아직 읽지 못한 사람들로서는(틀림없이 대부분의 사람들이 읽지 않았으리라) 책 전체가 과장되었을 뿐만 아니라 부적절하게 사용된(의문 부호가 이를 말해 주었다) 어휘의 집적에 다름 아니며 책의 저자는 완전히 무지몽매한 인간으로 보이게끔 만들었다. 모든 비판이 어찌나 기지 넘치던지, 세르게이 이바노비치 스스로도 그 명민함을 부인할 수가 없었다. 그러나 그것은 실로 끔찍했다.

평론가의 논거가 정당한지 최대한 양심적으로 검토하면서도, 세르게이 이바노비치는 조롱당한 결함과 오류 앞에서는 단 한 순간도 머뭇거리지 않았다. 그 모든 게 고의적으로 발췌된 것임이 명백했기 때문이다. 하지만 곧 그는 무심결에 서평의 필자와 만나서 대화를 나눴던 기억을 아주 사소한 부분까지 되짚어 보았다.

〈내가 그를 뭔가로 모욕했었나?〉 세르게이 이바노비치는 자문했다.

그러자 그 젊은이와 만났을 때, 무지함을 드러내는 그의 표현을 자신이 교정해 주었던 일이 생각났고, 그제야 비평문이 뜻하는 바를 알게 되었다.

이 서평 이후로는 활자로든 구두로든, 책에 대해서 죽음 같은 침묵이 도래하였으며, 세르게이 이바노비치는 6년 동안 엄청난 애정과 노력을 쏟아부었던 자신의 저작이 흔적 없이 사라져 버렸음을 깨달았다.

세르게이 이바노비치의 처지를 한층 더 힘겹게 만든 것이 있었으니, 전에는 대부분의 시간을 서재에서 작업을 하면서 보냈으나 책을 발간한 이후로는 그곳에서 더 이상 할 일이 없다는 점이었다.

총명하고 교양이 풍부하며 건강하고 활동적인 사람이었던 그는 이제 자신의 활력을 어디에 써먹어야 할지 막막했다. 거실이든, 총회든, 집회든, 위원회든, 가는 곳마다 대화를 나누며 어느 정도 시간을 보낼 수 있었지만, 오랫동안 도시에서 살아온 그로서는 어리숙한 동생이 모스크바에 머물 때마다 그러는 것처럼 대화에 모든 것을 쏟아부을 수가 없었다. 그에게는 여전히 여가 시간과 지적 여력이 남아돌았다.

책의 실패로 인해 괴로웠던 시기에 다행히도 그 전까지는 물밑에 잠재되어 있던 슬라브 문제[2]가 국교로부터의 분리 문제[3]나 미국 친구들,[4] 사마라현의 기근,[5] 전람회,[6] 강신술에 관

2 슬라브 민족들을 터키인들의 압제로부터 해방시키는 문제는 1870년대의 가장 커다란 정치적 쟁점이었다. 1874년에는 보스니아-헤르체고비나에서 봉기가 시작되었고, 1876년에는 세르비아-몬테네그로가 터키에 전쟁을 선포하였으며, 1877년에는 불가리아에서 전운이 감돌기 시작하였다. 톨스토이는 이민족의 압제에 대항한 슬라브 제 민족의 투쟁이 지닌 역사적 의의는 인정하였으나, 당시 슬라브주의자들이 주장한 콘스탄티노플 원정 계획에 대해서는 〈세르비아적 광기〉라고 명명하며 동조하지 않았다.
3 우크라이나 서부 지역의 주된 종교인 우니아트교를 정교로 개종한다는 러시아 정부의 공식 방침이 1875년에 내려오자 해당 지역의 주민들이 이를 거부한 사건.

한 문제를 잠재우고 대두되었다. 과거 이 문제를 제기한 사람 중 하나로서 세르게이 이바노비치는 거기에 매진했다.

세르게이 이바노비치가 속한 계층의 사람들은 그 무렵 슬라브 문제와 세르비아 전쟁에 관한 것 이외에는 언급하지도, 글을 쓰지도 않았다. 무위도식하는 자들이 평소 심심풀이로 하던 모든 일들이 이제는 슬라브 민족을 위해서 행해지고 있었다. 무도회, 연주회, 만찬, 강연, 부인들의 의상, 맥주, 선술집 등 모든 것이 슬라브 민족에 동조를 표했다.

이 문제에 대한 사람들의 발언이나 저작 대부분의 세부적인 사항에 대해 세르게이 이바노비치는 동의하지 않았다. 그는 슬라브 문제가 늘 이랬다저랬다 뒤바뀌면서 사회적 관심을 끄는 유행에 불과하며, 이 문제에 뛰어든 사람들 중 많은 이들이 타산적이고 야심에 가득 찬 사람들이라고 생각했다. 신문들이 주의를 끌거나 다른 신문들을 견제할 목적으로 불필요하고 과장된 기사들을 쏟아 내고 있다는 점 또한 그는

4 남북 전쟁 시기 러시아 정부는 미국 연방 정부의 대의명분을 지지하였으며, 그 결과 1866년 러시아 황제 알렉산드르 2세의 암살 기도가 발생한 직후 페테르부르크를 방문한 미국 외교 사절단에 의해 양국 간에 우호 관계가 맺어진다. 사절단은 미국 국민들의 공감과 존경의 표현을 담은 워싱턴 의회의 공문을 황제에게 전달하였다. 당시 페테르부르크에서는 사절단을 맞이하는 요란한 환영식과 대연회가 벌어졌다.

5 사마라현에 가뭄이 들어 1873년부터 기근이 시작되었다. 그해 자신의 영지가 있는 사마라현을 방문한 톨스토이는 『모스크바 통보』에 「기근에 관한 서한」을 기고하여 정부와 사회에 재난의 현황을 알렸다. 이 서한 및 톨스토이의 기부금 전달을 계기로 재난 구제를 위한 대대적인 모금 운동이 전개되었다.

6 모스크바에서 1872년에 표트르 대제 탄생 2백 주년을 기념하는 대규모 〈종합 기술 박람회〉가 개최되었다. 농·축산업, 군산 복합, 과학 기술, 문화 분야의 품목들이 전시되었으며, 이는 훗날 종합 기술 박물관과 역사 박물관 건립의 기반이 되었다.

인지하고 있었고, 사회가 이렇게 들썩거리는 와중에 낙오자들과 명예가 실추된 자들이 누구보다도 먼저 나서서 큰소리를 내고 있다는 점도 간파했다. 이를테면 군대 없는 총사령관, 부처 없는 장관, 출판물 없는 언론인, 당원 없는 당의 수장 같은 사람들 말이다. 거기에 경박하고 우스꽝스러운 점들이 많다는 것도 알아챘다. 하지만 모든 사회 구성원을 하나로 묶는 열광적 분위기가 무르익어 가고 있으며, 도저히 이런 시류에 편승하지 않을 수는 없다는 점에는 의심의 여지가 없다. 같은 종교를 가진 슬라브 형제들이 학살당하고 있다는 사실이 피해자에 대해서는 동정심을, 박해자에 대해서는 분노를 불러일으켰다. 위대한 과업을 위해 싸우고 있는 세르비아인과 몬테네그로인의 영웅적 행위는 모든 사람들에게 말이 아닌 행동으로 형제들을 돕고 싶다는 열망을 자극했다.

그런데 세르게이 이바노비치를 기쁘게 만든 현상이 따로 있었으니, 그것은 다름 아닌 여론의 발현이었다. 사회는 명백하게 스스로의 염원을 피력하였다. 그것은, 세르게이 이바노비치의 말에 따르면, 민족혼의 표현이었다. 그가 그 일에 매진하면 할수록 그것이 한 시대를 풍미할 만큼 거대한 규모로 확대되리라는 사실은 점점 더 명백해졌다.

그는 이 위대한 과업을 위해 전력투구하느라 자신의 책에 대해 생각하는 것조차 잊어버렸다.

쇄도하는 편지와 청원에 응대할 겨를이 없을 정도로 그 일에 모든 시간을 할애했다.

봄 한철 내내 그리고 여름 한동안 일을 하느라 세르게이 이바노비치는 7월이 되어서야 시골에 있는 동생 집에 갈 채비를 차릴 수 있었다.

2주 동안 휴식도 취할 겸, 그는 성스러운 민중들 중에서도 가장 성스러운 민중이 있는 시골 벽지로 향했다. 수도와 도시의 모든 주민들이 믿어 의심치 않는 바로 그 민족혼의 고양을 목도하고 만끽하기 위함이었다. 집으로 한번 찾아가겠노라고 오래전부터 레빈에게 약속했던 카타바소프도 그와 함께 출발했다.

2

그날따라 유달리 사람들로 북적대는 쿠르스크 철도역에 막 도착한 세르게이 이바노비치와 카타바소프가 마차에서 내린 뒤 짐을 싣고 쫓아오는 하인을 찾느라 돌아보았을 때, 넉 대의 마차에 나눠 탄 의용군[7]들도 그곳에 도착한 참이었다. 꽃다발을 든 부인들이 그들을 맞이했고, 그 뒤를 따라 사람들이 무리를 지어 역 안으로 밀어닥쳤다.

의용군을 맞이한 부인들 중 하나가 대합실을 나오며 세르게이 이바노비치에게 말을 걸었다.

「선생님도 배웅하러 오신 건가요?」 그녀가 프랑스어로 물었다.

「아닙니다, 공작 부인, 다른 볼일로 왔습니다. 동생 집에 휴양하러 온 거죠. 그런데 부인께서는 늘 이렇게 배웅을 나오시나요?」 세르게이 이바노비치가 보일락 말락 미소를 띠며

---

7 세르비아에서 전쟁이 발발한 직후 러시아에서 의용군 위원회가 결성되었다. 브론스키와 야시빈은 퇴역 군인이었으므로 군사 활동 현장에 곧바로 출정할 수 있었다.

말했다.

「안 그럴 수가 있어야지요!」공작 부인이 대답했다.「우리 나라에서 8백 명 정도는 가지 않았나요? 말빈스키는 제 말을 믿지 않더군요.」

「8백 명도 더 될걸요. 모스크바에서 곧장 떠나지 않은 사람들을 고려하면 1천 명은 넘고도 남을 겁니다.」세르게이 이바노비치가 대답했다.

「그러니까요. 저도 그렇게 말했다니까요!」부인이 기뻐하며 맞장구를 쳤다.「그리고 기부금도 거의 1백만 루블 정도 되지 않나요?」

「그보다 더 됩니다, 공작 부인.」

「오늘 온 전보에서는 뭐라던가요? 터키인들을 또 무찔렀 다던데.」

「네, 맞습니다.」세르게이 이바노비치가 대답했다. 두 사람은 터키인들이 사흘 연속으로 모든 지역에서 패배하여 도주했고 내일은 결정적인 전투가 예고된다는 최신 전보의 내용에 대해 이야기를 나누었다.

「아, 그게 말예요, 멋진 청년 하나가 자원했답니다. 그런데 왜 일을 어렵게 만드는지 모르겠네요. 제가 그 청년을 알아서 그러는데요, 선생님께 청이 하나 있어요. 간단한 서신 한 장만 써주세요. 그는 리디야 이바노브나 백작 부인이 보낸 사람이랍니다.」

자원한 청년에 대해 공작 부인이 알고 있는 바를 상세히 물어본 뒤, 세르게이 이바노비치는 1등칸으로 가서 그 일과 관련하여 결정권을 지닌 사람에게 보낼 서신을 쓴 다음 공작 부인에게 건네주었다.

「참, 왜 그 브론스키 백작 있잖아요, 그 유명한……. 그 사람도 이 기차를 타고 간답니다…….」 그가 공작 부인을 찾아 편지를 건네자 그녀가 의기양양하고 의미심장한 미소를 띠며 말했다.

「참전할 거라는 얘기는 들었는데 언제인지는 몰랐네요. 이 열차를 타고 간다고요?」

「그를 봤어요. 여기 있더라고요. 모친 혼자서만 배웅 나왔더군요. 어쨌거나 그가 할 수 있는 최선이겠죠.」

「그럼요, 물론 그렇겠죠.」

그들이 이야기를 나누고 있던 바로 그때 일군의 사람들이 그들 곁을 지나 식탁으로 몰려갔다. 두 사람 역시 그쪽으로 다가가서 손에 잔을 든 한 신사가 의용군들에게 커다란 목소리로 연설하는 소리를 들었다. 「신앙과 인류를 위해, 우리의 형제를 위해 봉사합시다.」 목소리를 점차 높여 가며 신사는 말을 이었다. 「우리의 어머니 모스크바가 위대한 일을 하는 당신들을 축복할 겁니다. **즈히비오!**[8] 그는 우렁찬 목소리로 울먹이며 말을 맺었다.

모두가 **즈히비오**를 외쳤고, 그때 또 다른 무리가 홀로 마구 쏟아져 들어오다 공작 부인과 부딪쳐 그녀가 넘어질 뻔했다.

「엇! 공작 부인 아니십니까!」 스테판 아르카디치가 사람들의 무리 속에서 갑자기 나타나 반가움이 어린 환한 미소를 지으며 말했다. 「정말 멋지고 정감 넘치는 연설 아닙니까? 브라보! 세르게이 이바니치도 와 계셨군요! 선생님도 몇 마디 하시지요, 그러니까 격려의 말씀 말입니다. 그런 데 능하시잖습니까.」 그가 부드러우면서도 정중하고 조심스러운 미소를

8 〈만세〉를 뜻하는 세르비아어.

머금은 채 세르게이 이바노비치의 팔을 살짝 잡아끌었다.

「아닙니다, 저는 이제 가야 해서요.」

「어디엘 가시는데요?」

「시골에 있는 동생한테 갑니다.」 세르게이 이바노비치가
대답했다.

「그럼 제 처를 만나시겠군요. 제가 편지를 보냈는데, 편지
보다 선생님께서 먼저 집사람을 보시겠네요. 보시거든 저를
만났다고 하시고 all right(다 괜찮다)라고 전해 주십시오. 무
슨 말인지 이해할 겁니다. 그리고 부탁드리는데, 제가 위원회
위원으로 임명되었다고도 전해 주시기 바랍니다. 그러니까
연합의…… . 아무튼 그녀는 알아들을 겁니다! 이게 다 les
petites misères de la vie humaine(인생에서 일어나는 자잘
한 괴로움)이라고나 할까요.」 용서를 구하듯이 그는 공작 부
인 쪽으로 고개를 돌렸다. 「먀흐카야, 그러니까 리자 먀흐카
야 말고 비비시 먀흐카야가 총 1천 자루와 열두 명의 간호사
를 보낸답니다. 제가 말씀드렸던가요?」

「네, 들었습니다.」 코즈니셰프가 마지못해 대꾸했다.

「떠나신다니 안타깝군요.」 스테판 아르카디치가 말했다.
「내일 두 명의 의용군을 위해 만찬을 베풀 텐데요. 페테르부
르크에서 온 디메르바르트냔스키와 우리의 베슬롭스키, 그
러니까 그리샤 말인데요, 둘 다 참전한답니다. 베슬롭스키는
얼마 전에 결혼했지요. 훌륭하지 않습니까! 그렇죠, 공작 부
인?」 그가 공작 부인에게 말을 건넸다.

공작 부인은 대답하지 않고 코즈니셰프를 쳐다봤다. 세르
게이 이바니치와 공작 부인이 그에게서 벗어나고자 하는 기
색이었지만 스테판 아르카디치는 전혀 개의치 않았다. 그는

웃으면서 공작 부인의 모자에 달린 깃털을 바라보는가 하면, 뭔가 생각나는 듯이 사방을 두리번거렸다. 모금함을 들고 지나가는 부인을 보고는 그녀를 곁에 불러다가 5루블짜리 지폐를 넣기도 했다.

「수중에 돈이 있는 한 저런 모금함을 그저 보고만 있을 수야 없지요.」 그가 말했다. 「오늘은 어떤 전보가 왔나요? 몬테네그로인들은 정말 훌륭합니다!」

「뭐라고요!」 브론스키가 이 기차를 타고 출정할 거라고 공작 부인이 전하자 스테판 아르카디치는 이렇게 소리쳤다. 순간적으로의 그의 얼굴에 슬픈 기색이 비쳤으나, 곧이어 매 걸음마다 가볍게 몸을 떨고 구레나룻을 매만지며 브론스키가 있는 방으로 들어가서는, 누이의 시체 위에서 오열하던 기억은 까맣게 잊은 채 그를 영웅이자 오랜 친구로 대할 뿐이었다.

「저 사람의 온갖 단점에도 불구하고 좋은 면이 없다고는 할 수 없어요.」 오블론스키가 그들 곁을 떠나자마자 공작 부인이 세르게이 이바노비치에게 말했다. 「그야말로 영락없는 러시아적, 슬라브적 성정이지 뭐예요! 다만 브론스키가 그를 보고 싶어 하지 않을 것 같아 걱정이네요. 선생님께서는 뭐라고 하실지 모르지만, 저는 그 사람의 운명이 안타까워요. 기차 타고 가는 길에 그와 이야기를 나눠 보세요.」

「네, 필요하다면 그러지요.」

「전 그를 한 번도 좋아한 적이 없어요. 하지만 이번 일로 많은 것이 속죄될 겁니다. 그는 직접 참전할 뿐만 아니라 자비로 기병 중대를 이끌고 간다더군요.」

「저도 들었습니다.」

벨이 울렸다. 사람들이 죄다 출입문으로 몰렸다.

「저기 있네요!」공작 부인이 브론스키를 가리켰다. 그는 긴 외투 차림에 넓은 검은 모자를 쓰고서 어머니와 팔짱을 낀 채 걸었고, 오블론스키가 그들 곁에서 무언가를 활기차게 지껄이고 있었다.

브론스키는 스테판 아르카디치의 말이 들리지 않는 듯 찌푸린 얼굴로 정면을 바라보고 있었다.

오블론스키가 귀띔한 게 틀림없을 터, 문득 브론스키가 공작 부인과 세르게이 이바노비치가 있는 쪽을 돌아보더니 잠자코 모자를 들어 올렸다. 그새 늙고 고통에 찌든 그의 얼굴은 돌로 변한 듯 경직되어 있었다.

승강장으로 나서자 브론스키는 말없이 어머니를 들여보내고는 자신도 열차의 객실 안으로 들어갔다.

승강장에서 「하느님, 황제를 보호하소서」[9]가 울려 퍼졌고, 다음으로 〈만세! 즈히비오!〉라는 외침이 이어졌다. 의용군 중에서도 키가 크고 가슴팍이 움푹 꺼진 새파랗게 젊은 사내 하나가 머리 위로 펠트 모자와 꽃다발을 흔들며 인사하는 모습이 유달리 눈에 띄었다. 그 뒤로 두 명의 장교와 기름때 묻은 모자를 쓰고 턱수염을 잔뜩 기른 중년 남자도 고개를 불쑥 내밀고 있었다.

3

공작 부인과 헤어진 세르게이 이바노비치가 곁으로 다가온 카타바소프와 함께 사람들로 빽빽한 객차에 들어서자 열

9 옛 러시아의 국가.

차가 움직이기 시작했다.

차리친[10] 역에서 「슬라비시야」[11]를 노래하는 젊은이들의 정연한 합창 소리가 기차를 맞이하였다. 의용군들이 또다시 인사를 하며 떼를 지어 나갔으나 세르게이 이바노비치는 그들에게 주의를 기울이지 않았다. 의용군과 관련된 일들을 숱하게 다루며 그들의 전반적인 유형에 익숙해져 있었기에 관심이 일지 않았던 것이다. 반면에 학문 연구에 전념하느라 의용군을 관찰할 일이 없었던 카타바소프는 그들에게 대단한 흥미를 느끼며 세르게이 이바노비치에게 이런저런 질문을 해댔다.

세르게이 이바노비치가 2등실로 가서 그들과 직접 이야기를 나눠 보라고 권하자 카타바소프는 바로 다음 역에서 그의 제안을 따랐다.

첫 번째 정거장에서 그는 2등실로 자리를 옮겨 의용군과 인사를 나눴다. 다들 객실 구석에 모여 앉아 큰 소리로 떠들고 있었는데, 승객들과 카타바소프의 관심이 자기들에게 쏠려 있다는 것을 아는 것이 분명했다. 키가 크고 가슴팍이 움푹 꺼진 청년이 누구보다도 큰 소리로 떠들어 댔다. 술에 취한 기색이 역력하여, 자기가 다니던 학교에서 일어났던 어떤 사건에 관해 이야기하는 중이었다. 그 맞은편에는 나이가 꽤 든 장교가 오스트리아 근위대의 누비 군복 차림으로 앉아 있었다. 그는 빙그레 웃으며 이야기를 듣다가 중간중간 말을 끊곤 했다. 포병대 군복을 입은 세 번째 사내는 그들 옆에 놓인

---

10 볼고그라드의 옛 이름.
11 러시아 작곡가 미하일 글린카의 오페라 「황제에게 바친 목숨」에 나오는 찬송가. 〈기뻐하라〉라는 뜻이다.

가방 위에 걸터앉아 있었다. 네 번째 사람은 자고 있었다.

청년과 대화를 나누게 된 카타바소프는 그가 스물두 살이 되기도 전에 막대한 재산을 죄다 탕진한 모스크바의 부유한 상인이라는 것을 알게 되었다. 카타바소프는 나약하고 무례하며 병약한 그 청년이 마음에 들지 않았다. 자신이 영웅적인 행위를 감행하고 있다고, 특히 술에 취한 지금은 더더욱 굳게 믿고는, 너무나 꼴사나운 방식으로 으스대고 있었던 것이다.

두 번째 사람, 퇴역 장교 역시 카타바소프에게 불쾌한 인상을 주었다. 보아하니 그는 안 해본 일이 없는 사람 같았다. 철로 건설 현장에도 있었고, 관리인으로 일하기도 했으며, 직접 공장을 운영하기도 했다는데, 되지도 않는 학술 용어를 섞어 가면서 온갖 일에 대해 주절거렸다.

세 번째 인물인 포병은 그와 반대로 카타바소프의 마음에 쏙 들었다. 그는 조용하고 겸손한 사람으로서 퇴역 근위병의 지식과 상인의 영웅적 희생에 대해 경의를 표하는 기색이었으나, 자신에 대해서는 아무런 말도 하지 않았다. 세르비아로 가게 된 동기가 뭐냐는 카타바소프의 질문에 그는 겸손하게 대답했다.

「그야, 다들 가니까요. 세르비아인들을 도와야지요. 가엾잖아요.」

「그렇습니다. 특히 당신 같은 포병이 적다더군요.」카타바소프가 말했다.

「그런데 제가 포병대에서 복무한 기간이 얼마 안 돼서요. 어쩌면 보병대나 기병대로 배치될지도 모릅니다.」

「포병대에 인원이 제일 필요한데 보병대라뇨.」카타바소프는 이 포병의 나이를 어림잡아 보며 그가 틀림없이 요직에 오르리라 추측했다.

「저는 포병대에서 그리 오래 근무하지 않았습니다. 사관생
도로 전역했죠.」 그가 이렇게 말하고서 왜 시험에 낙방했는
지 설명하기 시작했다.

이 모든 상황이 카타바소프에게 불쾌한 인상을 남겼다. 의
용군들이 역으로 술을 마시러 나갔을 때, 그는 누구하고라도
좋으니 얘기를 나눔으로써 자신이 받은 불쾌한 인상이 정당
한 것인지 확인해 보고 싶었다. 마침 군인 외투를 입은 한 노
인 승객이 줄곧 카타바소프와 의용군들의 대화를 경청하던
참이었다. 그와 단둘이 남게 되자 카타바소프는 그에게 말을
걸었다.

「그곳으로 가는 사람들의 처지가 참으로 각양각색이로군
요.」 카타바소프가 자신의 견해를 털어놓으면서도 노인의 생
각을 끌어내고자 애매하게 운을 떼었다.

노인은 군인이었고 두 번 참전한 경험이 있었다. 군인이라
는 게 뭔지 잘 알고 있었던 그는 그들의 태도나 나누는 대화,
그리고 전쟁터로 가면서 술을 마셔 대는 허세를 보아 모두 형
편없는 군인들이라 판단하고 있었다. 게다가 그는 군청 소재
지의 주민이었는데, 자기가 사는 도시에서는 술주정뱅이에
다 도둑놈이며 아무도 일꾼으로 써주지도 않는 의가사 제대
병 한 사람만 전장으로 나갔다는 얘기도 하고 싶었다. 하지만
작금의 사회적 분위기 속에서 여론에 반하는 의견을 피력하
는 것, 특히 의용군을 비판하는 것은 위험한 처사임을 경험을
통해 알았기에, 그 역시 카타바소프를 유심히 살피기만 했다.

「어쨌거나, 거기서 사람들을 필요로 하니까요. 세르비아
장교들은 아무짝에도 쓸모가 없다고들 그러더군요.」

403

「그렇지요, 어쨌든 씩씩하긴 하네요.」카타바소프가 눈웃음을 지으며 말했다. 그러고서 그들은 전황에 대해 이야기하기 시작했다. 최근의 소식에 의하면 터키인들이 모든 전장에서 패했다는데 그렇다면 내일은 도대체 누구랑 싸우게 되는 건지, 그 점에 관한 의혹은 서로에게 숨겼다. 그렇게 두 사람은 각자의 의견을 발설하지 않은 채 헤어졌다.

자신의 차량으로 돌아온 카타바소프는 자기도 모르게 양심의 가책을 느껴 세르게이 이바노비치에게 의용군을 관찰한 바를 이야기했고, 그들 중에는 뛰어난 젊은이들도 더러 있더라고 말했다.

어느 도시의 커다란 역에서 다시 노랫소리와 함성이 의용군을 맞이했고 기부금을 걷는 남녀가 모금함을 들고 등장했다. 현의 귀부인들은 의용군에게 꽃다발을 증정하고서 그들을 따라 식당으로 갔다. 그러나 그 모든 광경이 모스크바에 비하면 너무나 미미하고 보잘것없었다.

4

기차가 현청 소재 도시에 정차하는 동안 세르게이 이바노비치는 간이식당으로 가는 대신 승강장을 서성였다.

맨 처음 지나칠 때는 브론스키가 있는 차량 창문의 커튼이 쳐져 있었다. 하지만 두 번째로 지나칠 때 창가에 앉아 있는 늙은 백작 부인이 보였다. 그녀가 코즈니셰프를 불렀다.

「쿠르스크까지 아들을 배웅하러 가는 중입니다.」그녀가 말했다.

「네, 말씀 들었습니다.」세르게이 이바노비치가 창가에 선 채 안쪽을 들여다보며 말했다. 「아드님이 훌륭한 일을 하십니다!」그는 객차 안에 브론스키가 없는 것을 확인하고서 덧붙였다.

「그런 불행한 일을 겪었는데 뭘 하겠습니까?」

「참으로 끔찍한 일이었죠!」세르게이 이바노비치가 대답했다.

「아이고, 내가 얼마나 마음고생이 심했는지! 좀 들어오시죠…… 말도 못 하게 힘들었답니다!」세르게이 이바노비치가 들어와 옆자리에 앉자 그녀가 되풀이했다. 「상상도 못 하실 거예요! 그 아이는 6주 동안 아무하고도 말을 하지 않고, 내가 빌고 또 빌어야 뭐라도 먹었답니다. 한순간도 그 애를 혼자 놔둘 수가 없었어요. 자살하는 데 사용할 만한 것들은 죄다 치워 버렸죠. 우리가 아래층에서 지내긴 했지만 도무지 아무것도 예측할 수가 없었으니까요. 아시다시피, 그 애는 이미 그 여자 때문에 한 차례 권총으로 자살하려고 한 적이 있잖습니까.」노파는 그때의 기억을 떠올리며 눈썹을 찌푸렸다. 「그래요, 그 여자는 그런 부류의 여자한테 딱 어울리는 방식으로 죽었어요. 심지어 죽음마저 비열하고 저열한 방식을 선택했죠.」

「우리가 판단할 일이 아닙니다, 백작 부인.」세르게이 이바노비치는 한숨을 내쉬었다. 「하지만 얼마나 힘드셨을지는 이해합니다.」

「아이고, 말도 마시라니까! 나는 내 영지에 있었고 아들도 거기에 와 있었답니다. 전갈이 왔더군요. 아들애가 답장을 써 보냈지요. 그 여자가 그 역에 있을 줄은 꿈에도 몰랐어요.

저녁때 내 방으로 가니 우리 메리가 전하길, 기차역에서 어떤 부인이 기차에 뛰어들었다는 거예요. 뭔가 내 뒤통수를 내리치는 것 같더라고요! 나는 그 부인이 그 여자라고 직감했어요. 내가 내뱉은 첫마디는 아들에게 아무 말도 하지 말라는 것이었죠. 그런데 이미 다 말했더군요. 아들애의 마부가 거기 있다가 모든 것을 본 겁니다. 그 애 방으로 뛰어 들어갔더니, 이미 제정신이 아니었어요. 얼굴을 보는 게 무서울 정도였으니까요. 한마디도 안 하고 그리로 달려가더군요. 거기서 무슨 일이 있었는지 모르지만 거의 초주검이 된 아들애를 사람들이 데려왔어요. 당최 알아볼 수가 없을 정도의 몰골이었죠. Prostration complète(탈진 상태)라고 의사가 말하더군요. 그러고 나서 거의 광란이 시작된 거죠. 아아, 말도 마세요!」 백작 부인이 손사래를 치며 말을 이었다. 「끔찍한 시간이었어요! 아니요, 당신이 뭐라 하신들, 그 여자는 몹쓸 여자예요. 그런 가망 없는 열정이 대체 뭐길래! 그 모든 것으로 뭔가 특별한 걸 입증해 보일 요량이었겠죠. 결국 입증해 냈고요. 스스로를 파멸시키고 두 명의 버젓한 사내들, 자기 남편과 내 불쌍한 아들을 파멸시킨 거죠.」

「그녀의 남편은 어떻게 되었습니까?」 세르게이 이바노비치가 물었다.

「그분은 그 여자의 딸을 맡았어요. 알료샤도 처음에는 모든 것에 동의했어요. 그런데 지금은 자기 딸을 남에게 내줬다며 무척 괴로워하고 있답니다. 하지만 이미 뱉은 말을 주워 담을 수는 없는 노릇이죠. 장례식에는 카레닌도 왔었어요. 우리는 그와 알료샤가 마주치지 않도록 애를 썼죠. 그로서는, 그러니까 그 여자의 남편으로서는 여하간에 일이 이렇게 된

게 더 나을 겁니다. 그 여자에게서 해방된 셈이니까요. 하지만 불쌍한 내 아들은 그 여자에게 자기 자신을 몽땅 바쳤다고요. 모든 걸 버렸어요. 출세도, 어미까지도. 그런데 그 여자는 우리 애를 가엾이 여기기는커녕 작정하고 완전히 망가뜨린 거예요. 그래요, 당신이 뭐라 하시든 그 여자의 죽음 자체만 보자면 신앙이 없는 추악한 여자의 죽음이에요. 하느님, 저를 용서하소서. 아들의 파멸을 지켜보면서 그 여자를 증오 없이 떠올릴 수는 없네요.」

「지금 아드님은 좀 어떠신지요?」

「하느님이 도우셨지요. 세르비아 전쟁 말입니다. 나는 늙은이라서 아무것도 모르지만, 그건 하느님께서 아들애한테 내려 주신 은총이에요. 물론 어미로서 무섭긴 하지만요. 게다가 ce n'est pas très bien vu à Pétersbourg(페테르부르크에서는 이 일을 좋게 보지 않는다)라더군요. 하지만 어쩌겠습니까. 이 일만이 그 아이를 일으켜 세울 수 있는데요. 그 애의 친구인 야시빈도 노름으로 재산을 탕진하고 세르비아로 간답니다. 그 친구가 와서 그 애를 설득했지요. 그래서 지금은 이 일에 전념하고 있어요. 부탁인데 아들애랑 얘기 좀 해주세요. 그 애의 기분이 좀 풀렸으면 싶어서요. 얼마나 침울한지 말도 못 해요. 설상가상으로 치통까지 앓고 있지 뭐예요. 그래도 당신을 보면 아주 반가워할 겁니다. 부디 우리 애랑 얘기를 좀 나눠 줘요. 저기, 저쪽으로 갔답니다.」

세르게이 이바노비치는 기꺼이 그러겠노라고 대답하고는 열차의 반대편으로 발길을 옮겼다.

5

저녁 무렵 승강장에 쌓여 있는 자루들이 드리우는 비스듬한 그늘 속에서, 긴 외투를 입고 모자를 푹 눌러쓴 브론스키는 주머니에 두 손을 찔러 넣은 채 우리에 갇힌 짐승처럼 스무 걸음씩 걷다가 휙 돌아서기를 반복하고 있었다. 세르게이이바노비치가 보아하니 브론스키는 자신이 다가오는 걸 봤으면서도 못 본 척하고 있는 것 같았다. 세르게이 이바노비치로서는 그래도 상관없었다. 그는 브론스키에 대해서는 모든 개인적인 감정을 초월해 있었기 때문이다.

그 순간 그의 눈에 비친 브론스키는 위대한 과업을 앞둔 중요한 인물이었기에, 코즈니셰프는 그를 격려하고 북돋아 주는 것이 자신의 의무라고 생각했다. 그는 브론스키에게 다가갔다.

브론스키는 멈춰 서서 유심히 쳐다보더니 그를 알아보고는 세르게이 이바노비치 쪽으로 몇 걸음 다가와 손을 내밀어 힘껏 악수를 했다.

「아마도 나와 만나는 게 내키지 않으시겠지요.」 세르게이 이바노비치가 말했다. 「하지만 내가 당신에게 도움을 줄 수는 없을까요?」

「저로서는 다른 누구보다 선생님과 만나는 게 덜 언짢습니다.」 브론스키가 말했다. 「죄송합니다. 삶에 그다지 낙이 없어서요.」

「이해합니다. 그래서 도움을 좀 드리고 싶은 겁니다.」 고통에 잠긴 브론스키의 얼굴을 보며 세르게이 이바노비치가 말했다. 「리스티치나 밀란[12]에게 전달할 추천서가 필요하지는 않으신지요?」

「아, 아닙니다.」 겨우 이해했다는 듯 브론스키가 말했다. 「괜찮으시다면 같이 좀 걸으시지요. 객차 안은 너무 후덥지근해서요. 추천서라고 하셨나요? 고맙지만 괜찮습니다. 죽으러 가는 건데 추천서가 필요할 리가요. 터키인들에게 전달할 게 아니라면요…….」 그는 입으로만 웃음을 지었다. 눈에는 여전히 분노와 고통이 서려 있었다.

「그렇군요, 그래도 인간관계를 맺는 건 여하튼 간에 필요한 일이니 미리 주선해 놓은 사람들과 사귀어 두면 좋을 겁니다. 하지만 원하는 대로 하시지요. 당신의 결단에 대해 전해 듣고 저는 무척 기뻤습니다. 의용군에 대한 비판이 그토록 드센 와중에 당신 같은 분이 나선다면 그들의 위상을 반등시킬 수 있으니까요.」

「인간으로서 저는…….」 브론스키가 말했다. 「삶이 저에게 하등의 가치가 없다는 점에서 쓸모가 있습니다. 적진에 돌진해서 적을 짓밟을지 아니면 제가 쓰러질지는 모르지만, 그럴 만한 육체적인 힘은 충분하다는 것, 그 점을 저는 알고 있습니다. 삶이 하등의 필요가 없고 이미 식어 버린 마당에 그걸 바칠 만한 무언가가 존재한다는 게 기쁠 뿐이에요. 누군가에게는 소용이 있을 테니까 말입니다.」 그는 멈출 줄 모르는 지독한 치통을 견디다 못해 광대뼈를 움찔거리느라 표정조차 마음대로 지을 수 없었다.

12 Milan Obrenović(1854~1901). 세르비아의 독립투사. 1873년 러시아 황제 알렉산드르 2세를 만나기 위해 크림의 소도시 리바디야를 방문한 그는 러시아의 지원을 확신하여 1876년 터키에 선전포고를 했다. 오랜 전투 끝에 세르비아의 독립은 승인되었고, 밀란은 왕이 되었다.

「당신은 회생하실 겁니다. 제가 장담하지요.」세르게이 이바노비치가 감동하여 말했다. 「형제들을 속박에서 벗어나게 하는 것은 삶과 죽음을 내걸 만한 목표입니다. 하느님께서 당신에게 외적인 성공과 내면의 평화를 베풀어 주시길.」그는 이렇게 덧붙이고서 악수를 청했다.

세르게이 이바노비치가 내민 손을 브론스키는 꽉 잡았다.

「네, 저는 무기로서 어딘가에 소용이 있을 겁니다. 하지만 인간으로서는 이미 다 망가졌습니다.」그가 간간이 사이를 두고 뇌까렸다.

단단한 이를 지끈거리게 하는 통증으로 입에 침이 고여 말하기가 곤란했다. 그는 입을 다물고서, 철로를 따라 천천히 매끄럽게 들어오는 연료 차량의 바퀴를 주시했다.

갑자기 통증과는 전혀 다른 내면의 거북하고 쓰라린 느낌에 브론스키는 순간적으로 치통을 잊었다. 예의 불행한 일을 겪은 뒤로는 만난 적이 없었던 지인과 대화를 나눈 탓인지, 연료 차량과 철로를 바라보는 동안 문득 **그녀**가 떠올랐다. 그가 미친 사람처럼 기차역의 임시 막사 안으로 뛰어 들어갔을 때 그녀에게 남아 있던 그것이. 방금 전까지도 살아 있었을 육신이 피투성이가 되어 낯선 이들 사이에서 막사의 책상 위에 염치없이 널브러져 있던 모습, 묵직하게 많은 머리채와 관자놀이 부근의 곱슬머리를 그대로 간직한 채 뒤로 젖혀진 성한 머리, 빨간 입술을 반쯤 벌린 매혹적인 얼굴의 입가에 감도는 기이하고도 애처로운 표정과 감기지 않은 눈가. 그들이 다툴 때 그녀가 브론스키에 했던 무시무시한 말, 당신은 후회하게 될 거라는 말을 그 낯빛이 뇌까리고 있는 것만 같았다.

그는 그녀를 처음 만났을 때, 역시 기차역에서 보았던 그
녀의 모습을 기억해 내려고 애썼다. 그것은 마지막 순간 그에
게 각인된 잔혹한 복수의 화신 같은 모습이 아니라, 신비하고
매혹적이며 정감 있는, 행복을 찾고 있으며 행복을 안겨 주는
여인의 자태였다. 그녀와 함께했던 최상의 순간들을 떠올리
려 했지만, 이미 그 순간들은 영원히 훼손되고 말았다. 기억
나는 건 오로지 그녀의 의기양양한 협박뿐이었다. 그것은 실
현되었고, 그리하여 아무에게도 소용없으며 결코 씻을 수도
없는 후회만 남은 것이다. 더 이상 치통은 느껴지지 않았고,
북받치는 오열로 그의 얼굴이 일그러졌다.

브론스키는 말없이 자루 더미 옆을 두 차례 오가며 스스
로를 추스른 뒤 침착한 태도로 세르게이 이바노비치에게 말
했다.

「어제 이후로 전보를 받으셨는지요? 적들이 세 번째로 격
파되었다는군요. 하지만 결전의 날은 내일이라고 합니다.」

그들은 밀란이 왕위에 올랐음을 선포한 것에 대해, 그리고
그러한 상황이 몰고 올 엄청난 결과에 대해 얘기하고는 두
번째 벨이 울리자 헤어져 각자의 차량으로 갔다.

6

언제 모스크바를 떠나게 될지 몰랐기에 세르게이 이바노
비치는 동생에게 마중 나와 달라는 전보를 치지 않았다. 카타
바소프와 세르게이 이바노비치가 역에서 잡은 대형 사륜마
차를 타고 정오 무렵 마치 흑인처럼 시커멓게 먼지투성이가

되어 포크롭스코예 저택 현관에 도착했을 때, 레빈은 외출 중이었다. 아버지와 언니와 함께 발코니에 앉아 있던 키티가 시아주버니를 알아보고는 그를 마중하러 뛰어 내려왔다.

「어쩜, 미리 알려 주시지도 않고요.」세르게이 이바노비치에게 손을 내밀고 그가 입 맞출 수 있도록 이마를 갖다 대며 키티가 말했다.

「제수씨에게 폐 끼치지 않고도 잘 왔답니다.」세르게이 이바노비치는 대답했다. 「어찌나 먼지를 맞았는지 제수씨 몸에 묻을까 걱정이군요. 정말 바빴기 때문에 언제 일에서 벗어날 수 있을지 알 수가 있어야지요. 제수씨는 여전하네요.」그가 미소 지으며 말을 이었다. 「시류에서 벗어나 조용한 곳에서 평온한 행복을 즐기고 있으니 말입니다. 여기 우리의 친구 표도르 바실리치가 드디어 왔습니다.」

「전 흑인이 아니랍니다. 씻으면 사람처럼 보일 겁니다.」카타바소프가 손을 내밀고는 검은 얼굴 때문에 더욱 반짝이는 이를 드러낸 채 웃으면서 평소처럼 농담조로 말했다.

「코스탸가 아주 반가워할 거예요. 지금은 마을에 가 있어요. 돌아올 때가 됐는데.」

「여전히 농사일로 바쁘군요. 그야말로 깡촌인 거죠.」카타바소프가 말했다. 「도시에선 온통 세르비아 전쟁 얘기뿐입니다. 그래, 그 친구는 어떻게 생각하던가요? 아마도 다른 사람들과는 좀 다르겠죠?」

「전혀요, 그도 다른 사람들이랑 다를 바 없던데요.」키티는 다소 당황하여 세르게이 이바노비치를 돌아보며 대답했다. 「사람을 보내 그이를 부를게요. 그리고, 집에 저희 아버지께서 와 계세요. 얼마 전에 외국에서 돌아오셨답니다.」

레빈을 부르러 사람을 보낸 그녀는 먼지투성이 손님들이 씻을 수 있도록 한 명은 서재로, 다른 한 명은 돌리의 넓은 방으로 모시도록 하고 손님들에게 드릴 아침 식사를 준비시킨 뒤, 임신 중에는 삼갔던 재빠른 동작으로 발코니를 향해 뛰어갔다.

「세르게이 이바노비치와 카타바소프 교수가 왔어요.」 그녀가 일렀다.

「오, 한바탕 격론이 벌어지겠군!」 공작이 말했다.

「아니에요, 아빠, 아주 상냥한 분이에요. 코스탸도 아주버님을 아주 좋아하고요.」 아버지의 얼굴에 비친 조소 어린 표정을 읽은 키티는 뭔가에 동의를 구하듯 웃으며 말했다.

「그래, 난 괜찮다.」

「언니, 언니가 그분들께 좀 가줘.」 키티는 언니에게 부탁했다. 「가서 좀 살펴 드려. 그분들이 역에서 스티바를 만났는데 건강하더래. 나는 미탸에게 가볼게. 가엾게도 차를 마신 뒤로 아직 젖을 먹이지 못했어. 아마 지금쯤 깨서 울고 있을 거야.」 그녀는 젖이 차는 걸 느끼며 걸음을 재촉하여 아이 방으로 향했다.

이는 단지 그녀의 추측만은 아니었다(아기와 그녀를 잇는 연결 고리가 아직 끊기지 않기도 했지만 말이다). 자신의 젖이 찼다는 건 아들이 주리고 있다는 뜻임을 그녀는 명확히 알고 있었다.

아들이 울고 있다는 사실도, 그녀는 아기방에 도착하기 전부터 이미 짐작했다. 그리고 실제로 아이는 울고 있었다. 아들의 목소리를 듣자 그녀는 더더욱 걸음을 재촉했다. 하지만 걸음이 빨라지면 빨라질수록 아이는 더욱 크게 울어 댔다. 상

태가 양호하고 건강하지만 배고픔을 견딜 수 없어 내는 소리
였다.

「유모, 운 지 오래됐어요?」 의자에 앉아 젖 먹일 준비를 하
며 키티가 급하게 말했다. 「어서 이리 줘요. 아, 유모 왜 이렇
게 답답하게 굴어요. 모자는 나중에 묶어도 돼요!」

아이는 심하게 보채느라 기진맥진해 있었다.

「그러시면 안 돼요, 마님.」 아기방에서 살다시피 하는 아가
피야 미하일로브나가 대답했다. 「옷은 제대로 입혀야지요.
울지 마라, 울룰루, 까꿍!」 아기 엄마는 쳐다보지도 않은 채
그녀가 아이에게 몸을 숙이고서 노래하듯 얼렀다.

유모가 아기를 엄마에게 데리고 왔다. 아가피야 미하일로
브나가 다정한 얼굴로 그 뒤를 따랐다.

「알아봐요, 알아본다니까요. 카테리나 알렉산드로브나 마
님, 신기하게도 저를 알아본다고요!」 아가피야 미하일로브
나가 아기보다 더 크게 소리쳤다.

하지만 키티는 듣고 있지 않았다. 아기가 성급하게 굴수록
키티의 마음도 급해졌다.

서두르는 바람에 한참이나 일이 제대로 되질 않았다. 아기
는 엉뚱한 곳을 물고서 짜증을 냈다.

씩씩거리며 한바탕 숨이 넘어가게 운 뒤에야 드디어 제대
로 일이 풀렸고, 엄마와 아기는 동시에 평온함을 느끼며 조용
해졌다.

「가엾게도 완전히 땀투성이네.」 키티가 속삭이듯 말했다.
「그런데 왜 아기가 알아본다고 생각하는 거예요?」 눌러쓴 모
자 밑으로 장난스럽게 바라보는 듯한 아기의 눈과 규칙적으
로 부풀어 오르는 볼, 그리고 동그랗게 움직이는 빨간 손바닥

을 곁눈질하며 그녀가 덧붙여 물었다.

「그럴 리가 있나요! 누군가를 알아본다면 나를 알아보겠죠.」 키티가 아가피야 미하일로브나의 주장에 이렇게 대꾸하고는 미소를 지었다.

말은 그렇게 했지만 아기가 아가피야 미하일로브나를 알아볼 뿐만 아니라 모든 것을 알고 이해하며 그 누구도 알지 못하는 많은 것들까지도 이해한다는 것을, 그리고 아이 덕분에 엄마인 자신도 그 모든 것을 알고 이해한다는 것을 가슴으로 알았기에 그녀는 웃었던 것이다. 아가피야 미하일로브나, 유모, 할아버지, 그리고 아빠에게조차도 미탸는 단지 물리적인 보살핌만을 요구하는 생명체였지만, 엄마에게 있어 그는 오래전부터 서로 영혼이 온전하게 연결된 정신적 존재였다.

「잠이 깨면 직접 한번 보세요. 내가 이렇게 하면 정말 좋아한다니까요. 환한 대낮처럼 그렇게 환해진다고요.」 아가피야 미하일로브나가 말했다.

「그래요, 좋아요. 이따 보자고요.」 키티가 속삭였다. 「아이가 잠들었으니 이제 가보세요.」

7

아가피야 미하일로브나는 까치발을 하고서 살금살금 방을 나갔다. 유모는 커튼을 치고 모슬린 천으로 된 침대 휘장 아래 날아다니는 파리와 유리창에 몸을 부딪던 말벌을 쫓아낸 뒤 자리에 앉아 시든 자작나무 가지로 아이와 엄마에게 부채질을 해주었다.

「덥네요, 더위! 비라도 내려 주지.」그녀가 말했다.

「그러게요. 그래, 쉿······.」키티가 대답했다. 그녀는 미탸가
줄곧 눈을 깜빡이며 살짝살짝 흔들어 대는, 실로 조여 맨 듯
통통한 손을 살며시 쥐고서 가볍게 몸을 흔들었다. 이 손이
키티를 어쩔 줄 모르게 만들었다. 그녀는 손에 입을 맞추고
싶었지만 아이를 깨울까 봐 염려되었다. 마침내 손이 움직임
을 멈추더니 아이의 눈이 감겼다. 가끔씩 아기는 본능에 따라
둥글게 휜 긴 속눈썹을 들어 검고 촉촉한 눈동자로 엄마를
어렴풋이 바라보았다. 유모는 부채질을 멈추고 졸기 시작했
다. 위층에선 노공작의 목소리와 카타바소프의 웃음소리가
울리고 있었다.

〈나 없이도 대화가 잘 진행되고 있나 보군.〉키티는 생각했
다. 〈그래도 코스탸가 없는 게 맘에 걸리네. 아마 또 양봉장에
갔겠지. 그곳에 자주 가서 속상하지만 그래도 괜찮아. 그이의
기분이 풀리니까. 봄보다 더 명랑해지고 좋아졌잖아.〉

〈그땐 그이가 어찌나 무서워하고 우울해하던지, 나도 그이
때문에 무서울 지경이었는데. 참 재미있는 사람이야!〉그녀
가 미소를 지으며 뇌까렸다.

무엇이 자신의 남편을 괴롭게 만들었는지 그녀는 알고 있
었다. 그것은 바로 그의 무신론이었다. 레빈이 신을 믿지 않
아 훗날 불행해지지 않겠냐고 누군가 묻는다면 그녀도 그에
동의할 수밖에 없겠지만, 그의 불신이 그녀를 불행하게 만들
지는 않았다. 무신론자에게 구원이 없다는 것을 인정하면서
도 세상 그 누구보다도 자기 남편을 사랑했기에, 그의 불신에
대해 생각하면서 웃음을 짓고는 그가 재미있는 사람이라고

혼잣말을 할 뿐이었다.

〈그이는 뭐하러 1년 내내 저런 철학 책들을 읽는 걸까?〉 그녀가 생각했다. 〈그런 책에 모든 게 씌어 있다면 그이는 전부 이해할 수 있겠지. 그런데 만일 거기 씌어 있는 게 거짓이라면 왜 그런 책을 읽는 걸까? 그이 자신도 믿고 싶다고 말하면서 어째서 믿지 않는 걸까? 생각할 것이 너무 많아서 그런 걸까? 혼자 많이 있어서 생각이 많은 거야. 항상 혼자 지내잖아. 우리하고는 모든 걸 얘기할 수 없으니. 손님이 왔으니 그이가 기뻐하겠지, 특히 카타바소프가. 그와 논쟁하는 걸 좋아하잖아.〉 그러고서 생각은 곧바로 카타바소프를 어떻게 재우면 좋을지, 따로 재우는 게 좋을지 세르게이 이바노비치와 함께 재우는 게 좋을지에 대한 것으로 옮겨 갔고, 그러다가 문득 갑자기 떠오른 불안한 생각으로 인해 몸을 흠칫 떨다가 미탸까지 건드리고 말았다. 미탸가 뿌루퉁한 눈길로 엄마를 쳐다보았다. 〈세탁부가 아직 침대보를 가져오지 않은 것 같은데, 손님용 침대보도 다 써버렸고. 제대로 일러두지 않으면 아가피야 미하일로브나는 세르게이 이바노비치에게 이미 사용한 침대보를 줄 거야.〉 이런 생각이 들자 얼굴로 피가 확 몰렸다.

〈그래, 내가 직접 처리해야겠어.〉 이렇게 결정을 내린 그녀는 조금 전까지 하던 생각으로 되돌아가 뭔가 중요한 정신적인 것에 대해 미처 다 생각하지 못했음을 기억하고는, 그게 무엇이었는지 떠올리기 시작했다. 〈그래, 코스탸가 무신론자라는 거였지.〉 그녀가 미소를 지으며 그것을 기억해 냈다.

〈무신론자라! 그이가 마담 슈탈처럼 되거나 내가 외국에 있을 때 되고 싶어 하던 모습처럼 되는 것보다는 그대로 있는 편이 더 나아. 그래, 그는 정말이지 위선을 떠는 사람은 아

니니까.〉

얼마 전에 그가 보여 준 선량한 성품이 생생하게 떠올랐다. 2주 전, 스테판 아르카디치가 돌리에게 보낸 참회의 편지가 배달되었다. 그는 그녀가 영지를 팔아서 자신이 진 빚을 갚고 명예를 지킬 수 있도록 해주기를 간청했다. 절망에 빠진 돌리는 남편을 증오하고 경멸하는 한편 동정하다가 마침내 이혼을 결심하고 그의 부탁을 거절하려 했으나, 결국에 가서는 영지를 일부 팔기로 했다. 그 일이 있은 뒤, 자신의 신경을 빼앗는 그 일을 처리하기 위해 몇 차례 서툰 시도를 하며 어쩔 줄 몰라 하던 남편의 모습과, 결국에는 돌리의 자존심을 상하게 하지 않으면서 그녀를 도울 수 있는 유일한 방법을 생각해 낸 그가 자신의 영지의 일부를 그녀에게 주자고 제안했던 일을 떠올리며 키티는 자신도 모르게 감동 어린 미소를 지었다. 남편의 그런 제안은 키티로서도 전혀 예상하지 못한 것이었다.

〈그런 그이가 어떻게 무신론자일 수 있을까? 누군가를, 심지어 아기까지도 마음 상하게 만들까 염려하는 그런 마음씨를 가진 사람! 다른 사람은 항상 챙기면서 자기 자신은 전혀 돌보지 않는걸. 세르게이 이바노비치는 코스탸가 집사처럼 구는 게 당연한 듯 생각한단 말이지. 시누이도 그렇고. 이젠 돌리와 돌리의 아이들까지 그이가 보살피고 있잖아. 마치 그이가 자기네한테 봉사할 의무라도 지고 있는 양 매일같이 찾아오는 농부들도 마찬가지야.〉

「그래, 네 아버지만큼만 되렴.」 미탸를 유모에게 건넨 뒤 볼에 입을 맞추며 그녀는 무심결에 중얼거렸다.

8

사랑하는 형이 죽어 가는 모습을 본 이후 레빈은 처음으로 삶과 죽음의 문제에 대해, 본인이 일컫는 바에 따르면 새로운 신념을 통해 바라보게 되었다. 스무 살에서 서른네 살이 되는 동안 이 신념은 무의식중에 그가 유년기와 청년기에 지녔던 믿음을 대체했다. 어디서 오고 무엇을 위한 것이며 왜 존재하는지, 그리고 그것이 무엇인지 전혀 모르는 삶을 그는 죽음보다 더 두려워하게 되었다. 유기체와 그 파멸, 물질의 불멸, 에너지 보존의 법칙, 발전 같은 어휘들이 과거의 믿음을 대신했다. 이러한 용어들과 그와 관련된 개념들은 지적인 목적을 위해서는 대단히 유용한 것들이었지만 삶을 위해서는 아무것도 가져다주지 못했다. 그래서 레빈은 따뜻한 외투 대신 모슬린으로 지은 옷을 입은 채 처음으로 영하의 날씨에 처한 사람 같은 기분이었고, 어쨌든 간에 자신은 벌거벗고 있으며 불가피하게도 고통스럽게 죽고 말 것임을, 이성이 아닌 자신의 온 존재를 통해 의심 없이 확신하게 되었다.

비록 이 문제에 대해 더 파고들지 않으며 계속해서 예전처럼 살아가고 있었지만, 그때부터 그는 자신의 무지에 대한 두려움을 계속해서 느껴 왔다.

그에 더하여 레빈은 스스로 신념이라고 일컫는 것이 무지일 뿐만 아니라 자신이 필요로 하는 지식을 얻지 못하게끔 만드는 사고방식이라는 사실을 어렴풋이 깨닫고 있었다.

신혼.때에는 새로운 기쁨과 결혼을 통해 알게 된 의무감이 그런 생각을 억눌렀으나, 아내의 출산 이후 모스크바에서 딱히 하는 일 없이 지내던 최근에 그 문제는 점점 더 자주, 집요하게 해결을 요구하며 머릿속에 떠오르던 터였다.

문제는 다음과 같이 설정되었다. 〈만일 내 삶에 대해 그리스도교가 주는 답을 인정하지 않는다면, 어떠한 답을 인정할 수 있을까?〉 그러나 자기 신념의 무기고에서는 여하한 대답은커녕 그 비슷한 것조차 찾을 수 없었다.

그는 장난감 가게나 무기상에서 먹을 것을 찾고 있는 사람과 같은 처지였다.

레빈은 이제 자신도 모르게 무의식적으로 온갖 책이나 온갖 대화, 그리고 온갖 사람들 속에서 이 문제와의 연관성과 그 해결책을 살피고 있었다.

무엇보다 그가 놀라고 실망한 것은, 비슷한 또래의 주변 사람들 대다수가 자신과 마찬가지로 과거의 신앙을 새로운 신념으로 대체해 놓고는 거기서 그 어떤 불행도 발견하지 못한 채 완전히 만족해하며 편안하게 살고 있다는 점이었다. 그리하여 중요한 문제 말고도 레빈을 괴롭히는 생각이 또 있었으니 바로 이러한 것들이었다. 그 사람들은 진실한 것일까? 거짓으로 꾸며 내는 건 아닐까? 아니면 그가 매달리는 문제에 대해 학문이 제공하는 대답을 그들이 뭔가 다르게 이해하거나 혹은 자신보다 더 명료하게 이해하고 있는 것은 아닐까? 그래서 그는 다른 사람들의 견해와 이 문제에 대한 해답을 내놓는 책들을 열심히 연구했다.

이 문제가 최대 관심사가 된 이후로 그가 발견한 한 가지는, 자신이 유년 시절과 대학 시절 몸담았던 집단에 대한 기억에 의거하여 종교는 이미 그 생명을 다했고 더 이상 존재하지 않는다고 추정하는 오류를 범했다는 점이었다. 살면서 그와 가깝게 지냈던 좋은 사람들 모두가 신자였다. 노공작,

그가 정말 좋아하는 리보프, 세르게이 이바노비치, 그리고 여자들까지. 게다가 아내 또한 그가 아주 어린 시절 그랬던 것처럼 신을 믿었으며, 삶 자체로 그의 존경을 불러일으키는 러시아 민중의 99퍼센트가 신자였다.

그가 많은 책을 읽고 확신하게 된 또 다른 점은, 그와 똑같은 관점을 공유했던 사람들이 그 관점에 대해서는 다른 그어떤 것도 염두에 두지 않고, 아무것도 해명하지 않으면서도, 그가 그 해답 없이는 도저히 살아갈 수 없을 것 같은 문제들에 대해서는 부정으로만 일관한 채, 그의 관심을 끌지 않는 완전히 다른 문제들, 예를 들면 유기체의 발전 혹은 정신의 메커니즘적인 설명 등과 같은 문제들을 해결하려고 애쓴다는 사실이었다.

그런 데다 아내가 출산할 당시 그로서는 범상치 않은 일이 일어났다. 무신론자인 그가 기도를 하게 되었고, 기도하는 그 순간 신을 믿었던 것이다. 그러나 그 순간이 지나가 버린 뒤로 그는 삶 속에서 당시와 같은 기분에 잠길 수가 없었다.

그때는 진리를 알았건만 지금은 오류를 범하고 있다니, 레빈은 인정할 수 없었다. 왜냐하면 그 문제에 대해 차분하게 생각하려 들자마자 모든 게 와르르 무너져 버렸으니 말이다. 하지만 그때 오류를 범했다고 인정할 수도 없는 것이, 당시의 정신 상태가 그에겐 너무도 소중했기 때문이었다. 자신의 정신이 나약해져 그렇게 느꼈던 것이라고 인정한다면 그 순간을 모욕하는 것이나 다름없었다. 그는 자기 자신과 고통스러운 불화를 겪고 있었고, 그것에서 벗어나고자 모든 정신력을 끌어모았다.

9

이런 생각들은 때로는 약하게, 때로는 강하게 레빈을 괴롭히고 성가시게 했으며 결코 그를 놓아주는 법이 없었다. 그는 읽고 또 생각했지만 그럴수록 자신이 추구하는 목표에서 점점 더 멀어져 감을 느꼈다.

최근 모스크바에서든 시골에서든 유물론에서는 답을 찾을 수 없다고 확신한 그는 플라톤, 스피노자, 칸트, 셸링, 헤겔, 쇼펜하우어 등 삶을 유물론으로 설명하지 않는 철학자들의 책을 다시 읽거나 새롭게 통독하곤 했다.

그러한 사상은 그가 책을 읽는 동안이나 다른 학설, 특히 유물론에 대한 반박을 찾고자 할 때는 유익한 듯 여겨졌다. 그러나 그가 그것을 읽고 직접 문제의 해결을 구하려 할 때면 여지없이 똑같은 상황이 반복되었다. **영혼, 의지, 자유, 본질**과 같은 불명료한 단어들의 정의를 따라가는 동안에는 철학자들이나 스스로 설정한 말의 덫에 고의적으로 걸려듦으로써 뭔가 이해가 되는 듯도 했다. 하지만 주어진 맥락을 따라가며 생각하다 보면, 삶이라는 문제에서 벗어나 그저 만족을 주는 것으로 되돌아가는 편이 나으며 인위적인 사고의 과정은 잊어버리는 편이 좋겠다는 생각이 드는 것이었다. 그러면 그 인위적인 건축물이 종이로 만든 집인 양 문득 허물어져, 결국 그것은 삶에서 이성보다 더 귀중한 무언가와 전혀 무관한 짜깁기된 단어들로 구축된 것에 불과하다는 사실이 명백해지곤 했다.

한번은 쇼펜하우어를 읽으면서 그가 말하는 **의지** 대신에 **사랑**을 대입해 보니, 그의 철학에서 벗어나지 않은 이틀 동안은 이 새로운 사상이 레빈에게 위로가 되었다. 하지만 나중에 삶 속에서 그것을 바라보자 그것도 똑같이 허물어졌으며, 결국 몸을 덮혀 주지 못하는 모슬린 옷임이 드러나는 것이었다.

형 세르게이 이바노비치는 그에게 호먀코프의 신학에 관한 저작들을 통독해 보라고 권했다. 레빈은 호먀코프 전집 중 2권을 읽었는데, 처음엔 저자의 논쟁적이고 신랄하면서도 미려한 문체에 반감을 가졌음에도 불구하고 교회에 대한 이론에 적이 놀랐다. 우선 신의 진리를 이해하는 능력이 개인에게 주어진 것이 아니라 사랑으로 결합된 사람들의 총체인 교회에 주어져 있다는 생각에 그는 놀라움을 느꼈다. 사람들의 모든 신앙을 한곳에 모으는, 현존하며 지금 살아 있는 교회, 하느님을 수장으로 하기에 신성하며 오류가 없는 교회를 믿는 것, 그리고 교회로부터 신, 창조, 타락, 속죄에 대한 믿음을 받아들이는 것. 그것이 신비롭고 멀기만 한 신과 창조의 개념 등에서 시작하는 것보다 더 쉽다는 생각에 그는 기뻤다. 하지만 그런 뒤 가톨릭 신자가 쓴 교회사와 정교회의 신자가 쓴 교회사를 읽으며 본질적으로는 오류 없이 완전한 두 교회가 서로를 부정하고 있는 것을 보고서 그는 호먀코프의 교회에 대한 가르침에 대해서도 실망했고, 이 역시 철학적 건축물처럼 허망하게 무너지고 말았다.

그해 봄 내내 그는 제정신이 아니었으며 끔찍한 순간들을 겪곤 했다.

〈나라는 존재는 대체 무엇인지, 내가 왜 여기에 있는지를 모른다면 살아갈 수가 없어. 하지만 나는 그것을 알 수가 없지. 그러므로 살아갈 수가 없다.〉 레빈은 생각했다.

〈무한한 시간과 무한한 물질, 그리고 무한한 공간 속에 유기체라는 기포가 하나 떨어져 나오고, 그 기포는 한동안 유지되다가 터져 버린다. 그 기포가 바로 나야.〉

이는 고통스러운 거짓이었으나 인류의 사고가 수 세기에 걸쳐 그러한 방향으로 축적된 결과 얻어진 최종적이고도 유일한 결론이었다.

이는 최종적인 신앙으로서, 거의 모든 분야에서 인류의 사유가 탐색해 온 모든 것이 바로 그것을 기반으로 하여 구축되어 있었다. 이는 절대적인 신념으로서, 레빈 역시 이 생각을 다른 모든 설명 중에서도 어쨌거나 가장 명확한 것으로서, 언제 어떻게 그렇게 됐는지는 모르지만, 자기 것으로 삼아 버렸던 것이다.

하지만 이는 거짓일 뿐만 아니라 어떤 악의 권력, 사악하고 끔찍한, 절대로 예속되어서는 안 되는 그러한 악의 잔혹한 조롱이었다.

그 권력으로부터 벗어나야만 했다. 그리고 그것은 각자에게 달려 있었다. 악에의 의존을 끊어야만 했으니, 그 유일한 수단은 죽음이었다.

이렇듯 행복한 가정의 일원이자 건강한 사람인 레빈은 수차례 자살 충동을 느꼈기에, 목을 매지 않으려고 밧줄을 감추었으며 자기 자신을 쏘게 될까 봐 총을 들고 다니는 것도 꺼렸다.

그러나 레빈은 총을 쏘지도, 목을 매지도 않고 삶을 이어 갔다.

10

자신이 누구이며 무엇을 위해 살아가는지에 관해 생각할 때마다 레빈은 답을 찾지 못해 절망에 빠지곤 했다. 그러나 이 문제에 대해 스스로 묻기를 그만둘 때면, 그땐 자신이 누구이며 무엇을 위해 살아가는지를 알 것 같았다. 이는 그가 확고하고 분명하게 행동하며 생활하기 때문이었다. 심지어 최근에는 전보다 더 확고하고 분명하게 생활하던 터였다.

6월 초에 시골로 돌아온 뒤 레빈은 늘 하던 일로 복귀했다. 농사일, 농부와 이웃과의 관계, 집안일, 누이와 형이 자신에게 맡긴 일, 아내와 친지들과의 관계, 아이를 보살피는 일, 올봄부터 새롭게 몰입하게 된 양봉업 등에 자신의 모든 시간을 할애했다.

이 일들에 열중한 건, 예전에 그랬듯이 어떤 보편적인 관점에서 그것들을 스스로에게 정당화하기 위해서가 아니었다. 이제는 그 반대였는데, 한편으로는 공익을 위해 나섰던 일이 수포로 돌아간 것에 실망했기 때문이고, 다른 한편으로는 늘 빠져 있던 고민거리와 사방에서 들이닥치는 온갖 일들로 인해 너무나 정신이 없었기에 공익에 대한 온갖 상념들을 내려놓을 수밖에 없어서였다. 말하자면, 그가 그 일들에 몰두한 것은 오로지 자신이 하던 일을 해야만 할 것 같았고 달리는 어쩔 도리가 없었기 때문이었다.

예전에(거의 어린 시절부터 시작되어 완전한 성인이 될 때까지 줄곧) 그가 모든 사람을 위해, 인류와 러시아를 위해, 현 소재지나 시골 마을을 위해 무언가를 이루려고 노력할 때면, 그런 생각에 기분이 좋아지곤 했지만 자신의 행위 자체는 늘

조리에 맞지 않았고, 그게 정말로 필요한 일인지에 대한 확신도 없었으며, 처음에 그렇게 대단해 보이던 활동은 점점 더 작아져 아무것도 아닌 게 되어 버리곤 했다. 하지만 결혼한 뒤로 자신을 위한 삶의 영역에 점점 더 갇히게 된 지금은, 자신의 활동에 대해 생각할 때 그 어떤 쾌감도 느껴지지 않음에도 그 일이 꼭 필요한 것이며, 과거보다 더 잘 풀리고 있고, 갈수록 안정되어 간다는 확신을 갖게 되었다.

그는 마치 쟁기처럼 제 의지에 반하여 점점 더 깊이 땅을 파고 들어가, 이제 밭고랑을 허물지 않고는 거기서 빠져나올 수가 없었다.

아버지와 할아버지 들이 살아온 방식대로 가정을 꾸려 가는 것, 즉 똑같은 조건 속에서 자식들을 가르치고 훈육하고 생활하는 것은 의심의 여지 없이 필요한 일이었다. 이는 마치 배가 고플 때 밥을 먹어야 하는 것이나 마찬가지였다. 그렇게 하기 위해서는, 밥을 먹기 전에 식사 준비를 해야 하듯이 수익을 올릴 수 있도록 포크롭스코예에서 농기구를 운용해야만 했다. 또한 자신이 할아버지가 일구어 물려주신 땅에 대해 감사드렸던 것처럼 아들이 그것을 유산으로 물려받은 뒤 자신에게 감사할 수 있도록, 빚을 갚듯이 조상의 땅을 유지해야 했다. 그러려면 땅을 빌려주는 일 없이 직접 농사를 짓고 가축을 기르고 들에 거름을 주고 숲에 나무를 심어야 했다.

품에 안겨 있는 아기를 버릴 수 없듯이, 그는 세르게이 이바노비치와 누이의 일, 그리고 습관적으로 조언을 구하러 오는 농부들의 일도 돌보지 않을 수 없었다. 초대받아 온 처형과 처형의 아이들은 물론 자신의 아내와 아기의 안위를 살펴야 했고, 하루 중 잠시라도 그들과 시간을 보내야만 했다.

이 모든 것들이 새 사냥과 양봉업과 함께, 머릿속에서는 아무런 의미도 지니지 못한 채 레빈의 삶 전체를 가득 채우고 있었다.

하지만 레빈은 자신이 **무엇을** 해야 하는지 확실하게 알고 있었으며 그 일들을 **어떻게** 해야 하는지, 그리고 어떤 일이 더 중요한지도 잘 알고 있었다.

그가 알기로는 일꾼을 최대한 싼 값에 고용해야 했다. 그러나 채무 약정에 따라 고용하는 것, 즉 미리 돈을 지급하여 본래 품삯보다 싸게 일꾼을 얻는 편이 훨씬 이로울지언정 그렇게 해서는 안 될 일이었다. 사료가 부족한 농부들에게 짚을 파는 건, 그들에겐 안됐지만 괜찮았다. 하지만 여인숙이나 주막은, 수익이 생긴다 해도 없애야만 했다. 삼림 도벌은 가능한 한 엄하게 징계하되 가축들을 풀어놓는 것에 대해 벌금을 물려서는 안 되었다. 비록 파수꾼들의 심기를 건드리고 책임을 유야무야로 만들지라도, 가축들을 풀어놓게 하지 않을 수는 없었다.

매달 10퍼센트의 이자를 고리대금업자에게 내고 있는 표트르가 빚을 청산할 수 있도록 돈을 빌려줘야 했다. 그러나 토지 사용료를 내지 않은 농부에게 소작료를 면제해 주거나 지급을 미루게 둘 수는 없었다. 목초지의 풀을 베지 않아 헛되이 풀을 없애 버리는 영지 관리인을 그냥 두어서는 안 되었지만, 묘목을 심은 80데샤티나에 달하는 땅의 경우엔 풀을 베지 말아야 했다. 농번기에 아버지가 죽었다고 집에 가는 일꾼을, 그가 아무리 딱하더라도 용서해서는 안 되었으며 한창 바쁜 시기에 일을 나오지 않은 대가로 품삯을 깎아야 했다. 한편 아무리 쓸모없는 종복이라 할지라도, 노인들에게 매달

주는 삯[13]은 반드시 지급해야만 했다.

레빈은 또한 집으로 돌아가면 제일 먼저 건강이 좋지 않은 아내를 살펴야 한다는 것도 알고 있었다. 이미 세 시간 동안 그를 기다린 농부들은 좀 더 기다릴 수 있었다. 또한 벌을 칠 때 느끼는 그 모든 기쁨에도 불구하고, 그것을 포기하고 벌 치는 노인 혼자 일을 하도록 놔두고는 양봉장으로 자신을 찾아온 농부들과 이야기를 나누러 가야 한다는 것도 그는 잘 알고 있었다.

자신이 처신을 잘하는 건지 아닌지 알 수 없었지만, 레빈은 이제 그것을 입증하려 들지 않았을뿐더러 그에 대해 말하거나 생각하는 것조차도 기피했다.

이런저런 상념들은 그를 의심하게 만들었고, 해야 할 일과 하지 말아야 할 일에 대한 판단을 방해했다. 반면에 생각이란 걸 하지 않고 그냥 살아갈 때면, 두 가지 가능한 행동 중 어떤 것이 더 낫고 나쁜지 결정해 주는 온전한 심판관이 자신의 마음속에 존재한다는 걸 그는 끊임없이 느꼈다. 자신이 제대로 처신하지 않을 때도 즉시 그것을 알아차릴 수 있었다.

자신이 무엇인지, 무엇을 위해 세상을 살아가는지 알지도 못했고 알 가능성도 보이지 않았으며, 그러한 무지로 인해 자살하게 될까 봐 두려울 만큼 고통스러워하면서도, 동시에 그는 자신만의 독특하고 분명한 삶의 여정을 굳건히 개척하면서 그렇게 살아가고 있었다.

---

13 땅을 소유하지 못한 농노에게 지주가 매달 지급하는 식량이나 의복.

11

세르게이 이바노비치가 포크롭스코예에 온 날은 레빈에게 가장 힘든 날 중 하루였다.

때는 농사일에 있어서 가장 바쁜 절기로, 이 시기에는 다른 어떤 삶의 조건 속에서도 드러나지 않는 유달리 치열한 자기희생이 모든 농민들에게서 발현되곤 했다. 그렇듯 강도 높은 자기희생은, 그러한 자질을 발현하는 사람들 스스로가 그 의의를 존중한다면, 그리고 그것이 매해 반복되는 것이 아니며 그 결과가 그렇게 단순하지도 않다면, 가치를 인정받을 만한 것이었다.

호밀과 귀리를 수확해서 나르고, 목초지 풀을 다 베어 버리고, 휴경지를 두 번 갈아엎고, 씨앗을 탈곡하고, 가을 작물을 파종하는 일은 단순하고 평범해 보였다. 하지만 이 모든 일을 제때 해내기 위해서는 젊은이부터 늙은이까지 남녀노소를 불문한 모든 농촌 사람들이 3주 내지 4주 동안 크바스와 양파와 흑빵만 먹으면서, 밤마다 탈곡하고 곡식 단을 나르면서, 하루에 두세 시간만 자면서, 쉬지 않고 평소보다 두 배는 더 일을 해야 했다. 매년 러시아 전역에서 그런 일이 벌어지는 것이었다.

인생의 대부분을 시골에서 농민들과 친밀한 관계를 맺으며 살아온 레빈은 농번기마다 농민들 전반으로부터 풍기는 고무된 분위기가 자신에게도 전달되는 것을 느끼곤 했다.

아침 일찍부터 말에 올라 호밀의 첫 파종과 귀리를 낟가리로 묶어 나르는 것을 보러 나간 레빈은 아내와 처형이 일어날 시간에 맞추어 집으로 돌아와 커피를 함께 마신 뒤 다시 걸어서 마을로 갔다. 종자를 마련하기 위해 거기 설치해 둔 탈곡기를 돌려야 했다.

영지 관리인과 농부들, 그리고 집에서는 아내와 돌리와 돌리의 아이들, 장인과 이야기를 나누면서도 하루 종일 레빈은 오직 한 가지 생각에 사로잡혀 있었다. 그 시절 농사일과는 별개로 그를 사로잡았던 문제로, 그는 모든 일에서 그것과의 연관성을 찾으려 들던 터였다. 바로 〈나는 무엇인가? 나는 어디에 있는가? 나는 왜 여기에 있는가?〉라는 문제였다.

새로 지붕을 인 곡물 창고에는 여태 잎사귀에서 향이 나는 개암나무 서까래가 초가지붕의 칠이 벗겨진 사시나무 장대에 바짝 붙어 있었다. 레빈은 창고의 그늘진 곳에 선 채 탈곡기가 일으키는 건조하고 매캐한 먼지가 날리는 열린 문 사이로 창고에서 막 가져온 싱싱한 짚과 뜨거운 햇빛을 받아 반짝이는 풀을, 가슴팍은 희고 머리 색은 다채로운 제비들이 날개를 퍼덕이며 휙휙 소리와 함께 지붕 밑으로 날아들다가 대문 틈새에서 멈추는 모습을, 어두침침하고 먼지투성이인 곡물 창고에서 일하고 있는 사람들을 바라보며 기이한 상념에 잠겼다.

〈어째서 이 모든 일이 벌어지는 걸까?〉 그는 생각했다. 〈왜 나는 여기 서서 저들에게 일을 시키고 있는 걸까? 왜 저들 모두가 법석을 떨며 내 앞에서 열심히 일하는 모습을 보여 주려는 걸까? 나와 안면이 있는 저 마트료나 할멈(불이 나서 대들보가 할멈에게로 쓰러졌을 때 내가 치료해 줬었지)은 무엇 때문에 저렇게 열심일까?〉 딱딱하고 울퉁불퉁한 바닥 위에 검게 그을린 맨발을 똑바로 내디디며 갈퀴로 알곡들을 옮기는 비쩍 마른 아낙을 바라보면서 그는 생각을 이어 갔다. 〈그

때는 할멈이 건강을 회복했지만, 오늘내일은 아니라 해도 10년 뒤에는 땅에 묻힐 테고 그녀에게 남겨지는 건 아무것도 없겠지. 저렇게 날쌔고 유연한 동작으로 이삭을 털어 내는 저 빨간 줄무늬 치마를 입은 멋쟁이 여자에게도 아무것도 남지 않을 거야. 그녀 역시 땅에 묻힐 것이고 거세된 얼룩말 역시 곧 땅에 묻힐 테지.〉 불룩한 배를 안고서 벌름한 콧구멍으로 연신 숨을 몰아쉬고, 간신히 발을 내디며 가며 자꾸만 바깥으로 미끄러지는 비스듬한 바퀴를 이끄는 말을 바라보면서 그가 생각했다. 〈그렇게 말도 묻힐 것이고, 곱슬곱슬한 턱수염에 겨를 잔뜩 묻힌 채 찢어진 루바시카 사이로 흰 어깨를 드러낸 저 자재 공급원 표도르 역시 땅에 묻힐 것이다. 그럼에도 그는 곡식 다발을 뜯어내기도 하고, 아낙들에게 뭔가 지시를 내리느라 고함을 치기도 하고, 재빠른 동작으로 축에 달린 바퀴의 벨트를 바로잡기도 하지 않는가. 그리고 중요한 것은, 저들뿐만 아니라 나도 땅에 묻힐 것이며, 아무것도 남지 않을 것이라는 점이다. 왜 그런가?〉

레빈은 이런 생각을 하면서 한 시간 동안 얼마나 탈곡이 되는지 계산하려고 시계를 쳐다보았다. 하루의 노동량을 할당하기 위한 근거로서 그걸 알아봐야만 했다.

〈한 시간이 다 되어 가는데 이제 겨우 세 번째 다발을 시작했군.〉 레빈은 이렇게 생각하며 표도르에게 다가가 기계 소리를 능가하는 큰 목소리로 이삭을 더 듬성듬성하게 넣으라고 말했다.

「너무 많이씩 넣고 있잖나, 표도르! 잘 보라고, 걸리잖아. 그래서 일이 더딘 거야. 평평하게 넣어 보게!」

땀투성이 얼굴에 먼지가 달라붙어 시커멓게 된 표도르가

대답을 한답시고 뭔가 소리쳤지만, 그는 여전히 레빈이 원하는 대로 하지 않았다.

레빈은 원통 쪽으로 다가가 표도르를 옆으로 밀어내고서 직접 이삭을 넣기 시작했다.

얼마 남지 않았던 농부들의 점심시간까지 일을 한 뒤, 그는 표도르와 함께 탈곡장에서 나와 바닥에 가지런히 놓여 있는 파종용 누런 호밀 다발 곁에서 이야기를 나눴다.

표도르는 예전에 레빈이 조합 형태로 땅을 불하해 줬던, 이곳에서 제법 멀리 떨어진 마을에서 왔다. 지금은 그 땅을 마당지기에게 임대해 주고 있었다.

그 땅에 대해 표도르와 이야기를 나누던 레빈은 내년에 그 마을에 살고 있는 부유하고 성품 좋은 농부인 플라톤이 그 땅을 차용할 가능성이 있는지 물었다.

「값이 비싸요. 플라톤은 이익을 보지 못할 겁니다, 콘스탄틴 드미트리치 나리.」 농부가 땀투성이 가슴팍에서 이삭을 떼어 내며 대답했다.

「그럼 키릴로프는 어떻게 이익을 내는 건가?」

「콘스탄틴 드미트리치, 미튜하(농부들은 마당지기를 비하하여 그렇게 불렀다)가 어떻게 이익을 못 남기겠습니까! 쥐어짜서라도 제 몫을 챙기는 인간인데요. 그자는 그리스도교 신자조차 봐주지 않을 겁니다. 반면에 포카니치 아저씨(표도르는 플라톤 영감을 이렇게 불렀다) 같은 사람이 남의 가죽을 벗겨 내겠습니까? 빚을 탕감해 줄 때도 있답니다. 다 받지를 않아요. 그 역시 사람이니까요.」

「왜 부채를 탕감해 주지?」

「그래서 사람들은 제각각이라고 하는 거지요. 어떤 사람은

432

미튜하처럼 제 배때기만 채우며 자기만을 위해서 살아가지만, 포카니치 같은 의로운 영감도 있는 거죠. 그는 영혼을 위해 살아갑니다. 하느님을 기억하며 사는 거죠.」

「하느님을 기억하다니? 또 어떻게 영혼을 위해 산단 말이지?」 레빈은 거의 소리를 칠 기세였다.

「그거야 뭐, 진리에 따라, 하느님의 뜻에 따라 사는 거죠. 정말이지 사람들은 다 다르지 않습니까. 나리만 봐도, 사람들을 무시하지 않으시고…….」

「그래, 그렇군. 그럼 나중에 보세!」 레빈은 흥분한 나머지 숨을 헐떡이며 이렇게 말하고는 몸을 돌려 지팡이를 집어 들더니 저 멀리 집을 향해 발길을 재촉했다.

새로운 기쁨의 감정이 레빈을 사로잡았다. 포카니치가 영혼과 진리와 하느님을 위해 산다는 얘기를 들으니, 모호하지만 의미심장한 생각들이 떼를 지어 어디선가 막힌 곳을 뚫고 나오는 듯했다. 그 생각은 줄곧 하나의 목표만을 지향하면서 머릿속을 맴돌기 시작했으며, 그는 그 빛에 눈이 멀 지경이었다.

12

레빈은 자신의 상념들(그는 아직 그것들을 낱낱이 가려내지 못했다)보다는 이전엔 결코 체험하지 못했던 정신적 상태에 주의를 기울이면서 대로를 따라 성큼성큼 걸었다.

농부가 한 말은 그의 영혼 속에서 전기 불꽃과도 같이 작용했으며, 결코 그를 놓아주지 않던 산만하고 무력한 개별적인 생각들을 갑자기 하나의 총체적인 집합으로 결속시켜 버렸다. 토지의 임대에 관한 이야기를 하는 순간에도 그 상념들이 부지불식간에 그를 사로잡고 있었던 것이다.

그는 자신의 영혼 속에서 무언가 새로운 것을 느꼈고, 아직은 그게 무엇인지 파악하지 못했지만 흐뭇한 마음으로 이 새로운 느낌을 더듬어 보았다.

〈자신의 필요를 위해서가 아니라 신을 위해 산다고 했지. 어떤 신을 위해 산단 말인가? 신을 위해서라니, 그가 한 말보다 더 무의미한 말이 과연 있을까? 그는 자신의 필요를 위해서 살면 안 된다고 했어. 다시 말해서 우리가 이해하는 대로, 우리의 마음이 끌리는 대로, 우리가 원하는 대로 살면 안 되고, 뭔지 모르지만 아무도 이해하지 못하고 정의할 수 없는 그런 불가해한 신을 위해 살아야 한다는 것이다. 그래서 어쨌다는 거지? 내가 표도르의 그 단순한 말을 이해하지 못한 건가? 아니면 이해했지만 그의 정당함을 의심하는 건가? 그의 말 속에서 어리석고 불분명하며 정확하지 못한 것을 찾아내기라도 한 건가?〉

〈아니, 나는 그가 이해하듯이 온전히 그의 말을 이해했고, 살아오면서 이해했던 그 무엇보다 더 충분하고 확실하게 이해했어. 살아오면서 단 한 번도 그 말을 의심한 적이 없었고, 의심할 수도 없었어. 나만 그런 것이 아니라 모든 사람과 세상이 그것을 완전히 이해하고 있으며, 의심하지 않을 뿐만 아니라 항상 수긍하지.〉

〈표도르가 말하길, 마당지기인 키릴로프는 제 배를 채우기 위해서 산다고 했지. 그건 납득할 만하고 합리적인 일이야. 우리 모두는 이성적인 존재로서 제 배를 채우는 것 외에 달리 살 수 없는 노릇이니. 그런데 느닷없이 표도르가 제 배를 채우기 위해 사는 건 나쁜 짓이며, 진리와 신을 위해 살아야 한다고 말했고, 나는 암시를 통해서 그의 말을 이해해 버렸어! 나를 비롯해 수 세기 전에 살았고 현재 살고 있는 수백만의 사람들, 농부들, 영혼이 가난한 사람들, 그리고 이 문제에 대해 생각하고 글을 썼으며 자신들의 불명료한 언어로 똑같은 것을 말하는 현자들, 우리 모두는 이 한 가지 문제, 무엇을 위해 살아야만 하고 무엇이 좋은지에 대해 똑같은 생각을 갖고 있어. 나와 모든 사람은 오로지 한 가지 확고하고 의심의 여지 없는 분명한 지식을 가지고 있다고. 이성으로 설명할 수 없는 지식. 이성을 초월하여 존재하며, 그 어떠한 원인과 결과도 가질 수 없는 지식 말이야.〉

〈만일 선에 이유가 있다면 그 순간 그것은 선이 아니야. 만일 선이 결과를 불러와 보상이 따르도록 한다면 그것 역시 선이 아니지. 따라서 선은 인과 관계의 사슬 밖에 존재하는 것이야.〉

〈나도 그것을 알며, 우리 모두 그것을 알고 있어.〉

〈나는 기적을 찾아 헤매며 나에게 확신을 줄 만한 기적을 보지 못한 것을 한탄해 왔지. 그런데 이것이 바로 기적이잖아. 유일하게 가능하고 항상 존재해 왔으며 사방에서 나를 에워싸는 기적, 그 기적을 내가 알아보지 못했던 것이다!〉

〈이 이상의 기적이 있을 수 있을까?〉

〈과연 내가 모든 문제의 해결책을 찾았고, 이제 나의 고통은 끝난 걸까?〉 먼지가 이는 길을 따라 걸으며, 레빈은 더위도 피로도 잊은 채 오랜 고통이 가벼워지는 것을 느꼈다. 너무나 황홀해 믿기지 않을 정도였다. 흥분되어 숨이 막힐 지경인 데다 더 이상 걸을 힘이 없었기에, 길을 벗어나 숲으로 들어가서 사시나무 그늘 아래 베어 내지 않은 풀밭에 앉았다. 그는 땀에 젖은 머리를 덮고 있던 모자를 벗고서 잎이 넓고 물이 오른 풀 위에 팔꿈치를 괴고 누웠다.

〈그래, 정신을 차리고 곰곰이 생각해 봐야 해.〉 눈앞에 불쑥 솟은 풀을 뚫어지게 바라보며, 또 개밀 줄기를 따라 오르다가 왜방풍 잎사귀에 가로막힌 녹색 딱정벌레의 움직임을 주시하며 레빈은 생각했다. 〈모든 것을 처음부터 시작해야 해.〉 그는 딱정벌레를 방해하는 왜방풍 잎을 걷어 내고는 다른 줄기를 구부려 벌레가 지나갈 수 있도록 해주면서 생각했다. 〈뭐가 나를 황홀하게 하는 거지? 내가 발견한 게 뭐길래?〉

〈예전에 나는 나의 몸 안, 또 이런 풀이나 딱정벌레(그 녀석은 다른 풀로 가고 싶지 않은지 날개를 펴고 날아가 버렸다)의 몸 안에서 물리적이고 화학적이며 생리학적인 법칙에 따라 물질의 교체가 일어난다고 했었지. 우리뿐 아니라 사시나무도 구름도, 그리고 저 성운에서도 발전이 일어난다. 그 발전은 어디서 비롯되고 어디로 향하는 걸까? 영원한 발전과 투쟁……? 뭔지 모를 그 어떤 방향과 투쟁이 영원 속에서 전개되겠지! 그런 방향으로 전력을 다해 집중적으로 생각했음에도 불구하고 삶의 의미, 그리고 나의 충동과 지향의 의미조차 발견하지 못했다는 점에 나는 놀라곤 했어. 하지만 내 안에 내재된 충동의 의미는 아주 분명한 것이었고 나 역시 항상 그 충동에 따라 살았기 때문에, 농부가 신과 영혼을 위해 살아야 한다고 말했을 때 경이로움과 기쁨을 느꼈던 거야.〉

〈난 아무것도 알아내지 못했어. 다만 이미 알고 있던 것을 재인식했을 뿐. 나는 과거에 내게 생명을 줬고 현재도 내게 생명을 주고 있는 그 힘을 깨달은 거야. 기만에서 해방되어 내 주인을 인식하게 된 거야.〉

그는 지난 2년간 이어져 온 사유의 궤적을 간략하게 반추해 보았다. 그 시작은 가망 없는 중병에 걸린 사랑하는 형의 모습을 보며 떠올렸던, 죽음에 대한 선명하고 명백한 상념이었다.

자신은 물론 모든 사람의 앞에는 고통과 죽음, 그리고 영원한 망각만이 놓여 있다는 것을 처음으로 확실하게 깨달은 그때 이후로 그는 그렇게는 살 수 없다고, 자신의 삶이 그 어떤 악마의 사악한 조롱거리가 되지 않도록 삶을 설명하거나 그럴 수 없다면 자살해야겠다고 결심했었다.

그럼에도 그는 이도 저도 못 한 채 계속해서 살고 생각하고 느꼈다. 심지어 그동안 결혼도 하고 수많은 기쁨들을 맛보았을뿐더러, 삶의 의미에 대해 생각하지 않는 동안은 오히려 행복했었다.

그게 대체 뭘 의미하는 걸까? 그건 그가 잘 살기는 했으나 생각은 제대로 하지 못했다는 뜻이었다.

그는 어머니의 젖을 통해 체득한 영적 진리에 따라 살았으면서도(그것을 의식하지 못한 채), 그 진리를 인정하지 않았을 뿐만 아니라 심지어 회피하려고 애쓰면서 생각을 이어 왔던 것이다.

이제 그의 성장에 토양이 되어 주었던 그 믿음 덕분에 살아올 수 있었다는 사실이 명백해졌다.

〈그 믿음이 없었더라면, 자신이 요구하는 바가 아니라 신을 위해 살아야 한다는 걸 몰랐더라면 나는 어떻게 살았을 것이며, 무엇이 되었을까? 강도질을 하거나 거짓말을 하고 사람을 죽였을지도 모르지. 내 인생의 소중한 기쁨들을 하나도 맛보지 못했을 거야.〉 무엇을 위해 사는지 알지 못했더라면 자신이 어떤 짐승 같은 존재가 되어 있을지, 아무리 애써 상상해 보아도 머릿속에 그 모습이 그려지지 않았다.

〈나는 내 질문에 대한 답을 탐색해 왔어. 하지만 사유는 그 질문에 대한 답을 줄 수가 없었지. 사유란 그런 질문과 차원이 다른 것이니까. 삶 자체가 내게 답을 주었어. 무엇이 좋고 나쁜지에 대한 나의 지식들을 통해서 말이야. 이러한 지식은 내가 획득한 것이 아니며, 나와 더불어 모든 사람에게 주어진 것이다. 그 어디에서도 구할 수 없기 때문에 그것은 **주어진 것**이다.〉

〈나는 그것을 어디서 얻은 걸까? 이웃을 사랑하고 괴롭히지 말아야 한다는 생각에 과연 이성만으로 도달할 수 있었을까? 어릴 때부터 사람들이 그렇게 말했고, 또 그것이 내 영혼 속에 있었기 때문에 나 역시 기쁘게 그것을 믿었던 거야. 그렇다면 누가 그걸 발견했을까? 이성은 아니다. 이성은 생존을 위한 투쟁과 내 욕망의 충족을 방해하는 모든 이들을 제거하는 데 필요한 법칙을 발견했을 뿐이지. 그게 이성의 결론이야. 타인을 사랑하라는 걸 이성이 발견할 수는 없어, 왜냐하면 그것은 비합리적이니까.〉

〈그래, 오만이야.〉 그는 배를 깔고 누운 채, 풀을 다치지 않게 하려 애쓰며 줄기로 매듭을 묶기 시작했다.

〈이성의 오만일 뿐만 아니라 이성의 어리석음이기도 하지. 무엇보다 교활한 기만, 바로 이성의 교활한 기만이고. 다름 아닌 이성의 사기인 것이다.〉 레빈은 이렇게 되뇌었다.

13

얼마 전에 돌리와 아이들 사이에서 벌어진 소동이 레빈의 머리에 떠올랐다. 저희들끼리만 있던 아이들이 촛불로 나무딸기를 데우고 우유를 입에다 분수처럼 콸콸 쏟아부은 것이다. 아이들을 발견한 엄마는 레빈이 있는 자리에서 그들이 망가뜨린 것을 만드는 데 엄청나게 공이 들어가며, 바로 그들을 위해서 그렇게 공을 들이는 거라고, 그리고 컵을 부수면 절대로 차를 마실 수 없으며, 우유를 흘려 버린다면 먹을 게 없어서 굶어 죽게 될 거라고 다그쳤다.

그런데 레빈이 놀랐던 건, 어머니의 그런 말을 듣는 아이들이 내비치는 조용하고 음울한 불신이었다. 아이들은 그저 자신들이 열중하던 놀이가 중단된 것이 슬펐을 뿐, 엄마가 한 말은 단 한 마디도 믿지 않았다. 자신들이 누리고 있는 것들의 전체적인 규모를 상상하지 못할 뿐만 아니라, 자신들이 망가뜨리고 있는 것이 바로 자신들을 살아 있게 해주는 양식임을 그들은 이해할 수 없었던 것이다.

〈아이들은 그 모든 게 저절로 존재한다고 여기는 거야. 거기에는 흥미로운 것도 중요한 것도 없겠지. 왜냐하면 늘 있었고 앞으로도 있을 거니까. 그리고 항상 똑같았으니까. 항상 갖춰져 있으니 그것에 대해 생각할 필요가 없지. 그래서 그들은 뭔가 자신만의 새로운 것을 고안해 내고 싶은 마음에 찻잔에 나무딸기를 넣어 양초로 달구고, 우유를 서로의 입에다가 붓는 거다. 그게 신나고 새롭기 때문에, 찻잔으로 마시는 것보다 나쁠 게 전혀 없다고 생각하는 거야.〉

〈우리도 똑같지 않을까? 나 역시 이성으로써 자연의 힘과 인생의 의미를 찾으려 들면서 똑같은 짓을 하고 있던 게 아닐까?〉 그는 계속해서 생각을 이어 나갔다.

〈모든 철학 이론도 똑같은 짓을 하고 있는 게 아닐까? 인간 본연의 것이 아닌 기묘한 사유를 통해서, 인간이 오래전부터 이미 알고 있었으며 그것 없이는 살 수 없다는 사실도 아주 분명하게 인지하고 있는, 바로 그러한 지식으로 인간을 이끌고 있잖은가. 철학자마다 그 이론의 발전 과정을 보면 명백하게 드러나듯, 농부 표도르보다 더 나을 것도 없이, 그저 그와 매한가지로 확실하게 삶의 의미를 이미 알고 있었으면서도 애매한 지적(知的) 방법으로 모두가 알고 있는 진실로 복귀하려 들지 않는가.〉

〈아이들을 저희들끼리 있게 내버려 둬보라지. 뭔가를 채취하거나 그릇을 만들고, 우유 짜는 일을 하게끔 말이야. 그러면 설마 장난을 칠까? 아마도 굶어 죽게 될 테지. 그렇다면 우리를 유일신과 창조주에 대한 개념 없이, 욕망과 사유와 더불어 방치해 보라지! 혹은 선이라는 것의 개념 없이, 도덕적인 악에 대한 해명 없이 내버려 둬보란 말이다.〉

〈그러한 개념들 없이 무언가를 건설해 보라지!〉

〈우리는 그저 정신적으로 배가 부르기 때문에 파괴만 일삼는 거야, 바로 그 아이들처럼!〉

〈내 영혼에 오로지 평온만을 안겨 주는, 농부가 알고 있는 것과 똑같은 그 즐거운 지식은 어디서 비롯한 걸까? 도대체 나는 어디서 그걸 얻은 걸까?〉

〈그리스도교인으로서 신의 개념 속에서 자라났기에, 그리스도교가 내게 내려 준 영적 은총으로 스스로의 삶을 채우고서 그렇게 그 은총으로 충만한 채 살아왔지만, 나는 아이들처럼 그 점을 자각하지 못한 채 망가뜨리고 있는 거야. 나를 살게 해준 바로 그것을 말이야. 그러다가 삶의 중요한 순간이 도래하자마자 나는, 마치 춥고 배고픈 아이들처럼 그분에게 다가가고 있다. 그리고 배가 불러 날뛰는 나 자신의 어린애 같은 짓들이 죄가 된다는 것을, 장난을 치다가 엄마에게 혼나는 아이들보다도 나는 훨씬 느끼지 못하고 있는 것이다.〉

〈그래, 내가 알고 있는 건 이성으로서 아는 것이 아니다. 나에게 주어지고, 계시된 것이지. 나는 그걸 가슴으로, 교회의 중요한 가르침에 대한 믿음으로 아는 거야.〉

〈교회? 교회라고!〉 그가 되풀이해 생각하고는 다른 쪽으로 돌아누워 팔꿈치를 괸 채 저 멀리, 저쪽에서부터 강을 향해 내려가는 가축 무리를 바라보기 시작했다.

〈하지만 교회가 가르치는 모든 것을 내가 믿을 수 있을까?〉 그는 지금의 이 평안을 깨뜨릴 수 있는 온갖 것을 떠올리며 스스로를 시험해 보았다. 늘 무엇보다 이상하게 여겨졌고, 자신을 의혹 속에 가두곤 했던 교회의 가르침을 떠올리기 시작했다. 〈천지 창조? 존재를 어떻게 설명할 것인가? 현존으로써? 무(無)로써? 악마와 죄악은? 악을 무엇으로 설명하지……? 대속자는……?〉

〈하지만 나는 아무것도, 아무것도 모른다. 나와 더불어 모든 사람들이 들은 그 얘기 말고는 아는 것이 없어.〉

이제 신에 대한 믿음과 인간의 유일한 소명인 선에 대한 믿음을 깨뜨릴 만한 교회의 신념은 그에게 단 하나도 없는 것 같았다.

교회의 모든 교리에, 필요가 아닌 진리에 대한 복무로서의 신앙을 대입시킬 수 있었다. 각각의 교리는 그러한 신앙을 위배하지 않을 뿐 아니라 지상에서 지속적으로 발현되는 중요한 기적이 성사되기 위해서 필요 불가결한 것이었다. 그 기적이란, 수백만의 다종다양한 한 사람 한 사람이, 현자나 바보 성자, 아이들과 노인을 불문하고, 농부도 리보프도 키티도, 거지들도 황제들도 완벽하게 동일한 한 가지를 확실하게 이해하고 우리가 살아가는 이유이자 우리가 유일하게 소중히 여기는 영적인 삶을 꾸려 나가는 것이었다.

드러누운 채 그는 높고 구름 한 점 없는 하늘을 바라보았다. 〈내가 과연 저 하늘이 궁륭이 아닌 무한한 공간이라는 것을 모르겠는가? 하지만 아무리 눈을 가늘게 뜨고 시선을 집중시킨다 해도 하늘이 둥글지 않으며 무한하다는 걸 직접 볼 수는 없는 노릇이다. 무한한 공간에 대한 나의 지식에도 불구하고 내가 하늘색 궁륭을 바라보고 있다는 사실은 의심의 여지 없이 정당하며, 이는 그 이상을 보려고 애쓰는 것보다 더더욱 정당하다.〉

레빈은 이내 생각을 멈추었다. 마치 무엇인가 흥겨우면서도 염려스럽게 서로 이야기를 주고받는 신비로운 목소리를 귀담아듣고 있는 느낌이었다.

〈이게 정말 신앙일까?〉 그는 자신의 행복을 믿어도 될지 두려웠다. 〈하느님, 감사합니다!〉 그는 솟구치는 오열을 삼키고 두 눈에 가득 맺힌 눈물을 양손으로 훔쳐 냈다.

14

앞쪽을 응시하던 레빈은 가축 무리를 보았고, 이어서 〈보론)이라는 이름의 말이 매인 자신의 짐수레와 가축 무리 쪽으로 다가가 목동과 이야기를 나누는 마부를 발견했다. 곧 바퀴 소리와 살찐 말이 콧김을 내뿜는 소리가 가깝게 들려왔다. 그러나 상념에 잠겨 있던 레빈은 마부가 왜 자기에게 오고 있는지에 대해 생각하지 않았다.

마부가 다가와 자신을 부르자 그제야 레빈의 머릿속에 왜 그가 왔는지 떠올랐다.

「마님이 보내셨습니다. 형님과 다른 분이 오셨습니다.」

레빈은 마차에 올라타 고삐를 쥐었다.

마치 꿈에서 깨어난 듯 그는 한참 동안 정신을 차릴 수 없었다. 넓적다리와 고삐가 닿는 목덜미에 땀이 흥건한 살찐 말을 쳐다보고 옆에 앉아 있는 마부 이반을 돌아보다가, 자신이 형을 기다리고 있었으며, 오래 집을 비웠으니 분명 아내가 걱정하고 있으리라는 생각이 들었고, 형과 함께 온 손님이 누구일지도 짐작해 보았다. 형도 아내도, 누군지 모르는 손님도 이제 전과는 다르게 여겨졌다. 이제부터 모든 사람들과의 관계가 달라질 것만 같았다.

〈형하고 나 사이에 항상 존재했던 소원함은 이제 없어질 거야. 논쟁 따위도 하지 않겠지. 키티하고도 싸울 일이 없을 거고. 손님이 누구든 다정하고 착하게 대해야지. 다른 사람들도, 그리고 이반하고도. 그래, 모든 게 달라질 거야.〉

조급하게 힝힝거리며 빠르게 내달리려는 말의 고삐를 바짝 당긴 채, 레빈은 옆에 앉아 할 일 없이 남겨진 손을 어찌할 줄 몰라 끊임없이 자신의 루바시카를 움켜쥐는 이반과 얘기를 나눌 구실을 찾고 있었다. 그는 이반에게 말의 봇줄을 그렇게 높게 당겨 맬 필요가 없었다고 얘기하려다가 마치 질책하는 것 같아서 그만두었다. 정겨운 이야기를 나누고 싶었지만 다른 말이 도통 떠오르질 않았다.

「나리, 오른쪽으로 가십시오. 저기 그루터기가 있거든요.」 마부가 레빈의 고삐를 고쳐 주면서 말했다.

「날 건드리지 말고 가르치려 들지도 말게!」 마부의 간섭에 레빈은 쾌씸해하며 내뱉었다. 언제나 그렇듯이 간섭 때문에 그는 불쾌함을 느꼈다가, 곧 시무룩해졌다. 자신의 정신적 상태가 현실과 연결되어 곧바로 변화를 일으킬 수 있으리라는 예단은 착각이었던 것이다.

집에서 4분의 1베르스타가량 떨어진 곳에 이르렀을 때, 레빈은 자신을 향해 달려오는 그리샤와 타냐를 보았다.

「코스챠 이모부! 엄마랑 외할아버지, 세르게이 이바노비치, 그리고 또 다른 분도 와 계셔요.」 그들이 마차에 올라타면서 말했다.

「그분은 누구니?」

「엄청 무서운 분이에요! 팔을 막 이래요.」 타냐가 일어서서 카타바소프 흉내를 냈다.

「그래, 나이 드신 분이니, 젊은 분이니?」 타냐의 행동을 보자 누군가 떠올라 레빈은 웃으며 물었다.

〈기분 나쁜 사람만 아니면 좋으련만!〉 그는 생각했다.

길모퉁이를 돌아 자신을 향해 걸어오는 사람들과 마주한 레빈은 밀짚모자를 쓰고 타냐가 흉내 낸 대로 팔을 내저으며 다가오는 카타바소프를 알아보았다.

카타바소프는 철학을 연구한 적이 전혀 없으면서도 자연 과학자의 관점으로 철학을 논하기를 무척 즐기는 사람이라, 마지막으로 모스크바에 있을 때 레빈은 그와 많은 논쟁을 벌였다.

그를 보자마자 레빈은 바로 그런 논쟁들 중 하나를 떠올렸는데, 카타바소프는 분명 그 논쟁에서 자신이 승리했다고 생각할 터였다.

〈아냐, 이제 경솔하게 내 생각을 얘기하며 논쟁하는 일은 절대 없을 거다.〉 그는 생각했다.

마차에서 내려 형과 카타바소프와 인사를 나눈 뒤 레빈은 아내에 대해 물었다.

「키티는 미탸를 데리고 콜로크(집 근처의 숲 이름이었다)에 갔어요. 집이 너무 더워 거기서 아기를 보겠다고요.」 돌리가 알려 주었다.

숲이 위험하다고 생각했기에 늘 아내에게 아기를 데리고 숲에 가지 말라고 당부하곤 했던 레빈은 이 소식에 기분이 상했다.

「아기를 데리고 이리저리 다니는구먼.」 공작이 웃으며 말했다. 「내가 손자 녀석을 얼음 창고로 데리고 가보라고 일렀네.」

「키티는 양봉장에 가려고 했어요. 제부가 거기 있을 거라고요. 우리도 그리로 가는 길이었죠.」 돌리가 말했다.

「그래, 넌 요즘 뭘 하며 지내니?」 세르게이 이바노비치가 다른 사람들로부터 뒤처져 동생과 나란히 걸으며 말했다.

「그다지 특별한 건 없어요. 늘 그렇듯이 농사일을 하고 있죠.」 레빈이 대답했다. 「그런데, 오래 계실 건가요? 한참 전부터 형을 기다렸어요.」

「한 2주 정도. 모스크바에 일이 많단다.」

이 말을 주고받는 사이 두 형제의 눈이 마주쳤다. 그러자 지금 특히 형과 더욱 친밀하고 소탈한 관계를 맺기를 염원하고 있음에도 불구하고, 레빈은 언제나처럼 형의 눈을 똑바로 쳐다보는 게 편치 않았다. 그는 눈길을 돌린 채 무슨 말을 해야 할지 망설였다.

형이 좋아할 만한 주제를 고르면서도 그가 모스크바에 일이 많다며 암시했던 세르비아 전쟁과 슬라브 문제는 피할 요량으로, 레빈은 형의 책에 관한 이야기로 운을 뗐다.

「형 책에 대한 서평은 나왔나요?」 그는 물었다.

동생의 의도를 읽은 세르게이 이바노비치는 웃음을 지어 보였다.

「그 책에 대해서는 아무도 신경 쓰지 않아. 나는 더더욱 그렇고.」 그가 말했다. 「다리야 알렉산드로브나, 비가 올 것 같군요.」 그는 사시나무 꼭대기에 걸려 있는 흰 비구름을 우산으로 가리키며 덧붙였다.

적대감까지는 아닐지라도 레빈이 그토록 피하고 싶었던 냉담한 분위기가 이들 사이에 다시 조성되는 데는 이 한마디 말로 충분했다.

레빈은 카타바소프에게 다가갔다.

「이렇게 올 생각을 하다니 잘했네.」 레빈이 말을 건넸다.

「진작부터 오려고 했지. 이제 얘기를 나누세. 어디 한번 두고 보자고. 스펜서는 다 읽었나?」

「아니, 다 못 읽었네.」 레빈은 말했다. 「한데 이제는 읽을 필요가 없어졌어.」

「저런, 그게 무슨 소리지? 거참 흥미롭군. 이유가 뭔데?」

「그러니까, 나는 이제 최종적으로 확신을 갖게 되었네. 나를 사로잡고 있던 질문의 해답을 스펜서나 아니면 그런 유의 사람들의 책에서는 찾을 수 없다고 말일세. 이제는…….」

그런데 태연하고 명랑한 카타바소프의 표정이 갑자기 레빈에게 충격을 주었다. 그는 조금 전에 마음먹은 바를 떠올렸고, 이런 대화가 자신의 기분을 망쳐 놓을지 모른다는 생각에 안타까운 마음으로 입을 다물어 버렸다.

「나중에 얘기함세.」 그가 덧붙였다. 「양봉장에 가려면 이 오솔길로 가야합니다.」 레빈이 모두에게 말했다.

좁다란 오솔길을 걸어서 풀베기를 하지 않은 작은 풀밭에 다다랐다. 풀밭 한쪽은 줄지어 만개한 빛깔 선명한 삼색제비꽃으로 덮여 있었고, 중앙에는 키 큰 진녹색 미나리아재비가 여러 군데 풀숲을 이루고 있었다. 레빈은 어린 사시나무의 짙은 그늘 속 벤치와 나뭇등걸에 손님들을 앉혔다. 벌을 무서워하는 양봉장 방문객들을 위해 일부러 준비해 둔 자리였다. 그러고는 아이들과 어른들에게 빵과 오이, 그리고 신선한 꿀을 가져다주려고 오두막으로 갔다.

그는 최대한 천천히 움직이려 애쓰면서, 점점 더 빈번하게 옆을 스쳐 가는 벌들의 소리에 귀를 기울인 채 오솔길을 따라 오두막으로 갔다. 현관에서 벌 한 마리가 윙윙대며 턱수염으로 파고들었지만 조심스럽게 벌을 떼어 냈다. 그늘진 오두막 안으로 들어간 그는 벽의 나무못에 걸려 있는 망을 집어다가 뒤집어쓰고는 두 손을 주머니에 넣은 다음 울타리가 둘러쳐진 양봉장으로 나왔다. 풀을 베어 낸 공터 한복판에 레빈에게는 죄다 낯익은, 저마다의 역사를 지닌 오래된 벌통들이 나무 속껍질로 말뚝에 묶여 가지런히 서 있었고, 바자울 옆으로는 올해 생긴 새 벌통들이 줄지어 늘어서 있었다. 벌통 입구에서는 꿀벌들과 수벌들이 눈앞이 가물거리도록 한자리를

빙빙 돌며 노닐었으며, 그들 사이로 일벌들이 숲속의 꽃 핀
보리수와 벌통을 꾸준히 왕복하면서 먹이를 채취하고 나르
는 일을 이어 갔다.

일하느라 분주하게 날아다니는 일벌들의 소리, 때로는 큰
소리로 윙윙대며 빈둥거리는 수벌들의 소리, 때로는 적으로
부터 자기 재산을 지키는, 당장 쏠 듯한 기세의 일벌들이 내
는 가지각색의 소리가 쉴 새 없이 귓전에서 울렸다. 울타리
저편에서는 노인이 벌통 테두리를 대패질하고 있었는데, 그
에게 레빈은 보이지 않았다. 레빈은 그를 부르지 않고 양봉장
한가운데 멈춰 섰다.

그새 기분을 망쳐 놓은 현실을 피해 아까의 마음으로 돌아
올 수 있게끔 혼자 있게 되어 다행이라는 생각이 들었다.

그는 벌써 이반에게 화를 냈고, 형에게 냉정한 말을 내뱉
었으며, 카타바소프에게 경솔한 얘기를 꺼냈음을 상기했다.

⟨정말이지 그건 그저 순간적인 기분에 불과하며 흔적도 없
이 사라져 버렸단 말인가?⟩ 그가 생각했다.

그러나 곧바로 아까의 마음으로 돌아온 그는 무언가 새롭
고 중요한 일이 내면에서 벌어졌음을 감지하고서 기쁨에 젖
었다. 그가 발견한 정신적 평온은 단지 일시적으로만 현실에
가려졌을 뿐, 그의 내면에 온전하게 깃들어 있었다.

주위를 빙빙 돌며 그를 위협하고 정신을 어지럽히며 그의
온전한 육체적 평온을 앗아가 버리고 그로 하여금 그들을 피
해 몸을 움츠리게 만드는 벌들처럼, 그가 짐마차에 앉자마자
걱정거리들이 그를 에워싸고서 정신적인 자유를 앗아가 버
렸던 것이다. 그러나 그것은 걱정 속에 잠겨 있을 동안만 지
속되었다. 벌의 훼방에도 불구하고 육체적인 힘이 그에게 온

전히 보존되어 있듯이, 그가 새롭게 자각한 영적인 힘 역시 온전하게 살아 있었다.

15

「코스탸, 세르게이 이바노비치가 여기 오실 때 누구랑 같이 기차를 타고 왔는지 알아요?」돌리가 아이들에게 오이와 꿀을 나눠 주고는 말했다.「브론스키랑 같이 탔대요! 그는 세르비아로 간다지 뭐예요.」

「게다가 혼자가 아니라, 자기 돈을 들여 기병 중대를 이끌고 간다네!」카타바소프가 말했다.

「그에게 어울리는군.」레빈이 말했다.「아니 그래, 아직도 참전하는 자원병이 있단 말입니까?」그가 세르게이 이바노비치를 쳐다보며 덧붙여 물었다.

세르게이는 아무런 대꾸 없이 한구석에 하얀 벌집 조각이 들어 있는 찻잔에서 끈적이는 꿀에 붙은 채 아직 살아 있는 벌을 무딘 칼로 끄집어냈다.

「그럼, 있고말고! 어제 역에서 펼쳐진 광경을 자네가 봤어야 해!」카타바소프가 오이를 소리 나게 베어 먹으며 말했다.

「그걸 어떻게 이해해야 하나? 설명 좀 해주시오, 세르게이 이바노비치. 그 자원병들이 다 어디로 가서 누구랑 싸우는 거요?」노공작이 물었다. 보아하니 레빈이 없을 때 시작된 대화를 이어 나가는 모양이었다.

「터키인들과 싸우죠.」꿀 때문에 새까맣게 되어 맥없이 다리를 꿈틀대는 벌을 칼로 꺼내서 단단한 사시나무 이파리 위에 내려놓던 세르게이 이바노비치가 차분하게 미소 지으며 대답했다.

「터키인들에게 누가 선전 포고를 했는데? 이반 이바니치 라고조프와 리디야 이바노브나 백작 부인이 슈탈 부인과 더불어서 선전 포고를 했답디까?」

「아무도 선전 포고를 하지 않았지만, 이웃 동포들의 고통에 연민을 느껴서 그들을 도우려는 거죠.」세르게이 이바노비치가 말했다.

「공작님은 지원군 얘기를 하시려는 게 아니에요.」레빈이 장인을 옹호했다.「전쟁 얘기죠. 정부의 승낙 없이 개인이 전쟁에 가담할 수는 없다는 말씀을 하시는 겁니다.」

「코스탸, 이 꿀벌 좀 봐요! 우리를 쏘겠어요!」돌리가 나나니벌을 쫓으려고 손을 흔들며 말했다.

「아니에요, 그건 꿀벌이 아니라 나나니벌이에요.」레빈이 말했다.

「자, 그러니까 자네의 논지는 뭔가?」카타바소프가 웃으면서 레빈에게 말했다. 그를 논쟁에 끌어들이려는 게 분명했다.「어째서 개인에게는 참전할 권리가 없다는 거지?」

「내 논지는 이런 거네. 전쟁은 한편으로 너무나 동물적이고 잔혹하고 끔찍한 일이라서, 그리스도교인은 물론이고 어떤 개인도 전쟁의 발발에 대해 책임을 질 수는 없어. 전쟁을 유발하고 불가피하게 가담하는 정부만이 책임질 수 있지. 다른 한편으로 과학과 건전한 상식에 따르면, 국가적인 사안들에 있어서, 특히 전쟁의 경우에는 국민들이 자신의 개인적인 의지를 포기한단 말일세.」

반론을 준비하고 있던 세르게이 이바노비치와 카타바소프

가 동시에 입을 열었다.

「바로 그 점이 문제라네, 이 친구야. 정부가 국민의 의지를 이행하지 않는 경우가 있을 수 있고, 그럴 때 사회가 자신의 의지를 공표하는 법이지.」카타바소프가 말했다.

그러나 세르게이 이바노비치는 그러한 반박에 동조하지 않는 듯했다. 그는 카타바소프의 발언에 인상을 찌푸리고는 다른 견해를 피력했다.

「그런 식으로 문제를 설정하는 건 의미가 없어. 여기서 문제가 되는 건 선전 포고나 전쟁이 아니라 그저 인간적인, 그리스도교인의 감정 표현이거든. 혈통이 같고 종교가 같은 형제들이 죽어 가고 있단 말이야. 가령 형제나 같은 신앙인도 아니라 단지 어린아이들, 부녀자들, 노인들이라고 쳐보자고. 감정이 북받치겠지. 그리고 러시아인들은 그런 참상을 중단시키고 그들을 도우러 달려갈 거다. 네가 길을 가다가 술에 취한 사람들이 한 여자와 아이를 때리는 걸 봤다고 생각해 봐라. 내 생각에 너는 그자에게 선전 포고를 했는지 안 했는지 묻지 않을 것 같구나. 그자한테 달려들어 아이와 여자를 지키겠지.」

「그래도 죽이지는 않을 겁니다.」레빈이 말했다.

「아니, 넌 아마도 죽일 거야.」

「모르겠어요. 만일 그런 장면을 보게 된다면, 즉각적인 감정에 사로잡힐 것 같아요. 하지만 그런 식으로 예단할 수는 없지요. 슬라브인들이 박해받는 것에 대해서는, 그런 즉각적인 감정 같은 게 있지도 않고 있을 수도 없어요.」

「아마 네게는 없나 보구나. 하지만 다른 사람들한테는 있단 말이다.」못마땅하다는 듯 얼굴을 찌푸리며 세르게이 이바노비치가 대꾸했다.「민중 사이에는 〈불신자 아랍인들〉의

압제하에 고통받는 정교 신자들에 대한 전설이 살아 숨 쉬고 있어. 민중은 자신의 형제들이 고통으로 신음하는 소리를 들었고, 그래서 말하기 시작한 거다.」

「그럴지도 모르죠.」 레빈은 애매하게 대답했다. 「하지만 제가 보기에는 그렇지가 않아요. 나 자신이 민중인데 정작 그런 걸 못 느끼거든요.」

「나도 그렇소.」 공작이 말했다. 「외국에서 지내며 신문을 읽었는데, 솔직히 말해서 불가리아 학살[14]이 일어나기 전까지는 왜 러시아인들이 갑자기 그토록 슬라브 형제들을 사랑하게 됐는지, 왜 나는 그들에 대한 사랑을 전혀 못 느끼는지 도무지 이해할 수가 없었소. 대단히 슬펐다오. 내가 불구인가, 아니면 카를스바트 온천수가 나에게 그 정도로 영향을 미쳤나, 하는 생각마저 들었지. 하지만 귀국하고 나서는 안심했소. 슬라브 형제들이 아니라 오로지 러시아에만 관심을 갖고 있는 사람들이 나 말고도 있다는 걸 알았거든. 여기 콘스탄틴도 그렇고.」

「개인적인 의견은 여기서 아무런 의미도 없습니다.」 세르게이 이바노비치가 말했다. 「전 러시아가, 모든 민중이 자기 의지를 표명했을 때 개인적 의견이란 아무 영향력을 미칠 수 없는 법이죠.」

「미안하지만, 나는 그렇다고 보지 않소. 민중은 분명 아무것도 모를 거요.」 공작이 말했다.

「아니에요, 아빠…… 어떻게 모를 수가 있겠어요? 주일날

---

14 터키인들이 불가리아인들을 1876년에 무자비하게 학살한 사건. 이를 계기로 오스만 제국의 압제에 저항하는 불가리아 민족주의자들의 폭동이 일어났다.

교회에서 있었던 일은요?」대화를 유심히 듣고 있던 돌리가 끼어들었다. 「수건 좀 주세요.」그녀가 미소 띤 얼굴로 아이들을 바라보는 양봉장 노인에게 말했다. 「그럴 리는 없어요, 모두들…….」

「주일날 교회에서 무슨 일이 있었는데? 사제한테 낭독하라는 명령이 내려졌고, 그래서 그가 낭독을 했지. 그런데 어떤 설교를 들을 때든 다 그렇듯이, 사람들은 아무것도 이해하지 못한 채 한숨만 쉬더라니까.」공작이 이야기를 계속했다. 「그런 다음 교회에서 영혼 구원 사업을 위해 헌금을 모으고 있노라고 말하더군. 그러니까 사람들은 푼돈을 꺼내서 봉헌을 하고. 그런데 뭘 위해서 봉헌하는 건지는 모르는 거지.」

「민중이 모를 리는 없습니다. 그들은 언제나 자신의 운명을 자각하고 있으니까요. 그리고 요즘 같은 때에는 그러한 자각이 더욱 뚜렷해지죠.」세르게이 이바노비치가 말하며 양봉장 노인을 힐끗 쳐다보았다.

새치가 섞인 검은 턱수염에 숱 많은 은발의 잘생긴 노인은 꿀이 담긴 찻잔을 들고 꼼짝 않고 선 채 자기 키 높이에서 차분하고 다정한 눈길로 나리들을 내려다보고 있었다. 보아하니 무슨 얘긴지 전혀 이해하지 못할 뿐 아니라, 이해하고 싶지도 않은 모양이었다.

「옳으신 말씀입니다.」노인이 세르게이 이바노비치의 말을 듣고서 의미심장하게 고개를 끄덕였다.

「그럼, 이 사람에게 한번 물어보죠. 아무것도 모르고 아무 생각도 없을 겁니다.」레빈이 말했다. 「미하일리치, 자네 전쟁에 대해 들어 봤는가?」그가 노인에게 물었다. 「교회에서 뭘 낭독하던가? 어떻게 생각하는가? 그리스도교인들을 위해 우리가 싸워야 하겠나?」

「저희가 생각할 게 뭐 있겠습니까? 알렉산드르 니콜라이치 황제께서 우리를 보살펴 주셨고, 우리의 모든 일을 걱정해 주시는걸요. 그분이 제일 잘 아실 테죠…… 빵을 좀 더 내올까요? 도련님께 더 드릴까요?」 그가 말린 빵을 거의 다 먹어 가는 그리샤를 가리키며 다리야 알렉산드로브나에게 물었다.

「난 물어볼 필요도 없겠군.」 세르게이 이바노비치가 말했다. 「러시아 방방곡곡에서 수백 수천의 사람들이 정의로운 일에 이바지하기 위해 모든 걸 내던지고 와서 자신의 생각과 목표를 직접적으로 명확하게 표명하는 걸 우리는 봤고, 또 보고 있단 말이다. 그들은 몇 푼 안 되는 돈을 가져오거나 아니면 직접 와서는 왜 왔는지 설명하지. 이게 뭘 의미하겠니?」

「제 생각엔…….」 레빈은 흥분하기 시작했다. 「8천만 민중 중에는 사회적 기반을 잃고서 물불 가리지 않는 사람들이 늘 수십만쯤 될 겁니다. 수백 명이 아니라 지금처럼 수십만이라고요. 그들은 항상 뛰어들 태세를 갖추고 있죠. 푸가쵸프[15] 도당이나, 히바,[16] 세르비아로 말입니다…….」

「내가 말하는 건 물불 가리지 않는 사람 수백 명이 아니라, 가장 훌륭한 민중의 대표들이란 말이다!」 세르게이 이바노비치가 마치 마지막 남은 자산을 지키기라도 하듯 성을 내며 말했다. 「그럼, 헌금은 뭐겠니? 모든 민중이 자신의 의지를 지체 없이 표명하는 거지.」

15 Emel'ian Pugachev(1742~1775). 18세기 후반 농노제 폐지를 외치며 러시아 농민 반란을 주도한 인물.

16 아랄해 남쪽에 위치한 도시. 1871~1875년 러시아의 중앙아시아 원정 때 러시아 제국에 의해 점령되었다.

「바로 그 〈민중〉이란 말이 너무나 불명료하다니까요.」레빈이 대꾸했다. 「면 서기들이나 교사들, 그리고 농민 1천 명 중 한 명 정도나 일이 어찌 되어 가는 건지 알걸요. 나머지 8천만은 미하일리치처럼 자신의 의지를 표명하지 않을 뿐 아니라, 도대체 무엇에 대해서 자신의 의지를 표명해야 하는지 눈곱만큼도 이해하지 못할 거예요. 그런데 그걸 민중의 의지라고 말할 권리가 도대체 우리한테 있냐고요!」

16

변론에 능한 세르게이 이바노비치는 반박하는 대신 곧바로 다른 쪽으로 화제를 돌렸다.

「자, 네가 산술적인 방식으로 민중의 혼을 파악하고자 한다면, 물론 그걸 달성하긴 매우 어려워. 게다가 우리 나라에는 투표가 도입되지 않았을뿐더러, 도입될 수도 없으니까. 왜냐하면 투표가 민중의 의지를 담아내지 않기 때문이지. 그러나 그걸 위한 다른 방법들이 있단 말이다. 그건 공기 중에서 감지되고 가슴으로 느껴지는 법이지. 고여 있는 민중이라는 바다의 저 밑바닥에서 일어나는 흐름은 거론할 필요도 없어. 그건 모든 편견 없는 인간들에게 뚜렷하게 드러나기 마련이니까. 좁은 의미의 사회라는 걸 좀 들여다봐라. 예전에는 그토록 서로 적대적이었던 지식인 세계의 온갖 당파들이 전부 하나로 합쳐지지 않았겠니. 온갖 분열이 종식되고, 모든 사회적 기관들이 한 가지, 오직 한 가지만을 말하며, 모두가 자신들의 본능적인 힘을 감지한단 말이야. 그 힘이 그들을 사로잡고서 단일한 방향으로 이끌고 갈 거다.」

「신문들이 하나같이 그렇게 떠들고 있더군.」공작이 말했다.「그건 사실이오. 비 오기 전 개구리들처럼 죄다 한목소리를 내고 있으니까. 그런데 그 개구리들 때문에 아무 소리도 들리지 않는단 말이지.」

「개구리든 아니든, 나는 신문 발행인도 아니고, 그들을 옹호하고 싶지도 않아. 다른 게 아니라 지식인 세계의 일치된 견해를 논하는 거다.」세르게이 이바노비치가 동생을 향해서 말했다.

레빈이 대꾸하려 했으나, 노공작이 그의 말을 가로챘다.

「그 일치된 견해에 관해서라면 다른 얘기를 할 수도 있을 것 같소만.」공작이 말했다.「우리 사위, 스테판 아르카디치 말인데, 선생도 잘 아실 테지요. 그 친구가 지금 무슨 위원회라나 뭐라나, 암튼 나로서는 기억도 안 나는 그런 위원회에서 위원직을 맡게 됐소. 그런데 거기서 할 일이 아무것도 없단 말이지. 아니, 돌리, 이건 비밀이 아니지 않니! 그런데 8천씩이나 연봉을 받는다는 거요. 그에게 한번 물어보시오, 그 직무가 쓸모가 있느냐고 말이오. 그러면 대단히 필요한 직무임을 입증할 테지. 그 친구가 진실한 사람이긴 하지만, 8천 루블이라는 이득을 볼 정도라고는 도저히 믿을 수가 없지 않겠소.」

「네, 스테판 아르카디치가 그 직책을 맡게 되었다는 얘기를 다리야 알렉산드로브나에게 전해 달라고 부탁하더군요.」세르게이 이바노비치는 공작이 뜬금없는 얘기를 꺼냈다고 생각하여 못마땅한 투로 말했다.

「그러니까, 신문의 일치된 견해 역시 그와 마찬가지란 말이오. 이런 말이 있더군. 전쟁이 나면 신문사 수입이 두 배로

뛴다는 거지. 그러니 그들이 국민과 슬라브인들의 운명 등등 그 모든 걸 어떻게 고려하지 않을 수가 있겠소?」

「저도 대다수의 신문들을 싫어합니다만, 그 말씀은 부당합니다.」세르게이 이바노비치가 말했다.

「한 가지 조건을 제시하고 싶을 뿐이오.」공작이 말을 이었다. 「보불 전쟁 직전에 알퐁스 카르[17]가 그 점에 대해 멋진 글귀를 남겼소. 〈당신은 전쟁이 불가피하다고 생각하시오? 좋소, 전쟁을 선동하는 자는 특수 전위대에 입소시켜 돌격하게 합시다. 최선두에 서게 합시다!〉」

「편집장들이라면 끝내주겠는데요.」카타바소프가 안면 있는 편집장들이 특수 부대에 배속된 모습을 상상하고는 폭소를 터뜨렸다.

「무슨 말씀을요, 도망치고 말걸요.」돌리가 말했다. 「방해만 될 텐데요, 뭐.」

「도망가면 산탄이나 채찍 든 카자크인들을 뒤에다 배치해야지.」공작이 말했다.

「그 말씀은 농담이실 테지만, 고약한 농담이군요. 죄송합니다, 공작님.」세르게이 이바노비치가 말했다.

「나는 농담이라고 생각하지 않는데요. 그건…….」레빈이 입을 열었으나, 세르게이 이바노비치가 가로챘다.

「사회 구성원은 각자 자기의, 자기 고유의 직무를 이행해야 할 소명이 있습니다.」그가 말했다. 「그리고 지식인들은 여론을 대변함으로써 본분을 다하죠. 단합된 여론의 완전한

17 Alphonse Karr(1808~1890). 프랑스 언론인이자 작가. 프로이센 전쟁 직전에 정론지 『민족적 견해』를 발행하였는데, 이를 읽은 톨스토이는 그를 〈매력적이고 명민한 프랑스 작가〉라고 평했다.

표명은 언론의 공로이며, 더불어 반가운 현상이기도 합니다. 20년 전 같으면 우리는 침묵했을 테지만, 지금은 러시아 민중의 음성이 들립니다. 그들은 마치 한 사람인 양 분기할 태세를 갖추고 있으며, 박해받는 형제들을 위해서 희생할 각오가 되어 있지요. 이건 위대한 진일보이자 힘의 예고입니다.」

「하지만 자신을 희생하는 게 다가 아니라 터키인들을 죽일 각오도 되어 있는 거잖아요.」 레빈이 조심스레 말했다. 「민중이 희생하며 늘 희생할 각오가 되어 있는 것은 자신의 영혼을 위해서지, 살인을 위해서가 아니라는 겁니다.」 저도 모르게 자신을 사로잡고 있는 생각을 대화와 연결시키며 그가 덧붙였다.

「자기 영혼을 위해서라고? 알겠지만, 자연 과학도에게는 난감한 표현이군. 대체 영혼이란 게 뭔가?」 카타바소프가 씩 웃으면서 물었다.

「거참, 자네도 알잖나!」

「정말로 눈곱만큼도 모르겠다니까!」 카타바소프가 껄껄 웃었다.

「〈나는 평화가 아니라 칼을 주러 왔다〉[18]라고 그리스도께서 말씀하셨지.」 세르게이 이바노비치가 레빈을 늘 혼란스럽게 만들었던 복음서의 대목을 마치 너무나 당연한 사실인 양 꼭 집어서 인용하며 반박을 내놓았다.

「그건 옳으신 말씀입죠.」 곁에 서 있던 노인이 우연히 자신에게 던져진 눈길에 응답하느라 또다시 맞장구를 쳤다.

18 「마태오의 복음서」 10장 34절에서 인용한 내용. 전문은 다음과 같다. 〈내가 세상에 평화를 주러 온 줄로 생각하지 마라. 평화가 아니라 칼을 주러 왔다.〉

「저런, 이 친구야, 완패했네, 완전히 박살 났다고!」카타바소프가 신이 나서 외쳤다.

레빈은 화가 나서 얼굴이 벌겋게 달아올랐다. 논쟁에서 졌기 때문이 아니라, 자제하지 못하고 논쟁에 뛰어든 게 화가 났던 것이다. 〈안 돼, 저들과 논쟁을 해선 안 돼.〉그가 생각했다. 〈저들은 꿰뚫을 수 없는 갑옷을 입었지만 나는 벌거숭이란 말이다.〉

그는 형과 카타바소프를 설득하기란 불가능하며, 자신이 그들의 견해에 동조할 가능성은 더더욱 희박하다는 걸 잘 알고 있었다. 그들이 주장하는 것은 바로 레빈 자신을 거의 파멸시킬 뻔했던 지적 오만함이었다. 형을 포함한 몇십 명의 사람들이, 수도로 몰려온 몇백 명의 수다스러운 자원병들이 떠들어 대는 말에 근거하여, 자기네들이 신문과 더불어 민중의 의지와 사상을 대변한다고 주장할 권리를 갖는다는 점에 그는 동의할 수가 없었다. 게다가 그러한 민중의 사상은 복수와 살인으로 표현되고 있지 않은가. 그가 동의할 수 없었던 건, 자신이 어울려 살고 있는 민중에게서 그러한 사상의 표명을 본 적이 없으며, 자기 안에서도 그러한 사상을 발견하지 못했기 때문이었다(그는 자기 자신을 러시아 민중의 구성원 중 한 사람이 아닌 다른 특별한 존재로 간주할 수 없었다). 또한 중요하게는, 민중과 더불어 공공의 안녕이 무엇으로 이루어지는지는 몰라도, 그것의 달성이 오로지 개개인에게 계시되는 선(善)의 법칙을 엄격하게 이행할 때에만 가능하다는 것을 이제 분명하게 알고 있기 때문이었다. 따라서 그 어떤 목적을 위해서도 전쟁을 바라거나 주장할 수는 없었다.

그는 미하일리치나 농민들과 이야기를 나누곤 했는데, 그

459

들은 초청받아 온 바랴그인들에 관한 전설[19]을 빌려 자신의 생각을 표현하곤 했다. 〈와서 저희들을 통치하고 다스려 주십시오. 온전히 순종할 것을 기꺼이 약속드립니다. 모든 수고와 굴욕과 희생을 감수하겠습니다. 그러나 판단과 결정은 내리지 않겠습니다.〉 그런데 지금 세르게이 이바노비치의 말에 따르면, 민중은 그토록 비싼 대가를 치르고서 얻은 권리를 포기한 셈이 아닌가.

그는 또한 여론이 무오류의 판관이라면, 어째서 혁명이나 코뮌은 슬라브인들을 위한 운동과 마찬가지로 정당한 것이 되지 못하느냐고 묻고 싶었다. 그러나 그 모든 건 아무것도 해결할 수 없는 상념일 뿐이었다. 단 한 가지 확실하게 알 수 있는 건 지금 이 순간 벌어지는 논쟁이 세르게이 이바노비치의 화를 돋우고 있다는 사실이었으니, 따라서 논쟁은 몹쓸 짓이었다. 레빈은 입을 다물고서, 먹구름이 몰려들었으니 비를 피하기 위해 집으로 가는 게 좋겠다고 말하며 손님들의 주의를 딴 데로 돌렸다.

17

공작과 세르게이 이바노비치는 짐마차에 올랐고, 남은 사람들은 속보로 걸어 집으로 향했다.

그러나 잠시 하얗게 되었던 구름이 다시 검게 변하면서 아

---

19 러시아의 가장 오래된 문헌인 『원초 연대기』에 따르면, 옛 슬라브인들의 초청을 받고 온 북방 출신의 바랴그인들에 의해서 러시아 땅에 처음으로 국가가 수립되었다.

주 빠르게 몰려들었기에, 비가 퍼붓기 전에 집에 당도하려면 더욱 걸음을 재촉해야 했다. 그을음이 낀 연기처럼 검고 낮은 먹구름이 선두에서 유난히 빠르게 하늘을 내달리고 있었다. 집까지는 2백 보가량 남아 있었는데, 벌써 바람이 솟구치면서 매순간 폭우가 쏟아질 것만 같았다.

겁을 먹으면서도 신이 난 아이들은 째질 듯한 소리를 내지르며 앞서 달려갔다. 다리야 알렉산드로브나도 몸에 잔뜩 달라붙는 치맛자락과 씨름하며 아이들에게서 눈을 떼지 않은 채, 이제 걷는 게 아니라 달리고 있었다. 남자들은 모자를 붙들고서 성큼성큼 걸었다. 그들이 현관 앞에 당도했을 때는 이미 굵은 빗방울이 양철 홈통 끝에 부딪쳐 사방으로 튀고 있었다. 아이들이, 뒤이어 어른들이 흥겹게 떠들면서 처마 밑으로 뛰어들었다.

「카테리나 알렉산드로브나는?」 현관에서 망토와 담요를 들고서 그들을 맞이하는 아가피야 미하일로브나에게 레빈이 물었다.

「함께 계시는 줄 알았는데요.」 그녀가 말했다.

「그럼 미탸는?」

「틀림없이 콜로크에 계실 거예요. 유모도 함께요.」

레빈은 담요를 덥석 쥐고서 콜로크로 달려갔다.

그 잠깐 사이에 먹구름의 중심부가 태양 쪽으로 이동하여 날은 마치 일식이 일어난 듯 어두워졌다. 자기주장을 관철하려는 듯, 이 바람은 계속해서 레빈을 멈춰 세우고 보리수 잎사귀와 꽃을 떼어 내 날려 버리는가 하면 자작나무의 흰 가지들을 흉하고 기이하게 발가벗기고 아카시아와 꽃, 우엉과 잡초 그리고 나무꼭대기까지 모든 것을 한 방향으로 구부러뜨렸다. 정원에서 일하던 하녀들이 새된 소리를 지르며 하인 방 처마 밑으로 뛰어 들어갔다. 쏟아지는 빗줄기의 흰 장막은 이미 먼 숲 전체와 가까운 들판의 절반가량을 뒤덮고서 콜로 크 쪽으로 빠르게 이동하는 중이었다. 공기 중에 자잘한 물방 울로 흩어지는 빗물의 습기가 느껴졌다.

고개를 앞으로 숙인 채 담요를 앗아 가려는 바람과 씨름하 며 어느새 콜로크숲에 다다른 레빈이 참나무 뒤편에 있는 희 끄무레한 뭔가를 본 순간, 갑자기 사위가 번쩍이더니 온 땅이 불타오르고 머리 위에서는 하늘이 갈라지는 것만 같았다. 부 신 눈을 뜬 레빈은 이제 자신과 콜로크숲을 갈라놓고 있는 자욱한 비의 장막 너머 숲 한가운데 선 낯익은 참나무의 푸 른 꼭대기가 기묘하게 자세를 바꾼 것을 알아보고서 공포에 사로잡혔다. 〈정말 벼락을 맞은 걸까?〉 레빈이 겨우 이 생각 을 떠올리는 사이, 참나무의 꼭대기가 점점 더 빠른 속도로 다른 나무들의 뒤편으로 사라졌다. 곧이어 커다란 나무가 다 른 나무들 위로 쓰러지면서 갈라지는 소리가 들렸다.

번개 빛, 우레 소리, 일순 온몸에 끼치는 한기가 레빈에게 공포라는 하나의 인상으로 합쳐졌다.

「하느님! 하느님! 제발 그들만은 아니기를!」 그가 중얼거 렸다.

이미 쓰러져 버린 참나무에 그들이 깔려 죽지 않게 해달라 고 기도하는 것이 얼마나 무의미한지 즉시 깨달았음에도 불 구하고, 그러한 헛된 기도보다 더 나은 일이라곤 할 수 있는 게 아무것도 없었기에 그는 거듭 되풀이했다.

평소에 머물던 곳까지 달려갔으나, 그들의 모습은 발견할 수 없었다.

누군가 숲의 다른 쪽 끝자락에 있는 늙은 보리수 아래서 레빈을 부르고 있었다. 어두운색 옷을 입은(본래는 밝은색이었다) 두 사람이 몸을 굽힌 채 무언가를 디디고서 서 있었다. 바로 키티와 유모였다. 레빈이 그들 곁으로 달려왔을 때 비는 이미 그쳐 가고 날이 개기 시작했다. 유모의 치맛자락은 멀쩡했지만, 키티의 옷은 속까지 흠뻑 젖은 채 몸에 착 들러붙어 있었다. 비가 그쳤건만 그들은 여전히 뇌우가 퍼붓던 때와 같은 자세로 서 있었다. 두 사람 다 녹색 차양이 달린 유모차 위로 몸을 굽힌 채였다.

　「괜찮아요? 무사한 거예요? 천만다행이구려!」 그는 빗물이 가득 차 비뚤어진 구두를 고인 물에 철벅대면서 그들 곁으로 달려갔다.

　키티의 발그레한 젖은 얼굴이 그를 향하더니, 모양이 망가진 우산 아래서 수줍게 미소를 지어 보였다.

　「부끄럽지도 않아요! 어찌 그리 조심성이 없는지, 도무지 이해할 수가 없군!」 그가 분통을 터뜨리며 아내에게 달려들었다.

　「정말이지 난 잘못한 거 없어요. 막 돌아가려는데, 애가 떼를 쓰는 거예요. 기저귀를 갈아 줘야 했어요. 우리가 막⋯⋯.」 키티가 변명을 늘어놓기 시작했다.

　미탸는 멀쩡했고, 비에 젖지도 않은 채 줄곧 잠만 자고 있었다.

　「어쨌든 천만다행이에요! 내가 무슨 소릴 하는지 나도 모르겠군!」

　젖은 기저귀를 정리한 다음, 유모가 아이를 유모차에서 꺼내 안고 갔다. 화를 낸 것에 미안쩍은 마음이 든 레빈은 아내

와 나란히 걸으며 유모 모르게 슬그머니 아내의 손을 꼭 잡
았다.

18

이러저러한 수많은 대화들이 오고 간 그날 하루 종일 대화
에는 그저 피상적으로만 가담했던 레빈은, 자기 안에서 응당
일어나야만 했던 변화에 대해 실망스러워하면서도 가슴속
충만함을 기쁜 마음으로 끊임없이 느끼고 있었다.

비 온 뒤라 땅이 너무 질어서 산책하기는 여의치 않았다.
게다가 먹구름이 지평선에서 가시지 않은 채 으르렁대거나
검게 변하면서 하늘 가장자리를 따라 여기저기 돌아다니고
있었다. 그래서 식구들 모두 하루의 나머지 시간을 집에서 보
냈다.

논쟁은 더 이상 벌어지지 않았으며, 오히려 저녁 식사를
마친 뒤에는 다들 기분이 아주 좋았다.

처음에는 카타바소프가, 처음 그와 대면하는 사람들한테
특히 호응을 얻는 특유의 농담을 구사하여 부인들을 웃겼다.
그다음에는 세르게이 이바노비치의 요청에 따라 집파리 암
컷과 수컷의 성질과 외양의 차이들, 그들의 생태에 대해서 자
신이 관찰한 바를 아주 흥미진진하게 들려주었다. 세르게이
이바노비치 역시 명랑했다. 그는 차를 마시는 동안 동생의 요
청에 따라 동방 문제의 미래에 대한 자신의 견해를 설명해
주었는데 얘기가 너무나 쉽고 내용이 좋아서 모두가 몰입해
들었다.

다만 키티만이 끝까지 이야기를 들을 수 없었다. 미탸를 씻기느라 불려 갔기 때문이었다.

키티가 나가고 몇 분 뒤에는 레빈 또한 그녀가 있는 아이 방으로 불려 갔다.

레빈은 마시던 차를 남겨 둔 채 흥미로운 대화가 중단되는 것을 아쉬워하며 아이 방으로 향했는데, 한편 왜 자신을 불렀는지 걱정스러운 마음이 들었다. 중요한 일이 있는 경우에만 그를 불렀기 때문이었다.

미처 다 듣지는 못했지만 해방된 4천만 슬라브인들의 세계가 러시아와 함께 역사 속에서 어떻게 새로운 시대를 열어 갈 것인가에 대한 세르게이 이바노비치의 구상은 레빈에게 전적으로 새로운 것이어서, 자신을 부른 이유가 궁금하고 염려됨에도 불구하고 레빈은 이를 매우 흥미롭게 생각했다. 그러나 응접실을 나와 혼자 남게 되자마자 즉시 아침에 생각한 것들이 떠올랐고, 그러자 세계 역사에서 슬라브적 요소가 지니는 의의에 대한 그 모든 관념 같은 것들은 자신의 영혼 속에서 벌어지는 사건에 비해서 너무나 하찮게 여겨져 그는 순간적으로 모든 걸 잊은 채 그날 아침에 느꼈던 기분에 잠겼다.

그는 예전처럼 사색의 전 과정을 기억할 수 없었다(그런 건 이제 필요치 않았다). 그는 사색과 결합하여 자신을 이끄는 감정에 침잠할 뿐이었으며, 그러한 감정이 자기 안에서 아까보다도 더 확고해지고 분명해졌음을 깨달을 뿐이었다. 예전처럼 어떤 감정을 발견하기 위해 사색의 과정을 복구해야만 할 때 일부러 정신적 안정을 취하려 드는 일도 이제는 없었다. 반대로, 기쁨의 감정과 안정감이 아까보다 더 생생하여 생각이 감정을 따라잡지 못하는 것이었다.

테라스를 지나치며 어느새 어둑어둑해져 가는 하늘에 떠오른 두 개의 별을 바라보다가, 그는 문득 이런 생각을 떠올렸다. 〈맞아, 하늘을 보면서 내가 보는 하늘의 궁륭이 허구가 아니라는 생각을 했었지. 그리고 그때 나는 무언가를 끝까지 생각하지 않고서 나 자신에게서 감춰 버렸어.〉 그가 생각했다. 〈하지만 그게 뭐든 간에 이의는 있을 수 없어. 생각해야만 해, 그러면 모든 게 해명될 테지!〉

아이 방으로 들어서자 스스로에게 감추었던 게 무엇이었는지 떠올랐다. 그것은 신의 존재에 대한 중요한 논거가 선이 무엇인지를 규명하는 것이라면, 왜 그러한 규명은 오로지 그리스도교의 교회에만 국한되는가 하는 문제였다. 역시 선을 믿고 행하는 불교 신자들이나 이슬람교도들의 신앙은 그러한 선의 규명과 어떠한 관련이 있는가? 그가 느끼기에 이 문제에 대한 해답은 자기 자신에게 있는 것 같았다.

그러나 미처 그것을 명확히 표현하지 못한 채 그는 아이 방으로 들어서고 말았다.

키티는 소매를 걷어붙이고 서서는 욕조 안에서 첨벙대고 있는 아기 쪽으로 몸을 숙이고 있었다. 남편의 발소리를 들은 그녀는 고개를 돌리고 미소로써 그를 자기 쪽으로 불렀다. 똑바로 누워 허우적대면서 발을 비틀고 있는 토실토실한 아기의 머리를 한 손으로 받쳐 들고, 다른 한 손으로는 팽팽한 힘줄을 드러내며 스펀지를 아이의 몸 위에 꼭 짰다.

「자, 이것 좀 봐요, 보라니까요!」 남편이 곁으로 다가오자 그녀가 말했다. 「아가피야 미하일로브나 말이 맞았어요. 사람들을 알아본다고요.」

얘긴즉슨 미탸가 그날부터 분명히, 확실하게 식구들을 알아본다는 것이었다.

레빈이 욕조로 다가가자 실험이 개시되었고, 결과는 대성공이었다. 실험을 위해 일부러 불려 온 식모가 키티를 대신하여 아기에게 몸을 숙였다. 그러자 아기는 인상을 찌푸리더니 싫다는 표시로 고개를 가로저었다. 그러다가 키티가 몸을 숙이자 환하게 웃는 것이었다. 아기는 두 손으로 스펀지를 꼭 붙든 채 입술을 부딪쳐 울리면서 기분이 좋다는 표시로 희한한 소리를 내질러 키티와 유모뿐 아니라 레빈에게마저 예기치 못한 희열을 안겨 주었다.

유모가 아기를 한 팔에 올려 욕조에서 꺼낸 다음 몸에 물을 끼얹고는 큰 수건으로 감싸서 닦아 주었다. 째질 듯이 소리를 내지른 아기는 엄마에게 넘겨졌다.

「당신이 아이를 좋아하게 되어 기뻐요.」 아이를 품에 안은 키티가 늘 앉는 자리에 편안하게 자리를 잡고서 남편에게 말했다. 「너무 기뻐요. 안 그래도 슬퍼지려던 참이었거든요. 당신이 아이한테 아무런 감정도 못 느끼겠다고 해서 말예요.」

「설마, 내가 정말 아무것도 못 느낀다고 그랬다고? 나는 그저 실망했다고 말했을 뿐인데.」

「어떻게 아이한테 실망할 수가 있어요?」

「아이가 아니라 내 감정에 실망했다는 거죠. 나는 그 이상을 바랐거든. 마치 깜짝 선물처럼 새로운 유쾌한 감정이 내 안에서 움트기를 고대했었지. 그런데 문득 그게 아니라 혐오스럽고 애처로운 마음이…….」

그녀는 미탸를 씻기느라 빼두었던 반지를 가느다란 손가락에 끼우면서 아이를 사이에 둔 채 그가 하는 말을 주의 깊게 들었다.

「게다가 중요한 건, 기쁨보다는 연민과 두려움이 훨씬 더 컸다는 거예요. 그런데 오늘 뇌우가 쏟아질 때 두려움을 느끼고부터는, 내가 얼마나 아이를 사랑하고 있는지 깨달았지.」

키티가 환하게 웃었다.

「엄청 겁먹었었군요?」 그녀가 말했다. 「나 역시 그랬어요. 이미 일이 다 지나간 지금이 나는 더 두렵지만요. 참나무를 보러 갈 거예요. 그런데, 카타바소프 씨는 참 좋은 분이던데요! 정말이지 하루 종일 너무도 즐거웠어요. 게다가 당신도 마음만 먹으면 아주버님과 그렇게 잘 지내니…… 자, 어서 가 보세요. 목욕시키고 나면 여긴 항상 후덥지근하고 김이 서려서…….」

19

아이 방에서 나와 혼자 있게 된 레빈은 뭔가 모호한 채로 남아 있던 아까의 생각을 다시금 떠올렸다.

그는 사람들의 말소리가 새어 나오는 응접실로 가는 대신 테라스에 멈춰 서서 팔꿈치를 난간에 기댄 채 하늘을 올려다보았다.

이미 날이 완연히 어두워졌고, 그가 바라보는 남쪽 하늘에는 먹구름이 가시고 없었다. 먹구름은 반대편에 몰려 있었다. 그쪽에서 번개가 번쩍이더니 멀리서 천둥소리가 울렸다. 레빈은 보리수에서 정원으로 떨어지는 규칙적인 물방울 소리에 귀 기울이며, 세모꼴을 이룬 낯익은 별들과 그 사이로 흐르는 은하수의 지류들을 바라보았다. 번개가 번쩍일 때마다 은하수뿐 아니라 빛나는 별들도 사라졌다. 그러나 번개가 그치자마자, 그것들은 마치 정확한 손이 던져 놓은 듯이 똑같은 자리에 다시 나타나곤 했다.

〈대체 내 마음을 어지럽히는 게 뭘까?〉 레빈은 속으로 생각했다. 자신이 품은 의혹들에 대한 해답을 아직 알지 못했지만, 그것이 자신의 영혼 속에 이미 내재되어 있음을 그는 이미 감지하고 있었다.

〈그래, 신의 존재를 드러내는 한 가지 뚜렷하고 확실한 현상은 바로 세상에 계시되고 내가 내 안에서 느끼는 선의 법칙들이다. 내가 타인들과 함께 교회라고 불리는 신자들의 단일한 공동체에 통합되어 있는 것은 그것을 인정했기 때문이 아니라, 이미 자의에 의해 그리고 부지불식간에 그렇게 되어 있었던 거야. 한데 유대교인들과 이슬람교도들, 유교 신자들과 불교도들은? 그들은 대체 무엇인가?〉 그는 위험하게 여겨지던 바로 그 질문을 스스로에게 던졌다.

〈정말로 저 수억 명의 사람들은, 그것 없이는 삶이 의미를 잃게 되는 그런 지고의 행복을 박탈당한 것일까?〉 그는 생각에 잠겼다가 곧바로 정신을 가다듬었다. 〈그런데 내가 뭘 묻고 있는 거지?〉 그가 자문했다. 〈인류 전체의 온갖 다양한 신앙이 신과 맺는 관계에 대해 묻고 있는 거야. 그 모든 희뿌연 반점들을 안고 있는 전 세계에 신이 발현되는 보편적인 양상을 묻고 있는 거다. 나는 도대체 뭘 하고 있는 건가? 나 개인에게, 내 마음에, 이성으로는 포착할 수 없는 지식이 분명하게 계시되어 있는데, 계속해서 집요하게 이성과 말로써 그 지식을 표현하려 들고 있잖아.〉

〈별들이 움직이는 게 아니라는 걸, 나는 모르지 않는다.〉 자작나무의 제일 높은 가지 근처에서 위치를 바꾼 밝은 행성을 쳐다보며 그는 재차 자문했다. 〈그러나 별의 움직임을 보면서 지구의 자전을 상상할 수는 없는 노릇이니, 별이 움직인다고 하는 건 맞는 얘기겠지.〉

〈천문학자들이 지구의 그 모든 복잡하고 다양한 움직임을 고려한다면, 과연 무언가를 깨닫고 계산해 낼 수 있을까? 그들이 밝혀낸 천체의 거리와 그것들의 무게, 운행이나 섭동(攝動)에 대한 그 모든 놀라운 결론들은 고정된 지구 주변에 널린 천체들의 가시적인 움직임에 근거할 뿐이야. 지금 내 눈앞에서도 벌어지고 있는 그러한 움직임은 수 세기에 걸쳐서 수백만 명의 사람들에게 똑같이 나타났고, 앞으로도 항상 똑같을 것이며, 영구히 그와 같다고 여겨지겠지. 하나의 자오선과 하나의 지평선을 기준으로 가시적인 하늘을 관찰한 바에 근거하지 않은 천문학자들의 결론들은 공허하고 불확실하다. 그와 마찬가지로 모든 이들에게 항상 똑같았고, 앞으로도 그럴 것이며, 그리스도교에 의해서 나에게 계시되었고, 내 영혼이 항상 믿어 의심치 않을 선에 대한 이해에 근거하지 않는 한 나의 결론들 역시 공허하고 불확실할 것이야. 다른 종교들, 그리고 그것들이 신과 맺는 관계에 대한 의문을 해결할 권리와 능력은 나에게 없어.〉

「아직 안 갔어요?」 불현듯 키티의 음성이 들렸다. 그녀 역시 같은 길로 응접실에 가던 중이었다. 「설마 마음이 언짢은 건 아니죠?」 그녀가 별빛에 비친 레빈의 얼굴을 유심히 들여다보며 물었다.

번갯불이 다시금 별들을 감춰 버리며 레빈을 비추지 않았더라면 그녀는 그의 얼굴을 제대로 보지 못했을 것이다. 불이 번쩍이는 순간 남편의 얼굴을 낱낱이 살펴본 그녀는 그가 편안하고 흡족한 상태임을 알아채고서 방긋 웃어 보였다.

〈키티는 알고 있어.〉 그는 생각했다. 〈내가 무슨 생각을 하는지 알고 있는 거야. 키티한테 말할까, 말까? 그래, 얘기하자.〉 하지만 그가 입을 열려는 순간 그녀 역시 말을 꺼냈다.

「마침 잘됐어요, 코스탸! 부탁 좀 할게요. 구석방에 가서 아주버님 거처가 잘 마련됐는지 좀 살펴봐 줘요. 내가 가기엔 좀 뭣해서요. 새 세면대를 달았는지도 봐주시고요.」

「알겠어요, 꼭 가보지.」 레빈이 일어나 그녀에게 입 맞추며 말했다.

〈아니야, 말할 필요 없어.〉 앞질러 가는 그녀를 보며 그는 생각했다. 〈이건 오직 나에게만 필요하고 나에게만 중요한, 말로는 표현할 수 없는 비밀이야.〉

〈이 새로운 감정은 내가 꿈꾸던 것처럼 나를 바꿔 놓지도, 행복하게 만들지도 않았고, 불시에 깨달음을 안겨 주지도 않았어. 아들에 대한 내 감정과 마찬가지로 말이야. 깜짝 선물 같은 건 전혀 없었지. 한데 신앙인지 아닌지, 뭔지 모를 이 감정 역시 부지불식간에 고뇌처럼 내 영혼을 파고 들어와 확고하게 자리를 잡았어.〉

〈나는 여전히 마부 이반에게 화를 내고, 여전히 논쟁하며, 뜬금없이 내 생각을 늘어놓겠지. 그리고 여전히 내 영혼의 성물(聖物)과 남들 사이에는 성스러운 장벽이 존재할 거야. 심지어 아내와의 사이에도. 내가 느끼는 두려움을 빌미로 아내를 비난할 테고, 그렇게 한 걸 후회할 테지. 그리고 내가 왜 기도하는지 이성으로는 이해하지 못한 채 여전히 기도할 것이다. 하지만 나에게 무슨 일이 일어나든 그것과 무관하게 이제 내 삶은, 내 일평생은, 매 순간이 예전처럼 무의미하지 않을 뿐만 아니라 선(善)이라는 의심할 바 없는 의미를 지닌다. 그 의미를 내 삶 속에 불어넣을 권한이 나에겐 있다!〉

역자 해설
소설, 삶을 사랑하게 만드는 예술

톨스토이의 『안나 카레니나』는 세계에서 애독자를 가장 많이 거느린 명작으로 꼽힌다. 사람들이 이 소설에 매료되는 이유는 여러 가지겠지만, 아마도 그중 첫 번째는 인물과 일화들이 하나같이 너무나 실감 나기 때문일 것이다. 『안나 카레니나』는 작가 자신의 표현대로 〈아주 생생하고 활기찬〉 소설이다. 그 고유한 매력은 수많은 인물과 에피소드가 저마다의 생동감과 활력을 내뿜는 데 있으며, 바로 그러한 점에서 톨스토이는 스스로 밝혔던 예술가의 목표인 〈무한한 양상으로 발현되는 삶을 사랑하게끔 만드는〉 것을 이 작품을 통해 최대한으로 달성했던 셈이다. 독자들은 『안나 카레니나』를 읽으면서 등장인물들이 〈실제로 존재하는 이들인 양, 그들이 자신의 친구나 다름없는 이들인 양〉 친숙함을 느끼고 그들과 교감한다. 참고로 이러한 반응을 나보코프V. Nabokov는 〈우리의 시간관념과 정확히 들어맞는 시간을 작품에 부여하는〉 톨스토이의 재능, 〈우리의 맥박과 같은 속도를 갖는〉 그의 산문 덕분이라고 보는데, 흥미롭고 설득력 있는 지적이라 여겨진다. 아울러 주지의 사실이지만, 인간과 사물의 외양과 성격에 대한 톨스토이의 예리한 통찰력, 균형 잡히고 종합적인 관찰력이 소설 속의 리얼리티, 특히 등장인물의 형상에 특별한 생동감과 실제성을 불어넣는 밑거름이 되었음을 덧붙이고자 한다.

두터운 소설책을 들고 첫 장을 여는 순간 안나와 레빈은 말할 것도 없고, 키티와 브론스키, 스테판과 돌리, 셰르바츠키 노공작 부부, 니콜라이 레빈과 세르게이 코즈니셰프, 벳시와 먀흐카야, 아울러 카레닌과 리디야 이바노브나마저도 도저히 거부할 수 없는 존재감과 호소력을 지닌 채 독자들의 감수성에 육박해 올 것이다. 아래는 아마도 길게 이어질 독서의 여정에 조금이나마 도움이 되기 바라면서 부치는, 두서없는 역자 후기이다.

〈당대의 삶으로 이루어진〉 소설

『안나 카레니나』는 1875년부터 1877년까지 잡지 『러시아 통보』에 연재되었다. 2년 반가량의 긴 시간 동안 톨스토이는 농민 아동을 대상으로 쓴 『독본』을 제외한 다른 원고는 손대지 않은 채 오로지 이 작품에만 몰두했다. 소설을 쓰기 시작한 시기는 1873년 초엽이었으나 1870년에 기본적인 모티프가 구상되었고, 1878년에 수정 작업을 거쳐서 단행본이 출간되었으니, 1870년대의 대부분을 『안나 카레니나』의 창작에 바친 셈이다. 원고의 집필이 몇 달 동안 중단되기도 했고, 작가가 자신의 작품에 대해 냉소와 환멸을 표하기도 했지만 소설은 무서운 흡인력을 발휘하며 그의 창조적 에너지를 빨아들였고, 대략 239장으로 구성된 8부작으로 완성되었다. 『안나 카레니나』가 발표될 당시 톨스토이는 이미 거장의 반열에 올라 있었고, 그의 예술적 재능은 절정에 달해 있었다. 그는 이제 〈과거에 관한 책〉(『전쟁과 평화』)이 아니라 〈당대의 삶으로 이루어진 소설〉의 창작을 시도했다.

『안나 카레니나』의 초고는 주인공 안나와 정부, 그녀의 남편 간의 삼각관계를 다룬, 비교적 단순한 이야기에 불과했다. 그러한 초기 구상이 창작 과정에서 지금 우리가 알고 있는 저 복잡다단하고 장대한 장편소설로 변모한 것이다. 이 엄청난 진화는 당대의 일상과 세태, 사회적 이슈와 시대정신을 천착했던 작가의 태도에서 기인했다. 〈당대성은 예술적 본질 자체에서 발생한다. 이는 현실과 연관되어 있는 러시아 소설의 가장 중요한 내적 법칙 중 하나이다〉라는 톨스토이 연구자 바바예프E. Babaev의 지적은 『안나 카레니나』에서 폭넓은 정경으로 실현된다. 『안나 카레니나』의 시간적 배경은 1873년 겨울 끝자락부터 1876년 여름까지이다. 바로 이 기간에 소설이 집필되고 발표되었으며, 해당 기간에 작가가 보고 생각하고 느낀 모든 것, 〈온갖 시대의 조류〉가 작품에 오롯이 담겨 있다. 『안나 카레니나』를 쓰는 동안 톨스토이가 일기 쓰기를 중단했다는 것은 주지의 사실로, 〈나는 모든 것을 『안나 카레니나』 속에 썼다. 남은 것은 아무것도 없다〉라는 작가의 소회가 한 편의 소설에 국한되지 않는 작품의 위상을 잘 말해 준다. 이 작품은 1870년대 러시아의 연대기와 작가의 일기를 합쳐 놓은 것이나 다름없다. 거기에는 젬스트보(지방 자치회)에서부터 이민족 정착에 관한 사안, 대학 문제, 농민 교육, 여성 문제, 세르비아-터키 전쟁, 범슬라브주의에 이르기까지, 러시아 사회와 그 구성원들 개개인이 현실적으로 당면한 문제들이 총체적으로 진열되어 있으며, 그 시절 톨스토이가 골몰했던 철학적, 종교적, 윤리적 문제들이 곳곳에 배치되어 있다.

『안나 카레니나』와 1870년대

1870년대는 농노제가 여전히 러시아 경제의 토대를 이룬 가운데 철도가 급속하게 건설되고, 은행의 설립과 파산 소식이 사회적 파란을 일으키던 시대였으며, 개혁과 진보에 대한 역사적 전망이 차단되고 기존의 가치와 신념에 대한 의심과 회의가 확산되던 시기였다. 톨스토이가 보기에 1870년대는 무엇보다도 삶을 지탱해 주던 도덕률이 무너져 버린 혼돈의 시기였다. 특히 당시 상류층의 풍토는 톨스토이를 비롯한 지식인들에게 로마 문명의 최후를 연상시킬 정도로 타락해 있었다. 소설 제2부에서 묘사되는 경마장의 광경은 그러한 인식을 직접적으로 드러내는 대목으로, 페테르부르크 궁정과 사교계 인사들이 총출동하여 부상자가 속출하는 경마를 구경하는 장면을 사자가 등장하는 검투장에 비유한 것이 이를 잘 드러낸다.

물질적으로 급속도로 발전하는 반면, 정신적으로는 돌이킬 수 없이 퇴행의 길을 걷던 그 시절에 자살 또한 사회적인 문제가 될 정도로 빈번했다. 『안나 카레니나』의 구상을 구체화한 것도 당시 벌어진 자살 사건에서 얻은 충격과 인상에서 비롯되었다. 1872년에 안나 스테파노브나 피로고바라는 여인이 정부(情夫)에게서 버림받고 야스나야 폴랴나 근처 기차역에서 달리는 화물 열차에 투신하는 사건이 벌어졌다. 당시 기차역의 막사에 안치된 피로고바의 사체를 일부러 찾아가서 살펴볼 정도로 톨스토이는 이 사건에 비상한 관심을 보였다. 1870년대 초반부터 유부녀의 불륜 행각을 소재로 하는 소설을 쓰려 했던 그로서는 이 비극적인 사건에서 주인공의 운명에 대한 실마리를 얻은 셈이다. 아울러 주인공의 운명과 밀접하게 결부되어 있는 기차와 철도의 이미지 역시 이 사건을 계기로 배태되었다고 볼 수 있다.

한편, 소설을 구상하고 집필하던 기간에 작가의 개인적 삶역시 순탄치 않았다. 윌슨A. N. Wilson이 톨스토이 전기에서 지적한 바와 같이 〈꼬리를 물고 이어지는 죽음과 죽음, 권태기에 빠진 결혼 생활과 견디기 힘들 만큼 따분한 일상〉 속에서 『안나 카레니나』는 창작되었다. 지방 소도시 아르자마스의 여관에서 체험한 밑도 끝도 없는 죽음의 공포, 요르골스카야를 비롯한 가까운 숙모들의 죽음, 갓 태어난 아이들의 연이은 병사(病死)로 인해 굳건했던 작가의 심장과 영혼은 불안과 공포, 초조함에 사로잡힌다. 삶과 삶에서 이룬 모든 것이 죽음으로 인해 한순간에 물거품이 될 수 있음을 자각한 톨스토이는 삶의 의미에 대한 근본적인 의문을 품게 되고, 그 해답을 종교와 도덕에서 구한다. 예술가 톨스토이가 구도자 톨스토이로 변신하는 시점, 이른바 회심(回心)의 전야였다. 생의 전환점에서 그가 맞이한 정신적이고 정서적인 위기의 징조들은 『안나 카레니나』의 두 주인공, 안나와 레빈의 이야기 속에 중층적으로 반영되었다. 특히 레빈의 형상 속에서 그것은 지독한 회의와 집요한 구도의 과정으로 묘사된다. 그 결과 소설은 애초의 구상을 한참 벗어나서 방대한 규모로 확장되고 심오한 사상을 내장하게 된다.

가정 소설로서의 『안나 카레니나』

근대에 접어들면서 러시아 사회의 동요와 변혁의 징후는 사회의 각 단위에서 감지되었고, 가정의 위기를 통해 뚜렷하게 발현되었다. 가정은 한 사회의 전반적인 양태와 모순을 응축하고 있기에 체제와 가치관이 흔들리는 과도기에 특히 작가들로부터 집중적인 조명을 받아 왔으며, 그 대표적인 예로 도스토옙스키를 들 수 있다. 1870년대에 그는 『작가 일기』를 통해 가정과 가족 관계의 붕괴 현상에 천착하였고, 『미성년』과 『카라마조프 씨네 형제들』에서 해당 문제를 전면적으로 다룬 바 있다. 톨스토이 역시 가정을 묘사한 대표 작가로서 그의 대작 『전쟁과 평화』와 『안나 카레니나』가 모두 가정 소설의 범주에 속한다.

〈모든 행복한 가정은 서로 닮았고, 모든 불행한 가정은 제각각 불행하다. 오블론스키 집안은 온통 뒤죽박죽이었다.〉 소설 『안나 카레니나』는 이 두 문장으로 시작된다. 첫 문장에서는 소설의 중심 주제(가정)와 그 두 가지 국면(행복/불행)이 제시됨으로써, 앞으로 행복한 가정과 불행한 가정이 평행을 이루며 대비되리라는 점을 짐작할 수 있다. 〈온통 뒤죽박죽이었다〉라는 두 번째 문장은 오블론스키 일가의 정황을 전달하며, 나아가 당대 러시아 사회의 전반적인 분위기를 암시한다. 이 함축적이고 중의적인 진술에서 가정은 그것이 속한 사회 전체를 집약적으로 반영하는 단위가 된다.

여기서 한 가지 유의할 점은 톨스토이가 문제 삼는 것이 가정 일반이 아니라 귀족의 가정이라는 사실이다. 그는 자신의 문학 작품을 통해서 귀족 계층의 현황과 운명을 역사·정치·경제·윤리·심리·미학의 관점에서 해부하고 고찰하였으며, 『안나 카레니나』는 그러한 작업의 총괄편으로 볼 수 있다. 소설 속에서 전반적인 몰락의 징후를 보이는 귀족의 모습 가운데 가정의 테마와 관련하여 주목할 만한 대목은 두말할 것 없이 〈윤리적인 타락상〉이라 할 수 있다. 벳시가 주도하고 안나가 가담하는 페테르부르크 사교계 모임을 가리켜 〈화류계와 비슷한 정도를 넘어 완전히 똑같다〉라고 일갈하는 데서 우리는 당대 귀족의 행태에 대한 작가의 냉엄한 시선을 느끼지 않을 수 없다. 안나의 불륜은 귀족 전체의 배덕과 결부된 채, 그것을 배경이자 전제로 하여 전개된다.

　톨스토이에게 가정은 사랑, 결혼, 불륜이라는 굵직한 주제들과 결부되어 있으며, 이 모든 것이 그를 집요하게 괴롭힌 성적(性的)인 요소를 내포하고 있기에 윤리적으로 첨예한 문제가 아닐 수 없었다. 그뿐만 아니라 가정은 출산과 육아의 산실로서 가정 자체와 출산과 육아의 주체인 여성은 결코 도덕적 규범과 책임으로부터 자유롭지 못했다. 아이 때문에 가정은 톨스토이에게 결코 세속과 일상의 차원을 벗어날 수 없는 대상이었다. 가정의 중심인 아이는 육신으로 잉태되어 태어나야 하고, 생리학적 원리에 의해 보살핌을 받아야 하며, 돈을 벌어 먹이고 입혀야만 했다. 여섯 아이의 엄마인 돌리가 결혼 생활을 곱씹어 보며 홀로 뇌까리는 대목에서 가정을 대하는 톨스토이의 관점은 확연히 드러난다.

　〈그래, 언제나 그랬어.〉 지난 15년의 결혼 생활을 되돌아보며 다리야 알렉산드로브나가 생각했다. 〈임신에다 입덧이 오고 머리가 아둔해지면서 모든 것에 무심해지는 거야. 중요한 건, 몰골이 추해지는 거지. 키티, 그 젊고 예쁘던 키티마저도 매력이 없어졌는걸. 하물며 나는 임신하면 아예 흉물이 된다니까. 출산과 산고, 그 끔찍한 산고, 그리고 최후의 순간…… . 그다음에는 젖 먹이는 일과 잠 못 이루는 밤, 그 끔찍한 아픔…… .〉 그녀는 젖꼭지가 갈라져서 고통스러웠던 기억을 떠올리며 몸서리를 쳤다. 그런 아픔을 그녀는 거의 매 아이 때마다 겪었던 것이다. 〈그다음은 아이들의 병치레야. 그거야말로 끝도 없이 겪는 두려움이지. 또 그다음은 애들 교육에다 그 망측한 버릇들, (……) 학과 공부, 라틴어…… . 그 모든 게 이해할 수 없고, 고달프단 말이야. 그런 데다가 아이의 죽음까지 겪어야 하다니.〉

형이상학적이고 낭만적인 상상력이 함부로 끼어들 수 없는, 엄연한 생활이자 현실로서의 가정은 위대한 드라마의 원천이 되기 힘들다. 그럼에도 불구하고 톨스토이에게 가정이 신성한 의미를 지니는 까닭은, 적어도 『안나 카레니나』를 완성할 시점까지는 그것이 인간 사회에서 가장 자연스러운 것에 속한다고 여겨졌기 때문이다. 수백 년, 수천 년 동안 가정의 구성과 운영 원리, 성격과 기능은 변함없이 〈자연 그대로〉였던 것이다. 톨스토이의 다른 저작들에서와 마찬가지로 『안나 카레니나』에서도 자연과 자연적인 것이 지니는 가치는 윤리와 미학의 차원에서 모두 절대적이다. 자연은 선(善)이자 미(美)인 반면, 자연에 어긋나는 것과 자연을 파괴하는 모든 것은 악(惡)이고 추(醜)이다. 가정 및 그와 관련한 모든 것들 — 사랑과 결혼, 가사와 육아, 심지어 집안의 꾸밈새와 식단조차도 언급한 대립 구도에 따라 묘사되고 조명되는 것이 가정 소설 『안나 카레니나』의 특징이다.

〈광범위하고 자유로운〉 소설의 리듬

톨스토이는 『안나 카레니나』를 〈광범위하고 자유로운 소설〉이라고 자평한 바 있다. 광범위하다는 것은 다양한 주제와 모티프, 여러 인간 군상이 등장한다는 의미일 터이다. 『안나 카레니나』는 수많은 범인(凡人)들과 크고 작은 에피소드로 구성된 소설로서, 가령 도스토옙스키의 『죄와 벌』이나 고골의 『죽은 혼』처럼 비상한 사건이나 걸출한 인물이 플롯을 주도하고 일상과 세태를 뛰어넘는 초월적이고 상징적인 층위가 압도하는 서사와는 거리가 멀다. 톨스토이의 작품에는 개성 강한 인물들이 여럿 등장하지만, 그중 어느 누구도 세속과 일상의 수준을 넘어서는 것을 추구하거나 체현하지 않는다. 예컨대 레빈은 소설의 처음부터 끝까지 삶에 대한 의문으로 괴로워하지만, 그의 고민은 생활 궤도로부터의 일탈로 이어지지 않고 영지에서의 일상, 농사와 집안을 돌보는 분주한 일과 속에 스며들어 있을 뿐이다. 브론스키의 경우 소설의 말미에 자신의 재산을 털어서 자원병들을 이끌고 세르비아의 전쟁터로 가지만, 이때 그는 영웅이나 순교자가 아니라 불행을 이길 방도를 못 찾고 자포자기한, 엎친 데 덮친 격으로 〈치통〉마저 앓는 불쌍하고 초라한 사내일 뿐이다. 역설적이게도 그에게 참전은 일종의 생존 방편이지 숭고한 임무가 아니다. 독일 온천장에서 신앙심 깊은 슈탈 부인으로부터 감화를 받고 그리스도교적 희생정신에 입각하여 거룩한 봉사의 삶을 살고자 했던 키티는, 그러한 시도가 허욕에 지나지 않음을 깨닫고서 홀가분하고 당당하게 세속의 삶으로 귀환한다. 『안나 카레니나』의 인물들은 응접실과 서재, 침실과 식당, 관청과 클럽, 경마장과 사냥터, 마차와 기차 객실 등 당시 귀족들의 일과가 이루어지던 장소에서 먹고 마시고 식구들을 건사하며, 대화하거나 논쟁하고, 사냥을 하거나 영지를 관리한다. 요양지나 성당이라 할지라도 세시와 풍속을 초월한 그 어떤 기발한 사건이 벌어지는 경우는 없다.

한편, 자유로운 소설이라 함은 장르적 관례와 규범에 얽매이지 않았음을 뜻한다. 기승전결이 뚜렷하다든가 서술의 요소들과 일화들이 중심 사건으로 수렴되는 등 당대 유럽에서 보편화된 소설적 관례가 『안나 카레니나』에서는 지켜지지 않는다. 소설이 시작되고 한참이 지나서야 주인공 안나가 등장하고, 안나가 죽은 뒤에도 소설은 끝나지 않으며, 안나의 로맨스는 지극히 산문적이고, 결혼과 득남 후에도 레빈의 이야기는 계속된다. 게다가 수많은 소재와 에피소드가 일관된 논리로 꿰어지지 않은 채 나열되고, 어떤 장면들은 딱히 중요해 보이지도 않음에도 너무나 세세하고 장황하게 묘사되는데, 제6부의 귀족단장 선거, 제7부의 집회, 클럽의 정경 등이 특히 그러하다. 이렇게 보편적 규범을 벗어난 구성에 대해 어떤 이들은 〈그저 일상에서 일어난 사건들을 되는대로 종합해 놓은 것〉, 혹은 〈급조된 스케치이자 덧칠〉 등등의 악평을 쏟아 내기도 했다.

그러나 지나치게 자유롭고 산만해 보이는 서사 속에는 다소 도식적으로 느껴질 정도의 규칙이 존재한다. 그것은 소위 〈안나 라인〉과 〈레빈 라인〉 간의 평행과 대비이다. 에필로그에 해당하는 제8부를 제외하고 각 부는 안나와 레빈의 라인이 상호 교차되며 대체로 비슷한 비중을 차지하도록 구성되어 있다. 아울러 잘 알려져 있다시피 안나는 주로 도시에서, 레빈은 주로 시골에서 생활하도록 설정됨으로써 공간적인 대비 역시 소설 시학의 골간을 이룬다. 앞서 언급한, 톨스토이가 관심을 기울인 당대의 세태와 사회적 이슈들, 그가 탐구했던 삶과 죽음의 문제들은 다름 아닌 레빈의 시점에서 그의 의식과 감정으로 걸러진 채 묘사된다. 이 소설이 가정 소설이면서 동시에 사회 소설이 될 수 있었던 요인이 바로 레빈과 관련된 서사의 도입이며, 거기서 귀족의 테마가 온전하게 구현될 수 있었던 것도 귀족주의적 이상을 품고 귀족층을 성찰하는 레빈의 등장 덕분이다. 게다가 그의 이야기는 안나의 이야기에 대립할 뿐 아니라 진실함, 온화함, 여성적인 아름다움과 세심함 같은 안나의 미덕을 상기시키고 강조하며 긍정하는 역할 또한 수행한다.

톨스토이의 아내 소피야 안드레예브나에 따르면『안나 카레니나』는 애초에 〈부정한 아내와 그로부터 비롯되는 모든 드라마〉로 구상되었고, 〈그 여자를 오로지 불쌍하고 죄 없는 여자로 만드는 것〉이 작가의 과제였다. 헛된 가정이겠지만, 레빈 라인이 배제된 초안이 그대로 한 편의 소설로 완결되었더라면 거기 담긴 암울한 비전으로 인하여 독자들은 숨이 막혔을 테고, 톨스토이 문학 특유의 〈어둠의 권력〉이 서사를 장악했을 것이다(소설의 안나 라인만 따로 모았다고 상상해 보라). 작가는 다분히 이분법적인 구조를 통해서 안나의 비극과 오류에 대한 대안을 제시하고자 하였고, 그러한 구상은 어느 정도 성공적이었다고 여겨진다. 이를 다른 각도에서 보자면, 작가가 스스로를 표현하기에 안나만으로는 부족했으며, 자신의 이상에 좀 더 가까운 또 다른 자아의 형상이 요구되었다고 하겠다.

아름답고 슬픈 안나

앞에서 지적한 대립 구도에 따르면, 가정은 자연이고 불륜은 부자연, 즉 인위이고 허위일 뿐 아니라 자연의 적극적인 파괴라 할 수 있다. 주인공 안나는 이 대립되는 양자에 모두에 걸쳐 있으며, 바로 여기서 문제는 시작된다.

안나 카레니나는 〈세계 문학에 등장하는 인물 중의 가장 아름다운 부인〉(크리스티아네 치른트Christiane Zschirnt)이자 〈세계 문학사에서 가장 매력적인 여주인공〉(나보코프)이다. 왜냐하면 그녀는 존재 자체가 너무나 자연스럽고 거짓됨이 없으며, 자연처럼 생명력이 넘치고 포용력과 융화력을 지녔기 때문이다. 소설 속에서 이 점을 가장 먼저 알아차린 이는 다름 아닌 브론스키다. 첫 만남에서 그는 그녀의 세련됨이나 우아함에 주목한 게 아니라, 〈그 사랑스러운 얼굴 표정〉에 〈유달리 다정하고 상냥한 무엇〉이 담겨 있으며, 억제되었으나 곧 분출할 것만 같은 〈생기〉가 감돌고 있음을 감지한다. 그녀의 이러한 특징들은, 톨스토이의 관점에서 볼 때 자연이 여성에게 부여한 가장 아름다운 면면이다. 안나가 발휘하는 타자에 대한 특유의 인화력 역시 그 일환으로, 돌리의 고통과 슬픔에 진심으로 공감함으로써 파경의 위기에 놓인 오블론스키 부부 사이를 다시 이어 주고, 조카들과 스스럼없이 어울려 체온을 나누는 그녀의 모습은 타인을 포용하고 그의 생기를 북돋아 주는 여성성의 이상적인 경지를 환기한다.

이처럼 자연스러운 생명력과 아름다움을 체현하는 안나에게 톨스토이는 아주 가혹한 운명을 선고하였다. 인간이 상상할 수 있는 가장 정감 어린 여성성과 더불어 도저히 극복할 수 없는 인격적인 취약점, 그리고 출구 없는 한계 상황이 그녀에게 동시에 주어진 것이다. 브론스키라는 매력적인 남성이 다가왔을 때 그녀가 비로소 깨달은 자신의 처지, 사랑과 교감이라고는 전혀 없는 8년간의 결혼 생활은 참으로 끔찍하고 비참한 것이었다. 안나의 불륜 행각으로 파경을 맞이하는 카레닌가의 가정은, 사실 작가의 윤리관에 비추어 보자면 허위 위에 지어진 집이었기에 일찌감치 붕괴되어야 마땅했다. 그러나 톨스토이는 여기서 스스로의 논리를 뛰어넘는 이야기를 펼쳐 보인다. 결혼으로 이루어진 가정이라는 인간적인 연대는 어찌 되었든 신성한 것이며, 다른 건 몰라도 성애(性愛)라는 욕망으로 인해서 망가져서는 안 되는 대상이었다.

〈원수 갚는 것은 내가 할 일이니 내가 갚아 주겠다〉라는 제사에 의거하여 이 작품을 〈복수〉의 서사로 가정한다면, 그 주체와 객체는 안나 자신이라고 할 수 있다. 자신의 모순에 스스로 값하는 그녀는 너무나 아름답지만 한편으로 대책 없이 미숙하고 결함 많은 인간이다. 안나가 자기중심적인 욕망에 종속되는 순간, 사악하고 거짓되고 파괴적인 모종의 힘이 내면에서 깨어나 그녀를 사로잡고 끝내 죽음으로 치닫게 한다. 그 시발점에 톨스토이는 아주 엄격하게 판정한다. 안나에게 반한 브론스키가 그녀의 호감을 사기 위해 인위적으로 행한 선행 — 기차에 치여 죽은 파수꾼 가족에게 2백 루블을 적선한 일 — 을 그녀가 묵인하고 받아들이는 순간부터 모든 배덕과 불행은 시작된다. 욕망으로 인해 허위를 수용하고 탐닉했다는 사실부터가 이미 죽음에 도달하게 할 만큼 그녀의 자연적인 본성에 반하는 일이었다.

안나의 내적 모순은 그녀에게 크나큰 고통을 안겨 주는 외부 세계(사교계)와의 대립보다 한층 더 근본적이다. 사람들 앞에서 공개적으로 모욕당할 위험을 무릅쓰고 페테르부르크 인사들이 모두 모이는 극장에 제 발로 들어선 안나는, 무모하지만 그렇게라도 자신을 부당하게 배척한 사교계에 저항을 시도한 바 있다. 그러나 그녀는 자신의 분열된 자아, 브론스키를 곁에 두고 싶은 만큼이나 두고 온 세료자에게 느끼는 죄책감, 자신 때문에 연인을 잃은 키티를 향한 미안함, 모성을 강조하는 돌리 앞에서 느낀 부끄러운 마음 등은 끝내 덮어 버리고 모른 척한다. 자신과 브론스키와의 관계를 알게 된 남편이 보낸 협박조와 훈계조의 편지를 읽은 후 실은 그가 〈저열하고 추악한 인간〉이었음에 치를 떨었던 그녀가 자기 자신의 허위와 진실을 자각하지 못한다는 것은 어불성설이다. 소설의 제6부에서 상황을 개선할 시도조차 하지 않으며 자기변명만 계속해서 늘어놓는 안나는 자꾸만 실눈을 뜨고 사물을 보는 버릇을 보인다. 그 점을 두고 〈틀림없이 삶 전체를 향해 실눈을 뜨고 있는 거야, 다 보지 않으려고〉라고 지적한 돌리의 직관은 정곡을 찌른다. 안나는 〈삶의 내밀한 부분〉, 무엇보다도 자신의 내면을 〈실눈으로〉 외면한다. 이러한 점에서 그녀의 모습은 온천장에서 모두에게 잘 보이기 위해 가식을 떨고 자기 자신을 속였다고 정직하게 털어놓은 키티와 대비된다. 〈모든 게 가식이었기에 그에 마땅한 꼴을 당하는 거라고요. 그 모든 게 꾸며 낸 것이지 진심에서 우러난 게 아니거든요. 모든 게 가식이기 때문이에요! 위선이에요! 허위라고요! (……) 아니, 이제는 정말이지 그런 것에 굴복하지 않을 거예요! 나쁜 사람이 될지언정 적어도 거짓말은 하지 않을 거예요. 위선자는 되지 않을 거라고요!〉라는 키티의 외침은 죽음 앞에서 〈모든 게 허위고, 거짓이야. 모든 게 기만이고, 모든 게 악이야……!〉라고 뇌까린 안나의 내적 독백과 교호한다.

그러나 이 모든 판단과 논리는 안나에게 지워진 가혹한 짐에 비하면 참으로 옹색하고 하찮다. 세상 사람들을 향해 정직하게 열려 있던 그 투명한 영혼, 그 누구도 멸시하지 않으며 있는 그대로의 모습을 존중하고 격려할 줄 아는 그 마음을 『안나 카레니나』의 독자들은 영원히 잊을 수 없을 것이다.

이명현

『안나 카레니나』 줄거리

결말을 미리 알고 싶지 않은 독자들은 나중에 읽어 주시기 바랍니다.

제1부

1870년대 어느 해 겨울, 모스크바의 오블론스키 일가는 불행에 잠겨 있다. 자식들의 가정 교사와 바람을 피운 남편 스티바의 행각이 아내에게 들통난 것이다. 절망에 빠진 아내 돌리가 집안일을 방기하자 생활은 엉망이 되어 버린다. 그런 와중에 페테르부르크에 사는 스티바의 결혼한 여동생 안나가 다음 날 모스크바에 당도할 거라는 전보가 도착한다. 이는 자기 집으로 와달라는 오빠의 요청에 대한 누이의 응답이었다.

관청에 출근한 스티바는 예기치 않게 자신을 찾아온 친구 레빈을 맞이한다. 콘스탄틴 레빈은 유서 깊은 귀족 가문 출신임에도 불구하고 또래 귀족들과 달리 시골 영지에서 농사일에 종사하고 있다. 그의 집안은 스티바의 처가인 셰르바츠키 일가와 오랜 친분을 맺어 왔는데 그 집안의 막내딸인 키티에게 청혼하려는 게 레빈이 모스크바로 온 목적이었다. 키티에

489

대한 경외에 가까운 애정에 사로잡혀 있던 레빈은 스티바로부터 브론스키라는 전도유망한 청년이 자신의 연적이라는 사실을 알게 된다. 그날 저녁 레빈은 셰르바츠키가를 찾아가 키티에게 청혼하였으나 단번에 거절당한다. 그녀 역시 레빈에게 연정을 품은 적이 있고 그를 무척 신뢰했지만, 그 시점에는 브론스키의 매력에 흠뻑 빠져 있었던 것이다. 청혼을 거절당하자마자 브론스키와 맞닥뜨리게 된 레빈은 그를 향한 키티의 마음을 확인한 뒤 셰르바츠키가를 떠나 그 길로 이부 (異父) 형 세르게이 코즈니셰프가 알려 준 친형 니콜라이의 거처로 간다. 언젠가부터 알 수 없는 이유로 인격 파탄자가 되어 버린 형 니콜라이에게 각별한 애정과 연민을 품어 온 레빈은 병색이 완연한 형의 몰골을 보고 참담함과 책임감을 느낀다. 시골 영지로 돌아온 그는 결혼에 대한 꿈을 포기하지 않은 채 보다 더 잘 살기 위해 노력하리라 다짐한다.

예정된 날 안나 카레니나는 모스크바에 도착한다. 안나와 같은 열차를 타고 온 모친을 마중 나온 브론스키는 기차 안에서 안나와 처음으로 대면하는데, 첫 만남에서 둘은 서로에게 강렬한 인상을 불러일으킨다. 역을 떠나려던 찰나 파수꾼이 열차에 치어 숨지는 끔찍한 사건이 벌어지고, 안나는 이 참사가 불길한 징조임을 느끼며 오빠의 집으로 향한다. 안나의 중재로 오블론스키 부부는 곧 화해 국면에 접어든다. 언니 집을 방문한 돌리의 동생 키티는 안나의 아름다움에 매료되고 다음 주에 열릴 무도회에 안나가 꼭 참석하기를 희망한다. 거기서 브론스키의 청혼을 받을 것이라 확신한 터이다. 그러나 며칠 후 열린 무도회에서 안나는 브론스키와 함께 춤을 추면서 흥분과 희열을 감추지 못한다. 브론스키 역시 키티는 안중에도 없다는 듯 안나에게 온 정신이 팔리자 사태를 파악한 키티는 경악과 절망에 빠진다. 돌아온 안나는 돌리에게 무도회에서 벌어진 일을 토로하고 서둘러 귀갓길에 오르지만 열차에서 참기 힘든 격정과 열기에 들뜨고, 기차가 도중에 잠시 멈춘 사이 거센 눈보라 속에서 자신을 쫓아온 브론스키와 마주친다.

페테르부르크의 집으로 돌아온 안나는 익숙한 일상 속에서 안도감을 느끼며 브론스키와의 만남을 사교계의 흔한 일로 치부해 버린다. 브론스키는 페테르부르크에 있는 자신의 아파트로 가서 몇 년간 몸담았던 방종하고 태평스러운 생활로 복귀하고, 안나와 만나기 위해 사교계에 출입할 채비를 한다.

제2부

브론스키로부터 배신당한 키티는 결국 병이 난다. 겨울 끝자락에 셰르바츠키 일가는 의사와의 논의 끝에 키티를 외국으로 요양 보내기로 결정한다. 그사이 돌리는 여섯째 아이를 출산하고, 스티바는 가정사는 아랑곳없이 밖으로만 나돈다.

모스크바에서 돌아온 안나는 예전에 드나들던 점잖은 모임과는 거리를 둔 채 브론스키의 사촌 누이 벳시를 주축으로 하는 페테르부르크 사교계에 출입하기 시작한다. 안나와 브론스키는 이 사교계에서 합법적으로 내밀한 관계를 키워 가고, 사교계 인사들 사이에서는 두 사람의 내연 관계에 대한 뒷말이 오고 간다. 사태의 심각성을 눈치챈 안나의 남편 카레닌은 아내의 행실을 바로잡고 담판을 짓고자 하나 대화를 완강하게 회피하는 안나의 태도로 인해 끝내 뜻을 이루지 못한다. 그렇게 1년이 지나고, 안나와 브론스키는 육체적인 관계를 맺기에 이른다. 그토록 바라던 육체적 결합은 그러나 둘에게 혐오와 공포, 그리고 수치심을 불러일으킬 뿐이다.

모스크바에서 돌아온 뒤 석 달이 지나고 봄기운이 완연해지자 레빈은 부지런히 농사일을 챙기고 농업에 관한 저술을 구상한다. 그러던 어느 날 스티바가 레빈과 사냥을 하고 레빈의 영지 근처에 있는 돌리 소유의 숲을 매각하려는 목적으로 레빈의 집을 찾아온다. 스티바로부터 키티가 병이 나 요양을 갔다는 소식을 전해 들은 레빈은 놀라움과 근심 속에서도 발병의 원인이 브론스키라는 사실에 모욕감을 느낀다. 또한 자기 집에서 스티바가 상인에게 헐값에 숲을 팔아 치우는 모습을 지켜본 그는 교활한 상인 계층에 대해 분노를 느끼는 동시에 순진함과 무력함으로 인해 몰락해 가는 귀족층에 대해 연민과 안타까움을 토로한다.

한편, 군 복무와 사교계 활동 외에도 승마를 각별히 즐기던 브론스키는 여름에 예정되어 있던 장교들의 장애물 경주에 출전한다. 출전 직전 카레닌의 별장으로 찾아가 안나로부터 임신 사실을 들은 그는 카레닌에게 사실을 고백하고 관계를 청산할 필요성을 강변하지만, 안나는 아들 세료자를 잃는 게 두려워 그의 제안을 회피한다. 경주에서 승리를 거의 확신했던 브론스키는 어이없는 실수로 말에게 치명적인 부상을 입히며 패배하는데, 그 모습을 본 안나는 궁정과 사교계 인사들이 모두 모인 경마장에서 제정신을 잃은 채 분별없이 처신하고, 경주가 끝나 별장으로 돌아오는 마차 안에서 마침내 남편에게 브론스키와의 내연 관계를 실토한다.

부모와 함께 요양을 간 키티는 독일 조덴의 온천장에서 마담 슈탈이라는 러시아 귀부인과 그녀의 양녀 바렌카를 사귀게 된다. 키티는 경건주의파 신자인 마담 슈탈의 독실한 신앙심과 덕망 있는 인품은 물론, 그녀를 비롯한 병자들을 돌보는데 자신의 삶을 오롯이 바치는 바렌카의 고결함에 크게 감화를 받고 그들을 존경할 뿐 아니라 모방하기에 이르지만, 점차마담 슈탈의 신앙이 가식과 위선에 지나지 않으며, 타인을 위해 자신을 희생하려는 자신의 노력 역시 오만과 위선에서 비롯한 것임을 깨닫는다. 완전히 회복된 그녀는 자기 본연의 삶을 살겠다는 의지를 품고 러시아로 돌아온다.

제3부

여름이 되자 세르게이 코즈니셰프는 지적 노동을 쉬고 휴식을 취하기 위하여 동생 레빈의 시골 영지로 온다. 농번기라 한창 바쁜 레빈은 형의 방문이 그리 달갑지 않다. 형이 시골을 오로지 휴식처로 간주하고 민중들에 대해 추상적인 관념을 고수하는 게 마음에 들지 않는 것이다. 추수를 앞둔 짧은 휴식 기간 중에 레빈과 코즈니셰프 사이에서 지방 자치 행정에 대한 의견 충돌이 일어난다. 지방 자치회 제도에 대해 부정적인 견해를 갖고 있던 레빈은 개인적인 행복과 관심이 모든 활동의 원동력이며 지방 자치 활동 역시 그에 준한다는 철학적 논거를 제시한다. 그러면서도 레빈은 형이 즐기는 진지한 대화와 논쟁에 시큰둥한데, 그의 관심은 농사일, 그중에서도 곧 행해질 풀베기에 쏠려 있기 때문이다. 귀족 지주임 불구하고 레빈은 작년에 이어서 풀베기에 직접 나서고, 농부들과 함께 풀베기에 몰입하며 육체노동이 안겨 주는 쾌감과 무아지경을 경험한다.

5월에 돌리는 생활비를 아끼고 아이들의 건강을 돌보기

위해 시골 영지 예르구쇼보에 아이들을 데리고 온다. 낡은 저택과 열악한 환경으로 처음에 시골 생활은 어렵기 짝이 없지만, 유모의 재간으로 문제들이 하나씩 해결되어 간다. 영지에서의 생활이 안정되어 감에 따라 돌리는 자식들에 대한 각별한 애정과 자부심, 행복감을 느낀다. 아내와 아이들을 시골로 보낸 뒤 직장 일을 핑계로 페테르부르크로 간 스티바는 레빈에게 편지를 보내 시골에 있는 아내를 도와 달라고 요청한다. 편지를 받고 예르구쇼보로 찾아온 레빈은 돌리로부터 환대를 받고 그 역시 그녀와 아이들과의 만남을 반긴다. 그러나 대화가 키티에 관한 이야기로 흐르자 분위기가 경색되고, 돌리의 거침없는 발언에 자존심이 상한 레빈은 불쾌함과 거북함을 참지 못해 서둘러 집으로 돌아간다. 누나의 영지를 대신 관리하던 레빈은 7월 초 그곳으로 가서 목초 수확과 분배가 제대로 이루어졌는지 점검한다. 농민들과 건초 분배를 마치고 초원에서 상념에 잠긴 채 밤을 지새운 그는 동이 틀 무렵 큰길을 걷다가 마차를 타고 예르구쇼보로 향하는 키티의 모습을 우연히 보게 되고, 자신이 여전히 그녀를 사랑하고 있음을 깨닫는다.

경마장에서 돌아오는 길에 안나의 고백을 들은 카레닌은 아내와의 문제를 어떻게 풀어야 할지 고민한다. 결투, 이혼, 별거의 선택지를 모두 포기한 그는 현상 유지야말로 아내를 벌하고 자신의 체면을 유지하기에 가장 좋은 방안이라는 결론에 이르러 이러한 결정을 편지에 적어 안나에게 통보한다. 진실을 털어놓은 것을 후회하던 안나는 아들을 데리고 모스크바로 떠날 작정을 하지만 남편의 편지를 받은 뒤 생각을 바꾸어 브론스키와 만날 방도를 강구하기 위해 벳시의 집에 열린 사교계 모임을 찾아간다. 그사이 브론스키는 자신의 금전적 현황을 점검한 후 안나와의 미래를 도모하기 위해 자금을 확보하고 전역할 궁리를 한다. 남다른 공명심의 소유자였으나 이제 사랑의 감정에 사로잡힌 데다 몇 년 전 주요 보직을 고사하는 실수를 범한 이후로 출셋길이 사실상 어려워졌기에 전역을 결심하게 된 것이다. 안나와 남몰래 만난 브론스키는 그녀와 카레닌 사이에 벌어진 일을 알게 되고 카레닌과의 결투를 염두에 둔 채 안나에게 이혼 가능성을 타진한다. 브론스키로부터 아무런 해결책을 얻을 수 없으며 모든 게 그대로 유지되리라는 생각에 절망한 안나는 남편이 요청한 대로 페테르부르크로 돌아가고, 카레닌은 그녀에게 점잖게 처신할 것을 고압적으로 요구한다.

길에서 키티를 우연히 본 뒤로 농민들과 끊임없이 불화를 겪어야 하는 농사일에 환멸을 느끼게 된 레빈은 일에서 벗어나 휴식을 취하고자 친구 스비야시스키의 영지를 방문한다. 군(郡)의 귀족단장이자 젬스트보 의원인 스비야시스키는 학식이 깊고 영리하면서도 겸손하고 선량한 호인이다. 레빈은 그러한 스비야시스키에게 호감을 품어 왔으나 그의 언행이 모순을 드러낸다는 점을 늘 꺼림칙하게 여겨 왔기에 이번 기회에 친구의 본심을 파악하고자 한다. 스비야시스키의 영지로 가는 도중 들른 농가에서 그는 자율적이고 선진적인 방식으로 농사를 일구는 농민 일가를 보고 깊은 인상을 받는다. 이후 스비야시스키의 집에 머무는 동안 여러 대화를 나누면서 친구의 이념과 사상이 사교용 장신구에 불과함을 깨달은 그는 여행 중에 겪은 일련의 체험을 통해 영농에 대해 새로운 구상을 떠올리게 되고, 예정보다 일찍 집으로 돌아와 자신의 계획을 농민들과 함께 실천에 옮긴다. 새로운 영농 방식이 어느 정도 성공을 거두자 레빈은 농업에 관한 저술 작업을 위한 현지 조사차 외국 여행을 떠나기로 하는데, 예기치 않게 니콜라이 형이 찾아온다. 레빈은 육신과 정신이 피폐해진 형과 내내 불화를 겪고, 언쟁 끝에 형이 떠나자 며칠 뒤 외국 여행에 나선다. 기차 안에서 키티의 사촌을 우연히 만난 레빈은 그에게 죽음에 대한 상념을 털어놓는다.

제4부

허울만 부부일 뿐, 안나는 카레닌과 사실상 남남으로 지내고 집 밖에서 브론스키와 몰래 만나는 날들이 이어진다. 한겨울이 되어 해산 날짜가 닥쳐옴에 따라 그녀는 브론스키의 일거수일투족을 좇고 그의 여자관계를 의심하며 질투심을 부쩍 드러낸다. 안나에 대한 애정이 전과 같지 않은 브론스키는 그녀와의 관계로 인해 스스로가 불행하다고 느낀다. 한 주간 페테르부르크를 방문한 외국 왕자의 의전을 담당하게 된 브론스키는 동물적인 향락을 탐하는 왕자에게서 자기 자신의 모습을 발견하고는 몹시 불쾌함을 느끼고, 의전 일을 마친 후 안나의 요청으로 그녀를 보러 집으로 찾아갔다가 외출하는 카레닌과 마주친다. 안나는 며칠간 만나지 못했던 브론스키에게 질투심을 쏟아 낸 뒤 어느 촌부가 등장하는 불길한 꿈에 관해 이야기하며 자신의 죽음을 예감한다. 브론스키는 그녀의 꿈이 자신이 꾼 것과 똑같다는 사실에 내심 경악한다.

브론스키를 집에 들이지 말라는 금기를 깨뜨린 것에 분노한 카레닌은 이혼을 작심하고 변호사를 찾아가서는 수일 내에 사건 위임 여부를 통보하기로 한다. 이민족 문제와 관련한 위원회의 힘겨루기 끝에 지방으로 감찰을 가게 된 카레닌은 도중에 모스크바에 들렀다가 오블론스키 부부를 만나 만찬에 초대받는다. 만찬에는 마침 외국 여행에서 돌아와 모스크바에 와 있던 레빈과 코즈니셰프, 키티와 노공작 등도 참석한다. 온갖 이슈들에 대해 대화가 오가는 가운데 돌리는 카레닌에게 안나를 위해 이혼을 자제할 것을 설득하지만 그의 결심은 확고하다.

한편 이 자리에서 둘만의 내밀한 대화를 나누던 레빈과 키티는 마침내 서로에 대한 사랑을 확인한다. 들뜬 마음으로 밤을 지새운 레빈은 이튿날 셰르바츠키가를 찾아가 노부부와 식구들 모두의 환대 속에 혼인 승낙을 받는다. 결혼을 앞둔 어느 날 레빈은 자신의 부끄러운 과거사를 기록해 놓은 일기장을 키티에게 전하는데, 끔찍한 심적 고통에도 불구하고 키티는 레빈의 옛일을 용서한다.

한편 오블론스키가에서 숙소로 돌아온 카레닌은 출장 채비를 하던 중 안나가 보낸 전보를 받는다. 자신이 죽어 가고 있으며 그가 집으로 와주기를 바란다는 내용의 전보를 읽은 그는 반신반의하며 페테르부르크로 간다. 집으로 온 카레닌은 딸아이를 해산한 후 산독증을 앓는 안나와 불안과 공포에 잠겨 있는 브론스키를 맞닥뜨린다. 며칠간 사경을 헤매면서 참회의 말을 내뱉는 안나를 보며 생전 처음 연민의 감정을 맛본 카레닌은 이혼 계획을 철회하고 안나와 브론스키를 진심으로 용서한다. 카레닌의 관대함과 고결함에 죄의식과 수치심, 당혹감을 느낀 브론스키는 충동적으로 자살을 기도했다가 심각한 부상을 입는다.

안나에 대한 카레닌의 극진한 간호와 돌봄 속에 두 달이

흐른다. 회생한 안나는 예전과 다름없이 남편을 혐오하고 두
려워하며 브론스키에 대한 감정으로 애를 태운다. 그러한 그
녀의 태도와 주변 사교계의 경멸 어린 눈초리로 인해 카레닌
은 고뇌에 잠기고, 동생의 문제를 해결하고자 페테르부르크
로 온 스티바는 카레닌을 설득하여 그에게서 이혼에 대한 동
의를 얻어 낸다.

이 무렵 부상에서 완전히 회복한 브론스키는 안나를 잃었
다는 상실감을 곱씹으며 중앙아시아 부대로 떠날 차비를 하
던 중, 스티바로부터 카레닌이 이혼을 승낙했다는 소식을 전
해 듣고는 곧바로 안나와 재회하는 동시에 퇴역해 버린다. 한
달 뒤 안나는 이혼을 거부하고 브론스키와 함께 딸만 데리고
유럽으로 떠난다.

제5부

서로의 사랑을 확인한 날로부터 6주 뒤, 사순절을 앞둔 시
기에 레빈과 키티는 결혼식을 올린다. 결혼식 나흘 전 성찬식
참례가 결혼의 필수 요건임을 알게 된 레빈은 스티바의 주선
으로 부랴부랴 영성체와 고해 성사를 한다. 교리에 대해 의심
을 품은 채 예배 의식을 행하는 게 위선이라는 생각으로 줄
곧 갈등하면서도 영성체와 고해 성사를 모두 치러 낸 레빈은
의식을 집전한 사제의 이야기 속에 자신이 미처 다 파악하지
못한 중요한 의미가 담겨 있음을 어렴풋이 느낀다. 결혼식 당
일 온갖 금기와 관례를 이행하던 레빈은 정작 예식 때 입어
야 할 루바시카를 챙기지 못해 우왕좌왕하다가 교회에 늦게
도착하고, 우여곡절 끝에 수많은 하객들 앞에서 성대하게 결
혼식을 올린 두 사람은 저녁 만찬을 마친 뒤 곧장 시골 영지

로 떠난다.

석 달째 유럽 여행 중이던 안나와 브론스키는 이탈리아 소도시에 자리를 잡는다. 러시아를 떠난 이후로 안나는 형언할 수 없는 행복감을 만끽해 온 반면, 그녀를 위해 공직과 사교계 등 모든 것을 버린 브론스키는 짧은 해방감을 뒤로한 채 예상치 못한 권태에 빠진다. 이탈리아에서 생활하는 동안 미술에 대한 취미와 재능을 되살린 브론스키는 그림 교습을 받으며 아마추어 화가이자 예술 애호가라는 자기 환상에 사로잡히고, 그러던 참에 브론스키의 사관 학교 동기생이자 퇴락한 자유주의자인 골레니셰프가 등장하여 두 사람의 고립된 외지 생활에 합류한다. 안나와 브론스키, 골레니셰프는 근방에서 활동하는 러시아 화가 미하일로프에 대한 정보를 접하자마자 직접 그를 만나러 간다. 화실에서 작품을 감상한 세 사람은 내심 그를 경멸하면서도 그의 기술적인 면만은 높이 산다. 미하일로프에게 안나의 초상화를 주문한 브론스키는 화가가 그린 안나의 모습을 본 뒤로 그의 천재성과 자신의 무능에 깊은 충격을 받고서 단호히 그림 교습을 중단한다. 이내 이탈리아 생활이 권태로워진 안나와 브론스키는 시골 영지에서 지낼 생각으로 미련 없이 귀국한다.

결혼한 지 석 달째에 접어든 레빈은 예상했던 바와는 전혀 다른, 결혼 생활의 범속함에 실망하고 낙담하는 한편 자잘하지만 새로운 점들로 인해 삶의 활력 또한 얻게 된다. 그러한 상반된 체험은 무엇보다도 키티에게서 비롯한 것으로, 자질구레한 집안일에 몰두하는 그녀의 모습은 레빈에게 충격과 환멸을 안겨 줌과 동시에 그녀에 대한 새로운 애정과 감동을 선사한다. 감동과 매력의 또 다른 요인은 부부 싸움이었으니,

키티와의 불화를 통해서 레빈은 그녀와 자기 자신이 떼어 낼 수 없는 하나임을, 그녀의 고통은 곧 자신의 고통임을 뚜렷하게 자각하게 된다.

긴장된 신혼 초기를 어렵사리 보낸 뒤 태평하고 안온한 삶을 누리던 어느 날 니콜라이 형의 병환이 위중하다는 소식이 레빈 부부에게 날아든다. 레빈은 남편과 동행하겠다고 고집하는 키티를 마지못해 동반한 채 지방 도시의 호텔에 투숙한 니콜라이 형과 마리야 니콜라예브나를 찾아간다. 형의 임박한 죽음 앞에서 레빈은 분별력을 잃고 어찌할 바를 모르는 반면, 키티는 여성 특유의 감성과 기지를 발휘하여 환자를 요령껏 보살핀다. 키티의 권유로 성찬식과 성유 성사까지 올린 니콜라이는 며칠간 삶과 죽음 사이를 왕복하다가 마침내 죽음을 맞이하게 되고, 형이 사망한 바로 그 시점에 레빈은 의사로부터 키티의 임신 사실을 확인한다.

한편 페테르부르크에서는 안나가 가출한 뒤 정신적 공황 상태에 놓여 있던 카레닌에게 리디야 이바노브나가 찾아와 가정 관리인 역할을 자처하며 세료자의 양육을 맡겠다고 나선다. 그녀는 당장 세료자에게 가서 〈엄마는 죽었다〉고 못을 박고, 신흥 열성 신앙파의 신비주의적인 언사로 카레닌을 위무하고 교화한다. 이 무렵 브론스키와 함께 페테르부르크에 도착한 안나는 아들 세료자와 재회할 방법을 궁리하다가 리디야 이바노브나가 사실상 카레닌가의 안주인임을 알아채고는 그녀에게 아들과의 만남을 간청하는 편지를 보내지만, 리디야 이바노브나는 카레닌을 설득하여 기독교적 사랑을 빙자한 거절의 답신을 전한다. 다음 날 아침 안나는 무작정 카레닌가로 찾아가 생일을 맞이한 아들과 짧고 눈물겨운 마지막 만남의 시간을 갖는다. 이후 자신을 철저하게 배척하는 사교계의 분위기를 감지한 그녀는 브론스키의 만류에도 불구하고 고모인 공작 영애 바르바라를 대동하고 악에 받친 듯 극장 공연을 관람하러 갔다가 옆자리의 귀부인으로부터 공개적으로 봉변을 당한다. 질책과 원망, 사랑의 고백을 주고받은 뒤 두 사람은 바로 다음 날 시골 영지로 떠난다.

제6부

레빈의 영지에서 돌리와 그녀의 아이들이 공작 부인과 함께 여름을 나고, 독일 온천장에서 만난 바렌카와 레빈의 형 세르게이 코즈니셰프도 손님으로 와 있다. 공작 부인을 비롯한 여인들은 아이들 뒷바라지와 키티의 출산 준비로 분주한 가운데, 공작 부인은 모스크바로 와서 출산을 준비할 생각이 없는 사위에 대해 불만을 표한다. 이 시기 바렌카와 코즈니셰프 사이에 좋은 감정이 형성되었음을 감지한 키티는 두 사람이 맺어지도록 애를 쓴다. 어느 날 바렌카가 아이들과 함께 버섯을 따러 가기로 하여 코즈니셰프도 함께 길을 나서자, 키티는 그러한 둘의 행보가 청혼과 수락으로 이어질 것으로 기대하고 남편에게도 귀띔을 한다. 그러나 기대와 달리 코즈니셰프와 바렌카는 숲속에서 엉뚱한 대화를 나누느라 서로의 마음을 확인할 수 있는 결정적 순간을 놓쳐버리고 사랑을 이룰 기회를 영영 잃고 만다.

레빈을 비롯한 식구들이 스티바와 노공작이 오기를 기다리고 있던 참에 키티의 친척인 바센카 베슬롭스키가 스티바와 함께 방문한다. 자유분방하고 쾌활한 청년 베슬롭스키가 키티에게 다정하게 구는 모습을 본 레빈은 순식간에 질투심과 증오심에 사로잡힌다. 아내와의 대화를 통해 질투심을 누그러뜨린 레빈은 스티바와 베슬롭스키와 함께 이틀에 걸친 사냥을 나선다. 첫날 레빈은 철없는 베슬롭스키의 훼방과 조급한 마음 때문에 사냥에 거듭 실패하지만 이튿날엔 홀로 새벽같이 길을 나서서 사냥에 성공하고, 집에 돌아오는 길에는 베슬롭스키에 대한 적대감 대신 우정과 호감마저 느낀다. 그러나 그러한 감정도 잠시뿐, 그가 다시 키티에게 치근덕거리는 모습을 보자 질투심은 또다시 폭발한다. 남편의 상태를 감지한 키티는 단둘이 있는 자리에서 자신의 입장을 해명하고 둘은 곧바로 화해한다. 레빈은 아내와 자신에게 끔찍한 고통을 안겨 준 불청객을 내쫓기로 결심하고 베슬롭스키에게 단도직입적으로 떠날 것을 요구한다. 손님이 가버린 뒤 레빈가의 식구들은 그에 대한 뒷이야기로 즐거운 시간을 보낸다.

베슬롭스키가 레빈가에 머무는 동안 그로부터 안나의 근황을 전해 들은 돌리는 마음먹은 대로 안나를 찾아간다. 레빈이 제공해 준 마차를 타고 브론스키의 영지로 가는 도중에 그녀는 임신과 육아의 고통을 곱씹으며 가정을 지켜 온 자신의 선택을 비하하고 로맨스를 택한 안나의 처신에 대해 마음 깊이 공감한다. 베슬롭스키, 스비야시스키, 공작 영애 바르바라가 객식구로 머물고 있는 안나와 브론스키의 거처에 도착한 돌리는 그들의 호화로운 의식주와 유아적인 오락, 대규모 병원 건립 사업을 목도하며 왠지 모를 거북함과 부자연스러움을 느낀다. 무엇보다도 그녀에게 충격을 준 것은 여성적 매력을 유지하기 위해 피임을 고집하고 딸아이의 육아에 무관심한 안나의 모습이었다. 이튿날 아침 돌리는 그 모든 불편함을 뒤로하고 서둘러 보즈드비젠스코예를 떠나 레빈가로 돌아온다.

10월에 지방 자치의 모범으로 간주된 카신현(縣)에서 귀족단장 선거가 행해지자, 브론스키와 스비야시스키, 코즈니셰프, 스티바 등 레빈의 지인들은 모두 선거에 가담한다. 아내의 권유와 집안일 때문에 카신현으로 간 레빈 또한 선거와 집회에 참여하지만, 지방 공공사업을 좌지우지하는 현 귀족단장을 선출하는 일이 무슨 의미를 갖는지 도통 이해하지 못한다. 대부분 신당파에 속한 레빈의 지인들은 교묘한 책략으로 구당파를 축출해 내는 데 성공하고 브론스키의 처소에 모여 다 함께 자축한다.

브론스키는 선거를 통해 귀족의 정치 활동에 한참 매료된 참에 딸아이가 병이 났다는 안나의 전보를 받고 부득불 영지로 돌아간다. 안나가 브론스키에 대한 집착에 사로잡혀 그의 일거수일투족을 의심하고, 그의 행보 때문에 둘이서 실랑이를 벌여 온 지 이미 오래이다. 마침내 안나는 줄곧 회피해 온, 이혼을 요구하는 편지를 카레닌에게 보낸 뒤 브론스키와 함께 모스크바로 거처를 옮겨 남편으로부터 답신이 오기만을 기다린다.

제7부

키티의 해산을 위해 레빈 부부는 9월에 이미 모스크바로 거처를 옮긴 터이다. 석 달째 도시에 머물면서 레빈은 무의식중에 시골에서와는 전혀 다른 도시의 일상으로 매몰되어 간다. 그는 딱히 하는 일이 없어도 시간에 쫓기고 쓸데없이 돈을 낭비하면서 지인의 집과 기념식, 음악회와 공개 회의장, 클럽 등을 전전한다. 클럽에서 브론스키와 만난 레빈은 그에게 근거 없는 호감을 품더니, 스티바와 함께 충동적으로 모스크바에서 지내는 안나를 만나러 간다. 그리하여 레빈과 안나의 처음이자 마지막 만남이 이루어진다. 두 사람은 서로에게 각별한 호감을 느끼게 되는데, 안나는 레빈이 자신을 이해하고 좋아하게 만들고자 특히 애를 쓰고, 레빈은 그러한 안나의 미모와 매력에 줄곧 탄복하며 매료된다. 집으로 돌아와 키티에게 안나를 찾아갔다는 사실을 실토한 레빈은 충격과 슬픔에 사로잡히는 아내의 모습에 자신의 경솔했던 행보를 후회하고 뉘우친다. 그렇게 두 사람의 갈등이 일단락된 바로 다음 날, 키티는 오랜 진통 끝에 아들 미탸를 낳는다. 종일 이어진 고통스러운 해산 과정을 극도의 공포 속에서 지켜보던 레빈은 태어난 아이에 대해 예상치 못한 고통과 공포, 혐오와 연민의 감정을 느낀다.

이 무렵 경제적으로 궁핍해진 스티바는 새로 생긴 위원회의 위원직 자리도 청탁하고 카레닌에게 안나와의 이혼 수락을 얻어 낼 겸, 또한 침체된 모스크바 생활에서 탈출하여 기분 전환도 할 겸 페테르부르크로 간다. 하지만 위원직을 청탁하려다 유대인 관료에게 모욕을 당하는가 하면 심령술에 빠진 카레닌과 리디야 이바노브나의 광신적인 행태에 충격을 받고, 결국에는 카레닌으로부터 안나와의 이혼을 거부한다는 서한을 받게 된다.

한편 모스크바에서 철저하게 고립된 생활을 하면서 남편 카레닌으로부터 이혼 요청에 대한 답신을 기다리던 안나는 날이 갈수록 브론스키에 대한 질투와 원망, 의심에 시달린다. 안나를 위해 자유로운 삶을 포기했던 브론스키는 자신의 선택을 후회하고 안나와의 잦은 불화, 그녀의 지독한 집착과 질투로 인하여 점차 그녀에게 냉담해진다. 어느 날 말다툼 끝에 두 사람은 모스크바 생활을 청산하고 다시 시골 영지로 돌아가기로 하지만 떠나기 전날까지 불화는 계속되고, 그러는 와중에 안나는 죽음을 떠올린다. 영지로 출발하기 전날 그녀는 브론스키의 모친의 전갈을 전하러 찾아온 소로키나 공작 영애를 웃는 낯으로 대하는 브론스키를 목격하고 분노에 사로잡힌다. 소로키나 공작 영애는 브론스키의 모친이 아들의 배우자감으로 점찍어 놓고 곁에 둔 여자였다. 그 즉시 안나는 시골로 가기를 거부하며, 브론스키에게 후회하게 될 거라고 엄포를 놓는다. 브론스키가 볼일을 보러 어머니의 영지로 간 사이 자신의 행동을 후회한 안나는 그에게 자신이 잘못했으니 돌아와 달라는 쪽지와 전보를 연달아 보내고, 결국 돌리를 찾아가서 그녀와 키티에게 작별을 고한 뒤 무작정 홀로 떠나기로 한다. 떠나는 길에 브론스카야 백작 부인의 영지에 들러서 마지막으로 브론스키와 담판을 지으려 하지만, 기차역에서 당장은 돌아오지 못한다는 그의 답신을 받자 생각을 바꾸어 달리는 열차에 뛰어든다.

제8부

안나의 사건 이후 두 달쯤 지난 시점, 러시아 전역이 세르비아-터키 전쟁으로 떠들썩하다. 이른바 〈슬라브 문제〉에 열을 올리던 세르게이 코즈니셰프는 카타바소프와 함께 동생 레빈의 집으로 가던 도중 쿠르스크 역에서 세르비아 전쟁에 참전하는 의용군들과 그들을 환송하러 온 사람들을 맞닥뜨린다. 의용군 중에는 자비로 고용한 기병 중대를 이끌고 참전하는 브론스키도 있는데, 〈그새 늙고 고통에 찌든 그의 얼굴은 돌처럼 굳어〉 보이고, 말도 제대로 못 할 정도로 지독한 치통을 앓고 있다. 의용군들에 대해 환상을 품고 있던 카타바소프는 그들의 오합지졸 같은 면면을 직접 목격한 후 내심 실망한다. 세르게이 코즈니셰프는 아들의 참전을 구원책으로 여기는 브론스키의 모친으로부터 카레닌이 브론스키와 안나의 딸을 맡기로 했다는 소식을 듣는다.

그사이 레빈은 단란한 가정을 꾸리고 아들까지 얻었음에도 불구하고, 형의 죽음 이후로 사로잡혀 있는 〈나라는 존재가 과연 무엇인지, 내가 왜 여기에 있는지〉라는 문제에 대한 해답을 구하지 못한 채 줄곧 괴로워한다. 칸트, 쇼펜하우어 등 온갖 철학서에서도 답을 찾지 못한 그는 절망에 빠지고 심지어는 자살 충동까지 느끼지만, 그러면서도 농사일에 더욱더 매진하고 육친과 농부들을 돌보며 매일매일 주어지는 삶을 굳건히 개척해 나간다.

세르게이 코즈니셰프와 카타바소프가 포크롭스코예에 도착한 날, 레빈은 농부 표도르와의 짧은 대화를 통해서 그동안 품어 온 오랜 의문에 대한 해답을 얻는다. 표도르의 말에 따르면, 좋은 삶이란 〈영혼과 진리와 하느님을 위해 사는 것〉에 다름 아니었다. 농부의 전언이 어머니의 젖을 통해 체득한 진리이자, 이성에 의해 궁구된 답이 아니라 자신에게 본래부터 주어진 것임을 깨달은 레빈은 기쁨에 겨워 앞으로 모든 사람들을 사랑과 선의로 대하리라 자신하지만, 결심과는 달리 곧바로 세르게이 형과 카타바소프를 상대로 전쟁에 대한 논쟁에 휘말린다. 논쟁과 갈등이 한창일 때 갑자기 뇌우가 쏟아지는데 키티와 아들 미탸가 숲에 있다는 사실을 알게 된 레빈은 폭우를 뚫고 모자를 찾아 나선다. 숲에서 벼락을 맞은 거목이 쓰러지는 것을 목격하고 공포에 휩싸인 그는 부지불식간에 하느님께 기도를 드리고, 마침내 아내와 아들과 무사히 상봉하며 가족에 대한 지극한 사랑을 절감한다. 이제 삶은 예전처럼 무의미하지 않으며 매순간 선(善)이라는 확고한 의미를 지님을 그는 확신하게 된다.

요약 이명현

레프 톨스토이 연보

1828년 출생 8월 28일(신력 9월 9일) 영지 야스나야 폴랴나에서 아버지 니콜라이 일리치 백작과 어머니 마리야 니콜라예브나(결혼 전 성은 볼콘스카야) 사이의 4남 1녀 중 넷째 아들로 태어남.

1830년 2세 8월 4일 어머니 마리야 니콜라예브나 사망. 훗날 톨스토이는 어머니에 대해 다음과 같이 기록함. 〈나는 실제 모습이 아닌 정신적인 모습으로만 어머니를 기억할 뿐이지만, 내가 아는 모든 기억은 너무나 아름다운 것이다.〉

1835년 7세 『구약 성서』의 「욥기」와 『천일야화』 이야기를 듣고 큰 감명을 받음.

1837년 9세 1월 10일 톨스토이 가족 모스크바로 이사. 톨스토이는 모스크바에서의 생활을 〈텅 빈 소년 시대〉라고 표현함. 혼자서 공상과 회의론에 빠지는 일이 잦아짐. 6월 21일 아버지 니콜라이 일리치 백작 사망. 톨스토이는 아버지의 갑작스러운 죽음을 인정하지 못하고 한동안 모스크바 거리에서 아버지를 찾아다님. 아버지의 사망 후 오스 사켄 고모와 친척 아주머니 요르골스카야에게 맡겨짐. 신앙심이 깊었던 요르골스카야는 톨스토이에게 큰 영향을 끼침. 훗날 그녀에 대해 다음과 같이 기록함. 〈내 인생에 있어 세 번째로 중요한 사람은 바로 우리가 숙모라 부른 요르골스카야였다.〉

1840년 12세 톨스토이 남매들이 각각 한 부분씩 맡아 글을 써서 이야기를 만드는 〈아이들 놀이〉를 시작함. 톨스토이는 요르골스카야 아주머니로부터 특별한 격려를 받음. 독서를 통해 슬픔과 부정적인 생각을 떨쳐 내기 시작함. 러시아의 전래 동화와 영웅 서사시에 큰 흥미를 느낌.

1844년 16세 형제들과 함께 카잔으로 이사. 외교관이 되기로 결심하고 카잔 대학 동양학부에 입학. 푸시킨의 『예브게니 오네긴』, 레르몬토프의 『현대의 영웅』, 실러의 『도적 떼』, 루소의 『고백록』 등을 탐독함. 톨스토이는 가장 좋아하는 철학자로 루소를 꼽고 다음과 같이 기록함. 〈그가 쓴 글들은 마치 내가 쓴 듯 나의 생각과 일치한다.〉 사교계에 진출하고 무도회와 연회에 드나들기 시작함.

1845년 17세 9월 카잔 대학 법학부로 전과. 법학 공부를 통해 사회 구조에서 무언가를 이해할 수 있기를 바랐으나 좌절함. 결국 법학이라는 학문이 이상하거나 혹은 자신에게 이해할 능력이 없는 것이라고 결론지음. 대학 교육 방식에 회의를 느낌.

1847년 19세 자신의 결점을 보완하고 능력을 개발하기 위해 일기를 쓰기 시작함. 자퇴서를 내고 학업 중단. 철학, 논리학 및 여타 학문을 스스로 공부하기로 결심하고 그때부터 평생 독학에 매진함. 6개 국어를 공부하기 시작함. 야스나야 폴랴나로 귀향하여 농민들의 가난과 굶주림을 목격, 그들을 도우려 시도하나 농민들로부터 신뢰를 얻지 못하고 좌절. 지주로서의 삶에 환멸을 느낌.

1848년 20세 모스크바에 잠시 거주하며 방탕한 도시 생활에 빠짐. 인생과 스스로에 대한 불만이 점점 깊어짐.

1849년 21세 툴라현의 자치 활동에 참여함.

1851년 23세 중편소설 「유년 시대Detstvo」 집필. 4월 형 니콜라이와 함께 캅카스로 떠남. 스타로글랏콥스카야 마을에서 자주 생활함. 당시의 심정을 훗날 중편 「카자크들Kazaki」에 다음과 같이 기술함. 〈과거의 삶을 벗어나 새로운 인생을 시작하고, 행복을 찾기 위해 길을 떠났다. 전쟁과 전쟁의 영광, 그리고 내 안에 살아 있는 힘과 용기! 천연 그 대로의 자연! 바로 이곳에 행복이 있다!〉 캅카스에서 지내는 동안 튀르 키예어를 배우고 인종학, 민속학, 역사에 관심을 쏟음.

1852년 24세 사관생도 자격시험을 치르고 4급 포병 하사관으로 입대. 자신의 실수 대부분이 지나친 자유로움에서 비롯된 것이라고 생각한 톨스토이는 군인이 되어 자유를 잃게 된 것을 오히려 기뻐하지만, 사람들에게 선을 베풀겠다는 꿈을 실현시킬 구체적인 일이 없다는 사실에 곧 괴로워하게 됨. 산악 민족과의 기습전에 참전, 포탄에 맞아 죽을 뻔함. 문예지 『동시대인 *Sovremennik*』에 「유년 시대」를 투고. 〈L. N.〉이라는 머리글자만 적어 보냈으나 잡지사로부터 〈당신이 문학계를 스쳐 지나가는 사람이 아니라면 실명을 걸고 출판해 볼 것을 권합니다〉라는 내용의 답신을 받음. 10월 「유년 시대」가 검열을 통해 수정되고 〈나의 어린 시절 이야기〉로 제목이 바뀐 채 발표되자 매우 실망함.

1853년 25세 형 니콜라이 퇴역. 톨스토이도 퇴역하려 했으나 터키와의 전쟁이 일어나면서 좌절됨. 3월 『동시대인』에 단편소설 「습격 Nabeg」 발표. 미래와 자신의 운명에 대해 끊임없이 생각하며 나태함, 초조함, 경솔함, 허세, 무질서, 의지박약을 고쳐 나가는 데 혼신의 노력을 기울이기 시작함.

1854년 26세 1월 두나이 부대로 전근하면서 소위보로 임관함. 10월 『동시대인』에 「소년 시대 Otrochestvo」 발표. 사령부에서 애국심에 불타던 몇몇 장교들과 함께 주간지 『군사 신문』을 발행하기로 함. 하지만 톨스토이가 쓴 기사가 실린 시범 책자가 군 당국을 거쳐 황제에게 보고되면서 잡지 발행은 금지됨. 11월 세바스토폴로 이동하여 크림 전쟁에 참전.

1855년 27세 니콜라이 1세 사망. 『동시대인』에 「세바스토폴 이야기 Sevastopol'skie rasskazy」 연작 발표. 이 단편을 본 투르게네프는 잡지 발행인에게 다음과 같은 내용의 편지를 씀. 〈세바스토폴에서 톨스토이가 쓴 글은 그야말로 기적이오! 나는 눈물을 흘리며 그의 글을 읽었다오. 그리고 만세를 외쳤소.〉 9월 『동시대인』에 단편소설 「산림 벌채

Rubka lesa」발표. 톨스토이는 당시 이미 유명해진 〈L. N. T.〉라는 머리글자와 함께 이 작품을 투르게네프에게 헌정함. 10월 세바스토폴 함락. 투르게네프로부터 문학 활동에 전념하라는 권고의 편지를 받음. 11월 페테르부르크를 방문하여 투르게네프를 만나고 호먀코프A. S. Khomiakov와 교류. 영원히 퇴역할 것을 결심함. 12월 중편소설 「지주의 아침Utro pomeshchika」 발표. 곤차로프I. A. Goncharov, 피셈스키A. F. Pisemskii, 튜체프F. I. Tiutchev, 네크라소프N. A. Nekrasov 등 문인들과 교류. 시인 페트A. A. Fet와의 친교가 시작됨.

1856년 28세 3월 퇴역. 오랫동안 떨어져 지낸 대도시에서의 생활에 매료됨. 페테르부르크에서 농노 해방에 관한 논의가 이루어지자 내무부 장관에게 농노 문제 해결안을 보냄. 그의 해결안에는 무엇보다도 지주에 대해 농민들이 지고 있는 모든 의무를 면제해 주고 각 농민 가정에 일정한 면적의 토지를 분배해야 한다고 쓰어 있었음.

1857년 29세 1월 『동시대인』 소속의 다른 작가들과 교류. 『동시대인』에 중편소설 「청년 시대Iunost'」 발표. 2~7월 유럽 여행. 프랑스, 스위스, 독일의 명승지를 둘러보는 동안 러시아와 다른 생활상에 흥미를 가졌으며 특히 파리의 자유로움에 매력을 느낌. 그러나 살인과 절도죄로 단두대에서 처형당하는 죄수를 본 후 다음과 같은 기록을 남기고 국가의 법이란 가장 끔찍한 거짓이라는 결론을 내림. 〈단두대를 본 후 잠을 잘 수가 없으며, 자꾸 단두대를 떠올리게 된다.〉

1858년 30세 영지의 농사에 전념하고 툴라현 귀족 회의에 참여함. 「카자크들」 집필.

1859년 31세 단편소설 「세 죽음Tri smerti」 발표. 평단은 이 이야기의 예술적인 측면을 높이 평가함. 2월 〈러시아어 애호가 협회〉에 가입. 5월 잡지 『러시아 통보Russkii vestnik』에 중편소설 「가정의 행복Semeinoe schast'e」 투고. 그러나 수정 작업을 거친 발표에 실망하여 당분간 소설 출판을 중단할 것을 고려함. 10월 민중 교육이야말로 계급 간 화해를 이끌어 내는 방법임을 깨닫고 야스나야 폴랴나에 농민 학교 설립.

1860년 ³²세 민중 교육에 관한 글을 쓰고 교육용 잡지 『야스나야 폴랴나*Iasnaia Poliana*』 간행. 9월 형 니콜라이 사망. 1861년까지 2차 유럽 여행. 볼콘스키S. G. Volkonskii, 게르첸A. I. Gertsen, 프루동P. J. Proudhon과 교류하며, 전제 정권에 대항하여 쿠데타를 일으킨 데카브리스트(12월 당원)들에 대해 관심을 갖기 시작함.

1861년 ³³세 2월 농노 해방 선언문이 발표됨. 이에 톨스토이는 〈농군들은 이것을 보고 이해하지 못할 것이며, 우리는 이 선언문을 믿을 수 없다〉고 말함. 자신의 영지에 속한 농민들에게 그들이 일궈 온 토지를 나누어 줌. 농노 해방으로 인한 지주와 농민 간의 문제를 해결하기 위한 중재자로 임명되어 농민들을 보호하고 지주들과 싸움. 농민을 위한 학교 설립.

1862년 ³⁴세 지주들과의 불화로 중재자 자리에서 물러남. 교육 잡지 『야스나야 폴랴나』 간행에 열성을 쏟음. 9월 크레믈 내부의 성모 탄생 교회에서 소피야 안드레예브나 베르스와 결혼. 그가 소피야에게 청혼한 일은 후에 『안나 카레니나*Anna Karenina*』에서 레빈이 키티에게 고백하는 장면에 반영됨. 결혼 후 안정을 찾은 톨스토이는 다시 글을 쓰고 싶다는 생각을 하고 일기에 다음과 같이 기록함. 〈수많은 생각들이 떠오르며, 이제는 너무나 글을 쓰고 싶다. 나는 엄청난 내적 성장을 한 것 같다.〉 12월에 아내와 함께 모스크바에 정착함.

1863년 ³⁵세 다시 야스나야 폴랴나로 귀향. 2월 『러시아 통보』에 중편소설 「카자크들」 발표. 6월 맏아들 세르게이 태어남. 민중의 삶에 대한 관심이 고조되기 시작함. 데카브리스트들에 관한 장편소설을 구상하고 자료를 수집함.

1864년 ³⁶세 8~9월 작품집 1권 간행. 10월 딸 타티야나 태어남. 11~12월 훗날 『전쟁과 평화*Voina i mir*』로 완성될 장편소설 『1805년』 1, 2권 집필.

1865년 ³⁷세 1~2월 『러시아 통보』에 『1805년』을 발표함. 작품집 2권 간행.

1866년 ³⁸세 5월 둘째 아들 일리야 태어남. 모스크바에 거주하며 소설 집필을 위한 자료 수집.

1867년 39세 9월 『전쟁과 평화』의 3, 4권 집필. 보로지노 전투 현장 답사.

1868년 40세 『전쟁과 평화』의 5권 집필. 민중을 위한 문집 『독본 *Azbuka*』 발간 구상.

1869년 41세 『전쟁과 평화』의 6권 집필. 셋째 아들 레프 태어남. 쇼펜하우어와 칸트 숙독. 지방 소도시 아르자마스에서 평생 잊지 못할 죽음의 공포를 체험하고, 이 경험은 후에 단편 「광인의 수기Zapiski sumasshedshego」에 반영됨.

1870년 42세 5월 툴라 지방 재판소의 출장 배심원을 맡음. 표트르 1세에 대한 소설 집필 개시. 장편소설 『안나 카레니나』 구상. 고대 그리스어 공부를 시작함. 「여성 문제Zhenskii vopros」라는 제목의 논문을 계기로 사상가 스트라호프N. N. Strakhov와 친분을 맺음.

1871년 43세 2월 둘째 딸 마리야 태어남. 사마라현에 토지 구입. 『독본』 첫 발간.

1872년 44세 표트르 1세 시대에 관한 소설 집필 재개. 11월 「캅카스의 포로Kavkazskii plennik」 등의 작품이 포함된 『독본』 발간. 이해 내내 계층을 불문한 러시아의 모든 아이들을 대상으로 하는 『독본』 발간에 주력함.

1873년 45세 3월 표트르 1세 시대에 관한 소설을 중단하고 『안나 카레니나』 집필 시작. 사마라현의 기근 농민 지원 단체의 봉사 활동에 참여. 12월 러시아 과학 아카데미 언어·문학 분과 준회원으로 선출됨. 『전쟁과 평화』 초판본을 수정함.

1874년 46세 『안나 카레니나』 집필. 농민 아동 교육에 관한 원고와 문법 교재 집필. 요르골스카야 숙모 사망.

1875년 47세 1월 『러시아 통보』에 『안나 카레니나』 연재 시작. 독자들로부터 큰 반향을 불러일으키고 민주주의 진영에서는 강한 불쾌감을 드러냄. 『새 독본 *Novaia azbuka*』 집필 및 간행.

1876년 48세 러시아-터키 전쟁 발발에 관한 정보를 얻고자 모스크바 방문. 당시 러시아 사회를 사로잡은 전쟁의 열기가 『안나 카레니나』에 반영됨.

1877년 49세 『안나 카레니나』 탈고. 『러시아 통보』 발행인이 세르비아-터키 전쟁 묘사와 관련한 톨스토이와의 의견 충돌로 인해 『안나 카레니나』의 마지막 8부 수록을 거부함. 8부의 줄거리만 해당 잡지에 요약 발표됨. 12월 넷째 아들 안드레이 태어남.

1878년 50세 직접 수정 작업을 마친 뒤, 마지막 부와 함께 장편소설 『안나 카레니나』 단행본 발표. 데카브리스트에 관한 소설 집필 재개. 『나의 인생 *Moia zhizn'*』 집필.

1879년 51세 18세기 역사를 연구하고자 사료 열람 허가를 당국에 요청하지만 거절당함. 데카브리스트에 대한 소설 집필 중단. 종교적인 문제에 골몰하며 6월 키예프 동굴 대수도원 방문. 모스크바에서 대주교 및 주교와 담화. 10월 성 삼위일체-성 세르기 수도원 방문. 수도원장과의 면담. 논문 「교회와 국가 *Tserkov' i gosudarstvo*」 집필. 국가에 소속된 교회에 대해 심한 거부감을 느낌. 〈교회는 3세기 이전까지 거짓과 잔혹함, 그리고 기만으로 가득했다〉라고 기록함. 12월 다섯째 아들 미하일 태어남.

1880년 52세 자신의 정신적 변화에 대해서 서술한 『참회록 *Ispoved'*』 집필. 사복음서 번역 착수. 11권짜리 톨스토이 저작집 네 번째 개정판 출간. 가르신 V. M. Garshin, 스타소프 V. V. Stasov, 레핀 I. E. Repin과 교류. 화가 레핀은 훗날 회상록에서 톨스토이와의 첫 만남을 다음과 같이 기록함. 〈톨스토이는 매우 심취된 어조로 굉장히 많은 말들을 쏟아냈다. 그의 말에서 엿보이는 열정적이고 급진적인 생각들로 인해 나는 그날 잠들기 전까지 몹시 당황했었다. 진부한 삶의 형식에 대한 톨스토이의 가차 없는 생각들이 하루 종일 머릿속을 빙빙 맴돌았다.〉 톨스토이에게 매료된 레핀은 일러스트 「톨스토이와 여인숙의 걸인들」을 그림.

1881년 53세　알렉산드르 2세 사망. 끝이 보이지 않는 보복 테러를 막고자 그를 암살한 혁명가들을 처형하지 말아 달라는 내용의 편지를 새로운 황제 알렉산드르 3세에게 보냈으나 아무런 답변도 얻지 못했을 뿐 아니라 주변인들에게조차 이해받지 못함. 야스나야 폴랴나에 찾아온 솔로비요프V. S Solov'ev, 페트, 투르게네프와 교류. 6월에 동료 두 사람과 열흘에 걸쳐 도보로 옵티나 푸스틴 수도원 순례. 단편소설 「사람은 무엇으로 사는가Chem liudi zhivy」, 「세 아들Tri syna」 집필. 9월 자녀들의 대학 및 김나지움 진학을 위해 모스크바로 이사함.

1882년 54세　모스크바 인구 조사에 참여하여 빈곤하고 타락한 골목을 접하며 참혹한 현실을 깨달음. 이때부터 신랄하고 비판적인 성격의 글을 쓰기 시작하여 이른바 〈금지 작가〉라는 낙인이 찍히지만 동시에 작가, 화가, 음악가, 사상가, 학자 등 수없이 많은 사람들의 조언자이자 조력자가 됨. 화가 게N. N. Ge와 친분을 맺음. 잡지 『러시아 사상Russkaia mysl'』에 『참회록』을 발표하고자 하였으나 검열로 인해 출간을 금지당함. 현실 그리스도교에 대해 지극히 비판적인 입장을 견지함. 오늘날 생가 박물관이 된 돌고하모브니체스키 거리의 주택을 구입함. 성서를 원어로 읽기 위하여 히브리어 공부를 시작함.

1883년 55세　아내에게 모든 재산권을 위임함. 9월 『내 신앙의 근본V chem moia vera』 탈고. 검열 위원회는 〈사회와 국가 기관의 근간을 송두리째 흔들고 교회의 가르침을 무너뜨릴 것〉이라는 이유로 이 작품을 〈가장 해로운 책〉으로 상정함. 〈종교적 신념〉에 따라 재판장의 배심원으로 출석할 임무를 거부하여 당국으로부터 강력한 경고를 받음. 투르게네프가 생전에 보내는 마지막 편지를 통해 톨스토이에게 문예 활동으로 복귀할 것을 호소함. 10월 죽는 날까지 삶의 동반자가 될 체르트코프V. G. Chertkov와 교류.

1884년 56세　「광인의 수기」 집필. 논설 「그러니까 우리는 무엇을 할 것인가Tak chto zhe nam delat'?」 집필. 2월 장편소설 『데카브리스트Dekabristy』 일부 발표. 4월 제네바에서 『참회록』 발표. 가족들 사이에서 고독을 느끼던 중 6월 아내와의 언쟁 후 스스로의 부르주아적 삶에 환멸을 느끼고 첫 번째 가출을 시도했으나 아내가 임신 중임을 우려하여 중도에 귀가함. 셋째 딸 알렉산드라 태어남. 11월 체르트코프를 비롯한 사상적 동지들과 함께 민중을 위한 책을 출간하기 위해 출판사 〈중재자Posrednik〉를 설립.

1885년 57세 중편소설 「홀스토메르Kholstomer」 집필. 〈중재자〉에서 출판하기 위해 우화 「촛불Svechka」, 「두 노인Dva starika」, 「바보 이반 이야기Skazka ob Ivane-durake」 등을 집필. 헨리 조지Henry George의 저술을 읽고 토지 사유제를 부정하는 입장을 굳힘. 모스크바에서 열린 제13회 이동 전람회파 전시회 관람. 검열로 인해 〈중재자〉의 출판물 발행이 금지됨.

1886년 58세 교훈적인 단편소설 「세 수도승Tri monakha」, 「참회하는 죄인Kaiushchiisia greshnik」, 「사람에게 땅이 얼마나 필요한가Mnogo li cheloveku zemli nuzhno?」, 「달걀만 한 씨앗Zerno s kurinoe iaitso」 등과 중편소설 「이반 일리치의 죽음Smert' Ivana Il'icha」 발표. 「이반 일리치의 죽음」의 주제에 대해 〈평범한 사람의 평범한 죽음에 대한 묘사, 묘사로부터의 묘사〉라고 밝힘. 소설의 한계를 느끼고 날카로운 주제성과 큰 감성적 풍요로움을 만들어 낼 새로운 장르에 대한 시도로 희곡 「어둠의 권력Vlast' t'my」을 창작함. 작가이자 사회 비평가인 코롤렌코V. G. Korolenko와 교류.

1887년 59세 레핀과 가르신이 참석한 가운데 「어둠의 권력」이 낭독됨. 레핀은 〈깊은 비극적 기분을 남긴, 인생의 잊을 수 없는 교훈〉이라고 평가함. 논문 「인생에 대하여O zhizni」, 「음주벽에 반대하는 합의안Soglasie protiv p'ianstva」, 중편소설 「크로이처 소나타Kreitserova sonata」 집필. 채식주의를 설파하고 몸소 실천함. 「어둠의 권력」을 〈중재자〉에서 출간하였으나 검열에 의해 공연은 금지됨. 작가 레스코프N. S. Leskov와 교유. 사회 활동가이자 페테르부르크 법원의 검사였던 친구 코니A. F. Koni로부터 어느 매춘부와 젊은 사내에 관한 흥미로운 법정 실화를 전해 들음. 이는 후에 장편소설 『부활*Voskresenie*』의 모티프가 되는 에피소드로, 이때부터 『부활』을 구상하기 시작함.

1888년 60세 교훈적 단편들과 음주, 흡연에 반대하는 글들을 정력적으로 집필. 「어둠의 권력」이 파리에서 연극으로 상연됨. 단행본으로 출간된 『인생에 대하여』가 금서로 규정되어 폐기 처분됨. 3월 여섯째 아들 이반 태어남. 모스크바에서 야스나야 폴랴나까지 도보 여행.

1889년 61세 희극 「계몽의 열매Plody prosveshcheniia」, 중편소설 「악마D'iavol」, 논문 「예술에 관하여Ob iskusstve」 등 집필. 장편소설 『부활』 집필에 착수. 일기에 〈사회 구조의 정치적 변화란 있을 수 없다. 변화는 오로지 도덕적인 것, 인간 내면의 변화만 존재한다. 그러나 이 변화가 어떠한 방식으로 이루어질 것인가? 모두에 대해서는 아무도 모르지만, 자기 자신에 대해서는 모두가 알고 있다. 그런데 작금에는 모든 이들이 자기 자신이 아니라 모두의 변화에 대해 골몰하고 있다〉라고 기록함. 「크로이처 소나타」를 읽은 친지들이 부정적인 평가를 내림.

1890년 62세 중편소설 「신부 세르기Otets Sergii」 창작 개시. 일기에 다음과 같이 기록함. 〈「신부 세르기」를 시작. 거기에 푹 빠져 있다. 그가 지나온 정신적 상태가 매우 흥미롭다.〉 『부활』, 「크로이처 소나타」 서문, 논문 「왜 사람들은 정신이 혼미해지는가Dlia chego liudi odyrmanibaiutsia」 등 집필. 옵티나 푸스틴 수도원에서 암브로시 장로와 면담. 검열로 「크로이처 소나타」를 저작집에 포함시키는 게 금지됨. 아내와의 대화 중에 자신의 저작권을 사회에 기증할 의사를 밝힘.

1891년 63세 중편소설 「신부 세르기」, 예술에 관한 글을 비롯하여 「굶주림에 관하여O Golode」, 「첫 걸음Pervaia stupen'」 등의 산문 집필. 제네바에서 『교리 신학 비판Kritika dogmaticheskogo bogosloviia』 출간. 중앙러시아 지역의 흉작으로 인한 기아 문제 해결을 위한 운동에 적극 참여함. 예술문학회 회원들의 도움으로 「계몽의 열매」 상연(스타니슬랍스키K. S. Stanislavskii 연출). 저작권을 거부하고 1881년 이전까지 발표한 모든 작품의 저작권 포기 각서에 서명함.

1892년 64세 기근으로 인해 고통받는 주민들을 위한 구호 활동을 지속함. 구호 활동을 위해 음악회를 연 루빈시테인A. G. Rubinshtein과 교유. 제네바에서 『사복음서의 통합, 번역 및 연구Soedinenie, perevod i *issledovanie chetyrekh Evangelii*』 출간. 논문 「하느님 나라는 당신의 내면에Tsarstvo Bozhie vnutri vas」 탈고. 부동산을 아내와 자식들 소유로 이전하는 증서에 서명함.

1893년 65세 논문 「종교와 윤리Religiia i nravstvehnnost'」, 「그리스도교와 애국심Khristianstvo i patriotizm」, 단편소설 「세 가지 우화Tri pritchi」 집필. 모파상의 작품 서문을 씀. 스타니슬랍스키와 교류. 레핀이 서재에서 집필하고 있는 톨스토이의 초상화를 그림.

1894년 66세 1월 부닌I. A. Bunin과 교유. 정교회에 의해 이단으로 간주된 영혼 구제파 신도들을 방문함.

1895년 67세 단편 우화 「주인과 일꾼Khoziain i rabotnik」 탈고. 2월 여섯째 아들 이반 사망. 8월 체호프가 톨스토이를 만나기 위해 처음으로 야스나야 폴랴나를 방문함. 9월 영혼 구제파에 대한 탄압을 고발하는 공개서한 발표. 「어둠의 권력」이 러시아 곳곳에서 상연되고 호응을 얻음.

1896년 68세 1월 장편소설 『부활』, 희곡 「그리고 빛은 어둠 속에서 빛난다I svet vo t'me svetit」 집필. 8월 누이가 거주하는 샤모르지노 수도원을 아내와 함께 방문함. 샤모르지노 수도원에서 중편소설 「하지무라트Khadzhi-Murat」 초고 완성. 예르미타시 극장에서 「리어왕」과 「햄릿」 공연 관람. 톨스토이의 저작을 유포한 독자가 당국에 의해 체포되자 내무 대신과 법무 대신에게 독자들이 자신의 저작을 접할 수 있도록 허용해 달라는 서한을 보냄. 볼쇼이 극장에서 바그너의 악극 「지크프리트」 관람. 해당 작품에 대한 소회가 이후에 「예술이란 무엇인가Chto takoe iskusstvo?」에 피력됨.

1897년 69세 페테르부르크 여행. 논문 「예술이란 무엇인가」 집필. 아내 소피야 안드레예브나가 작곡가 타네예프S. I. Taneev에게 매혹되어 속앓이를 하고 아내에게 가출할 뜻을 밝히기도 함. 러시아 전국 전도 대회에서 톨스토이의 종교적 지향이 사회적으로 매우 해로운 종파로 규정됨.

1898년 ⁷⁰세 툴라현과 오룔현의 굶주린 주민들을 위한 구제 활동 지속. 기아에 관한 기사 발표. 영혼 구제과 교도들의 캐나다 이주 비용 마련을 위해 『부활』 집필에 몰두하고 잡지 『경작지Niva』에 실릴 『부활』의 원고료를 해당 교도들을 위해 기부함. 작곡가 림스키코르사코프N. A. Rimskii-Korsakov, 조각가 안토콜스키M. M. Antokol'skii 등과 예술의 문제에 대해 논쟁. 3년간 중단했던 「신부 세르기」 원고 집필 작업 재개. 가출할 방안을 구상하고 체르트코프에게 그에 대한 언질을 줌. 70세 생일을 맞이하여 수많은 사람들로부터 축전을 받음.

1899년 ⁷¹세 『부활』의 집필을 위해 교도소 수감자를 만나고 임시 수용소에서부터 니콜레예프키 역까지 죄수들과 동행하기도 함. 잡지 『경작지』에 『부활』이 연재되기 시작하지만 검열에 의해 많은 수정이 이루어짐. 릴케와 교류. 『부활』을 탈고하고 출간함.

1900년 ⁷²세 「우리 시대의 노예제Rabstvo nashego vremeni」, 「애국심과 정부Patriotizm i pravitel'stvo」 등의 논설 발표. 고리키와 교류. 희곡 「산송장Zhivoi trup」 집필.

1901년 ⁷³세 2월 종무원이 톨스토이의 파문을 결정함. 이에 「종무원 결정에 대한 응답Otvet sinodu」 발표. 공장 노동자들로부터 다음과 같은 내용의 글귀가 적힌 유리 공예품을 받음. 〈그 사제장들과 바리새인들이 저희를 원하는 대로 당신을 파문하게 내버려 두십시오. 위대하고 소중한 당신을 사랑하는 러시아인들은 영원히 당신을 우리의 자랑으로 여길 것입니다.〉 3월 페테르부르크의 학생 시위에서 많은 학생들이 잔혹하게 구타당하고 투옥되자 이에 분노하여 황제와 각료들에게 서한을 보내고 호소문을 작성함. 레핀의 전시회에서 톨스토이의 초상화가 학생들의 인기를 모으자 전시회가 금지되고 알렉산드르 3세 박물관이 초상화를 사들임. 자유로운 학교를 꿈꾸며 다시 교육에 관심을 기울이던 톨스토이는 새로운 교육 방식으로 여섯 가지 원칙을 제안함. 〈첫째, 종교 교육으로부터의 보호. 둘째, 삶을 살아가는 방식의 교육(잘못된 습관적 예속 탈피). 셋째, 경제적 능력의 성장과 귀속으로부터의 해방. 넷째, 예술적인 것. 다섯째, 노동. 여섯째, 위생.〉 7월 말라리아 감염. 9월 크림반도로 요양을 떠남. 10월 미하일로비치 대공과 교류하고 그를 통해 황제 니콜라이 2세에게 토지 사유화 폐지를 요청하는 서한을 전달함.

1902년 [74세] 신앙의 자유에 관한 논설 「신앙이란 무엇이며, 그 본질은 무엇인가Chto takoe religiia i v chem sushchnost'ee」, 「노동하는 민중들에게K rabochemu narodu」, 「성직자들에게K dukhovenstvu」 등을 발표. 야스나야 폴랴나로 귀향. 쿠프린과 교류. 「하지 무라트」와 「위조지폐Fal'shivyi kupon」, 단편소설 「무도회가 끝난 뒤Posle bala」 집필. 폐렴과 장티푸스로 병의 상태가 악화됨. 6월 야스나야 폴랴나로 되돌아옴.

1903년 [75세] 회고록과 셰익스피어에 대한 논문 집필.

1904년 [76세] 러일 전쟁에 관한 기사 「재고하라Odumaites'!」 발표, 「하지 무라트」 탈고. 5월 메레시콥스키D. S. Merezhkovskii와 기피우스Z. N. Gippius가 야스나야 폴랴나 방문. 8월 형 세르게이 사망.

1905년 [77세] 논설 「세기말Konets veka」, 「러시아에서의 사회 운동에 대하여Ob obshchestvennom dvizhenii v Rossii」, 「필요한 것 한 가지Edinoe na potrebu」, 단편소설 「알료샤 단지Alesha Gorshok」, 「코르네이 바실리예프Kornei Vasilev」, 중편소설 「표도르 쿠지미치 노인의 유서Posmertnye zapiski startsa Fedora Kuzmicha」 집필.

1906년 [78세] 잡지 『독서계Krug chteniia』에 단편소설 「왜Pochemu?」 발표. 11월 둘째 딸 마리야 사망. 이 상실감으로 인해 톨스토이는 점점 더 내면으로 침잠해 들어감.

1907년 [79세] 농민 자녀 교육을 재개함. 어린이를 위한 『독서계』 창간. 10월 톨스토이의 비서 구세프Gusev가 체포됨.

1908년 [80세] 톨스토이의 80세 기념일을 맞이하여 러시아 사회가 대대적인 축하 준비를 시작하지만 톨스토이는 자신이 추구하는 소박함에 어울리지 않는 이러한 상황을 견디기 힘들어함. 2백 년 동안 러시아에서 행해져 온 사형에 반대하여 선언문 「나는 침묵할 수 없다Ne mogu molchat'」 발표. 글의 서두 부분을 축음기에 녹음함. 〈아니다, 이것은 불가능하다……! 이렇게 살 수는 없다! 이렇게 살아서는 안 된다……! 안 된다, 다시 생각해도 안 된다.〉 선언문은 발표 즉시 모든 언어로, 전 세계에 퍼져 나갔고 이를 게재한 러시아 신문들은 벌금이나 탄압에 처해짐. 8월 밧줄과 함께 〈정부에 폐를 끼치지 말고 직접 행하라〉는 내용의 편지를 받음. 「폭력의 법과 사랑의 법Zakon nasiliia i zakon liubvi」, 「인더스강에 보내는 편지Pis'mo k indusu」 발표. 비밀 일기 작성. 다리가 불편해 걷기 힘들어짐.

1909년 81세 중편소설 「누가 살인자들인가Kto ubiitsy?」 집필. 8월 톨스토이의 비서 구세프가 다시 체포되고 추방됨. 마하트마 간디로부터 다음과 같은 내용의 서한을 받음. 〈저와 저의 여러 친구들은 이미 오래전부터 무력으로 악에 맞서서는 안 된다는 가르침을 믿고 있었고 또 지금도 여전히 그것을 믿고 있습니다. 게다가 저는 당신의 글을 읽을 수 있는 행운을 얻게 되었습니다. 그것들은 제 세계관에 깊은 인상을 주었습니다.〉 톨스토이는 간디의 부탁으로 무력으로 악에 맞서서는 안 된다는 내용의, 인도인들에게 전하는 호소문을 답신으로 보냄. 10월 유언장 작성.

1910년 82세 톨스토이의 유언장과 관련하여 가족들 간의 갈등이 일어남. 가족의 불화는 물론, 사유 재산을 부정하면서 모든 것을 누리고 있는 스스로에 대해 깊은 수치와 고통을 느끼고 집을 벗어나고 싶어 함. 2월 단편소설 「호딘카Khodynka」 집필. 4월 혁명가 안드레예프L. N. Andreev가 야스나야 폴랴나를 방문함. 10월 28일 딸 알렉산드라와 가출. 모든 신문들이 톨스토이의 가출을 전했으며 그가 탄 기차마다 탐정들과 기자들로 가득 참. 10월 31일 우랄행 기차를 타고 가던 중 건강이 급격히 악화됨. 아스타포보 역에 내려서 병상을 마련함. 톨스토이의 뜻에 따라 수도원장은 끝내 그가 누운 방에 들어가지 못함. 11월 7일 새벽 레프 니콜라예비치 톨스토이 사망. 유지에 따라 야스나야 폴랴나 숲에 안장됨. 시인 브류소프V. Ia. Briusov는 그의 장례를 다음과 같이 회상함. 〈톨스토이의 장례로부터 전 러시아적인 의미를 박탈하기 위해 모든 수단이 동원되었다. 우선 서거 후 사흘간 다른 지역으로부터 온 사람이 야스나야 폴랴나에 접근하는 것이 물리적으로 봉쇄되었다. 그럼에도 수천 명의 사람들이 온갖 종류의 금지와 방해에도 아랑곳없이 걸어서 야스나야 폴랴나를 찾아왔다. 그들 가운데에는 학생들도 있었고, 지식인들도 있었으며, 인근의 농민들과 노동자들도 있었다. 그뿐만 아니라 1백 명이 넘는 대표 위원들이 모여들었다.〉 또한 전 세계의 애도를 반영하듯, 프랑스 일간지에는 다음과 같은 글이 실림. 〈병상에 누워 있는 그 어떠한 왕도, 임종의 고통을 겪고 있는 그 어떠한 황제도, 그리고 죽어 가고 있는 그 어떠한 장관도 이처럼 모든 이들의 뜨거운 관심을 받지는 못할 것이다. 그의 개인적인 삶은 그처럼 현대 인류의 모든 존재와 긴밀히 연결되어 있었다. 이것이 바로 그의 예술적 그리고 인류애적인 헌신과 공헌을 위해 생을 바쳤던 작가에 대한 존경의 표시였다.〉

안나 카레니나 3

옮긴이 이명현 1969년 서울에서 태어나 고려대학교 노어노문학과를 졸업했다. 동
대학 대학원에서 알렉산드르 블로크의 예술적 산문에 대한 연구로 박사 학위를 받
았으며, 모스크바 국립 대학에서 블로크의 서사시를 연구하여 문학 박사 학위를 받
았다. 블로크를 비롯한 러시아 모더니즘 시와 은세기 문화를 연구해 왔으며, 최근에
는 한국과 러시아 근현대 문학의 비교 연구에 주력해 왔다. 현재 고려대학교 노어노
문학과 교수로 재직 중이다. 주요 논문으로 「서정적 주인공에 관하여」, 「『카라마조프
가의 형제들』과 『삼대』」, 「안나 아흐마토바의 타슈켄트 시절」 등이 있으며, 저서로는
『러시아 인문 가이드』(공저), 『나를 움직인 이 한 장면 — 러시아문학에서 청춘을 단련
하다』(공저), 역서로는 표도르 도스토옙스키의 『백야 외』(공역), 니콜라이 고골의 『감
찰관』, 『삶은 시작도 끝도 없다 — 러시아 현대 대표 시선』 등이 있다.

지은이 레프 톨스토이 옮긴이 이명현 발행인 홍예빈·홍유진
발행처 주식회사 열린책들 주소 경기도 파주시 문발로 253 파주출판도시
전화 031-955-4000 **팩스** 031-955-4004 **홈페이지** www.openbooks.co.kr
Copyright (C) 주식회사 열린책들, 2018, 2024, *Printed in Korea.*
ISBN 978-89-329-2398-7 04890 **ISBN** 978-89-329-2390-1 (세트)
발행일 2018년 8월 30일 세계문학판 1쇄(상) 2023년 7월 10일 세계문학판 7쇄(상)
2018년 8월 30일 세계문학판 1쇄(하) 2023년 4월 15일 세계문학판 6쇄(하) 2024년
4월 5일 세계문학 모노 에디션 1쇄